黄檗向春生

苏曼凌 著

北方文艺出版社

图书在版编目（CIP）数据

黄檗向春生 / 苏曼凌著. -- 哈尔滨：北方文艺出版社，2021.6

ISBN 978-7-5317-5051-2

Ⅰ.①黄… Ⅱ.①苏… Ⅲ.①长篇小说—中国—当代 Ⅳ.①I247.5

中国版本图书馆CIP数据核字(2021)第017382号

黄檗向春生
HUANGBO XIANG CHUN SHENG

作　者 / 苏曼凌	
责任编辑 / 李东旭	装帧设计 / 土　土
出版发行 / 北方文艺出版社	网　址 / www.bfwy.com
邮　编 / 150008	经　销 / 新华书店
地　址 / 哈尔滨市南岗区宣庆小区1号楼	
印　刷 / 三河市三佳印刷装订有限公司	开　本 / 710mm×1000mm 1/16
字　数 / 400千	印　张 / 24.5
版　次 / 2021年6月第1版	印　次 / 2021年6月第1次印刷
书　号 / ISBN 978-7-5317-5051-2	定　价 / 99.00元

黄檗向春生

一句话介绍：这不是中医药故事，而是一个关于中国纸、中国染与中国裱画业界大师的故事，在岁月光阴中折射着民间国匠大师诚实信守的人性之光。

目录

第一章　迷而知返 / 1

第二章　故地重回 / 14

第三章　平地生波 / 27

第四章　泡桐花开 / 41

第五章　往事如烟 / 53

第六章　卧虎藏龙 / 66

第七章　似曾相识 / 79

第八章　烟火人生 / 92

第九章　灯火阑珊 / 115

第十章　一池春水 / 127

第十一章　繁花似锦 / 141

第十二章　魂牵梦绕 / 153

第十三章　梦回旧景 / 167

第十四章　流年开花 / 181

第十五章　浮生若梦 / 194

第十六章　相濡以沫 / 207

第十七章　微光倾城 / 218

第十八章　年少无知 / 232

第十九章　淡忘如思 / 245

第二十章　浮光掠影 / 259

第二十一章　杳无音信 / 273

第二十二章　随遇而安 / 285

第二十三章　尘埃未定 / 299

第二十四章　几番轮回 / 311

第二十五章　若即若离 / 325

第二十六章　似水柔情 / 337

第二十七章　心安勿忘 / 351

第二十八章　回眸一笑 / 365

第二十九章　现世安稳 / 374

第一章
迷而知返

烟花三月,水寒如昔,三两条木舟缓缓前行。十里长堤,路人寥寥,稀疏的林木开始返青,唯独林木中的鸟巢浓色逼人,视线广转,四周浅浅流淌着蠢蠢欲动的生机。

黄欣悦戴上白手套,将被撕成十数片的古画《疏林寒绿图》大致摆拼了一下,已然为作者的智慧叹为观止了。满眼的画里看不到一丝一毫绿意,但是只凭这些,已经足够感知到冰河瞬间顿开、春雁即将归来的美妙了。

很可惜,中间最显眼的地方,撕破了一个不大不小的洞。黄欣悦皱着眉头,这毁损情况比起先前她所裱过的古画来说,并不算严重,但是这画纸却十分难得,从纸的韧性、纤维与硬度来看,似乎与宣纸难分轩轾,但却分明有些不同。

黄欣悦的心中微微触动了一下,那地杆上有一道令人不易察觉的指痕。那是裱画师傅的习惯动作，每当做完最后一道工艺，用拇指轻轻掐一下，以便了解那纸张干燥的程度。她心中已经确定，这画无论是不是真迹，她都要回表姨家一趟，去找表姨父任文良了。因为，掐纸测湿度正是他多年来最惯常的动作之一。

"怎么？还真是你！"

黄欣悦抬头，看到表妹任婷一脸不可置信的模样，站在自己面前。她心中暗暗慨叹，冤家路窄，正是如此。表姨家的妹妹任婷恰恰就在这里工作，来前，她曾经祈祷最好不要遇到她，现在看来怎么都躲不过去了。

任婷实在是个漂亮的美人，黑亮的瞳孔，长长的睫毛，往下是比例正好而又坚挺的鼻子，白皙的皮肤点缀着性感饱满的红唇，一身拘谨的职业女装丝毫掩饰不住她的活力。但是，黄欣悦对这种逼人的艳丽有一种不由自主的避讳。

她没有抬头，只是轻轻应了一声："实在对不起，接受这项工作，是我们公司的决定，我也必须遵守。"

她心中明明知道这句话对任婷有很大的冲击，但是，都这么多年了，既然改变不了她，也没必要非要将自己蜷缩起来，永远做一只埋起头来掩盖自己的鸵鸟吧！

任婷果然有些怒意："好，既然你这样说，那我也告诉你，如果不是这幅画毁在了文道拍卖行，如果不是顾总念着与画作主人穆先生多年的交情，一定要修复这幅画，我还真是不愿意见到你。"

"我来这里也是公事公办，做完这份工作，我们就会和以前一样，不会见面了。"黄欣悦依旧低着头，视线集聚在那幅画上的笔法与功力上，即便是仿制品，这种笔力也是大师级的水平，是非常有价值的。

"你！"任婷先是有些气急败坏，然后便轻蔑地抱起手臂，说，"你知道这事有多严重吗？你知道你现在做的事会影响整个拍卖行的声誉吗？"

"我当然知道，这么大个拍卖行怎么可能出现假画呢？所以你们顾总经理一定要修复好它，如果有可能，最好是可以证明，它是不折不扣的真品。"

黄欣悦刚才已经听拍卖行的工作人员说，这画的作者为元代画家盛懋，之所以被古画鉴定家高教授鉴定为假画，并不是这幅画的画风与盛懋现存的其他作品不匹配，而是高教授说，只要不能证明盛懋确实画过此画，那它就是伪作。但画作主人穆先生说，他多年品读古画，也专门研究过盛懋的作品，这明明就是他的真迹，没有证据证明它是假画，就不要信口雌黄。因此，两位先生争得面红耳赤，互不相让，直到最后被激怒的穆先生居然几把撕毁了它。

黄欣悦虽然不敢确定这画的真伪，但她却知道，如果表姨父任文良亲手裱过这画，那它就有可能是真的，因为表姨父生平痴迷裱画，早些年就停薪留职，在家里专门做起裱画的生意来，他生平最恨造假，也只裱真品。即便很多人用重金酬谢，他也会将其拒之门外，所以黄欣悦对这幅画是非常重视的。

任婷看到黄欣悦平静如水，并没有丝毫气怒，只好跺了跺脚，不满地说："真没想到，这几年你可长本事了，变得伶牙俐齿的，再也不像以前在家里那样装柔弱了。"

"任总监，如果我们要谈公事的话，我想对你说的是，请带我去见一下你们顾总。"

"你真是蹬鼻子上脸，居然还想见我们顾总？我是这里的行政总监，你有什么话和我说就可以。"

"刚才你也说过，这件事关系着拍卖行的声誉，所以不能等闲视之，我需要亲自和顾总谈一些专业性的话题，如果耽搁了，这责任你我可都担不了。"

"你！"任婷的花容月貌瞬间扭曲了，但是，她思考了片刻，只好冷冷地"哼"了一声，转身朝前走。

黄欣悦的嘴角淡淡咧开，知道任婷顾忌的不仅仅是这句话，而是半年前她辞了中学英文教师的工作，费尽心机才进入这家拍卖行，这件事表姨父任文良并不知晓。黄欣悦为了息事宁人，也就装作不知道。

任婷的高跟鞋磕在锃亮光滑的地板上，发出清脆的声音。

黄欣悦小心翼翼地抱着放那张画的长盒子，看墙壁镶嵌着很多青花瓷片，横截面上浸透了岁月的痕迹，即便它们到处是裂纹，呈现出来的那静谧高贵的色调与内在的深沉，在这个充满了物欲的时代，都是一片清流。她想，今人喜爱这古物的缘由也是因为那独一无二的美感和在岁月时光中延续下来的怀旧情怀吧！她猜不到自己即将面对的是什么样的人，也不知道对方会怎么解读自己的行为，但是她已经暗暗做了决定，自己要做一件令人匪夷所思的事了。

此刻，顾明晨正蹙着眉头，叮咛着外事公关的负责人方宁："方经理，务必要将这件事的影响降到最低，从今天开始，拍卖行不接受一切电话或者来人采访，如果在网络上出现相关信息,一定要尽快与网站联系,用尽一切办法都要删除。还有,最好是防患于未然,不让这种事发生,你们应该明白我的意思吧?资金方面,我这里承诺,会给予最大的支持,但是一定不能让我失望……"

他挥了挥手,让方宁出去了。但是,他知道自己的心境并没有平复,这一切发生得实在匪夷所思,素来稳妥的高教授不知道为什么会失控,穆先生的举动更是出乎意料,竟然将画给毁掉。

忽然,听到轻轻敲门的声音与甜腻的女性嗓音传了过来:"顾总,我们的古画修复合作方,岁月流光艺术发展有限公司的代表黄欣悦女士想见您。"

"进来吧!"

顾明晨的视线里出现了一个身材瘦弱、五官还算清秀的短发女子,她怀里抱着的正是那只装有《疏林寒绿图》的紫檀木盒。

这个叫黄欣悦的女人看到顾明晨,眼神淡淡飘了过来,如同清风明月一般,不起任何涟漪。只是片刻,她的眼神又瞥向站在一旁的任婷。

顾明晨非常明白这个女人的意思,于是挥手说:"任总监,你先去给我准备一下明天的行程计划,这里暂时不需要你了。"

任婷脸上划过一丝不易察觉的不满,扭身离开了。

顾明晨蹙紧眉头,直视着她说:"现在没有人,可以说了吧?"

黄欣悦点头,将盒子轻轻放下,打开,小心翼翼地取出那幅《疏林寒绿图》,说:"这样一幅不能确定真伪的画,还能够得到贵行的重视,足以说明它非同一般。但是,我想说的是,我恐怕不能完成贵行的委托,我回去会和我的公司解释,并取消与贵行的合作。"

"你说什么?"顾明晨的身体僵硬起来,他动了动,按捺住内心的不快,"黄女士,有什么话不如开门见山,大可不必先上纲上线。"

"好,那我就打开天窗说亮话了,如果我看得不错,这画难以完成装裱的原因是它所用的纸张为传说中元代的古白鹿纸……现在难以找到一模一样的纸张,所以……"

"你的意思是,这画是真品?既然是元代的纸张,且不可复制,就说明一定是真的?"

"不!"黄欣悦再次摇头,"还有一种可能,就是装裱的人拥有这种古纸……"

顾明晨起身,诧异地说:"你说什么?这白鹿纸真的还有余量存世?"

黄欣悦淡笑:"这也是我和顾总一样心存疑虑的地方,所以我需要时间去探寻,一周后,我会给您答复,可以吗?"

顾明晨愣了一下,忽然叉着腰放声大笑:"黄女士,你是在和我开玩笑吧?你可知道,这画如是真品,价值多少?我拍卖行每天都有多少资金流水在运营?一周?一周的时间,我这里怕是几个亿就打了水漂了。还有,现在到处都是虎视眈眈、恨不得我垮台的竞争对手,这幅画要是真有个什么纰漏,我这里失去的可是信誉!信誉是什么?是无形资产,价值不可估量,说不定我这个拍卖行就因为这件事成为众矢之的,前期所有的努力都化为泡影!你说,我该怎么回复你?"

"巧妇难为无米之炊,顾总这样实在难为人了。"黄欣悦将古画装进盒子里,推到顾明晨面前,"这么珍贵的东西还是暂且先保存在这里吧,如果有幸可以找到白鹿纸,那么它也许有救,如果没有,那请恕我无能为力了。"

顾明晨一怔,觉得自己还真是小看眼前这个女人了,她表面恭敬,其实没有半分退让,暗自藏了无数锋利的刀刃,短短几句话,就让顾明晨失去了往日的冷静。于是,他冷笑:"很好,你可以离开这里,我立刻给你们公司打电话,让他们再换一名修复师来,不过,在这之前,我要先扣你们百分之十的延时履约费。"

黄欣悦并没有因为顾明晨的话而慌乱,她缓缓地将手套摘了下来,放进包里,说:"顾总,对不起,我失礼了。不过,我想说的是,我们公司并没有违反约定,只是在合同执行过程中忽然出现了不可抗力,这纸张是裱画的魂,没有适合的纸张来裱画,怕是会毁得一无所有。还有,我们公司现有三位修复师,一位出国度假了,另一位刚刚生了女儿还不足满月,现在恐怕只有我一个将就着用了。所以,您现在说的实在有些强人所难了,您在这行业做了这么久,也算是行家了,自然懂得此中道理。"

顾明晨手里抓住了一只空心玻璃杯,不知不觉用了些力,忽然听到"啪啦"一声,只见内层的玻璃竟然碎裂了,他扔掉杯子,轻轻抽了一张纸巾,抹去了涌出来的血迹。他抬头看到,对面的女人仍旧用淡漠的眼神看着自己,心头蓦地被刺了一下。从来在谈判桌上自己都是主导,但是此刻在这女人面前,他觉得这状况似乎有些失控。

于是,他轻咳一声,说:"我们公司和你们岁月流光艺术发展有限公司是签过长期合作合同的,这合同是有法律效力的,履行合同是你们公司的义务,现在无论你找多少理由,还是要履约的。"

黄欣悦眯着眼皮,回答:"我本来是个公私分明的人,不想在工作中涉及个人隐私,但现在顾总既然不肯通融,那我也只好自报家门了。从这画的装裱风格上看,是出自我的表姨父任文良之手,他虽然只是美术老师出身,但是曾经得到过民间艺术大师的传授,多年来,对裱画深有研究,在古画裱画界也算是一位资深的元老了。所以我想回去询问一下,这画真假自辨。请问顾总,这样的解释您满意吗?"

"任文良?"顾明晨虽然没有听说过这个名字,但他知道民间有很多业界高手,暂且不论这《疏林寒绿图》是真是假,也不论其绘画功力如何高深莫测,他看得出来,仅凭这裱画的技艺就实在是超凡脱俗,自成一派。他沉思了片刻,说:"怪不得……那好,就给你一周时间,然后一定要有个说法,否则我不但会终止合同,还要索赔!"

黄欣悦不满地看了一眼顾明晨,暗道这商人的嘴脸真是变化无常,她点头说:"好的,那顾总我回去了。"

顾明晨挥挥手,瞪着她开门离开,这才气鼓鼓地喝了一杯咖啡。他低头看到桌子上那幅画,不禁觉得有些奇怪,又将它打开审视一番。那画里的水木皆生动逼真,即便是孤寂,也不知不觉充满了一种向上的力量,这力量到底出自哪里?他又看了看盛懋的资料,其人在当朝并算不得顶级大师,但他的作品吸取了宋元两代山水画的特点,贴近自然,笔墨图式复杂多样,不可小觑,古画界虽然对其流传于世的作品也颇有微词,但正是这种不同,反倒提升了其内在的价值。这《疏林寒绿图》也确实符合他素常的书画作风,但是确实没有人可以确定它到底是不是盛懋亲笔。

顾明晨用手指敲着桌面,不小心触动了刚才的伤口,他看了看自己的手指,又渗出一丝血迹,不由苦笑一声。对于拍卖行来说,这是一场没有硝烟的战争。他不敢肯定,这个貌不惊人的女人,真的可以撑起这一切。但是目前也没有特别好的办法,他按捺住内心的浮躁,不得不把所有的一切都押在这个女国画修复师身上。他暗暗捶了几下有些发紧的额头,眼睁睁看着她的身影渐渐消失。

黄欣悦没有再见任婷,因为她要去的地方,是任婷最不想回去的家,她怕稍有不慎会触动任婷内心的底线,于是独自悄悄出了文道拍卖行的大门。外边的风还是有些清冷，她捂着脸深深呼吸了一口。没有人知道，她是怎样拼命抑制自己内心的翻涌，她怎么敢相信，表姨父所用的裱画纸张居然是传说中的白鹿纸？小时候和任婷、任鹏追逐打闹，偷偷翻遍表姨父的书柜，从来没有看到过这种纸张，她不敢相信自己的判断，不敢相信表姨父会为了一幅假画费尽心力装裱，这是藏在她心头难以述说的东西，所以她觉得一刻都不能迟缓，要早些见到表姨父。

手机忽然响了起来，是任婷。黄欣悦犹豫了片刻，还是按下了键。

"黄欣悦，你也不打个招呼就离开了，我这话还没说完呢！记住啊，不许告诉家里我在这里上班，如果我知道是你说的，我一定跟你没完！"

黄欣悦想了想，说："好，我答应你。如果我说了，你可以和小时候一样用脸盆泼我一头脏水！"

对方传来"哼"的一声，然后就挂断了，只听到嘀嗒嘀嗒的忙音。

她从来都记得很清楚，那是初冬一次大雪后，她的语文考了全班第一名，当她兴冲冲地拿着奖状回家，刚打开门，忽然觉得头上被什么东西砸了一下，瞬间一脸冰冷的臭水灌入了脖颈里。她看到一只破旧的牡丹花搪瓷盆扣在地上，散发着恶臭的味道。她打了一个冷战，看到任鹏嬉皮笑脸地跳了出来，趁她不注意一把夺过她手中的奖状，喊着："姐姐，怎么样？我说她肯定中招，哈哈，还拿着奖状想讨好爸妈呢？"

黄欣悦看到任婷拿着一把木梳，梳着自己的一头长发，皱眉说："还拿着奖状想回家显摆？不过，让你失望了，我爸妈今天出门看望老朋友去了，不在家，你这张破纸就没人看了。"她忽然得意地笑了笑，几下就将那奖状撕了几把，往地上一扔，然后扬长而去。

任鹏又蹦跳着，朝黄欣悦挤着鬼脸："我看你这回找谁哭诉去？谁叫你没事老是逞能？你可臭死了，赶紧离我们远点！"

黄欣悦浑身透凉，她看到任鹏与任婷的脸贴在窗户玻璃上偷偷笑着，自己的奖状被撕得到处飞扬，泪水蓦地流出来，于是她迎着不时袭来的寒风，追着将那些纸屑都捡了起来。

天色渐渐暗黑，屋外被雪映衬得如同白昼，任文良与刘淑惠还没有回来，她只好自己把衣服换了、洗了，然后到了任文良的裱画室里。那里还摆放着任文良早上用过的半瓶糨糊。曾经有无数次，她看到表姨父围着围裙，将一大团面揉和，然后饧上个把钟头，放水洗去面筋，再添加上自己独特的草药配方，熬成可以装裱用的糨糊。

她找了一张被任文良废弃的白纸，将奖状的碎片一一拼接起来。想着表姨父平常说的话："可别小看这两把刷子，千古流传的手艺都在这里。"她学着表姨父的样子，将那些碎片用糨糊一一粘贴，但是中间少了一块，就是缺少写着"黄欣悦"名字的那一块。黄欣悦抹了几把眼泪，在表姨父废弃的碎纸里找了一块和奖状硬度差不多的纸，剪成和破洞差不多大小的面积，开始贴补起来。但是那纸张的颜色还是相差了很多，黄欣悦的小脸哭得有些皱了，摸上去还有些微微疼痛。但是，她只是想将它拼好，她只想要一张完整的奖状。

她拿起表姨父的毛笔，用些红色的颜料将那块补洞的纸轻轻描上颜色，还学着用毛笔写着自己的名字，但是她无论如何也驾驭不了那支笔，于是她一边哭，一边继续描着……就这样，她不知不觉睡着了。等她醒来，就已经睡在自己的床上了。

她的意识是模糊的，感觉自己唇齿间还残留着药物的苦味，忽然听到表姨父训斥任婷与任鹏的声音："怎么回事？姐姐病了你们两个怎么无动于衷？我平时是怎么教你们的？"

她还听到表姨的声音："孩子们还小呢，自己能把自己照顾好就不容易了，现在欣悦这不就是个感冒发烧吗？过几天就好了，不要成天凶神恶煞的，孩子们都和你不亲了。"

"哼，都是你给惯的。"

黄欣悦感觉到一双非常粗糙的大手在自己头上摸了摸，说："这药还真是管用，欣悦，好好睡一觉，明天就好了。"

她很想和表姨父说句话，但是什么都说不出来，意识又模糊了。

再次醒来，她觉得自己的头清醒了很多。她看着四周，到处静悄悄的，忽然看到桌子上有一盘芝麻果仁点心，下边还压着一张纸。那张纸飘落下来，她捡起来，原来是自己那张奖状，最令人惊奇的是，这张奖状完整如昔，竟然看不出一丝一毫曾经破碎过的痕迹。

她不敢置信地揉了揉眼睛，确实是写着"黄欣悦同学"名字的那张奖状，"黄欣悦"那三个字与其他的字浑然一体，根本看不出来是修补过的。

她知道这一定是表姨父亲自修复的，这种神奇的技艺，从此就在黄欣悦幼小的心灵里留下了深深的痕迹。

午后的阳光是一天中最暖的了。黄欣悦站在通往表姨家的胡同口，这条胡同很深，与正街相通，胡同口放着一辆生满了锈、只有一只轮子的老自行车，园艺工人没有将它清理出去，而是借物造景，将它给那些藤本蔷薇做了支撑。一株有些年岁的国槐在阳光下拉出了长长的影子，那稀疏的枝干隐隐露出几分绿意。黄欣悦帮着往胡同里边骑去的快递三轮捡了一件掉落的快件，快递小哥连连说了几声"谢谢"，让黄欣悦有些羞怯起来。

表姨家在胡同的尽头，那扇门似乎刚刚刷了一层新漆，黄欣悦犹豫了片刻，还是推开了那扇门。她的童年，是过去时光里难以述说的一段存在。她三岁那年，父亲忽然死去，母亲将她带到这里，从此这里就盛满了她童年全部的记忆。表妹任婷、表弟任鹏后来接连出生，这个家就是在表姨刘淑惠的抱怨声、表姨父任文良的叹气声中流淌着日子的琐碎。

虽然这些年她不知道母亲去了哪里，母亲为什么就把她寄放在这里一去不返？但是，她察觉得出来，表姨父是一直护佑着自己的，并没有苛待自己，反而比对自己的亲生子女还要好。他曾经为了给黄欣悦凑够攻读研究生的生活费与学费，不惜日夜赶工，将自己的手给折腾肿了许多天才痊愈。而和她有着血缘关系的表姨刘淑惠却对她不冷不热，她只是一味溺爱着自己的两个孩子，因此任鹏高考落榜后，就再也没有复读。他后来在一家房地产公司做保安，本来也能过上安生日子，但是他却始终没有让父母省下心，打架酗酒折腾了几次，被公司辞退，只好终日游荡赋闲。

黄欣悦想着，迈开步子朝里走。院子里很安静，也收拾得非常利落。东南角是一大簇黄槽竹——这是北京庭院里最常见的竹子品种，自从表姨家住在这里以来，便一直都长势旺盛，春光明媚的日子里，这里竹影斑驳，浓淡相宜，因为有了它们，无形中给庭院增添了一抹生机。一张老榆木桌子，几把老竹藤椅子是平常家人一起在庭院里吃饭用的，也都看不到什么灰尘。表姨刘淑惠似乎不在家。她看了看正屋墙壁上的一只老雕花木的钟表，这个时辰应该是表姨出去买菜的时间，估计也快回来了。

她的脚步很轻，不敢发出声音。每天这个时候，是表姨父潜心工作的时刻，她站在窗口，看到表姨父任文良身上围着围裙，手中拿着一把大刷子，正专心地在一张三尺多长的纸上用力刷着。

黄欣悦很熟悉这道工序，这道工序叫托复背。就是要给裱好的画上再加一层或多层的纸。这纸不能太薄，也不能太厚。不可以用熟纸、绢帛、毛边或者报纸来代替，否则日久易破，也会有损原作。但见眼前这位鬓角早生华发的老人，正扬起一张棉连纸，仔细覆盖在画上，然后熟练地刷上糨糊，然后又扯出一张纸，覆盖在上边，再继续刷下去……阳光中，瘦削的身影与扬起的纸张融为一体，这场景看起来便是人与纸的美妙共舞。

黄欣悦看到表姨父将做好的复背纸，轻轻刷在一张书画作品上，方才轻轻舒了一口气。看到这里，黄欣悦进门，轻轻喊了一声："表姨父。"

"欣悦，你回来了？"任文良看到黄欣悦进门，紧绷的脸上骤然舒缓了许多，看得出他很开心，笑着说："赶紧，帮我一下。"

黄欣悦点头，和过去一样，帮助表姨父小心翼翼扶住那画，慢慢将那画贴到墙上。

任文良又拿出那把鬃刷，屏住了呼吸，顺着纸张的纤维方向轻轻地刷了过去，在复背纸四边抹上糨糊，最后将复背纸与画固定在墙壁上，才终于完全放松下来。此刻，墙壁上的画带着特殊的药香与未干的糨糊味道，险些将黄欣悦的眼泪勾了出来。

耳边听到任文良如释重负般地又舒了一口气："现在天气越来越暖和了，我这心里就踏实了，不怕它再出问题了，到时候没法交代。"

黄欣悦轻轻吸了一下鼻子，说："表姨父，您裱了这么多年的画，真是万无一失吗？真的没有出过差错？"

任文良"哼"了一声："我也不是大罗金仙，怎么可能没有出过差错？当年……"

黄欣悦正想继续往下听，忽然任文良顿了一下，似乎想起了什么，不再往下说了。

这是许多年来黄欣悦最习惯的场景了，表姨父本来就是个话不多的人，只是偶尔心血来潮，才会坐下来喝几杯酒，每次都是表姨陪着他喝，表姨经常说的一句话就是："文良，你有什么话不要闷在肚子里，不如和我说一说。"任文良总是应一句：

"老夫老妻了，都半辈子了，还说个啥呀！"说到这里便睡过去了，只留下表姨一个人说："还说什么老夫老妻，就是半辈子了又能怎么样？我只是想听你一句真话，我过分吗？可惜了，我这头发都白了，也等不着，看来是我从上辈子就欠了你吧！"

每当想起小时候这些场景，成年的黄欣悦似乎明白了些什么。表姨这辈子心里只有表姨父一个人，但是，表姨父的心思难以捉摸，也似乎在他默默劳作的漫长岁月里，还曾经有过一段旖旎的回忆，但是，黄欣悦还没有想透，那到底是什么。

她听母亲说过，表姨与表姨父这门亲事，是自己的外祖父颜祖山亲自做的媒，表姨是外祖母亲妹妹家最小的一个女娃，生得漂亮大气，于是便托付外祖父将她嫁给了自己的二弟子任文良，表姨父之前在中学教书，表姨就在学校的食堂里工作，现在退休后，更是一心一意打理家事。

正想着，听到门忽然开了，刘淑惠提着一只老母鸡回来，那只鸡的腿和翅膀都被白布带绑着，还试图挣扎着，听到她一边走一边骂："你这是贼心不死呀！都死到临头了，还折腾什么，认命就是了。"

黄欣悦站直了身子，朝刘淑惠喊了一声："姨。"

刘淑惠怔了一下，似乎有些吃惊，但是很快就镇定如常了："回来了？怎么也不提前打个电话说一声？"

任文良看着那幅画，点了点头，说："这是她自己的家，想什么时候回就什么时候回，打什么电话？这不，还是她姨有先见，连老母鸡都买回来了，赶紧收拾一下，烧一锅红烧鸡炖土豆，欣悦最爱吃这个了。"

刘淑惠的表情僵了一下，低声说："你不是总说自己的手脚有些不利落吗？我是听说用天麻炖老母鸡可以治你这毛病，所以……"

任文良大手一挥，将腰上的围裙摘了下来，喝了一杯桌子上早已经放凉了的菊花茶，"嘿嘿"一笑，不以为然地说："别提那些捕风捉影的话，要是真吃了只老母鸡，人就利落了，那些大医院不早就关门了？"

黄欣悦忧心忡忡地看了任文良一眼，只见他不停地捋着自己的食指，问："表姨父，您的手？"

任文良"哈哈"一笑，说："没什么，就是觉得近日有些发麻，我天天干的是这个裱画的精细活，这手指头想坏都没那种可能。"

刘淑惠"哼"了一声："看你逞能的！要不是看你成天辗转反侧，半夜老起来捶腿搓手的，我才不可怜你呢！"

"别说了，赶紧烧壶开水，烫了拔毛，好不容易孩子回来了，听我说，别放那什么天麻，炖土豆。"

黄欣悦连忙摆手："不，表姨父，我现在在外边工作，最注重形象了，不敢吃太多，这个老母鸡油太大，我可不敢吃，我有些蔬菜就可以了。"

任文良瞪眼："什么？怎么这口气和任婷似的？可千万别学她，光想着什么减肥漂亮什么的，成天描眉画眼的，穿着都是什么奇装异服呀？每次一回胡同，别人都当怪物一样看着她，她怎么也不知道寒碜呢？"

黄欣悦听到又把任婷给扯出来了，表姨刘淑惠的脸色有些怪异，连忙打断了任文良的话："我来做吧！"

任文良摇头："淑惠，你去做饭，欣悦的手现在也是做精细活的，不要让她做这些琐碎的家务事了，你就代劳吧！听我的，炖土豆。来，欣悦，到里屋去，我有话对你说。"

任文良的书房是院子里的西耳房，最大的一间厢房是他的工作室，其他的是三个孩子的屋子，所以只剩下这一间耳房可以当书房了。此刻，大概是下午四点多了，光线已经有些昏暗了。任文良的书桌上摆放着一幅破旧的古画。

他一边摸了摸膝盖，一边坐了下来，说："欣悦，我知道你回来肯定是有事要问我，有什么事就说吧，不要吞吞吐吐的。"

黄欣悦的鼻腔里忽然涌出一股酸楚的味道，她轻轻吸了一口气，说："表姨父，我见到了一幅画，那幅画的味道好熟悉。"

"什么画？是画的味道还是装裱的味道熟悉呀？"任文良一边问一边拿着放大镜看着那幅画中间破的一个洞，似乎在深深思考，下边的工序应该怎么做，才能将它完好无缺地补上。

黄欣悦闭了下眼又睁开，鼓起勇气说："您常常说，这好画是三分画七分裱，但是我看到的这幅画不仅仅从裱功上看登峰造极，那画功也是非同小可，还有最奇怪的是，那张裱画用的纸，我从未见过。"

听到这里，任文良"哦"了一声，抬起眼皮看了看黄欣悦窘迫的表情："孩子，

12

你想说什么？"

"我"，黄欣悦鼓足了勇气，终于说出了自己心里的疑问，"我不懂，表姨父您为什么会违背初衷，是什么力量让您会耗尽心力裱一幅赝品？"

任文良的神情凝重起来："你说什么？"

"对，那幅画是元代盛懋的《疏林寒绿图》，这画功确实是盛懋擅长的笔法，但是如果我没有猜错，我母亲当年托付给您的就是这幅《疏林寒绿图》，我真的不明白，这是怎么回事？如果这画是赝品，那么这画又是谁画的？如果是真品，那……"

黄欣悦很想质问任文良为什么会将母亲的画流失出去？但她看着任文良放下手里的放大镜，皱纹波动，表情凝重，扶着自己的官帽椅，缓缓地坐了下去，只好抿了抿嘴，不敢再说下去。

只见任文良的眼神混浊迷离，他看着窗口，似乎陷入了难以名状的沉思中，良久，他叹了口气："孩子，你是在责怪我吗？"

"不，表姨父，我感激您对我的养育之恩，我并没有责怪您的意思，我只是想知道真相。"

"真相？"任文良的嘴角微微咧开，那笑容非常复杂深邃，"孩子，你长大了，我也该对你有个交代了。你说的没错，当年你母亲把你和那幅画托付给我，并告诉我，在万不得已的情况下，可以将那幅画变卖，以解燃眉之急。"

"那，您遇到了什么样的燃眉之急？"黄欣悦没有想到自己这话就这样轻而易举地从嘴边溜了出来。

第二章
故地重回

忽然，听到院子里一声惊天动地的声音传来，只听到咯咯咯的鸡叫声和表姨刘淑惠的怒骂声："你这是长了翅膀了，想飞，有本事给我飞高点，别让我逮到你，不然，还不是要做我的刀下鬼！你给我老老实实地下来！"

黄欣悦与任文良只好停止了下来，走到门外，结果看到刘淑惠蓬头垢面，正掐着那只老母鸡的翅膀恶狠狠地往一只冒着滚烫热气的大盆里按。一旁是掉落下来的屋檐瓦片，还有一只破碎的金鱼缸。

"姨，我来帮你吧！"黄欣悦有些不忍，冲上前，帮着刘淑惠按住了那只鸡。

刘淑惠吸了一口气，推了她一把，有些怨气地说："不用你，你表姨父都说你的手指头金贵，不能碰这些东西，我要是真让你干这些脏活，他那眼珠子还不翻死我！算了，我自己不找那晦气！"

黄欣悦明显感觉到表姨对自己的疏离，她不知道该怎么办，只听到任文良的怒斥传来："淑惠，你怎么了？让孩子看笑话，我当初和你不是说好了吗？我们对欣悦要和自己亲生的一样，这也是你答应过我的。孩子不过是想帮你，你这又是何必呢？"

刘淑惠忽然抬起头怨恨地看了一眼黄欣悦后，说："都这么多年了，只要沾上她的事，只要是她的女儿，你就完全鬼迷了心窍，全糊涂了，现在连亲疏远近都分不清楚了。我是她的表姨，是长辈，我才是和她有血缘关系的人，我就算说她几句又怎么样？"

"你！"任文良显然没有想到妻子居然在外甥女的面前反驳自己的话，有些惊怒。

黄欣悦隐隐感觉到这个家流淌着一种让自己感到陌生的东西，自从来到这里，经常听到表姨那些含沙射影的语句，令人费解，也许还有很多是自己不知道的。她也感觉是自己的归来让他们之间出现了嫌隙，因而非常内疚。

于是，她小心翼翼地说："姨，我这次回来实在是事出有因，并不是有意来麻烦您和表姨父的，我不过是想知道那幅《疏林寒绿图》用的白鹿纸究竟还有没有存在？也想知道那幅画究竟是怎么回事？"

刘淑惠听到这里，忽然扔掉了手里的老母鸡，那只鸡被刀架在脖子上很久了，血流了一片，终于没有声息了。只见她站起身来，用毛巾擦了擦手，冷冷地说："任文良，你凭良心说话，我伺候你们老老小小这些年，我到底有什么过错？你现在居然这样对我！你为什么不告诉她，那幅画用的纸都是她家的，那幅画本来就是她家祖上传下来的，你不过是为了保护那幅原画不受损失，才违逆心意，殚精竭虑临摹出来的画！"

"住口！"任文良脸上青筋暴露，瘦弱的身躯有些颤抖，他没有想到，妻子竟然就这样说出了自己埋在心里一辈子的秘密，他素来厌恶这物欲横流的社会中最猥琐的事情——制作赝品，但是这秘密还是被破解了。他此刻内心澎湃，不知道该怎么面对晚辈！

黄欣悦的脸色苍白，不敢相信表姨所说的话，但是她明明在任文良脸上读到了真相。

只听任文良缓缓地叹息了一声，说："欣悦，我并不是想瞒你，只是还没有到说的时候,现在既然这层窗户纸已经被揭开了,我索性就告诉你,那幅画确实是你家的东西。我当年答应过你母亲,如果二十年后她还没有出现,我就将这画交给你。到今年已经十九年了,如果明年还见不到她……"

黄欣悦的嘴唇冰冷:"我母亲,她还……活着?"

任文良摇摇头:"我不知道,只知道她离开了中国,去了国外,这些年从来没有联系过。"

"但是,您为什么会临摹那幅画?"

"我……"任文良不知道该怎么对黄欣悦诉说,往事如烟,那些过去的时光已经一去不复返,难道要将那些痛苦的往事再追回来,重新撕裂一遍已经愈合的伤口吗?

"还是让我说吧!"刘淑惠将围裙解了下来,扔到地上,说,"这些年我也受够了,无论花多少心思,都得不到你的心,索性不如把话说明白,你做这些,难道不是为了那个叫颜雪珊的女人?你心里一直放不下她,所以对她的女儿也爱屋及乌,所以才破了自己的誓言,临摹了三幅一模一样的画。"

黄欣悦震惊,颜雪珊正是自己母亲的名字,她只隐约记得,母亲带着自己对任文良哭诉过,然后就消失在茫茫人世间,再也没有音讯。她甚至从来不敢问,怕一问就会有人告诉自己,母亲去了一个叫天堂的地方。她早就决定,将对母亲的记忆冻结起来,不再追寻。她期待,有一天,母亲可以出现在自己面前。现在听到居然是自己的母亲让素来刚正执拗的表姨父改变了初衷,这该是怎么样的一种感情?她不敢再想下去了。

任文良老泪纵横,指着刘淑惠说:"当着孩子的面,你知道你在说什么?"

"我说什么你自己清楚,难道你现在还不敢承认,欣悦是你的孩子!你这个人从来都是一根筋,雷推不动雨打不动的,可是你却为了一个女人,将自己彻底改变了,难道你还不敢承认吗?"

"不!"任文良摇头,身躯摇晃着,跌坐在庭院里的藤椅上。

刘淑惠"哼"了一声:"这些年我一直忍着这委屈呀,但是你始终不知悔改,现在我也不怕让晚辈笑话。过去的那些年,我一次次在收拾你房间的时候,看到那些你为了临摹那幅画画了无数张的草图,看到彻夜不眠的你无数次将那幅画反复对照，你甚至发着高烧，三天几乎不吃不喝，就是为了临摹那幅画，你什么时候对我和我们的孩子们那样用过心？"

　　黄欣悦看着低头不语、萎靡不振的任文良，内心一阵暖流流过，这是真的吗？自小就是表姨父在照顾自己，任婷喜欢穿衣打扮，大了以后那些瓶瓶罐罐的化妆品不离身，而任鹏根本不喜欢读书，只是跟着胡同里的那些小混混们终日打架斗殴，经常被表姨父斥责。她最喜欢的就是默默跟在表姨父身边，看着他戴着近视镜一点点描着那些缺失的画色，即使完结后，也要在不同的光线中反复验看。后来，他身边又多了一副老花镜，远看近看，要不时更换眼镜。每当这时，小欣悦总是察言观色，及时递给任文良一副合适的眼镜，任文良总是笑笑，夸赞她。

　　黄欣悦很喜欢那种感觉，她觉得那就是父爱。她甚至多少次希望表姨父可以真的是自己的父亲，那么自己也可以那样撒娇了。她泪水模糊了，默默地看着任文良。

　　任文良却叹气："淑惠，你误会了。你从来都知道，我的身份不仅仅是雪珊的姐夫，我还是她丈夫的师弟，是她的师兄。所以，我一定要照顾好他们的孩子和他们委托给我的事情。"

　　刘淑惠再次笑了："行，当着孩子的面，你抹不开面子，还死鸭子嘴硬，我可以不和你计较，但是孩子终究大了，该知道的应该告诉她了，不是吗？你告诉她，她的父亲到底是谁？"

　　"我……"任文良觉得自己喉咙里涌出一股热流，他蓦地觉得呼吸都困难了，这样的刘淑惠，是他从来没有见过的刘淑惠。以往的她，都是淳厚体贴，从来不曾对自己大声说过话，这样的她，让他有些恐惧。到底是谁改变了谁？

　　"还是说不出口？"刘淑惠冷笑着说，"这些年如果不是颜雪珊的画和她的女儿守在你身边，使你从来没有放弃过希望，你是不是早就抛弃我们母子三人了，对吗？我忍够了，今天就要你给我说个明明白白……"

　　"妈！"刘淑惠还没说完，忽然听到一声凄厉而熟悉的呼唤，她看到自己的儿子任鹏头破血流地扑倒在自己身边，她急忙拉起他来一看，顿时疼得心如刀绞。

　　任鹏衣衫破烂，半边脸肿了老高，灰土混着黑色半干的血，覆盖在几乎扭曲的脸上。她急忙慌乱扒着任鹏的衣服仔细查看着，他的衣服上除了血迹还有几个破洞，明显是用锋利的刀刃割出来的，还好，没有深入血肉。即便是这样，她也几乎被吓

17

得魂飞魄散。

黄欣悦捂着嘴，也惊得喊了一声："鹏鹏，你怎么了？"

"你一边去，没你事，"任鹏哭喊着，甩了她一个白眼，依旧扑在母亲身上，"妈，快求求我爸，救救您儿子，不然您儿子就会被人大卸八块了！"

刘淑惠再也顾不得斥责丈夫的不是，气急败坏地拉起儿子，大声问："谁欺负你了？这光天化日之下，还有没有法制了，谁敢对你大卸八块？"

任鹏痛哭流涕："妈，都是我不好，您打死我吧！不过，我向您保证，只要您和爸救我这最后一回，我以后一定循规蹈矩，听你们的话，再也不惹事了。"

"你这孩子，你给我说清楚，"刘淑惠恨铁不成钢，看着旁边的任文良面色冷静，心头有些莫名的恐慌，"你不说清楚，让我们怎么救你？"

"我……前一段时间不是出门了吗？"任鹏嗫嚅了片刻，咬牙说着。

"你不是说和同学一起学做生意吗？"

任鹏忽然号啕大哭，扯起刘淑惠的手朝自己头上砸："我的亲妈呀！我是受了我那歪心眼的同学的蛊惑，去澳门玩了一趟……"

知子莫若母。刘淑惠听到"澳门"两个字，心里咯噔了一下，"什么？你去赌钱了？输了多少？"

任鹏哭得更加哀绝："我是犯浑了，当时我喝了点酒，我就……500万元吧……是我同学把我赎出来的，不然我就怕是被人家给打死了。"

刘淑惠听到后一边流泪一边朝任鹏的身上狠狠打了几巴掌："你这个不争气的孩子，和你说了千遍万遍，你就是不听，近朱者赤、近墨者黑，你那个同学是什么黑心狼附体呀？他怂恿你去赌钱，让你输得倾家荡产，还把你赎出来，这是安的什么心呀？我看他这是整蛊你呀！你这个傻孩子！"

"妈，救救我，我同学说只要把咱家的那幅古画给他，从此就一了百了，既往不咎了。"

"什么？你再说一遍？古画？你怎么知道？你呀！"刘淑惠恨得牙痒痒，又朝儿子身上狠狠打了一巴掌，"真是个不争气的东西！那画是人家的，咱们怎么能用人家的画补自己的亏空呢！还不让你爸打死你！"

任鹏这才意识到任文良的存在，他警觉地转头看了一眼自己的父亲，任文良的

18

眼睛里迸射出一种自己看不懂的绝望，这种眼神令任鹏感到脊背发凉，他下意识地朝母亲身后躲去。

任文良并没有和以前一样斥责他，直接用竹竿子追打自己。但正由于这种反差，更加令他内心恐惧。

过了很久，才看到任文良点头："是祸躲不过，我知道早晚有一天报应会来，但是没有想到这样早！我是活该，自己破了誓言，我最该受到惩罚。"

任文良面无表情地说："他已经是成年人了，应该对自己的行为负责，我们没有必要再为他牵肠挂肚了，淑惠。"

刘淑惠听了这话，惊得目瞪口呆："你说什么？"

"我说，我们没有义务再管他的事了。"

刘淑惠忽然歇斯底里地笑了几声："你好狠心，居然连自己亲生儿子的死活都不顾！你可知道，他那个同学可是个黑白两道皆通的厉害角色，几年前就进去过，是个做事不要命的家伙，这么大一笔钱，这些曲曲弯弯的套路，恐怕是早有预谋，任鹏是着了人家的道了。"

任文良冷冷地看了一眼自己的妻子："你既然都知道得这样清楚，为什么还纵容他？为什么不早些制止他？家有败儿，必有慈母，还是反思一下自己吧！"

"现在你居然都怪起我来了？我告诉你，这事你不管也得管！"

任文良听到并不作声，站起身来，缓缓走近那只没有退完鸡毛的老母鸡，索性慢慢坐下来，开始撕扯起鸡毛："我看我还是吃顿安生饭吧！让他自己去抹平自己欠的亏空，我这一把岁数，可是折腾不起了。"

刘淑惠气得拍起自己的大腿，怒骂："我怎么这么命苦哇！儿子不省心，男人也这样绝情……"

黄欣悦有些着急，连忙说："姨、表姨父，你们不要急，我们一起慢慢想办法。"

刘淑惠哀绝地说："还有什么办法？那么大一笔钱，让我们到哪里找？除非卖了这套院子，但是我们一家老小到哪里去住呀！"

这时，一旁的任鹏忽然站直了腰，愤愤不平地说："这院子不能卖！我妈跟了您一辈子，什么都没有，就只剩这了。那幅画已经在咱家放了这些年了，再说咱家抚养了她十几年，难道这些还比不上那幅画吗？这几年古画行情不错，卖了那画，不但能还了债，还能有富余……"

黄欣悦没有想到任鹏还是打着那幅画的主意，不由有些着急，她看到任文良手上的动作渐渐停止了，他的目光凛冽而笃定地说："那幅画不是我们的，你连想都别想！"

任鹏不可思议地看着自己的父亲，忽然摇头，指着黄欣悦说："您还是为了您的私生女？这些年您也够意思了，但是人家领您的情吗？多少天都不回来一趟，您说您这不是养了一只白眼狼吗！"

黄欣悦被说得窘迫起来，她看到任文良的表情彻底僵住了，心中暗暗担心。只见刘淑惠也意识到儿子有些逾越，连忙冲上去朝着他后边作势又拍又打："你这孩子，缺什么都别缺心眼，你还想活就给我老老实实回屋里去待着，不叫你不许出来！"

任鹏脸色苍白，只好转身进了屋子。

刘淑惠缓缓叹了口气，对黄欣悦说："其实，我也不想做对不起你家的事，虽然将你养大是一份情，但也不能因此霸占你家的东西，一码归一码。"

黄欣悦沉思片刻，忽然说："姨、表姨父，人命关天，再说欠债还钱，也是天经地义，这古画虽然是宝贝，但是毕竟不如人命值钱，如果我母亲还在，肯定也会同意这样做的。鹏鹏说的对，姨和表姨父都对我恩重如山，是我这两年疏忽了你们的感受，只顾忙工作，回来少了，请你们原谅我的过失吧！"

刘淑惠听到黄欣悦这些话，面色缓和过来："唉，你这孩子，也是懂事，但是你表姨父他铁嘴钢牙不放松，我们谁都没有办法，我只有这一个儿子，他就是再不济事，也是自家的血肉，我这当妈的哪里舍得抛弃他！"

黄欣悦听得出这些都是表姨的心里话，她忽然想起自己多年没有见到的母亲颜雪珊，她也多么希望身边有疼自己爱自己的母亲陪伴。每一位母亲都将自己儿女当成最值得珍惜的宝贝，可是自己却不知道母亲到底去了哪里。她想来觉得心酸，只好低下了头。

任文良将鸡扔到了盆里，对刘淑惠说："先做饭吧！"然后他又对黄欣悦说："欣悦，走，我带你去看看那幅画。"

黄欣悦听得有些激动，原来那幅画还在，拍卖行的画果然是赝品。只见任文良进了屋子，打开了书柜一道门，原来里边还别有乾坤，他打开那铜锁，取出一只盒子，轻轻打开，让黄欣悦看。

黄欣悦看到那画果然与拍卖行那幅一模一样，心里的石头才落了地。但是，她还没来得及说话，就看到任文良拿着那画走出屋子对外边的刘淑惠说："给你，这是最后一次。"

任鹏此刻早就听到动静，飞奔过来，抢在母亲面前，接过那幅画仔细看着，然后又让刘淑惠端详。母子两人看了看任文良，他早已经转头回到了屋子里。

任鹏开心起来，顾不得伤痛，顾不得在后边追着殷殷叮咛的母亲，飞奔出门。

任文良看着儿子的身影，长长叹息："欣悦，我知道你现在心里一定是怨我的，子不教，父之过，我虽是数落淑惠，但是我也明白，我自己也有责任。当年我四十多岁，偶然一次在一家书画院里看到机裱的画，忽然就觉得那种裱法虽然也算方正，但缺了灵气，于是我就办理了停薪留职，从此醉心裱画，却忽视对你们三个孩子的关心、爱护和管教，这本身就是我的错，所以我想，我是该承担责任。"

"表姨父，我不是那个意思。"黄欣悦听任文良说的每句话都如惊天霹雳，让她震惊不已。

"但是，你放心，那原画好好的，"任文良说着，又取出一只紫檀木盒放到那张大红桌子上，"我小时候在老家无意中临摹了一幅画，结果被我的师傅颜祖山看上收为二弟子，我的师兄就是你的亲生父亲黄家铭，我一边上学一边在师傅的教导下学了裱画和临摹，但是我不喜欢临摹，因为临摹容易让自己走入歧途，沾染上铜臭，后来我考上了北京师范大学，毕业后就在一家中学做了美术老师。我曾经发誓，我这辈子再也不会临摹，我只专注我的裱画。"

"那……您一定是遇到了什么棘手的事，这才决定临摹那幅画的，对吗？"

任文良听到黄欣悦的话，点头："不错，你表姨说得没错，我临摹过三幅相同的画，一幅当年为了救你母亲赠予他人，一幅落入仇家之手，还有交给任鹏的最后这一幅。我今生今世也再也不会临摹了。"

"我母亲？仇家？"黄欣悦的眼眶红了，第一次听表姨父说起母亲的事，她很想听，很想知道母亲为什么会将自己寄养在别人家里，为什么还有仇家？

"我知道你很想知道你母亲的事，那些都是前尘往事了，不提也罢。她将你寄养在这里，一定有不得已的理由，你也不要怨恨她。她曾经做错了事被判刑，所以我才把其中的一幅画赠给了我们学校的洪校长，因为洪校长的弟子就是当初审判你母亲的法官，但是最后还是无济于事。"

黄欣悦听得目瞪口呆，原来母亲竟然有如此遭遇。

"孩子，后来你母亲曾经找过你，我本来想劝她好好带着你生活，但是她还是不肯，后来她找到了仇家，在仇家附近的一家法国华商家里以保姆的身份隐匿下来，直到那仇家家里出了意外……我最后一次见她，是她说她要出国离开一段时间，请我照顾好你。"

"这些年，她真的没有再出现过？"黄欣悦终于明白了，让表姨终日惶惶的人居然是自己的母亲，不知道母亲曾经经历了怎样一段痛苦经历。

任文良摇头："没有。孩子，你都知道了，今天我有些累了，你先回去休息吧！"

黄欣悦看着任文良缓缓走进自己的裱画室里，他背影萧索，也是孤独的，还有几分无奈。那个裱画室也是他平素将自己藏起来的地方，那里边有一张用了快三十年的行军床。每当与表姨有了磕绊，他就会在里边待上整夜。难以想象，过去那些年，表姨父为了完成对母亲的承诺，背负了多少岁月的沉重，包括这份隐忍的智慧和俗世中的挣扎。这次回来，她早就注意到，他平常裱画用的草药黄檗已经所剩无几了，她决定明日去帮他买些回来。

夜色阑珊，星光点点。任文良睁着眼睛，看着窗外的夜空。他仿佛回到了过去。

一个夏日午后，几个孩子吃过了淑惠亲手做的肉丝面，各自回屋午睡。他偷偷看到刚刚三年级的黄欣悦独自趴在自己的裱画室里，正用小镊子剔除自己喜欢的一本教科书封面上的脏污。任婷脸上覆盖几片黄瓜片，正闭目养神。任鹏也没有睡，则是趴在电脑前打着游戏，不时还捶一下桌子，骂着什么。刘淑惠累了大半天，躺在外边的藤椅上，拿着一把大蒲扇，打起了沉沉的鼾声。

他笑着摇摇头，也许雪珊知道自己的苦闷，特意留下一个聪慧的女儿来缓解自己的压抑。他看着熟睡的刘淑惠，终日操劳在柴米油盐中，她的身上带着普通中年妇女那种世俗的气息，身上穿着地摊上几十元钱的小衫，有时为了买些便宜的蔬菜，要走上好几里路，回来的时候才发现腿都是肿的。晚上又哼呀哼呀喊着腿疼，梦呓中还流露出上午和卖菜的小贩为了两角钱的不满争吵声。几个孩子渐渐长大，她的发丝却隐隐见白。

他心中暗暗内疚，当初娶她并不顺心，她却尽职尽责，相夫教子，从来没有半点怨言。今天的她，是自己所不认识的她。虽然她还是那样溺爱儿子，但是她说的那些话，定是积压了多年的心声。这错的人，终究还是自己。虽然每天在一张桌子吃饭，在一张床睡觉，但她与他始终隔着什么。他不敢面对她，不敢泄露隐藏在自己内心的空洞。

长大的黄欣悦越来越像她的母亲，每次看到她，他都会不由自主想起年少的自己，在师傅颜祖山家的院子里，第一眼看到颜雪珊时候的样子。

那也是梨花乱白、桃之夭夭的季节，年轻的颜雪珊一身的粗布麻衣，披着长长的发丝，笑语盈盈，端着一只大箩筐出来，里边盛满了黄色的根皮状草药。那些什么梨花、桃花的暗香瞬间都被夺了去。他看到了一个连灵魂里都散发着香气的女子。

那女子的背影对着自己，笑容却对着一旁另外一个年轻小伙子说："铭哥，我爹说，这些黄檗，不用晒时间太长，只要散散潮气就可以了，这可是染纸的宝贝呢！"

年轻小伙子拿起一块黄檗说："记得在书上看过，公元两百年东汉人左伯制成了一张防虫纸，就是用这黄檗汁熏染而成，将其命名为'潢'，这也是后世'装潢'一词的肇始。"

颜雪珊撇着嘴："现学现卖，也不害臊！"

年轻人笑答："苏轼说过，'博观而约取，厚积而薄发'，这怎么是现学现卖？"

"雪珊、家铭，快来，别斗嘴了，给你们介绍一下你们的师弟。"

任文良听到师傅颜祖山的声音，魂才回到原处。他第一次开心地笑了。

想到这里，他抬头看到黄欣悦又看着那怎么也弄不下去的脏污发愁，于是，他走了过去，拿起一旁友人托付的一幅古籍，那书起霉了，纸页破烂了不少，还卷曲着。他没有作声，只是将那纸书起霉的一页泡到水里。灯影阑珊中，他感觉到一个纤细的身影渐渐靠近了自己，不用看，他知道是欣悦。

他只是笑了笑，用一把小镊子轻轻捞起那纸页，拿出一瓶酒精倒了上去，然后点燃了那酒精，火焰带着逼人的热量呼呼窜上来。欣悦大叫一声，捂着嘴，惊呆了。待火焰退下去，他轻轻一擦，奇迹发生了，那些顽固的霉菌竟然消失了。

"为什么要用酒精烧呢？看着一点就着，挺危险的，但其实还隔着水呢，纸是烧不着的，加热时酒精下边的水都是沸腾的，所以那些霉菌呀，就好清除掉了。"

黄欣悦皱着的眉头终于渐渐舒展开来，笑了。在她眼里，表姨父是无所不能的。

每次和欣悦说这些裱画的技巧时，任文良也都是特别满足的，因为有人静静地倾听，有人在慢慢接受他的一切。此刻，忽然听到一声歇斯底里的哭声，只见任婷哭着走出来，白色的裙子上染了一片墨水。

"爸，妈，你们看任鹏，他老是占着电脑不让我玩，我说了他几句，他就偷偷把墨水倒在我裙子上，这可怎么办呀？"

正打着盹的刘淑惠蓦地被任婷的哭声给吵醒了，她睁开眼，明白了原委，对着任鹏就骂了起来："你这个瞎头不长眼的孩子，你闲疯了？这墨水是用来干这缺德事的？你爸天天熬夜累得一把骨头供你们吃喝上学，你就这么糟蹋东西？我……看我不打死你……"

刘淑惠骂着，四处张望，终于找到了一个细竹竿，她思量了片刻，偷看了一眼任文良的裱画室，知道他定是听到了。如果自己不先发制人，一会儿等他腾出手来，任鹏怕是又躲不过一场打。

任鹏也似乎察觉到气氛紧张，终于放下手里的鼠标，低着头走到刘淑惠面前："妈，我以后再也不敢了，您饶我这一回。"

"我看你是记吃不记打，这次非得逼我动家伙不行。"刘淑惠用那细竹竿轻轻敲打了一下正屋的台阶，"这电脑是给你们买来学习用的，不是让你们打游戏瞎折腾用的，还不赶紧给我关了，以后不经过我们允许，不许开机。"

"妈，电脑上都有开机密码，设好了密码，我看他还得意忘形不？"任婷恼怒弟弟使坏，赶紧告诉母亲钳制弟弟的办法，但是却被刘淑惠狠狠瞪了一眼。

"住嘴，你是姐姐，你要是不惹他，他会给你倒墨水？"

任婷听了，这才意识到自己招惹了更大的事端，连忙闭嘴不言。待她抬头，却给吓了一跳，只见任文良领着黄欣悦站在他们面前，眼里都是怒意。

"任婷、任鹏你们两个都过来。"

刘淑惠愕然，看到丈夫手里拿着三张白纸，每张纸上边分别写着两个大字，她看着任文良将写着"白矾"的纸给了任鹏，将写着"松香"的纸给了任婷，而写着"黄檗"的那张纸最后递给了黄欣悦。

"我看你们几个放了假都闲得发慌,从今天开始,每个人回屋都把这两个字抄写一百遍,还要按时到附近的中药店去买,每次向你妈和你姨要买药的钱,回来都要报账,多退少补,把买回来的药材放进屋子里的三个罐子里,什么时候缺了就要补上。还有,每次回来我都要考考你们对这三味药材的感受,听到了吗?"

三个孩子点点头,纷纷看着刘淑惠。刘淑惠显然没有想到是这样一个结果,她倒是很敬佩丈夫这种处理办法,于是赶紧掏出钱来,分别放进三个孩子手里。

黄欣悦走在最后,看到任婷早在和任鹏沟通:"喂,你打算去哪儿买?"

"还能去哪里?当然找最近的地方去。"

"笨蛋,"任婷挥挥手,瞥了一眼黄欣悦,小声对任鹏说,"你不早就想去那边玩陀螺吗?我想去那边公园看人家跳舞,我们要是近了,怎么来得及?你要是答应我一件事,我就原谅你,不计较你以前的错处了。"

"什么?"

"喂,给你。"任婷给了弟弟一个硬币,"我不知道药店的松香多少钱,但是我知道白矾最便宜了,你去买的时候,捎带给我买回松香。"

任鹏并没有领悟姐姐的意思,说:"你这一元钱不够吧?"

任婷白了他一眼说:"你不是还有钱吗?用你的钱给我补上。你弄坏了我的裙子,就算赔罪吧!如果妈要是问起来,你就说摔了一跤都撒了,只剩下这些了。妈那么心疼你,肯定不会再问,这一关就算闯过去了。"

"这……"任鹏只是觉得哪里不对劲,但是却什么都说不出来,只是挠了挠头。

任婷转身对后边的黄欣悦说:"喂,别跟着我们,我们也不会和你一路,识相的话就躲远点儿。"

黄欣悦停住了脚步,看着他们两个人分别朝两个不同方向跑远了。她想了想,还是觉得附近的最放心,出了问题也好找,于是还是选择了距离家里大概只有两三百米的那家名叫"素问堂"的中药店。进了中药店,刚刚九岁的黄欣悦,个头矮矮的,站在柜台前面,视线并不太理想,她踮着脚,伸出手里的十元钱递交过去:"我要买黄檗。"

柜台里站着的是一个漂亮的年轻女人,她瞧着小欣悦的样子笑了:"个头还没有柜台高呢,就知道帮着家里做事了,还真是懂事。不过,还真是不好意思,匣子里的黄檗不太多了，得去里边取。"

这时，不知道从哪里出现一个和小欣悦差不多大的男孩子，他穿着一件白色的T恤，不满地说："妈，我也可以帮你呀！我已经长大了。"

那年轻女人更加笑得欢欣，后来看着自己的儿子有些不太高兴，渐渐收敛了下来，只好说："你说，你打算怎么帮我？"

只见那男孩子背着手，很严肃地对小欣悦说："走，跟我到里边去拿，我知道那些黄檗都放在哪里。"

年轻女子奇怪了："你怎么知道？那药房里有多少种药材你知道吗？和黄檗颜色形状相近的有很多，你能分得出来哪种是它吗？"

男孩子答："我前些天看到咱家的药工趁着阳光好出来晒药材了，后来有人将一袋子黄檗重新放回去了，说那个本来就是防虫子的东西，也不潮，就不用晒了，那袋子就放到了最外边的倒数第五排第三层架子上。"

年轻女子听了觉得不可思议，很久才说："儿子，看来是我小看你了。"

男孩子不满地"哼"了一声，随即伸出自己的手，对小欣悦说："我们走吧！"

第三章

平地生波

  黄欣悦就这样进入到那里边的院子里，这个院子不大，并不是主人的居住地，只有一些花花草草，一张石桌，几个石凳，依旧有两个人在搬来搬去，晒着药材。

  有人忽然说："这边上的凳子太碍事了，我们往里抬抬。"

  另外一个药工点头，两个人决定一起用力将它往里挪去。这个石头凳子看着不大，可是也有百十来斤，两个人咬着牙，喊着"一二三"朝后抬着，小欣悦看到一个人正往后靠的时候，后边的一大箩筐草药被碰到似乎要翻扣在地上，于是她大喊了一声，冲到前边，拖住那箩筐。两个药工看到忽然冲出一个小女孩，愣了片刻，竟然失手将石凳子扔到地上，凳子不偏不倚正压在小欣悦的脚上，小欣悦顿时疼得脸色苍白。

  两个药工看到，连忙手忙脚乱地将石凳子抬到一边去。可是小欣悦的脚已经一片淤肿，还隐隐出现了血丝。

那男孩子很愧疚地对小欣悦说："你怎么样？我去叫我妈给你看看，拿药，等我一会儿"。

年轻女子很快就来了，她仔细检查了一下小欣悦的脚，轻轻吁了一口气："还好，没有伤到骨头，只是皮肉伤。小朋友，起来走一走，看怎么样？"

小欣悦咬着牙站起来，只觉得脚面火辣辣地疼痛，走路还是可以的。只见男孩子已经将药拿来，亲自替她抹上："小妹妹，你叫什么名字？我叫袁春生，这是我外祖父家的跌打秘方，特别管用，我经常用，这一瓶都送给你。还有，今天你要的黄檗我家不要钱了，以后你也可以随意进出这个院子，但凡我家来了新鲜的草药，我就喊你一声，你就直接到后边来拿。"

小欣悦摇头："我不能白拿你家的东西，一定要付钱的，不然我表姨父会骂我的。"

"你住在你姨家？"袁春生说，"不管你家是怎么教你的，我家也有我家的道义，既然是在我家受了伤，那我家也是要承担的，所以，你不要过意不去，我也是这个家的男子汉，我可以做这个主，你放心，如果你家长辈责怪你，我会替你去说的。"

年轻女子显然没有料到自己的儿子竟然是个这样有担当的男子汉，欣慰之余，朝自己的儿子连连点头。

黄欣悦这一趟买的黄檗可是值了，不但没有花一分钱，还比往常多了两倍的量。黄欣悦向表姨、表姨父说了自己经历的事，表姨第一次唏嘘起来，让黄欣悦几乎掉下了眼泪。

"你看这孩子，你还高兴，你这是被石头砸了脚，一个不小心可就残废了，真要有什么事，咱也不能就这么过去。"

"算了，人家也不是故意的，态度也不差，如果欣悦过几天没事可以跑了，就不用再计较了。"

黄欣悦看到表姨没有吭声，就连任婷、任鹏今天也都安安静静地躲到屋子里没有出来。忽然她看到表姨叹着气拿着装了不太多的白色粉末和黄色结晶体的塑料袋，对任文良说："任婷、任鹏今天我已经骂过他们了，他们的认错态度也不错，就再给他们一次机会吧！"

"哼，都不小了吧！你看你闺女，回来把钱买了个发卡，就知道臭美，连自己的弟弟都坑；任鹏呢，东西没带回来就给撒了，和你说的一样，成事不足败事有余。

所以，我决定了，从明天开始，他们两个没事不许出去，给我在家里写毛笔字，每天都写一百个，不然就别吃饭。"

"你这是亲爹说的话？他们年纪小，贪玩、爱美，也正常，不用太苛待孩子吧！好不容易放个假，还被你给圈起来，怕是心里都得留下阴影。"

"阴影？我心里还有阴影呢？我任文良这辈子不偷不抢，也不敢干犯法的勾当，怎么就生了这样两个逆子？"

"瞧你说的，都说媳妇是别人家的好，孩子是自己家的好，你怎么连自己家的孩子都嫌弃？"

"好，也要给自己的亲爹挣点面子，那才是好孩子。"任文良顿了一顿，继续说，"还有，媳妇还是自己家的好，我也没说你什么。"

刘淑惠忽然眼圈红了红，说了一句："你嘴上是没说什么，但是心里却不知道怎么想的。"

任文良张了张嘴，似乎忌惮着什么，话又咽了下去。此刻，听到门外有人喊："任老师在家吗？我给你揽了个活儿回来，这幅字画呀，你看看，被老鼠给啃的，都坏成这样了，真是可惜，主人家托付我找个人给修补一下，我这一想，这方圆百里还有谁的手艺能盖得过您的？"

任文良早就迎了上去："都是大家谬赞了，我这两把刷子，玩的都是雕虫小技，也登不了什么大雅之堂。"

刘淑惠看到，来的人正是任文良以前在学校的老同事史老师，两个人每次一见面都说个没完。

只听史老师说："俗话说，酒香不怕巷子深，你这手艺，只怕都称得上是国手了，业界一些老人都知道，所以把这活托付给你，我还真是放心，也肯定能给主家一个交代。"

"但愿我能不辱使命。"

任文良想着，觉得身子还是有些发凉，便将被子往上拉了拉，渐渐睡熟了，等他醒来，就看到黄欣悦端着一碗热气腾腾的馄饨进来了。他心里有些感慨，自己何尝不希望眼前这个懂事的姑娘真的是自己的女儿，那样自己的心里就踏实了。以后的路很长，任何人都不知道该怎么走，既来之则安之吧。

"表姨父，一会儿您吃完饭，就教我怎么入潢吧！昨天我看您屋子里的灯亮到了很晚，就知道您肯定急着把人家的书画裱好，我来帮您。"

任文良点了点头，昨天史老师拿来的那幅画大概是宋代的古字画，确实需要重新染色固色。

于是，他点头："好，既然你赶上这一回了，就亲自试一试。"

"古人早就给我们提供了很多经验，但是人们并不在乎这项工艺。要充分利用染料，如果只是将黄檗浸水，得到染液后，就过滤掉渣，实在是太浪费了，应该将过滤出来的药渣再捣碎煮一遍。"

黄欣悦按照任文良的吩咐将那些黄檗丝都洗干净，在锅里煮出黄色的汁液。

任文良喝着馄饨汤，看到黄欣悦将煮好的黄檗皮过滤出来，端了进来，那黄色的浓汁冒着袅袅的水气，煞是好看。黄色明快舒缓，待那些气体进入鼻孔，马上会觉得心中舒服起来。

"表姨父，我小时候往中药店跑，也进过他们的药库，看到有很多黄色的草药，比方栀子、黄芩、黄连什么的，都可染色，解毒抗菌，为什么非要用黄檗？后来才悟透了，这栀子、黄芩入肺，黄连入心，黄檗入肾，所谓燥湿所归，各从其类，这黄檗是天命入纸，所以替换不了。"

听着黄欣悦聊着对黄檗的感受，任文良欣慰得很："这些年没有太多人懂得，人有人性，纸有纸性，那些机裱的作品，不符合中国传统精神和纸的属性。咱们装裱用的都是纯天然的物品制成的材料，每一道工序都是留了余地的，日后再次装裱也不会损伤了书画。只是太费工费时，年轻人都不愿意学了。"

黄欣悦说："我愿意，这次回去，我打算向公司辞职，回江西老家一趟，去寻找消失的白鹿纸，回来亲手修复您画的画。"

"真的要修复吗？"

"是的。您自己并没有发现，您那功力也媲美当今画界一流国画大师，即便是临摹出来的，也是不可小觑的精品。"

任文良的嘴角浮动着一丝不易察觉的笑意。这三幅画，几乎贯穿着整整十几年的岁月光阴，算得上是他的巅峰之作，以后也不会再有了，当然也是孤品了。

三月的风还有些清冷，正印证了"清明十二寒"的古语。

黄欣悦抱着双臂，将一条紫底青色素花的围巾裹了裹，抬头看着眼前的中药店，店名已经改成了"易春堂"，但是装修风格还是带着传统中国红原色，墙体古朴陈旧，四根大红石柱托起了门檐，不时看到有人提着药包进进出出。柜台后边依旧还是那个暗红色的老中药柜子，柜子表面有很多漆已经掉落了，很显然，原来的主人除了将房子交付，那些店里常用的东西都留了下来。

抓药师换成了一个年轻人，他看到黄欣悦进门，热情问道："您需要点什么？"

黄欣悦回答："有一公斤整包的黄檗吗？来三包。"

年轻人愣了一下，问："只要黄檗？"

黄欣悦点头。

她看到年轻人很快释然一笑："好的，您稍微等一等，我去后边的库房去拿，您要的比较多，盒子里估计不够。"

黄欣悦愣了一下，难道自己离开家后，表姨父从来没有在这家药店买过黄檗吗？显然这个年轻的掌柜似乎从来没有接待过这样的顾客。她微微启唇，想问，最后却说："估计挺沉的，我和你一起去拿吧！"

年轻掌柜笑了笑："谢谢您的体贴，您先请，一直往后走，进了内院西边有间向阳的房子就是了。"

黄欣悦笑笑，迈开步子，朝里边走去。这院子没有种树，只有几只特别大的箩筐，盛满了大大小小、形状各异的草药，摆放在向阳的地方。她知道这是药房里需要晾晒翻新的草药，有些草药是非常娇气的，保管不好，不但会发霉变质，药效还会打了折扣。她要的黄檗不仅仅可以染色，还可以抗菌抗腐，所以自然就不会在外边这般勤晾晒了。

果然，年轻人从里边抱了三大袋子黄檗出来，说："还好，正好剩下这些了，不然这样，您加我微信吧，有需要提前和我说，我早些准备出来，省得您空跑一趟。"

"没事，我家离得不远，正好出来遛遛。"黄欣悦看到那些草药、箩筐下边隐藏着的几个石凳子，忽然觉得鼻腔里酸了起来。

九岁那年，那其中一个石凳子曾经倒下来过，压伤了自己的脚，这才认识了当初这药店主人的小儿子袁春生。他是个爱笑爱蹦的男孩子，每次在黄欣悦前来买黄檗的时候，都会拿出最好吃的糖果和糕点，来和她一起分享。黄欣悦曾经偷偷尝过那黄檗的味道，苦得难以忍受，所以那时候她觉得最难以忘记的就是和袁春生在一起的那段时光。但是好景不长，忽然有一天，黄欣悦看到这药店到处都是断壁残垣，到处被火烧得漆黑，而袁春生和他的家人都莫名消失了。她不知道发生了什么事，但是，她唯一能确定的是，袁春生一定是遇到了什么特别的事，否则他一定会和自己联系的。

　　她远远看到里边的院落倒是别有洞天，一排翠竹随春泛绿，一树一树的紫玉兰正渐渐打开一冬天的封闭，那些刚刚萌出的绿色花蕾就是中药材辛夷，其形如表姨父用来"全色"用的毛笔，所以它还有个好听的名字叫"木笔"。就是在那株紫玉兰树下，幼年的黄欣悦曾经看到过一个瘫坐在轮椅上的白发老人，她还记得，他曾经伸出那满是褶皱的手，给自己递过茯苓糕。

　　一阵微凉的风轻轻吹过，黄欣悦顿时清醒了很多。往事纵然可追忆，但是故人却依旧踪迹全无，多想也是无奈。

　　她收起满腹惆怅，和年轻掌柜结算完药材的钱，便抱着那三袋子黄檗朝外走去，谁料才出门，就被一个人撞了个满怀。

　　几缕馨香过后，一声惊喜的呼唤灌满了双耳："黄欣悦，你这个'死家伙'，我说那会儿看到个背影像你，我就忍不住跑来看看，还真是，你真无情无义，真把我给忘记了。"

　　黄欣悦哑然失笑，眼前是她的高中同学洪美妮，也是她一直以来最好的闺蜜。

　　"看你，还是那样大惊小怪的，我这不是正准备找你吗？"

　　洪美妮噘着嘴不满地说："看你，一回来就折腾那些苦味的中药，这样吧，你先到我店里去，我们先聊一会儿。"

　　黄欣悦点头，跟着她走了两三百米，就看到一个装修成欧式风格的小商铺，门口是一簇簇漂亮的爬藤玫瑰，似乎闻着春天的气息，正悄悄超越着自己所达不到的高度，隐隐露出几个小小的花苞。

　　这屋子壁纸的色调是当下最流行的莫兰迪色，青花瓷吊灯的光线不浓不淡。陈设也简单雅致，一张小美甲桌，两张客人坐的椅子，一张只能坐两个人的纯色布艺沙发，两组欧式立柜上摆满了五颜六色的瓶瓶罐罐，还有两只釉下彩蜂蜜色的眯眼宠物狗，无形中增添了很多活力。

"怎么样？不错吧？"

"美妮，难道这几年你一直留在国内？"黄欣悦奇怪地看着洪美妮，上次她曾经和自己告别，说是要去美国留学，但是除了那只瓷器狗有着东西方共有的元素之外，在她身上看不到一点儿漂泊的气息。

洪美妮点点头，说："怎么了？我倒是哪里让你觉得奇怪？"

黄欣悦摇头说："不，这不是你的作风，我觉得有什么地方不对，你得说实话。"

洪美妮不以为然地撇了撇嘴，朝中药店的方向望了一眼。

"什么？那个年轻人？"

洪美妮哈哈大笑，拉着黄欣悦倒在了沙发里，两个人互相闹了一会儿，就看到洪美妮将乱发梳理了一下，点头："好吧，就算你猜对了，我是为了爱情留下的。我原来在西单有个专柜，也是为了爱情才迁移到这里的，行了，你满意了吧？"

黄欣悦先是有些不认识似的看了洪美妮一阵，缓缓才说了一句话："你的意思是，爱情真的可以改变一个人？"

洪美妮听了这话，立刻严肃起来："原来我也是想有一番新天地的，可是后来无意中认识了他。他最初就和我说家里让他放弃自己的专业，来继承家里的中药店，说这药店虽然换过几个主人，但它是中国文化的象征，一定要传承下去，后来我也明白了，这种选择是使命感与价值感并存的一种感受。"

黄欣悦听到"传承"这两个字的时候，忽然想到表姨父的裱画技艺，虽然北京城并不缺少裱画的师傅，但是每一个人都是有着独特审美的存在，每家的手法都有自己的特色，即使那装裱用的糨糊，都是有着自己独特的配方。因为自小她就记得在表姨父身上总是闻到一种似药非药、似花非花的香气，她只熟悉黄檗这一味药材的气味，也从来都没有想出表姨父身上的香气从何而来。她自己是采用半机械化的装裱方法，和表姨父全程手工的方法有很大不同。也许，表姨父也该考虑一下传承的问题了。但是，她觉得自己还没有勇气去和表姨父谈这件事。

"好了，别胡思乱想了，既然好久都没见了，我们就一边聊，一边给你修理一下指甲吧！"

黄欣悦说："不了，我还做什么美甲呀，成天要动手搞修复什么的。"

洪美妮没有理她，拉过她的右手，拿起一把小锉子，轻轻锉了起来："你别说，这只手确实很金贵，你想，当你那美丽的纤指在那些充满了墨香的书画中掐弹按摩的时候，那不是一种很奇妙的手语吗？很美的。"

黄欣悦的脑海中出现了表姨父那双粗糙的大手，平日就是那样压住木尺下的纸张，仔细测量那些天杆、地杆、天头、地头、粘串，这种永不停息的手指之舞，和过去把装裱技艺作为一种谋生的手段有很大不同，它诠释着个人的一种信念与坚守，也是一种生活的态度。

她笑了，洪美妮是她心头的一束光，在成长的岁月里是她最信赖的倚靠。

"对了，我记得还有几天就是你的生日了，你是春天生的，四月十八日，对吗？说起来真是奇怪，我从小学就和你一个班，还真是奇怪，我和这家中药房也有缘。记得小时候有一次你过生日，任婷、任鹏偷吃了你的蛋糕，把你表姨父送你的书和笔都给弄坏了，你跑出来，和我一起到了这家中药房，找到了中药房主人的小儿子袁春生，就是在那院里边的小院子里给你过了一个特别的生日。"

听了这些话，黄欣悦心头刚刚凝固的那些惆怅顿时又轰泄而下。那是个接近黄昏的下午，袁春生把自己的糕点拿出来，还偷摘了自家的玉兰花做了花环给她，三个人一起唱着生日歌，度过了那个不寻常的日子。

"都十多年了，真是可惜了，自从那场大火后，都没有听到那家人的消息了。这个药店也换了三次主人了，我这也是靠山吃山，靠着药店就光吃药的节奏了，喝的水都是药茶了。"洪美妮一边磨圆黄欣悦的指甲一边叹气。

黄欣悦默默无语。

"我听说那药店当年是死了人了，所以后来我母亲不让我再去了，这后来的事也是听那药店小掌柜说的。那家人离开得急，这房子的过户手续始终没有办完，所以后来的人只能签个租赁协议。我总觉得，也许有一天，原来那家人还会出现的。"洪美妮说着，看到黄欣悦的眼神飘忽，知道勾起了她那些不愉快的回忆，连忙收了后边那些话，"算了，不提了，都过去那么多年了，咱也不纠结了，是好是坏也不重要，我们还是要过好自己的日子。"

黄欣悦无法忘记那段日子，自从她看到那烧得焦黑的门窗，听到外边救护车、消防车、警车鸣笛声一片，感觉自己的七魂八魄都飘走了。那个夜晚，下了一场大雨，风吹雨打后，庭院里落了一地碎叶。

她的意识又开始模糊起来，又听到表姨的唠叨声："这孩子，怎么身体素质这么差？隔不了一段时间就要发烧感冒，你说这要是传给婷婷和鹏鹏可怎么办？"

她还听到，表姨父的声音很大："不要说了，今天晚上我来护理欣悦吧！你去照顾任婷和任鹏去。"

表姨的声音还是很不满："听你这话说的，好像是我的错了？三个孩子都睡一样的铺，也吃着一个锅里的饭，我这个当姨的哪里虐待她了？"

她还记得，小小年纪的她挣扎起来说："我没病，表姨父，我真的没事。"但是后来就真的不省人事了。

当时还忽然有种莫名感动，没有父母的爱，有这样的诚挚之友也算是值了。

洪美妮忽然捂着嘴，哈哈笑了："看来，还是我想着你吧！给你的生日礼物。"

黄欣悦看到洪美妮忽然变出一个粉红色、打着蝴蝶结的大礼盒，不禁问道："什么？"

"无论是什么，都是我的心意不是？这可是我爷爷留给我的，我最宝贝的东西，我大方割让给你，难道你还忍心拒绝吗？"

黄欣悦瞬间绷起了脸，过去的日子里，洪美妮已经送过自己很多东西了，吃的、喝的、穿的、玩的，现在让她真有些愧疚了。人家愿意送是情分，但是自己无论如何都不能再收了。

"既是长辈留下来的东西，我怎么能要呢？你看，你把我的手指弄得这样漂亮，就算生日礼物了，好吗？"

"黄欣悦，这可是我的一颗心呀，你别说不要。"

"不，我说不要就不要。"黄欣悦起身，说，"时间不早了，我得把这些药草给我表姨父送回去，回头我们再聚，对了，恭喜你找到了如意郎君，等着吃你的喜糖。"

她起身，看着自己的十指变得细长美丽，上边还镶上了漂亮的彩钻，不由会心一笑，朝着洪美妮摆手，离开。她并非不想和洪美妮再多叙一会儿旧，而是想到自己还有很多话和表姨父说，要赶紧回去。

她走得轻松自在，知道洪美妮不会怪自己"重色轻友"，但是她并不知道的是，洪美妮看到她的身影渐渐消失后，脸色变得异常复杂。

春夜的风带着些暧昧的暖意，让稍微有梦想的人都会难以入眠。任家的老院子里，还是一如既往重复着年复一年、日复一日的生活，平淡安稳，也静谧异常。

刘淑惠手里缠着一个毛线团，眼睛却瞥着任文良的裱画室。那屋里流泻出来的灯光，带着一丝温暖的情意，让她的心又乱了起来。她明白任文良生自己的气，其实自己也不想难为黄欣悦，毕竟也是自己一手拉扯大的孩子，但是她确实不喜欢自己的表妹、黄欣悦的母亲颜雪珊。

颜雪珊和刘淑惠只相差六个月，但是两个人却不似别的表姐妹那样一见面就说个没完，每次不过寥寥几句就没有什么话说了。颜雪珊每次找任文良都是在孩子们上学之后的时间里，她第一次来，脸色惨白决绝，说了些莫名其妙的话，几天后却进了监狱。

刘淑惠看过她一次，但是她说以后不必见了，只要她把黄欣悦当成自己的女儿就千恩万谢了，不敢再奢求其他。颜雪珊第二次出现，已经是六年以后，听说居然去了一个法国商人家里当保姆，她不理解，但是任文良瞪了她一眼，她便从此不敢再问。

第三次是任鹏一次忽然发着高烧，急得刘淑惠到处找任文良，却无意中看到颜雪珊抱着任文良在自家门口不远的地方哭泣，她宁肯自己从来没有看到过这一幕，因此便将这些委屈默默藏在心里。如果不是这次任鹏犯了大事，她也是不会冲动得口不择言。

她叹着气，没想到任文良最终还是拿出那幅画救儿子了。她知道那是幅临摹的画，但是也是任文良最后的搏击了，以后再有什么事情，怕是连假画都不会有了。因为，他再也不会制作这幅画的赝品了。

刘淑惠想了很久，还是把那只老母鸡炖了土豆给黄欣悦端了过来，黄欣悦看到表姨亲自端着菜过来，倒有些不知所措了，小声叫了一声："姨，我……"

谁料刘淑惠阻止了她说话，说："孩子，什么都别说，我也不是个坏心肠的人，我还是你的血亲，我是对你妈有些看法，但是都不关你的事。小时候任婷、任鹏做了那么多对不起你的事，我在这里也替他们给你赔个不是，现在他们还年轻，多磨砺磨砺就知道什么是亲情了。"

黄欣悦第一次听表姨对自己这样柔声细语，有些感动。

她还记得，九岁那年去买药材脚被砸伤那次，任婷、任鹏被表姨父罚了，表姨对自己很不满，虽然是看着表姨父的面子，给自己做了冰糖荷叶粥。但是当时她本以为表姨不会嫉恨自己的，刚刚喝了一口粥，就听到表姨略略有些幽怨的声音传入耳内："你表姨父对你比对自己的亲生骨肉都好，你将来可得孝敬他。"

那时黄欣悦虽然年纪小，但也听得出表姨这话含沙射影，便赶紧卖乖求好地说："姨，我不是有意的，我这脚也没什么事，以后那些药草都交给我来买吧！"

刘淑惠叹了口气，说："我看你就别逞能了，你越勤快，越出色，你表姨父就越看任婷、任鹏不顺眼，我看你还是顾着自己吧！唉，我这命苦哇！给你，赶紧喝了，别让你表姨父又嫌我照顾不好你，我可是你亲表姨。"

黄欣悦端起碗，眼眶发酸，又硬生生将即将涌出来的眼泪抑了下去，说："姨，我没坏心，只是想帮帮你们，就让我跑腿吧！"

刘淑惠起身，慢慢往外走："罢了，随你吧，我省得再落埋怨。"

往事如风，吹过去了便散了。黄欣悦看到眼前的表姨这般体贴，居然想不起当年表姨冷着脸离开屋子时的僵硬背影了。

"姨，都过去了，您放心吧！我是姐姐，我以后会照顾好他们的。"

刘淑惠叹了口气说："昨天要不是史老师来，我怕还真不知道怎么面对你表姨父呢？这些年我从来没对他大声说过一句话，想来他心里肯定有疙瘩。你表姨父既然疼你，就听得进去你说的话，有机会替我说两句公道话就成。"

黄欣悦终于明白了，表姨是自己下不来台阶，来请自己做说客的。于是，她点头："姨，我懂，一定会好好和表姨父说的。"

刘淑惠的眼眶红了，说："你们都大了，翅膀都硬了，早晚都会振翅高飞，我这有话就赶紧和你们说，不然就怕没机会聊了呢！"

"怎么会？我一定会好好孝顺你们的。"

黄欣悦知道自己这句话让表姨吃了"定心丸"，果然，刘淑惠笑了笑，说："行，早点睡吧！有话明天再说。"

黄欣悦喝着鸡汤，看到天色已经晚了，表姨父屋子里的灯还亮着。她想了想，觉得暂且先不要撕开这层窗户纸，还是先放放，也许会有新的转机，自己也要开始努力，去做自己想做的事情了。

就这样又过了几天，眼看着假期就要结束了。黄欣悦看到表姨与表姨父两个人还一直在冷战，虽说还在同一个桌子上吃饭，但是彼此并不多说话。黄欣悦想好了该怎么向公司阐述自己的行为，也想好了临走前一定让表姨与表姨父冰释前嫌。

在任文良的亲自指导下，黄欣悦很顺利地完成了这幅明朝字画的装裱，那画的颜色古朴庄严，似乎在传递着古人的某种信念。任文良将那黄色配伍得恰到好处，让黄欣悦百感交集。除非有着几十年功力的裱画师傅，否则很难一次完成得如此完美。

恰逢史老师前来取装裱后的字画，他看到那画已经旧貌换新颜，不由心花怒放，啧啧称赞。表姨和史老师打了个招呼就到里边烧水倒茶去了。

只见史老师取出一只漂亮古朴的盒子对任文良说："你看，这是我那个在国外的女婿亲自孝敬给我的徽墨，听说制墨师傅已经故去，这是绝版了，但是我平素又不写字画画，实在用不到，就借花献佛，送您了。"

"这？"任文良有些吃惊，戴上眼镜想看得清楚些，但是发现自己戴的是近视镜，远看又看不清楚。不远处的黄欣悦假装看不到，转身躲了起来。

"欣悦，我的老花镜哪里去了？"

没听到回声，任文良到处寻找，还是没有看到，此时气氛不禁有些尴尬，任文良对着史老师苦笑："您看，这实在是不好意思。"

"给。"任文良听到刘淑惠的声音，转身看到她正拿着自己的老花镜，只好取了过来。

"果然是珍贵的宝贝。"任文良戴上老花镜，仔细看后，笑了，这是他寻了很久都没有找到的墨版，做工精致，颇有大师之风，于是严肃地说："那，这样，裱画的钱我也不收了，您若是觉得亏了，我再补些钱吧！"

史老师不高兴了，歪着头说："任老师，我是个豁达脾气，您也不是俗世中人，何必那样斤斤计较呢！这是我特别感激您多年的照顾，和别的无关。何况，这裱画费是人家主人家支付，也不影响我什么，何必呢？"

"这个……"任文良听到这话，反倒更加不好意思了，不知道该怎么回话，但是又实在觉得受之有愧。

"这样吧！任老师，听说咱家嫂子做饭的手艺不错，改天订个日子，我带着我老伴一起来尝尝嫂子的拿手菜怎么样？"

说到这里，任文良的心头也豁亮了很多，连连点头："这就好，这就好。淑惠，你过来。"

刘淑惠听到任文良终于和自己说话了，精神一振，走了过来，表情故作平淡地问："什么事？"

"下个周末，你好好准备一下，史老师和夫人要光临寒舍，尝尝你最拿手的糖醋鱼、蚂蚁上树，还有一个叫什么来着？"

"香辣蒸鸭舌。"刘淑惠小声说，看到任文良眼里已经没有了前些天的哀伤，感觉自己的底气足了些。方才是黄欣悦把老花镜递到自己手里，说他十有八九会用得到，到时候表姨拿过去，他不想说话都不行了。刘淑惠这才体会到黄欣悦果真是灵慧贴心，也感动万分。

"对……史老师，那鸭舌的滋味可是十分正宗、地道的呀，一吃就停不下来。"

刘淑惠故意板着脸说："当着史老师的面，这是'老王卖瓜自卖自夸'了，不嫌丢人。"

这话说得任文良站直了身子："人家不都说自己的媳妇好吗？我这也是'随大流儿'，怎么就丢人了？"

刘淑惠翻着白眼说："您说反了吧？媳妇不都是别人的好嘛！"

听到这里，史老师再也忍不住放声大笑："贤伉俪真是情深意笃，令人艳羡呀！"

任文良似乎这才觉察到自己早已经不生刘淑惠的气了。要是真论起来，也许是自己对不住她，于是接着史老师的话说："淑惠，你辛苦了，我这里还是托你的福，才能得到老友的青睐，肯上门来叙旧，还是我得谢谢你了。"

刘淑惠这才忍不住"噗嗤"一笑："这还差不多。"

黄欣悦在窗口看到众人脸上都堆满了笑容，知道一切水到渠成了。她知道，表姨父即便是对表姨有诸多不满，但是这漫长岁月里，相互依托，彼此眷恋，才是夫妻之道。表姨父从来不知道，他已经习惯了表姨的照顾。如果这个家真的缺少了表姨这个人，那么一切就都是枯木，没有生机了。人心修得好与不好，和读书多少没有关系，也和金钱多少不粘连，最高最远的修行，其实就是可以接受一切人性的弱点，包括那层薄如蝉翼、一揭就破的道德底线。

她放心了，这才开始收拾起行李来了，她该去办自己的事情了。人要有梦想，她的梦想就是找到白鹿纸，还有关于白鹿纸身后的秘密。今日她翻了很多资料，都说白鹿纸起源于江西龙虎山，那正是自己父母的故乡，也该去走一次了。

第四章
泡桐花开

顾明晨早上有些惆怅，六岁的女儿悠悠非要跟着自己来拍卖行，但是今天有很重要的行程，所以他只好忍痛舍掉女儿，让保姆看护好她。

自从悠悠母亲去世后，悠悠已然成为他生命中最重要的部分，为了悠悠，即使舍掉如日中天的事业和自己的性命都在所不惜，但是他想到妻子曾经说过的话，要好好努力工作，这样才能支撑起女儿的未来。想到这里，他只好不再看那追着自己汽车哭泣的悠悠。他到了公司，立刻绷起了脸，换成平素那副刀枪不入的样子。刚刚登上电梯，看到行政总监任婷已经在等候他。

"顾总，您要的咖啡已经备好，还有今天上午我们要去拜访一位收藏界的老专家，下午有个美国同行约见，说是要谈下商业合作，还有……岁月流光艺术发展有限公司的国画修复师黄欣悦到了，说是有很重要的事情要见您。"

顾明晨眯着眼睛，随着渐渐上升的电梯，看到大厅的一株凤尾椰树下的休息厅里那个叫黄欣悦的国画修复师正左顾右盼，不由暗自笑了一声，对任婷说："可以，但是告诉她，要等我。"

任婷本来不愿意说黄欣悦的事情，但是看到顾明晨脸上带着不悦的神情，心中暗暗开心，于是点头："是，按您的吩咐办。"

黄欣悦在来拍卖行之前已经和公司递交了辞呈，她已经做好了去江西老家的旅行准备，这次她要考察四周的地理人文环境，想着如找不到白鹿纸，是否有条件可以修复它的流程技艺。虽然知道此行未必可以达到初衷，但是如果不去，她的心难以安稳，忽然听到任婷的声音传来："黄欣悦，顾总同意见你了，但是要等他开完会。"

黄欣悦坦然答道："好，那我等。"

任婷忽然轻声"哼"了一下："你回去了？见到他们了？他们有没有提到我？"

黄欣悦点头问道："你怎么知道我回去过了？"

任婷不以为然地说："那还用问，你身上带着那个胡同里特有的烟火气、酱菜的酸味儿，还有糨糊混着药味和墨汁味的奇异味道，你自己没闻出来吗？"

黄欣悦用鼻孔到处嗅嗅，回答："我怎么闻不到？我是洗过澡的。"

任婷不禁轻掩着鼻子笑道："那股味儿可不是轻易就消退的，你可得想想清楚，要不要就这样去见顾总呀？"

黄欣悦很坚定："要见，一定要见。"

任婷看着她抬着脖子，不像小时候那样默默躲在人后不说话，有些怒意："收起你那自以为是的性子，你读的书再多，也不过是个看人眼色凭手艺吃饭的，不要总觉得自己很了不起。"

"我不这么认为，在表姨家住了这么多年，最常听的就是表姨父说'技不压身，只有凭自己的本事吃饭，才能永远立于不败之地。'"

"我爸？这个社会也就只有他老人家能一辈子窝在那个老院子里做手艺活，他哪里看过外边的世界有多精彩呀！就知道拿一把大刷子刷啊刷的，难道你想让我这如花似玉的美貌女子终身守在那黑不溜丢的屋子里，成天闻着发酸的糨糊味道过一辈子吗？可笑。"

"婷婷，不是这样。酒香不怕巷子深，表姨父他胸中有沟壑，大千世界都在他的眼里、心里，我小时候不懂，现在看来是我们不懂他老人家。近来任鹏惹了些是非，表姨父非常生气。我觉得，你有空也回家看看姨和表姨父，慢慢告诉他们你现在的选择，我相信心诚则灵，他们两位老人家总会明白的。还有，记得胡同里倒数第二家有你一个叫李鸿的同学，他现在居然开了快递公司，上次他还向我打听你呢，看得出来他对你的心意，你不如考虑考虑……"

任婷听到这里，美丽的眉头早就拧成一团："我的事不用你管，还有，没事别总来打扰我和顾总，做好自己分内的事就好。"

"婷婷，我是你的表姐，你的事我自然是要管的。"

任婷不屑一顾，正想质问黄欣悦："你以为你自己是谁？"忽然听到自己的手机响了，是顾明晨打来的。

"顾总，请问有什么吩咐？"

手机里传来一声暴喝，说出来的话却让任婷大吃一惊："任总监，把那个黄欣悦的人事关系转到我们公司来，一小时之内速速办理完毕。我就不信，落在我们手里，她还能闹出什么'妖'来！"

任婷还想问一句："为什么？"但是手机被挂断了。

她看着黄欣悦那似乎无辜、似乎又不明所以的样子，气狠狠地说："黄欣悦，我觉得吧，你和你那个妈一样，就是一个阴魂不散的女人，我家这辈子真是倒了霉，摊上你家的事，这辈子躲都躲不开。"

说完，她扭着身子，急匆匆离开。她了解顾明晨的脾气，那是说一不二的人，想得到他的青睐，就一定要将工作办得漂亮。

谁也不曾料到，顾明晨方才接到岁月流光艺术发展有限公司负责人的电话后，简直是义愤填膺。对方说黄欣悦要辞职，要离开北京一段时间，所以这个项目怕是不能完成了，同时也表示愿意支付违约金。但是，顾明晨看到时间有些紧了，离答应画作主人修复完成的时间已经不足两周了，这样紧张的时间，怕是再找别人也难以达成协议。

他想了想，就算是黄欣悦说他人身扣押也好，说他枉顾法纪也好，他也打算逼着她，找到替代的纸张，先把画作修复起来。同时，他已经让自己的下属把当今世面上所有的宣纸精品，什么铅山的连四纸，泾县的生宣、熟宣、半熟宣，什么民间大师手作的桑皮纸，还有日本最好的小仓纸、典帖纸等统统找来，一定要早日平息这次纷争。

安排好了工作，他打算先到画作主人穆先生那里再去一次，恳请他再多给两周时间。于是，他用拳头砸了几下桌面，扯了扯自己的领带，深深吸了一口气。

大厅里还在等待的黄欣悦，忽然看到大厅的直梯降落下来，看到顾明晨正对跟在后边的任婷说："任总监，赶紧去我们公司常去的那家礼品店，订一些礼品，我们和公关部李经理一个小时后再去一次穆先生家里。"

任婷点头，急步跟了出来。

黄欣悦感觉自己不能再等了，连忙冲上前去，挡住了顾明晨的路："顾总，我有急事要和你说，我已经和公司递交了辞呈，但是还是要对您的事有所交代，只要我找到可以与那画作匹配的纸张，我就以我个人的名义为您修复好这画作，我说话算话，请您相信我。"

顾明晨停住了脚步，看着眼前这个不知天高地厚的女人，鼻子都快气歪了，他插着腰，冷笑："你说得倒轻巧，你一个人吃饱了全家不饿，干不了就拍拍屁股走人了！那我呢？这么大一个公司，有多少人等着得到薪酬养家糊口，就因为你这一走，可能会影响公司的整体运营，也可能会让很多人失业，你这简直就是不负责任！"

黄欣悦被顾明晨呵斥，有些震惊，她不由得更加坚定自己的想法："正是因为我要负责任，所以我才决定要找到适合它的纸张，胡乱找些纸张来对付，是可以照样裱出个样子来，但是您想到过吗？以后呢，万一这画再受到毁损，那对付出来的纸张会毁了那画，懂吗？您有点专业常识吗？您在业界的时间也不短了，怎么能说出这种有损您身份的话呢？"

顾明晨被黄欣悦这话气得有些呼吸困难，他咬了咬牙说："我说话有损身份？好，我告诉你，黄欣悦现在你已经是我们公司的员工了，现在我是你的上司，你现在要听我的安排，立刻去干你该干的事。"

"什么？这不可能？我们公司也不可能……"这时，黄欣悦的手机响了，她接完了电话，脸色顿时变幻无常。

顾明晨笑了："怎么样？还趾高气扬地和你的上司说话吗？一会儿有人会通知你该做什么，我现在没工夫再理你，我得去为你的不负责任买单，去危机公关……"

他推开黄欣悦，继续大步朝前走着，不料黄欣悦并不肯臣服，而是追了过来："顾总，您还是听我说一句，这幅《疏林寒绿图》确实是盛懋所作，应该是当初他赠给了朋友，流失到了民间，但拍卖行这幅作品是我表姨父亲手临摹……"

"住口！"顾明晨四处打量一下，发现很多人朝自己这边观望，更是气得胸口疼，"你知道你在说什么？就那幅画的功力，就算是当今画坛上鼎鼎有名的大师，也未必画得出来，何况是一个名不见经传的民间裱画师？黄欣悦，你到底安的是什么心？非要把我顾明晨这些年辛苦打拼出来的好声誉给毁得一塌糊涂，是吗？"

"不，我说的都是事实。还有，公司和你都没有权利无故转移我的人事关系，这件事并没有征得我的同意，我有权利拒绝这种没有原则、没有法律意识的行为！"

"你有权利？你有什么权利对我指手画脚？告诉你，我们研究了你当初和贵公司签订的用工合同，上边并没有写不可以调转你的人事关系，所以你现在没有权利说'不'，懂吗？"

"顾总，顾明晨，你这是仗势欺人，不讲道理，不可理喻！"

顾明晨轻蔑地笑了："如果你这么认为，那么随你的便！不过，你说你的那个亲戚，什么表姨父的，既然也吃的是这口饭，就别忘了，北京城里不缺这号人物，要是真的临摹了那古画，做了道德败坏、利欲熏心的事，我看这名声以后就真的坏了！难道，你真的不怕影响到你的家人？"

黄欣悦看到顾明晨丝毫不退让，又听到会影响表姨家的生计，才开始真的急了："顾明晨，你身边有这么多人都看着，如果你真这样做，就不怕让四周的人心寒吗？这样就真的不影响你的事业与前途吗？"

顾明晨也被气得胸口发闷，他指着黄欣悦，一时竟然说不出话来。

此刻，旁边一直跟着的任婷听到殃及了自己的父亲，气恨地瞪了黄欣悦一眼，连忙说："顾总不要生气，那些人不过小家小户的，就是为了有口饭吃，我们这么大的拍卖行哪里用得着和他们计较，您消消气，先坐下来喝些水再说。"

顾明晨想了想，摇摇头，气冲冲地朝外走去。忽然，大厅里响起了一个稚嫩的声音："爸爸！"

顾明晨觉得自己的腿被一个小东西紧紧抱住了，那熟悉的温暖渐渐袭上心头，这是自己的女儿悠悠。悠悠穿着一款特殊定制的真丝素绉缎的白色蛋糕裙，正歪着一头微卷的可爱娃娃头,朝自己甜甜笑着。瞬间,顾明晨满腔的怒火一下子烟消云散。

不一会儿,就看到一直照顾悠悠的张阿姨满头大汗地跟了过来。

"顾先生,实在不好意思,悠悠今天非闹着要找你,否则就大哭不止,她感冒刚刚好,我怕她的嗓子又肿了,这才带她来找您,请您原谅。"

顾明晨无奈地摆了摆手,一手拉起悠悠,问:"悠悠,爸爸早上就告诉你了,爸爸今天有很重要的工作,你为什么不听阿姨的话,要来打扰爸爸呢?"

"爸爸,你忘记了今天是什么日子了?你答应我的,要带我去见妈妈。"悠悠说着,居然哭了起来。

顾明晨心里"咯噔"了一下,今天是悠悠母亲三周年忌日,他每年到这天都会带着悠悠去公墓见自己母亲,近来一忙居然给忘掉了。

于是,他朝身后的任婷说:"不好意思,任总监,请和穆先生另约时间见面,就说我这边出了些意外情况,改天再登门致歉。"

任婷犹豫了片刻,随即点头,说:"好。"

顾明晨对张阿姨说:"我上楼拿些东西下来,请带着悠悠在这里等我一会儿。"说着,转身又朝电梯走去。

一旁的黄欣悦想喊顾明晨,再争取一下,但看到对面的那个小女孩正好奇地看着自己,她只好朝她摆了摆手,打了个招呼。不料,那小女孩居然朝自己走过来。

"阿姨,我见过你。"

"见过我?"黄欣悦感到意外,她的工作是古画修复,终日里也只是围着那些散发出古老气息的画,难得出门见人,不知道这小女孩为什么这样说。

"在一幅画里。"

小女孩的话让黄欣悦一头雾水,黄欣悦正思索着,忽然看到任婷面色温柔、端着一杯刚榨好的芒果汁递了过来,"悠悠宝贝,渴了吧!喝一杯果汁,再等爸爸,好吗?"

悠悠摇头,鼓着嘴,朝后退了一步。

任婷不甘心,特意蹲下来,想再努力一下。此刻,一只货架车正好过来,工人不小心撞到了任婷,她穿着高跟鞋重心不稳,很难掌握平衡,于是不由自主地向前栽了过去,芒果汁不偏不倚正泼到悠悠的白裙子上,黄色的果汁将悠悠的白裙子染了一片，悠悠撇着嘴，提着裙子放声大哭。

任婷的样子很难堪，她举着剩下的芒果汁，半跪在地上，膝盖也撞得生疼，又看到顾明晨拿着一只黑色的休闲包正下来，更是羞恼万分。

看到这一幕，顾明晨的脸色又黑了。

"爸爸，我的裙子。"

"悠悠，不要哭，爸爸给你买新的去。"

"我不要，我就要这一条，我不要。"

顾明晨完全卸掉了平时沉稳冷静、果断决绝的伪装，心疼地擦着悠悠的眼泪，不知道该怎么办才好。

任婷想着自己本来想讨好顾明晨的，没想到成了现在这个局面，也是欲哭无泪。

黄欣悦在一旁实在是看不下去了，于是上前对顾明晨说："我还是有些话想说。"

顾明晨看到黄欣悦更恼了，说："你怎么还在这里？"

黄欣悦点头："是的，我的事情还没有解决，所以我只能留在这里。但是，现在我要帮你解决一件事。"

"什么？"

黄欣悦低头对正哭泣的悠悠说："悠悠，阿姨来帮你变个魔术，好吗？白色的裙子虽然好看，但是春天是桃红柳绿的季节，悠悠的母亲也希望女儿漂亮对吗？我们把裙子变成黄色的好吗？"

顾明晨怒吼一句："黄欣悦，你又要做什么？"但他却看见悠悠居然停止了哭泣，静静地看着黄欣悦。

"顾总，麻烦您找人去药店买半斤黄檗，一两白矾，还要准备一个电磁炉与一只煮锅，一个小时后，我敢保证你们可以出门。"

顾明晨狐疑地看着黄欣悦，她的眼里在那瞬间是澄澈的，悠悠竟然过去拉住了黄欣悦的手，说："阿姨，我妈妈也喜欢黄色，以前她带我去看过油菜花，我们还照了很多好看的照片，有空给阿姨看看，好吗？"

黄欣悦被悠悠的样子感动了，这样小就没了母亲，和自己的身世颇有相似之处，黄欣悦对这种失去母爱的滋味感同身受，所以便看着悠悠格外心疼。

顾明晨凌厉的眼神向四周扫了几下，最后扫向了任婷。任婷终于缓和了自己刚才的尴尬，连忙讨好地说："这样，我亲自去办。"

任婷忍着有些肿痛的双脚，将黄檗买回来，看到俨然成为总经理办公室上宾的黄欣悦正哄得悠悠双手鼓掌，感觉胸中的闷气已经膨胀到了极点。她看到黄欣悦早已经烧开了水，狠狠地将中药塞进黄欣悦手里，趁人不注意，小声说："黄欣悦，你搞什么鬼？我刚刚对你的警告都白说了？越让你躲我们远点，你越是往前凑，你想气死我不成？"

"婷婷，我是在帮你，难道你想看着你在你们顾总的面前失态又失宠？不过，我也是在帮我自己，也要为自己赢得一次机会，是说服顾总的机会！"

"你不要痴心妄想了，还是早点离开为妙，否则后果自负。"

"当然，没有谁比我更加了解你的能力，但是都习惯了，不在乎再多一次了。但是，今天如果我不这样做，你和我都没有机会了，懂吗？"

任婷翻了个白眼："不要过分，过了今天赶紧给我走人，不要再出现了。"

"是，遵命，大小姐，我一天都不想待在这里。"

"那就好，你不要搅了我的大事。"

黄欣悦往滚烫的水里放黄檗的时候，又想起表姨父的一句话："古人作画所用材料皆取自天然，或植物纸张，或用绢帛，在空气中受潮后氧化泛黄，而黄檗入纸，系人为其注入能量的表现形式，也最好地保持了原纸的特性，是锦上添花的事，何乐而不为呢？"现在不过变通一下，入纸改成染布，只要是对的，就要做下去。

很快，悠悠那条白裙子就变成了一条散发着药香的小黄裙，烘干熨平后，黄欣悦看到时间不多不少，正好一个小时。

悠悠穿着染好的裙子，快乐地提着裙摆转起圈来，把顾明晨看得嘴角泛起笑容，但他忽然迎上黄欣悦的眼神之后，却赶紧避开了。

"黄色是一种给人希望的色彩，在古代也是一种最尊贵的颜色，悠悠的母亲肯定会喜欢的。"

"妈妈最喜欢黄色了，阿姨，我妈妈一定会高兴的。"

顾明晨拉着脸，"哼"了一声："别以为你做了件什么了不起的事，翻来覆去就是那两下子，逮到机会又拿出来卖弄，不过是侥幸成功了一回，不要得意忘形。"

黄欣悦没有生气，只是说："顾总，我现在不想说些浪费彼此时间的话，这样说吧，我只想您现在是欠了我一个人情,所以一定要还的。"

顾明晨"嗤"了一声,说:"你这是在和我讨价还价吗?在拍卖行的规则里,可是一物压一物的,有钱才是王道。"

"这是竞争法则,我想我无能为力。但是,我还是想对这画负责,所以我不会改变初衷。"

"你的意思是你还是要辞职?"

"是的。"

忽然,黄欣悦觉得身边有人抱着自己,说:"阿姨,我不要你走,悠悠还要给你看照片。"

黄欣悦苦笑,只好说:"阿姨只是暂时离开,还会回来的。"

"阿姨,不,我喜欢你。"

黄欣悦很苦恼,不知道这个小悠悠是怎么出现在自己的生活里,还就在那一瞬间,差点儿改变了自己。

只听顾明晨说:"你可以离开了,假期一个月,听到了没有,只有一个月,这是我的底线,一个月你回来履行当初的约定,完成你的工作,否则,其他免谈。"

黄欣悦想到表姨父的话,总觉得他隐藏了很多故事,如果不亲自去一趟江西,怎么才能解开自己内心的疑惑呢?她于是点头,答应了。

顾明晨这时敲了敲桌子,说:"好了,现在你可以消失了吧!让我的心里舒服一下。"

任婷第一次仔细看这中药,它的样子有些微微的卷曲,内层是黄色的,外边还带着一层黑色的皮壳,被切割得非常整齐。她想着,这黄欣悦在自己家里摆弄了十多年这种药材,到底还成了气候了,居然以此完成了一次人生的转机。

黄欣悦抿着嘴淡笑,点头告辞。她出来的时候,与正在门外窥探的任婷差点儿撞上,任婷的脸色有些苍白,眼睛里还是她小时候最熟悉的那种疏离与恨意。但是,她并没有多说话,只僵硬地让开了路。

黄欣悦离开拍卖行大厦,仰头看四周,从三岁时来到这里,她并不是孤零零地漂泊,而是早已经扎根在此。这座城市已然到处高楼矗立,锃亮的落地玻璃反射着太阳的温暖光线,川流不息的人群,五彩斑斓的生活,赋予城市一种进取与宽容的格调。一切的变化都成为一座城市变换思想的标志，城市也正因为有了人全身心地倾注而有了人格。

现在的离开，只是为了更好地归来。

外边的风开始又起了，乍暖还寒，应该是自然能量的一种交替，在这个阶段，所有要在这个世界呈现精彩的生灵，都会蓄势待发，期待着破茧成蝶的蜕变。

任婷在洗手间里对着镜子看了很久，镜子里的女人肌肤似雪、眸色深邃，颇有古典美又不失现代的立体感，她拿着自己刚刚买的那支兰蔻口红又轻轻涂抹了一遍，嘴唇的色调越发浓深，更显得超凡脱俗。她没想到自己一时失误，竟然给了黄欣悦一个占上风的机会，成功逆转了被顾明晨嫌弃的局面，这也是一个让她不甘心的事实。

跟随在顾明晨的身边不短了，她最了解顾明晨，他不喜欢艳丽逼人、趾高气扬的女性，所以她总是把自己打扮得低调又不失精致。这次和顾明晨陪同一个客户吃完晚餐，两个人独自走在通向停车场的路上。

她穿着高跟鞋，走得很慢，顾明晨似乎考虑到了她的感受，颇有怜香惜玉之心，也放慢了步子。这让任婷有些惊喜，觉得自己多日的努力终于有了一丝回报。日久见人心，路遥知马力。她期待也许有一天，顾明晨会慢慢感知到自己的诚意。

于是，她试探着小声说："那天实在对不起，如果不是我不小心，就不会弄坏悠悠的裙子，耽误了您的大事。"

"都过去了，谁都有失误的时候，以后好好珍惜工作机会，一切都会有更好的结果。"

顾明晨有过这一次被女儿追到公司的经历，忽然开始反省自己，是自己工作太忙了，真的忽视了女儿，所以就在刚刚走出餐厅的那一刻，他做了一个重要决定。

"任总监，安排一辆商务越野车，近期我们两个带悠悠出行一趟，行程大概十天，我是男人，不会照顾孩子，所以还要靠你多关照悠悠了。"

"顾总，您说什么？和我一起出差吗？去哪里？"

"哦，是，去江西，那个龙虎山吧！你有空查查路线图，提前规划好行程，我和悠悠的食宿就拜托你了。"顾明晨想起黄欣悦和自己说过的好像是这个地方。

任婷忽然觉得眼前开了一树一树绚丽的桃花，花瓣噼里啪啦随着一阵悦耳的琴声，砸到自己的脸上，她觉得自己的脖颈都开始发烧了，这是真的吗？

顾明晨没有听到任婷的回复，转身看她望着远处发呆，于是问："怎么？任总监个人有什么事情放不下吗？"

任婷这才醒过来，连忙回答："没有，没有，我连个男朋友都没有，哪里有什么放不下的？我这就开始安排，您平素老是忙，也确实该带着悠悠出去玩一玩了。旅行是增进父女感情的最好方式了。"

她说着，听着前边的顾明晨说："说得很有道理。"

她悄悄摸了一下自己有些发烫的脸，心中暗暗缩回去了一句话，那句话就是："旅行也是增进男女情感的最好方式。"

她觉得这是上天赐给自己的机会，她一定不会让机会白白流失的。想到这里，她开始想，要不要带上一件黑色性感内衣，万一用得上呢！想着想着，觉得自己的心真的似小鹿一般乱撞了。

"任婷，任婷。"

这个声音很熟悉，似乎是那个和自己家住一个胡同的同学李鸿。后来，她才确定自己不是做梦，只见李鸿穿得西装笔挺，以前的长发不见了，而是剪了一个干净利落的小平头，他笑得眼眸发亮，正朝自己走来。

"任婷，还真的是你，实在是太巧了。"

"怎么是你？"任婷看到顾明晨开始上上下下审视李鸿，顿时觉得大事不妙。

"怎么？是你朋友？"

"哦，是的。我来介绍一下，这位是我的中学同学李鸿，这位是我的上司顾总。"

李鸿似乎并不太在乎顾明晨的存在，几乎笑得成了一朵花："你知道吗？我今晚来这边是为了见方鹏飞的，记得吗？那个往书桌里塞鼻涕纸的方鹏飞，现在今非昔比了，成了钢琴家了，这不刚刚从国外演出捞金回来了，今天就在这里请同学们吃饭，我正愁联系不上你呢！谁料你就出现了！我们真是心有灵犀呀！这次可不许再删除我的微信了，听到了没有。"

任婷笑得有些僵硬，说："我，我还有事，还有很多公事没有做完，要回去加班。"

谁料顾明晨说："任总监，你今天辛苦了，不要加班了，放松一下，难得你的同学们都在，有事明天再说。"

"不，我……"任婷本来还想拒绝，但是无奈李鸿居然拉起她的手朝里边走去。

"不要再打你的如意算盘，我好不容易逮到你，这次说什么都不会放手的。"

任婷看着顾明晨的身影渐渐远去，气得狠狠跺着脚，却又被李鸿拉了进去。

"李鸿，我恨你。"她毫不客气地说了一句绝情的话。

但是，李鸿却哈哈大笑："这话我都听了十几年了，都听麻木了，威慑不了我了。女人心，海底针，你越是恨，将来就越爱，不信，等着瞧吧！"

"你！"任婷还想喊着，但是很快就被拉到了一间霓光虹影的房间里，她的声音被一片沸腾的欢叫声给淹没了……

第五章

往事如烟

黄欣悦曾经听表姨说过,父母的老家在龙虎山下华峰村,那是一个卧虎藏龙的地方,不去不知道,去了便会被那里的灵气所震撼。此时虽然春暖花开,但山里还是要凉很多,她特意多带了一些衣物,想多住一阵子。此外,她还查阅了很多关于白鹿纸的资料,遗憾的是,书籍里记载并不是很多。

这些年她已经习惯了一个人独处的日子,虽然有时候回表姨家,但是那种根植在自己内心的归属感似乎一直不存在,她觉得自己找的不仅仅是一种古纸,还需要去自己出生的地方找寻那种在都市生活里难以纾解的空洞。这应该也是冥冥之中的因缘际会,到了该瓜熟蒂落的时候了。所以,她始终认为,她的决定是正确的。

她看到该去车站的时间到了,于是拖着行李箱走出了租住的小区,不料刚出门,就看到一辆豪华的商务越野车挡住了路,车窗里露出了悠悠快乐的笑脸:"黄阿姨好,我们都等你好久了。"

黄欣悦诧异地看到，车上不仅仅有顾明晨，还有翻着白眼生闷气的任婷。她还来不及思考，只觉得手中一松，行李被人拖走了，只见一个年轻的驾驶员将自己行李放进了后备厢。顾明晨的表情很冷，只见他下了车，拉开车门，一把将黄欣悦推进了车里，自己也坐在前边的副驾驶座上，系上了安全带，然后依旧面无表情地对驾驶员说："开车。"

车缓缓地穿过小区前边的街道，慢慢驶入外环。黄欣悦的脸色苍白，气愤地说："顾明晨，您这是抢劫吗？"

顾明晨答道："任总监，告诉她，我们要去做什么？"

任婷强自忍住内心的不快，说："黄女士，我们这是要开往江西龙虎山出差，顾总要考察一下江西、安徽地域的手工纸情况，顺便带悠悠出去散散心。"

任婷自从知道还要带上黄欣悦，心中就如同堵了一面墙，真有些恨得牙根痒痒，但碍于顾明晨的面子，只好咬紧牙将所有的委屈咽了下去。

黄欣悦并不买顾明晨的账，不满地说："我已经买了火车票，还订好所有的行程规划，现在都被打乱了。"

顾明晨的声音很轻，但是黄欣悦却听得很不顺耳："别浪费时间了，赶紧退票吧！享受公差待遇不好吗？何必那么纠结呢？"

"你！"黄欣悦深深呼吸了一口，只好迅速打开手机，退了自己订的车票。

悠悠的头靠了过来，打开一个平板电脑，说："阿姨，给你看，我和妈妈的照片。"

黄欣悦看了过去，那是母女两个人在油菜花中最幸福的样貌，是一场人与自然的最美交融。小小的悠悠，在母亲的怀抱中，伸出手去拥抱远方的太阳。那只是一种意象之美，漫山遍野的油菜花在蓝色的天空中呈现着逾越山川、逾越人类的美。悠悠的母亲是一位非常有气质的女性，她的笑容足以倾倒一切。

她看得有些发怔，似乎懂了顾明晨为什么如此溺爱女儿。那种感情，更多的是对已故妻子的眷恋吧！这样多金、帅气又重情重义的男人实在太少了，不知怎么，就在那个瞬间，黄欣悦莫名对顾明晨生出了一丝好感。

坐在前边的顾明晨，出乎意料地安静了许久，也许是悠悠的话勾起了他对往事的回忆。很快悠悠就疲劳地睡着了，时间飞速划过，很快就到了江西地界。顾明晨让驾驶员停车休息一下。大家也都吃了些东西，悠悠喜欢吃那餐馆里的兔肉，又喝了很多果汁，但小女孩的耐性终究有限，很快就有些不耐烦了。

任婷神秘地从包里拿出一个盒子，对悠悠说："阿姨知道悠悠会累、会烦的，所以提前给悠悠准备了一个礼物，你看，喜不喜欢？"

悠悠看到那是一个漂亮的芭比娃娃，嘴却噘了起来。顾明晨知道女儿不喜欢这些东西，于是对任婷挥手示意她收起来。任婷很沮丧，无奈地看着悠悠。

这时，驾驶员焦急地跑过来说："顾总，实在不好意思，还要多等一会儿，车的发动机有些问题，我得先处理一下。"

顾明晨用手遮住阳光，抬头看到越来越热的天气，只好无奈地说："快点儿，怕是悠悠受不了。"

"好，我尽力。"

这天气真的很奇怪，竟然越来越热。任婷不停地往自己的皮肤上喷防晒乳，还躲在唯一的一棵小树下。黄欣悦看到悠悠有些萎靡不振，便说："悠悠，我们来折纸好吗？"

悠悠皱着眉头说："好，我要一只蝴蝶。"

黄欣悦笑答："阿姨从小就和纸打交道，每当阿姨累了，烦了，阿姨的长辈们就让阿姨自己叠纸，所以阿姨就学会了很多折纸的方法。这样，我们就来折一只小蝴蝶吧！"

她将包里随身带的彩色纸笺抽了一张红色的给悠悠，自己拿了一张蓝色的，开始叠起来："我们把纸对折，再翻过来对折一下……再这样……"

黄欣悦的手指非常灵活地叠着，也吸引了悠悠的注意力，使她很快忘记了烦恼。黄欣悦被洪美妮修得十分漂亮的指甲，随着纸笺的反复折叠，犹如跳着一场婉转灵动的指舞。很快，两只栩栩如生的小蝴蝶落在悠悠的两只手上，悠悠开心地转起圈来。

黄欣悦将两只纸蝴蝶用小发卡别在悠悠的头发上，小蝴蝶随着悠悠的蹦跳也颤动着，犹如一场翩翩蝶舞。

"在宋代，古人就是用纸做'闹蛾'，悠悠和我一起念《青玉案》——蛾儿雪柳黄金缕。笑语盈盈暗香去。众里寻他千百度。蓦然回首，那人却在，灯火阑珊处。"

顾明晨顶着暴热的太阳，眯着眼睛看着本来想让其帮忙照顾悠悠的任婷躲在一旁皱着眉头，只顾自己抹防晒，而被自己几乎是"绑架"上车的黄欣悦却一边将手遮住悠悠头上的阳光，一边给悠悠打气，悠悠的小脸似乎有些晒红了，但是却很开心，笑嘻嘻地蹦跳着，和黄欣悦一起念着那首流传了近千年的宋词……

太阳的光晕中，有那么一丝恍惚，他觉得逝去的妻子仿佛回来了，他感受到一种莫名的向上的力量，是来自这女人身上的气息，这气息要超越了阳光的普照，让他似乎迷失了自己，看不清楚她的样子了。

忽然，他听到悠悠一声："爸爸，阿姨，我肚子疼。"顿时醒过来，看到悠悠捂着肚子，小脸苍白，大口大口呕吐起来。

黄欣悦焦急地拍着她的后背，又摸了悠悠的头："还好，不热。"

当她看到悠悠的手不由自主去抓挠自己手臂和小腿，顿时警觉地掀开悠悠的袖口和裤腿处，发现悠悠身上长满了一片片红色肿块。但是，此刻正在通往山区的公路上，黄欣悦看着顾明晨，大声喊了起来："快，送最近的医院。"

此刻，听到驾驶员喊着："顾总，车好了。"几个人顿时手忙脚乱地扶悠悠上车，朝山下距离最近的医院开去。

这只是一个小镇的医院，一名年轻的女医生检查过后，说："没什么太大问题，考虑是水土不服，还是带孩子回到自己平常生活的地方吧！"

任婷花颜已乱，连忙说："顾总，我们还是回去吧！悠悠的身体要紧，回京找个老中医，调理一下，就会康复了。"

顾明晨思虑片刻，立即决定返回北京。

黄欣悦看到悠悠的精神恢复了很多，又给她喝了一些水，终于放下心来。但是，她还是决定继续朝前走下去，于是她对顾明晨说："顾总，对不起，我一个人也是要走下去的，您的拍卖行还有很多事情要处理，悠悠年纪还小，还需要有稳定的生活，不适宜奔波，这样的话，我们就在此地别过了。"

顾明晨想了想，看到悠悠虚弱的身体，还是同意了黄欣悦的恳求："好，那一言为定，一个月后，你回来述职，还是要继续完成你的工作。"

"好，我答应你。"

任婷一听终于可以回去了，而且还是和顾明晨一起回去，路上再也没有黄欣悦这个"可恶"的女人干扰，顿时又精神百倍。

"放心吧，顾总，回去的路上有我照顾悠悠，不会再出什么问题。"

顾明晨点头，抱起悠悠，大步朝车上走去。在离开的那一刻，他有一种异样的感觉，一直不希望那个黄欣悦出现在自己面前，为什么忽然要离开了，却又觉得少了些什么。他摇头，让自己打消这个可笑的念头。

这辆车被修复后，似乎比原来跑得更快了，很快就离开了这里。任婷在后边抱住悠悠，不甘心地小声嘀咕着："看这个从小没爹没妈的孩子，怎么会照顾别人呢？哦，不对，她还有个曾经杀过人的妈，这样的女人咱们还是躲远些为妙。"

"你说什么？"顾明晨喝住任婷，"都说家丑不可外扬，这些隐秘的事你是怎么知道的？"

"我……"任婷捂住了自己嘴，知道自己情急之下险些暴露了与黄欣悦的关系，连忙掩饰地说，"这不因为最近这个黄欣悦给我们带来了这么多困扰，那天我在同学会上喝多了抱怨了一下，没想到我同学有人认识她家的人，哦，就是这样，这才知道原来她的身世这样坎坷！"

"哦。"顾明晨暗暗寻思，没想到这个可以给悠悠带来欢乐的女人自己居然有这样的身世？看来是自己太不了解她了，他决定回去派人好好查一查她的过去。

他就这样想着，不知不觉念着那首词的上阕："东风夜放花千树。更吹落，星如雨。宝马雕车香满路。凤箫声动，玉壶光转，一夜鱼龙舞。"

这个女人可以用一张纸去诠释一段旖旎的风景，真的是超凡脱俗。顾明晨嘴上不说，但却看到了一个女人发自灵魂里那种香气，正在春风的花香弥漫中飘了过来。

他是不会告诉她的，她已经影响了他的思维与决定。之前他只考虑拍卖行的经营情况，对古画装裱并不重视，但是，自从这个叫黄欣悦的女人出现在文道拍卖行之后，他便开始关注古纸的命运了，这才决定借着带悠悠旅行的机会，想去江西、安徽附近考察一下。虽然没有遂愿，但是黄欣悦此行，一定会带来不一样的结果。所以，他也决定放她离开了。

这次回去，他一定要找到拍卖行文物装裱的专属手工纸，参加两个月以后的国际手工纸博览会。这次展览会的主题是："自然的温度，文化的质感。"温度？质感？该怎么去诠释这种深刻的内涵呢？他真的很期待黄欣悦的归来。

黄欣悦看到顾明晨一行人的车终于渐渐消失不见了。她轻轻舒了一口气，喝了几口水，看着天上的太阳已经没了正午的热量，追着一辆电动三轮车跑了很远，想问下在哪里可以找到长途车站，但是她没有跟上，只好自己继续往前走。她有些后悔，为什么要自己一个人跑到这里？

大约又过了一个小时，正当她精疲力竭时，公路上跑来一辆北京牌照的越野车，她挥手拦住，车居然停了下来。她看到驾驶员是一位三十多岁的男子，副驾驶是一位漂亮的女士，后座上还有两位老人。原来是一家人从北京到江西来旅游的。

年轻女子打开车窗问道："妹妹，你要去什么地方？"

"想去江西省鹰潭市的龙虎山，不好意思，我原来的车出了些问题，所以我成了单人行了。"

那年轻女子说："我们也要去龙虎山附近，正好顺路，不然就上来吧！载你一程，一个人也怪辛苦的。"

"谢谢。"黄欣悦感激万分，上了车，还想，幸亏与那个傲慢无礼的顾明晨分开而行，这才有了这样的好运气。一路上，黄欣悦与车上的两位老人谈笑风生，不知不觉就到了龙虎山附近。她与这家人告别，一个人又继续朝电子地图标注的位置前行。

很快，又到了一个小镇上，她到处打听有没有出租车可以到华峰村，但是却没有得到任何回应。她的双腿已经走得非常疲惫了，想坐下歇会儿，忽然听到一个粗犷响亮的声音传来："小姑娘，你要去华峰村？我们顺路，不然上我们的车吧！"

黄欣悦抬头，吓了一跳，眼前是一个黝黑胖硕的半大小子，正"嘿嘿"笑着，用草帽扇着头上的汗水。此刻还没有到酷热的夏季，这小伙子却只穿着一件印着黑色骷髅头的白色T恤，胳膊上隐隐露出半条刺青黑龙。

她心里有些恐慌，感觉不可能和这个陌生人同行，她扭头说了一句："谢谢，我哪里都不去。"

"咦？我刚才明明听到你说华峰村来着？现在有免费的车搭，你还不领情？你傻呀？"

黄欣悦看到对方愣了一下，瞪着双眼吼了起来，心中更加不安，只好站起来，躲到一边去，希望息事宁人。

此刻，听到一个带有磁性的男中音，操着一口不地道的中文，轻轻劝道："小磊，你不要吓唬人家，时间不早了，我们快回，一会儿天就黑了。"

黄欣悦看到这是个二十七八岁，和自己年纪不分上下的小伙子，他穿着一件白色T恤、一条牛仔裤，但他的皮肤白皙，面态斯文和善，和那个黑胖小子竟然形成了强烈的反差。只见他从一辆单排卡车上跳了下来，朝这边走过来。

只听到黑胖小子"哈哈"一笑："我是好心，人家不承受我又有什么办法？算了，好心当了驴肝肺，多一事不如少一事，走了。"

"好了，你这样子，吓也吓死人，赶紧收拾一下，出发。"

那性格温和的年轻小伙子，只好回去，重新上了车。忽然，他在车上伸出头来说："你真的不和我们一起走？天快黑了，离村子还有十多里呢！"

黄欣悦坚定摇头："谢谢，我自己会想办法。"

他无奈笑了笑，说："那好吧，你自己要小心。"

黄欣悦目送着车辆远去，又往前继续前行，忽然看到一辆电动三轮车，高兴地过去对那三轮车上的老大爷说："您可以载我一程吗？"

老大爷抬头审视了她一番说："姑娘，你是外地来的？我本来打算收工回去和老伴一起吃饭的，但是看你人生地不熟的，有些于心不忍，你要去哪里呀？"

"华峰村。"

"哦，大概有十几里呢！这样吧，您给一百元，我这就拉您去。"

黄欣悦惊愕："一百元？"

"这天都快黑了，我回来可就晚了，也拉不到人，您得考虑一下我的难处。"

黄欣悦无奈，只好答应。她坐在三轮车里，随着车轮的颠簸，看到外边的林木苍松，深深浅浅，化成一条若隐若现的暗褐色玉带，延伸到山峦深处，偶尔看到稀疏的人影正往前行。

龙虎山原名云锦山，峰峦绵延数十里，为象山一支脉西行所致，山势雄浑，如龙盘虎踞，颇有祥兆。传说东汉年间，张道陵曾经在此炼丹——丹成而龙虎现，山因此得名。道教典籍记载，其后人世代都居住在龙虎山，这些传说无意中给这山脉增添了神秘色彩。小时候，总以为传说就是传说，等长大后，翻看历史典籍都找不到的答案，有时竟然会隐藏在传说的背后。

根据元代孔克齐《至正直记》中所载："世传白鹿乃老虎山写篆之纸也，有碧、黄、白三品，白者莹泽光净可爱，且坚韧胜西江。"说明这白鹿纸最早就产自这附近地域。黄欣悦想着，这纸张一定是为道教所用，后来才传入民间，漫长历史洪流中，这纸张形成自然有它的造化成因，也说不定，民间就会有人懂得这份技艺。

不知不觉，老大爷载着她，穿过一片不大不小的绿化带，前边隐隐露出了村庄的样貌。老大爷说："就到这里吧！你顺着前边这条小路，走到尽头就到了。我得赶紧往回赶，不然老伴该着急了。"

黄欣悦将一百元递给老大爷，一个人独自沿着小路走着。路上很安静，暖风熏人，隐隐可见村里袅袅炊烟升起。她忽然听到后边有声音传来，原来是一个二十多岁的年轻姑娘正骑着电动车往里走，估计是在镇上打工上班回家来的。

好不容易看到有人，黄欣悦兴奋地拦住姑娘说："妹妹，请问黄家哲家住哪里？"

那个姑娘听到这个名字，眨了眨眼睛，说："黄家哲呀，倒是有这个人，但不住这个村子，还得翻过前边的山，再走二十多里路才是。"

黄欣悦听得心头失落得很，原来又找错了地方。她诧异地看了一下自己的手机，按照电子地图，应该是已经到了目的地，但是为什么会相差如此之多？她回头，想再找个人问问，却看不到一个人影。

天色渐渐昏黑，四周的林子一片寂静，不时传来风吹叶动的簌簌声响，黄欣悦有些恐慌，还是深呼吸一口，鼓着勇气走着。忽然听到后边有汽车引擎的声音，一片幽远的亮光照得黄欣悦四周大亮。

这是一辆农家常用的卡车，后边拉满了整整一车翠绿竹竿。车上跳下来的人居然就是白天那个黑胖小子，他看到黄欣悦更是大吃一惊："咦，你怎么还是跟着我们来了？"

"我……"黄欣悦也不知道这是什么状况。

此刻，还是另外那个性格温和的年轻小伙子走下来，对黄欣悦说："你好，又见面了。我叫夏长风，是从新加坡来的，请问你也是要到华峰村吗？"

黄欣悦这才感觉是自己误会了人家，于是很不好意思地说："你好，我是黄欣悦，来自北京，这次是回家乡来看一看。"

"黄女士，你也是真运气，要不是夏先生要我去带他到河边的竹林砍竹子，你就肯定遇不到我们了，这黑灯瞎火的，看你往哪里去？"

夏长风扑哧一笑，喊着："小磊，你看人家把我们当坏人了，是因为你长得比较彪悍吧？"

"我，没什么？就是给吓了一跳。"黄欣悦有些歉意，不知道该怎么对他们说，"平时忙，很少自己出远门，遇上事也处理不周，还请谅解。"

小磊回答："你要是这样说，我还不好意思了呢！这样吧，你告诉我你要找谁，我帮你。"

"我想找我的大伯黄家哲，是我父亲的大哥。"

小磊与夏长风互相看了一眼，都不说话，稍后又共同打量着黄欣悦。

"你是谁？"小磊目瞪口呆地问，"你要找我爸？你是我爸弟弟的女儿，那你岂不是我的姐姐？"

黄欣悦听到小磊这样说，想起那姑娘之前说的话，心里也是"咯噔"一声："难道是那姑娘骗了我？可是，我和她素不相识，为什么她会骗我呢？"

夏长风温柔地笑了："小磊，这是一次多么奇妙的相遇呀！如果想知道事实真相，不如我们回去问问黄老伯就是。"

黄欣悦与小磊共同点头。于是三个人挤在一排，又走了十几分钟，远远望见一处漂亮的二层小楼，它依旧保留了典型的江西民居元素，白色斑驳的墙壁，顶上尖脊黑瓦，墙外木栏里一簇簇耀眼迷人的黄花，无形中缩短了归来的距离。一树树桃花、杏花过后，便已经到了门口。

黄欣悦下了车，跟随在小磊后边进了大门。在看到黄家哲的那一瞬间，一份与生俱来的亲切感扑面而来，顿时知道她一定没有找错人。黄家哲六十多岁，头发有些花白，嗓音却洪亮透彻，他听闻黄欣悦的身份，激动地看着黄欣悦说："没错，这模样与家铭一模一样，就是他的女儿。"

黄欣悦哭着与伯父相认，并诉说了自己差点儿又错过的经历。老人家给予她的温暖关怀，令她觉得这一路上遭遇的一切困难，都算不上什么了。

只听黄家哲叹气说："我那兄弟是个老实人，从小就安分守己，可是我不知道当年发生了什么事，我们找到你父亲的时候，他浑身都是酒气，跌落在山崖下，已经没了呼吸。当时我的弟媳妇雪珊看着我兄弟的尸体，只是流泪，却什么都不说。最奇怪的是，村子里当时还有一个叫曹海峰的人，他有个自幼家里给订的媳妇叫文凤，她相貌平庸，结婚三年才生了一个只有半截胳膊的儿子，也在那天莫名其妙喝了农药死了。当时村子里风言风语，说什么的都有，后来警察也来了，但查不到什么线索，这些年一直成了悬案。你母亲安葬了你父亲，就说要带着你去北京投奔她的二师兄和表姐去。"

"我母亲从此再也没有回来过吗？"

黄家哲点头："我那弟媳妇是个兰心蕙质的人，家教很好，自从嫁过来，与我兄弟从来没有红过脸，对黄家族人也非常照顾。我后来想，她一个人睹物思人，出去换个心情也好，再说又有亲戚照顾，所以我也就放心地让她去了。这些年，我也一直托人打听她的消息，但都没有音信。孩子，你回来了就好，我这心愿也就了结了。"

黄家哲说着，转身在柜子里，找出一把钥匙，递给黄欣悦："给，大侄女，这是你家那老宅子的钥匙，自从你母亲走后，那房子就一直保持着原来的样子，十多年了都没有人进去过，现在把这钥匙给你，你有空进去看看。看你这脸上都是尘泥，我让你妹妹云青做些吃的，帮着打扫一下西屋，赶紧先歇下，有什么事明天再说。"

"云青？"黄欣悦第一次听到自己还有个妹妹，内心雀跃了一下。

"云青，你在屋子磨磨蹭蹭地做什么呢？没看到你亲堂姐到了吗？还不出来见人。"

黄欣悦瞪大了眼睛，看到里边走出了一个似曾相识的女孩子。原来竟然是那个差点儿给自己引错路的姑娘，她想了想，也许是堂妹天生对外人有些提防，这也是人之常情，于是很快便释然于心了。

但是，云青并没有她想象中的欢喜，而是轻描淡写地"哼"了一声："姐姐。"

黄家哲皱着眉头看着女儿，说："你姐大老远回来，你怎么也没个热乎劲儿，还这副吊丧脸？还不赶紧去做点吃的，你姐肯定还没吃饭呢！"

云青翻了个白眼，扭身进了厨房。

黄欣悦觉得自己被这种见到亲人的惊喜冲荡着，心潮澎湃，她对自己身后一直傻笑的小磊说："我应该比你大吧？"

小磊挠着头，说："我今年二十二了，爹说明年就给我说个媳妇儿。"

这话听得黄欣悦忍俊不禁，她抿着嘴笑："那你还是要叫我姐姐。"

小磊点头"嘿嘿"笑了。

黄家哲朝儿子的头撸了一下，骂道："就知道要媳妇儿，也不知道长点儿出息！你出去疯了一天了，帮着夏先生找到他要的东西了没有？"

小磊瞪着眼回答："今天跑了三个小镇，找到了四五个旧竹帘，还有夏先生要找的人，也打听到了，大概就在六十里以外的地方，夏先生说过两天就亲自去拜访，还有夏先生要的嫩竹也找到了，虽然时节还不到，但是夏先生说，现在我们也是在模拟流程，到时候再按照正确的操作就可以了。"

黄家哲点头，问："夏先生人呢？不是和你一起回来的吗？"

小磊指了指头外边，说："刚才还在呢！"

黄欣悦其实一直对小磊身边的年轻男人非常好奇，此刻听到他的信息，更加觉得这个人身份、做派很不简单，不是个普通的商人，也猜不透他到这里来的真实目的。

黄家哲似乎猜到了侄女的心思，说："这个夏先生可是个了不起的人，我第一次见他，他居然自己徒步走了四十多里找到了这里，说他想找到过去传说中的白鹿纸，想恢复它的技艺，我一听就知道他是个有志向的人。现在我们的这个村里已经没有一户知道这个什么白鹿纸了，不过，当年我听你父亲说过这种纸，他一直都很感兴趣……可惜呀！唉，我一听这年轻人居然对这件事如此执著，这也是利国利民、传播文化的好事呀！所以，我是鼎力支持！"

黄欣悦听到"白鹿纸"这三个字的时候，简直是惊呆了！没想到在这里，居然遇到志同道合的人，她心中这份惊喜不亚于听到中国卫星首次上天！

"父亲真的提过白鹿纸？"黄欣悦兴奋地说，"不瞒您说，我也是来寻找这种白鹿纸的制作工艺的，听您这样说，难道父亲他也曾经探索过这种白鹿纸的秘密？"

"这我就不太清楚了，只是听他说过，不过，也没有见过那是什么样的纸？"

"我表姨父从来没有提过我父母，也许是怕我伤心，但是我觉得，父亲在天之灵，也说不定就真的想要这白鹿纸呢？我所从事的项目里一直和它有关联，也许，这是父亲冥冥之中在叮咛我要完成他的遗愿呢？"

黄家哲抹了一下眼角的泪，唏嘘不已："你是个好孩子，有什么大伯能帮你做的，尽管说，今天你就先住在这里，夏先生就寄住在离这里不远的周婆婆家里，你们可以相互扶持、相互帮忙。"

黄欣悦点头，出了屋子，看到夏长风正在往地上搬竹子，她走过去，向他伸出手，说："你好，正式认识一下，我叫黄欣悦，在北京从事国画修复工作，这次回来也想完成我父亲未曾达成的心愿，恢复古白鹿纸的工艺，我听说你也是为此而来，我想我们以后可以成为同盟军。"

夏长风"嘿嘿"笑了，放下了手中的竹子，露出一口整齐的白牙，边笑边扯了扯自己的右耳。黄欣悦看着看着，忽然觉得鼻腔酸了。此刻的夏长风，似乎由于羞涩笑着掩饰自己，笑了几下就不由自主地扯了两下自己的耳朵。他的这些动作，与当年她所认识的袁春生几乎一模一样。

夜色朦胧，隐约可见星光与村里人家稀疏的灯火，唯独庭院里一盏竹篾灯光影缭乱。小磊跳上了车，帮夏长风往下卸那些竹子，只听到窸窸窣窣的竹叶摩擦声不停传来。

黄欣悦深深呼吸了一口，抑制住自己内心的激动，眼前的男人是陌生的，却有着自己曾经回忆了十多年的熟悉气息，她不敢泄露心头藏匿多年的这份思念，只好也笑了笑，收敛住自己的惊诧，说："夏先生弄这些竹子做什么？"

夏长风抓起一把竹子说："我家是做药材生意的，这些年也开始关联一些传统工艺产品。以前我听我母亲说过，我父亲最懂得这种古纸的工艺，还曾经帮着我母亲把它设计成中药材的包装纸，但是可惜没有等到教会母亲，我父亲就不幸离世了，父亲记载的那些文字也不见了。我母亲非常遗憾，说我家如果可以恢复这古纸的技艺，我家就可在新加坡华人文化圈子里站稳脚跟。我是母亲唯一的儿子，所以我想，这件事我责无旁贷。"

黄欣悦听到他居然也牵记着家族使命，心中感慨，却仍然心有不甘地试探着说："夏先生一家一直旅居新加坡？"

夏长风点头："是的，这是我第一次回国，我随着母亲和舅舅一起居住，后来一次偶然机缘开始关注中国造纸术，从汉代蔡侯发明了造纸术以后，经过几千年的风风雨雨，这些传统的手工纸几乎濒临灭绝了。我之前考察过铅山的连四纸、浙江的富阳竹纸、四川夹江纸，发现这些古纸的技艺都有很多相同之处，所以我想，我参考这些工艺流程，再加上我母亲回忆的那些文字记录，也许真的能恢复它也说不定。"

黄欣悦听他所说，居然都说到自己心里，颇为感慨。

"据我所知，这手工纸选用植物韧皮为原料，由于人工打浆对纤维的损伤比较小，在手工抄纸中纤维可以充分交织，所以手工纸的韧性与拉力均大于机制纸，还有，手工纸是以生物发酵法脱胶，以石灰和草木灰水弱碱性溶液蒸煮，这样的纸呈弱碱性，保存时间长，正所谓纸寿千年。但这是个漫长的过程，少则也要七八个月才能制成，夏先生难道打算在这里一直待下去？"

听了黄欣悦这些话，夏长风没有回答，他一双闪亮的黑眸在微弱的光线下，散出几分惊诧的光芒。

他伸出手，朝黄欣悦主动伸出手来："黄女士，我觉得我们可以成为永远的朋友。"

黄欣悦忽然感觉鼻子酸了，他的话，他的动作，就和十几年的袁春生如出一辙。那是一个午后，黄欣悦穿着一只拖鞋哭着跑到药店门口，并没有看到袁春生的人影，只好自己坐在那里哭泣着。表姨与表姨父照例去看望一个朋友的长辈，任鹏见父母不在，又开始恶作剧，将她的白球鞋藏了起来，然后又将她的一只拖鞋挂在了胡同口的泡桐树上。小小的她，等了很久，也看不到一个人从门口走过。她只好来找她唯一认识的袁春生。

第六章
卧虎藏龙

　　她低着头,看到很多人的腿在自己前面穿梭往来,各色的宽头皮鞋、旅游鞋、高跟鞋,还有老北京布鞋,就这样等着夕阳快要落山了,正当她绝望地想离开这里时,忽然看到一只带着温暖的手伸了过来:"你怎么在这里?"
　　她看到袁春生居然真的就这样站在自己面前,起身冲上去抱着他哇哇大哭。
　　袁春生和一个小大人一样,抚摸着她的头发,哄着:"别哭了,你是在等我吗?"
　　她好不容易才停止了哭泣,抽噎着点头。
　　"好,我这不是回来了吗?怎么了?谁欺负你了?"
　　黄欣悦不敢说出任鹏的名字,只好指着自己的脚让他看。
　　袁春生眉头顿时皱了起来:"我知道你是个善良的姑娘,自己受了委屈也会替别人着想,算了,我帮你,走,找你的鞋去。"

黄欣悦点头，趿拉着一只鞋，跟着袁春生高高低低地走。忽然，袁春生看了看天上，想了想，干脆把自己脚上的两只鞋都脱了下来，提在手里，对她说："干脆，我们当回光脚部队吧？我听我们老师说，红军过草地穿的都是草鞋，有的干脆就没有鞋，我们也试试？"

黄欣悦抿着嘴，说："好。"

于是，一条宽敞的马路上，偶尔穿过的汽车卷起一片灰尘。两个孩子在夏日的黄昏，提着鞋，光着脚，快乐地朝胡同里走着。

黄欣悦被袁春生的乐观感染了，脸上的泪也早就干了，所有的不快都消失了。她还记得，他在马路一侧，对黄欣悦伸出手："来，我们以后可以做永远的朋友。"

"好。"

黄欣悦在伸出手与他握手的瞬间，顿时感觉前边的路是一条宽阔的、充满了期待的路。夕阳无限好，浓荫下，他们快乐地笑着，那只鞋，忽然就自己掉落了下来。

"你怎么了？"夏长风看到黄欣悦怔在那里，并没有回应自己，感到有些奇怪。

黄欣悦连忙伸过手，有些不好意思地说，"夏先生长得和我以前的一个朋友很像，我忽然想起了一些往事，这才有些失态，请见谅。"

夏长风释然："以后我就是你的朋友，不用叫我夏先生，欣悦，叫我长风就好。"

黄欣悦的手被他这样握着，心脏剧烈跳动起来。这是成年以后她很少有过的感觉，自从毕业后进入公司工作，她早出晚归，一心扑在工作上，从来不看男人一眼，也默默拒绝了很多男士的邀请，但此刻，她却没有觉得任何不适，也没有拒绝他。

忽然，听到小磊喊着："夏先生，这些竹子都要搬下来吗？我这肚子疼了半天，一直憋着，实在忍不住了。"

黄欣悦与夏长风放开对方，哑然失笑。

黄欣悦也觉得奇怪，这里和北京不同，忽然感觉时间减慢了许多，心中的焦虑也缓解了许多，她问："难道你打算亲自用这些竹子来造纸？"

"不，"夏长风笑了，"不知道为什么，我总觉得这里和我们想找的白鹿纸有很多的关联，这里盛产毛竹，有山上川流不息的山泉水，可以说是得天独厚、人杰地灵，正是造纸的风水宝地。现在市面上有价格昂贵的白鹿宣纸，但是似乎和我们要的白鹿纸还有一些不同，尤其是原材料的选用上。我想，应该首先是抄纸的珠帘有很大区别，我今日找了很多过去造纸用的竹帘，但是那纹路与构成似乎还是不对，我也打听到一位近百岁的老人曾经制作过这种竹帘，所以打算去登门拜访。"

"您的意思，打算准备用这些竹子来做纸帘？"

"是的，我们留下一部分，再带上一部分，这样就有备无患了。"

黄欣悦看到夏长风居然已经做了这么多研究，真是自愧不如，只好说："我想和你一起去，可以吗？"

"当然求之不得，有你助力，会事半功倍的。"

黄欣悦与夏长风告别后，看到妹妹云青端着一碗青笋米粉出来放到桌子上，说："吃吧！"说完，扭身就走了。

黄欣悦想和她再多聊一会儿，看到她这样的态度，真是觉得不解。吃过饭，她将从北京带来的礼物给大伯送进去，也将两件小礼物分别放到小磊和云青的门口，这才满意地回到自己房间去睡。

这是黄欣悦最充实的一天。她精疲力竭，却翻来覆去睡不着，夏长风的出现，实在是太意外了，险些让她忘记了此次前来的初衷。她真的在某个瞬间，觉得自己记忆中的童年伙伴又回来了，但是清醒过后，又发现，他并不是原来那个白衣翩翩、软语相慰的少年！

辗转多次，终于迷迷糊糊睡了过去，但到了半夜，她起身，揉着疼痛的肩膀，觉得有些干渴，于是起身想找些水喝，不料她走到大伯的房间门口，却依稀听到里边传来云青的哭泣声。

"你这孩子，我一猜就是你干的好事，你故意给你欣悦姐姐指错路，到底是为了什么？"

"爹，我不想离开您，你不是答应我了，那房子将来要好好收拾一下，给我当新房用，现在她回来了，我是不是该让路了？"

"你这孩子心思怎么这么重？你姐姐还没有说要住这房子，你急什么呢？"

"母亲临死前说，我婶婶临走前说她要是不回来，这房子将来就留给我做嫁妆，现在难道那些话都不算数了吗？"

"唉，你要那房子做什么？"

"爸，不瞒你，我有对象了，他是个外地人，所以我想征求您的同意，将来让他入赘我家，叔叔家的房子地势好，也僻静，我们两个将来想自己创业，可以做场地用，现在不知道姐姐什么心思，难道就是回来要说法的吗？"

"你呀！背着我就想做些乱七八糟的事，在镇上当老师不好吗？旱涝保收，不愁吃喝，你又想着折腾什么？"

"现在是新时代，国家支持鼓励创业，我也不想重复走过去长辈们的老路了，我真的想做些自己的事，不是胡闹。"

"你说的倒是很高大上，你想做什么？说给我听听。"

"我还没想好，不过，我是看着那个新加坡人到我们这里找资源，我就想，那为什么我们自己不利用自己的资源，还要让个外边来的人折腾？所以我想这次暑假我到四周去看看，拜师学艺，去学学手工纸张技艺，这些是老祖宗留下的宝贝，以后应该被人们珍惜。"

"你说的倒好听，你一个弱不禁风的女娃子，有多大本事？那个造纸，得多少人才能折腾得过来，谈何容易，你别痴心妄想了！"

"爸！你怎么就这么不相信自己的女儿，就那么相信那个外人？"

云青的哭泣声又开始响了起来。

黄欣悦这才明白妹妹的心思，原来她是个"心中有蔷薇"的姑娘，由于夏长风的到来，触动了她的心事，所以当看到黄欣悦打听自己父亲，便本能地开始拒绝她的亲近。

黄欣悦没有打扰他们，只是悄悄回到自己的房间，静静思索起来。

这个季节是正是谷雨时节。清明过后十五日为谷雨。春天北斗星的斗柄指向东方。二十四个节气由十二个节和十二个中气组成，谷雨为三月的中气。在北京是万物欣荣的季节，但在这里，却仿佛已经有了成熟的意味。

黄欣悦醒来，看到晨霭中这座美丽的村子在群山环绕中，隐隐听到水流的声音。家家户户的炊烟与山的气息融为一体，远远望去，犹如几条白色的游龙缓缓升腾。前边是一条古老的巷子，此刻，正晃动着清晨就出来溜达的村民的身影。她觉得从来没有过这般惬意轻松，仿佛过去那些沉重的时光都消失殆尽了。

外边忽然传来汽车的声音，只听到小磊的大嗓门传了过来："欣悦姐姐，我和夏先生就要启程了，你要不要一起去？"

她听到夏长风居然这样早就出发了，而自己还没有梳洗，有些羞涩起来："这，我……"

"如果你打算和我们一起去，还有些时间，我们可以等你。"

黄欣悦愣了几秒，飞速冲进屋子里，手忙脚乱换好衣服，收拾完毕，背上双肩包就冲了出来，只听到黄家哲的声音传了过来："欣悦，夏先生，你们吃过早饭再走也不晚呀！"

只听夏长风说："不了，我们带了压缩饼干和面包，前边还有三百多里的山路要走，要在天黑前赶过去，不然就要睡到野地里了。"

"也是，确实不近。"黄家哲说，"欣悦，你要去就多带几件衣服，山里晚上冷，怕你不习惯。"

"没事，我成的。"黄欣悦急匆匆瞥了一眼揉着眼睛出来的云青，笑了笑，直接出了大门。

她看到外边停的车，大吃一惊，这只是可以载货的皮卡车，车上拉满了竹子。她看到夏长风微笑着走出来，打开了车门说："请吧，欢迎你和我们一起开始纸文化之旅。"

她强迫自己按捺住内心的慌乱，点了点头，上了车。如果不是知道夏长风来自新加坡，她一定会肯定自己内心的感觉。即便时光漫长，物是人非，即便岁月无情，让每个人脱胎换骨，但是她相信，有一种难以描述的东西，就是习惯，很难改变。她听到夏长风决定去寻找制作捞纸帘老人的时候，她就已经决定，要行走这一次。

"小磊，慢点开车，路上要听夏先生的话，照顾好你姐姐。"黄家哲有些不放心，追了出来。

"爸，您放心啦！"小磊似乎很少脱离父亲的掌控，有些开心。

黄欣悦与夏长风和黄家哲告别后，车缓缓地朝村外驶去。

四处美景如画，黄欣悦坐在后边，看着夏长风的侧脸，那种似曾相识的感觉从来没有消失过。在一个刚刚到达的地方，还没来得及感受那种新鲜感，又和一个陌生的男人同行，这对黄欣悦来说，不仅仅是在路上行走的情意，也是另外一种蜕变与极致的生命体验，期待它与自己同频。

北京顾家别墅里，顾明晨在笔记本电脑上看了一遍黄欣悦的资料，觉得她似乎隐瞒了很多事情，他不知道自己为什么会忽然对她的隐私感兴趣。忽然，他听到自己书房的门响了起来。

稍后，只见张阿姨抱着两幅画框走了进来，说："顾先生，真是很奇怪，地下室忽然渗出了水，我和老谢已经彻底清理了，真的特别可惜，太太画的画只剩下这两幅没有毁损，我想问问您，该怎么处理？"

顾明晨没有抬头，说："张阿姨，这是悠悠母亲生前最喜欢的，就留着吧！哦，重新找人装裱一下……"

他说到这里，想起了黄欣悦，叹了口气，又说："哦，先放着吧！等我们拍卖行的裱画师回来，再让她给装裱一下。"

"顾先生，您说的是那个姓黄的裱画师吗？"

"怎么？"顾明晨觉得张阿姨话里有话，不由抬起头来。

只见张阿姨抽出后边的那张画，对着顾明晨说："您看，这幅画不正是她吗？怪不得那天我见到她觉得面熟，看到这画我才想起来，这个人就是三年前救过悠悠的那个姑娘。"

"什么？"顾明晨瞪着那画，那是故妻最擅长的油画，上边画了一个在蔷薇花中飞奔的女孩子，那女孩子前边是一辆正朝下坡滑落的婴儿车，不远处，一辆红色宝马车正横穿过来。很显然孩子即将遭受一场意外凶险，但一切似乎被这个女孩子迎面化解了。

"那时候我刚到顾家来做工，我和太太带着悠悠去公园，太太让我去兑些果汁给悠悠喝，谁料我刚一转身，就看到太太大惊失色地喊了一声，那婴儿车不知道为什么忽然失去了控制，竟然朝一个坡路滑了下去，我当时吓得不知所措，太太闭着眼睛倒了下去。那时真是凶险呀，眼睁睁看着对面驶来了一辆车，就是这个姑娘忽然跳出来，拉住了车，救了悠悠。太太要请那姑娘吃饭，但是那姑娘看到悠悠安然无恙，说什么也不肯留下，就离开了。太太回来就画了那幅画，说是这样可以记住她的样子，也许以后有缘会再见的。"

顾明晨想起悠悠说过的话："阿姨，我见过你。"想来就是看到过这幅画。但是这究竟是怎么回事？顾明晨摇了摇头，不明白黄欣悦为什么总是这样如影随形般影响着自己的生活。

他只好说："那就收藏起来吧！不，这幅画就暂时放在这里，你去忙吧！"

张阿姨应了一声，出去了。

顾明晨起身，将那幅画摆在一张墙角柜上，目不转睛地盯着这幅画。画中的黄欣悦穿着白衬衣与牛仔裤，一只马尾辫子翘得高高的，神色镇定，动作却极其迅速。在她侧面脸部的轮廓上，丝毫看不到现在的那些个性棱角，反倒多了几分英气。他叉着腰，就这样默默看了很久，觉得自己有些莫名的感动。

不知道是妻子的画富有感染力，还是这个画里的人打动了自己，无论是什么，都有一种令他内心不安的感觉，他预感到，自己遇到了一个可以影响自己的女人并不是一件好事。因为，他打破了很多常规。

他以前对画画并不感兴趣，西洋画也好，国画也好，都是慢下来的艺术，但是他的脚步停不下来，他经营的是高端艺术行为，但同样是商业路线，怎么都无法慢下来。因为市场变化无常，稍微懈怠片刻，就有可能坠入深渊。所以，他输不起，也一直没有输。

他看着落地窗外，悠悠戴着遮阳帽，跟在张阿姨后边，将院子里的爬藤玫瑰采摘下来装在篮子里，快乐地笑着。就在此刻，他忽然想停下来，静静享受这午后的美好时光，想象着真的可以慢慢将这美好的画面画下来。

悠悠母亲曾经说过，即使照片的像素再高、再真实，都比不了这可以融入人的情感与意志的绘画，它是独一无二的，此刻，他似乎懂了妻子的心。

手机响了起来，打断了他的思绪，是他最好的合作伙伴池宇航："明晨，你最近忙什么呢？怎么都不联系我？不过，我现在非要联系你一下，下个月会有一个国际文化交流会，会有很多对中国手工纸感兴趣的人来参加，你呢？有没有兴趣？"

"哦。"

顾明晨应着，视线里已经看不到女儿的身影了。唯独那些玫瑰开得很是饱满，沉甸甸的，满庭院里都是艳色。

他很想拒绝自己这种莫名其妙的倾斜，但似乎控制不了自己的心，于是回答："明天到我办公室来谈谈吧！"

池宇航很是开心："我以为你会嫌我吃多了撑的呢！真没想到，你居然答应了，真是奇了。"

"好了，过时不候。"

他推开了门，喊着"老谢。"他要出去一趟，找朋友为悠悠觅一位出色的绘画老师。

在通往风林村的山路上，小磊哼着歌朝前开着，很多次由于拐弯导致黄欣悦的身体随着惯性扑前仰后。她的心有些忐忑，坐在后边悄悄观察着夏长风，他并没有关注她的行动，而是一直帮着小磊观察前边的路况。山路蜿蜒，有很多拐角，车速很难快起来，而时光竟然过得飞快，很快就到了午后。

夏长风让小磊找了一处有空地的树荫下，停了下来。

小磊"咕咚咕咚"猛喝了大半瓶水，擦了几把残留在嘴角上的水渍，仰头看着强烈的阳光，一下子躺到了地上。他大声嚷嚷着："真舒服，开得过瘾。平常我爸都不让我出远门，要不是夏先生来，我还真是飞不出来呢！"

夏长风摇头笑着，取出一张室外毯，拿出一盒压缩饼干和饮料递给黄欣悦说："先填填肚子，我们得到天黑才能到。还有，听说我们要找的人不住在村子里，住在离村子不远处的一座峰顶上，车开不上去的，我们得靠体力爬上去，所以还是先休养一下吧！"

黄欣悦接过食物的一刹那，忽然觉得心脏漏跳了几拍。他和幼年的春生一样善解人意又关怀备至，从来不轻易被男人打动的自己，居然每次都险些被眼前这个夏长风窥破秘密。她于是转身，装作看远方的风景，避开了与他正面接触。

只听夏长风问道："小磊，你还记得路吗？千万别走错了，不然咱们可真是得睡野外了。"

小磊听了这句话，忽然坐了起来，挠了挠头说："虽然说这个是我外祖母家，但是自从我妈去世，我就来过一次，也是三四年前了，我还总算是有些记忆，咱们到时候再说吧！"

"小磊，你真的不记得二叔与二婶了吗？"黄欣悦忽然问小磊，她真的很想知道更多父母的往事。

小磊又挠了挠头，回答："欣悦姐，我爸说，他虽然是家中的老大，却是最晚才结婚的,所以我和岚姐的年龄都小,只记得后来二叔不在了,婶婶也带着你离开了,我爸他就常常去你家那老庭院里转一圈,每次回来都泪流满面,后来他就锁上了那门,谁也不让进去了。"

黄欣悦想到自己还没有来得及去自己家的老宅子里去看一看,实在是有些遗憾。

只听到夏长风说:"欣悦,其实在来之前我一直在和自己做思想斗争,到底要不要你来。后来听到你愿意来,我真的非常高兴。我想有一个人和我一起探索这条艰难的旅程,这样即便我想打退堂鼓,还有另外一个人会拉着我前行,现在看来真是我太自私了,不考虑你的感受。"

黄欣悦听到这话,顿时明白夏长风和自己一样,对自己要走的这条路,同样感觉孤单无助,所以更加期待有人愿意接纳自己要做的一切。

"不,不会,这也是我来江西的理由,我总有个莫名的感觉,我和这里有不解之缘,我似乎觉得我父母也是这样,他们还有很多秘密我并不知道,我其实不只是寻找白鹿纸,我还想寻找父母过去的故事,寻找自己的根。你看,在当今这样一个开放的时代,我还有这样一个传统守旧的思想,是不是让你见笑了?"

夏长风呲着一口漂亮的白牙笑了:"听你这样说,我心里就踏实了。前边不仅山路难走,还有我们并不知道,我们走的路到底是对还是不对?如果真的让你失望了,你会不会怪我?"

黄欣悦感觉出对方的诚意,便回答说:"不会。来这里也是我的选择,我一定要探寻一下这白鹿纸真正的秘密,我觉得,它就快揭晓了。"

"谢谢。"

黄欣悦看到夏长风在说这两个字的时候,眼眸里迸射出一股她从来没有见过的光芒。他的瞳孔幽深黑亮,似乎藏着一个千年万年都开启不了的深渊世界。那个世界对黄欣悦来说,有些熟悉,也有些看不懂的陌生。

她很快就回过神来,说:"我们走吧!时间不早了。"

夏长风点头,对小磊说:"看见远处那座山了吗?我来前查过地图,应该就在那个位置,加把油,希望就在眼前了。"

小磊跳了起来,吃了几口东西,又喝了半瓶水,上了车。

黄欣悦和夏长风也分别回到自己原来的位置。车的引擎响起,山路一片尘土飞扬,但风却是暖的。

　　远方的山林沟壑纵深，隐约可见烂漫山花，蓝天白云与连绵不绝的山峦轮廓融为一体，如同散发着清淡之气的水墨画。她不觉得疲惫，只是心情复杂，似乎觉得自己心中一直疑惑的事实真相就快浮出水面了。

　　任婷走在通往总经理办公室的走廊里，心中一直想着一件事。她来到这里已经半年多了，顾明晨果然和外界传说一般是个痴迷工作、不谈情感的男人。但是，她任婷可是正当锦绣年华，这岁月催人老，怎么能总是蹉跎下去？如果自己可以觅得金龟婿，终身有靠，那么父母一定不会再怪罪自己隐瞒他们跳槽的事了。

　　只要是人就一定会有软肋，这是永远不变的真理。任婷很明白，顾明晨不喜欢主动送上门的女性，上一次一个漂亮的女外贸商对他印象很好，想赠送条领带给他，都被他用严词拒绝了。

　　那女外贸商被拒绝后，有些放不下面子，便对顾明晨说："没想到，顾总还是个很传统的男人！是不是成天接触那些老东西，给染上气了，这可不太好，不如换个新兴产业，不然白白浪费了自己一身好皮囊，真可惜呀！"

　　顾明晨听了这话，并不生气，只是说："古话有说，夏虫不可语于冰也。我只选择和我气息相同的合作伙伴，而不是只重个人情感不重大局的人，所以，哪怕是金山银山，摆在我面前，如果彼此气息不对，也是枉然。"

　　女外贸商有些恼羞成怒，奚落说："看不出来，顾总您还是这样一位有情怀的人，在这个行业里，您难道没做过亏心事？说出来谁信？"

　　顾明晨起身笑道："说得好。常在河边走，哪有不湿鞋的？不过，我顾明晨到底有没有做过亏心事，我自己心里明白就好，也犯不着听别人的言论，不是吗？"

　　任婷想着顾明晨居然不给对方留一点儿面子，那以后可真是失去了一位重要的客户。她很诧异，如果顾明晨是这样一副宁折不弯的性子，怎么能将这拍卖行管理得风生水起？真是业界奇才。

　　女外贸商果然面色苍白，朝外退去："顾明晨，你真是个有种的男人！硬气，丝毫不懂得怜香惜玉，不知道是该可怜你还是该赞美你！不过，可以肯定的是，你必定会走下坡路，不信，我们走着瞧！"

"如果由于我拒绝了一位女士的好意，便招惹了这样的诅咒，是不是说明我在对方的心中有很重要的位置？任总监，你说呢？"

任婷听到这里，不知道该怎么回答，只好讪讪笑着，看着那女外贸商"哼"了一声，说："好，那我就看你这个自大狂将来怎么毁灭！"

顾明晨的嘴角划出了一道优美的弧线，他眯着眼睛，说："谢谢，不送。"

那女人提起自己的手包，气冲冲地离开了。

每当任婷想起这些，心中隐隐有一丝担忧。她知道自己要有完全的准备，才能一击而中，否则，就会永远没有回头的机会了。想到这里，她深深呼吸了一口，敲开了总经理办公室的门。

顾明晨似乎在想着什么，神情游离，并没有抬头看任婷。任婷轻轻地走到对面，小心翼翼地说："顾总，打扰您一下，穆先生说，他如果不是由于生意周转不开，是不会拍卖那幅《疏林寒绿图》的，现在这画也是他自己毁的，怪不着我们，但是这幅画如果是赝品，就一定会影响我们的声誉，还是请我们细细斟酌一下，再向外发布消息。"

顾明晨终于抬头，凝视着任婷的脸。任婷今日的妆容很精致，是那种很用心但又没有留下过重痕迹的高级手法，来之前，她已经对着镜子反复看了很久，确信这样的形象不会遭到顾明晨反感，这才走了进来。

"穆先生是个非常有鉴赏力的收藏家，经他手的藏品不计其数，我们得到了他的支持，肯定会顺风顺水。那画虽然是在他的手里毁的，但是发生在我们这里，如果被别有用心的人拿来炒作，那么肯定会对我们造成重大影响。高教授那里，现在也有所松口了，说是有空再看看那幅画。这两个人我们都不能得罪。任总监，我还是要特别感谢你，这些日子以来，和双方进行良好沟通，这才将他们都安抚下来。"

任婷听到这句话有赞赏的意味，心里欣欣然乐开了花："没什么，这是我应该做的。还有听说穆先生还要办一个个人收藏博物馆，这件事我想我们应该谋划些什么，既要给予鼎力支持，顺便也做些业务拓展，请一些海外的华人来共同参与，您的意思呢？"

"你的想法非常好，就这样，抽空安排个会议，我们召集相关部门探讨一下具体做法。"

"是，顾总，另外，我还有一件事想说。"

顾明晨看到任婷有些迟疑，诧异地问："什么？尽管说来听听。"

任婷深深呼吸了一口，说："听说您正在给悠悠找绘画老师？"

顾明晨点头："是，但是见了几个，都觉得不太合适，悠悠也不喜欢。"

"是这样的，我父亲也喜欢国画，他有个老朋友的女儿是学国画的，对方结过婚了，有自己的孩子，会照顾人，性格好，也非常有耐心，是个识大体、顾大局的人，可以介绍给您。"这件事任婷经过深思熟虑了，找一个有家庭的女老师，对自己还是比较有安全感的。

"太好了，那谢谢你，找个时间带悠悠一同见一见。"

任婷听到顾明晨非常满意的口气，觉得今天的自己真的是最优秀的。她心里暗暗为自己加油，期待心想事成的那一天早日到来。现在，万里长征已经迈开了最有力的一步，可喜可贺。

"那如果您这里没什么事，我就出去忙了。"她懂得适可而止，于是便转身，打算离开了。

"对了，任总监，我也是一位父亲，今天是你提醒了我，每一位员工的父母都是对我们最有利的支持者，所以你回去立刻统计我们所有员工的家庭住址和父母姓名、生日时间，等员工父母生日那天，公司会送一个生日蛋糕过去。"

听到这里，任婷只好转身回来，看到顾明晨若有所思地说："任总监，你今天很漂亮！"

任婷听得惊喜万分，脸上露出了激动的神情。

顾明晨却说："你对公司是尽职尽责了，但是也不要辜负了自己的大好年华，有空的时候交个男朋友也好。上次遇到的你那个同学，我觉得就很不错，你要自己把握好机会。"

这话将任婷心中的喜悦全部冲退，她只好快快回答："顾总，我们只是同学关系，没有进一步交往的打算，我现在也不想谈个人感情。您若没有什么别的吩咐，我就先忙去了。"

任婷离开了总经理办公室，心情竟然糟糕到了极点。顾明晨每天面对着自己居然无动于衷，还要将自己往别人的怀抱里送。还有，她忽然想到顾明晨这个给员工父母送生日蛋糕的决定，实在是匪夷所思。黄欣悦的关系既然也转到这里，那么这样做的话，一定会暴露她们两个人之间的关系，这可是一件要命的事。

她想了想，只好翻出手机里的通讯录，找到了李鸿的手机号，拨通了过去："李鸿，我有件事想请你帮忙。是这样的，我不想让我父母知道我在拍卖行工作，现在公司有个新的福利，就是给员工父母寄送生日蛋糕，我想把蛋糕寄到你的地址去，蛋糕就当慰劳你的礼物了，你看怎么样？"

"您大小姐的吩咐，哪能不行？不过，我觉得……嘿嘿……这也不是长久之计，还是想办法争取叔叔阿姨的理解与原谅，顺顺利利把蛋糕孝敬他们两位老人家比较好。"

任婷听得皱起了眉头："你怎么这么啰哩啰唆的？不愿意帮忙就算了。"

"我帮，我帮还不行吗？不过，光吃个蛋糕还不行，你得请我吃一顿大餐。"

任婷想了想，知道这个李鸿无非就是趁火打劫，想借机会和自己亲近，但是她也是在社会上打拼、风里来雨里去的人，这些小伎俩难道还能愁坏自己？到时候，多找几个同学一起聚一下就好了。

想到这里，她笑了笑："好吧！就犒劳你一回。"

第七章
似曾相识

　　风林村与黄家所在的华峰村有很大的不同，华峰村靠近大路，交通非常便利，但这风林村却是绕了两座山才找到的凹陷地带，村子三面环山，只有一个出入口。小磊带着他们找到自己的舅舅家，这才打听到那位九十六岁的老人家很多年前就不住在村子里了。

　　小磊开到了目的地，早就累得精疲力竭，吃了些东西就打起了鼾。小磊舅舅说，那山只能徒步登上去，一个多小时就差不多了。但是，还是希望他们等明天天亮再走。

　　夏长风并不说话，他看着熟睡的小磊，抱着手臂看着屋外，眼神飘忽。

　　黄欣悦似乎懂得他眼睛里流露出的东西，说："我陪你上去，现在就走。"

　　夏长风听了她的话，惊诧了一下："你不怕？"

　　"怕什么？怕走夜路？还是怕你一个陌生人？"

夏长风没有笑，只是很凝重地看着她："欣悦，我真的很着急。"

黄欣悦回答："我感觉到了。"

夏长风苦笑："我并不想拖累你，但是我也期待有个同心同德的人。"

"我知道。"

"不，你不知道，我的签证还有二十多天就到期了，如果我的计划泡汤了，恐怕就成了一辈子遗憾。"

黄欣悦听到夏长风只是由于这样的理由才着急，并不留恋和自己在一起的日子，也丝毫不是自己记忆中那个少年的模样，不由悄悄掩饰住自己内心的失望。原来，他与她的贴近，只是凡世间的物欲，只是商人博弈的手段，并没有彼此交付真心。

于是，她点头回答："如果我们真的可以成功恢复白鹿纸的技艺，那么我答应，和你一起继续合作，将它发扬光大，好吗？"

夏长风笑了，笑的样子很好看，又像那个曾经为她遮风挡雨、软语相慰的少年，黄欣悦的鼻子酸楚起来，她扭转头，说："走吧。"

两个人拿着一只手电筒，按照小磊舅舅所说，从进来的地方走出去，朝西拐了个弯，就看到一条人工开凿的山路直通向山顶。

夜色渐渐深邃，天空星星点点。微风清凉，还带有一丝晚春的寒凉。黄欣悦跟在夏长风后边，朝上攀登。她还是第一次夜登峰顶，似乎逃离了那个瞬息万变、光怪陆离的大都市，真正渴望自由的灵魂开始渐渐苏醒，在遇到与自己气息贴近的人以后，它便出窍了，所以才做出这样疯狂、连自己都不认识自己的事。

说来也奇怪，和这个夏长风在一起居然丝毫没有觉得胆怯。她很小心向上登攀着，白天的倦意似乎随着暗夜深沉渐渐席卷上来，很快双腿就开始颤抖起来，呼吸也越发艰难。

不知道走了多久，似乎看到山顶上有点点灯火。

"来，把手给我！"

夏长风的声音依旧充满磁性，依旧温柔体贴。

黄欣悦没有拒绝他的好意，她把自己的手伸给了他。当两只手相握的瞬间，手心一暖，她觉得自己身体内被注入了一种奇异的力量，他瘦削坚韧的背影在前边引领着她，走向一个光明世界。她无法形容自己内心这种熟悉的感觉，她感觉过去的时光重新回来了,她又遇上了他,一个给她温度的少年。她对他曾经的设防也在这个时刻瓦解崩溃。

"看,我们快到了。"

循着夏长风的声音,黄欣悦看到,前面不远处是一片幽深林影,微风中竹林瑟瑟响动。再往前走一会儿,就看到了一栋小木屋,似乎有人听到外边的声音,出来探查。

只见一片光影恍惚,一只纸灯忽明忽暗,一个瘦弱佝偻的身影,轻轻咳嗽了几声,然后传来一阵嘶哑的声音:"谁呀?"

"祖阿公好。"夏长风喊了一声,吓得对面的老人后退了一步,然后才长长喘了口气。

"我说这是谁呢?怎么还乱认亲戚?我老头子一把老骨头都快入土了,家里的人都没熬过我,你们是从哪里冒出来的?"

昏暗的灯影下,老人穿着一件肥大的棉布大褂,胡须髯髯,褶皱的皮肤上隐约可见青筋暴露,他不满地摇头,又朝后跌去。

夏长风急忙扶他坐在一把木椅上,只闻到空气中除了山林的青葱味道之外,还浅浅流淌着一股淡淡的酒香。屋外,可以看到山下隐隐的灯光,在黑夜中,如点点繁星,点缀着黑色的幕布。

黄欣悦接过他手里的灯,放到桌子上。这才发现桌子上一只破旧的瓷壶倒在了桌子上,水几乎都流光了。屋子里陈设极其简单,只有一张床与一条棉被。

老人迷迷糊糊闭上了眼睛,口中嘀咕着:"无事不登三宝殿……我都好长时间不见生人了,你们……"

夏长风似乎深深呼吸了一口,才鼓起勇气说:"祖阿公,我们都是龙虎山下的后生晚辈,来这里也没有非分之想,只是想求教白鹿帘的制作方法,求您老人家赐教。"

只见老人忽然睁开了眼睛,大吼一声:"白鹿帘是什么?"然后竟然又倒下,渐渐鼾声大作。

夏长风无奈,只好苦笑说:"欣悦,对不起,今天晚上看来我们要整夜不眠了,你怪我吗?"

黄欣悦摇头:"既来之,则安之。"

她觉得啼笑皆非,几天之前,她还在北京和拍卖行的总经理顾明晨吵得不可开交,现在竟然在一座孤独的山顶上，与一个性格古怪的老人和一个认识没有几天的新加坡男人在一起共度一夜。

风轻轻吹来，伴随着山里的草木香与潺潺的流水声，使人在漆黑的夜色多了几分对黎明的期待。黄欣悦蜷缩地坐在一块巨石上，忽然感觉身上披了一件东西，她感受到夏长风身上那种男人的青春气息与温暖渐渐袭来。

原来夏长风将自己的外衣给了她，随后他轻轻地在一旁坐了下来，说："如果你不介意，可以借我的肩膀一用。"

黄欣悦笑了笑，说："谢谢，我不冷。"

夏长风搓搓手叹息："请原谅我的自私，如果不是我执意让你来，你就不会遭受这种苦。"

黄欣悦很想说："我甘之如饴。"但又觉得这样说似乎对一个还不太熟悉的男人有些唐突，便又笑着说："小时候，我偷偷尝过我表姨父煮的黄檗，那真是苦到浑身的血液里，在这里，明明是清风明月，世外桃源，是一种另类的生活体验，还谈什么苦呀？"

夏长风长舒一口气，说："听你这样说，我就安心了。"

黄欣悦觉得这样的对话很温馨，这是自己有生以来从来不曾体验过的新鲜感觉，所以，她更加格外珍惜这夜色撩人的春夜了。

"我们真的可以找到白鹿帘吗？"

夏长风答道："我在新加坡曾经得到过中国铅山的连四纸、浙江的富阳竹纸和四川的夹江纸，这些纸类都是以竹子为主要原材料，工艺上有相同之处，但在原材料配比上则各有千秋。我想这也是"靠山吃山、靠水吃水"的中国智慧体现，就地取材可以造就最好的工艺。有了得天独厚的地理人文环境，取材容易，那么这纸品就一定会在百姓中流传下来。"

黄欣悦听到他居然这样痴迷中国造纸术，还做了这么多考察，更加觉得彼此气息相通、惺惺相惜了："你说得不错，我为了修复古画，曾经仔细研究过很多纸品，曾经很多次用显微镜观察过竹纤维的纸张，竹纸纤维细匀挺直，有部分杂细胞，做出来的纸细匀平滑，有的坚薄紧脆，有的绵软松黄，受墨极佳。南方竹类有毛竹、慈竹、水竹、白夹竹等很多种类，还会添加稻草、构皮、蓑皮等辅料。对了，还有在大伯家附近的巷子里,我看到墙上一种植物开满了大串大串白色的花朵,后来才知道是猕猴桃花,那猕猴桃藤就是用来造纸的纸药。"

夏长风停顿了一下,口气中充满了赞赏:"如我喜欢读中国的《诗经》,从远古时代,中国就有了'隰有苌楚,猗傩其枝'的体验了,这苌楚就是猕猴桃,也叫羊桃,后来由野外生长到了庭院栽培,再被人们发掘出实用功效,一定是个漫长的历程。"

夏长风口气很淡,黄欣悦竟然听得一阵热血涌上额头,脖颈之处有些微微发热。她几乎按捺不住自己内心涌动的躁乱。原来,是上天安排了这样一场相遇,让自己在茫茫人海中终于遇上了他。

她拼命抑制自己的悸动,在清凉柔和的微风下,耳畔又传来了夏长风的声音:"明代《天工开物》中记载:'凡抄纸帘。用刮磨竹丝编成。展卷张开时,下有纵横框架。'我找到的那些老帘子,虽然款式相仿,但是白鹿帘到底是形似还是意象之美,我们都不得而知,只有亲手做过这帘子的人才知道,那是一种什么样的构图。如果真的那么简单,就不用我们这样大费周章了。"

黄欣悦点头:"我表姨父做了一辈子裱画,常说我们这行不能'乱点鸳鸯谱',不适合的纸张宁肯弃了不用也不要勉强,否则就会毁了原画。"

"是,我看这山上到处是毛竹。就彻底明白了,白鹿纸最大的可能就是用这毛竹做的。"

"不仅仅是白鹿纸,还有你要找的白鹿帘。所以,你到处找这种嫩毛竹,还有制作白鹿帘的人。"

她说完,听到夏长风的笑声。在无边无尽的黑色山林里,除了皎洁的月光,这笑声俨然成了最悠扬动听的曲调。她不觉得苦和累,这是一场奇妙的旅行,可以得到的不只是白鹿纸,还有自己内心一直想要的饱满与安宁。

山上的黎明也是迷人的。黄欣悦醒来,发现自己真的是靠着夏长风睡着的,夏长风看到她醒来,轻轻扶起她,自己也站了起来,面对晨光,用力伸展出双臂,深深呼吸了一口。他身后是静静升起的旭日,阴影下的脸色略略有些疲惫,但依旧非常有精神。

他摆了摆手:"对不起,昨天上来得匆忙,没有带吃的,看来我们要自己动手、丰衣足食了。"

正说着，忽然听到一声巨大的喷嚏，屋子里的老人也醒了，他睡眼惺忪，眉头深皱，说："咦，你们居然没有离开？看来真是有所图谋呀！"

"祖阿公，我们是有所图谋，但图的是可以保留我们的传统技艺和传统精神，所以就算是再辛苦，也是值得的。"

"我老头子活了近百岁了，还真见过几个有倔劲的，一个是姓颜的老家伙，还有一个是二十多年前一个姓黄的年轻人，都曾经来找过我制作这白鹿帘，看来你们也是这个图谋吧？"

黄欣悦听到这些，情不自禁热泪盈眶："老人家，您说的这个姓颜的应该是我的外祖父，而那个姓黄的，是不是叫黄家铭，他就是……我的亲生父亲……"

老人听到这话，表情凝固了片刻，忽然大笑："看来，真是这骨子里的倔强也是有遗传的，你一个女娃子还这样不辞辛苦上山来，真是小看不得。"

黄欣悦转身看了一眼夏长风，他没有说话，只是深沉地看了她一眼。

黄欣悦只好说："老人家，我们就是想将这些好东西留下来，没有图谋不轨。"

老人挠了挠自己的脸，那是一张浸透了岁月沧桑的面孔，这布满了褶皱的脸，却丝毫不让人生厌，反而多了几分仰望之情。老人忽然打了个哈欠，说："他们是从我这里取走过帘子，但是都是有所付出的，你们两个会什么？"

"你老人家要什么？"

老人眯着眼睛说："我老头子都这个年纪了，金银财宝都没什么用处了，我还没吃早饭呢，一会我再去睡个回笼觉，等我醒了，希望可以吃到你们做的美味佳肴，我如果满意了，就满足你们的要求。"

黄欣悦苦恼起来，自己虽然祖籍是江西，但自小在北京长大，对江西的食谱还真是有些不太了解。她眼睁睁看着老人又打了一个哈欠，回到屋里去了。

她打开手机，想在网络上查询一下江西有什么特色菜，却发现手机还是没有信号。她无奈地转身，看到夏长风正四处找着什么。他看到了一个瓦罐，将它取了下来，又抬头看了看屋外挂的腊肉、茶树菇、干笋，还有屋子前面一个小菜园里爬出的绿油油的青菜，他咧嘴笑了，笑得黄欣悦有些莫名其妙。

木屋不远处有一处从山上流下来的清泉，夏长风拔了些青菜，摘下了腊肉和茶树菇，放进瓦罐里，对黄欣悦说："那边有很多干柴，麻烦帮忙捡些过来。"

黄欣悦不可思议地问:"你会做江西菜?"

夏长风说:"其实不太会,就是看我母亲做多了,就大概了解了一些,正好看到这里有这些食材,还是比较幸运的,我们两个也没吃呢!"

"你的母亲是江西人?"

夏长风摇头:"不,我父亲是江西人。我母亲说,当年我父亲最擅长做这个瓦罐汤,我母亲的肠胃不好,喝了非常舒适,所以我父亲就常常给她做,后来她也就得了我父亲的真传……现在我才懂得这个耳濡目染是什么含义!"

黄欣悦的内心被重锤狠狠敲了一下,她几乎是有些颤抖地问:"您父亲是江西人?"

夏长风点头:"没有想到吧!不然我为什么在这里能安之若素地住下去,后来我是想明白了,这是骨头里的那份归属感,是改变不了的东西。"

黄欣悦顿时觉得脚步有些飘忽,她手中的柴噼里啪啦掉落了下来。她记得清清楚楚,袁春生曾经和自己说过,他父亲是从江西老家来的,将来有机会,要回老家看一看。

夏长风对她的神情有些奇怪,问道:"你怎么了?"

黄欣悦慌乱将地上的柴捡了起来,掩饰住自己的不安,说:"没什么?就是觉得很巧,实在是太巧了,我们竟然有这样相同的经历。"

夏长风忽然凝视着她说:"民间有句古话,相逢是缘。我觉得我们的相遇是最美的遇见吧!"

这话说得让黄欣悦有些慌乱,她连忙自嘲地说:"缘不缘的,其实也不重要,要紧的是自己觉得开心。哦,你先去忙,我再去拾柴,有什么需要我帮忙的就告诉我。"

黄欣悦离开了夏长风的视线,不知道夏长风在新加坡待久了,懂不懂中国话的实质内涵,这种结束语明听觉得客套,其实几乎相当于对方拒绝继续交流。她真的不敢再问下去,她甚至有些害怕他就是自己心心念念忘记不了的幼年玩伴。因为他似乎早已经没了那一段记忆,不知道他的世界是什么样的,究竟发生了些什么,究竟为什么会失去那些最珍贵的记忆。

夏长风竟然真的有"翻手为云覆手为雨"的本领,那些皱巴巴的干肉、干菇什么的,配上些青色的小菜,还有可以找到的一些简单的调料,随着火候渐成,竟然散发出诱人的香味。

"啊哈，这味道还不错。"只见老人出了屋子，此刻看他的头发整齐了不少，衣衫也换了一件干净的，显然是自己梳洗过才出来的。他看到已经煮好的汤菜，并不理会两人，只是径直走了过去，盛了一碗汤，大口大口喝了起来。

黄欣悦与夏长风都不敢吭声，只听老人家喝得差不多了，这才长长舒了一口气："你说当年那个姓颜的老怪也真是奇怪，他和我说，他要把自己的女儿和家传的古画给大弟子，要把裱画和临摹的功夫传给二弟子，把造纸术传给三弟子……我就一直没想明白……后来直到那个大弟子上山来找我要白鹿帘的时候，我就明白了。"

黄欣悦与夏长风听到这儿，心脏开始剧烈跳动起来，纷纷屏住呼吸，不敢打断老人的话。原来，当年还隐藏着这些故事。

但老人忽然戛然而止，瞪着眼睛看两人喝道："你们两个还没有吃饭吧？赶紧喝汤，不然都凉了。"

两人互相凝视了一眼，于是开始盛汤喝了起来。汤很鲜美，如果不是亲眼看到，完全想不到竟然出自夏长风的手。黄欣悦慢慢咀嚼着口中的食物，也慢慢思索着老人刚才所说的话。想来是父亲也亲自来找过老人了，但是父亲为什么会寻找白鹿帘呢？

"哎，都说师徒如父子，我还真是见识了。那颜老怪真是用心良苦。给弟子金山银山，不如给一门可以谋生的本领，这可是中国人传了几千年的智慧了。"

夏长风忽然打断了老人的话："那么父亲不爱自己的女儿吗？为什么只传了古画，如果遇上天灾人祸，古画毁了没了，那么他的亲生骨肉该如何生存？"

老人忽然转身瞪了夏长风一眼，说："你小子脑瓜够用！竟然可以想到这一层，当年我可是想了足足二十年才想明白，你居然一下子就说到点子上了。"

黄欣悦听到谈起自己的父母了，有些心急，口里的汤猛地就咽下去了，喉咙里的温度瞬间升高，有些火烧般的疼痛。这瓦罐汤的好处就是不但可以保持食物的鲜美，还可以保持适合的温度，难怪会得到老人的赞赏。

"还有一个问题，就是黄叔叔，就是老前辈的大弟子为什么会忤逆师傅的心意，独自上山来寻白鹿帘呢？还有，他到底拿走了白鹿帘没有？"

"你小子怎么这么多问题？好好喝你的汤。"老人家虽然口里不满地叱喝着，却还是依旧说下去,"不过,那姓黄的小子说,他要和刘备三顾茅庐一样,一定要上山三次,才能求得宝贝,但是这小子说话不算话,他只来了两次,就再也没有来了,他要的帘子到现在我还给他放着呢!"

黄欣悦听到这里鼻子酸了一下,她放下汤碗,低声说:"老人家,我爸他已经不在人世了,所以我才来的。现在想来,也许是我爸在天之灵,让我完成他的遗愿吧!"

老人听到黄欣悦这句话,表情僵了一下:"怪不得,我就说那小子一看面相就不是个半途而废的人,唉,人生难呀,有几个和我这样活了这个岁数还老不死的。"

"那可不可以让我看看我爸没有拿的那只帘子?"黄欣悦问。

"可以,本来就是你家的,你可以拿走。当年我可是收了你父亲的三大坛好酒呢!去吧,就在木屋后边的一个棚子里呢!"

黄欣悦与夏长风看到那个帘子的时候,上边已经长满了青苔,常年的灰尘与风雨浸透着它,已经完全没有原来的样子,但幸运的是没有损坏,还可以使用。

夏长风用山溪水清洗过后,清晰看到那帘子巧夺天工,除了精致细密的手工以外,上边还有九只不同大小、栩栩如生的鹿形纹。

黄欣悦看到这只白鹿帘果然和安徽的白鹿宣纸不同,那种抄纸的帘子只有八只白鹿。

"你们两个小辈一定奇怪为什么会有九只鹿吧?"老人仿佛猜透了他们的心思。

一直默默无语的夏长风,开口答道:"九字是中国传统文化的代表,是极致、尊贵无比的意思,什么九九八十一难,什么九九归一,都是这个意思,白鹿纸既然曾经为道教所用,一定也是这层意思。"

"小伙子,你年纪轻轻,知道的还真多。"

夏长风谦虚地笑了笑:"我只是凑巧看到这些记载,算不了什么的。"

黄欣悦仔细看着这帘子,忽然问:"看这帘子上白鹿的排列似乎是有一定规律的,这个很像北斗七星的阵势,但是,我还是没想明白,北斗七星只有七颗,但这里却是九颗。"

老人摸着胡须畅然大笑:"这层深意你们怎么可能知道?我也是跟着我的师傅学了几十年才明白的。北斗星其实是九颗,只不过那两颗微弱,肉眼看不到罢了。"

夏长风点头:"世人常用'泰山北斗'来形容人之尊贵,先民也以北斗斗杓周旋四指来厘定节候，北斗成为天地万物化生的中心。当今很多地方仍然盛行礼斗之俗，谓之九皇会。北斗九星，分别为贪狼、巨门、禄存、文曲、廉贞、武曲、破军与左辅、右弼。所以，这北斗星可是道教的神祇，不可小看。"

黄欣悦蓦地醒悟，说："我也查过资料，确实是这样。道教有'朝元礼斗'的习俗，为消灾解厄植福保泰的重要教仪，相传诸葛亮曾在五丈原用斗法借寿，可惜遭魏延所误。"

老人看了一眼正在凝神思索的夏长风，叹了口气："我今日看你们两人都是有备而来，想来这次不仅仅是得到这只白鹿帘吧？"

黄欣悦说："老人家，您猜得不错，我们不想让这古老的技艺失传，这纸帘是这白鹿纸能否成功的关键所在，所以才不得已前来打扰。"

"我可以传给你们，但是你们有信心学会吗？"

"我们可以的。"

"不过，要先砍伐些竹子来，我的手指已经不能用了，所以我说你们做，如果有慧根的话，学会倒是不难，不过就是以后勤练就好了。"

夏长风兴奋地看着黄欣悦，答道："我们带来了竹子，都在山下的村子里，明天就可以带上山来。"

"哦？"老人不悦地瞥了一眼夏长风，似乎有些不高兴，"看来你小子是早就对我了如指掌，算准了我老头子会买你的账？"

夏长风这才凝滞不笑，往后退了几步："不敢，不敢。"

黄欣悦看到老人虽然嘴里说着不高兴的话，却不停地摩挲自己的双手，似乎要做着什么。那双手，是她所见过的最沧桑的手，拇指与食指上厚重的茧皮掩藏了原来的纹路，手背上青筋暴露，岁月就这样毫不留情地盖上了烙印。

一阵暖风悄然飘过，空气中弥漫了山花、雾霭与林木的味道，惬意无比。

顾明晨醒来的时候，太阳已经升得很高了。

这是一个难得休闲的周日，他喝了一杯牛奶咖啡，看着悠悠在和老师学画画。悠悠凝神的样子和她的母亲很像，让顾明晨心中蓦地柔情四起。他很庆幸自己今天选择了在家休息，参与女儿的成长，竟是这样一种幸福的感觉。

他很后悔，当初如果不是自己太拼命工作了，冷落了悠悠的母亲，这才让悠悠母亲患上了抑郁症，以至于后来她竟然舍了自己和女儿，独自到了另外一个世界。当他近前去看她的遗容时，她脸上还残留着解脱般的微笑，那时他心头涌起一种难以遏制的撕心裂肺的疼痛，都是自己的淡漠与忽略，才导致女儿过早没有了母亲。这是他的罪过，所以他要用后半生的努力去弥补这一切。

他拿起一本《中华遗产》杂志，看到里边有一株叫荛花的植物，荛花有小毒，用它做的东巴纸虫不蛀，千年不腐。每次选材都要精挑细选，剥下树皮后，还要剥掉一层外皮，只留韧皮部组织。千年以来，这种技艺一直由"有神力的"大东巴掌握，并在这些东巴家族中世代相传。他的眼前不知不觉浮现出了黄欣悦的样子，他先是愣了一下，又苦笑摇头，不知道自己到底是怎么了。

他拿起手机，选中黄欣悦的头像，发了一行字："你那边现在是什么情况了？"但是没有任何回应，看了她的朋友圈，很多天都没有动态了。他的眉头不由深深皱起。

一阵清脆铃声响起来，原来是池宇航。

"老顾呀，你猜，我刚才在网络上查到了什么资料？真想不到2016年中国嘉德拍卖会上三张六尺的'大风堂'仿宋罗纹纸，居然以129.8万港币成交，过去你总说我没有大志，是个只懂得笔墨纸砚的'半吊子'商人，现在你看看，我没说错吧？"

顾明晨没有回答，只是垂下眼皮又看了一眼自己手里的东巴纸介绍，觉得自己中了邪了，平素最看不起眼的东西也看了，现在连平常最不爱听的声音居然也听得这样津津有味，简直是自己都不认识自己了。

"我说老顾，平时我和你说，无论是纸品、裱画还是书画鉴藏，都是密不可分的，不能单一地去看待它们，尤其是不能只从技术的角度去看待它们，我们应该用更长远的眼光去对待这个问题。"

听到对方得理不饶人的口气，顾明晨不满地回道："好了，全世界都听到你的声音了，不要再扯破喉咙喊了。"

"嘿嘿，我再和你说件事情，我最近得了个好东西，你有空过来看看，听着，只许你一个人来看，不许带其他人，听明白了没有？"

顾明晨挤出了一个笑容："什么宝贝？值得我们的池先生这样刮目相看？"

"你先别问，到时候来了就知道了。"

顾明晨挂了电话，觉得自己的膝盖被人扯了几下，转头看到悠悠提着画册塞给自己。这是一个女人一个小女孩在一棵桃花树下跳舞的场景，看不清楚那个女人的面容，但是两个人分别穿着一大一小两件一模一样的黄色连衣裙，两个人头上戴着两只蝴蝶头饰，手拉手，样子非常开心。顾明晨明显感觉到悠悠画的并不是她的母亲，倒好像是自己非常讨厌却又无可奈何的那个女人。

"这是黄阿姨，这是我，我想把这幅画送给黄阿姨，爸爸有空带我去找黄阿姨，好吗？"

看到悠悠稚嫩的小脸上充满了期待，顾明晨不由自主地咽下了一口唾液，想了片刻，才说："悠悠，你忘了，黄阿姨还在外地出差呢，等她回来，我再带你去找她。"

悠悠很高兴，凑过来，在顾明晨的脸上"吧嗒"亲了一口，说："谢谢我的好爸爸，我现在再去画一幅画，送给我最亲爱的爸爸。"

看着悠悠翩翩离去，顾明晨觉得自己被一个叫黄欣悦的女人给淹没了。人家不过就是有个裱画的手艺，就在这茫茫商海里独树一帜，成了让你恨得牙根痒痒却又没有办法插下刀子的人。毕竟，现在这样的人是太难求了。

顾明晨嘲笑着自己，摇头，又叹了口气。室外风和日丽，鲜花盛开，他并没有察觉，自己多了一种叫思念的情感。

黄欣悦终于得知这位隐世老人姓张，他的子女都已经过世了，唯独有一个重孙，还在外地安家。老人家很多年一直在山上自己生活，除了有时村里的人会送些物品上来，几乎与外人没有什么交集。很明显，他并不讨厌这两个后生晚辈，他们的到来给他增添了许多乐趣。

老人的主屋旁边有一个放置杂物的房间，于是打扫了一番，就让黄欣悦住在那里，夏长风则与老人住在一起。到山上的第二个夜晚，黄欣悦睡得很踏实，几乎忘记了刚到华峰村遇到的那些艰难与不快。她忽然想明白了一件事，大伯对自己隐藏了很多事。父母有很多自己所不知道的，一定有什么难言之隐。她决定学会制作白鹿帘，就一定去追问清楚。

清晨黄欣悦还没有起来，就听到外边熙熙攘攘的，似乎来了很多人。她出门看到是小磊和几个小伙子扛着油粮米面，还有带来车上的嫩竹竿。

"欣悦姐姐，我是不是及时雨呀？我舅舅让我送些粮食物品来，我也猜到你们一天一夜没下山，肯定是成功了，所以我自作主张把这些竹子都扛上来了。"

黄欣悦点头笑笑，看到老人与夏长风也走出屋门，看到到处都是物品，老人摇头说："我这里好久都没有这么热闹了，看来都是你们两个'毛丫头''毛毛头'给我带来的人气，我老头子是该气你们呢还是该恨你们呢！"

黄欣悦回答："您老人家都清静这么久了，也该热闹一下喽！小磊，把东西都收拾好，另外你也不要下山了，我们还有活儿需要你帮忙呢？"

小磊笑得爽朗："哈哈哈……我就说你们离不开我吧？"

黄欣悦抬头看了一眼夏长风，他目光里都是笑意，一直在看着自己，不觉又开始慌乱起来，连忙避开，转向那些翠竹。她明白夏长风的用心，如果不是事先有万全的准备，怕是还要耽误更多的时间。来的路上，她也发现，除了三个人用的吃的，还有一些米粮等生活用具，现在看来都是用得到的。

老人却故意青着脸说："我老头子活了一把岁数，却被你们几个小毛头给算计了。我收了你们这么多东西，哪里还有不教授技艺的道理？不过，现在很少有年轻人愿意学这些老掉牙的东西了，你们真的不怕吃苦？"

黄欣悦与夏长风对视一眼，不约而同点头："我们愿意。"

小磊也摸着头问："欣悦姐姐，我也要学吗？"

"当然，你一定要学，以后学会了，还要教村里的人呢！"

第八章
烟火人生

老人又是长长叹了一口气："很庆幸我当年积德行善了，你们没有来的时候，我常常想，如果我不在了，这个世界可能就真的没有人知道那白鹿帘是什么样的了？幸好，在我还有气力教你们的时候，你们就来了。真是天助我中华纸艺呀！"

众人将东西安置完毕，纷纷告辞。唯独夏长风站在那一堆竹子前边，笑着说："没有想到，我居然爱上了这里的一切，山、水、花草，还有人……"

说到"人"的时候，他深深凝视着黄欣悦。

黄欣悦还是躲开了那眼神，在这海拔比较高的山上，似乎也缩短了与太阳的距离，四周的温度也蓦然升高了许多。她喊着小磊说："事不宜迟，我们开始吧！"

这是一种与之前完全不同的生活，是在畅快与自然的世界中，寻找自我的一段旅行，也是万物生长的春天最悸动的时光。她无怨无悔，不只因为有自己喜欢的东西，还有一份对故人的期待。

山上的生活是一幅画,小磊负责砍竹子、削竹子,黄欣悦与夏长风负责按照老人所说来编制纸帘的不同部分。

"最早的纸帘是利用麻布拉伸平直,周围用木棍固定,借以截住纤维让水过滤。后来就换成了更灵巧、更有实用性的竹帘,这竹子抗水抗菌,滤水透气都是最好的,所以这帘子也越来越科学了。"

黄欣悦一边听一边将竹丝编结在一起,但是突然被一个细小的毛刺扎破了食指,那鲜血不停地冒了出来,她还来不及细想,手就被一个人强力夺了过去,一双温暖的唇吸住了她的手指。她觉得有些不妥,便想挣脱出来,但是对方也忽然用了更大的气力,禁锢住她,然后又狠狠吸了几口,眼见那血不太流了,他才不知道从哪里变出一只创可贴敷在了她的手指上。

"你不要说这种方法不卫生,我现在才明白'不听老人言、吃亏在眼前'这句话的意思,这里有先民的智慧在里边,现代生活里如果真的按照这些方法去做,也许还真有意想不到的效果。好了,可以了。"夏长风边说,边放开了她。

黄欣悦啼笑皆非地看着自己的手指被裹得非常体贴周正,小磊躲在一边偷偷笑着,老人也故意装做没有看到,干咳了一声,又继续说了下去:"专心点,等我老头子没心气了,可就不讲了。"

黄欣悦觉得脸又红了,只好低下头,继续编织手里的竹帘。

"纸帘由帘子、帘床、帘尺三部分组成,帘子是用竹条编成的,帘床是用木头做的支架,帘尺呢,可以用竹子或者木头来做。这种结构很灵活,以前那种老帘子是一帘一纸,既笨重死板,又干得慢,现在这种可平直、可卷起,也可分开或者合拢,简直是灵活得妙不可言呀!"老人仰望天空,似乎在回忆当年给两代造纸人讲这些要点的时光,"最后,要根据竹条的走向用丝线或马尾编成我们想要的线条,就是你们看到的、想要的白鹿纹。"

听到这里,小磊恍然大悟:"哦,我懂了,怪不得,原来那些纸上的水印就是这样弄出来的呀!"

老人瞪了小磊一眼,闷声说:"你这个小毛头终于开窍了!"

黄欣悦与夏长风又是相视一笑。

这些日子里，两人已经渐渐消除了当初的生疏与试探，心意越来越相通。黄欣悦知道自己已经越来越依赖夏长风了。

快乐的时光总是过得很快，转眼已经半个月过去了。两个人已经重新做了几次纸帘，最后一次同心协力做了一只纸帘，终于得到了老人的认可。

两个人很自然地将手握在一起，可惜的是，两个人的手机都早已经没电了，没有办法将这最幸福的时刻永远留下来。

世界上有一种离别，最刻骨铭心，也最忧伤难耐。随着时间的推移，老人的神情越来越寂寞，但还是催着他们离开，说山上不养闲人，他自己还要去拜访老友，就不留他们了。眼看夏长风的签证时间越来越近，三个人只好向老人告辞，重新回华峰村整装。

往山下走了几步，转身看到，山上还伫立着一个孤独萧索的身影。黄欣悦默默祈祷老人身体安康，也决心将来一定会再回来看望老人。

小磊到底是在山上跑惯了的，虽然肩上扛着几只竹帘，还是跑得最快，很快就将黄欣悦与夏长风甩在了后边。

两个人一前一后，朝下走着，夏长风忽然拉起黄欣悦的手，坚定地看着她："欣悦，这一次来江西，最大的收获就是你。"

这句话说得黄欣悦的心脏"砰砰"乱跳，她的内心有一丝期盼，但也有一丝不确定。

"这次的时间太紧，我答应了母亲，一定要回去给她个交代。但是，我还会再回来的。"夏长风这话好像是对一个心爱的女孩子一生最郑重的承诺，让黄欣悦有些措手不及，"其实我内心一直很希望自己就是你一直想找的那位故友，但是我缺少了这部分记忆，这让我很沮丧，不过，我这次回去一定会向母亲求证的，因为我也觉得，我的过去有很多空白，我似乎丢失了什么，但就是什么都想不起来。我现在只能和你说抱歉。"

黄欣悦阻拦了他："我信你。我来之前，觉得自己一定会将这白鹿纸找到的，但是现在才知道，这是一条漫漫长路，这整个造纸从选料、灰浸、堆置、蒸料、洗料、捡料、浸洗、碱煮、洗料、发酵、漂白、打浆、捞纸、压榨、分纸、烘干、整理、打包的过程就差不多要一年的时间，我们怎么才能制作一张正宗的白鹿纸呢？"

夏长风的声音渐渐低沉下来，他握紧了黄欣悦的手说："不要紧，反正我们有的是在一起的时间，一次不行，我们就来两次，两次不行，就三次，实在不行，我们可以继续住在这里。你等我，等我回去再处理一些事务，我就回来找你。"

黄欣悦觉得他这几句话说得更像恋人之间的海誓山盟，不由又有些不知所措，她只好说："我们回华峰村先到一个地方，好吗？"

"好的。"夏长风点头，拉起她一起走，"你说到哪里就到哪里。"

回华峰村的一路上，黄欣悦都觉得夏长风始终在后视镜里凝望着自己，她窘迫之余有些窃窃惊喜，难道这种感觉真的就是动心吗？不可置信，自己真的已经对一个相处不到一个月的男人动了心吗？

回到村里，夕阳已经落下。黄欣悦告诉小磊先回家告诉伯父，她和夏先生要先到自己家老宅去一趟。她觉得在老宅里，在她没有参与过的父母的过去生活里，也许可以找寻到什么蛛丝马迹，也许可以知道父亲为什么要去找寻白鹿帘。

这座老宅坐落在村里的东南方，四周已经盖起了很多白楼，这些地产开发得很快，不仅保留了江西的民居特色，还加入了很多现代化规划，四周的居住环境越来越好。唯独这座老宅坐落在这里，显得有些不伦不类。

大门是很陈旧的木制门，门楼不算太深，但是却也不是小家小业的气象。门上的锁由于多年的风雨侵蚀已经生了锈，夏长风费了很大气力才把它打开。他是个细致贴心的人，带了一只充电手电筒。

在打开门的瞬间，一股陈腐的气息迎面扑来，似乎听到有老鼠穿梭的声音，夏长风习惯性地握住黄欣悦的手，自己走在了前边。

微弱的光线下，看到正房客厅上方的天井很是敞亮宽阔，夜空中星月点缀，仰望上去，自有一番别致景象。厅内两只红色牛皮灯笼下边，到处是垂落的蛛网与厚厚的尘土，但仍然看得出主人的品位。

四处的摆设也很是讲究，正面墙壁上的桌案上摆放着几只待客用的茶盏，上边是一副讲究的对联，已然看不清楚上边写的是什么。两把花梨木雕花太师椅上空荡荡的，到处弥散着岁月的痕迹。两侧分别有两把待客的椅子，上边挂了几幅"梅兰竹菊"中国水墨画，客桌上也分别摆放着几只景德镇的青花开口瓷瓶，有方形的、葫芦形的，也有粉彩元宝双耳的造型。

正厅两侧分别是木制的拱形门，几乎散落的纱幔随风飘荡着，一边是卧室，另一边则是书房。忽然,又听到一声巨响,似乎墙上有什么东西受到了震动,掉落了下来,一阵呛人的灰土气息迎面扑来。夏长风将手电光照了过去,原来是墙壁上的一幅名为《月色竹影》的画。

黄欣悦觉得夏长风的手越来越热,有出汗的感觉了。他们似乎心意再一次相通,径直走到了书房里。书房的墙壁上是一排排摆满了书的柜子,一张江南文士最喜欢的雕花书桌上,几只狼毫笔悬挂在上边。旁边的茶盏除了灰尘之外,还看得到当日主人似乎连茶盏都没有来得及清洗。

桌子上居然摆着一张没有写完的纸,手电筒的光线打了过去,黄欣悦与夏长风清清楚楚地看到几个字:"大功告成。"字迹也显得很陈旧了,但是依稀能够体会出当时写字的人心中定是激情澎湃,似乎有什么值得高兴的大事发生了。

夜色逐渐深沉,这宅子居然还保留了当初的样子,没有丝毫改变。黄欣悦佩服大伯的缜密心思,也进一步确信大伯心中也有很多疑惑的事,他不允许别人改变这里的一切,也许就是等待真相有一天可以揭晓。

他们同时看到桌子上边的抽屉也锁着。黄欣悦摸着手里的钥匙,果然有一把小型的弯月钥匙,她试着打开那锁,居然很容易就开了。里边有一些记录的札记和一叠白色柔软的纸张。

黄欣悦打开看到一行字:"今日看到师傅让三师弟砍了杨桃藤,取了髓汁。我猜想,那一定是其中最重要的一个环节,如果我猜得不错,一定是用来帮助纤维分散、悬浮,控制纸张薄厚均匀的纸药。"

她继续翻看了几页,上面继续写着:"雪珊今日嘲笑我太痴了,还说我'得陇望蜀',其实我只是想弄明白那是一种什么样的工艺,我的心里只有雪珊一人,再无她人,她还这样嘲笑我……"

夏长风似乎也明白了写字的人与黄欣悦血脉相连,更握紧了她的手。但是,黄欣悦挣脱开来,她要继续看下去,看这一切她所不知道的秘密。

"今日第二次上山去了,看到了张太公,我觉得他对我的印象很好,下一次我就会带上最好的酒给他老人家,他一定会教我做白鹿帘的。还有,师傅过几日也快过寿诞了,我也得提前准备好,写一百个寿字给他老人家。"

黄欣悦觉得自己的心脏就快要跳出来了,她终于知道了父亲也是一直在寻找白鹿纸的技艺，但是明明外公懂得，为什么却不将这造纸术传给父亲，还让父亲这样偷偷自己揣摩吗？

她急切地翻开最后一页，上边写道："今日三师弟送了我一些他亲手制作的白鹿纸，这纸着墨均匀、力透纸背，据说是元代纸中最佳。三师弟还得意地说，这才是安身立命的好东西，有了它，就不愁没钱花了。师傅一直让我们遏制物欲，这样才能做一个慈悲的人，师弟这样，难道真的要逆着师傅走下去吗？我得劝劝他。不过还好，亏了有二师弟帮我找到了解决造纸难题的办法，我真是太高兴了，苍天不负有心人。我想，将来师傅知道了，也不会怪我的吧？"

黄欣悦的心渐渐落下了，最后一页写得密密麻麻，落款是：黄家铭于一九八五年秋录。此外，父亲还亲手绘了一张图，里边详尽介绍了白鹿纸的制作方法。

她有些颤抖，拿着那一叠厚厚的白色纸张对夏长风说："太幸运了，可以找到它。我只用手一摸，就知道它就是我要找的纸，我终于可以完成那幅画的装裱了，以后也不会再和那个霸道总裁打交道了。"

"什么？"

"没什么？"黄欣悦掩盖了那个自己讨厌的男人的姓名，说，"谢谢你，一直陪着我。这里有白鹿纸的技艺流程，我想，我们以后可以继续一路同行，开发这源远流长的珍贵宝贝。"

夏长风叹气："可惜，这次我留下的时间不多了。"

"不，我父亲研究出这造纸工艺，肯定不是为了发财升官，而是为了将它承继下去。所以我们要做的是，不只是自己来研发它，是要把这技艺传给这里的村民。我知道我该怎么做了。"

在微弱的光芒下，夏长风看到了这个女孩子笃定的神色，知道自己的眼光没有错，她，就是自己一直要找的那个人。

"无论你做什么，我都会支持你的。"

夏长风看到对面的黄欣悦，一双美瞳在暗夜中熠熠发光，心中如春水般柔软起来，他蓦地觉得自己也许真的是忘记了什么。因为，眼前这个女孩子仿佛在很多年前，就曾经进入过自己的世界，但是，他居然想不起来。

于是，他和她相约："好，我说过的，我一定会再回来，等我。"

黄欣悦和夏长风告别，虽然感知他有些惆怅，想着还是因为他想做的事情还没有完成，但签证时间又到了的缘故吧！于是，便不想太多，回到大伯家，梳洗一番后，安然入睡了。

　　这一夜，她是抱着自己父母的结婚照入睡的，在离开老宅的最后时候，她在父母的卧室里看到这张照片，便取了回来。这是她第一次有全家团聚的感觉，也是最幸福的时刻。

　　待她醒来，听到外边云青的声音传来："爸，我走了。别忘记了我的事，你还是早点儿问问我姐，看她是个什么意思。"

　　黄欣悦听到大伯闷声回答："行了，知道了，快点儿走吧，不然就迟到了。"

　　于是，她收拾好自己，也走出来，看到大伯正坐在桌前，似乎低头想着什么，忽然听到有脚步声传来，知道是侄女出来了，便说："欣悦，过来吃早饭吧！这都是你云青妹妹亲手做的，自从你大伯母过世，这个家里的事都是她在打理。她从小就这个倔脾气，是个面冷心热的丫头，你可别怪她，昨天晚上还偷偷问我，姐姐盖个毯子冷不冷，是不是要再添床薄棉被？"

　　黄欣悦看到桌子上摆了很多面食，知道是云青怕自己吃不惯江西菜，这才特意做的，内心很感动。她坐下来，咬了一口那黑米山药包，丝丝香甜，果然味道不错。

　　"大伯，我也有话要和您说。"

　　"什么？"黄家哲正不知道怎么和侄女开口，忽然听到黄欣悦这样说，心头有些不安起来。

　　"昨天晚上我在老宅里找到了父亲亲笔写的很多日记和札记，那里边记载了制作白鹿纸的全部流程和关键要点，但是我一直不明白，父亲为什么不让师公教授自己，只是自己偷偷研究？还有，当年我父亲是怎么死的？我觉得您一定有事隐瞒了我。"

　　黄家哲听到这里，觉得眼睛渐渐混浊起来，这是他最不愿意提起的往事，但是还是被晚辈追究起来。于是，他唏嘘了一下，说："欣悦，我知道你是个好孩子，当年你才三岁，你母亲就是为了不给你留下童年的阴影，才把你托付给我，自己独自一个人去处理你父亲过世后的事宜。现在既然你问起来，我就告诉你真相吧！这些话藏在我心头已经很多年了，我也常常在夜里被噩梦惊醒，梦见我的兄弟亲口对我说，他是冤枉的。"

黄欣悦看到大伯这伤痛的表情，又听到"冤枉"这两个字，更加觉得不可思议。"你阿公只有我和你父亲两个儿子，你家的那座老宅子是我们黄家祖传的，我现在住的是后来你阿公又建成的新宅。我虽然比你父亲年长，但是你父亲遇到你母亲那样的一个好女子，便不愿意再等，黄家也非常喜欢你母亲那样蕙质兰心的女子，于是就让你父亲自己挑一座宅子做婚房。你父母喜欢老房子的古朴格调，就选了那座老宅子。老宅子虽然陈旧些，但是由于黄家祖上有人做过朝廷的三品文官，所以那些花梨木、紫檀木的老家具就都留了下来。"

黄家哲自幼与兄弟黄家铭感情颇深，他看着屋外的天空，长长叹了一口气。他不敢想，那个老实木讷的兄弟怎么可能做出那种有辱家风的事？到现在他还不愿意相信，但是那是活生生的两条人命，又不由他不信。

那是1985年的一个秋天，外边刚刚下了一场雨，空气清凉中隐隐带着肃杀之气，刚刚起床准备到镇上去的黄家哲，忽然看到弟媳妇颜雪珊脸色苍白，背着还在熟睡中的黄欣悦，匆匆忙忙地跑了过来。"大哥，出事了，家铭昨天一夜都没回来，他从来没有在外边过夜的习惯，一定是出了什么事，我得去寻寻看。"

黄家哲听到这话，顿时惊呆了，这确实有些罕见，兄弟可不是个随随便便的人。"大哥，你帮我看一会儿欣悦，我出去找找，一会儿就回来。"颜雪珊将欣悦塞给黄家哲，自己匆匆忙忙又跑了出去。

黄家哲只好把小欣悦放到里屋。今天他的妻子带着两个孩子回风林村的娘家去了，正好没有人帮忙带欣悦。他急得在屋子里边转圈边搓手，但也是实在没有办法。

到了天黑，他才等到妻子和孩子们回来，这才匆忙冲了出去。他刚刚走了不到几十米，就看到邻村的小孟子骑着摩托车匆忙过来："是黄家的人吗？"

黄家哲点头。"你家的兄弟是不是叫黄家铭？"

黄家哲看到对方的神色，心里知道一定是发生了大事。"嗨，快去邻村的曹海峰家里去看看呀！你家兄弟做了丢人现眼的事，闯出祸事来，人家要你家给个说法呢！"

什么？黄家哲听了这话顿觉五雷轰顶，曹家？他只知道这家小子是和兄弟一起向一位民间大师学手艺的师兄弟。怎么可能？兄弟是个什么样的品行，自己还能不知道？但是看对方若有其事的样子，他的心不由沉了下去。

他这辈子都忘不了在曹家看到的那一幕。

那是个挺破旧的院子，角落里摆满了竹竿与木材。几只残破的瓦罐东倒西歪地躺在地上，还残留着有些恶臭的汁液。低矮的墙外围满了看热闹的人，有人正指指点点地说着："看不出来，这黄家小子居然是这样人面兽心的人。人家好好的家庭妇女，就这样给祸害了，以后还有什么脸面见人呀？"

"就是，就是，作孽呀，这曹家的孩子还是个有毛病的，再摊上这个不争气的娘，这日子以后还怎么过？"

黄家哲看到兄弟的师傅颜祖山和他的两个师弟都对自己的兄弟怒目而视，曹海峰的女人文凤蓬头垢面，搂着自己的孩子朝自己的丈夫哭诉："海峰，我不知道怎么回事，是你让我准备了酒请师兄弟们喝的，昨天我看你心愿已了，我也替你高兴，后来看你老不回来，我就开心地自己喝了两杯，哪里知道这样不胜酒力？等我醒来，就是这样了。海峰，你要相信我，我们之间是清清白白的。"

只见曹海峰"哼"了一声，说："文凤，我把这个家和孩子都交给你，你就是这样报答我的？"

文凤忽然歇斯底里地大哭起来，抱着曹海峰的腿，说："你要相信我，相信我呀！这还有孩子在看着呢，我能说谎吗？"

曹海峰冷冷地推开她，扭过脸去，对师傅颜祖山说："师傅，我们曹家历代是清清白白的人家，容不得脏污的人，今天您在这里，就给我做个见证，我和她是过到头了！是她先背叛我的，可不是我不仁不义。"

颜祖山摇头，看到大徒弟黄家铭一声不吭，自己的女儿如同一个雕塑一般痴立，心中顿时波涛澎湃："家铭，你跟着我的时间最长，我对你是最抱有期望的，我连自己的祖业和女儿都交给了你，结果你就是这样回报我的？还有，我平素和你说过，要安分守己，不要有非分之想，你可听了我的话？你偷偷学造纸，还经常来师弟家探听，时间久了，难免不滋生事端，你可对得起我对你的教诲？"

一直低着头的黄家铭，光着上身，身上已然有几道血痕，一看便知道是被人挠的。他蹲在地上，颓靡不振地哭泣着，他的面前站立呆滞的弟媳妇颜雪珊。此刻，听了颜祖山的话，他终于抬起头来，口中却依旧执拗地说："师傅，我没有。"

"你还嘴硬？不是你偷偷上山找到了做白鹿帘的人，还有，你常常借着给我送汤药，偷偷窥探我教授你师弟技艺，难道这些还冤枉了你？人心不足蛇吞象，你犯了我们这门的大忌，才有此祸。还有，雪珊，你不但不知道劝阻自己的丈夫，还总是帮着他窥探别人的秘密，这样，其实就是害了他，你懂吗？"

颜雪珊终于回神，看了自己的父亲一眼，忽然大声抽泣起来，她捂着脸，抽噎着，慢慢跌坐了下去。

黄家铭也终于哽咽一声，哭泣起来，对妻子说："雪珊，都是我不好，都是我不听你的劝阻，是我自己犯的错，你打我吧，你骂我吧，你不要这样不声不吭，我心中好难受。"

黄家哲看到这时颜祖山的二弟子任文良劝阻师傅说："您老人家消消气，这次我从北京特意请假回来就是为了给您过七十大寿，就想看您身体康健，您这一生气，可就全白费了我们这一番心意了。"

颜祖山幽幽叹息："还过什么寿，他们给我送了这样一个大礼，我还有什么颜面过寿？还不如死了算了！"

"师傅，你可不要这样，一定要好好保重自己才对。"

任文良将一只洁白的手帕递给颜雪珊说："雪珊，你先冷静一下，这件事还是有很多疑点，不如静下来我们再慢慢商量。"

颜雪珊接过手帕，仍然默默流泪，却一声不吭。

曹海峰听了这话，怒指着黄家铭说："还商量什么？捉贼见赃、捉奸捉双，这是大家都看到的，就是铁齿铜牙还能再说什么！过去我敬你是师门兄长，现在我们之间已经覆水难收，现在当着众人的面，我和你一刀两断，从此老死不相往来。"

颜祖山听了这话，顿时又仰天长叹。

四周的人更加议论纷纷。

"各位父老乡亲，这是人家的私事，我们就都不用太过叨扰了，各自散了吧！"任文良安抚了乡亲们，又和自己的师傅说，"您老人家先回去歇息吧！我和大师兄聊聊。"

颜祖山叹气，步履蹒跚地离开了。乡亲们也觉得有些不妥，渐渐人就散没了。

"雪珊，你先回家去吧！家里还有孩子，如果你信我的话，我来和师兄聊一聊。"

颜雪珊呆了片刻，点了点头，迈开僵硬的脚步，一步一步朝外走去。她的背影

101

在阳光中渐渐成为一个黑点。黄家铭痴痴地看着妻子离开，欲语还休，只是拼命捶着自己的胸膛，大声哭泣："我该怎么办？我该怎么办？"

此刻，屋子里忽然传来一个孩子凄惨的哭声："妈妈，你醒醒呀！"大家慌乱地推开门，只见文凤面无血色，双目紧闭，已经倒在地上不动了，她的身边有一个五六岁、只有一只左臂的男孩子正哭得撕心裂肺。

"快，来人，送医院！"有人大喊了一声，院子里顿时大乱。

曹海峰忽然暴跳如雷，指着黄家铭骂道："无耻的东西，我与你势不两立！"但是，他很快就被人拉了进去。

黄家铭撕扯了一把自己的头发，神色涣散起来，只见他忽然起身，朝着通往山路的方向趔趔趄趄地跑去。此刻，一直在旁边捶胸顿足的黄家哲方才醒悟过来，赶紧追了上去。

"兄弟……家铭……你给我回来……"黄家哲一边气喘吁吁地跑着，一边用力嘶喊着，希望可以唤醒兄弟那几乎混沌的灵魂。

但是，等他终于追到一处悬崖，却发现上边只留了兄弟的一只布鞋。他自己也有一双一模一样的鞋，这是弟媳妇颜雪珊一起买来送给自己的。于是，他跪在地上，拼命捶打着，大声哭泣着，任凭自己的哀鸣回荡在绵绵青山里。

远处，丝丝缕缕的晨霭旋转着，渐渐汇合成一条白色的玉带，袅袅飘向上空。寒气逼近，林木萧索，黄叶随风掉落了一地。他终于精疲力竭，倒在了地上。

黄家哲老泪纵横，倾诉着那一段不堪回首的往事。曹海峰的妻子文凤虽然长得貌不惊人，却是个刚烈性子，那农药灌得又急又猛，竟然再也没有回转过来。等到黄家哲派人找到兄弟的时候，就只是一具尸体了。他不敢和黄欣悦说，就是不愿意再想起兄弟衣衫褴褛、浑身被摔得皮开肉绽的样子。

最可怕的是弟媳妇颜雪珊，她面无表情，犹如七魂八魄都游离出自己的身体，三天三夜都只是一个凝望远方的神色，任凭小欣悦哭得声嘶力竭，也不回应。

警察前来验查过，但最后一致认为伤痕与坠崖相符，系自杀，然后就办理了一系列手续后，才允许黄家处理尸体。

颜雪珊就这样不吃不喝痴呆了整整九天，直到忽然听到欣悦有些发烧，才转醒过来。忙乱了一番，小欣悦渐渐好转，她才忽然对黄家哲说："大哥，我把这宅子托付给你，你愿意怎么样就怎么样吧。"

黄家哲自然有些不放心，说："弟妹，你不要想太多，以后我会照顾你们母女的。"

颜雪珊说："不，我有些事要办。还记得在曹家的那个师弟任文良吗？他不仅仅是家铭的师弟，还是我的亲表姐夫，他在北京当老师，也安家立业了，我打算投奔他……欣悦现在没了父亲，我更得好好教养她，也得为她的前程着想。"

不知道为什么，黄家哲总觉得眼前的颜雪珊似乎有哪里不对劲，但是又说不出什么，只是忧心忡忡地说："听说你父亲身体也不太好，难道你忍心就这样离开吗？"

这时，忽然有人跑来对颜雪珊说："嫂子，你家老父亲托人来找你，说是病得厉害，让你赶紧回去。"

颜雪珊这才愣了一下，立刻带着小欣悦匆忙赶了回去。

黄家哲记得，过了一个多月，听说颜祖山再度中风抢救无效去世。他原本就很担心他们母女两人的生活，现在听到这个消息更加不安了。但是，等他收到颜雪珊留下的信时，她已经带着小欣悦走了。

黄欣悦看到大伯递过来一张几乎要揉搓烂了的纸，上边写着几行娟秀的小楷："大哥，感谢你多年以来的照顾，这次处理完父亲的丧事，我已经没有牵挂了。此次，也与表姐一家谈妥，会寄住在北京城安心生活，请您放心，等有空闲我会带欣悦回来看你们。雪珊写于乙丑年秋。"

"谁能料到，弟妹她这一走就再也没有回来。还有，她那个师弟曹海峰也由于家逢巨变，无颜在村里待下去。后来便带着他那个残疾儿子四处寻求良医，也再没有回来。后来我想，你母亲离开这个伤心之地对她也有好处，所以我就慢慢解脱了。当我看到你的一瞬间，你的眉眼、鼻子、额头几乎与你的母亲一模一样，所以我就知道你就是我的亲侄女，这次回来我会好好补偿你，绝对不会再让你伤心难过。"

看到大伯惆怅的神情，黄欣悦也是感慨万分。

"大伯，我想，我父亲、母亲当年一定有什么难言之隐，我会慢慢查清楚的。这次在龙虎山附近行走，一是为了寻找传说中的白鹿纸制作工艺，二是为了了解父母当年的往事。即便是一时不得其解，但是我相信，总有一天会水落石出。您想，心中没有物欲，不去做那些暴利产业，却耗费了无数日日夜夜去研究一种已经消失的古纸，这样的人难道真的会道德有瑕疵吗？我不相信父亲是这样的人。这次我来到这里，获益匪浅，也有信心可以重新还原他的技艺。何况我父亲已经把制作白鹿纸的方法写在这里，我今天就是有个想法想和您说。"

黄家哲看到黄欣悦很郑重的样子，不知道这个年轻的侄女到底想说些什么。

"是这样的，我觉得这造纸术是中国优秀的传统文化，凭我一人之力也很难达成，所以我想把这技术传给这里的村民，还有，我家的老宅子也交给妹妹云青，既然是有历史的老宅，不如好好开发起来，还有这造纸术，昨天我誊抄了很多份，打算教给村里愿意发扬它的人，您看怎么样？"

黄家哲之前就常常听女儿云青说，她不想一辈子只在镇上当一个教书匠，她要做点有意义的事，所以想在村子里开个特色古宅旅店，在装修设计上考虑陈列本地龙虎山文化独有的元素，让更多来此地的人有更多美好的感受。原来以为是这个孩子异想天开，现在听欣悦这样一说，她们姐妹竟然想到一起去了，看来是自己的眼光短浅了。

"其实，我看得出来，云青妹妹是个胸中有沟壑、巾帼不让须眉的女子，她能想到这层道理，我真是太高兴了。"黄欣悦将手里的纸艺流程图递给黄家哲，"我的假期也还有几天就要结束了，所以我想利用这几天的时间和村民们一起学习研究它，您看好吗？"

"好，太好了，谢谢欣悦姐姐。"

黄欣悦看到云青居然回来了，她的脸上都是惊诧，显然她是听到黄欣悦刚才的话了。

"姐姐，对不起，是我把你想错了，请你原谅我吧！"

黄欣悦笑了，心里轻松了许多："我们俩是姐妹，心自然在一起，我会永远支持你的。"

黄家哲看到两姐妹相处得这般融洽，慨叹地说："都是我目光短浅，小看了你们。你们放心，我一定会尽力的，放心去做你们想做的事情吧！"

此时，忽然听到小磊大呼小叫地跑进来，递给父亲一张纸条说："爸，夏先生昨天晚上就已经回新加坡了，这是他留下的信。"

黄家哲看了以后说："难得你们这些孩子有这样的胸襟，我真是欣慰了。"

他把字条递给黄欣悦，她看到夏长风的字很漂亮："黄老伯，由于家母身体有恙，我必须赶回新加坡一趟。谢谢您，也谢谢华峰村多日以来的盛情款待，我会再回来的。"

黄欣悦想起昨天晚上夏长风说过的那些话，方才明白原来他早就有了离开的打算，不过是怕大家徒增伤感，才没有说出来。她拿出自己的手机，昨天晚上已经充满了电，刚打开微信就看到夏长风发过来的一个佛系图片，上边写着："一切随缘。"

之后她还看到顾明晨发来的信息，于是回了一句话："七天后返回北京。"

云青很高兴地说："今天本来我是忘记了拿一份资料才回来的，听姐姐这样说，我就去和领导请一年假，然后好好向姐姐学习中国传统造纸术，我在想，如果在我家的古宅旅馆里增加一个古代造纸术的体验中心，一定会更加得到大家的青睐。"

黄欣悦想到，以后不知道什么时候才能再见到夏长风，毕竟他属于另外一个国度，但想到他说的："一切随缘。"她也释然了。

姐妹两个会心一笑，相互击掌盟誓："加油！"

黄家哲觉得自己的眼眶、鼻腔里都酸楚了起来，这是自己梦里都期待的一幕，竟然成真。他还怕被小辈们笑话自己，于是偷偷擦了一把脸上的泪："好，我这就安排人，明天我们就开始。"

小磊在一旁非常不满地说："看你们高兴的，都没我的事了？别忘了，那些竹子都是我找来的，那可以做白鹿纸的帘子也有我做的。"

大家听了，纷纷笑了起来。黄家哲故作嗔怒，骂了一句："你小子，就知道抢功，还不去村委会把那些桌椅都收拾摆放一下，晚上我们召集人来开会。"

黄欣悦的手机忽然又震动了一下，她看到顾明晨发来的信息："你该回来了吧？可以乘坐飞机回来，公司给你报销。"她将手机关闭，嘴角浮起了笑容。

时间飞逝，明天就该回北京履职了。

黄欣悦看着村委会前边的空地上到处是散发着清香的毛竹，满院子都是年轻人，小磊和云青一边示范，一边指导着大家削竹皮。村委会为了这次复原古纸技艺，号召村民们捐资在院子里装上了两口大蒸锅，还找了专门的摄影师来拍摄记录下这些工艺流程。

她心里才觉得这是有生以来自己做的最饱满的事，蓦地又想起在山上和夏长风一起度过的日子。这次旅行让她知道了手工造纸的艰辛与匠心，她回去不仅仅要把那些古画裱好，还要好好传扬一下这些古老的工艺。在这里时间不长，却舍不得离开，倒是真的体会出夏长风临走前那种欲语还休的踟蹰了。

空中的云聚了又散，散了又聚，偶尔会见到一片云海，穿梭过去，进入漫无边际的白色棉絮中徜徉，如此在空中折腾一番，渐渐落地，黄欣悦终于感受到了北京惯有的熟悉气息，每个人走路依旧匆忙，但神色却依旧淡漠。

她深深呼吸了一口，刚下飞机就看到了微信上夏长风的表情是三朵玫瑰花，心中莫名轻快了很多。回来时，大伯一家给她带了很多江西特产，让她带给表姨、表姨父，还有一只带白鹿花纹的竹帘还有那些样纸和衣物，整整三个大包。但她并没有觉得这行李有多重，她忍不住笑了起来，好心情竟然真的可以改变一个人的样子。

她走着，忽然感觉被一个人抢去了手里的行李推车，再看此人竟是顾明晨。她大吃了一惊："顾总，您到这里是有别的公干吗？"

"没有，就是来接你。"顾明晨说这句话的时候，面无表情，健步如飞，这使黄欣悦不得不加快了脚步，紧紧跟了上去。

"顾总，我不明白。"

顾明晨并没有回答她心中的疑惑，嘴角轻轻浮动："看来你这次回来心情不错，是一张纸改变了你，还是有什么其他的人改变了你？"

黄欣悦听了愣了一下，摇头苦笑："顾总，我还是您手里的孙悟空，还在您的掌控之下，您还有什么不满意的？"

"别自作多情，我不是为了你，而是考虑我们拍卖行最近的生意，实话告诉你，自从上次拍卖这古画失败，我们再也没有做过同类操作，这就是'一朝被蛇咬，十年怕井绳'，所以你该理解我的迫切心情。"

"好，我理解，也谢谢您对我的关照。"黄欣悦无奈只好点头，"不过，我想，这次我可以回报您的关照了。"

顾明晨听了她的话，转头，眼神里的落寞转移到了她的脸上，很快就恢复了原来的神态："看来是不虚此行，怎么？找到你要的东西了？"

黄欣悦摇头纠正他的话："也不全是，但是最有意义的一件事，我找到了我要的幸福，也终于可以完成我的心愿了。"

顾明晨忽然停住了脚步，说："黄欣悦，我想问的是，是一张纸给了你幸福，还是一个男人给了你幸福，你这眼神和以前不一样，好像多了很多温暖。"

黄欣悦推开他，推起自己的行李车，回答："这是我的私事，和你有什么关系？"

"私事？既然你们公司已经将你的人事关系转到我们拍卖行了，现在你就是我们拍卖行的古画修复师，在没有完成工作之前，你不能有任何分心，哪里都不能去，这是对你工作的基本要求。"

黄欣悦听到顾明晨说出这样霸道无理的话，心中怒了起来，说："顾明晨，现在不是在拍卖行，我的假期还没有结束。即便我的人事关系在你的手里，我也有权利辞职，你也没有必要禁锢我的人身与情感自由！"

顾明晨淡淡地笑了一下："是吗？不过，我还是要提醒你一句，是你没有履约完毕，你是过错方，还有，你这样做，会有很多人被牵连在内，包括你原来的公司、你的家人！"

黄欣悦觉得自己很不幸，居然遇到了这样一个蛮横无理的男人，她拒绝了他的跟随，径直往前走。

"黄欣悦，你现在没有资格讨价还价，你要按时完成合约，才有说话的权利。"

顾明晨看到自己的司机小马已经将车停在门口，他依旧夺过黄欣悦的行李，将东西都放好，又一把将目瞪口呆的黄欣悦推进车里，黄欣悦似乎想挣扎，顾明晨很自然地用手臂挡住了她，两个人视线相遇，呼吸近在咫尺。

顾明晨忽然觉得心中莫名窒息了一下，他轻轻摇了摇头，让自己从这份迷惑中清醒过来，而黄欣悦却挣扎着说："顾明晨，我真的很看不起你，欺负女人，算什么男人？"

顾明晨朝后倾了下身子，视线转移到窗外，外边的车辆很拥挤，正处于人流高峰，他淡笑了一声："你从这里打车，到你住的地方，要过多少路口等多少红绿灯，你确定你可以提着这么多的行李一个人挤地铁、公交？如果不能确定，就乖乖坐着，至于我是不是男人，这些话你最好考虑一下，是不是对得起一个正在帮助你的男人？"

黄欣悦气得瞪了他一眼，不再说话。

一个多小时以后，终于到了黄欣悦的公寓门口，顾明晨重新坐到前边，摇开车窗，说："黄女士，我很急切等着你的交付，请你尽快回拍卖行履职，记住了？"

黄欣悦皱着眉头，回答说："明天我必须先回家一趟，关于这幅画的修复，我还有一些问题想向我的长辈求教一下，最快也要后天才能到拍卖行，但是，我说话算话,我一定会去的。"

多日的劳顿,让黄欣悦有些疲惫不堪。看了看日期,明天就是表姨父六十三岁的生日了。每当这一天,三个孩子就会回到家里,给任文良过个圆满的生日,这是这个家唯一铁打不动的规矩,于是她对顾明晨说:"白鹿纸样虽然得到了,但是存世数量却不多,万一不小心失手,可就前功尽弃了。所以我想先回家去找表姨父帮助我来修裱它,可以吗?这也是我唯一的请求。"

顾明晨看到黄欣悦的脸上很平和,没有往常的棱角,觉得很奇怪,于是点头:"可以,但是要在一个月内修复完毕,画作万一有什么损坏,你要负全部责任。"

黄欣悦心里有些愤恨,这个顾明晨正在自己面前演绎着"无商不奸"的嘴脸,从来不肯做赔本的买卖,就连这明明是自己在拯救拍卖行的声誉,却也要在紧要时刻亮一把刀子出来震慑人。

"我可以负责任,但是如果功德圆满,希望顾总也要兑现自己的承诺,放我自由。"黄欣悦本来想离开这里,对于他这种不义之人,她虽然不能改变他的一切,但是却可以改变自己,避开这种针锋相对的结果。

此时,她并不知道,顾明晨被她眼里的坚定神情震慑了一下,他耷下眼皮,避开她的凝视,说:"先做好了再说,现在说什么都为时过早。"

黄欣悦摇头,转身离开。

她走了十几步,忽然听到顾明晨大声喊着:"别忘了,一个月,晚一天也不行。"

他这句话,明明就是一种蛮横无理的掠夺,掠夺了她对这种浸透了时光的职业的诚挚之心。每当她看到那些被毁损的古画,都心疼不已。她会屏住呼吸,一点一点地把它们用针锥、镊子调整过来,再一点一点揭下那原来的裱画纸……很多天、很多次,都在那糨糊的味道里沉醉着,那种痴迷,那种凝思,怎么可能用短短的一个月所能够消化呢?这是对她神志上的一种侵犯,无异于一个苛刻的上司给自己的下属"穿小鞋"的感觉。

她心里暗暗"哼"了一声,脚步加快,多一分钟都不想再看到这个男人了,他的行为简直是现实生活中最无情、最丑陋的镜子,一照就看到灵魂里的龌龊了。

她进了屋子,打开灯,放下行李,想把窗帘拉上。但奇怪的是,这辆奔驰车方才缓缓离开,在黄欣悦公寓前边的路上扬起了一片尘土,渐渐消失在远处。

那一瞬间，她有些迷茫，今天的顾明晨似乎和往常的他有些不同，但又说不出来哪里不对。他的蛮横、傲慢和无理的气息始终萦绕在她的脑海里，挥之不掉，散之不去。她觉得可能是自己想多了，干嘛非要想一个这样浪费自己生命的男人呢？

她收拾洗漱完毕，下意识地看了一眼手机，夏长风已经没有任何消息发过来，他又在她的生命里消失了。每当想到这里，她的心里就有一种无名的疼痛，疼得有时难以呼吸。也许，自己是病了，相思成疾吧！她将自己整个人蜷缩在被子里，渐渐就没有了意识……

她并不知道，顾明晨在回去的路上，脑海中竟然不停浮现起与黄欣悦初识的一幕幕，他忽然觉得，她对他的改变很大，她不仅仅改变他对传统纸张的认识，还忽然觉得自己的世界与格局似乎有了局限，反而不如一个没有庞大根基、没有家世背景、没有经过商场历练的女人宽阔。他对于自己否定自己的这种思维感到莫名恐慌，竟然有些不认识自己了。

这次回到胡同里，发现胡同里变化很大。临街的一家店重新装潢过了，是一家鲜榨果汁加盟店，但却是用奶瓶装的。她很吃惊地看着一对年轻的男女一边用奶嘴吸着果汁，一边相互笑着走过。

迎面又过来了一辆快递车，快递员竟然走到表姨家门口，她很奇怪，便问："是给任文良家的吗？那就给我吧！我是这家人。"

"说一下手机号。"

黄欣悦一边念出表姨父的手机号，一边接过快递员递过来的生日蛋糕盒子。她签了字，看到寄件人名字写的居然是自己的名字，她大吃一惊，以为自己看错了，便询问快递员："这是怎么回事？我没定过蛋糕呀！"因为她知道表姨父最不喜欢这种西式糕点，说是奶油太多，自己吃不惯，所以每次过生日，一定要吃表姨亲手做的炸酱面。

但是，快递员云淡风轻地回答："这我可不知道，反正是有人付钱的。你还是先回去问问，没准儿是你的好朋友以你的名义订的。"

看着快递员骑车走了，黄欣悦一头雾水，怎么也想不透是谁替自己订了蛋糕，她只好抱着盒子推开了门。只见表姨正在院子里摆着碗筷，说："孩子他爸，你别折腾了，赶紧洗洗手准备吃饭了，婷婷正在路上，欣悦也快到了。"

"任鹏呢?"

"噢,在厨房里给你做西红柿鸡蛋卤呢!这回孩子是懂事多了,都说吃一堑长一智,自从上次那事了了以后,他就踏实多了,这不,听说在一家健身俱乐部找了个工作,也干得不错。"

"哼,你这当妈的,看自己孩子怎么看怎么好。他也老大不小了,这样下去,谁家的姑娘敢嫁呀?"

"咱们就这一个儿子,长得不赖,这回也有正式工作了,别人就是想嫁咱也得挑挑不是?"

"你就宠着他吧!看以后自己遭难怎么办?"

听到这里,黄欣悦轻轻推开了门,看到表姨和表姨父都已经坐在桌子前了,难得听到表姨父的笑声:"欣悦,你这次出门收获不小吧?"

她听了,将蛋糕放到桌子上,正想说自己这趟行走的收获,忽然发现桌子上已经放着一个一模一样的蛋糕,她吃了一惊。

刘淑惠也看到了两盒同样的蛋糕,先很意外,然后很快就释然了:"这孩子们的眼光都一样,还真是心有灵犀。"

"都弄这什么洋玩意,都是脂肪什么的,吃多了也不好。"任文良也看到了两只蛋糕盒子,他的嘴上虽然说着不中听的话,但是两只手却不停地在自己平常穿戴的围裙上搓擦。

"看你,得了便宜还卖乖。那只蛋糕可是婷婷托他的同学李鸿给带回来的,既然孩子们都有这份心,你就笑纳了多好,真是不知好歹。"

任文良眯着眼睛,嘴角微微弯曲,对黄欣悦说:"欣悦,还不赶紧坐下来?"

黄欣悦"哦"了一声,说:"我去厨房看看有什么需要帮忙的?"刘淑惠今天的心情似乎很好,她连忙推着黄欣悦坐在任文良对面说:"你们爷俩平常都是一身的糨糊味道,今天好不容易凑在一起,还没有很多话要说?你表姨父在家里就知道玩刷子,什么人情道理都抛之脑后,你和他说说外边的新鲜事,让他也开开眼。"

黄欣悦正要张口,看到任鹏捧着一碗番茄鸡蛋卤跑了出来,他看到两盒蛋糕赫然放到这里,怔了一下,苦着脸说:"你们两位大姐姐是不是要打我的脸呀?嫌弃我挣钱少?"

"不是的。"黄欣悦本来对这莫名其妙出现的蛋糕的疑虑还没有消除，又听到任鹏这样说，看来今天这蛋糕成了一个解不开的谜了。

刘淑惠连忙说："你这孩子，又不是不知道你爸的脾气，你在厨房里忙了半天了，他早就感动得一塌糊涂了，这就是最好的生日礼物，你说呢，老任？"

任文良也察觉今天的儿子和往日有些不同，他心中很想说："无事献殷勤，必有求于人。"但看到刘淑惠难得这样高兴，也就不忍心打击他了，于是点点头。

"这就对了吗！父慈子孝，家和万事兴，这个生日你一定是最开心的。"刘淑惠也知道丈夫和儿子的心结一直都没有过去，心想今天正是缓和一下父子关系的好机会。

任婷这时也和花蝴蝶一样飞了进来，她今天回来晚了，是因为要烫这个头发，好不容易赶上这个韩国美发师有空当，她可不会放过机会了。折腾了大半天，她也累了，赶紧进了家门自己倒了一杯白开水喝了下去。

刘淑惠有些不满，但还是很高兴："你这孩子，总是这么风风火火的，都老大不小了，还不知道稳当点儿？"

任婷没理会母亲的叨唠，瞥了一眼桌子上的蛋糕，轻轻"哼"了一声，就打开自己的包，拿出一只黑色的粉盒，一边照一边补妆。

就在刚才快进家门的时候，她看到那个"阴魂不散"的同学李鸿笑嘻嘻地告诉她，他已经用她的名义将蛋糕送到家里去了，这么大的功劳，难道不想请他进去吃一餐？任婷毫不留情地回绝说："今天是我爸生日，里边都是我们自己人，你算哪棵葱？"

李鸿嬉皮笑脸地凑上来说："现在不是，不代表以后不是。"

任婷恼了，推开了他，说："去，一边去，该干什么干什么去！"

虽然打发走了那个"讨厌鬼"，但是看到这蛋糕原封不动地放在这里，她内心还是微微起了一波涟漪，幸亏没有露出破绽，不然不知道父亲该怎么对待自己。

"婷婷，我给你带了些江西的特产，你也尝尝。"黄欣悦主动过来和任婷说话。

任婷偷偷看了一眼父亲，父亲并没有注意到自己这边，于是不以为然地说："我看到了，一会儿再说，这不快吃饭了吗。"

只听到刘淑惠喊着："人齐了，开饭了。"

黄欣悦很替表姨父开心，她看得出表姨父的表情是很轻松的，这种阖家团圆的日子，真的是很久都没有过了。她看了看两盒蛋糕，决定将它们同时打开。

这时，只见任鹏将身上的围裙摘下来，对大家说："哦，我有个事要和大家说，快点进来吧！"

他的话音刚落，就看到一个穿着讲究的女人，雍容华贵地提着几盒营养保健品进了院子。她脸上的粉敷得很厚，似乎刻意遮挡着岁月留下来的痕迹。她耳朵下是一副硕大饱满的南阳金珠，灵巧利落的短发也减龄了不少，但是她一笑起来，还是挡不住眼角那些细细的鱼尾纹。

很明显，大家都愣在那里。黄欣悦的手也停止了动作，就在那一瞬间，她看到了表姨眼里的惊异与不解、表姨父眼里的失望与落寞，心想这是任鹏选了一个最不正确的日子来挑战自己的人生。

"爸、妈、姐，这是我的女朋友冯路，也是我的上司、我们健身俱乐部的老板，今天听说您过六十三岁生日，特意为您祝寿来了。"

四周的空气顿时凝固了。过了很久，才看到刘淑惠控制住自己的情绪，将手按在任文良的右臂上拍了拍，才起身说："欢迎，既然来了就都是客，鹏鹏还不快找个椅子来，好好招待你们领导。"

任鹏应了一声，连忙搬了一个椅子放在自己身边。

"不客气，伯母，"冯路到底是有些经历的人，似乎并不在乎家人的异常，而是云淡风轻地说："我这买了一些鹿茸、海参什么的，听鹏鹏说老人家平常忙着做装裱，身体一定是很需要进补的。还有，一个朋友给我带了一些安徽最上等的宣纸，我也用不到，就拿来给伯父，兴许伯父用得到。"

她说着，打开一只雕花的木盒，里边居然是有着名家印鉴的收藏古纸，估计价值不菲。

刘淑惠心中很怨儿子不争气，但是想到好不容易聚集起来的人气不能就这么散了，这女人看着年纪是大了些，但是倒也稳重大方，可以降服儿子那放荡不羁的性子。于是便想着，先平平安安吃了这一餐再作打算。

谁料她还没有说话，就听到任文良说："谢谢你照顾我家任鹏，他年纪小，很多事都看不了那么全面，所以就算是有什么不妥的地方，还请领导大人大量，不要和我家任鹏计较。还有，我身体还不错，那些大补的东西我怕是承受不了，就是放这里也是浪费。还有，那些古纸太珍贵了，我们家也是承受不了。谢谢您的好意了。"

"哎呀，你这个人。"刘淑惠拦着他，不让他说下去。

听了任文良的话，冯路笑了笑说："我没别的意思，就是来看望您两位老人家，这些东西我就不拿回去了，您留着慢慢用，用不了，送亲戚朋友都成。那这样我就不打扰了，以后有机会再来看望两位老人家。"

她说完，径直朝外走去，急得任鹏直跺脚，说："爸、妈，你们真是太不近人情了。"说完，就追了出去。

任文良沉默着，紧紧攥着自己的拳头。任婷看到大事不妙，急忙在两个蛋糕上插上蜡烛，打趣说："爸，不要管他们了，我们吹蜡烛，吃蛋糕。"

刘淑惠也唉声叹气："算了，别理他了，我们吃我们的吧！本来想请几个亲朋好友一起来庆祝一下，但是你爸说，难得见你们几个回来，就多抽点时间说说话，谁料这小子总是这样不长眼呢！"

黄欣悦也安慰着任文良说："表姨父，鹏鹏就是年轻，以后就好了，我们先吃蛋糕吧！"

任文良长长叹了一口气，说："你们都大了，我也管不了，爱怎么样就怎么样吧！来，我们吃饭。"

任婷连忙点头："爸，您一定要心情好哦，这样身体才健康。"

任文良正想说话，忽然看到院子里又多了个三十岁左右、年轻冷峻的男人。他穿了一个长袖浅灰蓝色的商务T恤，手里也捧着一只雕花紫檀长木盒和几盒保健品，一脸从容地问："请问这是黄欣悦家吗？"

"顾明晨？"黄欣悦惊呆了。

"顾总？"任婷小声念了一句，看到母亲正用一双狐疑的眼神审视着自己，连忙偷偷低下了头。她觉得这次自己死定了，不知道发生了什么匪夷所思的事，这堂堂一个拍卖行的总经理居然会到一个员工的家里来。她不敢想下去，只好随着黄欣悦一起站起来，默默地跟在她后边。

"顾总？您这是？"

"哈哈，老人家过生日，我不能来吗？您好，我是文道拍卖行的总经理顾明晨，打扰了各位。"顾明晨看到任婷也在这里，心里似乎明白了什么，但是他看到任婷冲自己使眼色，知道她一定有什么难言之隐，便将自己心里的疑惑暂且先按捺了下来。

"您是欣悦的领导？哎呀，太好了，既然来了，就一起吃饭吧！"刘淑惠也看到女儿神色慌张，意识到了什么，赶紧招呼起来。

顾明晨将礼品放下，说："我这次来一是给老伯过生日，二是听说老伯有非常精湛的装裱技艺，心里仰慕了很久，就想到一定要来拜访。还有，这个就是我们公司原来让欣悦承担的工作，您老人家看看。"

他打开了那只长木盒，里边的画还残破不全。此刻，黄欣悦连忙夺过顾明晨手里的东西，轻轻放好，说："顾总，还是先吃了饭再说吧！"

"对，对，这饭菜都凉了。"

任文良点头，招呼顾明晨坐下，然后看到黄欣悦与任婷都杵在后边，说："顾总，让您见笑了。这是我的女儿任婷，在一家中学教书。你今天杵在后边干什么？欣悦的领导来了，她拘谨着，你这是做什么？还不去拿一副新碗筷！"

"哦。"任婷忐忑不安地看了一眼顾明晨有些复杂的眼神，慌乱点了点头，连忙冲进了厨房。

此刻，刘淑惠也看出蹊跷，便说："欣悦，招呼你们领导先吃，我也去厨房看看。"

"好。"黄欣悦看到顾明晨丝毫没有拘谨，倒是坦然地和表姨父举起了杯。

"任老师，我知道我们公司有黄欣悦这样的好员工，实在是我们的幸运，当然也离不开您的教导，今天我就是想有个学习的机会，所以就把那幅画拿回来了，我信任您。"

黄欣悦听顾明晨这些话有些啼笑皆非，昨天还和凶神恶煞一般，今天忽然变成了大慈大悲的菩萨了，实在令人费解。他那些言不由衷的话，在她听来，就和镜花水月一般，是无形的、缥缈的，完全都找不到边际的感觉。

第九章
灯火阑珊

任文良的眉头挑了起来，觉得今天自己的一个生日居然招惹了这么多陌生人前来，似乎不仅仅是庆祝一个生日那么简单。

任文良疑惑地问："我记得你不是在一个什么艺术发展公司当修复师吗？怎么又跳槽到了拍卖行？"

"我……我……"黄欣悦不知道怎么和表姨父解释自己那些尴尬的经历。原本想吃过饭好好和表姨父聊一下关于父母的一些事，现在看到顾明晨出现，知道自己心里想的事情要"泡汤"了。

"是这样，我们与欣悦原来那家公司原本就是关联企业，现在是工作需要，就调她到拍卖行了，这次她去江西研习手工纸技艺，给我们拍卖行拓展了一条新的业务渠道，是有功之臣。我昨天刚刚下了文件，下个月就给她加薪。"

"加薪？"黄欣悦没有想到昨天和顾明晨吵完架的结果居然是得到了加薪，这个不按常规出牌的顾明晨，果然是个不好招惹的人，于是，她嘴里嘀咕着，"早知道如此，就多吵两次了。"

"欣悦，你说什么？人生难得遇到伯乐呀，遇到珍惜你、赏识你的领导不容易，你也要学会感恩呀！"

"嗯。"黄欣悦应了一声，看到顾明晨的嘴角浮动着得意的笑容，她心中又开始愤愤不平起来，但是很奇怪，表姨父脸上方才那些忧愤之色居然渐渐消失了，似乎还很喜欢这个男人。

"不瞒您老，我还真是自从认识了欣悦，才知道原来这个世界还有一种很珍贵的东西，就是纸呀，这是改变了世界的好东西，我为什么以前就从来没有注意到呢？"

"你有这种认识我也是很高兴，我裱画半辈子了，最喜欢闻那些纸的味道，是不是手工的，我不用肉眼看，也不用放大镜看，用鼻子一闻就知道了，你说奇不奇怪？"

"不奇怪，简直是神奇，我来先敬您老一杯！祝福您老福如东海、寿比南山。"

任文良听到这句话乐了："这种老话你都会说，看来是个有心的人。我今天这个生日，过的本来就是个人心，刚才心里还有点添堵，行，看你的份上，我今天不和他们那些小辈们计较，咱们来再干一杯。"

黄欣悦看到他们两个人居然聊得一团融洽，也借故去厨房拿东西离开。她是越来越看不懂他了，他不但没有揭露任婷的事，也没有过多提过什么工作上的事，倒成了陪着长辈吃饭的孝顺晚辈了。她皱着眉头，思索着，看到任婷还在厨房里一把鼻涕一把泪地朝着刘淑惠哭诉着。

"人家也不是刻意要瞒你们，您不知道我爸那脾气，他就认一个死理。您说在那个破学校里做一辈子'孩子王'有什么出息？人往高处走，水往低处流，我没觉得我有什么错？"

"你这孩子，要是早点儿和我说，我不就好好帮你了吗？看你，弄得我也莫名其妙，但是人家可是冲着欣悦来的了，没提你一个字，你是不是剃头挑子一头热呀？"

"我……不管，这个是我看上的男人，她不许再和我抢了，不然我可不顾什么姐妹情分。"

"你看你这孩子说的，不管怎么样，欣悦也是你的亲表姐，你可不能太过分了，不然你爸不会饶了你。行了，你的事我慢慢和你爸说，时间长了，他就了解了。你爸就是嘴硬，其实心里还是疼你们的，你看你弟捅了那么大个娄子，你爸不也出手相助了吗？这可关系着他亲生女儿的终生幸福，他不会袖手旁观的。好了，先洗把脸，妆都花了……"

黄欣悦听到这里，本来要踏入的脚步还是退了回来，但是即便是这样，任婷也听到了她进来的动静，于是擦了一把脸说："黄欣悦，我不知道你做了什么，让顾总这样低三下四来家里，但是我想告诉你，他是我看上的人，你不能妨碍我的事，不然我就和你一刀两断，再也没有什么情义了。"

黄欣悦低头说："我也不知道顾总为什么会来，但是，我可以保证不向表姨父说你的事。"

"你有自知之明最好，不要忘了你从小就受了我家的养育之恩，从小就是我家花钱供你读书的，你可不要忘恩负义。"

"我知道……"黄欣悦知道自己和任婷的这些过节无论如何都难以解开了，只希望不会再有进一步的误会了，"我是打算把这幅画修复完就辞职的，以后也不会妨碍你的事了。"

"婷婷，你不要说了，小心你爸听见和你没完。"刘淑惠看着院子里的两个人也似乎发现其他人都没有上前，于是，她端着一盘刚切好的卤牛肉，笑呵呵地走出来说："你看我家老任，还从来没见他这样高兴过呢！顾总，看您这一来，简直是给我家增添了很多吉瑞呀！来，赶快，多吃点，不要客气。"

顾明晨谈笑间，悄悄打量这个家，倒是一处风水风景极佳的位置，那片竹子长得很是旺盛，下边保留着一小潭水，几条锦鲤正快乐游动着。虽然他还没有猜透任婷隐瞒自己和黄欣悦关系的理由，但是可以感觉得到，两个人身上并没有友好的气息。

在看到黄欣悦默默低头走出来以后，他看她的神色颓靡了许多，也猜到在里边肯定发生了很多事。接着，就是眼皮微微有些红肿的任婷，也似乎经历过一番调整，才心不在焉地吃着东西。

于是，他有意无意地说："真遗憾，现在才知道欣悦居然生活在这样一个美好、有爱、有底蕴的家庭里，早知道，就早些挖她到我们公司里来了。"

他这句话听得任婷深深皱起了眉头，黄欣悦也有些忧心忡忡。

倒是任文良哈哈一笑说："欣悦这孩子从小就懂事，虽然父母不在身边，但却真是个省心的孩子。虽然我和她姨也和亲生闺女一样待她，但到底还是隔了些天性使然，所以她也受了不少委屈，想起来也觉得内心有愧。"

"表姨父，我没有觉得委屈……"黄欣悦听到任文良居然这样说，鼻腔开始有些酸楚了。

"这是个好日子，咱们这是干什么？来吧，一起给老任敬个酒。"刘淑惠看到气氛又开始下落，连忙打起了岔。

"爸，祝您生日快乐。"

"表姨父，我也祝您生日快乐、健康开心。"

在一片生日祝福声中，顾明晨深深感受到了黄欣悦在这个家里的尴尬。她很落寞，不敢释放自己的内心，也不敢出风头，为了博取家人的快乐，她就把自己缩成一个壳，在里边躲着不肯出来。这样的她，与在公司里伶牙俐齿和他"针尖对麦芒"的样子截然不同。如果不是他按捺不住那种想见她的心境，如果他不到这里来，他就不会看到她犹如小绵羊一般顺从与体贴的样子。

他轻轻咳嗽了一下，对任文良说："我吃好了，如果您不介意，可以让我参观一下您的工作室吗？"

任文良听了这话，开心一笑："好哇！求之不得呢！"

两个人很高兴地一同进了那间屋子。

顾明晨踏入屋子的第一步，便闻见了经年累月才会出现的"时光"的味道，还有掺杂着糨糊与中药材的味道，便觉得自己终于找对人了。他将那幅残破的画交到这里，就踏实了，无论它现在是不是赝品都已经不重要了。关键是，他要恢复它本来的样子，这才是他要的结果。在他的内心里，早已经相信了她。

他忽然意识到自己不是中邪，这是一种男女之间无形的吸引，是爱情的味道。他强自呼吸了一口，终于清醒了，他控制不住心魔的原因就是，他已经喜欢上这个倔强的女孩了。他为自己的这个新的认知感觉到无奈，感觉到饱满，感觉到难以言喻的幸福了。这是很久以来不曾出现过的。

他想着，看到前边是一张巨大的墙壁，墙板上还贴着几幅字画。桌子上的糨糊还没有干，任文良笑着抚摸着桌子前的一幅画作，说："如果您不嫌弃的话，我现在就演示一下托芯的步骤。"

"托芯？"

"对，这是装裱的开始，是最重要的一步。我们要根据画芯材质的厚度，配一层厚度适当的宣纸来做画芯的托纸，可不要小看这张纸，这是书画的命纸，就是"命根子"的意思。一幅画能否延年益寿、流传千古，就取决于这一道工序……"

任文良说完，便屏息凝视。他将画芯正面朝下铺平，拿起桌子上的一只喷壶向上喷水，然后拿起排笔在画芯背面均匀地刷上了糨糊，他并没有放过那些边角，而是很细心地将那些地方也小心地刷好，最后，他将托纸对齐画芯，慢慢覆盖在上边，再一次拿起排刷，轻轻将画芯的托纸刷平。整个过程，他的眼里没有其他，只有那幅画。

顾明晨不敢打扰，只是静静地看着他。

任文良将那画芯托纸的背面又刷上糨糊，然后迅速将它的背面粘到墙壁上，然后，又是用那把刷子，轻轻地将其刷平整。这时，他才轻轻嘘了口气，嘴角含笑："让您见笑了。我是个粗人，就会摆弄这两把刷子，所以一辈子就躲在这里干这活计，也都习惯了。"

顾明晨凝神观望，那些字画似乎都用残留的一丝生机来察觉人间有人在拼力拯救它们那些即将散了的魂魄，所以便重新鲜活了起来。

任文良的脸上也由于这一系列连贯的动作红润了起来。

"不，我错了，错过了很多。"顾明晨抱着手臂，静静地看着那些还潮湿的字画，闻着那独特的香气，想到一句话："世界上唯一有价值的东西就是一个人充满活力的灵魂。"

他眼前这个灵魂是质朴的、干净的，正呈现着让人不可忽视的绽放。他似乎有些明白黄欣悦为什么一定要找到可以匹配那画的纸张，为什么一定要坚持回家一趟才能修复好那幅画。

于是，他对任文良说："请允许我以后可以随时来拜访您，希望可以向您学习。"说完，他郑重其事地站在屋子中间，深深朝任文良鞠了一躬。

任文良急忙说："顾总，您这是折煞我了。我当然欢迎您，您随时都可以来，您能来看望我这把老骨头，不嫌弃这屋子的味道，我感激还来不及呢！"

顾明晨点头，看着桌子旁边还有一盆黄色的汁液，他见过黄欣悦煮这种植物——

119

黄檗。因为那墙壁上还有一张散发着这种高贵色彩的纸页，他知道这肯定是任文良刚才用剩下的黄檗汁液。他情不自禁伸出手指浸在里边，稍微过了片刻，他看到自己的食指上似乎也被染了色。

任文良伸出一只同样发黄的手朝顾明晨笑："看我这老手，常年用这东西，都洗不出来了。"

他舔了一下那手指，苦笑着说："苦的。"

任文良居然惬意地笑了："人生哪有不苦的，先苦后甜，才是至上之幸。"

顾明晨听到一位佛门大师讲过，人生变化无常，财富不是长久的，健康的身体也不是长久的，只有经历过苦痛，才能最终饱满。他挺直了身子，用充满敬意的眼神注视着这个倾注全力修复古画的民间匠人。

对于黄欣悦来说，这一天是极不寻常的。她更加没有想到，昨天她还和这个蛮横男人争吵，今天却和他一前一后地走在一起。一直不喜欢热闹的表姨父与他一见如故，破天荒居然没有再继续弄他的字画，两个人一边下棋一边聊天，直到黄昏，顾明晨才准备告辞离去。表姨父让黄欣悦亲自送自己的领导出胡同，一直到路边的临时车位。

这天气真是越来越暖了，路边有几株泡桐，大串大串紫白色花团压满了枝头。三春之景到清明就是极致，这桐花正是应景，盛放中但见清雅、端庄，恬淡的香气淡淡飘来。美丽的花吸引了很多人用相机、手机拍摄。

顾明晨仰望那些摄魂夺魄的花朵，心居然也随着飘浮起来。他瞥了一下后边的女人，不满地说："你这是送领导出门的样子吗？我看是有些讨债的节奏。"

"顾总，感谢您的光临，谢谢。"

"哼，话说得言不由衷，人也邋里邋遢的，不知道我们拍卖行咋会有你这样的修复师？"顾明晨看到黄欣悦只穿着一件家居服，脚下的拖鞋都没换，明显是敷衍了事的节奏。

"顾总，我并没有想进拍卖行，是您利用了权力才导致这样的结果。我想，我……"

"住口。你还是没有资格说话，我实在是着急这幅画的完成，穆先生那边我已经打了保票了，这一个月，你可以不去拍卖行，在家里完成这幅画。"

"您昨天还说一定要我去拍卖行履职，怎么？"

"我改了主意了，怎么？不行吗？"

黄欣悦已经习惯顾明晨这种反复无常的风格了，于是点头："好吧，听您吩咐。好了，前边大概就是您停车的位置了，您慢走。"

顾明晨看到她说完这句话，就准备转头离开。他不知道哪里来的力气，忽然扯住了她的手臂。

黄欣悦的手臂一疼，看到顾明晨怒视着自己，被吓了一跳。再看周围几个人笑着路过，大家似乎司空见惯情侣吵吵闹闹、分分合合的事了，所以都见怪不怪了。

顾明晨看对方一副完全没有感觉的样子，心中的不满更加强烈，他往前凑了一步，几乎要贴近她的脸，只感觉一阵若有若无的香气从她身上散发出来，他的心剧烈跳动了几下，意识瞬间模糊了。

"顾总，你要做什么？"

他的意识似乎清醒了，只好放开黄欣悦说："你好自为之吧！如果出了差错，我唯你是问。"

说完，他迈开步子，朝自己的车位走过去。今天对他的冲击已经足够大了，她是个需要打磨的璞玉，在成长过程中小心翼翼地学会了逃避，他会慢慢进入她的世界，毋庸置疑。

一对情侣正翻看着刚刚拍的桐花图片，从他身边穿梭，男孩子正好碰到了他的胳膊，他再次停住了脚步，但是终于控制住内心的欲望，继续朝前走了过去。

泡桐树树干笔直高挺，即便是桐花，也是骄傲的，必须仰望。但，总有一天，总有一朵，会随着清风飘落在手心。

任文良看到黄欣悦一个人有些落寞地回来，却没有说什么，只是回到自己的屋子里，再也没有出来。他笑了笑，姑娘终于长大了，早晚有一天会遇到自己心爱的人，过上属于自己的日子。他是过来人，看到顾明晨的时候，就知道他是冲着黄欣悦来的，只是这个姑娘似乎还有些不开窍。顾明晨带来的那幅画，就放在自己的桌子上，确实是自己很多年前亲手临摹的那一幅。顾明晨这次前来，并没有拿这幅画来说事，还要重新恢复它，明显是给了自己一个很大的面子。这个男人成熟睿智，成为人中龙凤是可想而知的，如果欣悦真的愿意，倒是可以托付的人。

他对于儿子任鹏始终还是充满了期待，这一点作为他的母亲刘淑惠并没有想明白，想让孩子振翅高飞，一定得要先吃些苦的。那天来的女人一看就是有经历的人，她的眼睛里有一种让人看不懂的东西，似乎隐藏了很多秘密，以任鹏的能力，一定是驾驭不了的。但是她为什么会看上这样一个没有胸襟气度的任鹏呢？这是一个谜，令人费解，所以他还有些不放心，觉得心静不下来，索性今天就不去自己的裱画室了。

至于任婷，她今天的行为更加反常。她素来是喜欢热闹的人，今天却一言不发，还不时观察着那个顾明晨的一举一动，自己的妻子似乎也是刻意逢迎，如果说她那种显而易见的热情都是为了欣悦，实在是有些牵强。她并不是不疼欣悦，但是和自己的亲生骨肉比起来，还是有很大的不同。他记得自己告诉她很多次了，既然孩子寄养在咱家，就和咱们自己的孩子一样，不要厚此薄彼，但是妻子在孩子们每天上学前总是偷偷地给任婷、任鹏塞上一个苹果或者橙子，而欣悦总是要自己装到自己的书包里，如果她不想要，淑惠也不会勉强。

刘淑惠照顾欣悦的方式就是除了供她吃饱穿暖以外，任她自由。以她的思维来说，就是万一人家的母亲真的回来了，看到自己的孩子被自己的亲表姐虐待，那还怎么交代呢？任文良虽然不太赞同刘淑惠的想法，但是也拿她无可奈何，毕竟，她为了这个家，也是呕心沥血，付出了所有。

他思索了很长时间，觉得自己这些年太忽视妻子的感受了，所以今天他还想努力一下，和她好好聊聊。忽然，他感觉到自己的胸口有些发闷，想着今天是有些累了，还是先到厨房找些水来，把上次医生给开的药吃了。

厨房里意外地还亮着灯，听到任鹏的声音响了起来，不知道他什么时候回来的。"妈，您别老怪我，我已经长大了，爸都说让我锻炼一下，您还那么婆婆妈妈做什么？""傻孩子，我是让你给我娶个如花似玉的媳妇回来，谁让你给我娶个可以当妈的女人回来？那女人有钱就了不起？""妈，人家就比我大九岁，有钱又漂亮，有什么不好？她还说要给我买一辆越野车呢！到时候拉着爸和你一起出去玩。"

"呸，我才不去！"刘淑惠啐了儿子一口，骂道，"赶紧给我断了那念想，你爸是不会同意的。"

"现在是新时代了，又不是包办婚姻，我爸哪里管得了我？他要是太难为我们了，我们就私奔去！"

这时，听到有高跟鞋的声音进来，任鹏哀号了一声："姐，你干吗拧我耳朵？

你总是欺负我。"

"我就欺负你了,你能怎样?我真看不起你这个吃软饭的家伙,自己还是不是一个男人了?"

任鹏笑了一声,"我怎么就不是男人了?我这是姜太公钓鱼——愿者上钩,是人家非要贴钱贴人,我又没有死皮赖脸求人家。我们是你情我愿,我也付出了感情和青春,我拿些钱有什么可大惊小怪的?不过,要是爸知道你早就把教师的工作辞了去了拍卖行,看爸还不打死你!"

"你要是敢说,看我怎么收拾你!"

里边立刻又传来一阵嘻哈乱叫声,直到听到刘淑惠骂了一句:"我怎么生出你们两个不争气的东西呀!"

只听任婷说:"妈,你和我爸都是老古董了,现代社会的女性可是要大胆追求自己的幸福,我就是喜欢顾明晨,我就要把他追到手,谁要是挡了我的道,我就弄死谁!"

任文良听到里边又传来妻子无奈的斥责声,但是姐弟两人似乎谁都不理会她的话,一切都不在她的掌控下了。他闭了一下眼睛,呼吸了一口,"砰"一声推开了厨房的门。

"爸……"

"老任……"

任文良并没有想到,自己的一条腿已经跪了下去,胸口的疼痛徐徐曼延开来,直到痛得不可遏止,然后整个人的意识开始模糊起来。

"表姨父,您怎么了?"

他听到这声呼唤,心中觉得自己有无数的话想对欣悦说,但是却什么都说不出来。

待他悠悠转醒,已经躺在医院的病床上了。一家人都围在四周,任婷低着头啜泣,任鹏也是一声不吭,欣悦则是忙着倒水拿药。

刘淑惠的眼睛已经红肿,神色极其疲惫,想来是一夜都没怎么睡好。她看到任文良醒来,终于长长舒了一口气:"还好,老任,你这是心绞痛,差点儿就……幸好来得及时,医生说只要醒来,再观察一天,没事就可以出院了。"

任鹏哭丧着脸说:"爸,都是我的错,昨天我已经反省过了,以后再也不会忤逆您了，您说什么就是什么，我要是再犯，您就打死我。"

任婷也流着泪说："爸，我错了，我不该瞒着你跳槽……"

任文良缓缓地说："你们都长大了，自己选择的路有什么错呢？要说有错，也是我老古董错了，早该放你们自由地飞了。"

"爸，我不是那个意思，我这嘴就是没个把门儿的。"任婷还想解释什么。

任文良摆着手，挣扎着起来，示意黄欣悦到自己身边。黄欣悦端着水，将药给任文良放进掌心里，说："表姨父，您先把药吃了吧！"

"对，对，先吃药。"刘淑惠抹了一把泪，将药塞进任文良口中，又接过黄欣悦的水杯，扶着丈夫喝了几口。

任文良吃了药，渐渐缓回气力，便闭上了眼睛，说："你们都回去吧！欣悦留下。"

众人怔了一下，也不敢违拗任文良的意思，只好都离开了。刘淑惠也是犹豫了片刻，才想开了，就说："欣悦，你好好照顾你表姨父，我回去炖些鸡汤来。"

看着大家都离开了，黄欣悦知道表姨父心中应该是积郁了很久，她也有很多话想问表姨父。

任文良幽幽一叹："欣悦，你这次回去获益匪浅吧？"

"嗯，我去过我家的老宅了，也找到了我父亲的笔记本和古白鹿纸的纸样了，这次回来就是想让您帮我把那幅画修好。"

"你都知道了？"

黄欣悦点头，知道表姨父说的是父亲的事："我不相信父亲是那样的人。"

"孩子，你说得不错，我和你父亲自小就一起长大，我最了解他的为人，所以我从来都是相信他的。"

"表姨父，我母亲一定也是不相信，听说那个人离开家乡来到北京，所以才追过来探寻究竟。"

"你和你母亲一样，是个灵透聪慧的人。但是，你母亲对你父亲用情至深，所以执念也太深，她甚至拒绝任何人的帮助。后来她便靠自己的努力去探寻真相，结果到现在都杳无人影。"

黄欣悦低下了头说："虽然我也很希望自己的亲生母亲可以出现，但是想来这些年……没有她的日子也都习惯了……"她没有继续说下去，这是一份复杂的心境，是近情情怯的感觉。母亲，这个字眼，对她来说，只是一个名义上的称呼，早已经没有了魂牵梦绕的牵绊。

"孩子，你今天想问的是那幅流转到拍卖行的画吧？上次我没和你说，就是怕揭破你的伤疤。那幅画是我为了你母亲，特意送给一个朋友的。你心里执意要补上它，不只是为了完成拍卖行的工作，你想补上过去那些年缺失的东西吧？"

黄欣悦泪眼模糊了，睿智透彻的长辈，居然早就猜到自己心里想要的了。她想要的是所有一切和父母有关的回忆，那幅画是，那老宅子是，还有父亲留下来的造纸术，她都想追回来。她捂着脸，无声地哽咽起来。

"哭吧，哭吧，孩子，表姨父知道你委屈，知道你已经憋了很久了。我想，我能帮你的，就是还原那幅画，哪怕它是我亲手画的一幅赝品……"

任文良抚摸着黄欣悦的头，心中感慨万千。如果不是自己当年优柔寡断，就不会让一个小女孩彻底失去亲生母亲的爱。他还记得刚刚把大师兄黄家铭葬入坟地里，他看到一身缟素、失去丈夫的颜雪珊仿佛没有了生命的勇气，只是蜷缩在那里，似乎并不想突破心灵的桎梏，所以，她宁肯将时光凝固在那个梦境没有破碎的美好瞬间，不肯走出来。他很心痛，几次试图沟通，但一切都是徒劳。

那时，他没有想到，本来是打算给师傅祝寿的，没想到这居然是最后一面。当颜祖山看到那不该发生的一幕后，回到家里咳嗽了一夜，渐渐地竟然卧床不起，直到与世长辞。

当看到颜雪珊跌坐在地上痴痴地看着天空，他很想扶起她，但犹豫了片刻，还是停了下来。那次他只请了一周的假期，可是由于出了太多匪夷所思的事，他不得不继续和学校请假，拖延了归期。为此，学校还扣了他奖金。

那天，办完了师傅的丧事，他正准备收拾东西返回北京。忽然看到颜雪珊如幽灵一般飘进了屋子里，和他说："你不相信吧？我也不信，家铭他会那样对我？"

任文良很心疼，她的脸色苍白得如同刚刚从地狱里爬出来一般。只见她忽然大笑了起来："哈哈哈，姐夫，你猜我发现了什么？是可以证明家铭无辜的证据。"

"什么？"

"现在我不会告诉你的，我要你亲眼看到什么才是罪恶。"她说完，咬了咬唇，"姐夫，我不送你了，你一路顺风。"

说完，她径直跑得没影了。

任文良呆呆地站在那里，看了很久。最后，他跌坐在门垛旁，哀声呼号了一声，狠狠揪了几把自己的头发。

那真是一种无能为力的悲哀。那种悲哀就这样蔓延在他以后的岁月里，很难消退。

他昏迷的时候，觉得有人在叫他："姐夫，以后你娶了我姐，可就要喊你姐夫了，这样更亲……"

他看着她的女儿一天天长大，自己不由叹息。他总是说雪珊执念太深，只是自己又何尝不是？他反感淑惠最大的原因就是，她总能在别人最痛苦的时候看出人心头的那根刺，但她不会帮你，只会用更凌迟的语言变成刀子，再将那刺推进去一层，扎入骨髓。所以，即便是她真的并没有恶意，他也不敢领受那份情义。

"好了，欣悦，一切都会好的。"任文良说完这句话，才发现自己的心又开始痛了起来。

第十章
一池春水

  任文良家的胡同是一条很特殊的胡同，说深不深，说浅也不浅。经常听说这里要改造成国际商业大厦，大家茶余饭后最爱讨论的就是这个话题，但最后总是成了个泡沫信息。胡同里住的人大多都是和任文良年纪差不多的老人，下一代由于在忙碌拼搏，便陆陆续续都搬离了出去。所以这里，除了清晨傍晚会看到有些老人在打太极拳或者去菜市场买菜，很少会看到年轻人，这样一来，反倒是静养的好地方。

  黄欣悦自小在这里长大，熟悉这里的一切。她虽然不和任婷、任鹏那样爱出去溜达，但还是很细心地观察过这个胡同的地势。这个位置是块风水宝地，前边是一所学校，书香墨香气韵均有。此外，胡同的出口是一条宽阔的大街，街道上有一家烤鸭店的分店，还有一家地道的老北京酸皮奶坊，再往右拐，走不到三百米，就是那家中药店了。从这附近去西单、东单、王府井的地铁、公交都有，出行也是很方便。

记得表姨曾经说过，以表姨父的那点工资，肯定是买不起这套院子的。幸亏她的婆婆留下了一只清代的和田玉籽料镯子，他们一家才终于在北京安了家。表姨说，当时刚刚生了任鹏，搬进这个院子的时候，她还兴奋得大哭一场。终于有了一个属于自己的家，日子才算是圆满的。

她很明白，以表姨父那种清高的秉性，如果不是逼到极致，怎么肯去临摹古画做赝品呢？如果她再执着下去，非要将那前尘往事挖地三尺掘出来验看，那么一定要触动表姨父心头的痛处。所以，她一直按捺住自己的好奇，不去追问那些事。往事不可追溯，与其把时间都花在那些过去的事情上，还不如踏踏实实来把自己的专业做好。

这一次，她心里倒真的是有点感激顾明晨，给了她一个舒适宽松的环境来做事。时间富裕了，便可以做更多有意义的事。很快她做了一个公众号，叫"时光的香气"，她把表姨父称为"竹君老人"，拍下了他所有凝视的瞬间，还有一双粗糙、布满褶皱的手。这些视频和照片传到了网络上，竟然引发了很大的关注，公众号上有人到处寻找这位"竹君老人。"她不太敢泄露这里的地址，一是担心表姨父的身体支撑不住，二就是太多的纷扰会打破这里的宁静。

这次表姨父生病，表姨也坚持不让表姨父晚上再熬夜了。黄欣悦便主动把表姨父近期的工作都承接下来。每日里，表姨父就端着一只紫砂壶，一边和她聊天，一边指导着干活。这种日子是她一直向往的，说她是不折不扣的"宅女"，她都是认同的。

拍卖行拿回来的这幅画，虽然不至于破碎不堪，但是画的最精华的部分却毁了。黄欣悦对着那些碎片发愣了整整一天，表姨父那些笔墨功夫果然不输名家，所以她很担心，自己的功力不够，但是又不忍心让表姨父耗神了。

任文良看着黄欣悦将那些破碎的画片放置在两张白纸上，边用喷壶喷水把画芯喷湿，边小心翼翼地将卷起的画片展开，慢慢还原，慢慢湿润。他微微笑了笑，这个孩子确实是个踏实的人，也适合做这种细致的工作。

他想起当年他的母亲和他说过："技多不压身，没有些傍身的本事怎么在人间混？"上了初中以后，母亲非让他和一个叫颜祖山的民间艺术大师学点手艺，于是每天放学后，还有节假日，任文良都常在师傅颜祖山的家里，也认识了颜祖山唯一的女儿颜雪珊。

颜雪珊长得和师娘几乎一模一样，是个兰心蕙质的女孩子。但是，颜雪珊的身后总有一个叫黄家铭的男孩子出现，这是师傅的大弟子，听说是从小就跟着师傅学书画。

世事总是不尽如人意。如果命运安排他早一点认识颜雪珊，也许就不会是这样的命运了吧？他常常后悔，为什么他那么优柔寡断，最终不忍心看到刘淑惠的眼泪而娶了她，如果他一直等着她，等到地老天荒，也许就续上那段缘分了呢？

许多年来，颜雪珊已经习惯跟在黄家铭的后边写字画画，甚至成年以后，她的眼里再也没有他人。所以，任文良只好把这种少年的相思化成了学习的动力，他竟然以县里第一名的成绩考上了北京师范大学，从此改变了自己的人生与命运。

一次他暑假回来，带着母亲亲自煮的茶叶蛋去看望师傅，黄家铭与颜雪珊似乎不在家出门去了。

颜祖山看他四处寻找，笑了笑说："今天我让家铭和雪珊去给我十里地外的一个老友送字画去了，估计得晚上才能回来，今天你可能见不到了。你也大了，我该教你点像样的东西了，虽然你现在有了功名，不愁事业前途，但是人生无常，趁着年轻多学点东西总是有用的。"

"什么？"

"我把这裱画的技艺和临摹传给你吧！京城是个卧虎藏龙的地方，你有了这些手艺，就可以结识很多达官贵人，也许以后会帮得上你。哦，你还有个三师弟，明天就介绍给你认识，我以后不会再收徒弟了。我把雪珊和我的家业托付给家铭，把这裱画和临摹术传给你，把我一门独家的造纸术传给你的三师弟，这样我也算是对你们都有个交代了。家铭和雪珊的年纪不小了，等你下次寒假回来，我就把他们的婚事给办了，你也跟着高兴高兴。"

任文良顿时觉得自己浑身的血液快速流动起来，他有些发慌，这对他来说，是个心痛的打击。他拼命抑制住自己的不适，点头说："师傅，您说什么就是什么，我都听您的。"

颜祖山看到任文良的脸色有些苍白就说："你先坐在那里歇会儿，是不是昨天舟车劳顿还没歇过来呀！你这孩子，也不在乎这一天，在家里歇一天再来也不迟。"

任文良摇头，说："师傅，我没事，这个裱画看您做过，我喜欢，但是临摹还要学吗？"

学了临摹能做什么呢?"

"你可能觉得这是个讨巧的活计！这是我的师傅传下来的东西,我也不想在我手里没了。从前旧社会有专门做丹青临摹的,靠的就是一套不输于名家的手艺吃饭,虽然说是登不上大雅之堂,但是谁知道什么时候有用呢？到时候现学是来不及的,掌握这个技艺也是要靠勤奋,也要有慧根的,哪里是谁想学就学成的？"

任文良只好点头。这一天,他是在师傅的书房里度过的,那些书籍里有他想要的东西,他看了师傅自己密密麻麻记的那些笔记,才知道人间每一位"大师"在别人看得到的光环以外,都有一份超越寻常的付出,原本就没有一步登天的吉运,那是要靠无数日日夜夜的揣摩与拼搏才可获取的财富。

晚上,任文良没有等大师兄和颜雪珊回来,就自己一个人独自回家。母亲叫他吃晚饭,他摇头说:"不吃了,我想睡了。"母亲以为他累了,便也不再扰他。他就这样蜷缩在床上,看着墙壁上的一幅画,渐渐抽泣起来,然后便蒙上了头,悄悄哽咽着。

月色阑珊,竹影斑驳,那墙壁上是一幅颜雪珊亲手画的紫竹图。他看到那幅画,就觉得自己心里住了一个魔鬼,要反噬自己才会得到飞升。那是一种撕心裂肺般的痛。

想到这里,他对黄欣悦说:"我师傅当年总是和我说,耐心才是绝活,有时候,你不知道什么时候会出什么意外,使你所有的努力都前功尽弃……"

他正说着,忽然听到外边一声怒喝:"这是任文良家吗？"

"是,您是,找他有什么事？"

"他在哪里？让他出来见我。"

"哎呀,你怎么就这样往里走呀？他不在家。"

任文良裱了半辈子画,听这语气,就知道又遇上了麻烦事。他正想着,就看到自己的裱画室的门被重重推开,只见一个怒目而视的四十多岁男人,丝毫不理会刘淑惠的阻拦。

"我说你这个人怎么回事？怎么拿自己当主人了？怎么还硬闯呢？"刘淑惠不满地说。

"淑惠,你去忙吧。"任文良起身,对那男子恭敬地说,"朋友,请问您有什么需要我做的？"

那男人不满地"哼"了一声，拿出自己的背包，取出一只木盒，里边赫然是一幅刚刚裱好的字。他忽然朝着黄欣悦正在工作的桌子上重重一捶，"呼啦"一把将桌子上那些碎片打落了一地。

"啊！"黄欣悦惊呼了一声，赶忙捡拾那些碎片。表姨父说的话就和警钟一样，这么快就成真的了，她好不容易刚刚拼接好那幅画，就又出现了这样的事。

任文良皱着眉头说："朋友，你这是毁人功德，在我们这行里，是十恶之首……"

"外边有人说你是北京城里难得一见的国手大师，我看就是徒有虚名！功德？我管你的功德，你可管我了？这可是我家祖传的东西，居然被你给替换了，你这种卑劣的德行还配称得上大师吗？"

"何以见得？"任文良不卑不亢。

"你看这是什么？"那男人指着字幅下边的落款说，"原来这里是有一根头发丝的，现在请问，那头发丝哪里去了？"

任文良听到这里惊了一下，他看着那字画，怎么也想不起来是怎么回事。

这时，黄欣悦抬头，对任文良说："表姨父，您常说我们做这个行业要精益求精，所以上次您裱完画，我就又重新检查了一遍，发现那纸里真有一根头发丝，我想，这种字画交出去，人家怎么可能会接受，于是我就用针将它清除了。"

任文良眯着眼睛，拿起放大镜来，仔细一看，果然在那个位置有一个小小的针孔。

他点头，知道黄欣悦确实是真的做了精益求精的事，但无奈遇上了不讲道理的主顾了。

于是，他郑重回道："朋友，我们也是本着敬业的精神，并不知道您的用意，请原谅，她不过是一个孩子。"

谁料那人指着任文良说："你这是自圆其说，她横竖也是你家的人，让她来做证，谁信哪？我不管，你们就要赔我钱，赔我10万元！"

"您不信，我也没有办法。"任文良有自己的底线，不能向这些人妥协，否则就别谈什么清白了，"我们已经向您解释清楚了，这毕竟是私宅，如果没有别的事，您请吧！"

那男人听了，顿时破口大骂起来，上前揪着任文良的衣襟就要动手。

忽然，他听到一个年轻人的声音传来，身子已经被狠狠推了出去："你是什么东西？敢到我家来欺负我爸，你不想活了是不？"

只见任鹏朝着他踢了两脚，指着那男人继续骂："赶快滚，不然让你吃不了兜着走！"

那男人这才有些怕了，爬起来说："你们欺负人，等着瞧，以后看你们还有什么脸在这个行业里混！"他起身，拍拍屁股上的土，将身上的字幅重新装好，跟跟跄跄地离开了这里。

"爸，妈，你们老嫌我一说话就动粗，可是你们知道吗？对付这种勒索敲诈的小人，就得来点狠的！"

刘淑惠叹了口气："你爸非要这么倔，你也是非要这么横，让我可怎么好啊！"

"行了，出去吧！你们都出去吧！"

看到他们母子两人进了客厅，任文良这才转头看着黄欣悦，她一边啜泣着，一边重新将找回来的碎片接上："表姨父，都是我的错，我应该问问您才对。现在是我捅娄子了，以后他再敲诈我们怎么办？"

"兵来将挡，水来土掩。想多了也没有用。"任文良重新坐了下来，喝了一口茶，四周也渐渐安静下来，"你还是看你的画吧！又得重新拼一遍吧？"

黄欣悦抹了一把眼泪，没有说话，只好继续拼接起来。

"这算什么？你还年轻，以后遇到的事多着呢！不过，不要有畏难情绪，每一次裱画的过程虽然艰辛，但是所有过去的都不会白过，也许比你想的要好。"

黄欣悦看到表姨父经历了这场混乱，脸色依旧平静得看不到半分涟漪，钦佩之余，她点了点头，深深呼吸了一口，那纸墨的香气随着清风渗入鼻孔里，让她觉得渐渐放松下来。

"最难的就是揭画芯。整张的纸纹路整齐，方便操作，这碎纸片呀，可是完全不会听你的。手指用多少劲，应该从什么方向开始揭，有经验的师傅指尖碰触到纸，就自然感受到了应该有的力度，另外，还要根据指尖的感受反馈不停地变换方向，一点点将整个画芯都揭完，这是基本功，也是大家常说的手随心动。"

屋外的阳光渐渐明媚起来，黄欣悦看到表姨父似乎在想着什么，叮嘱了几句，就一个人端着茶壶站在院子里凝视着前方。表姨不知道从哪里买了几盆兰花，放置在院子的西侧。似乎这次终于摸对了表姨父的心思，表姨父对那几盆兰花关注了很久。那兰花用了几只褐红色的雕花紫砂盆，一只圆形的，一只方形的，两只扇形的，看起来极其雅致，富有格调。

她细细思索着表姨父的话，知道他的话深有所指。人心浮动是一种难以抑制的病，这行业是受不得外界干扰的。她喝了一口水，看着自己费了很大力气才重新拼好了一半的画，又看了看自己带回来的白鹿纸，它们的纹路纤维果然丝毫不差，但白鹿纸是用来镶边的，那种慢工细活，比起现在所做的，是一个更大的挑战。她感觉到自己未来的路很长、很远。

文道拍卖行的会议室里，顾明晨看到几个部门经理都来齐了，凝神说："今天我们讨论的是个特殊的话题，我有一些人生感悟想和大家分享。"

众人听得面面相觑，不知所以。任婷坐在旁边，心中也是忐忑不安。自从那天父亲过生日顾明晨离开任家以后，她一直想找机会和顾明晨解释一下自己的行为，但是顾明晨似乎很忙，几次都拒绝了她再说下去，让她猜不透他心里到底在想些什么。

只见顾明晨拿出手机，拨动了几下，似乎找到了自己想要的电子文档，对大家念起来："'天有时以生，有时以杀；草木有时以生，有时以死，石有时以泐，水有时以凝，有时以泽，此天时也。'大家知道这是什么意思？"

在座的每一个人都纷纷摇头，做疑惑状。

顾明晨淡笑了一下，说："这是《考工记》里的句子，这是天人合一的古典哲学思想在《考工记》里的最初表达，天地说的都是自然的客观原因。我这里还有一句话是这样说的，'时间是那种存在的时候不存在，不存在的时候存在的存在'，大家可知道出处？"

会议室顿时一片议论声、慨叹声。

财务经理无奈又嬉皮笑脸地说："请总经理明示，我等才疏学浅，不知其源。"

这话引得大家一片浅笑。

顾明晨黑着脸，似乎没有从这力图突破的笑声扭转回来，大家很快便不敢再出声。

只听顾明晨说："这句话出自黑格尔的《自然哲学》，现在写在故宫博物院的钟表馆内。我想说的是时间，我们的时间都到哪里去了？古人都懂得这天时地利的道理，我们为什么拿捏不了、掌控不了自己？"

大家感觉到了一丝不祥的气息。

"我查过资料，2006年北京瀚海春季拍卖会上，中国古代书画专场共推出拍品199件，总成交额为3489.09万元，成交率为54%，虽然成绩不太理想，但是却值得注意，这次不同于以往宋元书画占据主要市场，明清书画成为市场的主角。大家来看看，我们失去了多少时间？有人给我拿过这些年这类书画市场的趋势分析吗？有人做过相应的市场调研吗？市场瞬息万变，这些年过去了，市场变化有多大？你们每次都说我们都尽力了，但是又没有更多的人考虑过国家的政策走向，考虑过市场空白有哪些？自然的、客观的影响一定要是我们做事的前提，否则一切个人努力都是白费，知道吗？"

顾明晨推出一叠资料，几个部门经理纷纷拿起来，越看越觉得浑身的汗都出来了。这是顾明晨找第三方机构做的市场调研，在当今国家推崇传统文化的环境下，很多国外的艺术发展公司也开始盯上了中国古代书画这个市场，其中一个法国弗兰克艺术发展有限公司就盯上了这块市场，屡次遣人想通过网络进行初步沟通，这说明如果自己不努力的话，这片原本属于中国自己的市场很快就会被外国的资本占用。"和大家说些心里话，我看到这些资料觉得很难过，改革开放都四十年了，我们的国家正迎来了一个日新月异的时代，这是一个最佳的发展机会，走在我们前边的人用事实给我们提供的经验，我们虽然天天看到的是古董、是有价值的人文产品，难道就不能好好谋划一下我们自己的最佳机会吗？艺术与商业并存，这才是我们的一个发展方向。"

财务经理立刻说："我们要有艺术的眼光、良好的沟通能力，要乐观、精力充沛，具备理解商业原则的能力，这样，我们回去立刻做近五年的财务收支分析报告，然后我们再来探讨。"

经营部经理也表示，要去与业界一些精英人物做深度沟通，还有用户，包括人文教授和专家组织研讨，做出公司未来的发展规划与行业愿景。

任婷则不失时机地说："我和我的部门配合大家一起做好工作，请总经理放心。"

顾明晨点头，挥手说："散会。"

任婷看到大家纷纷离开后，她终于找到一个机会，小心翼翼试探着和顾明晨说："顾总，我想和您谈一谈。"

顾明晨点头："好。"

"是这样的，我不是故意隐瞒我的家庭情况，还有和黄欣悦修复师的关系，我是事出有因。我是考虑在公司里不适合有亲戚关系,这样会影响做事的效率和成果。"

"好,说得不错,还有呢?"

"还有就是,我父亲他想要我做个踏实平稳的工作,但是我有我自己的理想,所以不得已才瞒了他,请您谅解。"

"这很正常,每个人都有自己的人生选择,既然决定了,就坚持吧!"

任婷听到这里有些惊诧:"您不怪我隐瞒事实?"

"既然是情非得已,当然可以理解。不过,你似乎与你的表姐关系并不融洽,我猜得对吗?"

任婷本来听到顾明晨不怪自己,很是开心,但此刻听到他这样问,顿时有些慌乱:"我……我们秉性不太合,但是在家里还是很好的。"

"是吗?"顾明晨蹙眉说,"那我问你,她最喜欢的是什么?最不喜欢的又是什么?"

"这……"这句话果真把任婷给问愣了,虽然和黄欣悦在一个屋檐下生活多年,但是她从来都只顾及自己的感受,丝毫没有考虑过黄欣悦的喜好。在她的记忆中,黄欣悦都是默默无语,有时候被自己逼急了,也会偶然拒绝自己一次。即便是她爱吃的东西,自己也想不起一样来。

"不要告诉我,你什么都不知道。"顾明晨白了一眼任婷。

"不,我知道,她……最爱去那家中药店,还有最爱在我家附近那棵梧桐树下发呆。"

"就这些?"顾明晨很不满。

"是……"任婷小声回答,心中却默默猜测着顾明晨的意图。

顾明晨不再理睬她,起身大步流星地离开。她听到顾明晨甩下了几句话:"联系穆先生,就说我要把那幅撕毁的《疏林寒绿图》残画买下来,让他出个价,如果他同意,立刻支付款项。"

任婷愣愣地看着顾明晨上了电梯,她呆立片刻,想到一句话,如果想攻入一个男人的心,就要从他的软肋下手。既然职场这条路行不通,那么就去寻找他的生活。

她想好了主意,朝自己说了一句:"加油!"便匆匆忙碌起来。

黄欣悦非常感激这段修复画作的时光,竟然让她短暂地忘记了一个人。这个人如同她心头的一束光亮，闪耀过，让她悸动过，却如同影子一般蒸发了。

一天天过去，这画作越来越有模样了，中间残缺的两小块，在表姨父的指导下，她亲自用笔补上了。她仔细端详这幅画，功力浑厚，如果不知道还有一幅原画，简直可以说是旷世之作。

她闲下来的时候，便在表姨父的工作室找到了很多的书籍，那些书都很破旧，上边的空白处都密密麻麻写着一些学习书画的笔记和心得，其中有顾恺之的"迁想妙得、以形写神"、吴道子的"焦墨勾线"、赵孟頫的"遒媚秀逸"等历代名画家的书画风格，对人物生平历史都有所涉猎，还有模仿其经典作品的草稿图和入画方案。

她这才知道表姨父这旷世功力是从何而来。他是一个功力深厚的裱画师，还是一位隐藏在民间的国画临摹大师。

将修复完毕的画收好，她决定去见顾明晨。她想好自己想要的生活了，她要属于自己的一隅时光。

新加坡，夏家别墅。

夏长风忧心忡忡地端着一杯咖啡，对母亲夏青岚说："您告诉我，我的人生里到底遗忘了多少事？我父亲到底是怎么死的？您告诉我。"

夏青岚看到他的行李箱已经收拾好了，强按捺住内心的不快。她当作没有听到他的话，端着一碗刚刚炖好的燕窝放到桌上，说："你跑了这么多天，妈妈也很想你，就不能陪着妈妈聊一聊高兴的事，这么着急就要走。"

"妈，我真的很着急，因为我遇到了一个姑娘，在她身上我似乎找到了过去的感觉，很熟悉的那种，是不可抑制的那种情感，我真的想知道我到底错过了什么？"

"你不是在研究那些中国纸吗？怎么还有心情风花雪月呀？"

"不！"夏长风大吼一声，"妈，不是你想的那样，我们什么都没有开始，我只是觉得我认识她，认识了很久了。她说她小时候经常会去一家药店买黄檗，认识了一位童年伙伴，她说我很像他。您不是说过，我们以前在北京住过，北京还有我家的房产。"

夏青岚的心震慑了片刻，很快就恢复平静了："即便我们在北京住过，也不一定就和她有来往，你还是别想太多了。你父亲是生病死的，我们没了依靠，所以我们才会投奔你舅舅。没有你舅舅，我们母子可就没有今天了。还有，你舅舅想给你介绍一个女朋友，是他的合作伙伴的千金，刚刚从意大利留学回来，对艺术有独特的见解，你遇到一个适合你的女性，才会得到终身的幸福，听妈妈的，没错的。"

夏长风摇头："妈，现在还不是考虑这个的时候，记得你和我说过白鹿纸吗？我们已经找到了制作白鹿纸的方法，它的出现会改变我们的竞争对手掌握的纸业资源，会扭转我们目前的困境。"

"这件事我不是一直支持你的吗？还需要多少资金，尽管和我说，我会不遗余力的。但是，你也长大了，总要成家立业的，如果你的婚姻对家族事业有帮助，何乐不为呢？"

"您也是那样牺牲子女情感去赚钱的母亲吗？"

"你怎么可以这样说你的母亲？我这是为了你好，一个男人，有了稳定的婚姻，才可能开拓自己的事业版图，我只有你一个孩子，难道你打算放弃对家族的责任吗？"

"不，我一定要回去。"

夏青岚了解自己的儿子，如果硬要拗着他，一定会适得其反。所以她思索了片刻，便说："你可以去，但是时间是两个星期。你也知道，我们家是做药业的，现在这个时间，是我们的一些药品的最佳采购期，我们和中国云南、美国的合作商约定好两周以后要有重要的合作协议签署，你一定答应我，到时赶回来。"

夏长风看着母亲，忽然冲上前，拥抱住母亲，说："我一定会及时回来的。"

夏青岚"哼"了一声，背着儿子的脸色骤然间苍白起来。她不愿意提起那个人，也不想让儿子再想起他父亲的样子。她恨他恨了半辈子了，如果不是当年自己有眼无珠，错嫁了这样一个利欲熏心又背叛自己的伪君子，怎么会让父亲亲手创下的家业毁于一旦？如果不是她当年睿智英明，早年便委托兄长在新加坡置办了一处产业，还在兄长公司投资了股份，他们母子怕是无处容身了。幸好，她对这些财产的隐瞒，居然真的救了自己和儿子。

想到这里，她幽幽一叹："我们都是华人，不能忘记我们的根。如果你愿意为中国的传统文化事业做些贡献，我会大力支持的。"

"谢谢您，妈，我这辈子都会好好爱您。"

听到这句话，是夏青岚最幸福的时刻。无论如何，她还有儿子在身边陪伴，这比什么都重要。

黄欣悦再次踏入文道拍卖行,竟然有恍如隔世的感觉。拍卖行的大门重新装潢过了,更加时尚立体的造型令人眼花缭乱。一楼的拍卖厅里不时传来各种声音,有人惊喜,有人烦忧,恍然间,在失去的同时会重新得到。

她看到顾明晨的时候,他正背对着门,在看窗外那些矗立的高高低低、错落有致的建筑群。不知道为什么,明明是前途无量的他却显得有几分萧索。他的办公桌上多了一盆兰花,和表姨最近养的那个品种非常相似,只是用的是木盆。

"顾总,我来交付这幅已经修复完的画。"

他并没有将头转过来,只是说:"放下吧!"

"您不要看一看吗?"黄欣悦很奇怪,素来嚣张跋扈的顾明晨难得如此安静,也难得这样对她的工作不再挑毛拣刺。

"不用了,有的是时间看,反正你也跑不出地球去,到时候,再找你就是了。"

黄欣悦抿着嘴,想了想,还是鼓起勇气说:"顾总,我的意思是,如果您对这幅画还满意的话,那请允许我辞职。"

顾明晨没有回答,椅子忽然旋转过来,对她怒目而视。

黄欣悦在他的眼神里看到的不仅仅是怒火,还有一丝哀伤,仿佛是受了什么打击,她有些不敢相信她所看到的。

只见顾明晨起身,走过来夺过她手里的画盒子,打开,轻轻将它挂在了自己办公桌旁边的墙壁上。画作修复得非常完美,竟然一丝一毫的瑕疵都看不到,那画色彩浓淡相宜,手法娴熟,有着原作主人的气息。他一直在想一个问题,即便这画是赝品,那么原作主人是在什么情形下才有的这幅作品,为什么又会流落民间呢?他其实已经偷偷找了很多资料,但是都一无所获。

不过,从现在开始,他就是这幅画的主人。穆先生虽然很好奇他为什么会破费买这幅前途未卜的画作,他说不清为什么,只是想把它留下来,留在自己身边,不让它再转入他人之手。

"顾总,我觉得我有权利提出辞职,我可以不要这个月薪水,可以吗?"黄欣悦觉得自己既然决定了,就一定要坚持到底。

顾明晨并不理她,分别指着那幅画的上端和下端说:"上边那个叫天杆、天头,下边的叫地杆、地头,宇宙是自然的大天地,人是一个小天地,人与自然在本质上是相通的。这些装裱匠人所遵循的古法手工也承继了这种'天人合一'的思维，装裱用的纸张也要选择和谐相生的品类，比方这白鹿纸，有韧性、柔软、洁白，不易变质，所以我们看到的古画都充满了自然的力量，而做这些工艺的匠人是将自己融入在画里，融入在这伟大的创造里了，对吗？黄女士。"

黄欣悦以为顾明晨会暴跳如雷，自己来之前已经做好了诸多准备，万万没有想到的是他居然说出了这番充满了哲思与力量的话，让她吃了一惊。她不敢回话，只是低着头，默默无言。

"天地者，万物之父母也。《易经》里所说三才之道，将天、地、人并立起来，并将人放在中心地位，就是说明这人的重要性，你这么重要，我怎么肯放你走呢？"

"你……"黄欣悦被这样的顾明晨给吓到了，从来没有见他这样说过话，简直是匪夷所思，猜不透他在想什么？"这次你不能再阻拦我了，我有我的理想，我有我的自由……"

"黄欣悦，记得你说过，你是要做成那白鹿纸的，对吗？现在你做成了吗？那是一个漫长的过程，即便是你通晓整个流程，在这个漫长的过程中也不知道哪道环节会出问题，到时就会前功尽弃。难道你不想找到更多和你一样想把古纸发扬光大的同行者吗？真的不想吗？这不是你的责任吗？"

这些话说得冠冕堂皇，黄欣悦情不自禁点了点头。

顾明晨轻轻鼓起了掌，严肃地对她说："黄女士，还有半个月就是一次难得的机会，这是一场国际文化交流会，你不想借此机会向别人好好展示你寻找白鹿纸的经过与结果吗？不想让世人更加了解它吗？"

黄欣悦惊觉自己被顾明晨的思维给扰乱了，她立刻退后了几步，说："顾总，你这是在引君入瓮吗？"

顾明晨忽然笑了："学得很快，这么快就知道反将一军了。不过，还是要奉劝你一句，这个机会可是真的难得，错过了，就会错过一场中国纸的盛宴，真是可惜了。"

黄欣悦看着顾明晨有些诡异的笑容，不知道哪里不对，只是觉得自己仿佛被一只无形的手牵引着，一步一步走向一个未知的世界。但是，她仿佛控制不住自己的脚步，只好亦步亦趋地跟着走过去。

"好，我留下。"黄欣悦咬着牙，终于说出了这一句话。她不想再看到顾明晨了，于是她决定暂时离开他的视线,让自己的心里静一静,于是,她板着脸,转身匆匆离开。

她后边的顾明晨蜷缩在自己的椅子里,发呆了片刻,忽然紧紧揪住自己的头发,然后仰头笑了起来。

他觉得自己有些疯魔了。他盯着桌子上的那盆兰花,喜悦渐渐升起。这是他今天早上在花市刚刚买回来的,只是没有找到合适的花器,所以就将一株仙人掌给拔了,栽到那个木盆里。

万物和谐相生。这花配不上一个和谐的盆,居然是这样的不顺眼呢!

第十一章
繁花似锦

　　有些人，注定会成为你生命里的魔咒。对于黄欣悦来说，她躲不开他，越想躲，却偏偏总要和他站在一起。这是人间最美的五月，是玫瑰盛开的五月，流星在夜空中悄悄滑落，带着无数神秘力量融入另外一个未知的世界。

　　黄欣悦穿着一件雀蓝凤尾花真丝旗袍，就这样小鸟依人一般怯怯站立在顾明晨和任婷的后边。

　　任婷并不理会她，只是把她当作一个工作对象，完全公事公办，和她详细交代了这一次的展会流程，就带着拍卖行的人去展位布置工作了。

　　文道拍卖行近期也有投资进军文化纸业的计划，所以这次也租用了一个展位，一是让大家了解一下文道拍卖行的实力和多元发展方向；二是正好与国内外相关企业进行业界的良好沟通，为下一步的投资夯实基础。"看准市场，适机击破"一直是顾明晨的营销策略。他想既然东方传统文化能够被国外看好，就必定还有别人也在窥探这块市场，所谓"知己知彼，百战不殆"，这样才会逐步摸索出自己的营销特色，在国际市场站稳脚跟。

顾明晨穿着一身干练笔挺、做工讲究的西服套装，敏锐的眼神、帅气的外貌和果敢的做事风格，一到现场就极受关注。

黄欣悦觉得自己跟在他后边，就像一个没有见过世面的丑小鸭，很窘迫。她红着脸，很不自然地笑着，看着顾明晨和熟悉的人打招呼。那些男人都是惺惺相惜的眼神，女人则是千娇百媚地笑迎。

她忽然觉得那些女人投射到自己身上的眼神很凌厉，方才醒悟，原来有人把她当成顾明晨的爱侣了。她自嘲地笑了笑，觉得世人都如此世俗，实在是不能改变别人什么，只有自己调整自己了。于是，她特意退后了两步，拉开了与顾明晨的距离。

但是，顾明晨忽然狠狠地瞪着她，说："跟上。"

她很无奈，本想再和他争执几句，但是看了看四周诸多的眼神，不由自主地将想说的话吞咽了下去。

只见顾明晨接了个电话，脸色有些焦急。他四处寻顾，挂断了电话之后，又继续拨打另外一个电话。

"任总监，麻烦你一件事。我把悠悠的画纸忘记在我办公室了，你去帮我拿一下，再拜托给送回家去。悠悠是个固执的小丫头，没有这种纸，她可能不会乖乖上美术课。"

黄欣悦看到顾明晨终于长长舒了一口气，然后又继续镇定自若地与别人沟通起来。

这是一场国际盛会，有黄头发、白皮肤的，也有黑头发、黄皮肤的，还有几个黑人朋友在前边，笑着，露出一口值得骄傲的白牙。那些高鼻梁的西欧美女们也和黄欣悦一样穿着各种花色的旗袍，让她大开了眼界。即便是身材高大的外国美女，这些旗袍依旧毫无违和地展示了东方之美。

黄欣悦一边跟着顾明晨往前走，她看到一些穿着韩服的人正在展示高丽纸，还有一张展示牌上写着："1811年，唐金成功制造出一台使用双网的新兴改良造纸机，不仅改变了上浆方式，提高了生产效率，成为现代造纸机改进设计的基础。"国外将人的智慧都用于研究机器设备上，他们利用客观世界改变生活，但国人却始终还保持着来自几千年的智慧，他们更多地想靠主观的努力去牵制自己浮躁的心，由此追求更加精益求精的匠心产品。

顾明晨为黄欣悦安排了一场演讲，让她提前做好了幻灯片，要她把中国裱画与中国纸的渊源流变讲给众人听。他决定以后在拍卖行也要增加手工藏纸的项目。但是时间还早，距离主办方为他们安排的演讲时间还有两个小时。

忽然，顾明晨被一个美国人拥着走向远处，一看就知道是他的老相识，两人相谈甚欢。

黄欣悦只好一个人站在会场中间。忽然，她听到了一个声音，一个熟悉的、充满了磁性的男低音响了起来："各位朋友，大家好，这里是新加坡展馆，我是夏长风，很高兴可以在这里和大家一起分享中国文化最精妙的部分，今天我想讲的是关于一个中国女孩、关于黄檗、关于白鹿纸的故事。"

听到这个名字，黄欣悦的脑海中瞬间空白了片刻。她不敢相信，那个正拿着麦克风高声说话的人就是她找了很久的夏长风。他穿着一件白色商务T恤，头发和之前的短碎发不同，打理得非常精致。他的眼神清澈透亮，还是原来那个意气风发的年轻男子。

恍然间，她似乎又看到了和她一起携手走在泡桐树下的少年袁春生。很快，她就知道这不是梦，前方的这个男人千真万确就是自己一直思念的人。她捂着嘴，拼命抑制住自己即将掉落的泪水。

是他，既然是他，她就一定要和他相见。在这个瞬间，她才知道自己对他的思念已经深入骨髓，这种难以言喻的情感再遮挡下去，就会将自己彻底摧毁，让自己形神俱灭。于是，她很坚定地向前走去，她要走到离他最近的地方。

"我以前学过中国画，家里总是给我买最好的绘画纸，但是我从来没有关注过这些画的前世今生。后来，直到我遇到一个中国女孩子，我才知道中国画要呈现出它的旷世之美，是要裱起来的，而且我们要选择适合它绘画和装裱的纸张。母亲曾经给我讲过她与父亲相识的时候，就是由于父亲懂得一种叫作白鹿纸的古纸工艺，父亲曾经亲手做了整整一年，才做了一箱那样的纸。母亲用它来包自家研制的最珍贵的跌打药丸。但是，母亲说，父亲病故以后，她很后悔没有掌握那造纸的技艺，所以那种纸再也没有了。"

黄欣悦的泪水潸潸流下，她还记得那家药店给自己跌打药的女掌柜，袁春生的母亲。

"我遇到了那个在裱画师家庭里长大的女孩，她和我一样在寻找着浸染着亲人心血的白鹿纸，我觉得这是上天的安排。她告诉我，为了让那装裱的画千年不腐，就要用一种味道很苦的植物——黄檗来染纸，她小时候就是一直帮着去药店买黄檗的。我虽然没有看到过她染黄檗的样子，但是我猜得到，那种与时光相融的染的味道，就是她的内心。初看觉得不易，很苦，但是却散发着一种骨子里的高贵，还有一种持之永恒的信念，我觉得那个样子的她一定是最美的。"

黄欣悦不知道自己是怎么在众目睽睽下穿过走廊，直接走到舞台前方的。就在一个瞬间，夏长风忽然发现了她，他的表情看得出来万分激动。

"其实在我来之前，我一直想，我一定会再遇到她。现在，我看到她了……"夏长风说着，亲自走下舞台，扶着她一步一步重新上到台上来。

四周顿时响起一片热烈的掌声。

忽然，下面有人站起来说："夏先生，你说得非常好，我想问下，据我所知，中国安徽有最好的白鹿宣纸，难道就比不了你的白鹿纸？请问两者有什么区别？"

黄欣悦深情看了一眼夏长风，接过麦克风说："让我来回答这个问题。"

"好。"夏长风点头微笑，信任地将麦克风转交到她手里。

黄欣悦将目光望向远处，越来越多的人朝这里走来。为了准备这场演讲，她搜集了很多资料，也做过很多专题研究，心里有很多成熟的方案。于是，她很镇定地说："有老师说过，中国画擅长画飞鸟、游鱼等，讲究的是动静和谐，这里含了一个生生不息的'生'字，它体现了人格的艺术，是东方哲学精神。但是，为这些画作提供依托的纸张也是要有'生'的、流动的质感，它的纤维厚重、有韧性，表面光滑如蚕丝，受墨柔和，可以承载我们东方人想要的意蕴深长的韵味。白鹿宣纸在明清为宫廷御用，是非常珍贵的纸张，纸为特净皮，规格为一丈二尺，所以又叫丈二宣，纸上隐隐有九只白鹿的痕迹。我们所说的白鹿纸，严格意义上来说，它不是白鹿宣，而是白鹿宣的前身，也是另外一种纸品。"

"什么？"有人不相信，质疑说，"你说得倒好听，是不是想沾上我们安徽宣纸的名头获取利益呢？你有什么证据说这不是一种完全相同的纸？你把说的白鹿纸拿出来，让大家看看。"

夏长风听了这话有些紧张，试图夺过黄欣悦手里的麦克风，但是黄欣悦摇头，继续说："我现在手里一张白鹿纸都没有了，我虽然熟悉它的工艺，但是现在还一张都没有做出来。我考察过中国纸的生产流程和人文环境，大家都知道，每一种器物的产生，都由它四周的人文体系所决定，用什么原材料，什么样的器具，都有它得天独厚的优势。宣纸所用材料为本地自产的青檀皮和沙田稻草，我们所说的白鹿纸为竹子所造。自从蔡伦发明了造纸术，应该说，几千年来，这种工艺就在历史的发展潮流中不断演变，甚至改变着自己的独特气质。"

黄欣悦感觉到四周一片寂静，握着麦克风的手渗出了汗，但是她还是鼓起勇气来继续说着，她虽然没有看夏长风此刻的神色，但是已经完完全全感受到他与自己心意相通，正用自己最大的能量来保护她。

"中国文化在发展中也会融会贯通，相互借鉴，用最好的、最适合自己的模式演变着，最后在某个历史阶段，形成自己独特的韵味，被贵族赏识，从而进入宫廷。江西与安徽毗邻，历史文化源远流长，精英荟萃，彼此血脉相连，这些工艺会随着人的流动而迁徙到另外一个地方，有智慧的人会整合自己独有的植物资源，重新打磨成属于自己的东西。我想，彼此交融，彼此促进，这才是中国文化乃至世界文化存在的根本意义，所谓的保护商业核心机密，对于某些中国纸工艺来说，从古代就已经流通到世界，早已经不是秘密了。唯一可以说的是，由于特殊的地理人文环境不可逆改，所以有些文化产品是很难复制的。可以说，白鹿纸代表了元代最高超的纸艺术，即便现在我可以重新制作出它来，但是从某种意义上来看，它必定了融合了更多我们这个时代的物质与意识形态，尽管我们可以叫它白鹿纸，但是它已经不是当初的白鹿纸了，不是吗？"

台下继续一片寂静。忽然，掌声如雷鸣般响起来，听到有很多人肯定的声音，也有很多人如获重释，连连点头。

"我希望大家能够关注的不仅仅是白鹿纸、安徽宣纸，还有更多这样的中国文化产品。中国越来越强大了，这些老祖宗留下来的好东西值得我们继续拥有、做下去。但是，做这些手工纸的人越来越少了，如果有一天它在属于我们的时代真的消失了，那么请问，我们是不是成为历史的罪人呢？好了，我就说这么多，说得不好的地方，请各位朋友见谅！"

此刻，黄欣悦所说的话，通过同声器用英文清晰地翻译过来。夏长风情不自禁握紧了黄欣悦的手，轻轻说："你很棒。"

他接过黄欣悦的麦克风继续说："我觉得，无论是元代的白鹿纸也好，白鹿宣纸也好，都是中国最好的呈现，是东方智慧的凝聚，所以它们不能在我们手里毁掉！"

台下再次掌声如雷。

此刻，顾明晨正站在台下一个不起眼的角落里，默默凝视着这一切。

他有些不敢相信自己的眼睛，平常那个收缩着自己的棱角的女人，此刻，正用她心底的声音倾诉着自己对中国纸、中国染与中国裱画的情感，这些相通相连的艺术，到底还是赋予她更多的内涵与熠熠华光，她神奇地完成了自己想要的震撼效果。他看着自家展位上寥寥无几的人，再看到众多的人都集中在这个新加坡展位上。尤其是她看着那个年轻的夏长风的神态，就知道他们的心神已经融为一体，再也没有别人的位置了。他觉得自己的四肢百骸有种虚脱的感觉，她不仅仅是打乱了自己的商业计划，还将自己的整个身心都彻底摧毁了。

他看着他们两个人携手走下来，与各位嘉宾侃侃而谈，看到新加坡展位上别具匠心用纸做的雕塑，用纸做的礼服，用纸做的毕业证书，他觉得今天带她来这里就是最大的失策。

她与那个叫夏长风的新加坡文化商人始终站在一起，没有片刻分离，早已经忘了自己到这里来的目的。但不得不承认，她好美，美得让人瞬间就会沦陷。她一边走，一边会悄悄扯着自己旗袍侧面，生怕春光泄漏，但她不知道她越想掩藏那种超凡脱俗的美，就越是抵挡不了众人的眼光。

这一次，她不再是以前那个默默无闻的丑小鸭，而是一个绽放光芒、赢得了无数关注和艳羡目光的大师了。他阴沉着脸，带着被打败的忧伤想悄悄离开，忽然听到后边有拍卖行的员工问："顾总，我们要撤吗？"

他转过身，故意看着外边的车水马龙，无力地摆手："撤了吧！"

"都撤了吗？那黄老师呢？要不要叫她回来？"

这句话挑衅了他的底线，他忽然暴怒喝道："该死的，让她永远不要再回来了！我们赶紧离开这个地方，越快越好！"

说完，他大步流星地走向电梯，直接到了地下车库，开了自己的车，朝外边飞驰而去。

前方的红灯奇迹般地在每一个路口都会出现，大量的车辆似乎都在这个时辰赶着，这车居然堵了半个多小时才渐渐疏散开来。他的喉咙干燥起来，无法抑制那发自身体里最真实的感受。他是嫉妒了，嫉妒那个夏长风将她拥在自己身边，嫉妒那个男人似乎从很早以前就与她相识，因为他们两个人之间似乎有一种无形的默契，那种默契不是一朝一夕就可以有的。

他到了什刹海一个酒吧里，就那样一个人喝到烂醉，然后就给池宇航打电话，池宇航有些不情不愿地来了，说他自己孤家寡人就算了吧，为什么还要打扰他的花前月下？他一边数落着他，一边猜测着他今天异常的行为。车开到了顾明晨家门前，池宇航才蓦地想起什么，以他对顾明晨的了解，他可不是自暴自弃的人，商业上也是如鱼得水的他，除非是……他想到这里，偷偷一笑，扶着顾明晨的手臂，敲开了他家的门。

"顾先生，您这是怎么了？"张阿姨急道，"他可是从来不酗酒的。"

池宇航叹了口气，用力扶他进去，好不容易才到了顾明晨的卧室，他气喘吁吁地说："行了，我功德圆满了，我还得回去请女朋友吃夜宵呢！"

"好的，谢谢您，我这就给先生煮些醒酒汤去。"

张阿姨笑着送走池宇航，忽然神秘地朝客房的方向大声招呼着："任小姐，先生已经到了自己房间了，您可以出来了。"

只见任婷悄悄出来，对张阿姨说："怎么样？悠悠睡了吗？"

"睡了。"张阿姨愁眉苦脸地对任婷说，"任小姐，不然今天咱们就不要了吧？"

"什么？都说好了呀，还有您的孙子转学的事情，我也托我同学都办好了，现在您要打退堂鼓，不是太晚了吗？"

"唉，以前的太太和先生对我很好，我觉得这样做是不是太对不起先生了。"

任婷不以为然地说："今天我到这里来，是顾总同意的。悠悠今天不是一直和我玩得挺好的吗？如果这次成功了，那我成了这里的女主人了，我一定会加倍对你好的。"

"也是，任小姐，我家顾先生虽然在商场上雷厉风行，但他可是个洁身自好的正人君子，自从太太走了以后，他可没领过一个女人到家里来过，既然是他同意来的，看来他对您也是格外不一样呢！"

"是嘛！我也是个慈悲心肠的人，如果顾先生明天醒过来，我就会说是我自己来的，不会连累你的。"任婷边说边从自己的包包里拿出香水朝身上喷起来。

"行，那万一东窗事发，您可千万别拖累我，我家儿子身体弱，在家养病不能工作，我家儿媳妇只能在家照顾他，暂时就靠我的薪水生活，我可不想出什么意外。"

任婷不以为然地说："顾总再正经，也是个男人呀！我就不相信，他真能坐怀不乱，好了，您去睡吧！不会有你的事的。"

张阿姨苦着脸，又叮咛一番："千万不要说出我来呀！就这一次，下不为例，那我就去看悠悠去了。"

"去吧！"任婷打发走了张阿姨，自己独自一个人去了客房。为了这次机会，她准备了很久，真是天赐良缘。想着顾明晨自己居然喝醉了回来，她心情大好，这实在是个太难得的机会了，绝对不能错过了。

她换上了自己买了很久的性感内衣，内衣是酒红色的，前边缀满了蕾丝，这衣服将她的窈窕身材映衬得极为诱人。她看着镜子里肌肤似雪、秀发如云的自己，满意地抿了两下刚刚涂满了口红的嘴唇。这才披上了一件外套，一步一步地走向顾明晨的房间。

忽然，在楼梯口传来一阵刺耳的手机铃声，她犹豫了一下，决定不理，继续向上迈着台阶，但是那铃声依旧顽固地响着。她思索片刻，只好拿出来看了一眼，原来是自己的母亲刘淑惠。她气恨不已，知道母亲一定有急事才会这么晚打电话来，于是，她跺了跺脚，按下了手机键盘。

只听刘淑惠压低了嗓门说："婷婷，你快回来吧！你弟弟出事了，现在在派出所，我不敢让你爸知道这事，你有没有什么朋友可以帮忙呀？我只有你了，你可一定要救你弟弟呀！"

"妈，我……我有急事……"任婷几乎是想哭了，这个不靠谱的任鹏总是给家里捅娄子，还在自己最关键的时刻拆自己的台。

"什么事再忙也忙不过你弟弟的事，弄不好，可是要坐牢的呀！"刘淑惠几乎小声哽咽起来，"我不敢出去，怕被你爸发现，那你爸不是要打死他？还有，你爸刚刚出院，身体还没恢复，可不能再让他生气了。妈求你，你想想办法，救救你弟弟，你有个同学不是叫李鸿吗？听说他表弟不就是派出所的吗？让他帮帮忙吧！"

任婷重重地"嗯"了一声，她抬头看到还有两三个台阶就要到顾明晨的主卧了，气得眼泪都快要掉下来。

"该死的任鹏，看我这回怎么收拾你？"任婷怒骂着，只好回到屋子，重新穿好了衣服，和张阿姨告别，径直开车往任鹏所在的派出所急速开了过去。

她一边开车，一边拨通了李鸿的电话："赶紧出来一下，我有急事求你。"

对方还是一副嬉皮笑脸的口气："哎呦喂，我的任大小姐，你什么时候也会低三下四来求我了，真是太荣幸了。"

"少废话，赶紧的。"

"好，好，您任大小姐的命令，小的哪里敢不应呀，这就来，不过，您得答应明天和我一起共进晚餐，我才出去。"

"少贫了，再这样我挂电话了。"

"别，别，有什么事您吩咐。"

"赶紧出来，喊上你表弟，到派出所去，快，十万火急。"

"什么？派出所？"李鸿果然怔了。

任婷挂断了电话，又踩了一脚油门，向前加速奔了过去。到了派出所，果然，这任鹏又惹了乱子。任婷赶到的时候，就看到弟弟浑身是土、满头青肿，一把带血的水果刀就横放在派出所的桌子上。在场的除了他和那个叫冯路的女上司，还有一个四十岁左右的油腻中年男人。那男人撩开还残留着血迹的袖子正对警察喊着："就是这小子，勾引我老婆不算，还打算要我的命。民警同志，我要告他故意伤害，让他坐牢！"

"什么你的老婆？她早和你离婚了，你还装什么蒜？"

任鹏不以为然，鲁莽地又想冲上前来，任婷只好拦住他斥责："你看你干的好事？还不老实点！"

"哼，你等着瞧。"

任婷气愤地对一旁脸色苍白却默默无言的冯路说："你倒是说句话呀！当着警察同志的面，说说到底是谁的过错？"

冯路犹豫了一下才说:"我和他正在办理离婚手续。今天晚上,我和任鹏本来正在一起吃饭,是这个男人上来不分青红皂白就打人,所以任鹏情急之下才拿起水果刀……"

任婷听了,忽然怒了:"你这个女人真是不地道,自己还没有把自己的事情办好,这明摆着欺负我弟弟年少无知,我看都是你的责任,你得要自己摆平你自己的男人。"

"我……确实是我不好,是我没说清楚。任鹏,对不起,他现在还是我名义上的丈夫,我……"

任鹏有些懊恼,正想说话,但是任婷瞪了他一眼,他只好退了回去。

这时,只听警察说:"你们怎么回事?这是在派出所,难道还想打一架吗?都过来,做笔录。"

这时,几个人才算终于安静下来。

任婷看到李鸿正带着自己的表弟匆匆忙忙走了进来。

这一次终于还是李鸿的表弟在中间协调,答应赔给中年男人医药费,那男人拿了李鸿暂时拿出来的1万元钱,答应不再起诉,悄悄溜走了。最后还是被警察们教育了一顿的任鹏,答应不再惹事,这才被放出来。

任鹏看到冯路还没有走,站立在路边,欲言又止的样子,居然不顾任婷的阻拦,又追了过去:"我知道你是有苦衷的,我信任你。"

谁料冯路摇头说:"对不起,我想安静一下,回头我们再聊,好吗?"

任婷气得也追过去,朝着任鹏一顿乱捶:"都是你这个坏东西,成天惹是生非,都是你今天坏了我的好事,你……我恨不得把你大卸八块都不解恨!"

任鹏捂着头便朝后边跳着:"姐,别打了,算我欠你个人情行吗?你回去千万别告诉爸,不然我死定了。"

"你还知道你干了坏事!"任婷说着,又朝他捶了起来。

任鹏哀声叫着,一边躲在李鸿身边转圈,朝着李鸿说:"姐夫,谢谢你呀!你看我姐,她要把我打碎了。"

这声"姐夫"叫得李鸿心花怒放,任婷却气急败坏地用尽全力又想打他,任鹏这下子可学精了,早就跑到了几十步开外,说完便撒腿跑远了,这可把任婷追得上气不接下气,这口气说什么都出不来。

只听李鸿闭上眼说:"要还是不解气,就朝我来吧!谁让我是他姐夫呢?让一切来得更猛烈些吧!"

任婷白了他一眼:"想得倒美!给你三分颜色你就开染坊,别以为你帮了我个忙,就成了我们家的救世主,可以胡作非为了?"

"嘿嘿!我这不就是痛快痛快嘴吗?"李鸿的嘴咧得像个石榴瓣,紧紧跟在任婷后边。

没有人知道任婷此刻的心情,简直比上山遇上了泥石流还要郁闷,她这些天除了上班,就偷偷和顾明晨家的张阿姨沟通,想找个像今天这样千载难逢的机会,没想到居然就这样被不务正业的任鹏给冲散了。她有些绝望地看着从小就和跟屁虫一样跟在后边的李鸿,简直是欲哭无泪。

她并不知道,此刻的顾明晨的喉咙火烧火燎,正扯着自己的衣领,挣扎着起身,趔趔趄趄地走到浴室里,摸到喷淋花洒的开关,用力打开,只觉得浑身一阵冰凉,水哗哗灌到他的头上、脸上、脖颈里、浑身上下……残留的一丝意识告诉他,他要保持一份清醒,来思考一些问题……他趴在洗漱台前,看着镜子里的自己,面部通红,蓬头垢面,头发上的水一滴一滴地朝下流。眼前居然是一个如此失控崩溃的顾明晨,他自己都不认识自己了。

什刹海庆云楼上,晚风习习,灯光闪耀,从楼上的窗户远望,黑色夜空中与水面似乎都在光影中摇曳。隐约听到有人弹唱吉他的声音。已经到了半夜十二点,还有很多人不肯离去。黄欣悦与夏长风就这样面对面坐着,不知道从何说起。

"我……真没有想到你会在那里出现!"

黄欣悦被夏长风温柔似水的眼眸险些溺毙,她躲开了他,说:"我也没有想到,我甚至以为永远都不会再见到你了。因为,你走后,再也没有给我信息。"

夏长风的神色渐渐灼热起来,这使黄欣悦觉得自己说错了什么。

"对不起,我是怕我自己没有勇气再回来见你。"

"为什么?"黄欣悦的心情并没有平复下来,她还是被忽然再遇到夏长风的场景所震撼着,悸动着。

"因为,我家的生意出了问题,和人家打官司打了快两年了,一度遭遇资金断裂,但是我想在文化产业中找到起死回生的途径，所以我来中国了，但是我母亲并不知道我来找什么，我还答应她，一定要守护好家族产业，不让它倒下去。"

"你承诺给你母亲，你一定会守护在她身边的，对吗？"

"是。"夏长风点头："我到了中国考察，发现中国纸根本就是别人偷不走的。那些得天独厚的地理环境、植被、山泉水，换了任何一个国家、任何一个地方都是不可能复制出来的。我要继续研究它，就不能离开中国。"

"所以，你除了你母亲，以后不敢再给别人承诺了，对吗？"

夏长风点头，握住了黄欣悦的手说："欣悦，我觉得，我离不开你了。再看到你的瞬间，我就知道，是上天将你还给了我，所以这一次，我不会再放你走了。"

黄欣悦觉得心头暖暖的，此刻，窗外进来的风很是舒适，四处花香怡人，让人几乎会忘记还有黑夜存在。她不愿意想一个不好承诺的未来，所以，不如索性安享这暂时的美好。

她与他，就这样，在淡淡的灯光下，彼此注视着。

不知道过了多久，感觉出夜色已深，这才叫侍者来结账。两个人手牵着手，就这样下了楼梯，一步一步地朝前走着。

夏长风觉得手心渐渐暖了起来，他握着的是一只熟悉的小手，似乎在一条宽阔的马路上，他就这样牵着一个人，一直朝前走着。他深深思索起来，知道自己的生命里，一定是缺少了什么。

这一天晚上，他送回了黄欣悦，自己一个人就住在什刹海的一家中式酒店里。因为，明天他要去一个地方，去找回自己的过去。这里，距离那里很近，步行用不了半小时就可以到。他要慢慢走，慢慢找，找那些曾经失落的东西。

第十二章
魂牵梦绕

夏长风独自一个人站在临街的一家炒栗子店前，店名叫"美栗香。"看得出来这是一家老招牌了，店门前排成长长的队，队伍里大多是穿着简单随意的当地居民，当然也有几个年轻人。越往近前，那沁人心脾的香气就飘了过来。

他看到一个小女孩正缠着爷爷要吃炒栗子，爷爷趴下身子努力哄着。他笑了笑，径直朝前走。他记得原来那个街道的拐角处有个报刊亭，他也常常去帮母亲买报纸。他感到自己的头有些微微疼痛，忽然看到一辆车驶得有些急速，他加快步伐，将一位白发苍苍的老奶奶搀扶了过去。然后，他告别老奶奶，朝着马路对面的中药店走了过去。

十多年过去了，这街道已经旧貌换新颜，再也没有了从前的记忆。四周商铺林立，有很多糕点店、理发店、福利彩票店……还有一个美甲店……前边是一条窄窄的人行通道，车辆自觉避开行人，他就这样重新站在了这个散发出陈年药香的地方。

回京之前，他拿出了一本相册给自己的母亲夏青岚看。这是他无意中在地下室找到的唯一可证明存在过的证据，里边有他和母亲在天安门前拍的照片，不过，那张照片的边框似乎被火烧过，黑色的焦炭色彩很是刺目。

他知道那代表着什么，于是质问母亲，这是什么？您有什么瞒着我？他气急败坏地向母亲摊牌，如果母亲不说出真相，他就离开，离得远远的，再也不会回来。

母亲垂泪，只好说："你说得没错，你九岁前，我们确实曾经在北京西城区经营一家中药店，你父亲和你大哥就是在一场意外的大火中丧生，你也在那场大火中受了伤，失去了以往的记忆。所以，我就带着你来了新加坡。我不想再回忆过去那些悲伤的日子，也不想让你回忆起来，所以我就瞒了你。"

夏长风衰弱地跌坐到沙发上，想起黄欣悦说起自己认识的那个男孩子的故事，心中已然认定那是自己丢失了的岁月。

母亲说："既然你都知道了，我也就告诉你好了。我害怕回到那个可怕的地方，真的害怕。所以这些年我一直没有回去和我们房子的买家办理完过户手续，现在都过去这些年了，还不知道是什么情况。你这次回去，顺便把这件事也一起办了吧！这房子还有部分尾款没有拿到，拿回来也可以缓解一下我们的经济危机。"

夏长风摸了摸门口那根红色的大石柱，上边还散发着新漆的味道。里边有人喊着："掌柜的，来些茯苓吧！我老伴说要做些茯苓糕给我。"

里边是一个年轻的掌柜："好的，您老真是有福气，羡慕您。我们家这茯苓是京城最好的岳西茯苓，不信您回去试试。"

那个老年人将钱递给掌柜，仿佛听不到店掌柜夸的是自己家的茯苓，他"哈哈"大笑，又继续夸起了自己的妻子："我这老伴呀，就是个心灵手巧的人，什么东西到了她手里，都能化腐朽为神奇，我这可不是夸呀！不信，到我家看看我老伴种的花，看看她养的鱼，还有我家那个又白又胖的大孙子……"

掌柜将药材包好，说："您拿好，慢走。"

夏长风心中感慨，这老夫妻定是历久弥坚才得一生一世相知相守的豁达。这是每个人都想要的烟火人生，如果自己到了那个年纪，也可以这般美好，那么过去的一切都不算什么了。

"请问您需要些什么？"年轻的掌柜看到夏长风站在一旁沉思，连忙招呼着。

夏长风这才醒悟过来，连忙取出一张名片递了过去："您好，我是夏长风，我想找这家药店的主人，我是来办理过户手续的。"

"夏先生？"掌柜很惊喜，连忙说，"我们一直在等您呢！我爷爷就在里边，您请和我一起来。"

他说着，引领夏长风朝里边的院落走去。夏长风点头，紧紧相随。

这第一层小院，还是那个原来的石桌子、石凳子，两间厢房还都当作药房使用。桌子上，凳子上，还有有太阳的地方，都摆满了药草箩筐，毕竟是到了五月最舒适、最适合晾晒的时节了。那一堆各种颜色的草药，分门别类地放在那里，还都贴着标签，看得出这年轻掌柜的细致与谨慎。

"不瞒您说，这家店自从您走后，已经三易其主了，我们家是第三户了，一直都盼着您来，把这房产的事情都梳理清楚，不过还好，这些原主还都在、都可以联系得上，现在就等您了。虽然这几年北京城的房地产是水涨船高，不可同日而语，但是这几户人家都是有头面、通情达理的人，想必也不会有什么太大的争议。我马上就联系他们，一起商量一下……"

夏长风听着小掌柜的介绍，眼睛却四处看着，不知不觉跟着进了最里边的内院。内院不算小，一排青竹长势正盛，两颗玉兰花已经凋谢，花圃里开满了玫瑰花，一棵巨大的柠檬树已经开花，长了几只青涩的小果子。

他觉得自己的脑海里被什么冲击着，忽然听到一阵熟悉的口琴声响了起来。

"我爷爷当过兵，以前和一个老兵学过口琴，就再也放不下来了。现在都快八十岁了，还有这气力，还是让我们小辈们佩服不已。我爷爷因偶然机遇和一个朋友到了香港，学过些中医，但是我奶奶愿意在北京生活，所以我们一家人又从香港迁移到北京。这附近曾经住过不少来华的外国人，不远处有栋老房子，听说还住过一位法国华商呢！"

夏长风想起来了，那是大哥最喜欢的一首曲子，叫《友谊地久天长》，小时候他喜欢抢大哥的口琴，每次大哥都瞪着眼仿佛要"吃"了自己，所以时间长了，他就渐渐疏远了他。但是，大哥几乎每天都会在自己的小屋子里吹这首曲子。

还有，就是唯一的一次，他和大哥唯一的一次近距离亲密相聚，缘于一个小女孩的生日聚餐。那一次，父母都有事不在家，他遇到了他认识的那个小女孩和她的小伙伴美妮，他给她做了一顶玫瑰花环，将母亲亲手做的茯苓糕拿出来给她们吃。小女孩和她的小伙伴很开心地在自己家里玩着，后来弄得手上都是泥土，他就跑到外边去找了一个干净的脸盆，打了半盆清水回来。

等他气喘吁吁地端着水盆跑回来，奇怪地看到一直很冷漠的大哥居然也坐在石桌上。小女孩带着幸福的笑容，举着茯苓糕对大哥说："这是你家的茯苓糕，你想吃多少就吃多少，你的家人不会不高兴的。"

家人？夏长风第一次听到这个词汇，懵懂中有几分醒悟。是呀，明明大哥就是自己的家人，可是倔强的他却从来不和自己的家人一起吃饭。此时，他被这种从未有过的体验感动了。

于是，他将脸盆放到地上，对着两个小女孩和大哥说："我们一起洗洗手，一起吃吧！"

大哥脸色苍白，犹豫着，看着小女孩殷切的目光，出乎意料地竟然点头同意了。

一盆水，四双大大小小的手。水很快就脏污，大家撩水哈哈笑着，听到天上一群白鸽轻轻滑过，惬意无比。那盘茯苓糕居然吃得一块都不剩。那是夏长风最快乐的一天，他怎么能忘记？

他唏嘘了一下，拼命抑制住自己的眼泪，还好，自己终于回来了！回来了！那些失去的痛苦虽然也在慢慢找回来，但是，毕竟随着时光的远去，总有一天会放下。他想起来了，那个小女孩就是他刚刚认识的黄欣悦。于是，他心头的希望重新燃起，再次确定自己一定要往最美好的路上走去。

"爷爷，夏先生到了。"年轻掌柜的声音从里屋传来，悠扬的口琴声戛然而止。

他仰头看到屋檐下散发着岁月沉积与倾诉意味的古老琉璃瓦片，深深呼吸了一口，向前迈了过去。

黄欣悦这一次回表姨家的心境与之前截然不同。回来前，她特意去西单买了一件旗袍给表姨，还买了一些表姨父最喜欢吃的稻香村的点心，她心头雀跃着，无法平静下来。

看到胡同里的李阿姨提着篮子出来，冲着她喊着："欣悦呀，今天怎么这么早就回来了？"

"阿姨，您买菜呀？我今天有空，就早回来了。"她今天早上，到公司向人事部门递上了一封辞职信，这才觉得浑身的重负终于消失了。她要回到家里，把这件事告诉表姨父，让他老人家也相信自己的选择。她不想重蹈任婷的覆辙，再让表姨父生气。她觉得，表姨父也是个深明大义的人，只要有合理的理由，不会不同意的。

她还想着，要选个合适的时间带夏长风到家里来拜访。然后，和他一起，再次去龙虎山老家，继续探索以前没有完成的历程。她偷偷笑了笑，想着夏长风忽然出现在表姨家里，家里人那瞠目结舌的样子，不由嘴角浮起了笑容。她还想着，如果夏长风向她求婚，她愿意和他一起到任何地方去，只要和他在一起。她本来就是个孤独的人，离开这里，对她似乎不是什么难事。

还没进门，居然听到一个小女娃娃的声音："爷爷，我画的竹子好不好看？我觉得比我爸的好看，我爸画的像虫子。"

"哈哈……"院子里竟然传来了表姨父高兴的笑声。

还有里边厨房里叮叮当当做饭的声音。

她推开门，进去看到的场景令她大吃一惊。那个小女娃是顾明晨的女儿悠悠，小姑娘爬到表姨父的腿上，将自己的画指给表姨父，表姨父居然破天荒地丝毫都不反感。要知道，表姨父是个冷僻的性子，和自己的女儿、儿子都是一副铁面包公的样貌，此刻，对着悠悠，竟然和孩子一样快乐。

忽然，听到顾明晨的声音传来："表姨，这个菜怎么择？芹菜是怎么择的？"

只见表姨急忙从厨房里冲了出来："哎哟，哪里用得到您干这个？放到这里，一会儿我来就是了。"

黄欣悦不知道这父女俩为什么忽然出现在这里，但是，她可以肯定的是，表姨和表姨父都非常开心。

于是，她轻轻咳了一下，说："顾总怎么有空到我家来？那个……什么……您看了没有？"

顾明晨并没有理睬她，只是对表姨说："您放心，我会弄好的，您一个人也忙不过来。"

"顾总？"黄欣悦对顾明晨的所作所为感到百思不得其解，她望向顾明晨，希

157

望得到他的解释。

但是顾明晨一边卷着袖子，一边笨手笨脚地择着芹菜，说："悠悠非常喜欢两位老人家，老人家也留我们在这里吃午饭，所以……"

黄欣悦叹了口气，上前夺过顾明晨手里的洗菜盆说："这里的很多事情您都不熟悉，难上手，还是我来吧！"

只听表姨在里屋大声说："欣悦，好好招待顾先生呀！人家是给你送聘书来的，还说接受了这聘书，你的薪金就比以前涨了一半呢！顾先生这样照顾你，我们请他父女两人吃顿饭不是应该的吗？"

"聘书？"黄欣悦转头，果然看到桌子上有一张金光闪闪的聘书。她擦了擦手，打开那聘书，大吃一惊，那聘书上工工整整用一手漂亮的楷体写着："兹聘请黄欣悦女士为我拍卖行首席修复师，即日起薪酬待遇按照公司部门经理级别执行。北京文道拍卖行有限公司，二〇一八年五月十八日。"

"你，这是？"

顾明晨没有笑，双手插兜里，看着悠悠从任文良的腿上跳下来，对黄欣悦说："黄阿姨，今天我先和爷爷玩，以后再请你去我家，好吗？"

黄欣悦看到悠悠那一本正经的样子，啼笑皆非。

悠悠呲着小牙朝黄欣悦摆摆手，然后拉着任文良往里走："爷爷，我要去看您裱画，我爸说爷爷是神匠。"

"什么？神匠？这是你爸给我封的？帽子也太大了。"任文良笑着抬头说，"这么多年了，没有人给我戴这么大的帽子，即便是有人知道我有这个手艺，口碑也不错，但也没有人给我'封神'呢！"

"爷爷，您就是神……"

顾明晨点头，很郑重地对悠悠说："爷爷确实是个神通广大的人，悠悠要好好向爷爷学习，也许你将来也能做继承和推广裱画的大师呢！"

悠悠拍着手跳着："好。"

听到这些话，任文良深深看了一眼顾明晨，眼角似乎有些许泪光，但很快就调整了过来。只见他牵着悠悠的手，朝着黄欣悦走过来，但是任谁都听得清楚他的声音。

"欣悦，你可要懂得感恩，要懂得珍惜机会，人家那么大的领导，亲自过来送聘书，难道诚意还不够吗？"任文良说着这些话，领着悠悠一起进了屋子。

黄欣悦望着不远处的顾明晨眸里流泻出来的一丝不易察觉的狡黠的笑容，顿时疑惑起来，稍后调整了一下自己的情绪，便转身脱离了他的视线，进了厨房。

谁料表姨忽然绷紧了脸说了一句："欣悦，这个顾总是不是对你有意思？他虽然有了女儿，但是人长得挺帅气，家世背景也不错，倒是个好人选。提醒你一下，你是姐姐，可别耽误了婷婷的好事，她上次来和我说过，她费尽心思才进了这家拍卖行工作，就是因为喜欢这个男人。现在看这个顾总明明是"醉翁之意不在酒"，送个聘书干吗非要往家里来？明明是冲着你来的。"

这话把黄欣悦说得有些窘迫，还有些心酸，表姨还是只想着自己的女儿，但犹豫片刻后，她还是鼓着勇气说："姨，您是误会了，我可没有那个意思。人家也许是冲着我表姨父来的呢？看得出来，他很钦佩我表姨父的情操呢？"

"冲一个老头子来？还什么情操？我不信。不过，欣悦，你也老大不小了，该为自己的事情考虑了。如果安排不好你的婚事，那你表姨父可是不会饶了我的。在外边也这么多年了，难道也没有个中意的人？"

黄欣悦咬着嘴唇，犹豫了一下，觉得现在还是缺少点"火候"，不适宜说出夏长风的事情来，于是便摇了摇头。

她听到表姨叹了一口气："你和婷婷的性子真是一个天、一个地，婷婷就喜欢热闹，喜欢花花绿绿的生活，每次回来就和我唠叨个没完。你呢，就喜欢安静，自己闷在屋子里一待就是一整天，问一句答一句，不问就一句话也不说，真拿你们没有办法，匀匀就好了。"

她没有说话，知道表姨的心里终究还是最看重自己女儿的，所以就不想把话题再继续延伸下去。

于是，她接过表姨手里的盘子，说："我来洗吧！"

但表姨却说："行了，就快好了，你到我屋子的柜子最下层去拿那两瓶白酒，你表姨父藏了很多年了，谁来都舍不得，这次也是遇到贵客了要取出来了。"

"嗯。"黄欣悦应了一声，默默进屋取出酒来，送到外边的石桌上。

顾明晨探寻的目光与她相撞，两个人都回避了一下，然后故作轻松。

"顾总，我觉得这样不合适，我不应该拿那么高薪水，公司的人会有闲话的。"

顾明晨挑了一下眉毛，眉峰上扬："怎么？没有听说过还有嫌薪水高的？你是对我有意见还是怎么？"

"意见我可不敢，只是觉得我一个刚刚到拍卖行的小小修复师，实在是有些承受不起。"

"你这是和我故意对着干，是吗？"顾明晨心潮涌动，觉得自己心中好不容易平静下来的怒气又被眼前这个女人挑了起来，但他忽然发现厨房窗口闪动着一个身影，想了想，便又强迫自己平息下来，"告诉你，这不是我个人的意见，是公司全体股东的决定。现在这样的修复师已经是凤毛麟角，是属于要重点保护的稀有人才。我们是考察了国外的同类行业，并按照中国的行政区域和经济水平测算的薪酬，实话说，如果不是考虑到人才难求，你这种直接顶撞领导的脾气性格，就算是白白赔给我，我也不要。"

他说完这句，觉得自己有些口是心非，为了避免她看出自己的不同，说完这话，他扭转了头，故意不再看她。

"这……"黄欣悦觉得嗓子似乎被一种什么硬物堵住了，什么都说不出来。在这个家里，她要顾及亲人们的感受，无法说出自己真实的想法。

此时，表姨端着热气腾腾的美味饭菜出来了："老任，欣悦，饭菜好了，快招呼客人来呀！"

顾明晨点头，起身去接过表姨手里的盘子，表姨却左顾右盼，朝黄欣悦使着眼色。

黄欣悦明白她的意思，于是走过去，接过了盘子。在这一刹那，她忽然看到顾明晨的眼里充满了复杂的神色，她猜不透他葫芦里卖的什么药，只好暂且把自己的一番心思都放进肚子里。

这一餐，顾明晨与表姨、表姨父谈笑风生，加上悠悠聪明可爱，总是逗得两位老人畅笑不已。黄欣悦难得看到表姨父如此高兴，自己却有些心不在焉。

夏长风上次离开时，说自己有些重要的事情要办，让她等几天再联系。她并没有追问他的行踪，几次试图发个问候信息过去，但最后还是忍住了。她觉得自己有些太不矜持了。

于是，她耐着性子应酬着。这些年她都习惯了，她只在意家人的感受，忽视了自己的内心，现在也是很自然地便将自己的意图给放弃了。当着两位长辈的面，她真的没有勇气说自己要辞职的话。

终于等到顾明晨父女告辞离开，她收拾完碗筷，看到时间已经指向了下午两点，每到周末的这个时辰，表姨父午休后就会起来穿上一件大布围裙，开始熬制糨糊了。

这糨糊就是用面粉洗去筋熬制成的，多年来表姨父熬制的浓度火候掌握得也是分毫不差，熬得太稀，粘不牢，熬得太稠呢，又粘不平，诸多的事情看着简单，其实涵盖着深厚的功力，每次表姨父拿起排刷来往纸上刷糨糊，都是屏住呼吸，一气呵成，时间拖得太长了，糨糊干了，就什么都做不成了。那个动作在外行看来，很温柔。但黄欣悦从小就看，自然知道，那其实是用了一个人的洪荒之力。

旁边有一口锅里还泡着中药，面粉也已经倒入盆里，但最后看到表姨父用手掂了掂一味药材，她就猜到又缺材料了。

"表姨父，还是我去买吧！"

任文良将身上的围裙摘了下来："行，你去买也成，但今天就不做了，我就多歇会儿。你买回来按照我说的比例，先用水泡起来，明天再熬。"说完，他不由自主地打了个哈欠，看得出有些疲劳了。

黄欣悦出了胡同，她顿时感到呼吸均匀了许多。她想借这次出去，去和自己的好朋友洪美妮倾诉一番，她不知道下来该怎么做了。夏长风是个飘浮的影子，明明看得到，却总是让人觉得心不安，仿佛他随时会在人间蒸发。

洪美妮看到黄欣悦，居然大叫一声："都这么久没消息了，我以为你把我这个闺蜜给忘了！"

但是，她很快就发现黄欣悦的魂不在这里，于是，她安静下来，泡了一杯六安瓜片给她，拉住她的手，将自己的三指扣在她的脉搏上："先喝口水，告诉我，你怎么了？我明明在你脸上看到了桃花朵朵，但是为什么你方寸已乱？"

"你做什么？"

"给你切脉，我和一个医生学过些切脉，其实中医科不只是望闻问切那么简单，大师们可以通过你的五脏六腑看出你的心理情感走向，这个不是伪科学，是长期积累的经验，病由心生嘛！"

黄欣悦苦笑："我是觉得自己病了，所以才来找你医治。"

洪美妮的眼皮翻了翻："按照你的脉象来说，你脾肾两虚，还有心绪不宁，昨晚失眠了吧？"

黄欣悦听了有些哭笑不得："洪美妮，你和你的那个中药店老板怎么样？"

洪美妮撇了撇嘴："你问我做什么？现在说的不是你的事吗？"

"你说，让你动心的爱是真正的爱吗？"

"理论上说是，但是爱是一种微妙的感觉，有时候，你不要它时，它偏偏要来，你挡都挡不住。你说什么？你遇到你的真爱啦？"

"我不知道，但是可以确定，我为他牵肠挂肚，为他昼夜难眠，这不是相思吗？"

洪美妮忽然甩开了黄欣悦的手，大声笑着："你呀，当宅女都当成尼姑了，这是什么老掉牙的爱情观呀！我和你说，真正经得起考验的爱情，是你在最需要帮助的时候，他就会出现，在你最困难的时候，他就乘风而来，懂吗？"

黄欣悦默默无语，思考了片刻，忽然说："我懂了。"

此刻，她决定先去买药，然后给他发信息，去寻找他，带他到自己这个从小就熟悉的地方来，她会与他一同踏着过去的足迹，找寻新的未来。

"黄欣悦，上次我给你的生日礼物你还没拿呢！真是，太践踏我的一番心意了，我要生气了！"

黄欣悦并没有理会自己身后暴跳如雷的洪美妮，她是永远在自己身边的朋友，她永远不会离开的。但是，自己要找的那个人，是不能再等的。

她加快了脚步，就这样朝药店跑去。

距离药店越来越近了，她的眼前被光线晃了一下，模糊中似乎看到她心中那个熟悉的少年春生朝自己走过来，渐渐地，那束光芒照射在一个人身上，赫然就是背着双肩包，站在药店门前的夏长风。

此刻的夏长风刚好与药店的前后三位业主谈好房产的相关事宜，从里边走出来，就看到自己心心念念的女人忽然出现了！

"欣悦。"

"长风，是你？"黄欣悦疑惑地看着他，有些焦虑，"你生病了吗？"

夏长风抿着嘴朝她笑着，摇头。他已经完全想起与她过去的种种，虽然还有部分记忆没有完全恢复，但是他已经知道了，为什么过去从来没有一个姑娘可以走进自己的心扉，原来茫茫人海里，他一直在等待他生命里最珍惜的那个人。他已经确信自己要的是什么。"来。"夏长风抓住她的手,开始沿着他们曾经走过的路,那条宽阔的大街一直向前走去。

这条街已经重新修整过,原来临街的房子有很多已经重新建过了,少了两家旅馆,多了两家餐饮店,马路两侧也都是爬藤玫瑰,此刻,那些重瓣的、双色的、渐变色的……都爬满了竹架子,往前一百多米处,还有一个公交站牌,再往前就是那片泡桐树,然后就是黄欣悦表姨家的胡同口了。

夏长风没有说什么,就是那样,和以前一样,牵着她的手,完全不顾及行人的眼光,拉着她,一直走。

黄欣悦知道梦已成真,在看到他的瞬间,就知道他回来了。他果然是小时候那个一直扶持她、帮助她的小伙伴——袁春生。

她一边走,一边抹着眼泪,视线中的他神采飞扬,似乎找到了第二次生命,正踏着崭新的轨迹前行。

渐渐地走到了胡同口的那些泡桐树下。花期虽然过去,但它们依旧呈现着最自然的生机。泡桐树下的长椅上有一对年逾花甲的老人,一个挂着拐杖,另一个戴着墨镜,正望着前方川流不息的人流。那是正在等待机会过马路的行人。

生活每天都是新的。哪怕前边有无数的挑战,哪怕前方有无数的荆棘,只要还有呼吸,就要坚持走下去。他们也许在回忆自己曾经走过的路,也许在为还在外边打拼的亲人们担忧。在这里,往事都可追忆。

忽然,她感觉到他停止了脚步,仰头望着那些高大的树木。

他笑了笑,将两只手做喇叭状拢在嘴四周,大声喊着:"黄檗来了……黄檗来了……黄檗来了………"

"是这样吗?是这样吗?"他转头凝视着她,等着她回答。

她泪流满面,连连点头:"是,是。"

夏长风如释重负,长长舒了一口气。

她哽咽着大声哭出声来:"我等你好久了,你都不来。"话没说完,她只觉得自己的额头被一只温暖的唇紧紧熨帖,然后被拥抱了起来。

"是的,我回来了,我会一直在你身边。"

"你还记得吗?我那只拖鞋曾经吊在那里……"

"以前，那只是棵小树，但我们还是小孩子，我们只能仰望那高度，现在，我们长大了，但它们比我们长得更快。"

黄欣悦被这番感慨逗了一下，又抹了一把眼泪，问："你还记得当初我那只拖鞋是怎么弄下来的吗？"

"怎么？"

看着夏长风惶惑的神态，黄欣悦不由叹息："是你用自己的白球鞋给打下来的，但是你的鞋却掉到了下边的臭水沟里了，变成了黑鞋了。"

夏长风忽然笑了："还好，你的春生还在。"

黄欣悦点头，不知道怎么了，又哭了起来。

他们彼此相拥，完全忘记了自己还在闹市街头。阳光是暖的，风轻飘飘的，四周花树的气息清新无比，如果还可以继续这样，彼此不分离，便是最幸福的时刻。

不知道过了多久，天色终于渐渐黑了起来。黄欣悦才想到自己买的药还没拿到，但夏长风从背包里取出了一包草药说："这是我向药店掌柜买的，本来想买了送给你的，没想到你就来了。"

黄欣悦接过药材包，这才渐渐止住了眼泪。她觉得，以前所有受过的苦，在这一刻全部消失了。如果这样的感觉可以继续，那么她宁愿再受一遍原来的苦。

她想好了，回去要和表姨、表姨父说自己和夏长风的事情，求得他们的同意。她回到家的时候，看到家里一片漆黑，表姨和表姨父素来早睡，于是便悄悄进了表姨父的裱画室，她刚把黄檗放到桌子上，就惊觉屋里的灯亮了。

只听表姨父轻轻咳嗽了几声，拿着一把扇子，进来了："欣悦，你回来了？有个事忘记给你说了，我怕明天你走得早，我给忘了。那是悠悠给你写的请帖，邀请你去参加她的生日宴会。"

黄欣悦看到桌子上放着一张画得乱七八糟的纸，上边画的是一个男人与一个小女孩，正伸出手，邀请一位穿着花裙子的女人，旁边则是插着六根生日蜡烛的蛋糕。悠悠很聪明，画里是很明显的意图，那个女人身上的包包上有一只白鹭，确实是黄欣悦平时最喜欢的休闲包。

她忍不住笑了，这个鬼灵精的女娃娃，年纪不大，但每次都让黄欣悦刮目相看。

"欣悦呀，我觉得你该考虑一下个人的事了。"任文良叹气，他虽然不动声色，但是早看出那顾明晨的眼神始终就是围着欣悦转,明眼人都看得出,那是一份男人对女人的关注。任文良此刻又开始责备自己,没有把师兄和表妹的孩子给照顾好,才让她只知道宅在家里,不懂得人世间的情感。

"什么?"黄欣悦没有听到表姨父忽然问这一句,以为他老人家洞悉了自己内心的秘密,不由脸红起来。

"那个顾总明明就是来找你的,可是你却不理睬人家。要我说,你就先捋捋自己的心意,如果确实对人家没那意思,就说清楚,不要暧昧不清的。眼下孩子的生日就是个机会,你带份礼物过去看看,也和人家说清楚。不早了,早点睡吧!"任文良说完,佝偻着腰,推门离去。

这番话听得黄欣悦的心脏剧烈跳了起来,刚才一直陶醉在重逢的喜悦中,神志还没有醒转过来,现在又出现这样一幕。强大的冲击波从四肢百骸奔涌出来,使她几乎有些站立不稳。想起表姨之前的那番话,又想想近来顾明晨的怪异举动,她不禁真的有些惆怅起来。不会吧?不,绝对不会!她摇了摇头,捂起了自己的脸。

她已经与夏长风——她幼年的玩伴袁春生有了今世之约,怎么可能还会在乎别的男人?看来这生日宴会一定要去,要好好解释一下,不要让对方误会才好。

她想好了,轻轻走出来,关上门,穿过婆娑竹影,在蹒跚月色下进入自己的房间。

还有几天就是清明节了,天气也是很应景,两天来都是暗沉沉的,午后,竟然淅淅沥沥下起了小雨。任鹏提着一只大篮子,篮子里边有很多祭品,还有一束鲜花。他偷偷看着,冯路戴着一只大变色墨镜,低着头在前边走着,仿佛神魂一直在一处遥远的地方。

他隐隐觉得她有很多事瞒了自己,但他不敢开口问,他很害怕,他这一问就打破了两个人原有的宁静。上次那幅画给了人家,也并不消停,他居然还收到了一张催他还债的法院传票。他绞尽脑汁想着,到底是什么时候欠了这500万元。似乎只有一次自己喝醉了,在一个不知道是什么地方,听到糟乱的叫嚷声、赌钱的声音,他只觉得有人拿着自己的手指在什么地方按了一下。他醒来的时候,还看到自己的食指上有淡淡的红痕。

正想着,忽然听到冯路说:"这里没有人,我可以告诉你一件事,记得上次我给你在几个绩效好的大基金公司都建立了户头吗？我在里边总计打了500万元，不过都还在封闭期，不能兑现，暂时就放在里边，等将来到期了再挪作他用。"

任鹏听得心头一跳，他刚想问："为什么？"虽然他曾经和父母说过"吃软饭"那样的气话，但是人毕竟还是有尊严的。现在听说这样的结果，不知道自己是该高兴还是不高兴。

"什么都不为，只因为你信任我。"冯路说完，抬头看看四周，只是稀稀落落有三两个人在远处的墓碑前沉思默哀。

任鹏听着很感动，于是走得更加卖力了。忽然，他听到前边有人阴森地说："怎么？这种时候也不忘记带上你的小情人呀？"

他看到那居然是冯路的丈夫，就是前日在派出所和自己起争执的男人——程未然。他双手插兜，嘴上叼着一支烟，皮笑肉不笑地嘲讽着。

冯路没有理睬，径直往前。程未然伸手阻拦："我有事和你说。"

冯路看了一眼后边的任鹏，低声说："现在不想和你说话，别耽误了我们的事。"

"那好，我等你，什么时候你想说再说，不过，用不了多久，你就会自动来找我的。"

冯路推开他，继续朝前走。

任鹏迟疑，问："他……"

冯路面无表情地回答："不理他，我们走。"

任鹏应了一声，紧紧跟了上来。

程未然盯着两个人渐渐远去的身影，眉毛拧在一起，将嘴里的烟吐了出去。

第十三章
梦回旧景

　　此刻，顾家别墅花园里摆满了鲜花美食，到处人声鼎沸。顾明晨一直觉得平常太忙，照顾不好悠悠，于是决定在家里举办这样一场生日宴会，把一些生意上常年合作的收藏家、鉴定家、公司的优秀员工代表以及顾家的亲朋好友都邀请来，既庆祝悠悠六岁生日，也沟通了大家之间的感情。

　　顾明晨的好友池宇航趁人不备，将他拉到书房，神神秘秘地取出一幅画对顾明晨说："你看这是什么？"

　　顾明晨打开看到那画，惊呆了。他转身看了看自己拍卖行里原有的那幅画，后来被黄欣悦修复好，自己又买回来的《疏林寒绿图》仿制品还好好放在那里。现在又出现了一幅一模一样的《疏林寒绿图》，这让他心中波涛澎湃。

　　池宇航说："老顾，因为知道你也有一幅这样的画，所以我才觉得奇怪。这幅画可不是一天两天就可以仿制出来的，所以才拿给你看。这是一个有身份的朋友拿来让我帮忙估价的，只能在我手里待上二十四小时就得还给主人，所以，这个生日宴一结束，你就得赶紧还给我，我可得罪不起那些人。"

池宇航意味深长地看了他一眼，就跑出去把悠悠扛在肩上笑闹。顾明晨拿出放大镜，将两幅画做了对比，简直是难分轩轾。他开始搓起自己的手，踌躇起来。

这几次和黄欣悦的表姨父近身交流，他开始相信黄欣悦的话，这任文良是一名隐藏在民间的国画临摹大师，可不仅仅是一个名不见经传的裱画师傅。按照常规说，这仿制品越多，原画就会越贬值。但是有时候，也说明这原画越有价值。任文良既然可以临摹出这两幅画来，更加可以肯定原画一定在他手里。即便这两幅画都是赝品，也都无所谓了。任何人都有自己的软肋，相信任文良也不例外，所以，只要假以时日，他想达到自己的目标应该是不难的。

他思考了很久，该怎么和黄欣悦求证这件事。他其实解不开心里一直存在的疑惑，以他这些日子对任文良的接触了解，他并不是一个利欲熏心的人，那么为什么会有这样多的假画？不，他摇头，这已经不是假画了，在当今业界，这等功力，即便是临摹品，也是珍贵无比的宝贝，价值不菲。

这时，看到任婷走过来说："顾总，人都到齐了，您该出去了。"

"好，辛苦了。"顾明晨点头，整理了一下衣装，朝外边走去。

前些日子天气一直阴着，本来还担忧举办这露天生日宴会会不会大煞风景，现在看来老天也是眷顾，这天气竟然由阴转晴，白云朵朵，清风习习，惬意无比。

他站在临时搭建的一座平台上，对下边的众人说："谢谢各位光临小女的生日宴会，小女成长到今天，仰仗各位亲友的爱护与关心，在这里，我先敬大家一杯酒。先干为敬！"

顾明晨一口气喝下一杯酒，忽然听到一个声音传来："可怜悠悠没有母亲，否则，这个宴会一定会更加热闹温暖。"

顾明晨看到，那是悠悠母亲的姐姐，悠悠的大姨田乐。他看到田乐那种嗤之以鼻的神态，压在心头很久的愧疚感立刻又涌上来。于是，他点头说："是的，以前都是我只知道拼搏事业，忽略了悠悠母亲的感受，才导致她抑郁症发作自杀，都是我的错。但是，我会把对悠悠母亲无法弥补的愧疚都弥补在悠悠身上，今天前来的都是我的见证人,请大家共同来监督我的行为。"说完,他又慷慨饮下第二杯酒。

众人纷纷哗然,有人说:"都过去了,还是好好珍惜活着的人吧!"

"今天是个好日子,父母的过失,不要影响孩子的心情。"

顾明晨笑说:"再次感谢大家的捧场,我饮下第三杯。"

一旁听到任婷皱着眉头、跺着脚说:"顾总,保重身体,不要再喝了,喝多了伤身。"

顾明晨摆手,示意任婷不要再说,自己一口就将第三杯酒干了下去。谁料四周竟然响起了一片热烈的掌声。

"好了,大家都各自安分吧!今天是悠悠的生日,大家一起祝悠悠生日快乐!"

此刻,田乐只好低下头,朝远处走去。

悠悠学着父亲的口气用稚嫩的语气说:"谢谢大家,悠悠很快乐!"

"好……虎父无犬女,这孩子有她父亲的心胸,大气,将来必有出息!"很多人都竖起了大拇指。

悠悠穿着黄欣悦染的那条小黄裙,像一个快乐的公主,在大家的祝福中唱起了生日歌,点蜡烛、吹蜡烛……大提琴悠扬地响起,众人纷纷散了,纷纷拥抱着漂亮的小寿星,顾家花园里一片欢歌笑语……

黄欣悦早已经来了,一个人正躲在一丛蔷薇花下发呆。她看到刚才发生的一切,默默思考着。平素看顾明晨飞扬跋扈惯了,倒真是不习惯他这般委曲求全的样子。她的性格本来就素淡寡言,从来不问别人的私事,但是听顾明晨将自己的私人情感在大庭广众之下说出,还真是吃了一惊。

她平常不喝酒,想着不知道该怎么找机会和顾明晨说自己的事情,便悄悄躲在一个没有人的偏厅里,想静一静。不料,她一抬头,就看到任婷气势汹汹地冲了过来,不分青红皂白就狠狠捆了自己一掌!

"你?"她捂着火烧般的脸,不解地看着任婷。

任婷杏目圆睁,恶狠狠地说:"黄欣悦,你这个没良心的白眼狼!你都忘记了是吃谁家饭长大的,是谁家花钱供你读书供职?你现在可真是让我刮目相看呀!长本事了?居然敢和我抢男人!"

"我……没有……"黄欣悦觉得很委屈,不知道任婷这次为什么对自己如此狠绝。小时候虽然她和任鹏姐弟两人经常欺负她,但也只是小孩子打打闹闹的小儿科,从来没有真正拔刀相向过，但这次很明显，任婷是有了绝情绝义的念头。

"别以为我不知道，最近顾总非常关注你，还找人调查你的情况，就连我现在都已经越来越不被信任了。还有，听妈说过，顾总又去我们家给你送聘书了？你有那么金贵吗？让一个总经理亲自给你送聘书？真是天方夜谭！你说，你是不是存了心和我作对，我要的东西你偏偏也要，对吗？"

"婷婷，你误会了，我没有那个心思。"她很想说，自己已经有心上人了，但是夏长风毕竟是个新加坡华侨，和普通人还真是不太相同，她怕一说出来，任婷又要以为自己故意炫耀，更加愤怒。所以，她只好暂且闭口不言。

不料，任婷以为她心虚，便穷追不舍："黄欣悦，我告诉你，做人要有自知之明，你还是顾好你自己的身份吧！一个寄养在别人家的人，一个小小的古画修复师，你有几斤几两重，自己掂量一下，否则小心得不偿失。"

"婷婷，你能不能听我说……"

"任总监，发生了什么事？"黄欣悦看到顾明晨端着一杯红酒朝这边走过来。

任婷惊觉了一下，顿时换成另外一副面孔："顾总，我和姐姐说几句家常话，没什么，我这就去前边照应去。"

顾明晨察觉到黄欣悦的脸色有异，疑道："真的没事？"

"没有，真的没有。"任婷说完，为了掩饰自己的不自在，连忙转身走了出去。

"黄欣悦，你没事？"

黄欣悦摇头，整理了一下自己有些凌乱的发丝，回答："顾总，谢谢你一直以来的关照，这次我来一是为了庆贺悠悠的成长；二就是想和您说，我不能接受您的聘书，因为我有我的人生安排和职业规划，所以，我还是想请您接受我的辞职！"

顾明晨顿时脸色苍白："黄欣悦，早知道你这么不识抬举，我就没必要低三下四地去你家了。你真是我的灾星，自从认识了你，你就一直说一件事，就是辞职啊辞职，请问，难道我顾明晨就没有一点儿值得你留恋的吗？难道这个拍卖行对你来说是天地太小了，挡了你勇往直前通向成功的路？"

"顾总，我不是那个意思。"黄欣悦有些后悔自己的到来，躲过了任婷那个难缠的女人，却躲不过顾明晨这个活阎王，她只好说，"算我不对，我只想有些人生自由，难道不好吗？"

"人生哪里有那么多自由,任何一种自由都是相对意义上的自由,没有绝对的自由。你说的那种自由是由于爱情吗？是由于你要跟随着一个你爱的人流浪天涯吗？"顾明晨说这些话的时候,以前的潇洒蛮横荡然无存,眼神里流露出一种受了伤的绝望。

黄欣悦看不懂眼前的顾明晨了,她只好起身试图躲避。但是顾明晨没有顾忌她的感受,他挡住了她柔软的身体,将自己愤怒的眼神贴近了过来,他身上那股强势的力道使得黄欣悦呼吸有些困难,她不由自主地朝后继续躲了过去。

顾明晨将她逼到险些无法站稳的瞬间,又回转了往日的霸道无理:"好,黄欣悦,我还有事要办,你给我就在这里等着,等我回来找你,我让你好好解释这一切！"

他说完,气呼呼地走了出去,将门狠狠关上。黄欣悦想打开那扇门,但是发现门被锁了起来,她很生气,于是拉着门喊道:"顾明晨,这是要干什么？你给我回来,我要回家。"

但是喊了许久都没有人响应。外边传来了熙熙攘攘的笑声和悠扬的音乐声,这里的动静微不足道。她只好重新回到沙发上,愤怒地打开自己的包,想拿出手机给熟人打电话,但是很奇怪的是,她的手机竟然不见了。

她咬着唇,嘀咕着:"顾明晨,你这个缺德鬼！"

时间流逝得飞快,很快就到了深夜,众人陆续散去。任婷也不得已和拍卖行的员工们一起离开了顾家,她到处找都找不到黄欣悦,心想她一定是丢不起面子,自己悄悄逃跑了。再加上忙了一天,也累得精疲力竭,于是便回到公寓里歇下了。

顾明晨送走最后一批客人,让张阿姨收拾家务,自己抱着已经睡熟的悠悠回到她自己的卧室,然后又取出一瓶伏特加烈性酒,轻轻打开了那道锁着的门。这间屋子是个临时休息室,平常也没有人来,正巧可以将她锁住,顾明晨也顾不得那么多了,他觉得,很多天了,他总有一种不良的预感,他快要钳制不了她了,过了今天晚上,可能会永远与她失之交臂。所以,他要和她长谈一次。

打开门,他看到黄欣悦蜷缩在沙发上已经睡着了。她睡着的样子很安详,很幸福,和平常看她那张略略苦涩又执拗的脸有很大的不同,似乎在这个时刻她全身心才是放松的,似乎在梦境里才能找到属于她的安全感。

他微微笑了,将手里的酒打开,分别倒入两个杯子里,然后默默看着她。

黄欣悦似乎察觉到有人来了,她睁开了眼,看到顾明晨,便飞快地起身怒道:"顾明晨，你这是非法禁锢，太不人道了。"

顾明晨没有理她，只是将手里的杯子塞给她，笑道："好，我道歉，赔偿你双倍薪酬怎么样？不过，既然已经这样了，你敢不敢和我喝一杯？"

黄欣悦非常不满，很用力地夺过酒杯，大口喝了一口，顿时被酒的烈性给大大呛了一口，她听到顾明晨说："唉，不是我想限制你自由，是今天如果不把话说清楚，怕是再也没有机会了。"

"你说。"

"我第一眼见你的表姨父，就知道他是个有故事的人。你可知道，他为什么甘愿半辈子守在一个深邃的胡同里做这些费力费时费工的事？为什么会临摹两幅《疏林寒绿图》？你说自己养在他家多年，他的身份和你父母都有关系，为什么他从来不和你说你父母的事？"

"什么？两幅临摹画？你怎么知道我表姨父和我家的事？"她目瞪口呆，更加看不透顾明晨的心思了。

"想知道？"顾明晨的眼眸深邃起来，他身上沾染了外边花露的水气与醇厚的酒香，朝她的面孔凑了过来，"那就再喝一杯。"

酒杯里很快就被倒满了，她有些眩晕，看着酒杯里的液体呈现出半透明的、璀璨的琥珀光，手指开始抖了起来。父亲死了，母亲又消失了，顾明晨不说，她一直想忘记自己孤苦伶仃活着的这个事实，但是一旦打开这个可以影响到自己灵魂深处索求的潘多拉魔盒，她便再也按捺不住泪流满面。

喝完两杯，她又开始接过第三杯。这次不是对方求的，是自己索要的，她忽然想让自己醉下去，带着心头难以磨灭的创伤，逃避开那撕心裂肺的孤独感，让自己在一个缥缈的梦境中找寻到自己要的。

朦胧中，她觉得顾明晨深深叹息，说着自己的过去："我失去了悠悠的母亲，确实都是我的错，那时候我们拍卖行事业刚刚起步，严格来说，当时的我，在这个专业领域里，还是个门外汉，我就那样一点点重新学起，失败过很多次，最后也终于成功了，得到业界的众多赞誉，实力渐渐由领域内的非主流提升到主流地位，但是就是这样才忽略了悠悠母亲的感受……有一天晚上十点钟，我正在开会，忽然就接到张阿姨的电话，说悠悠母亲出事了……我赶回去，才看到小小的悠悠正拉着母亲的手，哭得撕心裂肺……但是，她的母亲却永远睡着了，我看到她的床头上还放着安眠药，还有治疗抑郁症的药……她连一个字都没有给我留下，我才知道，她对我有多绝望……如果时间可以倒流……我宁肯什么都不要……只要一个完美的家，悠悠最大的幸福……"

黄欣悦觉得浑身火烧一般，她的手脚都绵软无力，但是听到这些令她意外的倾诉，她很吃惊："没想到你还是这样重感情的人！你们男人都是戴着面具活着，我表姨父他的心里有很多秘密，连我姨都不懂。我从小就跟随他们生活，了解他们的脾气秉性，我表姨父如果不想说的事……就是金山银山也难以改变他……至于你说的那些什么赝品……是他亲手所画，但是为什么会做这种事，我想，如果不是万不得已，以他那种清高的性子，是不可能会违背初衷的……其实我心里和你一样好奇，但是只要他老人家不说，我就不会问……你懂吗？这是对他老人家的最基本的尊重……可是顾明晨，你懂得尊重人吗？我不过就是辞职，要去过我想要的生活，你为什么要为难我啊？"

她说着，似乎听到顾明晨说了一句："我也不是想为难你，也理解你对你家人的感受，我就是害怕……你忽然从我生命里消失，我再也找不到你了……"

"嗨！"她摇了摇头，"你在说笑，我有那么重要吗？我消失了就消失了吧！没有人在乎……"

"我在乎……"黄欣悦根本没有听到顾明晨后边说的话，她觉得自己到了一个长满了毛竹的山上，漫天遍野的黄花耀眼迷人，在青色的山中盘旋，一层层，如水之涟漪，又如青黄色软缎般优雅华贵。只见一个身穿红色碎花连衣裙的姑娘，手端竹篓食盒，朝着竹林里走去。

竹林里有一个年轻的小伙子正在砍竹子，日头渐渐强烈起来，在竹林里洒下了淡淡的辉线。小伙子挥汗如雨，抬头望望已经砍好的竹子，用肩膀上的毛巾擦了一把汗，笑了笑，又继续砍下去。

"家铭，吃饭了。"

听到这个声音，家铭的眼神开始快乐起来，他放下自己手里的刀，朝红衣姑娘迎了上去。

"雪珊，你怎么来了？不是让你在家里陪着师娘吗？"

"你师娘说，让我给你炖个瓦罐汤来。她这几天咳嗽好了很多，说不用你惦记了。"

家铭一边喝着汤，一边偷偷斜着眼睛看那叫雪珊的红衣姑娘。

"雪珊,你和师傅提我们两个的事了吗?"

雪珊的脸色微红,嗔怪说:"看你,先喝你的汤吧!成天想入非非,谁想嫁你呀?"

家铭"嘿嘿"笑着:"我是怕夜长梦多,有人把你抢走了……"

雪珊又羞又恼,眼瞳里散发出更加摄魂夺魄的光彩,她低着头,小声说:"看你说的。我这么丑,除了你谁要我呀?"

"谁说你丑?你是个仙女,知道吗?"家铭起身,拿起自己刚刚削好的竹子说,"我娘说,这竹子也是分雌雄的,如果竹子的第一个分枝是一条的话就是雄的,如果有两条分枝就是雌的。雄竹质地硬,可以做扁担、脚手架什么的,雌竹子韧性大,可以手编篮子。"

雪珊不以为然:"那你说,这造纸用的竹子是雄的还是雌的?"

家铭想了想,说:"我们都用过竹纸,竹纸光滑柔韧,书写易干,墨迹不褪,寓意和谐生机,所以我觉得它们定是雌雄同体,不分你我,所以我才放心地砍下去了。"

"瞎说。亏得我爸带着三师弟出门去了,不然让他老人家知道你在背着他偷偷打造纸术的主意,就非得将你驱逐出师门不可。你这可是得陇望蜀了!"

家铭撸了一下头,说:"不会吧?我就一直不明白,三师弟他为人太过狡黠算计了,造纸术是个慢工慢活,师傅为什么会把这技艺传给他呢?"

雪珊白了他一眼,用纤纤玉指戳了他的额头一下:"你就成天想入非非,现在连师尊也敢妄议,越来越无法无天了。"

家铭忽然抓住了雪珊的手,郑重其事地说:"雪珊,你懂我的,我不过就是想把这遗失的技艺捡回来,我也知道师傅他研究这白鹿纸已经大半辈子了,也是冲着这个才来的。我就是想将它恢复,造福乡里,我发誓我没有功利之心,也没有企图不轨。虽然现在还不能遂心,但是有了你的帮助,我一定可以的。"

雪珊慢慢点头说:"我当然知道你的心思,可是爹他太固执了,我们也没有办法,我觉得,合我们两人之力,一定可以参悟的。可是,我想提醒你一次,如果有一天,我们生活的时代不需要这种纸了,人们对你千辛万苦研究出来的东西并不上心,你会不会后悔把大好年华都浪费在这里了,会不会觉得自己所有的付出都不值得?"

家铭微笑,身后的汗水早已经将衣衫湿透,此刻清风袭来,佳人相伴,他觉得没有比这个更加幸福的了。

"雪珊,这是我毕生的心愿,我只想留下这份宝贵的精神财富,没有什么其他想法。现今有了你，我也就知足了，不论以后面对的是什么，我都不后悔……"

颜雪珊笑了，她深深凝视着眼前的男人，知道自己没有选错，她一定会陪着他走下去的。

梦境是人的大脑潜意识的反映。黄欣悦的梦里有自己最想念的两个人，她很苦恼，她想忘记他们，却不能。即便在自己的人生里，他们并不曾出现过，但是那种古老的亲情烙印，永远都无法消除。恨也好，爱也好，都铭刻在血液里、骨头里……

她醒来的时候，觉得浑身酸楚，她开始揉自己的肩膀，蓦地发现自己并不在自己的公寓里，最可怕的是，她身边还有一片陌生、令人焦灼的光影，正散发着令人几乎窒息的力量。她看到，自己正躺在一间陌生的房间里，旁边……居然就是……在梦中都可以将他视作凶猛野兽般的顾明晨，他光着上身，酣然睡着，似乎昨天经历了一场无法言喻的美妙境遇……

"啊！"她头疼欲裂，开始尖叫起来……

这声音惊醒了顾明晨，他顿时睁开眼睛。当他意识到发生了什么，立刻迅速穿上了外衣，说："你别喊，我只是喝多了，什么都没干，你放心，不然你可以去检查身体……"

黄欣悦泪水横流，拿起一只枕头重重地砸了过去。

她呆呆地坐在那里很久，终于有了气力，这才将衣服整理好，她拒绝了顾明晨的帮助，在张阿姨的目瞪口呆中，软绵绵地走了出来。

她原本约好了，昨晚要和夏长风一起去看新的公司地址。夏长风决定在北京开一家带有纸文化博物馆风格的纸业文化公司，请她过去帮忙设计、策划和管理诸多事宜，但是，现在的她，没有力气，也没有勇气去见他了。

她捂着脸，坐在街心公园一张没有人的木椅上，又发呆了一个多小时，这才走到路边公共电话亭里，给洪美妮打了个电话，简单说明了自己的事情。

又过了四十多分钟，便看到洪美妮匆匆忙忙驱车赶来，将她扶上了车。

这一切都在顾明晨的眼里。他不放心，他就这样痴痴地看了她很久，不敢打扰她，也不敢劝说她，他知道她现在一定是恨死自己了。他用双手干擦了一遍自己的脸，又想了很久，确信自己只是喝多了，说了一些平常没有说过的话，绝对没有侵犯她。他想找机会和她解释。同时，他也深深为自己感到纠结，他不能再没有她了，再也不能了。

看着她安全离开，他才开车回到家里。刚进了客厅，就看到悠悠抱着一只小熊猫毛绒玩具跑了过来。

"爸爸，这是黄阿姨送我的礼物，我特别喜欢。"

"好。"顾明晨答得有些心不在焉。

"爸爸，这熊猫的肚子里是空的，这是不是你说的那种'有容乃大，海纳百川'呀？"

听到悠悠说出这样的话，顾明晨感到又是欣慰又是忧伤，不知道该说些什么了，他一手抱着悠悠，一手抱着娃娃，正想说什么，忽然觉得熊猫肚子里掉落出一个什么东西，他看到了那是一只粉色皮壳的手机，那手机的微信上还有许多信息在闪烁着，他试着滑了一下，手机上竟然没有密码。

那居然真的是夏长风发来的信息："我在新公司等了你一夜，你为什么没有来？"然后就是无数遍的询问，上边还有一个位置共享信息，他看到那个地址离自己家并不远，于是暗暗将这个地址转到了自己的手机里收藏起来。

他抬头，看着悠悠有些试探的眼神，严肃地说："悠悠，这是你干的？"

悠悠从来没有遇到过父亲对自己这般口气说话，有些胆怯了："这是我在花丛里捡到的，爸爸，我错了，我没有把它还给黄阿姨，因为我知道，我要是把它还给了黄阿姨，黄阿姨就要离开了。可是，现在我找不到黄阿姨了，不知道该怎么还给她？"

顾明晨感觉到自己的罪孽又深了一层，不由叹气。

"爸爸，我喜欢黄阿姨，还有黄阿姨家的那个爷爷，我不喜欢我的画画老师，她老是背着我偷偷给她女儿打电话，我要黄阿姨教我画画，好吗？"

顾明晨听到悠悠这话，脑子里顿时又被雷击了一下，觉得自己作为父亲实在是太失败了，怎么能听了任婷的话，找了一位有女儿的绘画老师，以为这样的老师会更加懂得孩子的心思，但是他忘记了，孩子本来就没有母亲，听到别人的母亲对女儿关怀备至，心里又怎么会舒服呢？忽然间，他才明白了黄欣悦的悲哀来自哪里，没有母亲的孩子，始终如同漂浮在水面的绿藻一般，是没有根的感觉。黄欣悦回江西老家并不只是寻找古纸，其实她一直都在寻找自己的根。

他闭上眼睛，用手作拳状捶着自己的额头。过了片刻，他把悠悠搂在自己怀里，轻轻说："悠悠听话，爸爸一定会帮你找黄阿姨回来，好吗？"

悠悠的小脸上重新焕发出新的光彩，笑嘻嘻地说："爸爸说话要算数呀！"

顾明晨重重点头。他说到的，一定会做到。当下，他要先会会那个叫夏长风的新加坡华人，看看他身上到底有什么可以打动一个倔强女人的心。

任鹏睡到半夜，忽然大汗淋漓。他起来，伸手一摸，发现并没有冯路。他知道冯路有失眠的毛病，平常总是劝她少喝点咖啡，但是她说自己习惯了那个味道，控制不了。他很无奈，总想找个机会和她谈谈他们两个人的事情，继续这样下去，总也不是个办法。

她和她的丈夫的离婚协议仍在艰难的办理中，每次都是由于财产分配问题不能再继续下去。冯路说，她不想把自己辛辛苦苦打拼来的事业都交到一个不学无术的男人手里，但是那男人却咬定青山不放松，非说冯路隐瞒了两个人的共同财产，他要找律师重新取证。

每次冯路去法庭都是任鹏陪着，每次看到冯路和她的丈夫程未然唇枪舌剑的时候，他就发现自己越来越不了解冯路了。她的丈夫并非一无是处，冯路在外边打拼，家里的事情都是程未然一手处理的，甚至连冯路的老母亲都是她丈夫亲手送终的，冯路出差在外边，没有赶上母亲咽下最后一口气。

他们两个唯一的女儿一直在英国读书，高昂的学费一直都是冯路在负担，这是冯路唯一可以骄傲对峙程未然的地方。以冯路的话来说，程未然是一个平庸的男人，但也不是一个特别坏的人。他最大的一个特点就是细致谨慎，他不想让你知道的事，就连一丝一毫痕迹都不会留下，这也正是令冯路毛骨悚然、不能忍受的地方。

冯路明明感觉到程未然正在渐渐谋划以后的路，也感觉到他身后隐藏着一个女人，但是程未然竟然做得滴水不漏，不但一点把柄都抓不到，而且他和猫捉老鼠一样，有着敏锐的嗅觉，很快就捕捉到冯路和任鹏在一起的事实，并以此为要挟，企图多分财产。冯路为了保留住自己辛苦挣下的家业，不得不想方设法拖延着。

任鹏四处寻找，依旧找不到她的人影。她的车还在，说明她并没有走远。他觉得很奇怪，就朝外边走去。刚刚走了不远，手电筒忽然短路不亮了，他正急着想弄好它，忽然听到花丛后边的秋千架子上传来两个人的私语。

"都这么晚了，你还来做什么？"

"冯路，我这几天都没有听到你的消息，你的事怎么样了？"这是一个陌生男人的声音,任鹏从来没有听过。

"估计下周就有眉目了。到时我把账户里的钱都转出来,注资到我们的新公司里去,你就放心等着吧!"

"我想这一天都很久了,这些日子委屈你了,还要和那个糊涂鬼投胎的小男人周旋,这些事本来都该我做的,如果不是我被检察院盯得紧,就该我出面,看你这么辛苦,我真是心疼。"

"算了,现在还说这些,以后我们要做夫妻的,彼此扶持不是应该的吗?当年都怪我们错过了一步,不然也用不着这样兜兜转转,殚精竭虑的。"

"哦,对了,到时候那个任鹏该怎么办?你怎么打发他?"

"还用怎么打发?听说他还得罪了人,欠了一屁股钱,还指望我帮他还钱呢!真是痴心妄想,就他那个糨糊脑袋,到时候自然有人来找他,怕他到时候都不知道自己是怎么死的!"

"死了更好,这样我们的秘密就没有人知道了。"

"嗯,先让他再逍遥快活几天,就当我们给他的酬劳了。"

"我们管别人的死活做什么?到时候,你的贷款批下来,再加上我们所有的财产,我们到国外过自己的好日子去了……"

"为了这一天,我们已经等了十三年了,好漫长……苦尽甘来……"

任鹏觉得五雷轰顶。

他不知不觉用力按着手电筒的按钮,不料,那手电筒瞬间亮了。明亮的光线正好照射在那个男人的脸上,任鹏想起来了,上次和冯路去银行贷款,这个人就是那个商业银行的高级行政人员谢经理,负责贷款业务的审批。

他看到对面两个人停止了动作,目瞪口呆地看着他。

他摇着头,退后了几步,揪了几把自己的头发,忽然大声喊着:"冯路,你这么无情吗?你是个铁打的女人,眼里只有钱吗?"

冯路很快就恢复了平静,到底是历经商海浮沉的职场精英,她面不改色地说:"既然你都看到了,就不瞒你了,我是欺骗了你,但是你也得到了财富,不是吗?那辆车,你不是一直开得很拉风吗?"

任鹏忽然仰头呼号了一声,将手电筒狠狠摔到了地上,说起来也奇怪,它居然还亮着，照射着这两个男女丑恶的嘴脸。

说时迟，那时快，他冲上前去，朝着那个男人重重打了几拳，然后大步流星、头也不回地往外走去。他就这样一直走着，走得脚后跟疼痛，这才找了个路边蹲了下来，声嘶力竭地哭了起来。

今日晚饭时候，他还接到自己的姐姐任婷的电话，任婷将他骂得狗血喷头："你这个不忠不孝的东西，家里就你一个儿子，爸妈都指望你出人头地呢！看你活得这个窝囊，我都替你感到汗颜！以后没钱了不要找我，也不要说你是我弟弟，太丢人现眼了！"

夜色茫茫，他在树影暗夜里呜咽，却没有人听得到。忽然觉得身后一片大亮，一辆越野车轻轻停靠在一边，任鹏用手遮挡住那刺眼的光亮，想看清楚来者何人。但他还没来得及反应，就被几个身强力壮、袒胸露臂的粗壮男人架上了车，一把尖锐的匕首很快就横在他的脖颈上。

"你小子，躲得挺严实，找了很久都找不到，说吧，什么时候还钱？"有人问。

任鹏泪眼蒙眬，他凄厉地笑了一声："不知道什么时候欠了几位的钱？"

"不知道？"对方的刀竟然毫不迟疑扎进了三分。

任鹏顿觉脖子上的疼痛一点点袭来，他再次冷笑："要钱没有，要命有一条！"

对方"咦"了一声，问道："这小子还有什么家人没有？"

"有，听说有爹有妈，还有两个姐姐，是老北京了。"

"你们敢？"任鹏不知道哪里来了勇气，他拼命喊了一声，觉得那疼痛开始朝肌肤的更深处蔓延起来。

他忽然想起父亲的话来："你已经长大成人，我们没有义务再为你的错误负责了。"他还想起母亲哭哭啼啼的宠溺声："孩子，你可争点气呀，咱家可就你一个儿子！"

他咧着嘴，大声号哭起来。冯路说得对，自己是个满脑子糨糊的人，一无是处。

他感觉自己的意识渐渐模糊起来，父亲正围着大围裙，朝正在打电脑游戏的自己喊着："任鹏，赶紧过来，这可不是普通的糨糊，你看好了。"

他摇头回答："什么不普通，糨糊就是糨糊，我才不学熬糨糊，熬得自己都成了糨糊了，有什么出息？"

"你小子鼠目寸光，这是看家的本事，你连糨糊都熬不好，你还能做什么呢？"

他还是止不住泪水一直往下流，忽然，他用力朝前一探，朝着那匕首插了过去，一阵痛彻心扉的疼痛不可遏制地再次降临……一股鲜血的腥气冲了过来，他听到有人大声喊着："大哥，这小子自己不想活了！"

"赶紧找个地方扔下去！别留下痕迹，听懂了没！""是。"

他觉得四肢百骸都渐渐麻木了，灵魂在朝着一个充满阳光的地方飞升而去。在那一刻，他的一切都是纯净的了。

第十四章
流年开花

　　黄欣悦躺在了洪美妮的家里，洪母正在给她熬鸡汤。

　　洪美妮索性关了店门，一直在陪着她。她将所有的一切都告诉了洪美妮，说自己不知道该有什么面目去见夏长风。

　　洪美妮却不以为然，她帮她梳理着头发，说："你们只是喝多了，也不一定喝多了就是发生关系了，对吧？要不放心，去医院验验不就行了？"

　　洪母瞪了女儿一眼，说："别添乱了行不？让欣悦先把鸡汤喝了，静下来再思考以后的事。"

　　洪美妮撇撇嘴，继续又说："你也太小题大做了吧？别说不一定有什么，就算是发生过什么，这个时代也是再正常不过的，如果你总是不能释怀，就嫁给他好了。"

　　黄欣悦窘迫得红了脸："我是让你帮我理理头绪，你怎么回事？不仅不帮忙，还给拆台。"

"我说的是真话，顾明晨虽然脾气有点坏，但长得不错，又有钱，虽然有个孩子在身边，不过，也算不了什么大问题，要我说，他可是好对象呢！多少女孩子梦寐以求，打着灯笼都难找呢！"

黄欣悦听得更加糊涂了，不知道洪美妮什么意图："你说什么呢？"

"我没有开玩笑，是在很认真地帮你分析，虽然夏长风有千般万般的好，是你的青梅竹马，但是他在你的世界消失太久了，人是会变化的，也许他并不适合你了呢！你的精神本体表面和一只小仓鼠一样可爱、很"宅"，很安静，但其实你的灵魂本体却是一只不折不扣的刺猬，不会讨好、率真正直，时刻抵御着试图侵犯你的人，你重情感、不记仇，但是却真的非常怕受伤害，所以你迟疑不决……我倒是觉得，那个夏长风只是你的精神意象，顾明晨才是你贴心的生活伴侣……"

这番话居然把黄欣悦说得愣住了。

洪美妮还是语不惊人死不休："听你这样一说，我总觉得顾明晨现在是非常在乎你的了，怕是已经欲罢不能了。你觉得你的心真的都在那个小时候的伙伴夏长风那里吗？不，不是的，你表面是拒绝了顾明晨，但是你的脚步却一点点向他靠近，你自己都意识不到……"

"什么？"黄欣悦居然哑口无言。

"看吧，还是我的占卜术灵吧？"洪美妮很得意地笑倒在沙发上。

洪母非常不满意女儿的所作所为，连忙制止了她："赶紧喝汤，喝汤还堵不住你的嘴吗？欣悦已经够烦的了，让她静静。"

"是，母亲大人。"洪美妮笑着应了一声，乖乖坐下来，招呼着黄欣悦，"亲，快点吧！我母亲大人都烦我了。"

黄欣悦也不忍心老人家忙碌，也坐在洪美妮身边，舀了一口鸡汤。鸡汤的味道很鲜美，口感醇厚，越回味越有滋味，咽下去，还散发着淡淡的药香，这是添加黄芪、当归的味道，和表姨刘淑惠做的鸡汤味道很相似，但不知道为什么，有那么一丝不同。

她想着想着，鼻子竟然酸了，她居然开始想念那个家了。这些年的生活，已经把她彻底融入那个家庭里了，这种不同的味道，竟然就是那种思念的味道。她想，自己已经出来好几天了，该回去看看了。

"对了，黄欣悦女士，你是不是嫌弃我送你的礼物不够好呀？上次我送你的生日礼物到现在你都没有领回，到底是几个意思呀？"

"没有什么意思，就是不能再收你的礼物了，我认识你这么久了，你送的礼物都堆成山了，这次就算是金矿，我也不收了。"

洪美妮看了一眼母亲担忧的眼神，偷偷示意她放心。她想了想，才说："这是最后一次行吗？不要让我失望。"

黄欣悦很坚决地说："你每次都这样说，这次我一定会坚持到底的，你就算给我送回家去，我也会原封不动地送回来，只要你家还在这个城市，我就一定会送回来的。"

洪美妮"哧"了一声，说："都说是女人遇到男人，就会化成一朵莲花，温柔娴雅，但是你怎么经历的男人越多，就越倔得和石头一样，真想不通呀！"

黄欣悦终于知道所谓"女人的语言是一把杀人于无形的刀"，果然如此，这话说出来，她觉得刚才喝进去的鸡汤在胃里开始翻江倒海起来，于是，她起身冲进了卫生间里，开始呕吐起来。

外边飘进来一句洪美妮杀人不见血的话："喂，你怎么回事？不会是真的怀孕了吧？算算日子，也不该呀！"

黄欣悦听了这话，顿时觉得胃里又一阵灼热翻涌过来，立刻又吐了起来。

"你这个孩子，怎么这么没谱呀？"洪母责怪洪美妮的声音再次传了过来。

"我这不是为了让她舒缓一下情绪嘛！谁料到她那小身子骨那么虚弱，真是虚不受补呀！"

黄欣悦折腾了好大一会儿，终于觉得自己的胃平复下来了。她看着镜子里的自己，头发散落，眼神涣散，似乎出窍的灵魂刚刚回转到躯体内，还不适应人间的生活，因此，她满脸都是沧桑与疲惫。

外面听起来虽然是洪母在训斥女儿，但是却不经意传递出发自母亲灵魂里的慈爱、关注与期待。这种感觉是黄欣悦最缺少的东西了。

她每次难过的时候，就想起表姨父那佝偻着身子裱画的身影。影子里流露出来的寂寞，是难以言表的。即便是他这一生沉默寡言，将自己全部投入到自己热爱的事业中，但是只要是人，都会有软肋，有伤心往事。表姨父是个男人，但也是个有血有肉的男人，又何尝没有过遗憾与伤感呢？想起表姨的话里，她隐隐感觉到，表姨父的记忆里，母亲颜雪珊一定是个重要的存在。

她觉着，到了该和表姨父深深聊一聊的时候了。

顾明晨一直想把手机还给黄欣悦，但是他找不到她了。给她家打过电话，刘淑惠说这几天都忙，没有回来。但是拍卖行没有人看到黄欣悦来过。顾明晨很懊悔，他为什么没有跟随在她后边，看她到底去了哪里。他当时以为她不愿意见他，所以便不敢再让她发现他的存在。他一度陷入了深深的自责中。

这一天，他被池宇航强行拉着到了一家意大利餐厅，池宇航说："老顾，给你介绍个朋友，我的合作伙伴，我们打算采用一种新的形式来进军文化市场，是多元发展，不只是手工纸的保留与传承。"

顾明晨知道池宇航做事素来没有章法，他蹭了蹭鼻梁，笑了笑，但是，当他转身顺着池宇航指的方向望过去，才发现原来池宇航给自己介绍的这个人就是夏长风。

自从那次博览会上，他就记住了这个名字，记住了这个男人看黄欣悦的眼神，那种眼神是在惊喜与感动之外的一份浓浓情意。他非常不喜欢这个夏长风，甚至到了厌恶的地步。

夏长风初到北京，本想多结识一些志同道合的朋友，他也在别人口中听过这个雷厉风行的顾明晨的大名，所以，他很开心地站起来，看到的却是顾明晨黑着脸，不厌其烦的样子。

池宇航很奇怪顾明晨的异常，说起话来也有些磕巴起来："这是新加坡来的夏长风，他家原来也是老北京。这位是文道总经理顾明晨……"

话没有说完，顾明晨指着夏长风说："我不会和这个人做朋友，商业上也没有更多合作的可能，对不起，我不奉陪了。"

他说完，转身走了几步，又回来，从上衣内侧兜里掏出一个女式手机，塞给夏长风说："这件东西，拜托帮我还给她！还有，说一声抱歉，谢谢！以后我会向她解释。"

夏长风惊看手机片刻，看到自己给黄欣悦发的信息，终于明白了："什么？这是她的手机？为什么会在你手里，怪不得我这些天联系不上她！"

"对不起，我没有和你解释的必要，再见，不，永远不要再见。"他说完，继续朝外走。

池宇航尴尬地朝着夏长风说:"稍等,夏先生,我也不知道怎么回事?等我沟通后再来。"

他一溜小跑,追着顾明晨喊着:"老顾,你这无名火发得莫名其妙呀?到底怎么回事?你们说的那个她是女的?是谁?"

顾明晨回头,瞪了一眼池宇航说:"她是谁不关你事,你去告诉那个夏长风,识相的话,赶紧回新加坡去!不要以一副假惺惺的面孔出现,去吧!"

"老顾,你这是无理取闹呀?什么时候也没见过你这么失水准呀?你知道不知道,外来的都是客,我们得尽地主之谊,就算是合作不成,也算交个朋友。这个社会,三个臭皮匠,一个诸葛亮,大家抱成一团,路才能走得远,不是吗?"池宇航也有些发怒,气得胸口都疼了。

但是,顾明晨却没有一点反转的余地,他指着池宇航的鼻子说:"你去和他做朋友好了,但是我要警告你,你有了他这个朋友,就不要再和我有任何交集了,听明白了没有?"

说完这句话,他迈开了坚定的步子,朝前走去。

池宇航气得弯着腰,大口大口呼了一口气,这才站直了气呼呼地说:"顾明晨呀,你早晚有一天得吃大亏,看吧!"

夏长风静静地坐在那里,远远看着两个人在争执,直到离去,不禁摇头淡淡一笑。他看到手机里的照片,都是修复古画的工作照片,竟然连一张自拍照片都没有。那里边有一张照片,很特别,稀疏的林子,微微翻绿,河开水暖,炊烟袅袅,说不出的灵动与典雅,下边写着几个字:"疏林寒绿图"。

他口中喃喃念着这几个字,很熟悉,似乎在哪里见过,但是,他真想不起,在哪里见过。那段记忆,失去的太久了,以至于那些散落在红尘的片段难以一一凝聚起来。

微信上除了自己的信息,就是这个顾明晨的公事公办的口气。他明白顾明晨的意思了,脸色开始收拢起来。

这家意大利餐厅的装潢很地道,墙壁上镶嵌着绘画、雕塑与各种各样的工艺品,洛可可式的水晶奢华大吊灯散发着华贵的温暖,三色对撞的窗帘非常夺人眼球,法式的优雅元素尽显其中。在看到顾明晨的那一刻,他感受到了对方那种凌厉的掠夺感。

185

他起身离开了这里，去一个可以找到她的地方。

黄欣悦觉得自己应该回到表姨家里，再也不要去文道拍卖行了，也不要考虑顾明晨到底同意不同意自己辞职，只要自己不想，那任其是谁，又能拿自己怎么样呢？

她回家的步子走得很慢，从地铁口出来，几乎就是在慢行，这样慢慢行走才有更多的思考空间。四周是熟悉的道路、熟悉的店面，还有三三两两从胡同里出来的熟悉的人。她走着，忽然看到一群跑着玩耍的孩子后边，是一个熟悉的男人的背影。

他双手插兜，站在第三株泡桐树下，阳光下影子修长。等孩子们远去了，他便后退几步，然后又朝前几步。那是一种徘徊的姿态，是一种停留等待的姿势，他在等什么人。

黄欣悦忽然捂着脸，泪水涌出。小时候遭受了太多的艰辛，她都不曾这样频繁哭过，但是近来却经常哭得尤其失控，有时甚至到了意识模糊的地步。于是，她不管别人的好奇张望，奔上去抱着他的腰，匍匐在他的后边大声哭了起来。

夏长风似乎怔了一下，然后迅速转身，将她紧紧抱住："欣悦，吓死我了，我找不到你了，我还以为你出了什么事？"

黄欣悦哭了很久，才停止住，嗓音嘶哑起来："我……我没事，就是去同学家住了两天。"

"好，没事就好，我就放心了。这样，我们去准备一下，去拜访表姨与表姨父，求他们将你嫁给我。"

黄欣悦愣了："你要和我结婚？"

夏长风重重点头，高兴地说："欣悦，我很确定，永远不会变，你是我唯一的爱人。你看，这是什么？"

黄欣悦惊讶地看到夏长风拿出了一只熠熠生辉的钻戒，她忽然退后了几步。

夏长风愣了，他以为她会高兴地让他把戒指戴在手上。

"怎么？"

黄欣悦摇头："不，长风，我不是那个意思。我是觉得，你不需要征得母亲的同意吗？现在虽然婚姻自由了，但是没有长辈的祝福，婚姻很难得到真正的幸福。"

"只要我们在一起就好了，我们彼此错过了太多的日子了，我不想再放你走了。结婚后，我们夫唱妇随，把北京这家分公司打理好，我们可以把中国一流的纸品都采办过来，在北京住一段时间，就去新加坡住一段时间，总之，只要你愿意，我都随你，不好吗？"

黄欣悦看了看夏长风，忽然问道："我还想和表姨父再学习一下裱画，虽然我现在的技艺精进了很多，但是遇到棘手的问题还是解决不了，所以，我想晚点再考虑结婚的事。"

"难道，你不愿意早一些和我在一起吗？"夏长风有些焦急，猜不透黄欣悦心里想些什么。

"长风，我很想和你在一起，但是裱画需要摒弃人间一切私欲杂念，所以一定要感受寂寞，我们虽然可以在商海一同拼杀，但是却最后达不成我的这个心愿了。"

夏长风摆手不解："我不明白，这有什么矛盾？"

"有的。小时候我不懂，为什么表姨父放弃了在学校里的大好前途，甘愿做一个默默无闻的裱画师呢？现在我懂了，这便是得失，得到的时候也意味着失去……我父亲把造纸术记录下来，其实就是想将它发扬光大，可惜他没有实现自己的心愿，所以我把这技艺传给小磊、云青还有更多的父老乡亲，就是因为凭我个人之力，难以达成这个愿望。我只有一双手，两条腿，一个身躯，生命又非永恒，唯一可做的就是抓住稍纵即逝的时光，做让自己灵魂饱满的事。现在，我还是要静下心来，去学习表姨父的裱画技艺。"

夏长风很吃惊，他摆着手，依旧说："我还是不明白……"

黄欣悦觉得自己脑子里很乱，她后退了几步，说："对不起，我要先回去了，我有些累了……"

她转身开始朝胡同里走去，不知道为什么，她很想静一静。

"等等。"夏长风追了过来，朝她手里塞了一件东西。

黄欣悦看到那居然是自己的手机，于是惊讶问道："怎么会在你那里？"

夏长风的口气很淡："是顾明晨让我转交给你的，他说怕你不理他。"

黄欣悦点头："原来他去找你了。"

夏长风苦笑："他对我很不友好，把我的商业计划都给摧毁了。"

黄欣悦听了这话，心头莫名其妙跳了一下，她说："对不起，改天我们再谈，今天真的要走了。"

夏长风看着自己手里的戒指，发呆了片刻，只好点头，就这样看她消失在胡同深处。他还没有勇气追过去，从小就没有勇气踏进那个胡同。

他想起来了，他九岁那年曾经想找过她，只是在胡同里打听她家的具体门牌号，但是当他提到"黄欣悦"的名字的时候，就看到胡同里出来了一个穿着花筒裤、提着菜篮子的阿姨，那女人身材很壮，神态晦暗，瞪着眼睛朝自己骂着："谁家的小兔崽子，来找我家欣悦干什么？告诉你，她还是个好端端的清白姑娘，容不得你们这些小脏鬼们想入非非的，赶紧滚，滚得越远越好……"

小小年纪的他窘迫得红了脸，他只退后几步，还是不甘心离开，只见那女人四处寻着，终于在一家木门前边的一小块花圃的竹竿栅栏上抽了一根出来，作势吓唬着："怎么？还不走？再不走我可就打断你的腿，不信，你试试！"

胳膊拧不过大腿，他只好黯然离开。他从来没有见过这么丑陋、这么凶悍的女人，他替小欣悦有些委屈，她生活在这样一个粗俗的女人手里，难道还有什么好日子过吗？他开始心疼她，发誓以后要好好保护这个善良的小姑娘。

他还是不太明白，明明两个人志同道合，明明就可以成为彼此依靠的人，为什么她会拒绝他的求婚？他想了片刻，还是决定要把北京的分公司做大做强，这样才可以光明正大地来她家求婚。于是，他转身，离开这里。

黄欣悦走着，莫名觉得心中忐忑不安，她说不好是为了什么，也搞不清楚自己的心为什么如此慌乱？她的心宁静不下来，也无法凝神接受夏长风。

她越朝里边走，就越觉得不对劲，表姨家的门口站满了人，大家唉声叹气，纷纷议论着什么。院子里似乎听到表姨歇斯底里的哭泣声："我的儿啊，你这是要了你妈的命呀！"

她蓦地觉察出有什么不对，胡同口刚才停了不少车，她本来还奇怪是谁家来了亲戚，原来竟然都是朝着表姨家来的。她急切地推开众人，挤了进去。果然，表姨刘淑惠坐在地上哭天抢地，任婷居然也在家里。

任婷一边扶着母亲，一边抹着眼泪，看到黄欣悦的时候，居然愤怒起来，上前就扬手掴了她一掌："黄欣悦，你还知道回来呀？这个家白养你了，出了这么大的事，都找不到你的人影，你到底干什么去了？"

黄欣悦捂着脸，不解地问："出了什么事？"

只见任婷忽然抽泣起来："鹏鹏死了……被人捅了一刀，连肠子都流出来了，死了两天了，被丢在郊区的一个鱼塘里，如果不是正巧有人去钓鱼，还不知道……"

"啊？"黄欣悦觉得心脏蓦地抽紧了起来，她不可置信地退了几步，摇头："不可能……这怎么可能……发生了什么事？"

"就是不知道发生了什么事？现在警察叫爸过去做笔录去了，现在暂时还不让我们见人，说是勘验完再让我们见面。"

黄欣悦软绵绵地走过去，想扶住表姨刘淑惠，不料表姨却挣脱了她的手，恨恨地说："他到底不是你的亲弟弟，你才这么懈怠，我早就让你们姐妹两个多帮帮他，给他找个像样的工作，现在可好了，四处被人追债，还死于非命……让我这白发人送黑发人，这可让我怎么活呀？"说完，又抽噎起来。

听到表姨将这一切责任推诿在自己这里，黄欣悦不知道该如何自辩。

"不要以为我是瞎子，告诉你，我可是过来人。你和那个顾明晨不清不白，还和一个长得英俊潇洒的年轻人在胡同里暧昧不清……我是亲眼看见了……我以为我会把你带好，没想到是功亏一篑，你到底是承继你的亲娘那狐媚子的妖性……我真是后悔，真不该留着你……"

黄欣悦惊呆了，看到任婷咬牙切齿瞪着自己说："我早就告诉过你，顾明晨是我看上的男人，你不许和我抢……没想到，你还变本加厉了。妈都告诉我了，顾明晨不仅不许你辞职，还给你升职加薪了……你告诉我，你到底用了什么手腕，才让顾明晨对你死心塌地？"

"我没有……"黄欣悦委屈地咬着唇，很想告诉她们，自己已经有爱人了，不是顾明晨，但是她看到门外都是看热闹的人，不知道说了会不会有人相信，怕是流言更加漫天飞了。

"事实证据确凿，今天早上公司例会，已经宣布了你的事，难道你想否认？"

黄欣悦正想再解释自己一定不会再去公司任职的，忽然看到门外安静了下来，只见任婷的同学李鸿陪着表姨父一前一后走进来。

不过几天没见，表姨父的白发又增加了许多，他走得很慢，并没有说一句，只是一个人默默地走到院子里的太师椅上，无力地坐了下来。他那衰老的容颜与涣散的眼神，掩饰不住那发自内心的蚀骨的悲恸。

此刻,刘淑惠似乎凝聚了全身的气力,几步冲了过去,拉扯着丈夫的手,问:"怎么样?见到了吗?"

任文良点点头:"只是远远看了一眼,说是明天我们就可以去办手续领取尸体了。"

刘淑惠哀哀地看了一眼天空,顿时跌坐在地上,又号啕大哭起来。任婷也随着母亲啜泣起来,李鸿赶紧过来扶住任婷。几个街坊邻居都跑进来,将刘淑惠扶起,安置坐下,你一句我一句纷纷安慰劝说她要节哀顺变。黄欣悦也很担心表姨,但是不敢上前,只好一个人站在院子里人少的地方。

任文良长长叹息了一口气,哀声说:"谢谢他这些大伯大妈们怜悯,这孩子自小就不争气,现在是自作孽、不可活,我们这做父母的,也是尽了力了,既然是命,我们也就认了吧!"

邻居们又开始嗟叹和安慰。

忽然,刘淑惠的身子颤抖了几下,似乎被注入了一股邪恶的能量,她指着黄欣悦对任文良说:"你还好意思说,今天当着大家的面,我也不怕家丑外扬了,任文良,告诉你,都是你把我给逼的,你逼死了你儿子,不如现在也把我的命拿去,我受够了!"

任文良皱着眉头怒道:"都是你把他惯的,只知道宠溺,不教他做人,都是自食恶果,现在还怪谁呢?我们的确都有错,现在也遭到惩罚了。"

刘淑惠凄厉地仰天大笑几声,又开始痛哭流涕地说:"这孩子虽然有些不太稳妥,但是并不是个不可救药的。如果你对他稍稍加些关心,和对待那个女人的女儿一样多花些心思教导他,他怎么会遭遇到难处都不敢回家,最后把自己给逼死了!你居然还说,都是他的错!任文良,我恨你,恨你一辈子都没有把心放在我和自己的亲生骨肉身上!"

"你胡说什么?"任文良听到妻子这样说,脸色涨红得和紫茄一般,颤颤巍巍地站起身来。

"我说什么你心里明白!"刘淑惠仿佛忽然醒悟了,一口气将积压在自己心头多年的恶气一并发泄出来,她指着黄欣悦冷笑,"实话对你说,我一看到她就想起那个女人,想起那个你得不到的女人。我从嫁给你之前,就知道你这辈子最厌恶剽窃别人的劳动成果,你曾经险些与你的师傅对抗,不学那临摹术,但是你最后却由于那个人改变了初衷。你这一辈子就只临摹了那一幅画,你废寝忘食,穷其所能,就是为了那个女人,你现在还不敢承认吗?你知道吗?我每次在你屋子里收拾出那些废弃的草稿纸,我都恨不得将它们吃下去!"

任婷看到母亲如此哀绝,也忽然对自己的父亲说:"爸,我和妈一样,不喜欢那个女人和她的孩子,这也是我不愿意回家的原因。我小时候常常看到母亲人前强颜欢笑,背后悄悄抹眼泪,我就知道她这辈子,定然是受了极大的委屈!爸,是你,伤了我妈的心!"

她说着,忽然狠狠瞪起眼,朝着黄欣悦冲了过去,狠狠撕扯着她的头发,歇斯底里地拳打脚踢,边哭边骂起来:"如果不是因为你母亲和你的出现,我们这个家就会过得好好的,我妈她不会这么伤心,我弟弟也不会死!我恨死你了!"

黄欣悦没有躲避,她忍着肌肤上传来的撕心裂肺的疼痛,忍着被人撕扯的难堪,默默无语。她也记得表姨经常偷偷抹着眼泪,却不知道为什么,也许正因为她们所说,是自己的母亲和自己造的孽。如果真的躲不开这孽债,如果这样可以让表姨失去亲生骨肉的痛苦减轻一些,她愿意承受。

但是,她还没有来得及再思考下去,忽然听到任婷喊了一声:"爸!"

只见任文良冷着脸,重重地给了任婷一巴掌。这巴掌传递过来的声音在杂乱的人声中尤为清晰响亮,众人顿时都懵了。

任婷被父亲可怕的面孔惊吓住了,她捂着脸,两眼含泪,一步一步朝后退去。李鸿急忙冲上前,一把搂起她,将她迅速拉扯到角落里,柔声安慰起来。

任文良的表情非常凝重,他推开众人的阻拦,转身朝刘淑惠走过去,郑重地说:"淑惠,我知道你对我怨气很重,但是我没有对不起你,也没有对不起这个家,任鹏他有他的命数,我们只能教他走路,不能永远搀扶着他走路。他小时候,我让他去买白矾,他去看人家逗蝈蝈,白矾撒了一半还多。我让他学裱画,他嫌累,兑现慢。让他去学英语,结果他半途又废了跑去赌钱。我昧着良心,将那临摹画给了他,不就是为了救他?可是,他能体会到父母的苦心吗?"

刘淑惠被他的表情也震慑住了,忽然,她浑身抽动了几下,闭着眼便朝后倒了下去。这个紧急情况,把大家又给吓了一跳,立刻有人上去掐人中,有人上去搓手。邻居周大爷家的小儿子正在中医药大学读研究生,见到这情形,连忙上前在刘淑惠的人中、百会、合谷等穴位扎了下去,过了不久,只见刘淑惠才悠悠转醒。她嘴角抽动了两下，呼吸渐渐均匀，眼角又渗出几滴眼泪，但是还是不肯睁开眼睛。

任婷此刻也哭得几乎上不来气，躲在李鸿的胸前哽咽着。

黄欣悦看到任文良走过来对她说："欣悦，你暂且先回避一下，她们母女两个是太伤心了，没有地方发泄，让你受委屈了，你先回你的公司去工作，等过些日子，她们的情绪渐渐回复过来再回家来，好好和她们聊一聊。"

这几句说完，黄欣悦终于抑制不住自己的眼泪流了下来。一个刚刚遭受了丧子之痛的父亲，一个洁身自好、素来注重好声名的男人，刚刚在众目睽睽之下，被妻子和女儿指责，那种渗入灵魂的悲恸该有多深，但是此刻，他还是顾念着自己的感受，这些关爱，让黄欣悦感到无地自容，感到难以承受这份恩情。

"表姨父，我可以多知道些我父母和您的故事吗？"黄欣悦知道此刻并不适合说这些话，但此刻又是打开表姨父心扉的最好时机，所以，她鼓起勇气问了出来。

任文良的眼神里流泻出一丝异样的光，慢慢点头："好，我答应你，等办完了任鹏的丧事，我就好好说给你听。"

"您多保重……姨也多保重……"

黄欣悦抹了一把眼泪，看到四处都是摇头叹气的目光，无奈，只好一步一步慢慢朝外走去。她真的不想离开，她只想在这个家最困难的时刻，和自己最在乎的家人，一起度过，欢乐也好，悲伤也好，只要可以和家人在一起，什么样的苦她都可以承受。可是，现在的她，居然成了这个家最憎恶的人。

她想不开，这究竟是为了什么？母亲，如果你还在这个人世，可不可以回来，告诉你的女儿，这究竟是怎么样一段宿怨？过去的时光里藏着怎样凄婉难堪的往事？她的脑海里不停浮现出过去的点点滴滴，那间曾经遭遇过大火的中药店，就是夏长风的家，似乎也隐藏了什么难以洞悉的往事？她想得头疼欲裂，不知不觉快要走到胡同口的大街上。

"黄女士，又有您的快递。"她看到上次给自己送生日蛋糕的快递小哥正朝自己笑着，"上次的蛋糕比较重，这次就轻飘飘的，好像是一份文件。"

黄欣悦勉强控制住自己的情绪，对快递小哥说了声："谢谢。"

她的手有些微微颤抖，但还是打开了那文件，她万万没有想到，那居然是一张法院的传票。原告就是上次到自己家裱画，被自己剔除掉纸张里的头发丝的男人，叫邓玉春，他告自己以裱画为名，用不正当手段换了他家的原画，他要求黄欣悦将他家的原画完整奉还，还要赔偿他因此造成的经济损失与精神损失费500万元。

她觉得自己的视线有些模糊，前边似乎来来往往很多车辆，还有一个男人忽然出现，挡住了自己。她不知道，自己就这样朝地上倒去，只是残留的意识里，仿佛有人轻轻揽住了自己的腰身，轻轻叹息了一声。那声音有些熟悉，也有些惋惜与心疼的意味。

四周的树木与建筑物旋转起来，天地一片昏黑，她似乎渐渐进入了一个未知的世界。

第十五章
浮生若梦

这黑暗的世界令她窒息。她不喜欢这种感觉，她喜欢春天的阳光缀满绿叶间隙，光影随着微风轻轻摇曳的悸动气息。于是，她拼命挣扎，想挣脱这黑暗的束缚。但是，这黑夜交织的幕布却非常顽固，难以有丝毫缝隙。正当她有些绝望的时候，听到一个好听的童音念着："蓦然回首，那人却在灯火阑珊处……"

这声音竟然将那黑色幕布扯开了一道口子，光徐徐蔓延过来，她倒是有些不习惯了。用手遮住，透过手的缝隙，她看到了一朵嬉笑的小花儿。悠悠鼓着小嘴朝她吹气。

"黄阿姨，我在电视里看到有个叔叔就是这样给一个阿姨渡气的，过了一会儿，那个阿姨就醒过来了。我让我爸爸给黄阿姨你渡气，但是爸爸不肯，就告诉我，让我念阿姨教给我的词，说我一念阿姨就会醒了。爸爸说得好准，阿姨，你真的醒了。"

"悠悠？这是怎么回事？"黄欣悦看到顾明晨家的保姆张阿姨端着一碗汤走了

进来。

"黄小姐，这是先生让我给你熬的燕窝汤，说你最近气虚，需要补一补。"张阿姨把碗放到床边的桌子上，将窗帘轻轻打开，外边温暖的气息瞬间扑面而来，心中很久以来集聚的郁闷之气渐渐散开。

"黄阿姨，你看，我画的。"黄欣悦还没来得及适应这里的一切，正想问询，忽然眼前就出现了一张用彩色铅笔画的一棵大树。这棵树生长在庭院外边的野地里，四处除了青青的小草之外，只有一棵孤独的树，再无其他。

她有些不解，一个拥有幸福童年的孩子明明拥有四处开满鲜花的庭院，为什么只画这样一棵孤独的大树呢？

"黄阿姨，你知道这是什么树吗？"悠悠歪着小脑袋笑着问。

"什么？"

"这是黄檗。"

看着悠悠郑重其事的样子，黄欣悦感到开心起来："你怎么知道这是黄檗？你见过吗？"

"我没见过。这是爸爸给我在网上找的图片，我照着它的样子画的。"

"但是，悠悠为什么会画这样一棵树呢？"

悠悠腼腆地说："阿姨，是我画得不好吗？"

"当然不是，悠悠画得非常好，这棵大树挺拔直立，很有气势。"

悠悠点了点头："因为我爸爸喜欢。自从上次阿姨给我用这种树皮染了裙子，我爸爸就常常看这种植物，所以我想给爸爸画一幅这样的画送给他当生日礼物。"

"你爸爸要过生日了？"黄欣悦问。

张阿姨一边收拾东西，一边笑着说："顾先生天天忙，什么时候都想不起自己过生日，这次倒是悠悠有心了，想着自己的爸爸，有个女儿真是贴心呀！"

黄欣悦莫名觉得心头一软，每个成功的男人背后，都有无数的辛酸，这句话是真的。一个男人为了事业到处打拼，还要照顾一个只有六岁的孩子，想来也是艰辛不易的。

于是，她摸了摸悠悠的头："这黄檗树看着不起眼，却是非常有用的东西，除了可以染悠悠的裙子，可以内服、外用，还可以治疗很多病呢！是货真价实的宝贝。"

"爸爸说，每个人都是一棵大树，只要向着春光生长，都可以顶天立地。"悠悠说这话的时候，是很严肃的表情。

黄欣悦忍俊不禁，想着这句话中的"顶天立地"，知道一定是顾明晨用来敷衍女儿，但是仔细想来，却很有意境。一个人诚心向道，专注做自己喜欢的事，总有一天，可到达通天的境地。

她经手的那些被装裱后的画，也有天杆、地杆、天头、地头这种天地相对的宇宙观，和表姨父所说的"一生只谋一静""一生与纸为舞"的境界是相同的。这种境界绝对不是沽名钓誉的人所能承载的容量。能被称得上大师的人，必定具备在岁月中慢慢磨砺出来的超人智慧，达通天之境，便是所谓的实至名归。顾明晨能说出这种话来，足够证明他也不是平庸之辈。

她意识到自己开始对顾明晨放下戒备了，顿觉有些慌乱，连忙起身下床，说："我的外衣呢？打扰太多了，我该离开了。"

忽然，她觉得自己的腿被扯住了，悠悠苦着脸对她说："爸爸已经答应让黄阿姨来做我的画画老师了。爸爸还说，这次黄阿姨来我家，就要在我家住上一段日子了。"

"什么？这可不行。"黄欣悦愣了一下，连忙摆手，执拗地要往外走。

张阿姨急切地说："燕窝还没喝呢，不要浪费了主人的一番心意呀！"

黄欣悦想了想，于是端起碗来，很快就将那燕窝喝完，然后对张阿姨说："谢谢您的细心照顾，实在是打扰了。"

张阿姨笑着说："哪里是我？昨天先生请了私人医生来看，说您是太疲惫了，血糖低下来才晕倒的，多休息几天，喝些营养品就可以恢复了。我要照顾悠悠，所以昨天晚上是先生一夜没睡，守在这里的，今天一大早先生就去公司了。"

这话听得黄欣悦心惊肉跳，她不敢相信是顾明晨守了自己一夜，顿时觉得矮了半截下来，于是，她很小声地说："帮我谢谢顾总，我真的不能留在这里，对不起了，我先走了。"

她起身，觉得腿还有些绵软无力，还是坚持向前走。悠悠抱着她的腿不肯放："阿姨，我不让你走。我爸爸说，你还有很多裱画的工作要做，做完了才能走。"

"啊？"黄欣悦听得莫名其妙，更加猜不透顾明晨的心思了。

只听张阿姨说："顾先生说，等您醒了，让我告诉您。你可以辞职，但前提是有些特殊的工作要完成，这幅明朝牡丹诗画是顾先生的父亲留下的珍贵文物，由于保管不当，被虫子蛀了，有的还发霉了，也有部分都烂掉了。顾先生说这画本来是要参加一个慈善晚会拍卖掉，拍卖的钱全部用来资助孤寡老人和贫困学生，如果得不到完整修复，就失去拍卖资格了，太可惜了。"

听到有毁损的画需要修复，黄欣悦忽然觉得有了气力，她几步走到桌子前方，打开了那字画卷轴。果然，那画确实是明朝大家的作品，看着那些破洞和黑色的霉菌，她顿时觉得心疼起来。

"顾先生说，因为这古画价值连城，不能有失，您必须留在这里进行修复，您需要的工具和原材料会有人按照您的要求送过来。他还说本来也有别的修复师可以考虑，但是自己公司有现成的，干吗要请别人呢？所以，想请您帮忙完成修复。这些画是顾家私人收藏，他会支付酬劳给您。还有，您每天只要抽出一个小时的时间教悠悠画画就可以了。"

"我……"这些话似乎隐藏着什么黄欣悦不太懂的东西，但她还是说，"这……我可以每天完成工作回到住所去，第二天再回来就是了。"

"对了，顾先生还说，您原来租住的房子还有几天就到期了，听说您的房东还要涨价，您马上要面临失业，您还是节省些比较好，您可以去收拾东西搬到这里来，反正这里有很多空房间，您随意挑一间就是了。"

"顾先生还说了什么？还有什么是他没有算计到的？他就肯定，我一定会成就他的阴谋吗？"

她说完，转身就走。但是，走了几步，又转身回来，笑着说："既然顾先生花了这么多心思挽留我，如果我不答应，不是太不给他面子了吗？这么大的房子，这么好看的花园，还有我最喜欢的修复工作，好吧，成交了。"

悠悠听到这里，高兴地跳了起来，搂着黄欣悦说："太好了，我可以和阿姨学画画了。"

黄欣悦低头耐心地说："阿姨还有些事需要处理，要回去一趟，等办完了事再回来，好吗？"

悠悠点头："好，阿姨一定要来呀，不许骗悠悠。"

黄欣悦只好啼笑皆非地点头："好的，我一定来。"她开始收拾东西，准备回去，但是没有人可以体会出她这种复杂的心情，明明有一种被人算计的感觉，但是内心却涌动着一种难以言喻的感动。

明天是什么样子？她不想了。兵来将挡，水来土掩，她不知不觉多了些应对的理智与从容。那张传票上写着一周后开庭，她决定要坦然面对。虽然无法证明自己的清白，但是总有办法应对。想到这里，她叮嘱悠悠要好好听张阿姨的话，然后一个人独步离开顾家。

顾明晨的车就停在门口不远处的一株大树下，他看着黄欣悦离开，步子还有些漂浮，心里又揪紧了些，后悔让她就这样走了。他抑制住自己想要追她回来的冲动，给张阿姨拨通了电话，问道：“谈得怎么样？”

"您放心，按照您交代的和黄小姐说了，她同意了，这才回去收拾行李。"

顾明晨终于长长舒了一口气。他苦思整个晚上才想到了将她留下来的办法，那就是让她做自己最喜欢的事。于是，没到天亮，他就让池宇航把那张烂画拿过来。那张画不是顾家的，是池宇航家传的，池宇航说了很多次，让他帮忙找个像样的裱画师傅给修复一下，但是顾明晨一直没当回事。这次他主动让池宇航送过来，池宇航求之不得，生怕他会反悔，所以也就早早开着车给送过来了。

虽然如此，他还是觉得心里没有底，不知道到底可不可以成功留下她？于是他又反复教了悠悠很多方法，不知道这个古灵精怪的小丫头会不会按部就班地执行他的精密谋划？现在，终于尘埃落定了。

昨天他遇到黄欣悦，实在是一场意外。本来是想了很久，才决定厚着脸皮再去一次任文良家，想探听一下黄欣悦的情况。但是没想到，刚到胡同口就觉得有些不对劲儿，便打听了一下，才知道原来任家竟然出了这样不幸的事，黄欣悦也因为这个事遭受了池鱼之殃。他看着她倒下的那一刻，觉得整个世界都因此而崩塌了，那一刻，他才体会到她在自己心中的位置已经多么重要，他不会再退让了。

他想，他是越来越了解她了。那个从小就寄居长大的家，对她来说，是打断骨头还会连着筋的情感，她的心事未了，就一定不会收心。还有，她手里握着的那张传票，此刻，就在顾明晨手里。无论她遇到什么样的困难，只要有他在，就一定会和她一直在一起的。

今天，对任家来说，是个哀恸的日子。任文良安慰好自己的妻子，让女儿照顾好母亲，便独自一个人，请了几个老街坊邻居帮忙在郊区买了一块墓地，将任鹏的骨灰安放了进去。他不让妻子去的原因，就是怕她抑制不住伤悲，身体支撑不住。

任鹏的事情除了几个他特别要好的同学和朋友，并没有多少人知道。等他再次拜谢完那些前来帮忙的朋友之后，便独自一个人留在墓地，呆呆地看着儿子的照片。照片上的任鹏是青春飞扬的，那是一种没有变质、充满了生命之光的笑容，很久没有看到他这个样子了。

这是在他十八岁生日时拍的，那个时候，他甚至希望儿子可以顺顺利利地考上大学，学个美术专业，然后回来和自己一起裱画。但是妻子刘淑惠却不高兴，说别人家的孩子都风风光光地进了写字楼，为啥我家任鹏就要躲在黑咕隆咚的胡同里待一辈子，她才不希望儿子和他父亲一样没出息呢！

他想到这里，苦笑起来，他确实放弃了很多飞黄腾达的机会，前几年还有个同学邀请他去韩国和他一起经营艺术画廊。但是，他不想离开北京，这里虽然不是他出生的故土，但是半辈子了，他的呼吸，他的血液，他每一天清晨起来看到的太阳，每一天晚上看到的星辰都是他熟悉的，他已经深深扎根在这里。这个胡同里留存着他的轨迹，他难以断舍离开。想着想着，他觉得胸口有些憋闷，就抓了几颗速效救心丸塞到了嘴里，慢慢含化了下去。

这个家，没有人知道，他对这个儿子的期望有多高，但是期望越高，失望就越大。以他的阅历，在看到那个叫冯路的女人的第一眼就知道她是有自己独特缜密思维的女性，绝不是任鹏可以驾驭得了的，所以这一切必定是有隐情的。他曾经背着任鹏找过那个冯路。

一个月前，他打听到任鹏出门办事去了，便按照地址找到了冯路的办公室。冯路的办公室很有格调，那孔雀蓝色的大褶皱窗帘都是巴洛克风格的，书柜、办公桌、沙发也是华丽的欧罗巴式。冯路穿着的衣服也是精干的乳白色职业套装。

第二次见面，他就证实了自己心中的猜想。他并没有直接揭露她，只说：“姑娘，你有大好的人生，何必放在一个少不更事的任鹏身上呢？”

冯路垂下眼皮，思考片刻，点头：“刚才秘书来通报，说是有个大师风范的老人要见我，我猜到来的一定是您。”

任文良答道:"谬赞了,我就是个裱画匠。在烟火中走了大半辈子了,哪里有资格称什么大师?"

"不是的,我知道,大师都在民间,您这样可以专注做一件事的人,必定有超越常人的洞悉力,我知道瞒不过您,但是我确实遇到了难处,遇到了小人,我没有办法,只好请任鹏帮我一下。"

"但是,你这样对任鹏太不公平了,不是吗?他现在听不进我们这做父母的话,只是唯你是从,难道你不觉得亏心吗?"

冯路的脸色红了片刻,渐渐恢复了正常:"任鹏也是成年人了,他也有选择自己生活的权利,即便是他的父母,也该尊重他,成就他……但是,您呢?任鹏很聪明,是您从小就对他要求过于严厉,他喜欢溜冰,您非要让他练习毛笔字。他喜欢弹吉他,您却摔断了他的吉他,逼着他学画画。您有没有想过,每个人的人生不可复制,您是您,他是他,您不能总是以自己的阅历和经验去要求他和您拥有同样的人生,毕竟处于一个不同的时代。即便他愿意做您要求的那些事,但是新的时代下,有更多的元素是和过去不同的,他就是做和您同样的事情,但是效果也可能完全不同。您有考虑过这些吗?"

任文良听完这些话,心头大震,那种虫蚁咬噬的疼痛感又开始一点点蔓延起来,他问:"这是任鹏告诉你的?"

冯路点头:"他每次喝醉了就和我说这些。其实他特别希望自己可以出人头地,光宗耀祖,但是无奈命运不济。他只有在我这里,才会得到那种家里没有的温暖和安慰,我想,这也是他为什么选择我的原因之一吧?"

任文良凝神不语。这一刻,他忽然就发现自己是真的忽略了他的要求,他的体育成绩非常好,花样溜冰曾经得到市级大赛冠军。他的吉他弹得幽怨缠绵,常常在后海的酒吧里得到很多掌声与赞誉。但在一个父亲的心中,那永远不是正途。难道,真是自己错了?

"虽然我不敢和您承诺什么,但是我会尽我所能去帮助任鹏,减少对他的伤害,请给我些时间,我会慢慢和任鹏解释清楚,我并不是真心想欺骗他。到时候,我相信他会做出正确的选择。"

任文良的脑海里一直想着冯路说的这些话,他谢绝了冯路的相送,一步一步缓慢地走出写字楼。外面的各种大大小小的车辆川流不息，对着大街到处是光怪陆离的招牌，城市的格局在这些商业元素自然的融入中高端了起来。他觉得可能是自己窝在胡同里太久了，眼界受到了限制，越来越狭隘了。外边，风景无限。

他的身上被剜去了一块血肉，那是切肤之痛，难以忍受。

此刻，面对墓碑上儿子这坦荡的、一成不变的微笑，他又泪眼模糊起来。

"表姨父。"

听到这个声音，他知道谁来了，就偷偷抹了一把脸上的老泪，镇定了一下心神，转过身就看到黄欣悦身穿一身黑色的套装，凄凄哀哀地走了过来，于是说了一句："你来了？欣悦，不是让你暂时先休息两天吗？"

黄欣悦点头："我是想来看看任鹏，我带了他最爱吃的桑葚。"她把一只藤编的小竹篮放到了墓碑前，里边装满了又大又新鲜的紫桑葚。小时候，任鹏最爱吃这个，总是和两个姐姐抢，他还最喜欢把吃剩下的桑葚梗都塞到姐姐们的枕套里。一次，晚上黄欣悦刚刚躺下就觉得不对劲，起身一看，枕头上全是星星点点的桑葚汁，那梗上残留的紫色汁液是很难清洗掉的，这让她费了很大气力还是没有完全洗净，最后还是留下了淡淡的痕迹。此刻，她看得出表姨父很伤心，她也抑制不住自己的眼泪，希望任鹏可以活过来，他想吃多少桑葚都可以，她也不在乎他做坏事了。

但是，一切都不会从头再来。

任文良看到黄欣悦的情绪也无法舒缓过来，只好说："孩子，你受委屈了，你姨的心情不太好，你得体谅她。"

"我知道，我姨是性情中人，她说出来、哭出来就好了，我不会怪她的。"黄欣悦抬起头，看着表姨父脸色很憔悴，心中很不忍，小心翼翼地说："您的心脏也不太好，也要注意身体。"

任文良长长一叹，知妻莫若夫。几十年的夫妻了，他了解刘淑惠的脾气，这骤然失去爱子，心中那口怨气怎么能轻易散去？唯独让这个丫头承受了。他没有怪前日妻子对自己的指责，那都曾经是自己的过去了，时光荏苒，那些海市蜃楼的想法，也都烟消云散了。颜雪珊，那个藏在他心头的女人，他已经想尽一切办法要忘却她，但是，这个丫头的存在，却让这一切都成为妄想。他抑制不住那份情感，即使已经过去了二十多年。

他无奈，只好说："我没事，只是你现在怎么样了？如果可以，还是不要辞职，那个顾总对你挺关照的。"

黄欣悦听到连表姨父现在也替顾明晨说话，不由心中怅然。不过短短几天没见，表姨父的发丝间竟然多了很多白色，似乎又苍老了很多。唯独不变的是他那双可以洞察一切的眼睛，他和表姨不同，失去儿子的痛楚并没有在他脸上显示出来，但是她知道，他是在乎的。越是不露声色，就越是在意。

她知道表姨父其实是很疼任鹏的，就是因为任鹏自小好动，上课总是坐不住，所以他曾经放下面子，去求校长给任鹏换一位严厉的班主任，也曾经为了任鹏的工作去求过自己已经成为物业公司总经理的学生，并且还免费为那个物业公司总经理的母亲裱了几幅福寿字画。他曾经为了教会任鹏做人，特意让他去工地磨炼，但是最后还是避免不了他遭遇飞来横祸。

她不敢回家去见表姨，却偷偷听表妹任婷的同学李鸿说，警察已经调查到，任鹏认识的那个女人冯路其实别有用心，为了和自己的丈夫离婚，与自己喜欢的人结婚，就借着任鹏的名义偷偷转移、隐瞒婚内财产。任鹏不过是个被利用的人，可怜他还执拗地与家里对抗，以为找到了真爱。冯路虽然承认自己欺骗了任鹏，却没有承认谋害任鹏。她家门口的摄像头，也确实证明了任鹏当天凌晨一点十分离开了冯路的家。但是，杀害任鹏的人，却始终没有找到。

这样的结局，对死者家人来说，莫过于是一种耻辱，每一对父母必定是悲恸至极的。任文良现在的宁静，其实才让黄欣悦觉得担忧。

她很害怕再失去这个在世间唯一疼爱自己的长辈，所以她扶起任文良说："时间不早了，您也累了好几天了，我送您回去休息吧！"

任文良点头，迟缓地转身，朝外走去。

两个人从公墓回来，坐在出租车上没再交谈。一直到了胡同口，下车后，表姨父朝家门走去，黄欣悦的脚步放慢了起来。

表姨父的身形高大，由于常年低着头裱画，背部有些微微驼了，动作也比往常迟缓了许多。正想着，忽然听到表姨父说："欣悦，你不是想知道你父母的事情吗？都怪我太自私了，我以为时间会将那些不快乐的往事都埋葬掉，但今天我在任鹏墓前终于想明白了一件事，种瓜得瓜、种豆得豆，今天所有的果都是前世的因，躲是躲不掉的，你也大了，和你说说也无妨了。"

黄欣悦怔了一下，一阵清风划过，在表姨父身上又传来了她最熟悉的那股糨糊掺杂着药香、墨香的味道。

"你从江西老家带回来的那只白鹿帘，如果我猜的不错，那一定出自你父亲的手编制而成。"

黄欣悦一惊，她回来以后将它放到了表姨父裱画室里的竹架子上，那里平常放的都是表姨父用来装裱的工具和材料，她没有想到，表姨父竟然真的注意到它了。

任文良似乎陷入了往事回忆里，他深邃的眼神里是一种黄欣悦看不懂的思念，似乎在思念着他生命中最重要的人。

"我晚上常常看这只旧帘子，它年头不短了。你父亲在世的时候，曾经和我讲过他缺少一只这样精美的竹帘，所以他要上山学艺。你和我说过这是你父亲没有取回的帘子，我再看它的纹路左边紧密、右边要稀疏些，普通人是看不出来那些细微的差别的，但是我知道，因为你父亲是个左撇子，他右手的功力一定会弱一些的。"

黄欣悦的心里顿时醒悟了许多，这是黄欣悦与夏长风向山上老人讨来的竹帘，据说是父亲黄家铭没来得及取走的竹帘，但是，他们并不知道这竹帘出自谁手。现在听到表姨父这样说，她有些激动起来。

"表姨父，我父亲是一个什么样的人？我不相信他是一个不择手段、利欲熏心的人，不相信他是一个乘人之危、不顾道义的人，我也不相信我的母亲无缘无故就丢弃我，您可以告诉我到底是怎么回事吗？"

任文良的声音里带着岁月里最沉重的碎片："本来我是答应你母亲的，不和你说这些，但是你长大了，有了自己独立的辨别能力，再瞒着你还有什么意义？我可以告诉你，你的父母是这个世上最情深义重的夫妻，你父亲也没有害过人，但是你母亲却为了你父亲，曾经失足入狱……都怪我，当年没有拦住她……"

"您的意思是，我母亲遗弃我，是真的有苦衷吗？"

任文良点头，他看得出来，黄欣悦在向自己求证一个压在心头很久的疑惑，不顾表姨与表妹的憎恨，再一次回来，一定是憋在心头太久了。

"你母亲是个聪慧的女人，她发现了你父亲的日记，记载着很多经历，还看到过你父亲曾经和一个人也说过这帘子的事情，当时，有个美国人来到这个地方，想购买这造纸术的配方与流程，但是你父亲拒绝了……村子里曾经有人看到你母亲去找过这个美国人……当时还有很多风言风语，你母亲不理睬，只是按照自己的方式想找到答案。"

"我母亲也不相信父亲会是那样的人，所以一直在求证，对吗？"

任文良点头："你母亲是个倔强、不达目的不罢休的女子，后来她带着你来投奔我和你姨，把你安置在我们这里，也是为了可以心无旁骛地去做自己想做的事。"

"您的意思是，我父亲是无辜的，我母亲找到了证实我父亲清白的证据？"

"是，你父亲是被人陷害的，那天，他被人喊去喝酒，喝得不省人事，等醒来就发现自己居然在别人家里了……出了那种事，证据确凿，他无法自辩清白，只好一个人跌落悬崖……"

黄欣悦平静地说："您在刻意回避提到一个人的名字，我父亲的死和我母亲的入狱都和他有关，对吗？"

任文良吃了一惊："欣悦，你知道了什么？"

"我也看到了父亲的日记，但是那本日记少了很多页，是被人撕毁了的，所以我并不知道后来父亲遇到了什么，我只是一直奇怪表姨父您所做的一切……"

任文良听到这里，停住了脚步，他发现自己并不太熟悉欣悦这个样子，平常的她很是乖巧，惹人爱怜，从来没有用这样陌生的语气对长辈说过话。

"表姨父您是个有理想的人，您甘愿躲在胡同里做一辈子裱画匠，是因为您的心里隐藏着一个别人不知道的秘密。我小时候，就觉得奇怪，您从来不亲自去那家素问堂买药，起先是姨去买，后来我大了，便是我一直去买，我现在猜，您是认识那家主人的，您不出现，就是为了隐藏自己的身份，对吗？"

任文良听得心头大震，他不敢相信这居然是从黄欣悦口中说出来的话。

"我姨说，您是个念旧的人，后来听说您卖了祖上传下来的玉镯才买了现在这个院子，别人都以为您是为了置办自己的家业，给妻子儿女们一个安稳的家，但是我想，这只是您的一个初衷之一罢了。"

任文良听得脸色大骇，他颤抖着，摇头。

"那家素问堂的主人姓衷，那只不过是他后来改的名字，他真实的名字是曹海峰，他就是您和我父亲的三师弟，对吗？"黄欣悦几乎是咬着牙才说出这一句话来，如果表姨父承认了这个事实，那她与夏长风，就是以前素问堂主人之子袁春生就是不共戴天的仇人，她不敢再想下去了。

任文良忽然仰天长叹，用手捂着自己的脸，哀绝地说："欣悦，是我太低估你了，原来以为你永远不会知道那么久远的事，没想到你竟然早已经猜到了。"

黄欣悦听到这里，急切地向前扯住任文良，求道："表姨父，您就告诉我吧！我现在想知道我母亲是不是还在人世，她到底去了哪里？"

任文良只好点头，说："你说得不错，那素问堂的主人确实就是我的三师弟曹海峰，他带着长子来京求医，邂逅了素问堂老主人之女夏青岚，得到了对方的青睐，所以便继承了岳父家的衣钵，改名袁正华。我原本并不知道他的踪迹，只是知道你母亲一直在找他……后来有一次，我出门会见老友恰巧遇到他带着妻子和刚出生的次子到公园游玩，我这才偷偷跟着他，最后找到了这家药店……"

"这才是您最后下决心卖掉祖传玉镯买这个院子的真正缘由，您是为了窥探心中的那个疑惑，为了知道真相，您隐匿在深邃的胡同里，很少出门，也是怕遇上他们，泄露自己的真实意图，是吗？"

任文良说得脸色越来越晦暗，他颓靡地说："看到你姨刚搬进新家的时候那样高兴，我也觉得自己心头那种愧疚竟然好了很多，后来就习惯了……我最后悔的是没拦住你母亲，我并没有泄露我找到了三师弟行踪的秘密，但最后还是被她窥探到了，所以那一次我们发生了争执，正巧被你姨看到，她就说我们背着她有了私情，你母亲对你姨解释不了，只好悲哀离开，后来便隐匿到离素问堂不远的一个法国华商家里做保姆，就是为了探寻当年的真相……"

"我相信我母亲早就知道父亲是无辜的，所以才一直在追寻仇家的下落，她就是为了给我父亲报仇才入狱的，对吗？"

"我一直劝说你母亲要有证据才行，要通过法律手段解决问题，不要盲目冲动，但她还是没听我的劝告。我开始并不相信三师弟就是陷害你父亲的人，我想我既不能泄露我的藏身之处，我还要当面和他对质，就只有一个办法，就是我生平第一次违背初衷，费尽心力做了一幅临摹品放到拍卖行，因为知道曹海峰其实一直觊觎那幅《疏林寒绿图》。最终，我见到了他，见到的却是坐在轮椅上半身瘫痪的他，原来他不幸出了车祸，造成了终身残疾……"

"那当时一定是他苦苦哀求您放过他,您看到他已经这样,又痛哭流涕,要一生忏悔,所以,您就心软了,明明知道是他害了我父亲,明明就是这样一个人面兽心的人,您还是放过了他……我记得小时候有一次您出门回来,自己躲在屋子里整整三天没有出来,是不是就是那一次,您放弃了求得真相惩罚恶人……"

"欣悦,你和你母亲一样怪我吧!他已经受到了惩罚,我想这都是天意,我不想让你母亲再成为一个杀人凶手,你就成了真正的孤儿了。后来你母亲误伤了一个女人被判刑六年,也曾经拒绝了我们的探视……她是个太要强的女人了……"

"这幅赝品就是后来流落到文道拍卖行的那一幅吧?但是,既然曹海峰这样珍惜这幅画,家业也算殷实,为什么会失落到民间呢?"

"这个我不知道,但是我想,也许每个人都有自己不得已的理由吧!"

这句话说完,任文良仿佛卸掉了全身的包袱,他叹了口气说:"冤冤相报何时了,死去万事空,还是要顾念着活着的人。"他一步一步往回走,这话也是对自己说的。失去骨肉至亲虽然痛苦至极,但还是要看到前面的路,顾着活着的人。

黄欣悦目送着任文良的身影渐渐消失,她才发觉,自己已经泪流满面。袁正华,袁春生,这两个名字居然是害自己一生孤苦伶仃的罪魁祸首,她该怎么办?

表姨父还说,母亲得知袁正华死后,万念俱灰,便随着法国华商流落海外,至今杳无音信。

到头来,还是她自己,孤独一个人,要面对以后所有的一切。母亲,您究竟在哪里?

她走得有些疲惫不堪,渐渐地竟然发现夜深如水,细落的小雨绵绵不绝落下来,浑身已经湿透。不知道什么时候,身后来了一辆车,车上的男人没有说话,只是将她推到后座,径直朝前开去。

她知道那是顾明晨,她已经很熟悉他的气息了,但是她此刻很累,不想再多费唇舌,她只想安静地躺下去,不愿意再醒来,面对一个残酷的世界。

第十六章

相濡以沫

　　暗夜中，雨声如情人之间争执后和好如初的喁喁私语，路灯的光线也朦胧起来。从中药店走出来的夏长风，脸上、身上都浸透了雨水。他刚刚签完了房产转让的最后一份文件，以后这里的一草一木，一砖一瓦，任何一段开心的或者痛苦的过去，都只会停留在最遥远的回忆里。

　　他还是有些留恋，似乎觉得还有什么停住了。他试图恢复那段记忆，却觉得被一种力量阻止了。此刻，手机铃声响起来，在路人不经意的一瞥里，他却莫名觉得沉重。

　　"长风，这么久了你都没有回来，我们家的一个老合作商忽然撤资了，现在库房里的一大半药品都积压在那里，原材料供应商们又开始催货款，有一家还说如果我们一个月内还不上货款，就去法院告我们，我们该怎么办？"

　　"好，我知道了，我去给舅舅打电话。"

　　"嗨，别折腾你舅舅了，他也不好过，公司里今天工人都罢工了，他也是焦头烂额的。

现在只有我们之前合作了十年的福瑞公司的周董事长说，只要和他家联姻，他们就会注资给我们，长风，你要不要考虑一下啊？你和他们家的芬妮小时候还很熟悉呢！"

"妈，怎么可以把感情当作商品交易的砝码呢？这样太不公平了。我记得那个芬妮是个傲慢无理的女孩子，我们家承受不了的。"

"承受不了也比饿死街头好呀！你从小就没有父亲，就靠我一个女人拉扯长大，谈何容易，你也该为家族利益着想呀！你看你，还要在北京开一个分公司，我们的资金本来就紧张，现在更是入不敷出了。"

夏长风按捺住焦虑的心，安慰母亲："您放心，我想一下办法，我还有很多朋友可以帮忙。"

对方一声嗟叹："远水不解近渴，这个世界最稳固的联盟就是婚姻关系的缔结，你懂的。"

"好了，妈，我知道了。"

夏长风放下了电话，开始又拨通了与美国朋友艾伦的网络电话，但最后却传来了艾伦的拒绝声："不，什么都可以借，唯独金钱不可以，会影响我们的情感，懂吗？"

电话被挂断了。夏长风看着街头上的人流越来越少了，只有几个人正打着伞往家里跑，他回头看看，中药店里边的灯也暗了下来，唯独门口一对红色的灯笼还亮着。那红色，在暗夜氤氲中，流光溢彩，煞是好看。

他知道，自己这辈子也放不下母亲，她一个人抚养自己长大，太不易了。他想了片刻，只好拨通了另外一个电话，备注名字是池宇航。

这是黄欣悦第一次作为被告上法庭。

在开庭前，她看到了原告邓玉春，正将一支云烟叼在嘴上，朝自己笑。那笑容令人很不舒服。不过，她觉得幸运的是，这个人到底没有把表姨父给牵扯进来，否则她就更加觉得内疚了。

法庭上的国徽庄严肃穆，法官们按照流程进行了陈述与物证。黄欣悦涉嫌非法侵占他人财物，现在法庭提供的证物就是邓玉春呈交的那幅画。

原告人邓玉春的脸色很淡定，他心不在焉地看着自己的那幅画，似乎一切已了然于心。

主审法官取出一张纸，给众人传阅，说："为了证实这幅画的真伪，我们请了古画专家高教授来验证，这是高教授亲笔签名的验证书，证明这幅画系经过装裱后的原画。这就是说，原告有可能捏造事实，诬告他人非法侵犯财产罪。"

邓玉春举手反对说："法官，如何能证明我说的是假话呢？他家有个老神仙，能把假画做得和真画一样，连专家都验不出来，谁又能证明这些不是偷梁换柱呢？"

这时，坐在旁听席上的高教授起身说："我要求对这幅画进行全面辨识。"

几位法官交谈片刻，表示同意。

高教授走近前，打开桌上的幻灯片，指着画作说："元代盛懋是一个异数，他承继了其父的衣钵，游离于主流画家之外，传说有'四方以金帛求子昭画者甚众'，他以山水画著称，大部分画丛山密林，表现四时朝暮江山美景，这幅画的画风与董源相近，正是其常用的手法。这幅画用笔疏简尖硬，是他的代表画作之一，这落款印章子昭也确系本人。此画流于民间也完全符合常规。"

邓玉春不屑一顾："纵然是你见多识广，但这也只是你的主观臆断。这裱画的小丫头不过是按照她的表姨父指点下完成的，但是大家可知道那个民间盛名的裱画大师可不是一般人呀，他可是个隐藏的临摹高手，大家听说了吗？文道拍卖行就出了这个人亲手临摹的假画，那功底无可匹敌，与真画难分轩轾，所以呀，谁说什么我都不信。"

听了这话，黄欣悦才知道，纸包不住火，定然是表姨父以假乱真的高超技艺已经在业界传开了，所以才有此横祸。

高教授怒意骤起："你在质疑我的专业素养吗？我夙兴夜寐从业几十载，凭借一腔热血与肝胆之心做事，难道我还图谋什么吗？"

邓玉春用手指挠着头皮，笑道："我可不敢，但是只要想到那个老家伙，我自然不敢轻信………山外有山，人外有人，万一有失，那我不是也得不偿失了吗？"

"你……"高教授哑口无言，捂着心脏，脸色苍白。

很快，立刻有人扶他出去休息。

几位法官互相交谈片刻，做出结论："请被告人黄欣悦进行陈述。"

黄欣悦说："他说得不错，我表姨父不仅仅是个裱画大师，还有着非同一般的临摹功力，但是这不等于我们会换了他的画。表姨父从事裱画行业以来，为人开诚布公，口碑良好，而原告这样的说法毫无事实依据，我不认可。这幅画所有的流程都是我一个人独立完成，所有的责任也由我来承担，与我表姨父无关。裱画用的是最好的手工纸，植物原料与机械不同，也许是在工人操作的时候掉入一根发丝，但是我发现那发丝正好在最显眼的地方，便用针将它清除了，大家可以看，那幅画上还留有针孔。"

一位法官拿起放大镜朝黄欣悦说的位置看过去，果然和黄欣悦说的一模一样，上边留有一个用肉眼很难发现的小小针孔。于是大家纷纷点头。

但邓玉春仍旧嘴硬："你这丫头，提前都做好了谋算吧？连这种细节都考虑得这么清楚，将来你肯定比你那个表姨父更胜一筹，真是可悲可叹呀！家风不正，何以面对世人？像你这样品行不端的姑娘，怕是嫁了谁将来就会祸害人家一辈子！"

"请不要对当事人进行侮辱性的语言。"法官制止了他的话。

邓玉春说："你们就是说得天花乱坠，我也不信，你们可以做反方论证，只要你们能证明那画是真的，我就罢休，否则，我还要坚持诉讼。"

法官再次商量后说："鉴于此案还有疑点，缺乏反方事实论据和证人，所以暂时休庭，一周后再次庭审。"

众人纷纷散去，邓玉春也大摇大摆地离开了。只有黄欣悦走在最后，她不知道该怎么应对以后的事，这是一个无赖中的高手，以她的实力，完全抗衡不了。她蓦地想起父亲当年遭遇的一切，也许就是欲辩无言的感觉吧！

她并不知道，此刻顾明晨正坐在角落的一张沙发上，悄悄看着她颓靡走路的样子，他甚至猜到她会到哪里去，猜到她会回到那个温暖过她又伤了她的家里去。

他手里拿了一个U盘，这是一个小时前池宇航送过来的。他赶到的时候，已经休庭了，人流正前前后后涌出来。

池宇航本来说过来和他谈一个合作案，他拿出了一个U盘对他说："喂，你不是让我找个叫邓玉春的人吗？本来是没什么消息，但是昨天晚上和一个朋友打赌，结果他把手机输给我了，我从手机里却听到这个，你看有没有用？"

顾明晨将U盘插入笔记本电脑，听到了这样一段话。

"哥们，你最近遭受了什么难处呀？要向我开这个口。"

"别提了，我最近炒股赔了三百万，差点连房子都卖了，这不幸亏有幅家传的古画可以应急，但是我的母亲大人要死要活不许我卖画。说来也巧，我想把古画装裱一下，卖个好价钱，在网络搜资料，结果搜到一个公众号，居然在一个不起眼的小胡同里藏了位民间大师，我这高兴归高兴，但想着这幅画毁损严重，费工费力，得用最好的纸材和丝绢才能装裱好，那裱画费一定很高，你说兄弟我都快吃不上饭了，哪里来的钱呀？"

"那你怎么办？"

"我呀，真是走了狗屎运，看到以前一个老邻居在拍卖行做清洁工，说我找的这个人可是个隐藏的真人，不仅有一手过硬的裱画功夫，还是位临摹大师，他经手的画，那是连行家都难以辨别真假的。"

"没听明白，你老兄打人家什么歪主意了？"

"唉，我没想到，我这画居然是他家的小姑娘裱出来的，还是非常有样子的，我想了想，只能昧着良心做一回了……等将来我有了钱，再去给他们找补回来不就是了。"

"快说来听听，那你都做了什么？"

"我呀，就说我家的那幅画被他们换了，让他们赔钱。这样我的画可以暂时保住，还有些钱拿，一举两得，不错吧？"

"这缺德事你都干得出来！也不怕半夜出门遇见鬼……"

"人为财死，鸟为食亡。我这不也是被逼的没有办法吗？那老家伙说不定借着这手鬼使神差的临摹功夫做了多少亏心事呢！我这也算是替天行道……不是？"

"真有你的……"

顾明晨听了这些话，站起身来，气呼呼地走来走去。看得池宇航有些莫名其妙，他歪着头问："我说最近你可真是有失水准，怎么这么不淡定呢？莫不是被什么女鬼上身了吧？"

"去你的。"顾明晨将U盘复制了一份在电脑里，然后拔下了U盘，"不过，你还是做了件像样的事情。"

他转身要离开办公室，却被池宇航拦住："喂，你可欠了我好几次人情了，不能再辜负我，你得还。"

顾明晨心不在焉，只想立刻拿着这U盘去法庭，便说："行，你提条件吧！"

"那好，我就说了，上次给你提的那个合作案，你到底是什么意思？对方可是急着等钱周转，不然可不会把这多股份都让出来？"

顾明晨点头问："好，听你的，文件带来了吗？"

池宇航喜不自胜，连忙拿出已经打印好的合同文件推到顾明晨面前，顾明晨没有看一眼，直接在下边签上了自己的名字，就匆忙拉开门冲了出去。

池宇航奇怪地看着他的背影，大声喊着："你一眼都不看呀！"

"相信你。"

听到顾明晨的声音从外边传来，池宇航皱着眉头说："真是中邪了，像个冲动少年，这可不是你老顾那精明算计的做派呀？难道是……遇到美艳的桃花了……一定是……"

顾明晨握着这个U盘，看到黄欣悦终于出了旋转门，打到了一辆出租车离开，他才站起身来。他忽然觉得自己有些近情情怯的感觉，他不敢去面对她，怕她拒绝自己的帮助。他想，也许有别的办法可以帮她。

此刻，还坐在顾明晨办公室里的池宇航只好独自把合同整理完毕，他原来以为还要和顾明晨费些口舌，因为他不喜欢这个新加坡来的夏长风，但是居然顺利得连自己都想不到，他又仔细看了一眼合同上的签名，"顾明晨"三个字写得苍劲有力，于是他将合同小心翼翼放好，正准备出去。

但是，门响了一下，只见一个眉眼妖艳的姑娘抱着文件推门进来，看到顾明晨不在办公室里，奇怪地问："顾总呢，刚才还叫我拿下午开会要用的材料来。"

池宇航看到这个姑娘的眼神很复杂，和普通的女孩子相比，多了几分世故，饶有兴趣地问："您是哪位？"

"我是这里的行政总监任婷，您又是哪位？"任婷抬着眼看着眼前这个打扮入时又难掩富贵之气的帅气男人，听他的口气，看他洒脱无拘的行为，似乎和顾总很相熟。她想了片刻，还是先打探这个男人的身份，再做打算。

池宇航索性一屁股坐上了顾明晨的办公桌，用手指轻轻挠了一下鼻子，笑道："怪不得，看来这小子挑人还是蛮有眼光的嘛！"

他发现任婷没有任何表情，仍然用审视的眼光看着自己，于是笑着说："您好，任小姐，我是顾明晨的发小兼死党、好友、合作伙伴，总之，有他地方就有我。不过我很好奇，既然你是行政总监，为什么我才第一次见到你。"

任婷只好点头回答："我到拍卖行还不到半年，顾总只在工作需要我的时候才会叫上我，顾总的私人聚会我是不参加的。"

池宇航恍然大悟地笑了："老顾就是这个风格，看来还是公私分明的，我倒是小看他了。不过，任婷小姐，我的私人聚会可以邀请你参加吗？"

任婷听了这话，又仔细打量了一番池宇航。他的手腕上戴着一只价值不菲的名表，身上的商务T恤也是国际大牌，最重要的是他手里始终摸着的车钥匙上有着豪车标志。她心中暗道这顾明晨的朋友一定也不是弱者，如果得不到顾明晨的青睐，有这样一个人做备胎也是不错的选择。

但是她深谙男人的心理，也懂得欲擒故纵的好处，就是可以让对方更加重视你。所以她笑了笑，非常礼貌地说："我和您初次相识，还没有到可以参加私人聚会的程度，所以请原谅我不能答应您。"

说完，她点头，立刻转身退出门来，朝外边走廊走去。地面被清洁工人打扫得锃亮，她看到地面大理石反射出自己玲珑有致的身形，轻轻数着："一、二、三……"

果然，刚刚数到五，就听到后边传来了一阵急促的脚步声，池宇航的声音很清晰地传来："任小姐，可以给一个互相熟悉了解的机会吗？"

任婷似乎思考了片刻，很缓慢地转过头来，说："从这里出去，往右边的路口拐过去，大约五百米处，有一个江南私房菜馆，里边的老板是我朋友，如果您愿意照顾她的生意，我也是非常愿意的。但是，我还有半个小时才能下班，还是麻烦您先过去等我一下。"

这句话说完，她为自己感到得意。这种以退为进，以守为攻的手段真不是普通人可以做到的，对方听到一个姑娘如此热爱工作又有成人之美的德行，必定会给她提升一个高比例的印象分。果然，一切尽在她的掌握中。

池宇航点头，凝神思考片刻，回答："好。"

任婷继续往前走，走廊里不时穿梭着忙碌的人，她走得更快了。自从失去了弟弟任鹏，家里总是充满了哀伤，她很不愿意回去，但是顾明晨似乎对自己并不上心，这个男人的出现也许可以给自己填补一些情感的空虚，也顺便可以多探听一些顾明晨的事情，她觉得自己对顾明晨的爱已经深入骨髓了。

她还发现，顾明晨对黄欣悦的情感也远远超乎于想象。她很不甘心，不甘心就这样败在一个貌不惊人、浑身散发着酸臭糨糊气味的黄欣悦身上，她要找合适的机会扳回败局。

夏长风站在自己刚刚整理完毕的新公司办公室，前台挂上了"华光文化传播有限公司"的牌子，这是因为她说过，每个人都有内在的华光，只要愿意，都会散发出来。他笑了笑，看到刚好招聘进来的三四个员工都在整理自己的办公桌，公司也刚刚有新的资金融入，又刚刚接了一个三百万元的首单，不需要再靠母亲的支援持续下去了。

夏长风前几日又发了一个招聘广告，他觉得自己需要一个特别助理。现在公司只有几个营销管理人员，他算了算开支，除了将筹集到的一部分款项汇到新加坡的总公司，再扣除初期筹建成本和员工薪酬，他再招聘一名助理的话，本月成本就又要超支了。但是他想，那样不如从自己的薪水里给她补贴好了，他真的很需要一名助理来帮助自己。

外边忽然来了一个穿着紫色长裙、长发飘飘的女孩子，她的眉眼中透露出一分不经世事的清纯，这让夏长风非常满意，他就想要这样气质的女孩子，只有这样不沾染尘世俗气的女性，才懂得他要做的这些文化事业的初衷。

"夏总，我叫李芍，在英国学过会计与经营管理，我现在想回到中国找一份我喜欢的工作，就是关于中国的传统文化的。"

夏长风回避开她那双清澈的眼睛，问道："中国历史源远流长，传播弘扬它是我辈的责任，你有这个意识，我觉得很好。那么，你是怎么理解中国造纸术的？"

李芍想了想，回答："大家都知道，中国造纸术让世界望尘莫及的就是它改变了世界的面貌，但是，它是有生命力的东西，自然的能力在这里得到更加完美的蜕变，我们怎样做才能保留这些原有的自然质朴，并且使它在历史的发展中持久下去呢？我在国外曾经做过试验，我发现机器造纸虽然省时省力，但缺少了工匠本身自带的情感与能量，书写起来总是觉得缺少些什么。唯独手工造纸才会保持了植物纤维最原始的状态，使书写更突出体现细腻的笔触，这种感受也许是人发自内心最自然的一种敬畏之情吧！"

夏长风深深看了她一眼，觉得这个女孩子确实有着不俗的见解，说："我也很认可你的说法，但是现在手工市场并不理想，你觉得有什么办法可以提升销量呢？毕竟我们做的还是商业，没有盈余就一定坚持不下去的。"

李芍思考了片刻，回答："夏总，我认为手工纸市场是可以培育的，比方学生证、学位证、结婚证、纪念册什么的，我们可以通过体验式的引导激发大家对手工产品的珍惜与热爱，我觉得市场随时要来机运，但是实用性才是最根本的目标。如果这个世界有一种纸张彻底消失了，就一定是因为它并不适合我们的生活，即使我们重新将它复制出来，但是就现在的资源来说，比方水土、原材料，还有人的意识形态已经再也回不去了，所以这纸张即使重新复制出来，严格说来，也再不是以前的古纸了，它一定是变化了很多……"

夏长风听她说话竟然与黄欣悦一般无二，有些怔了，但很快就清醒过来，他隐藏着自己内心的震惊，继续问："如果我们把这些文化产品引入现代电商平台上，流量一定会增加几十倍，甚至上百倍，那么，一定会供不应求，所以我想如果只在部分流程加入机器化操作呢，这样既可以保持原汁原味，还可以大幅度提升产量，提升效率，减少成本，你有什么看法呢？"

李芃听了这话，忽然说："您是老板，如果您决定这样做的话，我也会支持您的要求，按照您所说的去做。"

夏长风没有想到她这样一位有思想的女孩子居然是这样的回答，他有些迟疑地问："如果我错了呢？你也会毫不后悔地按照我的要求继续做下去吗？"

李芃很坚定地回答："您不正需要我这样的助理吗？"

夏长风皱起眉头，很严肃地看着她，待了片刻，忽然笑了，点头："好吧，你留下来吧！"

"真的吗？"李芃似乎很吃惊夏长风就这样轻而易举地决定让她留下，开心地挥着拳头，"耶，我一定会好好努力的。"

夏长风觉得和这样一位开朗的女孩子相处感觉不错，于是让她先去领桌椅，并熟悉自己的工作。

他起身，打开手机，犹豫了很久，还是没有勇气划开。自从上次她拒绝了他的求婚，他就觉得他们之间一定出现了什么不可预料的人或事，虽然还不清楚那是什么，但他隐隐有一种恐慌，觉得那也许是一段遥不可及的距离，会让他失去所有。他不愿意想，也不敢再想下去。

黄欣悦在顾家的日子是宁静的，顾明晨很少和她正面接触，每天等她出来吃早餐的时候，顾明晨已经离开，等他回来的时候，她和悠悠已经回到自己的寝室准备安睡。

每天除了修复字画，教悠悠画画，还顺带给悠悠演示了书画修复的基本动作"洗、揭、补、绘"的基本功，虽然不知道悠悠到底可以懂得多少，但是她还是一遍又一遍地说着。她觉得表姨父那种让他们几个孩子耳濡目染的熏陶是最好的承继方式，古人授徒一定要近身贴近师傅，观察师傅的一举一动，体会师傅的言谈举止，再慢慢悟道，才可成事。所以她便时刻都让悠悠跟着自己，有时会和悠悠睡在一起。

悠悠给父亲画的那幅画，不知道什么时候树下又多了三个人，似乎是穿着黄色裙子的悠悠、顾明晨和自己。黄欣悦看得有些尴尬，却不好对这么小的孩子说些什么，只好听之任之了。

听说顾明晨今日去参加一个拍卖行员工的婚礼，一大早就出去了。到了晚上，悠悠折腾了一天，也累了，张阿姨早早带着她洗过澡后就睡了。黄欣悦到顾明晨的书房里转了转，她看到桌子上一张纸上写满了自己的名字，更加吃惊，于是再也没有心思看了，匆匆忙忙取了一本书，准备回自己房间。

此刻，听到外边门铃响，她看张阿姨没有听到，便过去打开了门。门口竟然站着目瞪口呆的任婷。

"你不是辞职了吗？为什么会在这里？"任婷是脸色瞬间苍白。

"我……是顾明晨请来教悠悠画画的，还有，要装裱一幅字画。"

"你！"任婷愤恨不已，"好你个无孔不入的黄欣悦，你乘人之危，简直是无耻！"

她说着，抢起手就要打来。

但是，黄欣悦躲了一下，便拉住她的手，阻止她继续打下去："任婷，这么晚了，你又来做什么呢？"

"顾总的礼服弄脏了，让我来帮他拿件衣服，他一会儿还要去见朋友。怎么？你以为自己住在这里就可以充当女主人了？黄欣悦，我真是瞧不起你……你整日标榜自己多么正直清高，现在还不是不明不白地赖在人家家里，不知道我爸知道后会气成什么样？"

黄欣悦回答："婷婷，不管你说什么，我都不会介意，我宁肯让你误会我，骂我，都不想你和鹏鹏一样失去家人的庇护，我身正不怕影子歪，不怕表姨父知道，但是他现在身体状况也不是太好，我们还是少惹事好。"

任婷正想说话，听到张阿姨从里边出来了："我刚刚听到您是要拿先生的衣服是吧？我这就去拿。"

任婷取了衣服，冷冷"哼"了一声，说："人贵在有自知之明，我警告过你很多次了，如果你再过分的话，你我就是陌路人。"

说完，她扭着身子，匆匆消失在夜色中。

黄欣悦笑了笑，都已经习惯任婷这样的态度了。她转身回到自己的房间，打开刚才取到的那本书，竟然是一本《本草纲目》。她随意翻了翻，竟然看到这样一段记载："蜀人以麻、闽人以嫩竹、海人以苔、吴人以茧、楚人以楮为纸。"文字下边还用笔画上了重点标识线。

她诧异顾明晨居然也开始关注纸业了。她就这样翻着，渐渐进入梦乡。

她并不知道，此刻顾明晨已经换好衣服，身边只带上池宇航，他要去见一个人。这个人此刻正在后海一家酒吧里喝得酩酊大醉，顾明晨与池宇航按照熟人指点，费了好大力气，才找到这个人，自然不肯轻易放过这个机会。

邓玉春觉得自己飘浮在云端里，刚才一杯烈性酒下肚，早已经让他失去了意识，他蒙眬中看到有人坐在自己身边，便抬着头喊着："再陪老子喝一杯，真没出息……"

顾明晨将一杯冷水倒在了邓玉春的头上，喝着："哥们儿，醒醒……"

邓玉春感觉到眼前的两个男人很陌生，并不是原来一起喝酒的朋友，他艰难地晃着手，嘀咕着："你们是谁？"

对方并不说话，只是拿出手机对着他的右耳，那声音虽然不大，但是在酒吧嘈杂的背景声中，却听得清清楚楚："我呀，就说我家的那幅画被他们换了，让他们赔钱。这样我的画可以暂时保住，还有些钱拿，一举两得，不错吧？"

邓玉春忽然清醒了很多，他爬起身，眯着眼睛看到，眼前一个身形高大的男人气场很强大，他的眼神里射出一道凌厉的光，让自己很不舒服，他颤抖地问："你们是谁？要做什么？"

"这是你自己做的好事，还问我要做什么？难道你不知道你已经触犯了法律，这是诬告。不过，对你老兄来说，进去倒是件好事，你的那些债主倒真拿你没有办法了，不是吗？死猪不怕开水烫，说的就是你吧？"

邓玉春听后大惊失色，随后恢复了常态，他的腿在桌子下边开始抖了起来……

第十七章

微光倾城

黄欣悦迷迷糊糊睡到半夜,听到外边有动静,于是拿着手电筒打开了门,迎面一个浑身都是酒气的身影扑了过来,她几乎被他带倒。

顾明晨早已经没有了往日精明睿智的形象,他烂醉如泥瘫倒在地上,嘴里说着什么,她听不清楚。她只好用力将他扶到沙发上,才大大舒了一口气。

她转身想去拿个毯子过来给他,却听到一个声音传了过来:"黄欣悦,是你吗?"

"是我,顾明晨,你喝成这个样子,是打算给悠悠做个好榜样吗?"她自小接触的男性只有谨慎少言的表姨父,后来遇到夏长风也从来都是彬彬有礼,从来没有看到为人父者,这般放浪形骸,实在是有些气不打一处来。

她透过窗口,抬头看到月亮几乎是满的,一阵阵淡淡的花香,随风轻轻飘进来,也似乎听到蚊虫的嗡嗡声。庭院里有一株紫藤树,花期刚刚好,垂下的大片大片的紫色花串把这个世界的一切浪漫都给比下去了。她有时会独自坐在下边的石头椅子上，静静沉思。如今的她，本来已经拥有了爱情，但美好就只有那么一段短暂的时光，她不敢再去想"夏长风"这个名字，也不敢给他任何的信息，甚至连过去那最美好的回忆都不敢再提上来。

客厅里忽然多了一个酗酒的男人，很快就把这份美好给冲淡了。她摇着头想，这里的初夏之夜如此美好，却终究不是自己的家。

但是，她似乎听到了顾明晨的笑声，那笑声如水漾般温柔动听："黄欣悦，我等你很久了，你看不到吗？"

她听了特别生气，明明是他回来晚了，扰了自己的睡眠，还大言不惭地说他在等她，真是醉鬼。

她生气地进了厨房，倒了一杯白开水，想递给他，但还没来得及反应，那水杯就被打落在地上。水洒了一地，杯子却没有破，只是朝着一个角落滚过去。她连忙拿纸巾手忙脚乱地擦着，气呼呼地说："顾明晨，我真是欠你的。自从认识了你，我就天天都是走霉运的，现在连官司都吃上了，简直是莫名其妙。"

这时，顾明晨一个突如其来的动作竟使那毯子也几乎就要掉落下来，她托住了毯子，想重新帮他盖上去，但是，很快就感觉到疼痛，她的手被顾明晨扯住了，她一下扑倒在他身上。

"你不问一下我为什么喝这么多酒吗？"他呻吟一声，似乎有无限感慨。

他的胸膛里有着岩浆一般的热度，只是贴近，就感觉到了一份逼迫的力量，她想起上次两个人度过了那一夜，顿觉浑身都发起烧来，再也不能逾越了，她的身心无法承受这种压力，于是用力挣脱出来，急忙逃了开去。

"你不问我，我不怪你，但是我……就是想问问你，你有什么值得我这样眷顾？你凭什么？"

她觉得自己开始渗出了汗，脚步加快了起来。

"我是拿你没有办法……你不能长点心吗？黄檗向春生，苦心随日长……你让我也尝到了那么苦的滋味……你现在想置身事外吗？"

他低沉的声音穿透了夜色，伴随着清风明月浸入她的四肢百骸，令她心慌意乱。她将门关上，将门锁上，不想让自己这样难堪了。从来没有看到顾明晨这失魂落魄的样子,实在是有些不解。难道这才是他真实的样子?

她想了很久,她不能再待在这里了,她要回到她自小就居住的地方,虽然有很多不快,虽然被嫌弃,但从她血液里,脑海里根深蒂固的思维里,她永远脱离不了那个家。那已经是她的家了,一个给了她喜怒哀乐与成长磨砺的家。

淡蓝色窗帘随风飘动,室外传来的声音很细碎,说不清楚那是什么,便不要再想了,她将被子蒙到头上,让自己置入一片黑暗中,仿佛这样才能让自己安静下来。

天气越来越热了,那些临近胡同的泡桐树长得枝繁叶茂起来,也成了人们遮阳的好地方,总是有几个上了年纪的人在下边下棋,完全无视身后那个喧嚣的世界。胡同口一如既往,除了来往进出的人们,路边的围栏边停靠着几辆共享单车,但这里的人们仍然把日子过得平淡而有滋味。

黄欣悦和胡同里的大爷大妈们打着招呼,心中却有一丝犹豫。但是,她还是渐渐走近了那道自己熟悉的门。

意外的是,门半开着,在门缝里她看到这个她熟悉得不能再熟悉的庭院里寂静无声,没了任鹏的喧闹,没了任婷的大呼小叫,反倒多了几分凄凉与孤独的感觉。她看到表姨父似乎也不在家里,表姨在屋檐下一处阴凉处的竹椅上躺着睡得正香,她手里抱着一只木头框的相片,脚下还蜷缩着一只雪白漂亮的波斯猫。

她猜想,也许是任婷或者表姨父为了缓解表姨心头的悲伤与寂寞,特意给表姨弄来的这个小生灵。她轻轻唏嘘了一下,忽然听到厨房里传来了"哧哧"的声音,她几步冲进了厨房,看到灶台上一只煮药的砂锅正沸腾着,她将火调整到最小,看到药液的火候也差不多了,便找了一双竹筷子搅动着,又过了几分钟,觉得可以了,便将火关上,找了一块厚厚的抹布缠绕在滚烫的锅柄上,找了一只滤网,将那黑色的汁液倒在一只碗里。

表姨是个外向的人,平素也是生不得气,每次如果有火发不出来,便会积郁成疾,腋下淋巴就会疼得要命。这些都是老中医给开的泄肝火的方子,这药的气息她很熟悉。她还是很担心,自己这一次不请自来,会不会又惹得表姨旧疾复发。

她看到表姨还在睡,便轻手轻脚地将药碗封好,放到表姨身边的一只小木凳上,自己则转身,准备悄悄离开。

"欣悦。"

这声音让她心头一跳，她看到表姨面无血色，双瞳里都是晦暗与哀绝，竟然不知道该做些什么，该说些什么。

"来，扶我起来。"

她听到表姨这声音没有过于生冷，心头一喜，连忙转身过去，将表姨扶了起来。

刘淑惠叹了口气，将自己头上的一条冷毛巾抛在一边。黄欣悦看到那张照片是任鹏的一张学生照，她黯然片刻，连忙体贴地将药碗递了过去，顺便将那毛巾捡起来，想去用冷水再清洗一遍。谁料，刘淑惠一只手扯住了她，说："先别去……"

她皱着眉，用另外一只手端着那药碗，竟然一口气喝了下去。

"要不要倒些热水来？"黄欣悦接过那还残留着苦涩气味的碗，小心翼翼问道。

"先不要，欣悦，我和你先说说话，你坐下。"刘淑惠的表情平和，已经没有了前些日子那样由于极度哀痛失去理智的神态，时光的消逝，似乎也让她逐渐清醒过来。

黄欣悦只好坐在旁边一只小木凳上，她有些局促不安。

刘淑惠看着天空慢慢说道："欣悦，姨有些过分了，这些天姨也反省了很多次，其实这都是我们长辈们的恩怨，都怪不得你，姨也是有些太难受了……你也不要怨恨姨呀！"

黄欣悦连忙摆手："不，不，我心里一点儿也不怨您，不怪您，其实……其实这些年我已经把您当成了我的亲生母亲……母亲就算是打自己的孩子，骂自己的孩子，都是为了孩子好，哪里是真心打真心骂呀？我又怨恨什么呢？"

刘淑惠听到这句话，忽然捂着脸，"嘤"一声哭了起来："欣悦，都是姨的错，你要怪姨也是应该的。"

黄欣悦连忙掏出纸巾递给刘淑惠，说："姨，我记得我小时候一次发烧后咳嗽了好几个月，您几乎是隔三岔五就给我煮冰糖川贝梨水喝，有时候还跑到十多里外的农贸市场去给我买上好的雪花梨……还有，我上大学以后有一次参加学校的演出，需要一套礼服，您可是又跑了好几条街，才找了个好裁缝做出来的,那次我还拿了一等奖呢！还有，我工作以后有时候太忙加班回不来，您怕我咳嗽的毛病再犯了，特意把川贝都磨成粉，给我快递到单位去……这样，我才一冬天都没有咳嗽过一次……"

她还没有说完，就觉得身子被刘淑惠给搂了过去："好孩子，姨一直知道你是个好孩子，姨真的不是对着你撒气，实在是憋不住心里那委屈……"

"我知道……我都知道……都是我的错,没有照顾好弟弟妹妹,请您原谅我的疏忽……"

刘淑惠一边抹着眼泪,一边说:"你看,你表姨父生我的气,他总是躲着我,现在又不知道跑哪里去了,他还不如直接骂我一顿痛快呢!这种滋味,其实比死还难受……我和你妈本来就是表姐妹,哪里有什么深仇大恨?我就是气你表姨父他太厚此薄彼了……这些事本来不想和你们小辈们说,怕你们笑话……"

黄欣悦帮着表姨擦了擦眼泪,很诚恳地说:"姨,其实我真的很想知道我母亲的事,我想知道她到底是为什么会狠心抛下我?"

刘淑惠听到这里,这才慢慢止住了眼泪。

二十多年前,她与表妹颜雪珊还是一对最要好的姐妹。她还记得,她第一次看到任文良的时候,他刚刚十七岁,是一个穿着白衬衣的短平头青年,那时候,他正在师傅颜祖山的指导下临摹一幅古画。

她的表妹颜雪珊对这些场面早已经司空见惯,进了家门和刘淑惠嘻嘻哈哈笑闹了一阵,就跑去找大师兄黄家铭。黄家铭当时正在村里开一个教授书法的习字班。里边有十五六个本村和附近村子里家境好的半大孩子们,这个暑假为了不让孩子们到处惹是生非,所以就选择了这样一个地方办训练班来收心敛性。

刘淑惠就这样到了任文良画画的屋子里去,她看他凝神观察那幅画,不敢打扰他,只是静静地站在旁边看了很久。刘淑惠的家里是卖猪肉的,她最喜欢这些有书卷气质的人。在看到任文良的第一眼开始,她就对他有好感了。

她觉得,这个暑假,最幸运的就是这次来表姨家认识了这个叫任文良的男子。就这样过了半个小时,他才惊诧地发现身后站着一个十七八岁的姑娘,姑娘的眼神很明亮,正对着自己笑。

任文良只好简单打了一个招呼。

刘淑惠觉得他并不太高兴,因为整个过程他都是皱着眉,没有一点愉悦的表情。这画画是艺术家的行为,是赏心悦目的一件事,如果这样不快乐,不就不是那个意思了嘛!

"你不喜欢画画?"

任文良摇头："不是。"

"那为什么你不高兴呢？"

"你也看出来了？是的，我也不是不喜欢画画，就是觉得这临摹到底有什么意义？绘画是充满了想象力和创造力的事，我还是不明白师傅为什么会让我学临摹？"

"既然不喜欢，告诉师傅不就行了？"

"我说过了，可是师傅说我现在还年轻，还是多学点东西，他说机会总是留给有准备的人，有些事，到时候再学来不及。"

他的话音刚落，就听到外边传来一阵银铃般的笑声。只见颜雪珊神采奕奕地走了进来，笑着说："良哥，我一走你就偷懒，我爹说让我看着你好好学，这回可好了，有我表姐看着你，我就放心去和铭哥学写字去了。"

刘淑惠眼睛不眨地盯着任文良，只见他眼眸中的神采自从颜雪珊进来时便飞扬起来，听了这话，瞬间又暗淡了下来。

"良哥，我和你说，你一定要好好学，也许你将来可以成为挽救文化的巨匠呢！喏，这是爹刚给我买的毛笔，我送给你，你可要好好珍惜呀！这笔可只有一支，是上好的狼毫笔，我豁出去了！怎么样？够意思吧？"

刘淑惠看到任文良接过那支笔，眼神又充盈起来，心中忽然明白了什么。如雪珊这般灵秀的女子，世上哪个男人可以无视而过呢？

"良哥，你总觉得这临摹不是好事，总觉得这是剽窃人家的劳动果实，其实是不对的。如果有一幅珍贵的古画濒临毁损，即使有再高超的装裱也挽救不回来的时候，那么这临摹便可将它的原貌彻底保留下来，以供后世观摩，这可是功德一件。但是，如果你不好好学，将来无法掌握原作的精髓，那可就遗憾了。"

刘淑惠说："雪珊是个聪明的人，她能想到这些，就说明她很看重这一手丹青临摹术，所以，还是稳下来先好好练习才对。"

很奇怪，任文良没有再说话，但是从此也再不提不好好学习临摹术的话了。

刘淑惠永远忘不了这段记忆，因为表妹颜雪珊改变了一个男人的理想，但是表妹似乎并不知道这其中缘由。

后来，任文良去北京上大学，刘淑惠最盼着寒假和暑假到来，这样就可以看到任文良了。后来，在第二年的农历八月十五前夕，表妹颜雪珊与黄家铭在家长的主持下，顺利完婚了，在第三天新娘回门的那个晚上，刘淑惠意外发现任文良并不在这里，慢慢送走了那些喝得酩酊大醉的亲朋好友，还是没有他的身影。她很奇怪，他明明答应了黄家铭，说这一晚上，三兄弟要不醉不归，可是院子里只有黄家铭与曹海峰二人。

她刚刚出门，就看到曹海峰的妻子文凤匆忙前来寻找自己的丈夫，她走得有些急，差点儿摔了跟头。曹海峰的妻子长得太过于平庸，眼睛不太大，鼻孔有些朝上，脸上还有很多深深浅浅的麻坑，据说是小时候出麻疹留下的。曹海峰家里贫困如洗，由母亲做主娶了邻村家里做建材生意的文凤，这才缓解了家里的经济情况。但遗憾的是，文凤生了儿子，却少了一只手臂，这让曹海峰终年闷闷不乐，经常借酒浇愁。

文凤说儿子发烧了，让曹海峰回家看看。曹海峰却推开妻子说："小孩子家，哪个不发烧生病？别太当回事了，烧烧更皮实了，不是吃过药了吗？赶紧回去看着，我再待会儿就回去，明天家铭哥就要回家了。"

谁料文凤哭哭啼啼不肯走，曹海峰怒气上来，两个人竟争吵起来。于是，颜雪珊夫妻与刘淑惠纷纷上前劝阻，最后由黄家铭留下曹海峰，颜雪珊和刘淑惠则送文凤回去。待看到文凤的孩子情况缓和了，颜雪珊和刘淑惠两个人则打着手电筒做伴儿往回走。

走到村口的一片树林里，意外听到一个男子呜咽的声音。颜雪珊忽然感觉到这个男人的声音很熟悉，两个人轻轻上前，竟然看到任文良浑身酒气、蜷缩在满地的落叶里，"呜呜"痛哭着。

"良哥，你怎么了？"

这句话让躺着的人浑身颤抖了两下，很快就看到他镇静了许多，他一骨碌爬起来，并不回答颜雪珊的话，只是含糊说了一声："没事……回去吧……"

他踉跄地朝前走，不顾后边人的呼喊，就这样渐渐消失在前边混沌的夜色中。

颜雪珊拉着刘淑惠说："良哥怎么了？下午就说他肚子疼难受，大半天都看不到人，怎么跑这里躺着？"

刘淑惠没有回答，女人是最敏感的。她感觉到任文良每次看到颜雪珊的不镇定与不平常，那明明是青年男子对女子的仰慕之情。颜雪珊与黄家铭结婚，刘淑惠倒是很欢喜。她已经发现，自己悄悄喜欢上这个木讷、不善言谈而又心地无私的瘦弱男子了，他身上有一种让人钦佩的执着，这样的男子一定会有大出息的。她想好了，不会放过这份上天赐予的大好良缘，回家就央求母亲来说亲，最好先把婚订下来，等他大学毕业就赶紧结婚。

她心里这样想着，步子走得慢了些，听到颜雪珊说："快点呀，天气好冷，家里那两个人还不喝成醉鬼，我们得赶紧回去看看。"

她应了一声，就连忙跟了上去。

果然，黄家铭与曹海峰两个人都躺下不动了，颜雪珊摇头，只好让刘淑惠帮忙把两个人抬到屋里去。

刘淑惠回忆着两个人的过去，她摸了摸自己的额头说："当年我第一次求婚，还遭到了你表姨父的拒绝。"

这话说得黄欣悦惊了一下。

"后来我自杀的心都有了，半夜起来朝墙上撞头，这不，现在额头上还有个淡淡的疤，"刘淑惠指着头给黄欣悦看，"不过，后来我听人家说男追女隔重山，女追男隔层纱，我就鼓起勇气来，想自己去争取幸福……我就这样勇敢地追到了北京，到了他单位，和别人就说是他未婚妻，他开始还有些不好意思，但是又没有办法让我露宿街头，于是就接了他母亲来。这可救了我呀，老太太忽然得了肺炎，都是我跑前跑后照顾，后来老太太说什么也得让他娶了我，说人不能觉得自己出息了就忘本呀，城市的姑娘哪里有咱们老家的好呀！"

黄欣悦看到表姨说起这些没有丝毫尴尬，就知道她这些天一定是经历了非常艰辛的心路历程，于是并不打扰她，静静地听着。

"这也算是皇天不负有心人吧？我的真诚终于感动了他，他就和我领了结婚证，简单摆了几桌，就开始过起日子来了。他后来还给我在他们食堂找了个工作，我也就这样过来了。后来有了这个院子没多久，老太太居然就去世了，他虽然伤心，但是我怀孕了……婷婷三岁时，我又生了鹏鹏，本以为苦尽甘来了，没有想到，你家发生了那样的事，有一天，我正抱着鹏鹏喂奶，你母亲就领着你进了门……"

黄欣悦知道母亲和自己的到来，定然是给了表姨很大的冲击。其实表姨也是个大气的人，不然怎么能忍受丈夫心里还装着别人这么多年，还心甘情愿为这个家付出了全部？

"其实，有件事情，我瞒了你表姨父，你母亲走的时候，我们偷偷在天坛公园见了最后一面，她说她有急事需要去国外一段时间，暂且让我照顾好你。你猜我说什么，我说我可以像亲妈一样照顾你，但是她走了以后，就永远不要再回来了……"

刘淑惠说到这里，偷偷抹了一把眼泪，又继续说："现在想来，我这才是自欺欺人，让一个人的影子在这个世界消失并不难，但是让一个人在另外一个人心里彻底消失是一件多么难的事……"

黄欣悦默默无语，只好伸手去帮着表姨擦眼泪。

刘淑惠噙着泪，拉住黄欣悦的手说："都是我鼠目寸光呀，我现在很后悔，如果你母亲在你身边，你该是多么轻松快乐，都是姨不好，你就骂姨一顿也好。唉，你表姨父虽然什么都没有说，但是我知道他不会原谅我……所以你今天一回来，我这堵在心里好多天的闷气终于出来了！欣悦，你回家住吧。你不是还要和表姨父学裱画吗？你表姨父说，这裱画是最考验人意志和功力的，如果不好好专注于它，永远都走不远……"

黄欣悦早已经听得满脸泪水，她连连点头："姨，这里永远是我的家，我这就回来住，再也不走了。"

"好，好，这就好。"

两个人哭成一团。忽然，她们身边的猫"喵呜"一声蹿了起来，爬上了院子里的梯子，刘淑惠在上边晒的茄子干"哗啦哗啦"全都掉下来了。

"这个该死的猫，都是我好心，把它从外面捡回来，它就这么没良心，这猫和人是真不一样，欣悦，还是你最好，赶紧回来吧！不要让你表姨父再恨我了。任鹏死了，任婷根本不着家，你总有一天也要出嫁，我只剩他陪着了，如果他一直不理我，我下半辈子可怎么活哟？"

"不会的。"黄欣悦一边安慰着刘淑惠，一边过去将那些茄子干都捡了起来，重新摆放好。

家里的几盆兰花长势很旺，竹架子上攀爬着几只开着花的小黄瓜，那是表姨闲来无事种下的，也到了快要收获的时候了。种瓜得瓜，种豆得豆，她不后悔自己所走的路，即便永远不知道亲生母亲在哪里，从现在开始，她不会再去想一个和影子一样的她了，眼前这个抚养自己长大的女人就是自己的母亲。

黄欣悦从表姨家出来的时候，压抑在心头多日的积郁终于一扫而光。如果一个人的爱情是模糊的，但是有亲情的滋养，也还是幸福的。

顾明晨一直非常后悔，他知道他再次触犯了黄欣悦的底线，这才让她逃离，但是，好在她留下了那幅没有裱完的画，这让顾明晨很欣慰，他还是有理由重新找到她。换作普通的女孩子，送上珍珠钻戒、珠宝玉石都可以哄得对方兴高采烈，但是黄欣悦是唯一不会被流光溢彩的物质所打动的人，可以打动她的只有那些被虫子咬了的、脏兮兮的、发霉的破烂画。

公司准备专门对元明清古画做一个夜场专卖，正在收集一些收藏家的藏品资料，他苦笑，这是上次撕毁《疏林寒绿图》临摹画之后，第一次公开拍卖，计划还要请一些海外的藏家与同行到场，所以很久以前就开始筹划了。其实，他还是有些担心这次拍卖的效果，只是因为上次的事件还没有完全消散，虽然对那些事情严密封锁了消息，世上难有不透风的墙，拍卖行肯定会有些损失的。

文道拍卖行楼下，一身整齐的任文良，朝前一步，进入那道旋转门里，他的步子走得很稳健，来之前他已经给女儿任婷打过电话，任婷听说父亲要卖那幅古画，顿时大吃一惊。这些年来，母亲为了生计，为了弟弟，甚至为了曾经得了绝症的姥爷，和父亲吵过无数次架，让父亲卖了这幅画，可父亲说什么都不肯。只是违背了初衷，临摹了几幅赝品救急。

当她看到父亲脸上呈现出那凝重的神色，就知道父亲这一次是来真的了。她按捺住心中的疑虑，带着父亲直接到了顾明晨的办公室。

"任老爷子，您说什么？你要拿这幅真画来拍卖？"顾明晨听明白任文良这次来的意图之后，竟是大吃一惊。他拿起放大镜，仔仔细细看那画，山、水、林木、朝霞都是那般生动灵气，即使他不是业内顶级的专家，但看到那幅画的气势，也知道它是真的。

"别看了，如假包换。"任文良坐下看到顾明晨与任婷一头雾水的样子，嘴角咧开了，"到昨天为止，这幅画在我手里整整放了二十年，当年这幅画的主人说过，到了年限后，我可以任意处置这幅画，现在我要行使我的权利了。"

"爸，你是要还上任鹏在外边欠的那些债吗？"任婷不解，说，"弟弟已经不在了，那些债务自然就消失了，您为什么还要做这些呢？"

任文良摇头说："任鹏成年后，我想教他学会承担，但是没有想到，我没有把他教好，他宁肯轻易丢了自己的命却不敢面对现实，但是人贵在守信，我以后还是会慢慢帮他把剩下的债都还了。现在我要做的和这些没有关系，我要把那三幅临摹画都收回来。"

顾明晨心里"咯噔"一下，说："老爷子，我那里有一幅，还有，我朋友认识一个玩古玩的，他那里好像有一幅，至于第三幅，就不知道在什么地方了。"

"听你一说，我心里有数了，那还是要拍的，第三幅在哪里，我一定要找回来，这样我的心才安宁。"

"您放心，我这就去古玩店把那幅画弄回来。"

任文良点头："好，不急，慢慢来。你小子够聪明，看来是明白我的意思了。"

顾明晨很严肃地回答："是，老爷子想必已经胸有成竹了，作为晚辈，我一定尽力就是。"

"对，真画一旦出现，那拥有赝品的人一定会来探寻真相的。我觉得，是时候了。"任文良用一双粗糙的大手轻轻摩挲着那画轴，笑着说，"都这么多年了，我每天都在夜深人静的时候偷偷看它，所以这幅画里的每块石头、每棵树木，甚至每根深深浅浅的线条，都深深印刻在我的脑海里，那三幅画就是这样画出来的，我曾经打过无数次草稿，也曾经废弃过很多已经临摹好的画，只为了挑出三幅最好的。为了保持它风格的统一，我必须在最短的时间内连续完成，这样就避免了细微的差异，大家不会想到，那些赝品也是我半生心血。"

顾明晨被眼前这个执著的裱画大师感动了，他要裱画也好，临摹也好，都要对那些画作进行无数次的观察与揣摩，在无数个夜晚进行孤独地劳作，这不是普通人可以达到的意境，大师的称号于他来说，是实至名归的。

古有巢氏造屋、黄帝造车、大禹治水，到现在仍然可以保有这份初心的"工匠"，在现代也是支撑中华民族文明存续不可或缺的重要群体。他觉得，以后在他投资的纸业公司里一定要有这样的展示，才可以更好地引发全民对于"工匠精神"的思考。这种承载在人身上的品质绝对不是"精益求精"这四个字所能代表的。眼前这位老人要的是坚持之外的一份与社会的责任感，他深深为之叹服。

送走任文良以后，他让任婷把这幅画放到公司专门准备的保险箱里，他觉得，这幅画来得很及时，终于可以将以前所有的缺陷都弥补回来了。他开始派人联系对元代古画有研究的鉴定家了，重新出一份联名鉴定书，就会消除以前所有的负面影响，这幅真迹也一定会得到最妥善的安置。

他拨打了池宇航的电话，池宇航不到半小时后就回了电话，说那家古玩店的老板最近经营不良，偷偷跑路躲债去了，那幅画已经不知去向了。

顾明晨听到这里，不由狠狠掐了自己一把，他恨自己当初优柔寡断，居然把画还给了池宇航，早知道这样就先把它拿下来了。

他低头看到自己办公桌上放着一只礼品盒，打开一看，原来是任婷送给自己的生日礼物，是一条领带。他看得出任婷对自己的关注，但是，他的心里不会再有别人了，他只装得下那个叫黄欣悦的女人。

他已经决定，将任婷升职，调到上海的分公司去主持相应事务，这样对黄欣悦，对任家也算是一个最妥善的安排了。还有，他还要委托池宇航再去打听任鹏生前到底欠了什么人的钱，他打算要消除她所有的隐忧。

他办公桌前的一幅字："锲而不舍，金石可镂。"是一次他在书画市场偶然得到的，这写字的人是个名不见经传的人，但是他却莫名被那几个柔韧的字深深打动。要知道，字画的每一笔都是人情感的流淌，是写字人的精神气所在，所以一定要选择适合自己气息的，才可以隽永长久。

这一次的拍卖会一定会在业界大放光彩的，他相信。

华光公司今天的业务很冷清，面对小众市场与陌生的人脉关系，夏长风感觉到捉襟见肘。他要的是和自己一起战斗的同行者，不是只出钱不出力的影子合伙人。

他把自己的项目发在网站上，居然还得到了一个英国人的投资，这笔资金注入很及时，使夏长风暂时缓解了经济压力。他看到累了一天的几个员工渐渐离开了，只有旁边办公室里的李芃还在。

一个女孩子孤身在外打拼，还要加班到深更半夜才能回家，他有些于心不忍，于是走过去，想告诉她可以离开了。

但是，他在门外，看到她趴到桌子上，似乎正在忙着做一个纸模型。那是一个用竹子、木头搭建起来的帐篷一般的东西，她正眯着眼睛用针缝着什么。

听到动静，李芃应了一声："夏总，对不起，打扰到你了。"

"你在做什么？"

李芃笑笑，将散乱的发丝推到耳后说："我虽然在英国留学多年，但是一直喜欢中国文化，经常会学到一些古诗词，记得有一首词《鹧鸪天》是这样写的，'添老大、转顽痴，谢天教我老来闲。道人还了鸳鸯债，纸帐梅花醉梦间'。以前就不明白这'纸帐梅花'是什么，现在了解纸文化历史，终于懂了……"

夏长风顺着她灵活纤细的手指看过去，只见纸帐上还用彩笔绘上了花鸟虫鱼，还有两个用橡皮泥捏成的花瓶悬挂在顶上。她缝好了最后一针，终于开心地伸长手臂，长舒一口气。

"我想，再过不久就到暑假了，我们不如做一期公益亲子活动，把中国古诗词的纸故事搜集起来，让大家按照诗词的意境做纸艺手工，还有，用不同的植物色彩染纸，这样通过现场与网络同频率传播，就把我们公司做的礼品纸推广出来了。"

"染纸？用黄檗吗？"他只记得这种植物，记得一个和黄檗有关的女孩子，那个他不敢见却一直深深怀着刻骨思念的人。

"不，染色的植物有很多种，据说薛涛笺就是猩猩色，是以芙蓉花的汁液染的，还有松花色就是用槐花染的，还有听说荷叶也可以染成大地的颜色……有这样多姿多彩的体验生活，大家一定会非常喜欢的……"

"你说得很好，由你全权负责，就这样做吧！"

夏长风转身，怅然若失地离开了，早就忘记了自己到这里来的目的。他心中藏着一种难以言喻的恐慌，这种感觉强迫他将自己的一段时光掩埋掉了，那是一种很不好的感觉。

但如果他始终在逃避，就会与自己心中的爱人越来越远。

李芫看到夏长风就这样离开了，她终于收敛了原来那种萌呆的表情，意味深长地看了一眼手里的纸模型。然后，她拨通了一个人的手机，很快对方传来一个温柔宠溺的中年男人声音："芬妮，你怎么样了？还需要爸爸做什么？"

"我要您先打一千万给我，这样下去就是龟速运行，不知道什么时候才可以回到新加坡，我要好好努力一下。"

"女大不由爹，你这姑娘还没有嫁人，就成天挖娘家的墙脚？"

"爸，您要是不想见我，那我就再回英国去。"

"好了，就让你随心所欲吧！谁让我只有你一个宝贝千金呢？哈哈哈……"

李芫挂断了电话，收拾起自己的东西来。她在夏长风身上，已经感受到了一个女人难以剥离的存在，这些都让她觉得慌乱，所以不得不提前下手。她要掌握主动权，逼迫夏长风退回新加坡市场去。

来北京前,她和夏青岚通过电话,知道夏长风是为了一个女人才暂时留在北京的,她并没有泄气,也很庆幸自己来得及时,她感觉到,夏长风与那个女人似乎还隔着什么,两人并没有走在一起。

夏风吹来,有些潮湿,也有些闷热,但是由于这个古老的城市融入了太多的人文色彩,所以连空气中都充满了善解人意的味道。她一定会成功的。

第十八章
年少无知

一

　　文道拍卖行夜场，时针指向晚上八点十分，听到主持人念着："3800万，最后一次，现场出价3800万，还有要加的吗？线上还有吗？"

　　四周没有人举牌。

　　"3800万，最后一次，好。"主持人敲了一下锤，"恭喜56号买家获得竞拍资格。下面我们夜场的压轴好戏开始了，我们要竞拍的是一幅元代盛懋的《疏林寒绿图》，这是一幅非常传奇的画作，相传世间出现了三幅难分真假的仿制品，所以拍卖行也一度陷入了困窘中，现在我们来看十六位业界权威的亲笔联合签名。"

　　大屏幕上出现了很多古画鉴定家与收藏家的签名与印章，很多人都唏嘘不已，说道："这画还真是名不虚传。"

　　"好，现在我们再随机请一位资深收藏家和几位买家亲自上前来观摩。"几个人上去，各自拿着放大镜看了一番，然后纷纷点头。

主持人鼓掌说道："大家都知道，盛懋虽然不是当朝顶级一流的画家，但是他的实力也不可小觑，在国画造诣上也有着独特的审美与构图，他的作品结构严谨，笔墨清润，气韵浑厚又不失自然情趣，非常有名的画有《秋林高士图》《秋江待渡图》《沧江横笛图》等，今天的拍品来自于民间，是第一次作为拍品，现在这幅作品起价500万元，拍卖现在开始……"

顾明晨坐在后边，看到一旁的任文良脸色泛起憧憬与期待，似乎一直在等待什么人。

"好，线上1300万，1500万……"

很快场上拍价已经到了4000万，此时只剩下36号与156号在角逐。

"4100万、4300万、4500万、5000万，现在156号出价5000万，好，5000万，还有出价吗？……最后一次，5000万元，恭喜156号买家……"

任文良看到这里，慢慢起身，嘴角似乎含着一丝不易察觉的微笑，出了大厅，朝会客厅走去。

顾明晨赶紧跟上，他已经答应了任文良，这次拍卖后，任文良要和买家亲自见一面。

156号，这个号牌真是吉利，也不负众望。他远远望见，156号买家是一个五十多岁的中国女人，岁月并没有在她身上留下太多的痕迹，她的背影窈窕有致，装扮得体大气，手里的资料却显示，她有着一个不同寻常的身份，法国弗兰克艺术发展有限公司董事长丽莎女士。

对于这个公司的名字，顾明晨并不算陌生，手里已经有很多资料表明，他们一直试探融入中国的艺术品市场。这次这样不惜财力来争夺一幅中国古画，一定是有备而来。

他的脑海里不断运转着，想着一切可能发生的事情，也不断地在找寻应对之策。他的手里紧紧攥着买家的资料手册，跟上任文良的步子。

"丽莎女士，请往这边。"有人在前边带路，丽莎的心情波涛起伏，她期待那个人是自己想见的人，又害怕是那个人，她不知道该怎么面对这一切。

"任先生，丽莎女士来了。"

有人指着前边，只见一道门轻轻打开，一个打扮时髦的中年女人带着两个保镖轻盈走过来。这个女人虽然是一个法国公司的董事长，却是个黄皮肤的中国人，她戴着一副贵气的金边眼镜，头发烫得非常精致，一身精干的水绿色职业套装穿得非常得体，映衬得她的肌肤更加白皙迷人。她微笑着，朝这边走来。

但是，当她越来越近时，脸色也越来越凝重。她似乎不敢呼吸，一双黑色深邃的瞳孔直射过来，那目光犹如穿越了几千年的时空，迷离、渺茫、疑惑、不解……甚至是惊诧……

她没有多大变化，身材保持得还是很好。她的发丝隐隐露出白色，但是丝毫不会夺走她的绝代风华。那是岁月给予她的美丽，是时光的宽宥将她推到了一个熟悉的男人面前。

任文良在周围很多人的目光中，就这样紧紧凝视着眼前的女人。虽然她已经不是过去那个青春年少的她了，虽然她已经不是那个送他狼毫、鼓励他的姑娘了，虽然她已经在遥远的大洋另外一端蜕变成另外一个坚强的样子，但是，他认得出，她还是她，她就是那个在他梦中魂牵梦萦了很多年的她……

他的嘴唇哆嗦着，手慢慢伸了过去，仿佛不敢相信眼前这个女人是真实的。

"雪珊，是你吗？"

"良哥，我终于见到你了……是我，我是颜雪珊，你的妹妹……"

颜雪珊蓦地觉得，自己错过了很多，眼前这个男人再也不是以前那个呼之则来、挥之既去，对自己爱护备至的兄长了，他的头发花白，脸上褶皱丛生，手上青筋暴露，还有一层厚厚的、从事多年体力劳动的老茧，她毫不犹豫攥住了他的手。哽咽着说："良哥，我对不起你，我来晚了，当我看到这《疏林寒绿图》被拍卖的消息，我就知道那一定是你……看来我真的来对了……"

任文良就这样凝神看着她，过了很久，嘴角才浮起笑容，缓缓将手里装着《疏林寒绿图》的木匣递了过去："来了就好……来了就好……"

颜雪珊没有说话，只是将那幅画展开，仔细看了过去。时光流逝，每个人都会老去，唯独这凝聚了人类智慧的艺术品可以保持长久的魅力不衰。这也是她多年来内心的一种坚持。虽然在海外多年，但她从来没有忘记中国画的细腻与传神，也一直在法国做过多场中国画的展览，这次回来，不仅仅是要找回自己的亲人和画作，还想找一个有创造力、有远见卓识的拍卖行合作，共同做好中国文化的推广。

她哭了一阵，对任文良说："良哥，说实话，我回来前还怪过你呢！怪你没有信守诺言，就这样把我家的画给卖了？……可是后来我又想，不对，这不是你的性格，你一定是遇到什么事了，才会这样不得已的吧，所以我毫不迟疑地回来了……"

任文良控制住内心的激荡，说："有幸不辱使命，这幅画终于可以交回给你了……我就是想，如果不这样，我就永远都看不到你……还有，我做得不够好，让欣悦受了很多委屈……"

"欣悦……她还好吗？……"颜雪珊听到这个名字，泪水又一次"唰"地流下来，"我对不起她……真的对不起她，我不知道她会不会原谅我？"

任文良仰头笑了起来，说："无论岁月有多么漫长，无论距离有多么遥远，这血脉亲情是永远都泯灭不了的，你放心……"

顾明晨在后边听到了这些，隐隐猜测出这位丽莎女士的身份，于是，他向四周的工作人员挥手，示意他们回避，自己也拿着那本资料册，一边想着，一边觉得不可思议。

任家的院子里，黄欣悦正在把自己的床褥重新晾晒，这次重新回到自己的小屋里，她莫名觉得快乐起来，终于有了家的感觉。这种熟悉和亲切，令她贪恋，哪怕是那些馊臭的糨糊味道，还有天空中不知道谁家的鸽子飞过排下的粪便恰巧落在刚刚洗好的衣服上，那些感觉都是美好的。

她一边轻松地哼着歌，一边打扫着院子。天气越来越热，她开始往院子里洒下些水，顺便把花花草草都浇了一遍。

忽然，听到表姨喊着："对了，欣悦，你以前那个好朋友今天给你送了一件礼物来，在你屋子里，看到了吗？"

"看到了，那个洪美妮呀，就是这个样子，我可不敢再收她东西了，这个先不拆封，等过几天我找个理由悄悄送回她家里去。"

"你这孩子，真是的，人家诚心要送，总是拒绝，也是不太好吧？"

"不行，姨，我主意很难改变，一定要送回去的。"

"算了，随你们吧！年轻人的事我可不懂，也管不了那么多。对了，你表姨父这几天天天往外跑，也没见他裱画，不知道干什么去了？"

"也是，我这两天都没见到他老人家。"黄欣悦想象着表姨父看到自己和表姨和解的样子，不由嘴角泛起笑容。

这时，她听到门响了一声，连忙兴奋地跑了过去，大喊了一声："表姨父！"然后她觉得尴尬了，表姨父身后还有一位风韵犹存的中年女士，她只好笑了笑，退了几步。

任文良忽然看到黄欣悦跳了出来，着实吓了一跳，他的心情半是复杂半是感慨："欣悦，你回来了。"

黄欣悦看到他身后的女士用一双饱含深情的眼神看着自己，那深情犹如一个舐犊情深的老母亲，她忽然有些慌乱，只好又再往后退去。

厨房里传来了表姨的声音："你这个人，这几天搞什么呢？连个鬼影都看不到，不是还有好几幅画没有裱完吗？"

说着，她端着一只砂锅就朝外走出来，但是，就只是那么一瞬间，听到"啪"一声，砂锅碎成两半，一股苦涩的药汁味道飘了过来，只见表姨嘴唇有些发抖，好半天才说出几个字："雪珊？是你吗？你……"

她看着任文良默默点头的样子，忽然不知道从哪里来的气力，她指着那女人说："他还是把你找回来了？你……你为什么不信守你给我的承诺？为什么？"说完，她捂着嘴，忽然哽咽了一声，扭头冲进了屋子里。

那个女人疾步追了过去，喊着："表姐，你听我解释……"

但忽然她又想到了什么，再次回来，对黄欣悦说："欣悦，我是你的亲生母亲，我回来了。"

黄欣悦忽然觉得天地都一同旋转了起来，强烈的太阳投下的光点变幻成斑驳的竹影，地上洒的汤药仿佛再次沸腾起来，袅袅飘起一阵雾气。这时，她方才醒悟是自己的眼泪掉了下来。

眼前这个女人有着和自己相似的面孔，一双洞察一切而又充满了懊悔与无奈的双瞳同样浸满了泪水，她试探着朝前走过来，一边走一边说："欣悦，我知道我这样忽然出现会吓到你，但是我……其实一直是思念着你的，我一直想回来找你……"

黄欣悦摇着头，双手将面孔遮住，抽泣了几下，忽然捂住自己的耳朵朝裱画室冲了进去，她不敢看她的眼睛，她怕一看到那双会说话的眼睛，自己就会忘记这些年对她所有的思念、所有的那些美好记忆，她不想就这样消弭那些由于她所遭遇的一切痛苦。

颜雪珊还想继续追下去，但是任文良拦住了她，示意她暂且缓和一下情绪："给她些时间吧！欣悦是个坚强的孩子，但是这种没有父母的缺失对她来说影响太大了，即便我们再努力去给她温暖与抚慰，但是还是替代不了她的亲生父母……"

颜雪珊哀哀地啜泣着说："这些年我不敢回来，也是怕她不愿意接受我……天哪，我真的做错了吗？"

任文良让她先坐下来休息，自己则近前，在窗口看到黄欣悦自己蜷缩在椅子里哭了一会儿，忽然看到了桌子上刚刚上完蜡的画纸，她的眼神在此刻似乎重新迸射出一束浴火重生的光彩，她强迫自己定了定神，擦干了眼泪，然后拿起一块砑石，开始了砑光这道工序。

他忽然想起了以前欣悦问的一句话："这砑光是要屏住呼吸专注才能做的事吧？但是应该怎么用力呢？"

他回答说："这事看着简单，但是其实是凝聚了一个人所有的心力和体力，为了保持用力均衡，要两手抓石，还不能用力太大，干活的时候要略有斜度，不能砑出飞边，还要避免砑石损伤画作。这个活用的力其实是巧力，要全神贯注才能做好，对了，还得注意别让汗水掉在画上……"

他看到黄欣悦一边凝神用力砑着光，一边不时转头擦一把眼泪，她是靠这种专注来麻痹自己的痛苦。

他只好长长叹了一口气，心想由着她吧，时间长了，就会冷静下来。但忽然他听到刘淑惠的屋子里传来惊天动地的哭声，他有些无奈，只好过去小声说了一句："小点儿声，不怕邻居听到了笑话？"

这句话非但没有止住她的声音，反倒使她愈发歇斯底里起来，她索性坐在地上大声哭喊着："我这是什么命？没了儿子，现在还遭受丈夫的嫌弃了……"

只听颜雪珊冲进来跪倒在刘淑惠面前，抱起刘淑惠的手朝自己身上打，哭着说："姐，你谁都别怪，要怪就怪我当时年少冲动、不思后果，现在也不知进退，还让你这样遭罪呢！姐，你就打我好了……"

刘淑惠扭着头，不甘愿地将手夺了回来，然后又哀哀哭着，两只眼睛已经肿得和桃子一样，任凭颜雪珊说什么，她都不做任何回应。

任文良看到这个混乱的场面，深深自责起来，他觉得天气有些热，呼吸有些困难，似乎有些耳鸣，他不由扯了几下自己的白衬衣领子，缓缓地朝门外走去。他想暂时离开这个难以思考的空间，让自己静下来，才好思索以后的事。

这种混乱的结局是任文良所没有想到的，快到端午节了，看到别人家都开始买回粽子叶、江米、大枣、蜜枣，准备包粽子过节了，可自己家里的每一个人明明是亲人，此刻却都是疏离的。他觉得自己是失败的，十多年前，经历过的那些时光，似乎也没有什么是正确的。

如同骄阳晒透的那些花圃里的花草一样，他觉得自己的身体也出现了干涸的状态，该休息一下了。

在文道拍卖行里，顾明晨在办公室里很艰难地说出了自己的决定，本来以为任婷会欣喜若狂，没想到她两眼噙满了泪水，不可置信地说："顾总，您是嫌弃我工作做得不好吗？"

顾明晨皱着鼻子摇头："当然不是，我是非常欣赏你的工作能力，不然也不会安排你在总监的位置上，但是人总是要变的，晚变不如早变，这样好的机会，对于一个人来说，并不是想要就有的，对吗？"

任婷看到顾明晨心意已决，失望地回答："好，那您给我些时间，我要考虑一下。"

顾明晨点头，重新拿起桌子上的弗兰克公司的相关资料，深深思考起来。种种迹象表明，这个丽莎女士不仅和任文良有着密切的关系，还和黄欣悦有着不容小觑的情分，如果她就是黄欣悦失踪多年的母亲颜雪珊的话，那么……顾明晨想着，忽然觉得眼前出现了一片葱葱郁郁的沙漠绿洲，未来充满着希望。

任婷离开了办公室，一个人失魂落魄地在大街上走着，忽然一辆豪华的越野车轻轻停下来，车窗摇下来，露出了池宇航的脸："任小姐，你有伤心事？"

任婷漠然，点头。

"既然这样，上车，我带你去参加一个朋友的聚会，找些朋友多聊聊天，那些烦恼什么的就都忘记了。"

任婷听从了他的话，乖乖地坐了上来，说："我想喝酒。"

"喝酒？"池宇航愣了一下，很快就释然了，"好，我们就去喝酒，想喝多少就有多少，喝得酩酊大醉、不省人事……"

任婷如同木偶一般，没有理睬他。她心里犹如排山倒海一般，早已经想吐出来。费尽心机这么久了，居然仍得不到顾明晨的一点儿回应，而黄欣悦那个女人却占尽了便宜。她早已经在顾明晨的办公桌上、笔记本电脑上隐隐发现了黄欣悦的资料与照片，他一直对她很感兴趣。她还听到悠悠的保姆张阿姨悄悄告诉她，有一天清晨，顾明晨与黄欣悦是从同一个房间里走出来的。

她拼命遏制住自己心里的悲哀，伪装成一副不在乎的样子。池宇航似乎也发现了她的不寻常，只是小心翼翼地带着她到了郊区的一栋格调清雅的别墅里，里边有很多人，仿佛正在庆祝着什么。

只见一个穿着紫底猎豹纹T恤的年轻阔少上前，对着池宇航就砸了一拳，骂道："你小子做事很不地道，做生意畏畏缩缩，给咱们大哥过个结婚纪念日都晚到，你安的什么心？今天要多罚几杯！"

很快，他就发现池宇航身后的任婷，眼神顿时亮了起来："这位是？难道你小子又换女朋友了？"

"去你的，你这个狗嘴吐不出象牙的家伙，这是我朋友的同事，心情不好，带她来放松一下！"

任婷毫无表情，礼节性地朝对方点了一下头，就继续跟着池宇航朝前走过去。她听到后边的阔少说："认识一下吧，我叫刘诚伟，这是我的名片。"

她瞥着眼皮看到这张名片上只有一个名字，忽然笑了起来："你这是此时无声胜有声的意思吗？还是没有可以超越你的表述？"

刘诚伟眯着眼睛笑了笑，他朝着任婷上下打量了一番，这个姑娘身材不错，脸蛋也漂亮，是个可以摘的鲜花。

很快，池宇航就被人拉到远处去了，任婷一个人坐在角落里，一杯一杯地喝着，意识渐渐模糊了，似乎有个不是特别熟悉的男人带着一股逼人的戾气袭了过来。她才不管是什么人呢，只是举着酒杯朝对方说："干杯！"

酒精带着超越身体的热量灌了进去，她觉得自己的头微微渗出了汗，很疲倦，这份疲倦将之前的伤痛一并裹卷走了。她用力气大声呼喊着："池宇航，你给我滚回来……送我回家……"

她听到有个男人托住了自己，轻柔地说："宝贝，走吧，我送你回家。"

她很放心地靠在他怀里，那里散发着一股带着微微药香的味道，和父亲常用的糨糊配方里的药材味道很像，那种药材叫什么来着……她脚步软绵绵的，嘴里在胡乱嘀咕着："我知道，你用的香水里有乳香……这个我家最多了……"

她脑海里浮现出父亲发怒的面孔和斥责声："任婷，你就知道臭美，这臭美能当饭吃吗？那是长久不了的，还是得和欣悦一样学份手艺……"

她摇头，几乎将身体坠落在地面上，长长的发丝披散下来，盖住了她的脸，她用手朝后推了一把，仰头甩了一下，很想说："凭什么要学她？我才不稀罕呢！我就要靠脸蛋吃饭，我就是漂亮，气死她……"

汽车引擎响起，她觉得胸口憋闷起来，她起身呕吐起来……

别墅里，池宇航晃悠悠地朝大家告别，四处张望了很久，也没有看到任婷的身影，他摇头，觉得自己驾驭不了这种女人，还是放弃算了。

黄欣悦不知道该怎么面对颜雪珊，她刚刚决定在这个家永远待下去，她就像神灵一般出现了。表姨为此已经三天都没怎么吃饭，表姨父更是一言不发，待在工作室里不出来。

但是今天却发生了一件利好的事情。她接到了法院的通知，说是那个叫邓玉春的男人撤诉了，并且不再追究那字画的损失。她刚刚得知这个消息的时候，简直是大吃一惊。如果不是这几天发生了太多的事，她正准备将这件事如实告诉表姨父，并请他到时在法庭上亲自演示一遍那字画的装裱，让大家可以看看，如果那幅字画作假，装裱后是很难呈现出那些墨润笔尖的感受的。即便这种做法无法说服大家，但是它所呈现出的那种不图功利但求一物之美的心，就足够打动法官的了。

如果有人不肯相信情怀是可以当饭吃的事实，那么相信大家看完表姨父的装裱之后便一定会改变原来的看法。缺乏纯良之心的裱画师，制作的画作谈何艺术之美？如果只想到物质、金钱的画，不如去生产快速暴利的产品来得容易，何必做这费工费时费力费心的装裱呢？一个没有情怀的人，自然什么都做不好。

黄欣悦给表姨和表姨父做了些吃的，安顿好，自己则抱着洪美妮送的那个大盒子，径直打车到了她家。她很久没有见到洪美妮了，很想将自己内心的波动告诉她，因为她发现，她要逃开文道公司，要逃离顾明晨的家，并不只是自己想要过自由的生活，她也在通过自己的方式来逃避这个人。

她说不好那是什么感觉，她越来越觉得现在的顾明晨和当初见到的那个飞扬跋扈的男人有很大的差异，甚至有时候在他撒娇的时候，她都有些不认识他了。尤其是在他半夜回家的时候，有时还需要女儿悠悠给予自己一份坦诚的关怀。每次在悠悠亲吻父亲、道过晚安并鼓励他加油工作以后，他才能安心地回房间休息。有时候，这都让黄欣悦啼笑皆非，虽然她也是可以躲避着他，但是那种几乎是有些压迫的感觉越来越强烈，这让她难以喘息。她想着，却看到洪美妮家门是锁着的。听邻居说，她和母亲近期要出国探亲，给祖父过寿，要待一段时间才能回来。黄欣悦想起来了，洪美妮还有一位祖父和一位叔叔在美国，她的祖父已经快到九十高龄了。

没有办法，她只好提着礼盒往回走。快要走到胡同口的时候，她忽然改变了主意，扭转方向，朝经常买药的那家药店走去，她一边走还一边笑自己，连这样重要的事都给忘记了。那药店的小掌柜可是洪美妮的男朋友，她就是为了他，才会留下来的。把这东西放到她男朋友那里再合适不过了，省得到时候自己交给她还会费尽口舌。

药店今天人不多，小掌柜还是一脸热情地问道："您这次还是要买多少黄檗？要得多的话，我们还是到后边拿。"

黄欣悦将大礼盒推到他面前说："这个暂时放在你这里，等洪美妮回来，你亲手交给她，就说黄欣悦说得到做得到，不能再收礼物了，她如果再这样，我就不高兴了。"

小掌柜愣了一下，说："这位女士，东西可以暂时在这里保管没有问题，但是请问这位洪美妮女士是谁？我该怎么联系她？"

"什么？"黄欣悦看到小掌柜一脸肃穆，不像是在说假话，也觉得奇怪，"洪美妮不是你的女朋友吗？她可是为了你才放弃了出国的机会，你是不是不知道她为你牺牲了很多……"

小掌柜张大了嘴巴："为了我？放弃留学？这是怎么回事？我真的不认识什么洪美妮。"

"啊?"黄欣悦心中出现了无数个问号,她给洪美妮发了微信,也没有得到任何回应。

黄欣悦这才发现是自己太莽撞了,连忙说:"对不起,我没搞清楚,请不要见怪……"

"没关系,您需要我做什么尽管说就是了。您也是我家的老主顾了,一定要相互照应的。"

黄欣悦觉得有些窘迫,只好说:"给您添麻烦了,这样吧,您还是先给我来十斤黄檗吧!反正我表姨父和我都是要用的。"

聪明的小掌柜心领神会,也不拆穿她的这份好心,于是笑了笑:"您还是和以前一样和我到里边去拿吧!"

黄欣悦点头,就这样随着小掌柜的脚步再一次踏入那内院。进到里边,小掌柜打开库房门,里边有几只飞蛾掉落在地上,他扑打着飞蛾无奈地说:"看来这几天要多晾晒一下药材了,晒晒不生虫呀!咱家这药不用农药虽说是安全,但是您看还是招这些东西,您还是在石凳上歇会儿,我先把这些飞蛾打一下……"

看着小掌柜穿上围裙,戴上套袖,不顾天气酷热,就冲进了屋子里。

黄欣悦仰头看着天空,天色有些昏暗,除了几只灰色的鸽子划过,还看到有几朵黑云压了过来。她想到,怪不得天气这样闷热,看来是有一场雨就要来了。她忽然听到一阵爽朗的笑声,这笑声很熟悉,熟悉到骨头里。自从到了龙虎山脚下就开始熟悉的声音,竟然在里边的套院里传了出来。

"小夏,谢谢你来看我,别看我都八十多岁了,这身子骨还硬朗,这不就是这几天有些哮喘,也没啥大不了的,我这乖孙子非要让我喝几服汤药,说自己家开着药铺,咱还省这个钱做什么?还是有些对不住,正好赶上我孙子在外边照顾客人,还得烦劳你帮我看着药罐子……"

"爷爷,您老人家尽说见外的话,我这是有幸能帮上您老人家,这是福缘。"

"看你说的,太客套了……"

黄欣悦按捺不住自己的内心,就起身迈着步子,朝里边走去。她果然看到他了,虽然只是一个背影。看来是这院子的主人临时搭了个灶台,为了用木火熬制这尽孝的汤药。木柴烧得很旺,烟气顺着气流朝天空散去。他正趴在下边,一边调整着木火,一边搅动着药渣。

"我那个孙子呀，就是和别人不一样，他说这中医通五行，这金、木、水、火、土相生相克，遵循自然法则，所以木火熬出来的汤药药效最好。"

夏长风看到天气越来越暗沉了，这汤药的药汁还是有很多。他只好拿旁边的扇子用力扇起来。这火炙热，他头上的汗随着热量越来越多，很快就滴答着流了下来。那水似乎开始沸腾起来，他又开始手忙脚乱地想灭火，谁料那火不但没有灭掉，反而越来越旺。

不知道为什么，他除了鼻孔中被那些烟灰堵着，还觉得胸口疼痛，有些呼吸不了。

这时，他们似乎听到了外边的脚步声。

夏长风扭头一看，看到一个他思念了很久却不敢看一眼的女子，正用复杂的、隐忧的眼神看着自己。他的头忽然开始疼痛起来，眼睛被汗水封住了。

"哧哧"的汁液再次沸腾起来，他蓦地醒悟自己在做什么，连忙又开始想端那药砂锅，无奈药锅实在太热，他一不小心将那锅摔到地上，锅里的汁液就这样流了一地。

夏长风看着那黄得有些发黑的药汁将他的一双亚麻休闲鞋给染了一片，面前的老人家又是惊骇又是心疼地看着那一地的药汁。他似乎没有感觉那是滚烫的汁液，就在这个瞬间，他看到了那木柴随着四周忽然起的风燃烧了起来，眼前出现了十多年前那个不堪回首的夜晚……

那时候，他还有另外一个名字，叫袁春生，他的父亲叫袁正华。父亲曾经有过婚史，他几年前带着有残疾的长子袁秋生来到这里，听说这家药店的主人有一个家传秘方，可以治疗长子僵直的右手。袁正华进入这家药店的时候，第一眼看到的就是站在柜台后边的夏青岚，他更加没有想到，后来这个美丽聪慧的女子会成为自己的妻子，他们也从此就在这北京扎下了根。

夏长风记得，那是仲夏的最后一天，正是个周末，为同学庆贺完生日的他，很晚才回到家里，他觉得有些口渴，往常母亲都会熬些酸梅汤放在厨房里，他进去翻了半天，既没有看到母亲，也没有酸梅汤喝。

他看到大哥的房间里灯还亮着，就蹑手蹑脚地走了进去，大哥并没有在屋子里，他的电脑还开着，桌子下边的抽屉半开着，隐约露出这些年收藏的各式各样的打火机。

从小他就非常害怕这个同父异母的大哥,大哥的一只手从小就不能动,也是由于这个缺陷,他从来不和年龄相仿的同学们一起玩。每次放学回来就一个人躲在屋子里。

谁都不知道他小小年纪,也不吸烟,攒那些打火机做什么,但是后来家里觉得他既然不爱出门,也不喜欢交朋结友,只是喜欢这些小玩意,就随他便罢了。于是,谁搞到那些铜的车马、绣球狮子那些打火机什么的,也不用多说,就悄悄放在他门口。他也和别人一样,不敢和大哥接近,有一次他费尽九牛二虎之力从同学家弄来一只精致漂亮的孙悟空造型的铜皮打火机,也只是偷偷从窗户缝隙塞了进去。他躲在旁边屋子里偷偷看到大哥打开窗户,收了打火机,还四处张望,吓得他赶紧蹲下来,躲在柜子后边了。

很奇怪的是,大哥桌子上并没有那些常常堆满了的书本,只有一半没吃完的西瓜放在桌子上。西瓜很新鲜,似乎刚刚从冰箱里拿出来切开不久。他顾不得许多,上去就啃了几口,果然很解渴,西瓜还带着丝丝缕缕的凉气。他吃得过瘾,怕被大哥发现,又被骂得狗血喷头。

但是,每次想到那个叫黄欣悦的小女孩,他都会特别开心。就是这个女孩子,使自己和大哥打开了多年的心结,第一次坐在一起吃糕点。没有人知道,那个时候,他有多开心。

第十九章
淡忘如思

　　他悄悄地蹲在父母卧室的窗前，那窗前摆放着一盆栀子花，每当开花时候，那香气令人陶醉。从栀子花的叶片缝隙里看过去，他看到父亲正叼着一根香烟，不耐烦地对大哥说："你年纪不小了，不知道给父母分忧解愁就罢了，还总是给我找麻烦。今天你妈不在，我可得好好说说你。"

　　"我妈早就死了，她不是我妈。"袁秋生从来没有承认过自己的继母，即便继母百般讨好都是无济于事，日子久了，夏青岚只好由他去了。

　　"你看你这孩子，成天说没用的，我们父子两人如果没有你现在的妈，能过上这么好的日子吗？"

　　"我们有手有脚，可以自己挣饭吃。"

　　"你还好意思说，你有手有脚，你成天足不出户，你的脚在哪里，还有，你的手……"

"我不想听这些，今天来，就是想问你一件事。"

"什么事，快说。"袁正华说着，打了一个大大的哈欠，"我困了。"

"好，我们打开天窗说亮话，您告诉我，我妈是怎么死的？我黄伯为什么去自杀？还有，爸，您的腿是怎么断的？您现在的妻子知道吗？"

"住口！你知道些什么？"袁正华扯着自己一条腿放正，推着自己的轮椅过来，朝外看了看，说，"你这孩子瞎说些什么？"

袁春生屏住呼吸，将头放得更低了些。

只听大哥不屑地笑了几声，那声音带着对往昔岁月的愤懑与不满："爸，我这辈子最看不起的人就是你，你为什么会是我的父亲呢？"

"你说什么？你越来越无法无天了，连你老子都排挤？"

"说什么排挤，这些年你干的坏事还少吗？别以为我年纪小，不知道，当年就是你说我病了，欺骗我黄伯伯给我妈送药去，是你给我妈和黄伯下了药，让他们不知道自己做了什么，不是吗？是你逼死他们的，对吗？"

"瞎说，我逼你妈和你黄伯伯干什么？他们一个是我妻子，一个是我大哥，我为什么要逼他们？"

"是因为您贪得无厌，是因为我黄伯伯靠着自己的聪明才智研制了白鹿纸，他把配方无偿告诉美国人，这才让你恼羞成怒。你去质问我黄伯伯，为什么会这样做？我黄伯伯说，造纸术在全世界早已经不是秘密，我们可以造出属于自己独特的纸品，是因为我们的水土植被不同，还有用心不同，他说做这纸品一定要有一颗干净的心才行……"

"放屁！"

袁春生听到父亲对大哥怒骂起来，吓得心脏怦怦乱跳，他捂着自己的嘴，拼命控制自己不发出声音来。

大哥忽然歇斯底里地笑了起来："你骂吧！痛快地骂吧！不要以为别人不知道你的险恶用心，你不仅想凭借这纸品一步登天，还觊觎严家祖传的画，对吗？"

袁正华听到这些话，他脸上的肌肉开始跳跃起来，他恼羞成怒，推着轮椅冲上前对着袁秋生就狠狠掴了一掌。

袁秋生并没有更加悲恸的表情，他用一只手捂着脸，继续笑起来。

这笑声使袁正华心里莫名慌乱，他忽然意识到了什么，连忙冲到书柜旁边，打开那道锁，发现那幅他好不容易才弄到手的《疏林寒绿图》不见了！

于是，他指着袁秋生骂道："混账东西，你把那画弄哪里去了？"

袁秋生凄然一笑，回答："我少了一只手，可是我还有脚，还可以说话、走路，可是你呢，你作孽太多，现在连老天爷都要惩罚你终身坐在轮椅上，难道你还没有一丝悔改吗？"

袁正华气急败坏地推着轮椅上前，又继续朝他掴了几掌。

袁秋生只是忍着、躲着，却一下都不还手，稍后，他说："你打吧！我是你生的，你打你骂都自由！但是你再也别想找回那画了，那画被我卖了，卖的钱汇到孤儿院去了。还有，我不允许你对那个叫黄欣悦的小女孩再动歪心思，如果你敢，我就和你拼命！"

袁正华先是愣了一下，然后"哈哈"大笑起来："好，好儿子，你这个吃里爬外的东西，看我不打死你！"

说着，他就疯狂起来，想朝袁秋生扑过来。袁春生听得有些急了，忽然头剧烈地疼了一下，那盆栀子花"啪"一声掉在地上摔成几瓣。

袁正华怔了一下，在窗口看到自己的小儿子袁春生正恨恨地看着自己，他的头顿时"轰"一声响了起来。

只听袁春生悲哀地看着他问："爸，你总说你屋子有老鼠，让我妈买老鼠药给你，我问你，你是不是把那些老鼠药放进茯苓糕里了。小欣悦说有一次你主动给她茯苓糕吃，她没吃，被我喊走了。我开始以为你是喜欢她的。现在想起来，你是想害她，对吗？"

这话让袁秋生听见，他的面孔忽然变得有些狰狞，他几乎是用最快的速度，从屋子外提了一只汽油桶，很快就泼洒到屋子里。

这些疯狂的行为让袁正华大惊失色："你这忤逆不孝的东西，想做什么？"

只听袁秋生忽然流了一脸眼泪："我不许你再害人！你害死了好多人，你如果再对那小女孩下毒手，我就和你一起死。"

袁正华先是一惊，很快就狞笑起来："那个女孩子不是好人家的孩子，是我的仇家，我这两条腿就是被她母亲给害的,我就是想报仇,就是想她死,又怎么样?"

这时,只有九岁的袁春生忽然悲愤地喊着:"我不要你这个爸爸了,我要去告诉妈妈,你是个坏人!"

"你敢?你给我回来!"袁正华说着,就要冲过来,制止自己的小儿子,但他忽然觉得自己的头被什么重重击了一下,口中也被塞了一个柔软的东西。

他惊骇地看着自己的大儿子脸色苍白,嘴唇颤抖着,手里举着一只打火机,说:"春生,快走!告诉你母亲,这个坏人本来早就该死了,如果不是还惦念着父子之情,我早就……"

袁正华没有想到只有一只手臂的大儿子,用嘴娴熟地配合手,居然将屋子的门从里边反锁上,还将自己绑了起来,他手里的打火机更是没有丝毫犹豫,径直扔了下去,很快四周就是一片炙热的火焰。

"我终于给我母亲报仇了!"袁秋生这个只有十六岁的少年,就这样笑着,亲手将自己的父亲给点燃,呛人的烟火气息一点点进入他的鼻孔中,他也觉得呼吸越来越艰难,终于笑着倒了下去。

袁秋生还记得母亲的笑容,是母亲每天陪着自己度过那些悲伤的日子,母亲从来没有嫌弃过自己,每天亲自去山上采了草药,给自己做药敷,他从来不相信一个纯真善良的母亲竟然会这样结束自己的生命。在看到母亲停止呼吸的那刻,他小小的拳头紧紧攥着,他一定要查出这究竟是怎么回事。

后来父亲到了这家中药铺,并不真心管自己的死活,而是每天都只围着那个叫夏青岚的女人,讨她欢心。后来他终于心想事成,与那个女人结婚了,再以后就有了这个弟弟。他并不讨厌自己的弟弟春生,可是许多年来心头存在的那种戒防,让他们之间十分疏离。

如果不是那个叫黄欣悦的小女孩出现,他永远都享受不到与亲弟弟坐在一起吃茯苓糕的那种快乐。他内心感激那个小女孩,是她的善良弥补了自己内心的缺陷。那个三个人一起吃茯苓糕的午后,是他生平最快乐的时刻。他看到父亲给那小女孩吃茯苓糕,隐隐觉得有些不妙,于是他偷偷将那些茯苓糕喂给一只停留下来的鸽子,结果那鸽子真的死了。他觉得"人面兽心"用在自己父亲身上一点儿也不为过,所以他早早准备了一切,如果他有悔改之意,就再给他一次机会。可是,他还是那样恶毒。绝望的少年就这样决心毁掉自己，也毁掉一个连灵魂里都是肮脏的男人。

袁春生怔怔地看着那火焰越来越高，开始还听到里边有挣扎的声音，但是后来看那浓烟在黑色的夜空里化为一道浅灰色的柱子，一直延伸到天空的深邃之处。他开始哭泣起来，然后他冲上前去一边踢着那紧锁的门，一边嘶哑着嗓子喊："大哥，你出来，我要你出来！"

就这样直到精疲力竭，他忽然看到那屋檐上的瓦掉了一块，他向后退着，眼睁睁看着那瓦在自己面前碎掉！但脚下还是不记得踩到了什么，他就那样重重摔了下去。他的头被撞击到后边的石头上，意识开始模糊起来，但他似乎听到母亲的呼唤，还有火警的鸣笛声……

对于夏长风来说，这是一段撕心裂肺的回忆，不如不想它。可是，他抵抗不了藏在脑海深处的渴望，在经历了这么久的埋藏，还是被冥冥之中一种无形的力量给召唤回来。他呆呆地看着忽然出现的黄欣悦，嘴唇动了动，却什么都说不出来。

外边的小掌柜听到声音跟着跑了过来，看到药锅洒了，就不以为然地说："没什么，就是一锅药，我重新再熬就是了。"

夏长风轻轻地说了一声："对不起。"

没有人知道，这句话是说给谁的。但是大家都看得出此刻的夏长风似乎经历了什么巨大的震撼。

只见夏长风对黄欣悦说："是的，我都想起来了，是我的错，都是我的错，我欠你一个幸福的童年，还有圆圆满满的天伦之乐。"

黄欣悦摇头，却也找不到更加合适的字眼来回答夏长风的话。此刻，豆大的雨点"唰唰"淋了下来，夏长风笑了笑，如同木偶一样，向主人告辞，一个人冲进雨幕中。

一串响亮的雷声在头上掠过，他充耳不闻，只是这样走向茫茫无际的街道远处。

黄欣悦也觉得自己三魂七魄被抽走了一半，她接过小掌柜递过来的那一大包黄檗，便也冲了出去。

也许这是命运的安排，他与她都不能选择自己的命运。

黄欣悦跑着跑着，实在跑不动了，就蹲下来，呜呜哭泣着。她知道，他这一走，他与她的距离就会更加遥远。于是，她任凭那些雨点溅在自己身上，任凭那些车辆急速行驶险些撞过来后被驾驶员怒骂。这种万般无奈的悲哀，大于心死。

颜雪珊自看到黄欣悦进入那家药店时，就一直让人把车停靠下来等着，她一定要等到她，和她好好聊一聊。后来看到一个年轻帅气的小伙子冲了出来，女儿也伤心欲绝地冲到大街上，险些撞到车上，她更是心急如焚，连忙指挥着司机喊着："这边，好，停下来。"

她把自己的一件外套披在她身上，用一把伞替黄欣悦遮挡雨水，并用手势与口形向路过的车辆表达自己的歉意。

黄欣悦只抬了一下头看了她一眼，就又将自己的头埋起来。

颜雪珊满脸泪水，她也用同样的姿势蹲下来，抱着自己的女儿说："欣悦，我知道你遇到了很多难处，我也知道我这个母亲很不合格，但是你可不可以给我一些时间，听我说，一定不会让你失望。还有，如果以前我错过了你成长的快乐与烦恼，那么从此刻开始，我向你发誓，我一定会尽我所能去弥补我所欠下的一切。此刻，请允许我为你遮风挡雨，好吗？"

听到这话，黄欣悦心中的悲恸更加强烈，她终于按捺不住，哭倒在母亲的怀里。颜雪珊终于与女儿相拥，此刻，她笑着，泪水合着雨水一起流满了面颊。

如果时光真的可以倒流，颜雪珊宁愿选择原谅。如果她早一天可以醒悟，珍惜身边的每一个人，也许，这二十几年，她会收获更多的幸福。

当年丈夫去世，她便觉得自己的生命也在渐渐消逝。她寻找了很久，都找不到蛛丝马迹，便独自一个人到了丈夫的墓碑前哭诉，之后，她忽然很想和曹海峰的妻子文凤说几句话，于是便来到了文凤的坟前。

此刻，看到同村的一位阿婆边打草药边走过来。颜雪珊认得这位老阿婆，她是文凤的表姨奶奶，文凤的亲事就是她给说来的。

颜雪珊朝阿婆打了个招呼，只见阿婆一边将文凤坟上的青草铲掉，一边说："文凤是个好女子，你不要记恨她。从小我看着她长大，她可是个规规矩矩的姑娘。倒是那个姓曹的，我看是居心不良。"

颜雪珊此刻也回忆起曹海峰的行为，确实有些异常。这件事没过多久，他就以去京城给孩子求医的理由离开了村子，再也没有消息回来。

"我家文凤是长得没有天仙好看，但是如果曹家没娶了文凤，以前欠下的那些钱也不知道什么时候才能还清。曹家有了文凤，这日子才过得蒸蒸日上……有一次文凤回娘家，看到文凤掉眼泪，这才知道原来曹海峰嫌弃她丑，说带不上台面，喝酒壮了贼胆，还打了文凤……我老婆子人老心可不瞎，我觉得我家文凤是冤屈死的，可惜呀，没人给她鸣冤啊……"

颜雪珊送走了老阿婆，一个人若有所思地往回走。忽然看到村子里一个经常给大家带城里的新鲜东西的游散商人旺财正得意扬扬地唱着歌过来，奇怪的是，他看到颜雪珊竟然像见了瘟神一般，使劲儿往前蹬车。

颜雪珊并不让他，飞快上前，死死拉住了他的自行车后座。旺财这才愁眉苦脸合掌求饶："黄家婶婶，你可不要缠着我，那些人的死与我无关，我就是个卖货的，可承担不了那么重的罪责呀！"

颜雪珊一巴掌拍在他肩膀上，肃然地说："你这是做了坏事心虚吧？你老实和我讲，前些日子有没有人找过你要些见不得人的东西？"

旺财这才傻了，他哭丧着脸说："这可都是曹海峰的主意，他说不会做坏事，我这才给他搞了些……听说那药劲可厉害呢！"

这话听得颜雪珊心头波涛汹涌，原本她只是试探他，其实自己什么都不知道，现在终于明白了，这些事情一定和曹海峰有关，她要找到他，当面对质，一定要查个水落石出，还家铭与文凤一个清白。

"他还说要给我双份钱呢！结果只付了一半，还欠着我钱呢！"

颜雪珊听到这个不长进的旺财居然还说这些没德行的话，气更不打一处来，又朝他抡起了手。

旺财这才躲着，低下头去，丧气地说："婶婶我错了还不行吗？以后再也不敢了。"

颜雪珊失望地挥挥手，骂道："以后再做缺德事，记得，婶婶我可饶不了你！"

"是，是，婶婶。"旺财点头哈腰地赶紧向远处跑了。

颜雪珊站在那里，觉得嘴里的苦涩感越来越重，原来自己已经泪流满面。原来这个曹海峰才是始作俑者，他平素在众人眼里，倒是个直爽汉子，没有想到却有这些肮脏的心思。

以前听黄家铭说过，他要阻止三师弟做傻事。当时颜雪珊还嘲讽丈夫："吃不着葡萄就说葡萄是酸的，我爹不传给你造纸术，自然有他的道理，难道你是怨恨他老人家了？"

黄家铭摇头说："雪珊，你知道我是什么样的人？清者自清，浊者自浊，我就想做点凭良心的事，我觉得我没错，就是师傅他老人家太传统守旧了。如果这造纸术传给我，就不会白白绕这么多弯子了。"

颜雪珊还记得，自己朝四处看看，院子里并没有人，于是小声说："你还是收敛些，我爹的脾气你又不是不知道，反正我是会帮你的。这不，我趁他们不注意，弄了很多纸浆来，这个纸浆的配比可有玄机，这里边添加的辅料和纸药是什么，我们可猜不到。"

她还没说完，就觉得自己鼻子一疼，是被黄家铭狠狠刮了一下。她羞恼，看到黄家铭哈哈大笑，忽然意识到他可能有了重要突破。

"其实你说得很对，野葡萄藤也是可以的。"黄家铭说完，已经笑倒在椅子里。之前，他把自己的手指浸泡在那些纸浆里，然后用舌头轻轻舔它的味道，他便猜到那是什么了。

颜雪珊想到这里，满腹的伤痛又席卷而来。她曾经看过很多次丈夫的笔记，发现他对这造纸术的痴迷简直是到了废寝忘食的地步，所以便想，随他去了，如果知道这般纵容他，会导致厄运降临，她是宁肯将他那些笔记烧掉毁掉，总比好端端一个人忽然不在了要强百倍。

她决心离开这里，去寻找曹海峰，去找他问个明白。于是，她开始收拾行李，就在此时，她忽然发现黄家铭的书柜里掉出一张纸片，那是一张一次性成影照片，是黄家铭和一个美国小伙子的合影。她的脑海里忽然如洪流倾泻，轰轰响了很久才振作起来。她居然忘了，还有这样一个人在镇上。黄家铭和他接触过几次，这些她都是知道的，也许在他身上可以了解些蛛丝马迹。

此刻，还在襁褓中的小欣悦忽然号啕大哭起来，颜雪珊知道她是饿了，连忙给她喂饱，然后托付邻居照看半天，自己就疯狂一般朝着村委会跑去。她要去找黄家铭的大哥，找一辆车，用最快的速度到达镇上的小旅馆里。

就这样，颜雪珊坐上一辆农用车，一路颠簸朝镇上驶去。由于这车有些破旧，路上还熄了火，再也打不着了。司机小牛折腾了一个多小时才重新启动起来。颜雪珊到了镇上的"青山旅馆"时，天色已经微微黑了，老板却说那个美国小伙子到处游览，已经走了很久了。

颜雪珊将一百元钱塞到小牛手里，让他去隔壁的餐馆吃点东西休息一会儿，自己则失望地坐在旅馆前边的一块石头上发呆。忽然，听到一个蹩脚的中文声音："哈喽！老板，您好，我回来了！我还缺少些照片，就回来了。"

颜雪珊没有动，只是擦了一把已经流满了眼泪的脸。她没有想到，生活从来都不是绝望的，而是在她行走的路上，多绕了几个圈子，但是终究还是留了余地。

那个美国小伙子叫大卫，是一家国际摄影杂志的摄影师。他告诉颜雪珊本来他到了这个地方，无意中遇到了一对兄弟，一个想将古纸造纸术秘方卖给自己，但是后来的一个却将造纸术流程都无偿地告诉了自己。他不明白同样是中国兄弟，一个天天追着让他赶紧汇款过来，另一个却不计较任何得失免费为自己传授中国纸艺。

只是，他后来经过勘察，发现中国造纸术是别人偷不走的，就告诉那个想得到钱财的人说，这里的植被、物种、山川、河流的天然资源条件和中国人的意志都是独一无二的。只有在这里，才会得到真正意义上的白鹿纸。所以，他打算放弃这个不切实际的想法了。

颜雪珊当时听得很震撼，也终于搞明白了为什么丈夫会遇到这样一场灾难？这个曹海峰果然是始作俑者，他为了物欲泯灭了天良，是个不折不扣的刽子手！

颜雪珊这一晚几乎凌晨才到家里，她从邻居家里接过小欣悦，就决心一定要找到那个忘恩负义的曹海峰，为自己的丈夫报仇。

颜雪珊就这样一边哭，一边讲着过去的故事。黄欣悦似乎已经很疲惫，她就这样依靠着母亲的肩膀，目光是散乱的。

"欣悦，你相信吗？我从来没有一刻想要抛弃你，即便我遇到十分困难的一切，只是我心中那仇恨的火焰完全浇灭了我的理智，我以为，我只要找到那个人，我就可以替死去的丈夫和文凤洗去冤屈……"

"所以，您就决定带着我上京投奔表姨和表姨父？"

"我当时是那样想的，毕竟他们是我最信赖的人了。你表姨父是我的二师兄，他恪守本分，从不越轨，所以我爹对他是最放心的。"

黄欣悦想了想，那时候自己还在襁褓里，那肯定不足一周岁，那后来又发生了什么？为什么三岁才会到了表姨家呢？

只听颜雪珊叹气地说："我刚刚想走，就听说你外公他罹患重疾，生活不能自理，需要照顾，所以我就把老宅子交给你大伯管理，自己就这样在娘家侍奉了两年，到了你外公弥留的时候，他终于告诉我一个秘密，这也是当年我迟迟不能理解的……"

黄欣悦听到母亲的声音越来越迟疑，想到她当时一定也是很受震撼。

"我和你父亲情投意合，成年后就被两家早早催婚，我是带着家里最值钱的这幅《疏林寒绿图》嫁到了你父亲家里，但是我也不懂，为什么你外公不把造纸术传给他最谨慎稳重的大弟子——你的父亲呢？那个曹海峰是你外公晚年抹不开老朋友的面子才收下的，所以还是有些不同的。你外公说，其实他都知道，他说大徒弟喜欢造纸术，二徒弟喜欢的是自己的女儿，三徒弟是个轻浮的人，一直觊觎我家的家传古画。我听了很震惊，没想到到了最后，最能够看透人心、洞悉世情的居然还是你的外公。"

"为什么他老人家偏偏要违逆徒弟们的心愿，反其道而行之呢？"

"对，当初我也这么问过，你外公说，大徒弟沉稳之外有一股子韧劲，这个造纸术即便不传给他，他也要想方设法得到的。还有你表姨父，他看着风轻云淡的样子，血液里可是热情的，他认准的人和事，是十匹马都拉不回来的。还有，就是三徒弟曹海峰，他的眼神闪烁不定，心中没有做匠人的纯良，所以就是传给他金山银山都是枉然，早晚有一天会毁在手里。但是他又不忍心对他太过于苛刻，这才不得已将造纸术传给了他，心里也还是期待有一天他可以改邪归正，但是他老人家却没有想到，江山易改、本性难移，这个曹海峰会……"

"他老人家最看好的是表姨父吧？"黄欣悦犹豫了片刻，才说出这句话，但她发现母亲早就释然了，这才踏实下来。

"不错，他说，你表姨父是最具备匠师风骨的人，肯定能将他的手艺传下来，而且你表姨父是受过高等教育的人，那么就又是另外一个境界，所以你外公最放心的就是他……"

"您早就知道我表姨父他心里爱慕您？对吗？"

颜雪珊点头："我到底也是个女人，我懂得那种感受，但是我的心中自始至终都只有你父亲一个人,我无法再分心给别人了,所以我就求父亲将表姐许配给良哥,这样他就会断了念头了。"

"那……"黄欣悦手指攥着衣角,不知道该怎么问下去?毕竟身为女儿,这样去追问母亲的情史,还是有些难以启齿。母亲虽然说那些都是过去的时光了,但是如果按照外公的看法,证实表姨父这样一个可以将技艺终生守护的人,也会用自己一生的执著守护着心里最在乎的人。

颜雪珊似乎早已经做好了准备,她继续说:"我知道你会好奇,既然知道你表姨父是真心对我好,我为什么不听劝告,非要做了不可饶恕的事?"

黄欣悦点头,她已经渐渐感受到母亲过去经历的定然是一段心灵拷问的煎熬,她一定又再次遇到了阻碍,一定也曾经得到过很多帮助。

"其实我后来也想过很多,我也想过,为了你,我打算放弃仇恨,好好生活,不再想那个人了。可是,后来我想,一定是命运的安排,让我偶然会遇到那个我恨的人,再一次撕开了我心里无比的痛。"

"那……后来又是怎么回事?"黄欣悦的口气很平淡。

颜雪珊听女儿并没有排斥自己,知道已经被慢慢接受了。她喜极而泣,流着泪水,抚摸着女儿柔软的秀发,又陷入了往事的追忆里。

在刚刚失去丈夫的那段时光里,她是绝望的,是崩溃的,可以说她的生命在渐渐衰退。但是今天想起来,还是要感激她所遇到的两个男人,一个是安德烈,一个就是她的师兄、表姐夫任文良,所以她在这个世上,并不是孤独的,她其实得到了普通女人得不到的温暖和爱。

那是一个深秋时节的一天,她把黄欣悦寄放在任文良家里,偷偷看到女儿瞪着懵懂的眼睛,看着任文良一笔一笔地写毛笔字,心里安宁了许多。她也早就习惯了表姐那敌对的眼光,只是简单说了几句,就悄悄离开那里,她要做很多事情,带着小欣悦实在不方便,不得已只是暂时的分别。她也很放心,知道任文良一定会善待欣悦。还有,虽然表姐对自己颇有不满,但是她其实也是个面冷心善的人,即使自己什么都不说,她也不会对欣悦不好的。

她就那样一个人在红墙绿瓦与苍郁的树下,茫然走着,想着任文良告诉自己,他之前也去查询过曹海峰的踪迹，但是没有任何消息，这个人仿佛在人间突然蒸发了一样，再也没有痕迹留下来了。

她还想着，不然就去那些民间的同乡会，他带着一个有残疾的孩子来京求医，势必困难重重，也许说不定会找些同乡来求助。正想着，一辆豪华的宝石蓝奥迪轿车从她身边擦肩而过，她浑身抖动了一下，就在车辆与她交错的瞬间，她看清楚了那个男人的脸，那熟悉的眉毛，熟悉的鼻梁与熟悉的笑容，明明就是曹海峰。

于是，她将头上的帽子拉低了许多，跟着那辆车朝前拐弯。她就这样眼睛一眨不眨地盯着，看那车没开多远，就停到了一个古香古色的中药店门前，她抬头看到店招上写着三个烫金的大字——"素问堂"。

颜雪珊看到曹海峰开了车门，迎出一个漂亮娴雅的年轻女人，那女人怀里还抱着一个两三岁的小男孩。那个漂亮的女人很甜蜜地笑着，在小男孩脸蛋上"吧嗒"亲了一口，说："春生真乖，动物园好玩吗？下次爸爸妈妈带你去看海豚表演……"

小男孩兴奋地咿咿呀呀喊着，逗得一旁的曹海峰笑得合不拢嘴，他朝小男孩伸出手来说："来，好儿子，到爸爸这里来，让妈妈歇会儿，她还得要照应店里的生意呢！走，跟爸爸进去，把礼物给哥哥。"

颜雪珊看着这一幅其乐融融的天伦之图，并没有知觉，自己的嘴唇已经咬出了血。她恨死了这个假仁假义的人，那张她死都不会忘记的脸，她永远不会看错。原来他竟然是这么一个活灵活现的现代"陈世美"！他害了面丑心善的妻子和亲如手足的兄弟，自己还在这北京城享受美好的生活，这个世界实在是太不公平了，凭什么他可以逍遥法外？凭什么他可以拥有如花美眷？凭什么他可以坐享其成？

她越想越气，捂着自己的左胸，找了个树下的公共椅子坐下，过了很久，好不容易让自己平静下来。不过，幸运的是她终于在茫茫人海里找到了他。她觉得这是上天的眷顾，自己心愿就要达成了。她思考了很久，决定直接找那个女人，就是他现在的妻子，去揭露这个伪君子的真面目。

于是，她重新整理了一下自己的衣服和头发，准备朝药店冲进去，但是她被一股突如其来的力道席卷了过去。她被任文良紧紧拉住，她有些发急地问："你做什么？"

"我做什么？我要阻止你继续做傻事！"任文良竟然是一张自己从来没有见过的愤怒的脸，他嘶哑着嗓子低声吼着，"你别忘了，你还有个孩子，这孩子已经没有爹了，如果你出了什么事？让她该怎么办？"

颜雪珊怔怔地看着任文良，问："你说实话，你是不是早就知道他藏在这里了，你才买了房子住在这里，你为什么要瞒着我？为什么？你可知道，我找他找得有多辛苦？"

任文良叹气说："我知道，你如果知道他在这里，一定会怪我，但是我不后悔，因为我知道，只要你一天找不到他，你就有勇气好好活着！"

颜雪珊听完这句话，呆了。然后她捂着脸痛哭流涕，拼命摇着头，几乎要挣扎出来："我不甘心，不甘心，就让这样一个坏人逍遥法外！我要去，去揭露他的丑陋、他的疯狂、他的无耻！"

"雪珊，你冷静一下，听我说，现在是法治社会，我不允许你乱来！记住了吗？"任文良怒道。

颜雪珊又哀伤地靠在任文良的肩膀上低声哭泣着。这里让无助的她感觉到温暖和力量，她知道自己并没有什么依据可以对曹海峰进行法律制约，她再怎么样，也只不过可以指摘他的道德瑕疵，这似乎对他来说，算不得什么惩罚。她也知道任文良这样隐瞒自己是为了自己好，但是堵在心头的这口气实在咽不下。只要是人，就总有弱点的，她一定会找到办法来报仇的。

她没有想到，她竟然很快就发现了蛛丝马迹。

曹海峰每到周六下午，就要出门。她总是打出租车跟随他，发现他总是偷偷到三里屯的一个酒吧里待上两个小时，有时候还会和一个满头波浪卷的酒吧女一起到旅馆去，两个人极其亲密。

这个三里屯是个神奇的地方，一边是霓虹闪烁，一边是疏星朗月，时尚和古典并存。此外，还有法式的浪漫、西班牙的优雅、美食的悠闲……美食、美酒、音乐、电影，在繁忙的都市里，这里填满了普通人格之外的肆意洒脱。任何人穿梭在这些光影中，都会成为一个城市里最微渺的存在。

那个酒吧女和曹海峰后来娶的妻子风格迥异，一个是善解人意的风尘女人，一个是气质优雅的大家闺秀。颜雪珊痛恨曹海峰这个"渣男"到了极点，也为文凤和他现在的这个妻子感到痛惜。她觉得如果早看出他是这样品行不端的人，父亲也绝对不会让他入门。可惜，斯人已逝，没有人再了解他的恶行。

她想了很久，这个曹海峰心机太深，这才让别人都疏于防范，最终进入他设计好的圈套，这一次，到了以其人之道还治其人之身的时候了。

第二十章
浮光掠影

于是,她去西单买了几套精致的衣服,又去做了头发,将自己变成一个气质优雅的职业妇女,故意装作情场失意,到了那个酒吧里喝得酩酊大醉,终于她看到那个女人叼着烟朝自己走了过来。

"这位大姐,遇到什么伤心事了?怎么自己一个人出来喝酒呀?"

颜雪珊看到"鱼儿终于上了钩",心中暗自开心,脸上却是一副伤心欲绝的样子:"我怎么能不伤心?我找我的男人找了很久,才发现他是个骗子,他骗了我,让我离婚,自己却娶了个中药店的老板娘,还生了一个大儿子,日子过得美滋滋的,别说伤心了,我恨不得扒了他皮的心都有……"

"中药店?"那女人皱了一下眉头,"你是说哪里的中药店?"

"就是西城区挨着大街的那家叫素问堂的。"

"你说的是素问堂？这北京城怕是不止一家吧？"

"不，老字号的只有一家，他家最有名的药就是祖传的跌打药丸'春风丸'，那药贵得离谱，连包装都是一流手工纸，恐怕北京城没分号。"颜雪珊很庆幸自己早就摸透了对方的情况。

"你说的是真的？"

颜雪珊又喝了一大口酒，凄凄惨惨地说："你不相信就算了，反正也没你的事。"

谁料那女人皱着眉头说："没想到，他是个这样口是心非的人！"

"怎么？你也认识？不会吧？你也是他骗到手的女人？哈哈哈……"颜雪珊说完，歇斯底里地大笑起来。

女人的脸色越来越苍白，但是毕竟常在这场景里混，也算是见多识广的人，她很快就清醒起来，瞪着一双美丽的大眼睛质问："你不会是来诳我的吧？你是早就打听好了，故意来挑衅的？告诉你，别以为老娘好欺负，老娘也是见过世面的人，不怕你这背后捅人刀子的把戏！"

"什么？你居然真的是？"颜雪珊先愣了一下，忽然又笑得上气不接下气，"原来你和我一样都是可怜人。"

"哼，我不认识你，自然也不会相信你。"

"你可以不相信我，但是如果听到他亲口说的呢？"

那女人怔了一下，没有回答。

颜雪珊知道自己戳中了对方的心窝，于是趁热打铁地说："其实你长得如花似玉，是个谁都艳羡的美人，连我看了都觉得动心，天涯何处无芳草，何必要在一棵树上吊死？早点揭露那个花心男人的真面目，我觉得倒是一件好事，不是吗？"

那女人虽然没有回答，颜雪珊已经知道自己即将大功告成，只要见到曹海峰，在众目睽睽下揭露他的罪行，即便不能将他绳之以法，但是他在现在的家庭中的地位必然会一落千丈，在他所从事的药业中也必然大受损失。现在的网络如此发达，只要几分钟，他那丑恶的嘴脸就会被传到各种平台，引发众人唾弃。颜雪珊想到这里，嘴角浮起笑容："你可以不信我，但是总要相信自己的直觉，男人对你真不真心，你自己应该知道。"

说完，她端着杯，故意喝了一大口，然后摇摇晃晃地朝外走。

没走几步，就听到后边的女人说："好姐妹，回来，我们聊一聊，好吗？"

颜雪珊站定了脚步，笑着回头，说："我们其实可以谈很久，你说得对，女人何苦为难女人？"

四周的霓虹闪烁，大大小小飘动的光点打到那女人的脸上，

那女人嘴角带着释然的微笑，纤细的腰肢开始随着快节奏的音乐摇摆起来。

颜雪珊也笑了。这一路走来，实在不易。但是还好，一切都在自己的掌控中。

这一天袁正华觉得有些心慌，却也不清楚为什么。

他出门为一家合作的药店送去了"素问堂"的招牌——"春风丸"，这名字听起来有些可笑，这是他的岳父亲自取的新药名，他说人要向善向阳，希望用了这跌打丸的人都会痊愈，走起路来像春风一样。他可是整整苦了三年，才熬出头的。

起先岳父根本就看不上自己，即便他把自己全部身家，包括那古白鹿纸的技艺都传授给了妻子夏青岚，岳父也还是照旧没有好脸色给他。他心里其实也是不高兴的，那可是多少人梦寐以求的名纸配方。但好在去年岳父终于驾鹤西游，他才终于觉得自己有了男人的体面。妻子夏青岚虽然有着独生女儿的骄傲，但大多数还是由着他的性子来，就这样，他觉得自己该出去放松一下了。

半年前他随着一个上京来送中药材的外地客商到了三里屯，认识了这个叫赵鹤雪的女人，这个女人柔情似水，与夏青岚的傲娇不同，能让他重新找到一个男人的风骨，来来往往后，他竟然有些离不开她了。但是他害怕妻子发现，总是借故给一个同乡送药的理由出去，好在这么长时间以来，并没有露出蛛丝马迹。

这个周六，妻子带着小儿子去郊外的朋友家玩去了，他看到大儿子袁秋生还是和以往一样自己躲在屋子里吹着口琴，不由叹了口气。这孩子的性子很倔强，他不想做的，谁都干预不了。

妻子夏青岚总是说，要把他送到寄宿学校里去，但是没有想到遭到了他的拒绝，他并不在乎继母对自己的态度，只是说："我是我爸的儿子，我爸在哪里，我就在哪里，我哪里都不去。"

他没有想到，这孩子竟然这样决绝。他出门的时候，似乎觉得从大儿子的屋子里射出了一道冰冷怨恨的目光，使他心里沉了一下，但只是犹豫了片刻，他就决定不理睬，继续走出门去，开了自己那辆奥迪车，直接往三里屯驶去。

他一到自己最熟悉的酒吧里，就觉得今晚人格外多。酒吧采用的是中西合璧的装修风格，正对着门的恰恰是一只巨大的玻璃屏风，屏风中间的间隙很巧妙地以纸艺雕塑成几只白色的灵鹤仰空高鸣的样子，名字叫《瑞鹤仙影》，这正是几个月前他亲自找人设计制成，也确实讨得了赵鹤雪的喜欢。正前方是一个小小的舞台，有人正一脸陶醉弹着吉他。台下有人正喝得酣畅，但唯独不见赵鹤雪。

他觉得有些奇怪，以往这个时候，她早就柔情万种地递上一杯威士忌，与自己笑语欢声了。这时，听到吉他声戛然而止，赵鹤雪穿着一件酒红色的露肩晚礼服，笑着上台说："亲爱的朋友们，为了让大家度过一个愉快的夜晚，我们精心准备了一个特别节目，下边请我们特邀的琳达女士来为大家做讲解，欢迎。"

众人有些不明所以，不知道刚刚上台的这位琳达女士要说些什么。此刻，投影仪忽然亮了，只见一张古旧的照片清晰地显露出来，这是一位德高望重的老人的寿诞照片，四周是三个年龄相差不大的少年，还有一个八九岁的女孩子。少年之中有的眼神澄澈，有的萧索，有的迷茫，但还是看到那女孩灵秀的容貌，非普通人家的闺阁少女。

只见一位端庄大气的中国女士上前，指着那个女孩笑着说："谢谢大家倾听我的家族故事，我就是这个女孩子。那时候，每个人都青春年少，心底澄澈，一片美好，但是后来，有人变了，只为了心中的物欲，亲手设计害了自己的长兄与妻子，气死了自己的师傅。如今他拥有的幸福人生都是建立在欺骗、谋算的行为上，他有一个肮脏与龌龊的灵魂，我一直很苦恼，我不能对他怎么样，甚至不能通过法律手段去惩罚他，我只能眼睁睁地看着他在我面前得意地活着……"

袁正华，即是化名为琳达的颜雪珊所说的曹海峰，他看到那张照片的第一眼，就知道谁来了。听到那个熟悉的声音后，人早已经冷汗淋淋，跌坐在一张欧式沙发椅上。

酒吧里平常杂乱的声音都消失了，时间在过滤着一个特别的故事，故事里包含着一个灵魂都不会得到安宁的诅咒。他知道自己太低估颜雪珊的能力了。虽然从小就知道她聪慧伶俐，不是普通男人可以驾驭的女人，但是没有想到她还是可以这么快就找到自己了，还早已经洞悉了一切真相。

他想起身，却被一旁装作若无其事的赵鹤雪按了下来："怎么？着什么急？酒还没喝呢！"

他摇头说:"不喝了,我想起来还有些事没有处理完,我得赶紧回去。"

但是,他觉得自己的手被赵鹤雪尖利的指甲掐得很痛,他看到她递上来的不是他平常喝的那种威士忌,而是一种通体发黑、流淌着一种邪恶气息的液体。

他有些慌了,问:"这是什么酒?"

赵鹤雪一只手按在他的肩膀上,说:"这是酒吧新调制的鸡尾酒,叫'人面兽心',不然,你来尝一尝,看味道怎么样?"

"为什么会叫这个名字?"曹海峰抹了一把头上的汗,硬着头皮问道。

赵鹤雪摇晃着那杯黑色的液体,不以为然地说:"昨天和琳达女士聊了很久,她始终不肯说这个男人的真实身份,我却觉得,既然是这样一个头顶生疮、脚底流脓,从头坏到脚的男人,那还可怜他做什么?如果是我被这样的男人骗了,我非得扒了他的皮、抽了他的筋,把他剁碎了扔到海里喂王八去,不,这样脏的东西怕污染了大海,还是用火烧了扔荒野里,让老鹰啄上千口万口,反正就是让他死了都不得安宁……"

此刻,他听到颜雪珊还在说:"我今天和大家讲述这个黑暗的灵魂,其实就是不知道该怎么办?他如果出了意外,那么就会再毁了一个家庭。我心里真是想到一百遍将他千刀万剐的理由,但是又会想一百遍饶恕他的理由,想了想,决定找他的妻子摊牌,大家觉得怎么样?"

"好,这种道德败坏的人就该没有好下场,我们支持你,琳达女士!"

"对小人,不能行君子之道,该收拾就得收拾一下。"

曹海峰的腿颤抖起来,再也站不住,他有些呼吸困难,一口气将那杯酒喝下去,腹中顿时开始了排山倒海般的灼热与冲击,他捂着肚子,很艰难地扒开赵鹤雪的手,酒杯掉落在地上。

他顾不得看一眼,跌跌撞撞地逃了出来。太可怕了,这两个女人联手了,一定会将他所有的努力彻底摧毁。他忍着腹中的痛楚,挣扎着,到了停车场,摸出钥匙,开了车,飞速朝西郊而去。他不敢回家,怕让夏青岚看出自己的异常,无法自圆其说。他要找一个清净的地方,好好思考一下,如何摆平这两个女人的纠缠。

酒吧里的颜雪珊看到她好不容易找到的曹海峰就这样逃掉了,心里非常不甘心,她在众目睽睽之下,流着泪冲下来朝外追了过去。她有很多话要对他说,质问他为什么要这样狠心?他的行为毁掉了很多人的幸福,他就真的没有丝毫愧疚?

但是，她却被赵鹤雪拦腰抱住："你要做什么？找他拼命？不要傻了！你这样就是把自己白白给搭进去了！"

颜雪珊没有想到赵鹤雪这样冷静，她问："那你想怎么办？"

赵鹤雪咬牙切齿地"哼"了一声，忽然到里边拿出一把大铁锤，照着中间那张大玻璃屏风用力砸了起来，只听到"噼里啪啦"一阵碎响，地上到处是大片大片的玻璃，这举动实在魄力非凡，惹得场内的很多人惊呼起来。

颜雪珊呆呆地看着赵鹤雪碎发凌乱、满脸通红的样子，忽然摇头说："就这样算泄愤了？他夺了你的真心，这笔账该怎么算？好，好，就算你可以放下，但是我做不到，真的做不到，我这里还记着他的三条人命！"

说完，她还是想追到他，向他索要个前因后果！她刚要跑，觉得脚下的高跟鞋影响了走路，索性将鞋脱了，扔到一边去。

几步下来，脚心已经被尖锐的玻璃硌得生疼，但是她依旧跑着，要去追上那个坏人。

身子被禁锢住，听到赵鹤雪的声音有些焦虑："你要冷静，不要发疯！我不许你去，你今天必须留在这里，听到了没有？"

"不。"颜雪珊泪水横流，她挣扎着，扭动着身子，用力推开了赵鹤雪。

赵鹤雪没有站稳，就这样被颜雪珊这股忽发的力道推出去，她倒退了几步，脚下踩到了玻璃，迅速滑了下去，只听她"啊"了一声，人重重摔到一堆碎玻璃里去，她一双美丽的大眼睛睁得很大，似乎在与死亡搏斗，但是很快神色就萎靡下来。

大家惊呼了起来。

颜雪珊早已经发现不对劲，她顾不得疼痛，踩着碎玻璃上前，拼命摇晃着赵鹤雪，她抱着她的头，发现自己的手上都是血，一大块玻璃扎进她的后脑，还有一些细碎的扎进了太阳穴。

赵鹤雪的眼神里出现了一丝无奈与空灵，这让颜雪珊感到心神大骇，她的手颤抖着，上气不接下气地哭喊着："你起来，都是我的错，你不要怪我，我不是故意的，不是的。"

赵鹤雪的嘴角微微咧动，似乎理解颜雪珊的行为，似乎在说，这是她的宿命，是她遇人不淑的惩罚，不怪她。

颜雪珊看到她的瞳孔涣散起来，忽然捂着头，歇斯底里地喊着："啊……"

"天哪，杀人了！"

颜雪珊的耳朵里灌满了各种各样的声音，这声音如同山洪般劈头盖脸地冲了过来，眼前无数的金星在闪耀，四周也似乎有无数的脚步开始凌乱起来。她的意识也开始模糊起来，她呻吟着，很想说："赵鹤雪，我不想杀你，不是有意的，你不要怪我……"

但是，等待她的却是冰冷的手铐，她甚至来不及给她女儿准备过冬的棉衣。那是一个冰冷的梦，她在一个黑暗的世界行走了很久，她不愿意看到任何人，她把自己封闭在一个寒冷的冬天，冬眠了起来，并且，不想醒来。

颜雪珊说到这里，抬手看到自己手臂下一个淡淡的疤痕，对黄欣悦说："这就是当年我抱着赵鹤雪哭的时候被插进皮肤的一小块玻璃，后来就留下了这个疤。"

颜雪珊在那几年的牢狱生活里，常常呆呆自责，如果不是自己冲动，就不会白白失去一条活生生的性命！她也想过，为什么当初自己和赵鹤雪第一次相见，居然就有那份来自女性心底潜藏的相知呢？现在想来，也许是天意，两个人的名字里都有一个"雪"字，这个字是天地间最干净的一个字。父亲为自己取名"雪"字，是希望自己此生都有一条干净的灵魂。可是，她辜负了父亲的期望，竟然由于自己的执念，害了别人。她看着手臂上的疤，叹息着，这份愧疚怕是一辈子都消弭不了。

黄欣悦看到那个疤，忽然理解了母亲那切肤的痛。如果当年不是母亲，是自己的话，也是根本不会有母亲的这种执著与勇敢。

"我后来被判了六年刑，第一次亲属探视，来的还是你表姨父。是他给了我对未来的期待。他说我还有你，为了你，一定要好好把握机会，争取早些出来。"

"其实，您只知道他来监狱看您，您却不知道，我表姨父为了您到处求人，到处找律师，想为您减轻刑罚。以他那样清高的人，要到处去低头求人，实在是太难为他老人家了。这些也是后来听我姨说的，她说我表姨父是个刚正不阿的人，平素谁来求，都是按部就班，没有一丝苟且，就是为了您的事，他几乎跑断了腿，后来实在没有办法，就熬了好几个通宵，亲自临摹了一幅《疏林寒绿图》，因为他知道他们学校的洪校长有个学生就在法院做主审法官……"

颜雪珊听了有些震惊："他费尽心神做了仿制品，原来竟然是为了我？"

黄欣悦继续说："不仅仅是这样，第二次临摹《疏林寒绿图》，也是为了找到你恨了一辈子的人。他用这幅画引来了曹海峰，才知道他已经双腿残疾，一辈子要坐在轮椅上生活了。所以，他觉得，他既然已经受了惩罚，就不要再追究以前的事了。"

"是的，我入狱六年，并不知道这些事，后来我出狱后，看到他被人推着出门，才知道他就是那次在逃离了酒吧的当天遭遇车祸导致瘫痪……"

颜雪珊回忆着那时候的场景，她在泡桐树下看到已经上了小学三年级的小欣悦兴高采烈地背着书包，举着一张奖状对刚出胡同的任文良喊着："表姨父，我又被评为三好学生了，您看，这是奖状。"

任文良笑着点头说："我们家欣悦就是好孩子，快，回去，让你姨给你摊鸡蛋饼奖励你一下。"

颜雪珊不敢出来，只好躲在后边偷偷看着任文良领着女儿的手回家去了。

由于她当年的冲动，致使一个无辜的人失去了性命，这是自己的罪恶，她怎么敢告诉女儿这些，她是个不称职的母亲，看到女儿生活无忧，被照顾得很妥帖，她决定不去打扰她的生活，让女儿快乐无忧地成长。

"表姨父拿出第三幅《疏林寒绿图》时我在场，虽然说表面是给了任鹏，但我知道，表姨父为了保护那幅原画不受损伤……也是为了缓解我姨对他的怨恨……用心良苦……任家遇到过很多次困难，表姨父从来没有想过变卖那幅画，就这样忠于对您的承诺，一辈子默默守护着这幅画，守护着您的女儿……"

颜雪珊听到这里，已然潸然泪下。她恨自己还曾经怨过他置身事外，恨他拦着自己去复仇，恨他瞒着关于曹海峰的一切消息，原来他都是为了自己和欣悦好。

"我对不起你表姨父，都是我们母女拖累了他。"

黄欣悦抱紧母亲，也唏嘘着，第一次觉得自己也有了力量，可以温暖母亲，给她以未来的希望。

"那……后来呢？"她打断了母亲的话，想转移她的哀伤。

颜雪珊抽了一下，擦干眼泪，神情有些复杂："我知道你是对安德烈的事情比较好奇，不知道我为什么会跟随他去了法国？"

黄欣悦点头。对于母亲来说，那段过去的时光，不会太过于安然，一定是带着很多哀痛，也带着很多欢喜。

颜雪珊重新回忆起来。由于那几年她积极改造，表现良好，并没有坐满六年牢，而是提前了半年出狱。所以连任文良和刘淑惠也不知道自己其实早已经出来了。

她记得，她当时离开了那胡同，在"素问堂"中药店附近待了很久，实在想不出好的法子。如果是当年，她是有勇气去和他现在的妻子去揭露他的丑行的，但是经历了这么多，想到赵鹤雪的无辜逝去，想到女儿没有父母的孤独与无奈，居然真的有些踟蹰了。

所以，她在旁边的小吃店里吃了些东西，终于有了些气力，然后起身继续往北走，走了有四五百米，忽然看到临近街道的一个院子的大门开了，有位老人拿着一个牌子放在门口，上面写着："招聘保姆，要求年龄在二十五到四十五岁之间，人品端正、身体健康、干活麻利，薪金四千五百元，包吃住，有意者请面见安德烈先生详谈。"

她没有丝毫犹豫，上前就按响了门铃。这样一个隐身的好机会，对她来说，就是天赐的良机。每天只要有买菜的时间，就可以出来探听一些曹海峰的情况。兵书有云，知己知彼，百战百胜。只要摸出曹海峰的行迹规律，总会找出蛛丝马迹，总会找到机会的。颜雪珊这样想着，忽然觉得自己面前出现了一条生机之路。

开门的还是那位老者，他说自己姓马，是专门负责门卫安全的。他带着颜雪珊朝里走去。这是北京城一个不算太大也不算太小的院子，房子装修得很有中国江南的意蕴，亭台楼阁都有缩影，庭院里的一汪鱼池，游动着十多条大大小小的锦鲤。顺着几株宽大的凤尾椰子树走到尽头，就看到一张木质休闲椅上，一个三十多岁的中国男人拿着一份报纸正在阅读。

"安德烈先生，这位是来应聘保姆的。"

安德烈抬眼望了一眼颜雪珊，顿时惊了一下。对面的女人穿得很素淡，她仿佛想刻意掩饰自己身上的光彩，但是她没有因为见到一个有着法国籍的华人而意外，那淡定的眼神说明她是有过经历的女人。

"你的名字？年龄？为什么来做保姆？"

"颜雪珊，三十四岁，我从江西来，家里没有亲人了，到了北京人生地不熟的，总是考虑要生活的，正好看到这个招聘，就来了。"

就这样简短的几句话，安德烈似乎有些无奈，只好搓了搓膝盖，说："如果你觉得可以，就先尝试一下,觉得不适应,也可以随时走。我也只有一年的时间留在中国，一年后我就要离开，这个房子也会有别的主人，你最多只能一年在这里，怎样？"

"一年的时间，足够了。"

安德烈觉得自己的两只耳朵发痒，中国文化博大精深，中国语言也是内涵丰富，他虽然是个中国人，但多年随着家人在国外生活，似乎还是觉得自己少了些什么，所以这是趁着有些生意要做，回到中国多待两年。他这一待才发现自己不舍得走了。

他特别喜欢北京的古树，万物得益于天地滋养，人类的情怀确实可以在看到那些古树的瞬间而改变。自从他的视线里开始有了那些古树，他才找到了自己的灵魂归宿。所以，他有空就骑着自行车到处去寻找那些带有岁月痕迹的古树，他觉得它们都是有思想的，是人们不懂得它们，所以才把自己的思想强行加到它们身上，尤其是那些风花雪月的诗词，都是最美的诠释。

但是，就在看到颜雪珊的这一刻开始，他在她身上嗅到了一种类似于古树一般超凡脱俗的宁静之美。她穿的是普普通通的衣服，年纪并不老，似乎刻意隐藏着一种内在的芳华，这种不同的气质从何而来他没猜透，但是可以肯定的是，这个她，不是真正的她。

还有这句简单的话："一年的时间，足够了。"这段时间对于她来说，也许只是暂时的栖身，她必定会有自己的打算也说不定。但人家既然可以做到这样内敛低调，一定也是有着不足为外人道的苦衷。

所以，他打算试用一下，看看她到底是什么样的女人。他没有想到，自从这个女人到了家里，他的视线竟然渐渐从四周所有的好奇都转移到了她的身上。

早上，他吃到了最有中国特色的面食葱油饼，还有院子盛开的玫瑰花居然也成了米粥里的主要材料之一，还有，几只半透明隐隐露出里边的鸡蛋、西葫芦、虾皮馅的饺子。他完全没有料到，那双纤长的手可以妙手回春，将那些普通的草木食材做成美轮美奂的艺术品。他嗟叹之余，开心地咬了下去。

每天做完早餐，颜雪珊就提着篮子，到附近的菜市场去买菜。这途中一定会经过"素问堂"，她第一次看到曹海峰被人推着上车出门，还惊呆了一下。这是怎么回事？

一次，她实在按捺不住自己的好奇，在看到他们一家人一起出门后，才悄悄走了进去。药店里只有一个忙碌的小药工，看到颜雪珊连忙迎接："请问您有什么需要的？"

颜雪珊愣了一下，连忙说："给我包十斤黄檗。"

"黄檗？"小药工笑了，"我家有一个经常来买黄檗的小姑娘，她家是做裱画的，您也买这么多，不会也是裱画吧？"

颜雪珊听到这话吓得慌了一下，连忙摆手："不是，我家有个病人，这是老中医给的配方，有用的。"

"哦，这样呀，您等下。"

不一会儿，小药工就抱了一大包药来给颜雪珊，颜雪珊付了钱，装作什么都不懂，问："你家这店年头不少了吧？主人怎么称呼？我怎么从来就不知道有这家店呀？"

小药工奇怪地看着她说："一看您就不是这本地人，这是大名鼎鼎的夏家中药铺，从夏家祖上至少经营了有三代以上，不过，是后来夏家的独生女儿招了个外地女婿，这药店才改名了。"

"你家老板怎么称呼？我看到你家现在的老板腿脚有些不太方便，不知道出了什么事？"

"姓袁，叫袁正华。我家老板本来是个健全人，真是可惜，如果不是六年前他非要去西山看风景，出了那场车祸，与我家老板娘可真是神仙伴侣，现在呀，半边身子不能动，可是苦了老板娘了……"

"呃。"颜雪珊这才知道原来曹海峰已经不叫曹海峰了，他攀了高枝，娶了有钱又漂亮的老婆，连祖宗也不要了。六年前，他就已经残疾了吗？难道是那天出的事故？可是，面对这样一个生活不能自理的人，还谈什么仇怨呢？就在这一刻，她失去了对未来的希望了。

她就一直这样想着，付了钱，看到自己抱了一袋子黄檗出来，觉得啼笑皆非。她要这黄檗也是没有什么用处，想来想去，不如偷偷把它放到任家门口就离开。

于是，她这样颤巍巍地走了出来，想起那个小药工说的小姑娘，那一定是自己的女儿欣悦，她多想见到自己的女儿呀！但难道真的就这样放过他吗？

任家的胡同口，总是很清静，这个时辰，更加鲜少看到几个人。她看到任家的大门还是原来那种古朴的样式，没有什么特别的变化，只是胡同变得比以前整洁多了，墙边到处是美丽的木槿与玫瑰，还种了几株四季海棠，现在是夏末秋初了，等待来年，必定是一个繁花满天的风水福地。

她想了想，把黄檗放到门口，刚刚转身走了几步，就听到门口响动了，有人走出来，然后就听到急切的声音传来："雪珊，是你吗？你出来了？"

她只好停住脚步，讪笑着，对任文良说："姐夫，我是提前……放出来了，原谅我没有告诉你和我姐，我是怕影响你们的生活……"

任文良想来是明白了她的心思，叹气说："你姐就是个刀子嘴豆腐心的人，不会太较真的，还有，欣悦大了，也懂事了，一定会理解你的苦衷，不会怪你的。"

颜雪珊迟疑了一下说："这些我都知道，我想，我毕竟是个有过往的人，就是你们不在乎，这左邻右舍的邻居呢？到时候说三道四传到欣悦的耳朵里，不是白白让她不开心？谁愿意有这样一个妈呢？"

"你说的也有些道理，欣悦确实是个自尊心强的姑娘，别看她话不多，但是心里可明白着呢！你要是觉得心里不安生，就晚点再见她也成，不过，你还是搬到家里来吧！这北京城寸土寸金，费用高，家里也不是住不下。"

颜雪珊摇头："不了，姐夫，我已经找到工作了，在一个法国华商家里做保姆，主人对我很好，我有吃有住，每个月还有工资拿，挺好的。"

"保姆？"这两个字刺痛了任文良的心，颜雪珊是师傅的独生女儿，自小在师傅教导下琴棋书画几乎无所不精，虽然没有在高等院校读过书，可是她的文化底蕴绝对不是普通的都市女性可以比拟的。当保姆这种工作，她都可以选择做下去。他总觉得她还有不可告人的目的，绝对不只是现在这样简单。

想到这里，任文良有些急了，竟然冲上前去抓住她的手，说："雪珊，我不许你再做傻事了，听到没有，他已经不是以前的他了，你也不是以前的你了，要记得做事之前考虑一下后果。"

颜雪珊笑了笑，回答："姐夫，不，良哥，我都经历过那么多了，我不会再像以前一样冲动了，我已经接受了教训，以后再也不会轻而易举拿自己的身家性命去一搏的，你放心吧！"

任文良没有放过颜雪珊的任何一个细微的表情，看到她面色和蔼宁静，心中叹息这几年牢狱生活果然是磨平了她的棱角，让她变得成熟了，这才松了口气说："如果你觉得现在的生活适合你，我和你姐也会尊重你的选择，不过，有事还是打个电话过来。"

颜雪珊点头，脱离了他的手说："我会的。"

任文良这才醒悟自己是有些情急了，有些失了分寸。他看到胡同里静悄悄的，只有空中的鸽子偶尔飞过，也似乎没有人会记得颜雪珊这个人，他忽然明白了一个道理，即便颜雪珊走近自己身边，她也不会成为自己的那个她。这段缘分，在时光的交错与世事的无奈中都随风消逝了，他更应该珍惜眼前人，所以该放下的就放下吧！

颜雪珊先转身，毫无牵挂地朝外边的街道上走去，她要去做自己该做的事了，她看到任文良一成不变的坚定眼神，就知道自己的女儿交给他，是自己这辈子做过的最正确的事。

此刻，安德烈和自己的一个法国朋友就在不远处，看着胡同口颜雪珊和一个中年男人亲昵又分开的情形。

安德烈打算趁自己快要回国前，找一些内行人收一些中国古画带回去。他在艺术市场上的朋友弗兰克正游说自己投资赚取艺术财富，他有些心动，和弗兰克相谈甚欢。之后，他打算亲自带着弗兰克在老北京的胡同里转一转，介绍一些胡同里的故事。但是刚走了没多远，就看到颜雪珊的身影出现在这里。

这同样让安德烈感到吃惊，他以为她是孤身一人在北京漂泊的，但看到她与那个男人熟稔程度，两个人似乎很有渊源了。安德烈莫名其妙，觉得自己有些不太高兴了。

"哦，先生，你的眼睛并没有放在我给你的画上，你看的是一位中国美女与一位中国男人……"一旁的弗兰克却比他更加不满。

"弗兰克你不要误会，那个女人是我家刚来的保姆，她还在考察期内，我还需要进一步了解她的人品与能力，否则……"

弗兰克白了安德烈一眼，又是摆手又是摇头："这个理由很充分，但是，安德烈你很聪明，你当然看得出那个中国女人根本没有一个保姆的气息……哦，你对我太没有诚意了……"

安德烈很无奈，只好说："弗兰克先生，我们认识不是一两天了，我对你有百分之百的诚意，请相信我……"

"那让我怎么相信你呢？"

"这样吧，明天我就把资金打进你们弗兰克公司的账户上，好吗？"安德烈本来还有些迟疑到底要不要投资，但听到弗兰克这样说，心里忽然踏实不下来，所以只好决定提前结束对弗兰克公司的考察期。

弗兰克这才转怒为笑，对安德烈伸出手来说："亲爱的安德烈先生，应该说是我们的弗兰克公司，你现在已经是我们公司第二大股东了，以后我们就要战斗在一起了！"

安德烈只好伸出手来和对方握在一起，他还是觉得自己的心里很慌乱，用中国人的话来说，是三魂七魄都不知道跑到哪里去了。

第二十一章
杳无音信

　　他很快就和弗兰克结束了会面，拿着刚刚得到的两幅古画回到了家里。果然，看门人说颜雪珊出去买菜还没有回来。他只好打开自己刚刚得到的两幅画，拿起放大镜仔细看起来。这两幅画只是付了订金，主人给了他三天的反悔期限，如果三天内不想买了，还是可以退回的。

　　引荐人说这两幅画都是举世无双的珍品，一幅是宋代画师崔白的《双喜图》，另一幅是明末清初画家八大山人的《花鸟图》。自从安德烈开始关注艺术市场以来，就非常喜欢中国古画，这两幅画笔力深厚，不像赝品，所以他还是很犹豫的。

　　他就这样按捺住自己有些焦躁的心，又继续等了一个多小时，才看到颜雪珊进来问自己想吃什么。

　　"你可以告诉我，为什么今天的饭这样晚？"安德烈叉着腰问。

"先生您平常很少在家吃晚饭的,昨天您就说了可能有朋友来,晚上不要等您了,所以我就没有提前准备。我今天下午是去采购了一些原材料,我看到厨房里有烤箱,就想试着给您做些糕点。在中国久了,我觉得您会想念家乡的美食……"

安德烈还是没有问出那个男人的身份,心有不甘,现在又听到颜雪珊缜密的思维与回答,更加烦恼起来。他摆了摆手,终于说出自己的困惑:"可是,我看到你上班时间在附近不远处的一个胡同里和一个陌生男人说话,难道你不想解释一下吗?"

颜雪珊瞥了一眼安德烈桌子上的画作、放大镜,还有那些包装盒子,忽然觉得安德烈先生骨子里还有另外一种人格,像个初生牛犊的小孩子,对所有别人的事情都感到好奇。

她笑了笑,回答:"先生,我不仅仅是在胡同里停留过,我还会经常在附近的'素问堂'中药馆停留,因为那里有我家乡的味道,胡同里的那个男人是我最尊重的同乡兄长,我也只是礼貌性地拜访一下,请原谅我在工作时间去办私事,但是我确实有些紧要的话要对兄长说,真的很抱歉,我保证,以后再也不会了。"

安德烈看到她的瞳孔幽深闪亮,似一道心无杂念的流星毫不掩饰地撞了过来,顿时觉得自己有些太过于苛刻了,于是,只好说:"如果你愿意告诉我你以前的故事,我愿意洗耳恭听。还有,或者需要我的帮助,也请告诉我。"

"谢谢安德烈先生,我会好好做的。如果没有什么事,那我去厨房了。"

安德烈点头,看着她关上门走了。他若有所思地坐在椅子上,凝神看着画里的花鸟与植物,猜度着古人的智慧太美妙绝伦了,这超越于世俗的表现力让他叹为观止。

忽然,又听到外边的敲门声,他皱着眉头,看到颜雪珊再次进来,欲言又止的样子,让他感到奇怪。

"有什么事?"

"先生,我思考再三,觉得还是要和您说一下,您手里的这两幅画都是赝品,您千万不要被人欺骗,如果不信我,可以再找个专家鉴定一下,千万要慎重。"

"啊?"安德烈没有想到颜雪珊说的不是那些柴米油盐的事,而是这两幅古画,"你有什么证据证明它们是假的?"

颜雪珊回答:"我自己就是证据,不瞒您说,家父生前有非常深厚的国学底蕴,我从小写字作画的水平赶不上师兄们，所以父亲无奈，便教了我一些古画鉴定方面的常识，我也见过很多古画名册。"

"你说你懂得古画鉴定？"安德烈觉得自己真是见了稀罕的事，这个颜雪珊果然是那种"上得厅堂，下得厨房"的女人。

"是，我只是觉得安德烈先生您对我这样好，我不想眼睁睁看着您被别人欺骗。您看，这幅《双喜图》用色用墨功夫上是高人一等，但是若论神韵，这兔子和灰喜鹊可就差远了，那兔子脖子扭转的方向也有点偏差，这画有两幅，一幅在台北故宫，一幅在国家博物馆，民间怎么可能有收藏呢？还有，这八大山人的画看得出也是一流临摹大师的作品，但是我见过比这种功力更好的临摹品。世人都知道八大山人用笔最神奇的地方就是那些鱼、鸟的眼睛，这眼睛虽然模仿得惟妙惟肖，但是仔细看起来，那眼睛中间的墨点还是轻了三分，八大山人曾经说过，'墨点无多泪点多，山河仍是旧山河。横流乱世杈椰树，留得文林细揣摩'。这种画风和情志怎么可能是普通人可以释放出来的呢？如果是我来做这临摹品的话，就会选择一些颇有造诣但比起这些宗师还逊些的画师的作品来临摹，成功的机会才更添了几分。如我那个最有临摹天赋的二师兄，只因为志向高洁，不屑于做这些不入流的事，半生都坚持不肯去做呢！"

这一番话说完，颜雪珊以为安德烈先生会嫌弃自己多管闲事，但是她在安德烈眼睛里看出有一片炙热的火焰扑面而来，这让她觉得有些窘迫，于是她避开了说："先生，我就是凭着以前的记忆说了这些，也不一定对，您还是多找些专业人士来鉴定一下。好了，对不起，我这就回去做饭去。"

颜雪珊逃走了，在一个华商的凝视中逃了出去。她并没有想到，从此她就走进了另外一个男人的心里。

安德烈一直这样呆呆地坐了很久，直到晚餐时，尝了一口颜雪珊亲手做的鲜菇鲫鱼豆腐汤的那一瞬间，他流泪了。他终于明白自己为什么会这样不冷静了，原来自己在看到颜雪珊的第一眼时就已经爱上她了。他之所以留在中国这么久，就是为了等她来。他确定，她就是自己一直在等的皎皎明月光，是一个可以给他美好的感觉，可以做他灵魂伴侣的人。

他后来才探查到这个女人有谜一样的过去，她有着不同于常人的家世背景，也有着不为人知的辛酸往事。但是，他已经决定，无论她有什么样的过往他都不在乎。于是，安德烈除了骑着自行车去看古树之外，还多了一个"盯梢"的工作。

他躲在暗处，偷偷观察到颜雪珊只对一个叫"素问堂"的中药店感兴趣，每次看到那里边的人，她的表情都十分凝重，似乎有很多恨意。最奇怪的是，一次他在街心公园里，看到颜雪珊和一个少了一只胳膊的少年对话。

"秋生，谢谢你对欣悦的关照。"

"雪珊姨，我知道以前您一直照顾我和我母亲，所以既然现在我知道了欣悦就是您的女儿，我也一定不会让别人欺负他的。"

"那你打算将来怎么办？秋生，没有一个好的打算吗？"

"我早晚会离开这个家，不，这里本来也不是我的家。还有，您放心，我不会让我爸再做坏事，我会看着他的。"

"好孩子，我知道你和你母亲一样心地善良，但是虎毒不食子，他对你的情意可都是真的。"

那叫秋生的少年，咬着牙说："但是，无论是谁，都不能剥夺别人的幸福，如果他再让我知道他害人，我就……"

"秋生，你才十几岁，还有大好人生，千万不要因小失大，记住了吗？"

少年没有回答，但是表情恰恰说明，做人也是有底线的，无论是谁，超越了人类的道德天平去做不公正的事，都会得到惩罚的。

安德烈看到颜雪珊与少年告别以后，破例没有回到自己的家，而是一个人到了一个小酒馆，一边哭一边喝。安德烈决定不打扰她，他知道她一定是由于那痛苦的经历而伤心，而在自己家里又不能忤逆主人，所以便由得她发泄一番。等她喝得脸色酡红，几乎意识模糊的时候，他才去和酒馆主人讲明身份，将颜雪珊背了起来。

走出酒馆门，身上的颜雪珊沉甸甸的，似乎终于找到了一处安全的港湾，一动不动匍匐在他的背上，他觉得心里有一种莫名的喜悦。这个时候的她，包括精神意识，都是属于他的。

他将颜雪珊放在车上，将她带回家。门卫老马看到颜雪珊是被主人背回来的，也是吓了一跳，连忙想过来帮忙。但是，安德烈摆手，示意他一个人可以，他把她放在她自己床上，去浴室将毛巾打湿，轻轻擦干净她的脸。

这张脸五官精致，眉毛、眼睛都漂亮得出奇，还有那白皙如凝脂般的肌肤，荡漾着微微的醉意，让他简直难以呼吸。

"不……为什么？……"颜雪珊小声呻吟着，抱怨着，"他明明罪无可恕，明明罪恶滔天，可是我却不能拿他怎么样？尤其是当我看到那两个孩子，我更加感到自己什么都做不了……"

"做不了就什么都不要做，放心，邪不胜正，你想要的一切都会有的。"

"凭什么他这样龌龊的人可以享受岁月静好，可以享受如花美眷，凭什么……我却要这样受苦？我不想放弃……"

安德烈一边擦着，一边回答："以后你都会幸福的，有我在，一切都会好的。"

颜雪珊忽然睁开眼睛，似乎清醒了很多，她很委屈地哭泣着："不要，我不会放弃，我不要做圣人，我只想要我自己的生活……"说着，她的情绪似乎有些失控，她挣扎着，想去做些什么。

安德烈从书里看到过这样一句话："一场缘的来去，和那些总是想超越自我的灵魂相关。"他很喜欢这句话，眼前呈现的正是一个原本澄澈美好，现在却扭曲着的灵魂，他很惋惜这种改变，他要超越自己的极限，改变一切。于是，他毫无顾忌地就朝那鲜艳的双唇吻了下去："我爱你，相信我。"

安德烈的这场热情之火，一直燃烧了整个夜晚。

第二天下午，醒来的颜雪珊察觉自己做了很离谱的事情，她的嘴唇和身体的酸痛告诉她，昨天一定发生了什么，但是她想不起来。她似乎嗅到了安德烈先生的气息留在了自己的身体里。

她听老马说，昨天她喝醉了，是安德烈先生将她背回来的，所以她更加不敢去见他了。她甚至以为，她严重失职，擅离职守，是一定会被辞退的，好不容易寻觅到的安稳就这样被自己的任性彻底土崩瓦解了。

她猜得没有错，果然，过了几天，安德烈又请了一位保姆，这位保姆中西餐都做得非常拿手，尤其是红提蛋糕做得酥软可口，让安德烈大加赞赏。

她看到那保姆领了安德烈赠予的礼物，兴高采烈地出去了，心头感慨万分，觉得自己再赖在这里也不是长久之计，还是要早早打算。她开始收拾东西，忽然听到外边一阵悠扬的小提琴声，她不知道发生了什么，下意识打开房门，看到大厅里不知道什么时候多了一位小提琴手，那些散发着香气的各式糕点中间，摆着一大束香槟玫瑰，还有两个高脚杯里红酒的颜色醇厚迷人。而最奇怪的是安德烈穿着一身礼服，朝自己伸出手来，说了一句话："亲爱的，我等你很久了。"

颜雪珊四处回望，客厅里除了小提琴手会意的微笑、安德烈的热情，就只有一身素淡、孤寂的自己了。她有些慌乱，就看到安德烈朝自己走过来，他的手心里是一枚熠熠生辉的钻戒。

这种梦幻般的意境是她从来没有想到的。安德烈并没有征询自己的意见，而是笑眯眯地拉起自己的手，把戒指戴在自己的无名指上，说："你先不要拒绝，先要感觉它适合不适合你，然后再倾听我对你的心意。"

"安德烈先生，我，不，不能这样……"颜雪珊想把戒指取下来，可是由于自己紧张出了汗，那戒指怎么都摘不下来了。

安德烈凝重地看着她，眸子里射出的深情如海洋般深邃。

"亲爱的，我一直不后悔和你在一起的一夜，它是我人生最美好的时刻，就是从那天开始，我决定要娶你，让你过上更好的生活，请接受我的心……"

颜雪珊心头缩了一下，那一夜犹如回到了过去，在开满了油菜花的田野里、在返青生烟的竹林里、在摆满了药草箩筐的农家庭院里，还有在黄家老宅里的书香气里，她一直醉着，隐约感受到来自一个男人温柔的呵护，这些年了，她如死木槁灰一般，都忘记什么才是发自内在的温情了。但那个夜晚，那种充满了生机的感觉重新回来了，她贪恋地吸吮着来自陌生地带的空气，这才让自己一直绷着的四肢百骸全部放松下来。

她回想起自己和秋生见面的场景、在酒馆喝酒的样子，还有一个男人的软语相慰，难道真的是安德烈先生吗？她想到这里，忽然捂住了自己的脸，她怎么能够这样丧失理性、放浪形骸？

但是，她的手被拿开，再一次面对安德烈炯炯有神的双眼，那双眼里都是痛惜与爱慕，看得出那是一个男人全部的诚意了。

"我……我怎么配拥有您的爱？您可知道我的过去？我杀过人、进过监狱……我结过婚，有个女儿……还有，我打算继续要让那个使我一家人分崩离析的坏人再次得到报应……安德烈先生，我还有很多事都没有做完，我不能答应你，请原谅我……"颜雪珊哭着,早已经混乱不堪,跌倒在倒映着天花板上水晶灯光芒的大理石地面上。

安德烈挥手让小提琴手下去,将颜雪珊紧紧拥抱在自己怀里说:"过去的都过去了,忘记它吧!我只在乎你的现在,还有可以保证你的未来再也不会有噩梦……和我一起回法国吧!我已经在弗兰克艺术发展有限公司注资了,有了你的帮助,我们会有一个美好的未来,相信我……"

颜雪珊已经不是第一次听到安德烈说出"相信我"这三个字,这三个字有雷霆万钧之力,深深打动着她,她勉强让自己凝聚神志,问道:"你真的不介意我的过去吗?"

安德烈将她再次拥紧说:"你是我的缪斯女神,我早已经不能离开你了,怎么可能还会在乎那些过去?"

颜雪珊闭上眼睛,似乎听到了自己内心的声音:"接受他,接受他!"

就这样想着,心脏似乎被什么戳动了一下,隐隐有被小虫子咬噬般的疼痛,她点着头回答:"让我静一静,好好想一想。"

"好,亲爱的。"

颜雪珊就这样依靠在安德烈的肩膀上,轻轻地倾诉那遥远的过去……安德烈边听边点头,手却紧紧握住她的手,仿佛生怕她趁他不注意,将那枚戒指私自取下来。

夜色渐渐深了,屋外的路灯越来越亮,那些残留的花叶随风摇摆,在冷酷中挣扎着,想留住自己想要的芳华。颜雪珊说不清为什么,只觉得心头慌乱,似乎有什么事情发生。

忽然,看到远处的天空隐隐有红色的火光,街道上响起了消防车的警笛声。颜雪珊和安德烈终于意识到不妙,他们看到老马急匆匆跑进来说:"先生,发生了些险情,临近这里不远的那家素问堂中药店忽然起了大火,听说主人和长子都不幸遇难,已经烧得不成样子了……"

"什么?"颜雪珊呆了一呆,顾不得想别的,就冲入茫茫夜色中。

"雪珊,慢点,等等我。"

她听到安德烈和老马跟在后边的脚步声,可是她顾不上,她发疯一般跑向那个她恨不得早就将它毁掉的地方,可是,怎么会发生这样的事。

药店门口挤满了人，只见救护车和消防车都停留在路边。她推开众人，看到药店主人美丽的妻子早已经花颜凌乱，哭着喊着"春生……你要坚持住……"然后跟随着一只担架上了救护车。而后边，还有两具担架也被抬上了车。

她的耳朵里灌满了乱哄哄的声音。

"真可惜，这一大一小听说救出来时就没了声息……好端端的一家人，这以后的日子可怎么过？"

颜雪珊觉得喉咙中忽然涌出一股带着血腥气的液体，心脏开始绞痛起来，她大声喊着："该死的曹海峰，你怎么可以这样死？你怎么可以这样？"

她气得发狂，他就这样一死百了，又扔下一堆旧账新怨难以疏散！他怎么可以这样无耻，用这种方式来逃避自己的罪恶！她想起白日还看到的那个叫秋生的意气风发的少年，即使身患残疾，也自强不息，胸中充满了正义与勇气，就这样无端陨落了！

她混在川流不息的人群里，脑海中渐渐空白了起来，心脏开始剧烈地刺痛起来，渐渐地，耳畔一阵阵大海冲浪的声音、鸽子飞起时的哨音、酒吧里醉生梦死的躁乱声一起灌了过来，她的两腿软软的，一头栽了下去……

再次醒来的时候，就看到自己在病房里，细致体贴的安德烈早已经在病房里安放了无数新鲜的红玫瑰……而安德烈还是那样紧紧攥住自己的手……看到她终于睁开了眼睛，安德烈喜极而泣，一边亲吻着她的额头一边喃喃说着："谢天谢地，亲爱的，你终于活过来了！"那是失而复得的深情，似乎自己刚刚起死回生，转世为人。

"我活着？"颜雪珊知道自己的身体，那种疼痛在身体里潜藏了很久，每当心情激动的时候就会席卷而来，不过，都是那难以消除的执念一直支撑着自己，忘了这些。

"亲爱的，你不要再生气了，知道吗？你有很严重的心脏病，需要做手术，你和我去法国，我们找最好的医生好好治疗……好吗？那些不好的人、不好的事，我们都忘记他们，可以吗？"

颜雪珊看着安德烈那紧张的神情，知道自己终于遇到父亲所说的良人了，她没有再辜负他的理由了。往事已然成空，再纠缠下去还有什么意义？而她也是注定要亏欠自己的女儿了，一个连自己身体都照顾不好的母亲，有什么资格再照顾女儿呢！

也许，离开，是自己最好的选择。

于是，她擦干了眼泪，还给安德烈一个最舒畅的笑容，她不会再辜负那些玫瑰的付出了。

颜雪珊说到这里，发现女儿已经泪流满面了。她的手，紧紧抱着自己的手臂，似乎害怕自己忽然又从这个世界消失，她含着眼泪，用手拥抱着。她最亲爱的女儿，她终于回来了，回到了自己的身边。

窗外的花香袭人，夜色如水。

黄欣悦的心情是复杂的，母亲的归来也证实了一个可怕的事实。黄欣悦与夏长风之间永远相隔着千山万水。

她终于明白曹海峰的存在，对于自己一家是怎样致命的打击。她想起来，怪不得那个秋生哥哥一看到自己就会笑，因为他长久以来，和自己一样"缩着壳"过日子，对父亲、继母与同父异母的兄弟永远是戒备的，而对于自己却是放松的。

她记得清清楚楚，秋生哥问自己叫什么名字的时候，她声音很大："我叫黄欣悦，我没有爸爸妈妈，我住在我姨家。"

"你姨家是在前边拐弯不远处的胡同里吗？他们家姓什么？"

"我表姨父叫任文良，我姨叫刘淑惠，是从别处搬来的。我表姨父是个裱画师，他写得一手好字，画画也特别棒……"

她还想继续说下去，忽然感觉到秋生哥捂住了自己的嘴。她惊讶地看到秋生身后有一个中年男人黑着脸，皱着眉头，推着一把轮椅，正瞪着自己。

袁秋生看了一眼父亲，对小欣悦说："那是我爸，他生病了，脾气不好，我们到别处去玩。"

小欣悦懵懂地跟着袁秋生往外边走，她不太明白为什么秋生哥不让自己继续说下去，只是觉得秋生哥的父亲很可怕。

然而，这种认知很快就改变了。她记得，一个礼拜天的下午，春生约她到自己家来玩。她照往常一般进了院子里，却没有看到自己想看的人，只见一片花花草草中，秋生的父亲就瞪着眼睛坐在那里朝自己笑，他面前摆着一盘她最喜欢的茯苓糕。

她听到他的声音虽然很沙哑，但是明明就是在向自己示好。那叔叔似乎并不是以前想象的那样不近人情,他从最上边捏起一块茯苓糕,递给她说:"来,丫头,吃吧,这个糕很好吃的。"

小小的欣悦面对这种美味,自然难以拒绝,她抿着嘴唇,伸出右手,正准备接过来,忽然听到外边一声响亮的呼唤:"欣悦,快来,黄檗来了……"

这声音犹如响铃,震醒了小欣悦的味蕾,那渴望的感觉顿时消失。她立刻转身,朝着那个声音追了过去。

原来袁春生是帮着母亲去接货了。自从父亲身体出了状况,春生似乎也长大了很多,他对哥哥更加友好,对家里的事情也开始关注了。

黄欣悦见到袁春生的时候,他正满头大汗,抱着一大包黄檗朝着黄欣悦傻笑。

她一边想着这一幕,一边朝胡同里走去。与母亲聊了这一夜,她心头的委屈正一点点散去,但是不知道怎么,她总觉得那天发生的事情有什么不对,似乎秋生哥一直在对自己隐瞒着什么。

与此同时,夏长风正呆呆地看着文道拍卖行中国古代画夜场的实况转播情况。他看到一位法国女士得到了那幅《疏林寒绿图》,现场鉴定那幅画为真画,还有很多专家收藏家的亲笔签名。

往事的记忆在一幕幕飘过。他终于明白为什么大哥会做出那种疯狂的举动,也知道原来家里的那幅画不过是真画主人放出的烟幕弹,也是一幅赝品。

当年虽然他年纪还小,但是知道父亲即便是坐在轮椅上,也非要去拍回那幅画,就是因为他觊觎那幅画很久了。还有,大哥说过的话大有端倪,他确实看到父亲在递给小欣悦茯苓糕,被自己临时给喊了回来。难道,那茯苓糕里有毒?难道真如大哥说的那样父亲在茯苓糕里放了老鼠药?现在想来,一定是年幼的黄欣悦无意中泄露了身份,使得父亲产生了恶念。他想到这些,忽然不寒而栗,懂得大哥一定早就洞悉了所有的真相,实在无法接受自己有一个这样的父亲,所以才采用了极端的方法,只是为了让父亲终止罪恶……他浑身大汗淋漓,揪住自己的头发,大声哽咽起来。

他害怕的这一天终于来了,他想要的一切怕是终究要成空。

"男子汉大丈夫,哭什么?"

他忽然听到一个陌生的声音,可是眼前明明站着李芄。

李芄的头发从长发变成了中短发,干净利落,但是眼神里的东西却和之前有很大不同。她拿出一份文件对夏长风说:"这份文件你先签了吧!"

"这是什么?"

"这是公司的新融资,签完这个文件,我就是这个公司的主要行政负责人了,而你将作为我的副职,辅助我经营公司。"

夏长风愣了,他看到文件上的姓名赫然写着"周芬妮"。

"你……"

"对,是我,你猜得很对,我就是周芬妮,我本来想默默陪在你身边,让你慢慢了解我,喜欢我,但是我看到你为了另外一个得不到的女人就这样颓废,我有些看不起你了。我想要让这个公司活起来,那唯一的办法就是我有绝对的控制权。"

夏长风的眼神渐渐飘散起来,他以为他是认识周芬妮的,没有想到她如今蜕变成现在这样的睿智干练、有大智谋。看来他夏长风确实缺少看人的本事,确实早就该退下来了。

于是,他淡淡笑了笑,顺手将自己的名字签好。这种结局很圆满,他可以抽时间去梳理自己的事了。他不想放弃他心中的女人,他想一想就觉得心痛。

周芬妮抑制住自己的心痛,拿起文件对夏长风说:"你不是一直喜欢艺术设计吗?为什么不想一想,以纸浆为原料,设计作品呢?我和你说过,市场是可以引导的,简单的生活,艺术的生活,都是生活,想要我们的产品活起来,就要想办法将它们融入生活里……走吧,去休息一下,下午三点半,我们开个会。"

她说完,头也不回地离开了。她知道此刻的夏长风,需要的不是陪伴,而是静静思考自己的未来。

如她所想,她的话确实让夏长风暂时控制了情绪。他想着她的话,觉得似乎有那么一些道理。纸浆?他打开网络视频,看到大山深处的黄家古宅已经修葺一新,两串长长的大红灯笼吊在大门两侧,门上一个石雕的"福"字意蕴非凡,小磊朝他笑着,推开那道门,里边已然旧貌换新颜,真是一个小桥流水人家,一条鹅卵石铺就的石路将人引领到正堂,正堂的地板一直铺到庭院里,绿树红花,鱼跃荷池,到处是一幅幅动静相宜的美景。

进入后院,竟然是别有洞天。只见几个工人正在纸浆池里,一起喊着,慢慢地进行捞纸,这是最震撼的场景,曾经无数次出现在他的梦里。母亲曾经说过,她只是看父亲亲手做过两次，后来父亲出了事故之后，便再也没有做过了。而夏家的"春风丸"也就再也没有那么细腻柔软的包装纸了，所以后来夏青岚不得不重新换了包装，但是自从换了包装以后，那"春风丸"似乎也渐渐不被人注意了，甚至随着时间的增长，逐渐被人淡忘了。所以，夏家很想恢复那些包装纸，后来也寻找过很多替代品，但是和以前那种纸还是不同。这也是后来夏长风来中国探寻古纸源头的原因。

一槽纸浆，一张竹帘，在几个人手中翻转摇动，看似简单，其实却积聚了很多经验。那些捞纸的工人一看就是有些经验的手艺人，看来云青没少下工夫。那捞纸的手感尤其微妙，看那一双双长满了茧皮的手，轻轻托住竹帘，慢慢潜入纸浆里，又麻利地抽出，朝另外一个方向潜入，再迅速取出，手腕抖动之间，熟练地将纸倒扣在池边的一块石板上。如非亲自验证，没有人知道那些动作之间的细微差别会导致什么样的后果。这是一场和时光较量的艺术。

他就这样看着，脑海中蓦地明白自己要做什么了。他要做一个人，一个纸雕塑的女子，在凝神思考。如果纸浆都可以打破传统，可以塑造成一个真正的人，那么为什么他和自己喜欢的人之间那种隔阂不能被打破呢？他想到了这些，觉得应该重新振作起来。

下午开会的时候，听到周芬妮说："从现在开始，我就是公司的负责人，而夏长风先生将作为我的特别助理来完成之后的工作，也请大家继续支持他。"

在众目睽睽中，他始终保持沉默。千里之行，始于足下。生活本来就是动态的，现在他正需要时间来静静思考。

他需要找一些竹子做骨架，于是，会后他一个人独自开车去了建材市场。别人自然猜不透他的想法，他也没有做任何解释，也不需要解释。

第二十二章
随遇而安

黄欣悦和母亲告别，一个人回到任家。

她看到表姨一个人在厨房里熬川贝冰糖梨汤，也不爱和自己说话，定是母亲的缘故。而表姨父仍然在自己的裱画室里忙碌，日子一如既往，无论发生过什么，最后的结果都是这样。表姨总是可以恢复到原来的状态，每次之后都是给表姨父熬汤。她不敢说什么，只和往常一样默默将院子里凌乱的东西收拾好。

表姨父今天的身体似乎不太好，里边不时传出咳嗽声。

黄欣悦正想迈步进去，忽然听到有细碎的敲门声，她打开门一看，顿时惊住了，原来是悠悠。悠悠抱着自己的布娃娃，旁边还放着一个行李箱。

"悠悠，怎么就你一个人？你爸爸呢？张阿姨呢？"黄欣悦把行李拖进来，心中很奇怪，不知道顾明晨打的什么主意。

悠悠歪着头，笑嘻嘻地说："黄阿姨，我爸爸去开会了。张阿姨请假回老家了。我爸说，黄阿姨要把您没有完成的工作完成，还有我，我是您的学生，他说学生就要跟着老师，老师在哪里，学生就要在哪里？"

黄欣悦撇着嘴，暗道"无商不奸"，这个顾明晨是把自己给算计"到家"了。她打开行李箱，看到里边果然还放着没有裱完的画与剩下的原材料，还有一些是悠悠的衣物。她无奈地看着悠悠，不知道该怎么办？

这时，看到任文良推门出来，悠悠兴奋地喊着"爷爷"，便冲了过去抱住任文良的腿，任文良先是一愣，然后笑得心花怒放。这孩子的出现，如暖风一般吹散了压在自己心头很久的阴霾。

"悠悠，好孩子，你怎么来了？"

"我想爷爷了……"这一声稚嫩的语言，让任文良的脸上褶皱越发多了起来。

黄欣悦只好把顾明晨的意思说了一遍，不料任文良说："对呀，人家说得有道理，咱们做事就要一诺千金，说到做到。淑惠呀，赶紧盛一碗梨汤出来，咱们家来客人了！"

过了一会儿，就看到刘淑惠用盘子端着三碗汤出来，她翻着白眼对任文良说："瞧你那样，好像我做了什么十恶不赦的坏事一样，理都不爱理我……要不是这悠悠公主来了，我还真提不上场面来呢！"

任文良叹了口气，说："看你，又来了。好好的，谁招你惹你了？来，悠悠，和爷爷一起喝梨汤。"

悠悠快乐地点头，接过梨汤，喝了起来。

"悠悠，慢些，小心梨汤又洒衣服上了。"

"欣悦，你也喝一碗吧！"任文良看着妻子，也不多说，那明明是三碗汤，并不曾少了谁的，她也就是嘴上说说而已，就由着她好了。

黄欣悦点头，正准备喝下去，忽然听到颜雪珊的声音传了过来："姐，也有我一碗吧！我正渴了呢！"

这声音震得大家一愣，看到颜雪珊抱着大紫檀木盒进了院子，她并不理会表姐刘淑惠的不悦，只将这盒子放到桌子上说："自小我爹就教我，人贵在言而有信，本来说好了这画在姐夫手里超过二十年我还没有回来，这画就由姐夫全权处置……"

任文良听到颜雪珊这样说，眉头一皱，正要拒绝，就听到颜雪珊继续说："姐夫，您别拒绝。我知道您有您的原则,但是我也要秉承我颜家家训,所以这幅画真正的主人现在应该是您。"

然后,她从包里又拿出一张支票,递给刘淑惠说:"姐,这是500万元,我知道任鹏还欠着很多债,这些年你们为了欣悦读书,已经倾囊而出,我……"

她还没有说完,就听到刘淑惠愤恨地说:"颜雪珊,你别……欺人太甚了!我家任鹏是欠了钱,但是我们会想办法还上,用不着你在这里假仁假义充慈悲……"

"姐,我没有。我不是那个意思。"

"你不是那个意思,是什么意思?别以为这些钱可以抵偿过去,欣悦也是我的血亲,我管她吃喝,供她读书,我心甘情愿。你可真是好意思,这些年也不回来,一回来就捡个现成的妈当……现在还拿这些破钱奚落我们!颜雪珊,你可真是做得出来!"

"姨,您误会了,我妈她不是那个意思。"黄欣悦忍不住说了这句话,不料更触怒了刘淑惠。

她指着黄欣悦破口大骂起来:"好你个没良心的白眼狼,算我白养你了!现在你有钱的妈回来了,你就这样落井下石了,对吗?我可真是寒心哪!"

黄欣悦只好退后几步,不再说话。颜雪珊也上前准备继续劝说表姐,小悠悠目瞪口呆地看着大家,不明白为什么忽然气氛就这样紧张起来。

"淑惠……"没有人注意到一旁的任文良,他嘶哑的声音忽然传来,大家蓦地意识到有些不对,再看到他,均吓了一跳。

只见任文良一只手捧着头,一只手指着黄欣悦说:"不要……怪孩子……她没有错……都是我不好……雪珊,不要怪你表姐口无拦……她……"

他那只手忽然就垂了下去,浑身抖动了几下,脸色苍白,额头上大汗淋漓,哀伤的目光中带着很多的懊悔、遗憾与愤懑……就这样忽然倒了下去。

刘淑惠张大了嘴巴,愣了几秒,然后惊叫一声,将手里的梨汤抛了出去,扑了过去。

颜雪珊和黄欣悦也大惊失色,连忙冲了过去。悠悠吓得不敢再喝下去了。

只见刘淑惠哭天抢地地哀号着:"老任,你别吓我!我不说了还不行吗?你别吓我呀!"

颜雪珊脸色苍白,赶紧让黄欣悦打电话叫救护车。

此刻，任文良的两眼紧紧闭着，嘴唇青紫，人已经失去了意识。刘淑惠哭得蓬头垢面，看到颜雪珊想上前，却忽然转头说了一句："你再有钱，有什么用，还不是在外边漂泊？他是我的人，他就算瘸了、瞎了，生是，死也是。"

颜雪珊听得震惊不已。原来自己在表姐心中竟然是这样一个不可以近前的人。在表姐根深蒂固的思维中，她的忽然出现，就犹如毒蛇猛兽一般，随时会夺了这一家人的幸福。她捂着脸，嘤嘤哭了。

黄欣悦打电话叫了救护车后，开始到处找去医院需要用的东西，然后忽然想起什么，拨打出一个电话。她并没有意识到，在这个最危急的时刻，她想到的人居然就是他，悠悠的父亲，那个自己一直回避的男人。

顾明晨正在会议室里主持会议，忽然看到手机上显示是黄欣悦的名字，他急切地按下绿色的键，听到里边传来她慌乱的声音："顾明晨，我表姨父中风了，需要马上去医院，你赶快找到婷婷，让她赶紧到医院来。"

"对不起，各位，我有急事，现在要停止会议。还有，谁知道任总监到哪里去了？"

有人回答："任总监从昨天一整天都没来上班，不知道人在哪里。"

顾明晨蹙着眉头说："赶紧去她公寓里找一找，还有，她熟悉的朋友都要问一遍，找到后赶快联系我，听到了没有？"

"是，知道了，马上去办。"

顾明晨顾不得想太多，到了地下车库，开上车，飞速朝医院的方向驶去。

此刻，任婷正躺在西双版纳的一个度假酒店里晒太阳，她眯着眼睛，依稀看到远处刘诚伟的影子，似乎正忙着和一个年轻的傣族姑娘打情骂俏，不由心中狠狠啐了一口。前天夜里，她醒来，发现自己身边躺着这个该死的刘诚伟，这个没有人品的男人趁自己酒醉欺负自己，这口气说什么也不能咽下。

后来，她觉得既然木已成舟，都是成年男女，也就想着以后的事。这个刘诚伟的家世背景还不错，人是渣了些，但也不完全是鸡肋。现在，也许她忽然消失是件好事，近期要开的会议资料都在自己手里，这回公司的人也许正急得一团混乱。谁让那个不解风情的顾明晨不稀罕她呢！他以为用调虎离山的计策，将自己支走就能心想事成吗？她要让顾明晨感受一下她的重要性。

很快，她看到刘诚伟嘴角还带着口红痕迹，笑嘻嘻地回来了，就装作什么都不知道，口气淡淡地问："怎么？和家里通过电话了？有没有说起我们的事？"

刘诚伟愣了一下，回答："我们都还年轻，不用这么急吧？"

"你不是答应我了吗？否则，我现在就离开，但是，我会拿着我们的照片去见你父母，亲自告诉他们我和你的事。"

刘诚伟嘻嘻笑着："宝贝儿，别生气，我心里还是挺在乎你的，你也得为我想一想不是，我爹妈已经对我很不满了，你再这么冒失冲上去，那他们不把我大卸八块了？到时候，我们可一分钱都得不到，何苦呢？"

"你说得也有那么些道理，可是，你别忘了啊，你夺的可是我的青春呀，你总要付出些代价的，对吗？"

"这个，你放心，我这不带你出来玩了吗？你想玩多久就玩多久，怎么样？"

任婷摘下自己的墨镜，看到刘诚伟的脸上还脏兮兮的，说："还不把口红给擦干净了，一会儿我们不是要出去吗？你要给我拍几张照片，回去我还要给我妈看看她的宝贝女儿呢！"

刘诚伟尴尬地笑了笑，连忙拿起纸巾擦起了脸。

任婷心中轻蔑地"哼"了一声：刘诚伟？我看是"刘成伪"吧？一个虚伪轻浮的男人，不堪大用。既然你利用我，那我也会利用你得到我该得到的东西。

这西双版纳除了有些热以外，热带雨林风景可是美妙绝伦。她一直很喜欢那些缀满了枝头的香蕉树，还有叶片修长迷人的芭蕉树，还有每朵花都像切开的鸡蛋的花儿。她喜欢这里的热情与温度，心中做过无数的梦，希望有一天自己"精诚所至，金石为开"，顾明晨可以发现自己的好，但是，希望越大，失望就越大。

自从黄欣悦到了拍卖行，她觉得自己与顾明晨渐行渐远，到现在几乎看不到他的身影了。她最不甘心的就是被黄欣悦这个女人夺了这一切，一定要找机会出了这口恶气。就这样想着，一阵清风吹来，她不由自主打了一个喷嚏，于是想着，这是谁在念叨我呀？

她并不知道，这时在北京的一家医院里，她的母亲刘淑惠正拍着大腿哭着骂着："你这个老家伙，怎么敢这样和我开玩笑呀？你想不想让我活了？还有咱家那个死丫头，也不知道跑哪里疯去了？手机也不接，真是急死人。"

她这样说着，脸色已经通红，似乎有些喘不上气来，眼看就要倒下去，后边一直跟着不作声的颜雪珊只好在后边扶住了她。

任文良经过一番紧急抢救，已经度过了危险期，大家这才稍微松了口气。刘淑惠这才觉得自己很不舒服。医生过来检查一番说："没什么大事，就是情绪太激动了，还有身体的疲劳加剧，心肌有些缺氧，需要好好休息。"

过了片刻，刘淑惠睁开眼睛看到是颜雪珊扶着自己，还赌着气想起身，不料被颜雪珊按下说："姐，都这个时候你还折腾什么？我姐夫也需要安静，你跟我回去休息吧！"

刘淑惠有些不甘心，还想说什么，又被颜雪珊堵了回来："你找欣悦呀？她得留在这里照顾她表姨父，你没有选择，家里只剩我了，不想依靠我也不行了……"

刘淑惠这才闭上了嘴，无奈地用手蒙住脸，似乎抽噎起来。颜雪珊也不理她，叫来了自己的两个保镖，用轮椅将她推到外边的车上送回家去。她想这是她们姐妹两个唯一可以和解的机会，绝对不能放过。

黄欣悦自从进了医院就一直忙着，刚刚去领了药回来，她刚到病房的门口，从窗口看到顾明晨来了。他的高级商务衬衫已经脏得不成样子了。只见他正用热水烫着毛巾，然后帮助任文良从头到脚全部擦了一遍，最后他热得满头大汗，衬衫也湿透了，都贴在后背上。又见他想了想，将衬衫脱下来搭在旁边的椅子上。

不知道怎么，她忽然觉得鼻子很酸，不由自主抽泣起来，这让顾明晨感觉有人来了，连忙手忙脚乱重新穿上了衬衫。

黄欣悦低着头，不敢看他露出的腹肌。只是找到一把勺子弄了药，用水给任文良喂了进去。

"谢谢你。"

顾明晨似乎不太相信这是黄欣悦说的话，他四处看看，并没有人来，前边只有黄欣悦正拿着一条新毛巾递给自己。

"给我的？"顾明晨心中波涛汹涌，却不敢让黄欣悦看出来，连忙接过毛巾，朝自己脸上胡乱擦着，掩饰着自己的不安。

黄欣悦第一次看到顾明晨有这样的神态，心中啼笑皆非，她只好说："顾总，其实你不必做这些的，即使我做不了，还可以请护工帮忙的。"

"护工哪里有自己家人用着贴心？我已经把老爷子全身都擦了一遍，这样他老人家睡着就舒服多了。"顾明晨摇摇头，完全忽略了自己语气中的不妥。

家人？黄欣悦抿了抿嘴，还好顾明晨叫回了张阿姨照顾悠悠，否则自己还真是分身乏术，现在还连累顾明晨这样一个傲气的男人，居然肯放下身段，做这些事。

"忙了半天了，你还没吃晚饭，我去买些吃的给你。"黄欣悦说完，转身想离开，但手却被顾明晨紧紧拉住了，他手心里都是汗，带着一股穿透四肢百骸的热量席卷了过来，让黄欣悦有些慌乱。

顾明晨的眼神是真诚的，没有往常的气势凌人。

"我不饿，只要你陪在我身边就可以了。"顾明晨没有松开她，似乎生怕她会逃走。

"我……"

"你还是不要离开，万一老爷子醒了，看不到你，该怎么办？还有，你毕竟是个女孩子，万一老人家有什么需求，还是我来比较方便，不是吗？"

"哦。"黄欣悦避开他那炙热的眼神，也好不容易挣脱开自己的手，"好，我知道了。"

这是一个焦虑而奇异的夜晚。焦虑亲人什么时候才能康复，也万万想不到，此刻居然是顾明晨陪在自己身边。夜空中闪烁着点点星光，高楼大厦中隐现着万家灯火。人生难得有一知己，可以陪自己走过最艰难的岁月。她一直忘记不了童年那个拉着自己的手过马路的春生哥哥，但那毕竟已经是过去了，自己也不是那个年幼无知的女孩子了。

她想起洪美妮说过的话："不，不是的，你表面是拒绝了顾明晨，但是你的脚步却一点点向他靠近，你自己都意识不到……"这种认知让她觉得惶恐，她忽然觉得，冥冥之中，自己的生活似乎有了变化，倒真是离不开顾明晨了。

她想着，看到顾明晨的样子已经很疲惫了，便说："那你在旁边躺一躺吧！我来看护表姨父就可以了。"

顾明晨很意外地没有反驳她，只是点了点头。

黄欣悦没有想到，最后睡着的居然是自己。这一天她一刻都没有休息，照顾表姨父，又要照应表姨和母亲，还有前前后后这些入院抢救的手续，和医生的沟通，等到真正停下脚步，自己的体力竟然有些透支了。

顾明晨看着疲惫不堪的黄欣悦，实在是有些心疼。他听到有蚊子"嗡嗡"的叫声，便重新脱下了外衣，扑打驱赶着那些蚊虫，这一夜虽然辛苦，但是心里却从来没有这样饱满，有温度。

他将毛巾重新洗干净，又开始擦起任文良的身体："老爷子，您可怜我一下，早点醒来。我知道，您心里是器重我的，也猜得到我的心思，可惜呀，有人总是不开窍，我可怎么办？您可早点醒来，给我做个主呀！"

莎士比亚说过，放弃时间的人，时间也会放弃他。顾明晨面前躺着的任文良，眼睛紧紧闭着，脸上的线条清晰分明，呼吸也渐渐均匀起来。这是一个最懂得什么是时光的人，也是一位最忠诚的时光卫士。无论怎样，他的生命都不会这般短暂。他相信。

颜雪珊跟随刘淑惠回到任家，费了半天口舌，刘淑惠并不领她的情。她不说一个字，只是闭着眼睛躺在自己的床上。颜雪珊只好走出屋子，站在屋檐下，四处仔细打量，观望这大院子。

她还是很佩服任文良买院子的眼光，现在北京房地产价格飙升，这套宅院早已经升值了不止十倍了。这套院子坐北朝南，冬暖夏凉，虽然在胡同里不太起眼，但是出行也不远，倒是颇有闹中取静的意蕴。这里承载了任文良夫妇与孩子们的欢乐与痛苦，想到女儿可以在这种环境中安稳长大成人，也算是她的福分了。

她的外公颜祖山曾经说过，言传不如身教。耳濡目染的熏陶，才是一个人最大的福缘。她不希望女儿和她的亲生父母一样，依仗才华不逊于人，一味争强好胜，结果是一个死于非命，一个在海外半生漂泊。她倒是希望女儿和她的表姨父一样，做一个诚实守信、敢于担当的人。任文良隐在烟火红尘里，将世人皆有的名利之心化为对时光的敬畏，默默做了半生裱画，不图丝毫回报，是一个真正值得尊敬的大师。

颜雪珊听到屋子里传来刘淑惠"哎哟哎哟"的叫声，轻轻叹了一口气，知道这是冲着自己来的。从昨天回来她就哭了大半夜，快到天亮才消停了一阵。颜雪珊让人买了早点，还叫人去附近的酒店里订了一份燕窝，放在刘淑惠桌前。

颜雪珊很了解刘淑惠，故意对着外边的保镖大声嚷着说："什么？这燕窝很贵呀？没事，该吃咱还得吃，什么？不能放太久，否则就没有营养价值了。好，知道了。"

她说着，从窗口看到刘淑惠早爬起来，端起碗吃了起来。她笑了笑，故意转着身子，朝外边说："人是铁，饭是钢，一顿不吃饿得慌，咱们也吃吧。"

她还真是饿了,这一天一夜折腾下来,她根本就没心情吃东西。她觉得表姐心中对自己的这份疏远由来已久,也不是一两句话就可以冰释前嫌的。唯一可以打动人的就是亲情。所以,她也吃了些东西,然后打算到女儿房间去休息会儿。

欣悦的房间是三个孩子中最大的一间了,看得出来任文良夫妇对她其实是最关照的了。里边有个小小的书柜,摆满了各种各样的书,还有一张单人床,紫色的床单洗得干干净净。墙上还挂着很多她小时候的奖状,那些纸张随着岁月的磨砺褪色、斑驳、毁损了,但是奇怪的却是每张都保持得很完整、干净。她知道这一定是出自任文良的精心修复。这个孩子必定就是在他的影响下,也具备了很多别人家孩子不同的踏实心境。

女儿的床头有一只木盒子,她觉得那盒子很陈旧,也很熟悉。再仔细一看,里边是一些古旧的纸张和札记。原来,女儿早已经回过老家了,女儿的心里一直在记挂着自己的父母。她忍着胸腔里忽然涌出来的酸楚,镇定了心神,看到果然是黄家铭的字迹。

这是他出事前一天晚上最后做的,那天他又躲在屋子里写了大半天,出来的时候开心地对颜雪珊说:"雪珊,今天晚上不要等我吃饭,海峰请我去喝酒,我要好好说服他,让他好好地静心,把这造纸术钻研一下,这可是一辈子的大事。"

颜雪珊还笑着说他:"你总是自以为是,管好自己就行了,为什么非要管别人的事呢?海峰也有自己的想法,不要太勉强了。"

黄家铭却不以为然,反驳妻子说:"那是别人的事吗?那可是我最好的兄弟,我该管,也管得着。"

想到这些,颜雪珊再一次流泪了。她从来没有想过自己会有现在,当初总以为自己的魂魄都随着家铭的离去消逝了。遇到安德烈,才是她化茧成蝶的机缘。到了法国,她接受了一场心脏病手术,休养了整整一年多,才和安德烈结婚。那一天,她穿的是一套定制的蕾丝婚纱礼服,在众人的艳羡中,挎着安德烈的手臂,走向她人生最辉煌的舞台……

安德烈的家资比颜雪珊想象中的还要丰厚许多,他的家族不仅有红酒工厂、农场,还在艺术品市场上占有非常重要的地位。安德烈的朋友弗兰克后来出了车祸去世,颜雪珊就帮着安德烈经营管理这家公司,没有想到,竟然做得风生水起,十几年后成为国内最有实力的艺术品经营公司。但可惜的是，安德烈在三年前患病也离开了她。

她再次痛苦之后，终于想明白一个道理。人生是动态的，每个人都会经历起伏的人生，到达了一个谷底，就意味着有一个更好的峰起。未来很远，与其将自己陷入一个难以解脱的桎梏里，不如花些时间努力去做自己想做的事。这都是安德烈给她的启示。她明白了，安德烈希望自己的人生更加饱满、有温度。

于是，她将所有的精力都投入在事业中，这才打拼出现在的天下。考虑很久，她还是觉得要把产业渐渐向中国转移。当今中国的经济实力日渐腾飞，人民的购买力、鉴赏力和对美好生活的追求也越来越高，在这片有悠久历史的土地上，艺术之花也会遍地开放。所以她要找到最合适的合作伙伴。

她觉得文道拍卖行的总经理顾明晨就是一个业界翘楚，他经营的拍卖行已经从成长期向成熟期迈进，而且此人经营思维先进缜密、有远见，在这个兼顾古老与现代的行业里创下了不俗的业绩。还有，这一次任家的事情都是他在忙前忙后，颜雪珊是过来人，早就看出他对自己的女儿是有想法的。所以，下一步就要好好考察他的人品了。

她想着想着，就在充满女儿气息的被窝里渐渐沉睡起来。当她醒来的时候，已经是下午了。她走出来看到院子里桌子上放着一只砂锅，打开一闻，是散发着香气的鸡汤。

"冬病夏治，我也是很多年才懂的。你姐夫他的身子其实很虚，这和他常年没有规律的起居很有关系，我劝他他也不听，所以我就和人家偷偷学做这些药膳滋补汤什么的，逼着他喝些，你也喝一碗吧！剩下的我一会儿送医院里去。"刘淑惠的眼睛还肿着，看得出来她的心还惦记着丈夫的安危，睡得并不安稳，但是这情绪似乎缓和了不少，口气也柔和了。

颜雪珊没有客气，自己盛了一碗喝了下去，里边散发着淡淡的中药味儿，口感却是鲜美的。

"姐，小时候你和表姨都是最疼我的。我母亲去得早，我吃的好吃的，穿的衣服大都是你和姨给我的，这些我都记在心里。姐的每个动作，每个眼神我都了然于心，我怎么能不知道你的心事？我既然把你当成最亲的姐姐，也自然希望你幸福快乐。但是那些年我心里的执念一直消褪不了，即便有个人因我而死，那个让我恨的人也双腿残疾，我没有听良哥的劝，总想着亲手报复我恨的人……后来遇到安德烈，他把我带上了一条阳光之路，让我潜藏着的才华都发挥了出来，所以才有了现在的我。我要感激这一切的相遇，毕竟我们总要从寒冬里走出来，面对春天……"

颜雪珊说着，看到刘淑惠没有吭声，只是拿出一只保温壶，用清水反复冲了几遍，又用一块干净的洗碗巾擦了起来。

于是，她又喝了一口，继续倾诉着自己内心的声音："在法国的这些年，我吃过很多大师做的美食，当然还包括中国的味道，但是都没有这个汤的味道好，我想这应该是有情意的味道在里边。我一想到欣悦可以喝着这汤长大，我就觉得她有你们两位长辈的照顾，要比我幸福多了。姐，我是你的妹妹，从来没有想过夺走你什么，你们是我这辈子最大的精神支柱。在我心里，良哥不仅是一位帮助我成长的大哥，还是我姐夫，是我最亲的人。在法国白天忙碌，晚上我就和安德烈讲我们过去的情谊，讲你和他的事……安德烈说，人生是需要智慧的。隐忍、宽和、守信，其实都是事业成功的基石。我相信，良哥是懂你的，你有着在生活中最大的智慧，所以你们才能相伴到现在，你才是最适合他的人。"

颜雪珊说得眼泪都掉在鸡汤里，一旁的刘淑惠把鸡汤装到保温壶里，眼泪也是一滴一滴掉落下来："以前我总以为他成天躲着我裱画是嫌弃我，是不想搭理我，后来我看他对着一幅画，天天看，天天画，我是有些生气，谁让我知道那幅画是你给他的呢？后来，就是那次他把自己临摹的一幅画给了任鹏，我这心里才消停下来。想来是自己太"一根筋"了。他这些年吃了很多苦，我都看在眼里，那冬天的气温低呀，他怕刚刚裱的画给爆裂了，就整晚盯着不睡觉。还有，就是给人家裱一套画，调的糨糊稀薄了，怕粘合不好，调稠了怕粘不上，有时候饭都凉了，药也忘了吃。那些字画都是价值连城的宝贝，他小心翼翼不敢出任何差错，长年累月地攒了一身的毛病，也都是忍着不吭声……"

"姐，今天把话说出来是好事，我们永远都是好姐妹，我感激你们对欣悦的照顾，绝对没有亵渎的意思。那幅画暂且先放在这里，我来北京，也是想把中国文化引入国际领域，同时将国外的艺术品也引入中国来，相互借鉴，共同促进人类文明发展……"

"你们说的那些高深的东西我都不懂，我就想让老任早点醒过来，以后他说什么都听他的，再也不和他争吵了。好了，我去医院了……你要出去，就把门给锁上……"刘淑惠说完，带上鸡汤和任文良要换洗的几件衣服，准备去医院看看。

颜雪珊几步上前，拉着刘淑惠的胳膊说："姐，给我拿吧！我想和你一起去，良哥不仅是我的姐夫，还是我的师兄，他还昏迷着，我也是不放心。"

刘淑惠翻了一个白眼，将鸡汤壶塞到她怀里，说："你要去就去，献什么殷勤？不过，你拿着也好，我巴不得落个轻松……哦，你不是有专车吗？赶紧的。"

"哎。"颜雪珊心中暗喜，连忙拿起手机，给外边的司机和保镖打通电话，吩咐到胡同口接人。

虽然任文良的情况还是不太好，但是藏在颜雪珊心中的这股郁闷之气终于在这一瞬间烟消云散了，颜雪珊觉得轻松了很多，她也相信，任文良这样好的人，一定可以否极泰来，早日恢复健康的。

也许是家人的祈祷有了意义，也许是上天还垂怜这个有着钢铁意志的人。

黄欣悦忽然被什么震动了一下，她蓦地睁大了眼睛，看到表姨父的手指在微微抖动，转眼间，就听到他的喉咙里发出声响。

黄欣悦不由自主抓住了顾明晨的手，顾明晨也蓦地惊醒了，急忙出去喊了医生来。病房里立刻来了一群医生护士，经过一系列检查，医生说："看来很快就可以醒过来了，不过，有件事要告诉你们，我们刚才通过核磁共振结果发现，这次脑出血可能会直接损伤他的视神经和语言中枢系统，这种情况可能会维持很长一段时间，你们要做好思想准备……"

"啊？"黄欣悦惊了一下，退后几步，正好撞到顾明晨怀里。顾明晨很自然地拥住了她，轻轻拍着她的肩膀安慰她。

"请问医生，我们应该怎么照顾病人呢？"

医生很郑重地说："可以这样说，世界上几乎所有的医学手段都不是万能的，虽然可以在某种程度上给病人提供帮助，但是有一点，所有的病症都需要家属的配合与病人的求生意志来支撑，这些效果也许会远远大于医药的作用……我们虽然不能明确这种症状会维持多久，但是可以明确的是，家属照顾得好，病人的生活质量就不会有太大的影响，明白我的意思了吗？"

黄欣悦正想说谢谢医生。她看到表姨父睁开了双眼，目光凛冽，一只手朝自己指着，喉咙里发出"呜呜"的声响，似乎有很多话要说。

她正想迈步上前，忽然被一个踉跄的人影抢到前边，那个人哽咽着，攥住表姨父的手，说："老任，你终于醒了……可要吓死我了……我不管你什么样，只要有我在，我就是你的眼，就是你的一切，只要你不离开我，我什么都愿意，都听你的，好不好？"

黄欣悦看到表姨是和母亲一起来的，知道母亲与表姨的关系有了进一步的改善，而眼看着表姨父也终于醒了过来，无论怎样，终于是越来越好了。

颜雪珊抱着刘淑惠劝解："姐，我姐夫这不醒了吗？以后也会越来越好。你这样激动，又伤身体，也让我姐夫着急，他还要指望你照顾他呢！你可千万不能出什么事了。"

刘淑惠听了这话，才渐渐停止哭泣，她拉住任文良的手问："老任，我给你熬了鸡汤……哦，要是喝腻了，你就摇头，我再给你做别的……"

大家看到刚刚醒来的任文良，眼神是混沌的，似乎什么都已经成为过去，他推开刘淑惠，伸出手，似乎要找些什么。大家面面相觑，猜不透他想要什么。

只听黄欣悦点头，啜泣着说："我知道，表姨父您是不是要我把那三幅临摹的画都找回来毁掉，对吗？"

只见任文良嘴角含笑，点头，似乎长长舒了一口气。

众人纷纷感慨不已。可以想象，任文良在这半生里唯一的负担就是这三幅违背本心的画，他不希望它们再留存下去，毁了那原画的风韵。

顾明晨思索片刻说："欣悦，我可以把拍卖行的那一幅画拿出来，但是另外两幅就没有一点线索了。"

黄欣悦忽然听到顾明晨这样亲热地称呼自己，实在是有些不习惯，但当着众人的面，还是顾及了他的颜面，便不理会他，说："我想这幅画应该就是曹海峰当年从拍卖行买回、后来又被秋生哥悄悄卖了的那一幅，另外两幅我想既然这真画都出来了，也许过不久就会得到那两幅画的线索了。"

大家觉得有道理，医生说任文良需要再住院观察些日子，并叮嘱了一些照顾病人的注意事项。

这时，刘淑惠对大家说："谢谢顾总帮忙，颜雪珊、欣悦，你们也回去休息吧！"

颜雪珊想了想，对顾明晨说："那幅真画我想稍后让人送回拍卖行，毕竟那里的保险措施比较到位。至于以后的事，等抽时间我们再谈一下。"

顾明晨恭恭敬敬地点头："是的，谢谢您的关照，我一定会尽力的。"

颜雪珊非常满意，也觉得让刘淑惠此时独自和任文良相处是非常适宜的，于是便也告辞准备回宾馆休息。

她看到女儿在顾明晨的照应下朝外走去，想到自己的一生坎坷漂泊，实在是非常希望女儿可以过上一个稳定的生活。明天如果任文良的情况再稳定一些，她就要亲自与顾明晨谈一谈了。

黄欣悦被顾明晨送到胡同口，她下车的时候轻轻地对顾明晨说了一声："谢谢顾总，听说您还给我表姨父请了护工，还垫付了医药费，这些钱我会还你的。"

顾明晨皱着眉头，听到她把她和自己撇得干干净净，心里实在不太高兴，只好无奈地说："不用还了，我会在你工资里慢慢扣。"

黄欣悦听顾明晨说得轻松，心中忽然感到内疚，自从去了文道拍卖行，自己就一直时刻准备辞职，哪里还好意思拿薪酬？这明明就是顾明晨的托词，这份债到底是欠下了，还真不知道该如何回报。只好说："那过了这阵子，我表姨父身体好些，我就把那幅画继续修复好。悠悠的课程我也会继续上下去，只是因为要帮表姨照顾表姨父，所以就麻烦您送悠悠过来上课吧！我表姨父也很喜欢悠悠，看到悠悠，他老人家会很高兴的。"

顾明晨心里终于畅快了，这通道一打开，就阻挡不了自己了，女儿去上课，父亲陪伴是再正常不过的事。但是他表面还是默不作声，缓缓踩着油门，朝外边开去。

黄欣悦朝里边那个家坚定地迈着步子，这是她过去住的，以后也要一直住下去的地方。从小跟随在他身边，他的每一个动作，每一个眼神她都能感应到他的悸动与平静。悸动中的表姨父有时候脸色窘红，话语沉重，往往是他看到那些由于裱艺不精被彻底毁掉的字画而惋惜。平静的时候便是他屏息凝视，揭开那画芯的时刻，那个时候的他活脱脱是一具行走的雕像，鼻子、眼睛、眉毛、嘴唇都是特别立体、生动，似乎他就是在时光里穿梭的一段故事讲述者。

她记得表姨父说的一句话，"这个世界什么都可能消逝，唯独消逝不了的就是才华，与其自怨自艾，与其临渊羡鱼，不如退而结网，多花些时间完善自己。"她想这就是他要告诉自己的，即便他以后永远都不能说话，永远都看不见了，但是他也要讲述自己内心的声音，要把这古画修复的技艺流传下去。

第二十三章
尘埃未定

　　夏长风站在门口，悄悄看着周芬妮和几个员工正给孩子们讲解关于如何做花草纸的方法。那些纸浆是周芬妮从造纸厂家快递过来的，她自己为此已经研读了很多遍制作教程，所以此刻讲起来极其流畅。

　　这些孩子都是都市里的单亲儿童，生活的缺失让他们的小脸上挂了一层超越于普通人的成熟，所以一听便学得很快。那些小小的捞纸帘在大大小小的手中左右晃动，虽然有着诸多的不足，但是今天的这一切一定会在他们幼小的心灵里留下更多的影响，也许会成为他们成年以后的美好理想。

　　周芬妮认真工作的样子正如别人所说，是最美的。她也不再是小时候那个任性的娇娇女，而是让夏长风刮目相看的女中豪杰。他摇摇头，忽然觉得自己的想法的确需要变化。这是个日新月异的时代，不是所有的存在都可以被接受，不是所有的过往都要被记住。有些过往放下了就是一个新的天地。他看到孩子们正仰头，看着他亲手做的一个正在晒纸的古代女性人物纸艺雕塑，周芬妮正指着那雕塑讲解什么。

这是夏长风以黄欣悦为模特做的，他自己以前学过雕塑，只是放下很久了，这次经过周芬妮提醒，他重新鼓起勇气尝试了一次，没想到非常成功。那女人低头劳作的神态，是他多次悄悄观察出来的黄欣悦工作时的神态，不需要多看，他已经把她的一颦一笑都寄存在灵魂深处。周芬妮明明知道那人物的原型是谁，但是却丝毫看不出嫉妒的样子，果然是心胸宽广的大家闺秀。

他看到网络上的同步转播得到了众人的点赞，链接自己公司的商城也忽然热了起来，他承认，周芬妮的建议是成功的。她确实是一个可以辅助自己的好帮手，母亲的眼光也一直是毒辣的。每次母亲在药店里一站，很快就能猜度出哪位是可以往来的对象，很快就靠自己的人格魅力打拼出属于自己的天下。人的要素永远是第一位的，再好的产品也是死物，只有人格上去了，事业的宏伟建筑才会铺砌起来。

手机铃声再次响了起来，是母亲。他走出室内，到了街道上，按下了接听键。

"长风呀，看到芬妮了吗？她真是个好姑娘，你多接触就知道了。本来我是不同意她来找你的，我担心你脾气上来了会让她难堪，可是她说你对他发脾气是好事，说明她可以影响你了。这孩子是我见过的最有度量的一个了，所以就由着她了。怎么样？我说得不错吧？"

夏长风笑了笑，用温柔的声音对母亲说："妈，我承认您说的是对的。但是，您可知道，她再好，也不是我心里想要的那个人。请允许我问一句，您真的那么恨父亲吗？您没有爱过他吗？我想，以您的聪明才智，您早就发现了父亲那些过往了吧？您不揭露出来，是因为他在您心中占据了一个很重要的地位，您想维持自己要的这段幸福，不是吗？"

手机的另一方传来短暂的沉默，然后就是一声长长的叹息："长风，你长大了，妈妈是不该干涉你的情感，但是，那些过去，难道你和她都可以真的放下吗？有些东西，是根本抹不去的伤痛，只要人还活着，就消逝不掉，这才是我劝你改变心意的原因呀！你要永远记住，妈妈是最爱你的那个人。"

夏长风轻轻回答母亲说："我知道了，谢谢妈，我会做好自己的。每个人的人生不可复制，只有适合自己的才是最好的。"

"长风，我真的希望那些过去的事不会影响你，你有一天可以早点走出来。"

"妈，我会的。"

夏长风挂断电话，看到前边的街道上一位推着坐轮椅的老伴出门的老大妈，她一边推着车，一边数落着："看吧，现在还有谁守护着你？就你喜欢的那个人？她人呢？还不是连个人影都没了。"

老大爷叹气说："那都是过去的事了，你怎么还提起来没完了？"

"能过去吗？我告诉过你，一失足成千古恨，你听了吗？现在你说这些，是自己腿不行了，需要靠人帮忙了，你想起我来了。"

"你就不能少说几句，让别人听到笑话。"

"还知道丢人现眼呀，早干什么去了？"

夏长风听到这些，不由停住了脚步。他不敢再听下去，往事真的难以忘却？很多天了，他不敢再打扰她，心中的思念已经加剧到了极点，一定要找机会再见她一次。

此刻，在夏长风牵挂的另一方，新加坡的夏家别墅里，夏青岚迟缓地将手机轻轻放下，呆呆站在落地窗前，看着远处高楼耸立的天空，思绪无法平静下来。她并不想逆转儿子的人生，但她是过来人，深深知道那种痛苦。当年她无意中察觉到了丈夫的秘密，却不敢说破，因为一旦捅破这层纱，藏不住残破灵魂的男人就会"破罐子破摔"，成为真正被所有人唾弃的失败者。

那时候，初为人继母的她很想安慰一下继子那受伤的心灵，她是个善良的女人，无论遇到什么样需要帮助的人，都会伸出手来支撑一下，有时候不辞辛苦送药给人却分文不取。她觉得，从事这医药行业的人如果没有济世救人的德行，其实还不如乞丐干净。

但是，秋生那个孩子也许是早早没了母亲，便一直将自己和外界隔开，外人很难进入那个隐秘的世界。她为此也付出了无数次努力，最终还是以失败而结束。她无可奈何只好听之任之。后来看到他喜欢那些工艺打火机，便常常买来让小春生偷偷送给哥哥。

在那次丈夫出车祸前，她出门办事，在街道上看到一个摆地摊的老人在卖一个漂亮的车马镀铜打火机，她很高兴地买下，但是就那样一抬头，看到丈夫被一个漂亮的女人挎着胳膊进入一旁的商场里去了。她就这样举着那个打火机，呆呆地看了很久，那是一种万箭穿心的感觉，她觉得那种痛令她难以呼吸。

摆摊老人看到，急忙说："快点儿，您还没有付钱呢。我得赶回家去，老伴还等着我吃饭呢！"

她问："多少钱？"

老人回答："原价七十元，现在便宜了，您给五十元吧！"

夏青岚塞给老人一张百元大钞，失意地说："不用找了。"说完，她收起那只打火机，朝前缓缓走去。

现在正是下班的高峰时期，前边的红灯亮着，后边的车排得很长，有时来不及拐弯就又到了下一个红灯，依稀能够感觉到车里的人那种焦虑不安与烦恼。这就是都市难以缓解的症结，让每一个行色匆匆的人爱着它的博大与深厚的底蕴，但同时又恨着它。

她就这样不知道走了多久，后来才发现走过了自己的家门，只好又坐上公交车，走了四站地才重新回到家。她是个女人，早已敏感地感觉到近半年来丈夫变了，变得喜欢装扮，喜欢外出了。

其实她早就发现丈夫从外边回来总是显得疲惫不堪，对于夫妻之事也是敷衍，她看丈夫睡得很满足，似乎还带着甜蜜的回忆。她在昏睡的丈夫身上摸出了一枚女人的耳环，那是一枚雪白浑圆的珍珠耳环。她不愿意那样想他，但是事实无法抵赖。

她偷偷哭泣过，她居然会看错人，他怎么就不是原来的那个他了呢？曾经的他很朴实，也很勤快，他在药房里打工，看到装药的袋子用不了多久就磨破了，药常常洒一地，就告诉她，他可以做一种特别的包装纸，他有失传的古纸配方，只要稍微改一下原材料比例加强纸张的韧性就可以了。开始的时候，她并不以为然，但是他也不争辩，只是趁着有空就跑到郊外去拉一堆竹子回来，还有很多不知名的草药，就这样又洗又晒又蒸又煮，整整十个月过去了。忽然有一天，她回到家，眼前的石桌上出现了一片雪白柔韧的纸，还有流着汗傻笑的袁正华。

他和她说，他已经把这种纸张的制作流程和原材料比例都写下来了，他会无偿地全部送给她，以感激她对他们父子两人的收留与照顾。大恩不言谢，这是他最真诚的心意。

她欣喜万分，这样宝贝的东西哪里舍得做成中药袋子呢？

她把它们小心裁剪，盖上素问堂的专有名章，再找人设计出花草纹，做成祖传"春风丸"的内包装。更加令她喜出望外的是，这"春风丸"竟然很快卖断货了。

她想，能够在这一片俗世洪流里坚持这样一片初心，能够看破世间繁华甘愿辛苦劳作的男人，定然有一个美好的灵魂，可以与这些洁白的纸张媲美。从此，她对他刮目相看，也是从那时候开始，他走进了自己心里。她要的就是这种踏实、可以托付一生的男人。纵然他是一个鳏夫，还带着一个残疾儿子，那都不重要。

可是他太让她失望了。当她准备好想和他谈离婚时，他忽然出了车祸，从此再也不能走路。她看到他痛苦的样子，看到他从此以后成了折了翅膀的鸟雀，再也不能出门了，她甚至有些小小的喜悦，这是上天的惩罚与安排。这时，她又发现自己怀孕了，想到如果刚刚出世的儿子就没有父亲会是多么可悲，她想就这样过下去吧！她会将所有的苦水都咽下去，无论怎么样，在外人眼里，这毕竟还是圆满的一家人，总胜于劳燕分飞。

就这样十年过去了，她以为这些事永远没有人知道，但是后来还是发生了意外。

一次，她看到很少出门的秋生独自一个人朝街上走去，觉得很奇怪，也生怕他一个人遇到什么意外，不好和丈夫交代。结果，她看到了秋生和一个四十多岁的漂亮女人在公园见面，她当时还以为是什么亲戚来找他。

但是，她实在是太好奇了，便躲在树林后边。不料，她听到了一个可怕的事实。

她的继子袁秋生抱着那女人哭着："雪珊姨，我怎么会有这样一个父亲呢？我母亲从来没有做过坏事，就是那天晚上，我母亲带着生病的我难以入眠，有些头疼的我看到他拿了药给我母亲吃，我母亲很快就睡着了。后来也给我拿了药，等我醒来，就看到那样不堪的一幕。刚巧，邻居张大婶家里来客人了，来我家借木椅……"

那个叫雪珊的女人搂着他安慰说："孩子，不要伤心，不是你的错，你要好好活着，这是你母亲的希望。"

"他是个杀人凶手，一定是他！雪珊姨，我好恨！"

夏青岚看到，雪珊的脸上带着一种更加苍凉的恨意。

就在丈夫和继子秋生出事的那个晚上，她去见自己的大哥了。大哥从新加坡到北京，并没有回到老宅子里，而是打电话让她去酒店见面。

她猜不透大哥的想法，只是怯怯地看到大哥一脸严肃地递给她一张照片，她看到是自己的丈夫袁正华与一个非常美艳的女人的亲密照，而他们身后则是流光溢彩的装潢，似乎是一个酒吧。

夏青岚表情很镇定，问道："这张照片是从哪里来的？"

大哥回答："是有个做生意的朋友，大家在一起喝多了，说起十年前的事，他当年离开北京很伤心，因为他喜欢上了一个女人，可是那个女人却和一个吃软饭的家伙在一起，根本不理睬他，他找人拍了他们的照片，一直留到现在，拿出来给我看，说就是这个不要脸的家伙，还好意思出来混，说早晚有一天要让他身败名裂，死无葬身之地……当时我还笑话他真是个痴情种子，居然还留着这照片这么久。当我看到他照片里的男人就是……你男人的面孔时，说实话我也有这个想法，恨不得弄死他！"

夏青岚低下头说："我早就知道了，那都是过去的事了，何况现在他都是个残废了，再也做不了什么了。"

"你知道？"大哥惊了一下，"知道我为什么没有直接回家吗？我不想看到那个男人，吃着碗里的、占着锅里的，他就不想想自己是个什么德行，如果不是我们夏家接济，他们父子俩是连乞丐都不如，现在日子一好过了，就开始得意忘形了。"

夏青岚泪眼蒙眬，忽然几下将那张照片撕得粉碎。

大哥的眼珠子几乎瞪出来："你干什么？我好不容易才弄到手的。"

"他毕竟是孩子的父亲，我不能让孩子看不起他，就算是我遇人不淑吧！都是我的错，可是孩子没有错。"

大哥摇头："青岚，中国有句古话说，害人之心不可有，防人之心不可无，你也该为自己考虑一下。现在我正在做一个关于新药品的投资，趁着现在家里生意不错，你也投些资金、买些股票，给自己留下个后路也好。"

夏青岚想了想，觉得大哥说得有道理，于是当场就把一大笔钱转账过去，并签署了文件，所以这次回去晚了。没有想到，回去居然就看到家里火焰冲天，浓烟滚滚，儿子春生躺在地上，被摔得头破血流，而丈夫与继子被送到医院后，由于伤势过重，一前一后离开了人世。

不论多久，她都忘不了那个烟火弥漫的夜晚。春生由于受到剧烈的撞击，丧失了以往的记忆。她哀伤了很久，才终于想明白，忘记就忘记吧！对于那些不好的人，不好的事，随风消逝，也许是最好的结果。也幸亏有那笔投资，她们母子不至于无家可归。她带上那房产变卖后的部分款项和保险公司的赔付，带上儿子春生从此离开北京，到了新加坡开始了另外一段生活。她给儿子袁春生改名夏长风，希望他的未来不再有噩梦。

现在，她知道那遏制不住儿子压在心头的纠结，儿子最终还是想起来了，他将自己重新陷入对往事的痛苦里，她很心疼，也知道儿子喜欢的那个姑娘是谁。一个从小就有如此慧根和不平凡经历的女孩子，一定是最懂生活最有爱心的人。但是，那段过往横隔在两个人中间，终究难以两全。她是过来人，又何尝不懂得那份锥心的痛？

她忽然觉得自己的胸侧又开始疼痛起来，她只好坐下，稍稍喘息一口，打开桌子上的药瓶，取了两片药，就着水吃了下去。

药是苦的，却承载着身处险境的人的寄托与希望，这些意念上的坚持，要远远大于医药手段的效果。做了一辈子药了，怎么会不知道药的魂在哪里？

人生如天地，和煦则春，惨郁则秋。

顾明晨从业以来，第一次这般紧张，连员工小况都看出他的紧张了，悄悄塞给他一张纸巾，他捏着纸巾，看到对面的颜雪珊依旧雍容华贵，处变不惊，暗自惊叹海外的丰富阅历让一位女性的伟大蜕变。她今天来文道拍卖行的意图很明显，是探求进一步的合作可能，但是言外之意，似乎还有"丈母娘相女婿"的意味。虽然他很渴望得到对方的认可，但是到现在都没有讨得黄欣悦的一句承诺，他还是有些惶恐，如果自己开口提起来，是不是太失礼了。

颜雪珊嘴角含笑，毫不客气，上上下下将顾明晨打量一番说："顾总经理，看得出来，你很喜欢我女儿。我想你现在应该知道我和黄欣悦的关系了，我今天的意图你也该明白，难道你没有什么想对我说的吗？"

顾明晨倚仗常年积累的职业素养，面带微笑，似乎没有什么变化，但是心中早已经汹涌澎湃，他想了想，很郑重地回答："颜阿姨，请允许我这样称呼您。您说得不错，我很确信，您的女儿就是我要带她进入婚姻殿堂的女人，我很珍惜她，但是，我现在还没有完全得到她的认可。所以，今天我不敢承诺别的，但可以承诺的是，我会做好您交代的每一件事情。"

颜雪珊很满意地点头说："也是，我把女儿交给她姨和表姨父抚养，也是希望她可以做个安安静静的好女子，可惜的是，那两个人，一个是浮躁计较，一个与世无争，欣悦的性子必定也会受到影响，她缺少我的陪伴，也很难会对一个人产生信任感，所以你还是要好好努力呀！"

顾明晨连忙起身，深深鞠了一个躬，回答："颜阿姨，您说的都是至理名言，我会谨遵您的叮嘱，好好努力。"

"我看你倒是个能屈能伸的将才，想来成功也是必然的。接下来，我们来谈谈合作方案吧！"

"是，"顾明晨早已经准备好PPT策划案，瞬间，会议桌前的大屏幕上就出现了非常细致具体的文图介绍，"您所说的中国古代字画拍卖也是我行的重要企划，未来我们想做一场线上线下的同频夜场专卖，我知道有了您的支持，一定会吸引更多的收藏家、买家到场，实现更多的成交额。"

"费用方面，你是怎么打算的？"

顾明晨指着大屏幕，上边早就准备好了详细的费用分解表："您看，我们组织一场这样的夜场拍卖，规模上肯定会超过原来的几倍，现在我们自己的场地也是不够用，肯定要租用更有国际元素的大场地，费用提升了至少十倍以上。还有从预展到结束，要三到五天的时间，我们要提前制作图录，此外，还有现场搭建、人力资源配备、画框、展板、宣传费用，还有拍卖师、安保系统也是份额最重的一个环节，还有我们请来的专家、鉴定家的食宿旅行费用等，再加上您那边的海外板块，算起来可能差不多将近三千万元，这已经是最低的压缩了。"

颜雪珊不动声色，用纤细的手指扣着桌面说："你有什么应对方案吗？"

"不过还好，我们找的场地是承揽过国际很多大型活动的酒店，我们承诺我们的展品会在酒店延期展览一天，给对方实现更多的效益，所以对方也给我们打了最大折扣，八折。图录本身就是值得珍藏的艺术品，我们有关联公司提供纸品材料，成本会降低十八个点。还有我们公司已经不是第一次实施拍卖活动，队伍专业素养上是不用担心的。考虑到展品从法国经航空、海运的成本高，又会涉及一系列其他问题，所以海外板块还是以宣传为主，实施线上操作。我们会派专人到法国和贵公司对接，统一策划具体的实施细节，您看呢？"

颜雪珊点头："很好，这样不仅仅是推动了中国文化向海外的传播，还会拉动本地经济的提升，酒店、交通运输、印刷、传媒还有装裱行业都会得到进一步拉升，按照十家一类拍卖行的标准计算，三天内就可拉升十几个亿的内需，这样看来，我们一定要成功！"

顾明晨点头应答："您放心，我一定会组织好这次拍卖的。"

颜雪珊起身，点头："好，期待合作成功。到时候，我会好好奖励你的。"

顾明晨从颜雪珊的态度上感觉出她对自己的满意，心里还是非常开心，忽然他听到颜雪珊小声说："不过，我有件事，还是要请你帮忙。"

"您尽管说。"

"是这样的……"

顾明晨听完颜雪珊后边所说的话，心中惊诧不已。他终于看到自己未来的岳母大人果然不是庸俗之辈，她的心胸开阔，也有谋略，有远见，是值得后辈们学习的。

于是，他再次鞠躬。他要面临一场事业与爱情的博弈，他很有信心，一定会成功的。

刘淑惠看到任文良已经睡得熟了，顾明晨帮忙找的护工也很尽心，这才放了心，想回去把换下来的衣服洗一洗，然后再熬些汤菜来，毕竟任文良已经吃习惯了自己做的饭菜。

她觉得年纪还是有些大了，身体实在是有些疲惫，便想早些回去。谁料她刚刚走到家门口，意外看到家里的门半开着，心中有些不高兴，数落着："欣悦这孩子，怎么回事？千叮咛、万嘱咐，这阵子家里人少，进出都要关好门，这怎么回事？"

她踏入院子的第一步，就觉得有些不对劲儿了。她辛辛苦苦种的兰花都东倒西歪的，还有一个花盆都碎了，忽然听到里边一阵"乒乒"乱响，那只白色的波斯猫忽然从屋子里蹿出来，"喵呜"一声，竟然跳到了梯子上，瞪着圆圆的眼睛往下瞧，似乎受到了什么巨大的惊吓。

这时，听到里边有人喊："哥，这任鹏真是个败家子呀！这家里穷得什么值钱的都找不到，他居然还敢豪赌，真有他的。"

刘淑惠听到这声音，意识到家里发生了不妙的事，于是大声喊起来："是哪个挨千刀的，大白天敢私闯民宅呀？想干什么呀！"

里边走出三四个壮汉，其中一个光头说："咦，你是任鹏家老太太？中气可真够足的，嗓门够大！不过，您回来也好，这可怪不得我们，这是您儿子欠下的债，冤有头、债有主，欠债还钱，天经地义，我们也算不上过分。"

刘淑惠瞪圆了眼睛，看到光头小子递过来一张皱巴巴的白纸条上写着："今欠胡文500万元整，任鹏写于二〇一七年十二月七日。"下边还有一个红色模糊的手指印。

"白纸黑字，我都等了整整一年了，结果这小子拿来这一幅破画给我，前几天有人看到真画都在拍卖行拍掉了，这明明就是个假货，还敢滥竽充数坑老子，我现在不打架、不发飙已经够仗义了，就是看你们老来丧子，可怜哟！"

说着，有人扔过来一幅画纸。刘淑惠的手有些抖，正想拿起那幅画，又听到猫儿"喵呜"一声，从上边踩了两只梅花般的爪印。这可把刘淑惠气得直骂起人来："该死的，净给老娘添乱。"

她故意不看那画，叹了口气说："任鹏是我儿子不假，但他是成年人了，我们也管不到他了，现在他都死了，我老太婆找谁说理去？"

光头小子听到这里，有些不乐意了，他凑到前边，看到刘淑惠有股子打不烂的倔强，真是有些惊诧了，他捏了捏鼻子，撇着嘴说："看不出你老人家还真是挺有口才的，怎么着，打算赖账，那可甭想……今天我们来可不能白来……"说完，他挥手示意自己的同伙，同伙进了屋，一会儿就听到里边传来了"哗啦"东西碎裂的声音。

"住手！"刘淑惠脸色苍白，却不知道从哪里来的力气，她几步冲进了屋子，很快就拿着一只红色的绒布袋出来，她将袋子递给那光头小子。

光头小子打开一看，竟然是一对金光闪闪的手镯，不由"呵"了一声："老太太，是把自己的家底宝贝都拿出来了，倒是真有魄力，我很佩服你老人家的勇气，但这还差得远呢……"

刘淑惠镇定地回答："我知道差得远，既然我是他妈，好，这亏我就认了，这镯子是我的陪嫁，我都给你了，还不够有诚意吗？这么大一笔钱，就算变卖家产也得容个工夫吧！我丈夫现在还躺在医院里，我们老两口都这么大岁数了，也不至于诳你……再给点时间，我们凑凑……"

几个男人见刘淑惠这一番话说得缜密清晰、有条有理，目瞪口呆了片刻，想了想，只好认命："好吧！老太太，算你厉害，我们再给你们一个月的时间，如果再不拿钱出来，我们可就派人来收房子了，这房子还是值不少钱……"

刘淑惠没有回答，只是恨恨地瞪了他们一眼。几个男人顿时觉得有些没有来由的憋闷，只好相互打着手势，悻悻离去。

他们刚刚离开，刘淑惠便赶紧将门锁上，双腿顿时觉得软软的，她扶着墙好不容易走到那幅画前，果然是一幅任文良亲手画的赝品，她流着泪，看着那画，更加觉得心酸，忽然号啕大哭起来。

这又是一场没有来由的灾难。丈夫的执著，儿子的放浪不羁，女儿的疏远，都在刘淑惠的心上刻了一道道伤痕。长年累月闻着中药味、糨糊味，和一个寡言无趣的男人生活了半辈子，还要面对失子的悲恸和负债的重压，她觉得自己真是全世界最失败的人。她不喜欢颜雪珊的原因还有一个，就是无论在哪里，她总是可以得到爱人的怜惜，她总是能够活成她想要的样子。颜雪珊身上散发出的那种夺人眼球的光彩，一定就是让男人敬爱的缘由吧！

她一个人缓缓走进屋子里，看到地上被砸得乱七八糟的东西，开始一点点收拾起来。如果这是自己需要承受的，那就全部都来吧！任文良常常对她说，平凡也是一种境界，平凡并不等于平庸。她其实分不清楚这两个词汇的真正差别，觉得这是他在敷衍自己，安慰自己，现在想来，如果儿子可以接受父亲的这种熏陶，就不会遭遇这种飞来横祸了。还有任婷，一个充满无数不切实际幻想的女儿，到现在都找不到人影。

地上的玻璃碎片扎到了她的手，她没有理会。这些事情可不是什么光彩的事，还是早消停早好。但是，她们这个家只剩下这套房子了，她想到这里，有些不舍，可是，还能有什么办法解决呢？

院里的竹子似乎都有些颓靡，下边的池子里水几乎要干涸了。刘淑惠望着即将落下的夕阳，发出无限感慨。

就在刘淑惠回家半个小时前，黄欣悦接到了一个电话，似乎是很熟悉的朋友，但是却不告诉她是谁，只是指明她到后海的一家咖啡店见面。她想了想，也许是哪个朋友调侃她，多半是善意，于是便坐了地铁，直接到了指定的地方。

这个咖啡店门面并不大，只有十多平方米，装饰得很简单，却不乏精致。在吸收了西方典雅大气的风格之外，还兼顾了中国元素，咖啡杯子下边居然是凤凰的图腾。

这是让黄欣悦感到奇怪的设计，她正翻着杯子看着，眼睛忽然被蒙住了，听到一个人哑声哑气地问："猜猜我是谁？"

黄欣悦有些兴奋，这人的指甲里还散发着淡淡的指甲油味道，这不是洪美妮还会是谁？她兴奋地喊着："你这个坏东西，'死'到哪里去了？"

洪美妮"哈哈"笑了起来，然后一屁股坐在对面沙发上，看到旁边一对情侣正朝自己这边看，她只好低声说："对不起，我遇到了些事情。"

黄欣悦歪着头，瞪着她，好半天没有说话。

"好了，我说实话还不行吗？你让我慢慢说，"洪美妮只好投降，喝了一大口咖啡，然后才很严肃地说，"其实，我出国是去参加我爷爷的葬礼。"

"什么？太不幸了。"黄欣悦这才知道原来洪美妮真的是遇到伤心事了。

"你也知道，我父母是离了婚的，我随着母亲生活，所以我爷爷的葬礼我纠结了很久，才决定陪着母亲去一趟。"

虽然她说得很平淡，但是黄欣悦隐隐觉得有什么不对，她看到对方的眼神飘过一阵复杂的神色，便猜测起来。

"你别胡思乱想了，我这次准备和你原原本本交代真相，你这个人，为什么总是不收我的礼物？你知道那是什么？"

黄欣悦看到洪美妮这郑重的表情，忽然意识到也许自己真的错过了什么。

洪美妮无奈地摆了摆手，朝着门外喊道："你可以进来了。"门口一个影子遮挡了射进来的光，那个人戴着帽子，抱着一个大大的礼包盒。

黄欣悦看到那个年轻人居然就是中药店的小掌柜，她蓦地想起上次误会他们之间是情侣关系，非常尴尬。当时出了太多意外，就丢下那个礼盒离开了，后来家里又发生了这么多事，都没来得及再去药店取回。

但是，为什么这两个人又走到一起了呢？

第二十四章
几番轮回

洪美妮用手在她眼前晃动着,说:"收起你的好奇心吧!我来解释,我也是刚刚和他联系上的,他给我打电话,说是我的东西被朋友临时放在他的店里,问我怎么取回来?哦,对了,你怎么有我的手机号?"

中药店小掌柜说:"你都忘记了,上次你到我们药店买药,让把药送到你家里去,我就要了你的联系方式。我想,我既然找不到你的朋友,那找到你,物归原主不是正合适吗?"

洪美妮皱着眉头问:"那都是半年前的事了吧?我妈咳嗽得厉害,我找老中医开的药方,都这么久了,你还记得,真难得。"

小掌柜说:"我记得当时你还问我姓什么叫什么,说不能总是叫我'小掌柜',我当时就告诉你我叫张乾。"

"张乾？"洪美妮想了一会儿，还是什么都没想起来，就指着旁边的座位说，"既然都来了，就在旁边坐会儿吧！我下边要说的都是几十年前的旧事了，人都没了，也不怕人家笑话了。"

她打了个手势，说："再来一杯拿铁。"

很快就有人送上来咖啡，张乾似乎习惯了洪美妮这种"大大咧咧"的说话方式，并没有任何不悦的表情，只是安安静静坐在一旁听着。

洪美妮深深吐了一口气，说："黄欣悦，我可提前把话说在前边，今天无论我说什么，你都不许生气，不许伤心，不许大呼小叫，听到了吗？"

黄欣悦很少见洪美妮有这样的口气，知道她一定是憋得快要爆炸了，只好点头答应。

"好，那我就说了。我的祖父叫洪福天，曾经是本市某中学的校长，我祖父也算是桃李满天下了，他的学生后来很多都是鼎鼎有名的大人物，可惜我祖父当年一时鬼迷心窍，收了他们学校任文良老师家里的一幅画，那画名字叫《疏林寒绿图》，听说任老师的亲戚杀了人，所以素来品行清高的任老师也到处求人，希望可以缓解刑期。我祖父有个学生当时就是这个案子的主审法官，但是爷爷收了画以后，他的学生忽然调走了，所以这个案子还是按部就班地执行了。我祖父没有帮成忙，却舍不得归还这幅画，后来就说已经求过情了，否则会判得更重……"

黄欣悦听着，渐渐明白了洪美妮的忧虑在哪里了。

"你别奇怪，我当时才十几岁，后来我知道任老师就是你的表姨父，而你又告诉我，你的母亲曾经入过监狱，后来还舍弃了你，去了法国，我就明白了我祖父做了什么，知道我这辈子都欠你的了……"

"不，不是那样的。"黄欣悦从洪美妮的口气中可以看出，她把这件事看得很重，所以才压在心头那么久，从来没有告诉过她真实的原因。

"请不要打断我，让我说完，"洪美妮虽然这样说，眼泪却"吧嗒吧嗒"落下来，一旁的张乾依旧默默无言，只是一张张给她递纸巾，洪美妮擦得鼻子都有些红了，"我一直不敢和你说实话，就是怕你恨我，怕没了你这个朋友。我为了这些，有好几年都不和爷爷说话，直到去年爷爷生病了，才把这幅画交给我，说他错了一生，让我把这画还给你家。可是，你这个人，就是一根筋，我都送了多少次了，你就是不收，非逼得人家把这些肮脏的事都抖出来……"

黄欣悦拆开那蓝色的包装纸，里边是个古色古香的镶着宝石的红檀木盒，看得出来主人对它一定很爱惜，特意配上了这样的器皿来保存它。檀木属于硬木，里边水分含量少，不容易变形、受潮，不会伤害里边的东西，还散发着淡淡的清香，遮挡陈年的气息，实在是再好不过的宝贝。她小心翼翼打开那画轴，果然是表姨父亲笔所画的《疏林寒绿图》，那画上的烟云、流动的水，泛着青葱气息的林木，都是那么流畅、优美，富有大家风范。

她凝神看着洪美妮，问道："你是不是当年就为了这画，和你祖父吵翻了，从此就放弃了留学留在这里的？根本不是为了什么所谓的爱情，对吗？"

洪美妮翻了一个白眼，看着旁边的张乾说："你说他是不是长得挺帅的，家世背景也不错，人一看就有涵养，就算以前没交集，以后也说不定呢！"

张乾终于说了一句话："你说的可是真的？那今天是不是可以算得上我们第一次约会？"

洪美妮瞪了他一眼说："你不要趁火打劫呀！我是欠了你一个人情，但是不等于我就把自己卖给你了。欣悦，你是不是听了这些特别生气，特别恨我祖父，恨我一直瞒着你。"

黄欣悦看到张乾用一种和顾明晨看自己那样的眼神，嘴角浮笑，痴痴看着洪美妮，终于懂了，原来这就是那种倾慕的样子。她忽然想起顾明晨来，心中升起一丝感动。

"洪美妮，我不恨你，不恨你的爷爷，所有的一切都让它烟消云散吧！你不知道，在我没有见到我母亲以前，我以为我自己忘掉了她，但是当我看到她回国后第一次出现在我面前的时候，我所有的委屈、所有的思念、所有的期待都在那一瞬间涌上来，我才知道，我爱她爱到了骨头里，这种情感是天生就倾注在血液里、灵魂里的，是怎么赶都赶不走的。我母亲在恨中沉沦，又在爱的相遇中重新升华，她用自己的人生经历来告诉我，要放下恨，重新找到属于自己的生命轨迹，才是永恒的幸福，所以，洪美妮，我会好好和你做一辈子的朋友……"

洪美妮用纸巾蒙着脸抽泣不止，脸上的妆都花了，那脏了的纸巾被扔到一边，揉成一团，然后洪美妮又继续从张乾手里不停地接过纸巾，把张乾搞得哭笑不得。

这是一场山不转水转、柳暗花明的故事。黄欣悦觉得自己此刻的心情是饱满的，她以为没有的，不完整的，现在全部都有了。洪美妮的这场释放也是终于有所归属，将她那个一直漂泊的灵魂停靠在岸边。

黄欣悦抱着那个大盒子，看到走在前边的人行道上张乾与洪美妮的背影，渐渐成为这个繁忙的世界的一道和谐的风景线，她也笑了，她该去找自己的路了。

她回到家，看到家里有很多物件都换了位置，桌子上还多了一幅画，表姨的神情有些不太自然，她意识到是出了什么事，但是表姨什么都不说，只是说好好收拾一下家里，换个样子新鲜，等任文良回来住得更加舒服一些。

"你看那是什么？"表姨指着桌子上的一张几乎磨损坏了的纸张说。

黄欣悦看到竟又是一幅《疏林寒绿图》临摹品，这从天而降的画作让她感觉到奇异，仿佛是上天早就安排好的境遇。

"这是任鹏那些狐朋狗友们送回来的？"

"为什么会无缘无故送回来？"

"你想，人家都知道这是假的了，肯定得回来找账的，拿回来很正常呀！"刘淑惠一边轻描淡写地说，一边用菜刀切笋片，她要煮些香菇笋片粥给丈夫吃，他需要吃些简单有营养的食物。

黄欣悦四处查看了一下，家里原来的一张小桌子不见了，地上还残留着一些玻璃的碎屑，表姨明明刚才经历了一番暴风骤雨，却还藏着不让自己知道，她只好把心里的疑问都保留了下来。她想，任鹏欠下的那些债务，迟早是要还的，这件事一定不会这样简单就结束的。表姨平常是个藏不住心事的人，这次居然试图掩饰那些不平常的事，定然是有什么忌讳，自己暂时不问也是好的。于是她很高兴地说："今天我也是很幸运的，意外从同学手里找回了当初表姨父送给别人的那幅画，真是巧呀……这回表姨父的心愿终于可以了了，他老人家知道了，会开心的……"

她听到厨房里剁菜的声音渐渐小了，很快就传来刘淑惠的声音："那敢情好，你表姨父一听，病就好得快了。"

"嗯"黄欣悦应了一声，将画放好。她并不打算毁掉这三幅画，即便它是临摹品，可也是表姨父最重要的临摹代表作，他的眼睛已经看不到了，所以她会想办法留下它们。于是，她小心翼翼收藏好它们，对着厨房喊着："姨，等一会儿我收拾一下就过去帮你。"

任家的厨房并不大,被刘淑惠收拾得干净整洁,没有一个垃圾死角,也看不到一点儿油污。墙角有一个泡菜坛子,表姨父喜欢吃这口,刘淑惠和邻居大婶学了很多次才成功。她把那些豆角、黄瓜、洋姜、胡萝卜都切得很有美感,她自己常常自嘲说,她自己做的比六必居的酱菜还高上一筹。她虽然没有写字画画的本事,但是可以把菜做得漂亮好吃,也可以把这个家操持得快乐无忧,她确实是做到了。

但是这一次,她把大坛子里的酸菜分成了两个坛子,其中一个竟然用黄檗煮水配的酸汤。刘淑惠告诉黄欣悦,她表姨父最近的肠胃不太好,但是还是比划着让我弄些酸菜来吃。反正他也习惯这个味道了,这黄檗又不是不能吃,索性就染酸菜吧!还有,他现在不是看不到吗?就是有些苦味在里边,料想他也吃得下去。

黄欣悦淘着米,忽然觉得鼻腔里又是一阵酸楚,她偷偷抹了一把眼泪,就听到刘淑惠叮嘱说:"欣悦,别忘了,你那淘米水不要倒掉,倒旁边的大桶里,还可以浇花呢!"

黄欣悦应了一声,心甘情愿地按照刘淑惠的吩咐将淘米水浇到院子的花盆里。她为这份情意感动,这个世界谁都不会有表姨对表姨父的这份体贴,她是这个家当之无愧的女主人,毋庸置疑。

兰花长势不错,表姨给配的紫砂盆是个漂亮的梯形盆,白色的沙砾覆盖在表面的土层上,映衬得兰花非常具有古典神韵。还有一株夜来香也吐出了白色的花蕾,似乎会在这个夜晚忽然爆盆,迎来那股从骨子里散发出来的香气。

表姨说,她跟着表姨父看画看多了,就懂了。那些过去的人生活真精致,真有闲情雅致,他们用心画出来的一定都是最好的东西。所以她去花市选花盆的时候,想起表姨父平常裱的画里有这款样式,她觉得非常好看,就选了它。夜来香本来她是不识的,有一次她看到裱好的花鸟画里有一簇花丛里就是这种花叶,表姨父说那叫夜来香,晚上入睡后,会香到令你晚上起来梦游。表姨当时就笑了,后来家里就多了一盆夜来香。

任鹏走了,任婷消失了,表姨父还在医院里治疗。这个家由于这种缺失,就无形中多了几分寂寥与清冷,这种感受并不好。黄欣悦暗暗祈祷:表姨父早些康复,回家来吧!

顾明晨早已经把自己当成任家的一分子了。这些天,只要下班就跑到医院陪伴任文良，任文良的身体恢复得也很快，最令人钦佩的是，他从来不在意身体的变化，情绪非常稳定。

尤其是悠悠每次来的时候，任文良是最快乐的。黄欣悦见到顾明晨，再也没有了以前剑拔弩张的敌对情绪了，这让顾明晨更加沾沾自喜起来。

与此同时，与法国弗兰克公司的合作项目也在如火如荼地进行中，还有就是任婷忽然发了一条信息过来，说她在外边旅行散心，过一阵子就会回来，他觉得终于可以向任家交代了，总算舒缓下来。他也想过，自己原来那种做法确实是会伤害她，所以他也发信息回去说，如果她愿意回来，他会重新考虑他原来的决定。

然而，任婷并没有再回复信息。

顾明晨想，她心中的怨愤还是没有平复，还得慢慢等待，等待她自己想明白。

还有一件最让顾明晨生气的事，就是下属呈上来做图册的纸业公司，他记得自己也是股东之一，这事做起来应该是事半功倍，但当他看到公司法人居然是夏长风，心中早已经将池宇航骂成碎片，但是却怎么也联系不上他。他太熟悉这个家伙了，每次做了亏心事，都偷偷消失，人品简直就是渣到底。他恨自己不长记性，虽然不知道骂过他多少次，但最后还是会心软。

时间不等人。他没有别的选择，只好让人和夏长风联系，让他们提供纸样来备选，原本他还想约公司法人见面谈一谈以后长期合作的事，但是看到"夏长风"这个名字，他真的犹豫了。

因为这个项目是黄欣悦的亲生母亲颜雪珊提议的，所以他想让她再参与到这个项目里，她一定不会拒绝的。他思考了很久，怎么和她提议这个事，想着还是要亲自面谈比较好，也只好再好好求宝贝女儿悠悠继续帮爸爸的忙了。任家人是有些倔强，但唯独对悠悠不能"免疫"。顾明晨回去看到悠悠的笑脸，总是开心地吻自己宝贝的额头，谢谢上天赐给自己这样一个聪明伶俐的孩子。

不过，令人欣慰的是，任文良经过医生同意，终于可以出院回家慢慢调养了。

顾明晨亲自开车，带着悠悠将任文良接回家里。而刘淑惠显然非常开心，说要留顾明晨父女在家里吃顿午饭，这正中顾明晨下怀。

刘淑惠忙着给黄欣悦打电话，让她买一些食材回来，她自己就一个人开心地在厨房里忙碌起来。

悠悠是个贴心的孩子，没等顾明晨吩咐，就开始围着任文良转悠，她拿起桌子上的一瓶酸奶说："爷爷，我喂你喝酸奶吧！"

任文良的脸上笑开了花，这是一个让人不忍拒绝的小精灵。任文良平常有些喝不惯酸奶，由于住院期间活动量少，肠道蠕动有些困难，这才在医生的建议下，尝试喝些酸奶。

老北京的酸奶很黏稠，任文良闭着眼睛吸了一会儿，也没有喝到。悠悠拿起了一只勺子，让父亲帮忙把酸奶倒进小碗里，用勺子一勺一勺喂着任文良。

悠悠拿勺子的手不是很稳，偶尔会把酸奶蹭到任文良的鼻子上、脸上，但是任文良看起来很高兴，也很配合地喝着。

顾明晨没有斥责悠悠弄得老人身上都脏了，他不忍心破坏这种温馨的场面，只是和任文良说："老爷子，您放心，那三幅画都找回来了，欣悦会处理好的。原画也放在拍卖行的保险柜里，非常安全，我们打算和弗兰克公司合作一次中国古代字画拍卖，这次……"

他还没说完，就看到悠悠手里的碗没有拿住，掉落在地上，碗里剩下的酸奶都洒在任文良的脚上。

"天哪！"他急忙找了抹布来擦拭，但是任文良的裤子和袜子上还是残留着很多酸奶，他想了想，对任文良说，"您老人家在医院里住的时间久了，还是不太舒服吧？我倒盆热水，给您泡泡脚，全身放松一下，怎么样？"

他嘴里说是在征求任文良的同意，但是手上已经忙乎起来。热气腾腾的水倒了一盆，他不顾任文良的反对，坚持帮他脱下袜子。

"哎呀，这可使不得呀！"刘淑惠听到动静从厨房里跑了出来，手里还拿着菜刀。看到这个场景，实在是有些尴尬，慌乱地跑回去放好菜刀，再次跑出来，连忙推开顾明晨。

"顾总，你这些日子帮了我家太多了，我还不知道怎么谢你呢！这种事怎么好意思烦劳您呢？"

"我是晚辈，做这些事也是应该的。"

刘淑惠哪里肯听他的，这时候，忽然闻到厨房里传来焦煳的气味掺杂着些许腥气，只见刘淑惠拍了一下大腿根，喊着："糟了，我做的煎鱼……"

说着，又赶紧冲了进去。

顾明晨笑了笑，刚准备蹲下来，忽然被一股力量拉起来，只见黄欣悦将两大袋子食材放下，对顾明晨说："我来吧！"

顾明晨看到任文良的脸上也怔了一下。

"我从小就没有父亲，是表姨父供我读书，教我写字、画画，就和我的亲生父亲一样，古语不是说，养恩大于生。所以我来做最合适的。表姨父，您坐着不要动。"

黄欣悦说着，已经自然蹲了下来，用手试探着水的热度，再轻轻将水撩到任文良的脚上，让他慢慢适应水的温度。

顾明晨觉得心里很感动，看到任文良的眼睛里含着泪花，并没有拒绝黄欣悦，他体会出她的诚意与心意，感知这是她十几年压在心头最坦诚的释放，他是该成全她的。

此刻，刘淑惠出来正好看到这一幕，她捂着嘴，悄悄流泪，然后又故作没事的样子，说："行，你们干你们的，我那锅里还热着饭呢，就不管你们了。"

顾明晨忽然觉得自己的衣服被悠悠拉扯着，他低下头来，悠悠用手捂着，悄悄在他耳朵旁边说："爸爸，等你身体不好了，我也帮你洗脚，好吗？"

顾明晨唏嘘着，朝悠悠的头上抹了一把："别瞎说，你爸长命百岁，赶紧去帮忙去！"

六月的天气已经很热了，阳光充足，刚才进来的时候，看到胡同旁边的木槿花黄色的、粉色的接连成片，那是一种纯洁柔软的感觉，和此刻的黄欣悦一般，放下束缚，呈现最真诚的内在。

很快，她给任文良换上了新袜子，他眼里的浑浊渐渐清澈起来。顾明晨知道，虽然过了最危险的时期，但是任文良的手指很难再恢复到以前的灵活程度，还有失去了眼睛的他将完全没有以前那样随时会和人间姹紫嫣红的色彩相撞的饱满了，他的嗓子常常发出"呜呜"的声音，没有人可以听清楚他在说什么。这种缺失对于一个裱画师来说，无异于一场毁灭。他只能用微微抬起的手臂表达自己的心声。但还好，岁月光阴给予了他的宁静与厚度，他没有焦虑，没有暴躁，只有事过境迁后的微微伤感而已。

只见他抬起手，很坚持伸出粗大的食指，在空中轻轻比划着。似乎生怕别人看不懂，他就这样一连比划了好几遍。顾明晨终于看懂了，他比划出的是两个字："吃饭。"

"知道了，我这就去拿碗筷。"此时，黄欣悦收拾完东西，将手洗干净，也冲进了厨房里。不用说，她早就看懂了那手语。从小就看着表姨父的手指在那些宽大的纸张上滑动，那是一种无声而默契的手语，似乎在诉说着时光轮转。前生不可执拗，后世才可安虞。

刘淑惠的手艺绝对一流，这让顾明晨父女越来越喜欢了。糖醋排骨和咖喱鸡的味道是悠悠最喜欢的，小女孩吃得满嘴都是油，丝毫不考虑形象。顾明晨咬了一口带着葱香的京酱肉丝，这款是自己最爱的味道，还有酸菜鱼，做得鲜美滑润，吃过后唇齿留香。

北京已经是个国际化的城市，刘淑惠做菜的手艺依旧保留着家乡的气息，但也在漫长的城市生活中汲取到了更多的元素，比如扬州菜的清淡、川湘菜的香辣、西北菜的温和，还有什么泰式、港式、意大利的汤菜都有渗透。每道菜只要经过她的手，色香味俱全，味道十分正宗。虽然说巧妇难为无米之炊，但是有时候，这做菜也是离不开天赋的。

顾明晨看到任文良坚持自己用勺子吃饭，刘淑惠还是不时把择好的鱼肉放到他的碗里，他朝悠悠使个眼色，小家伙立刻心领神会，拿起纸巾擦了擦嘴，拿起勺子舀了一口汤，歪着脑袋对着任文良说："爷爷，乖，张嘴，喝汤。"

大家忍不住笑了，任文良也张开了嘴，乖乖喝了下去。顾明晨很高兴，觉得很久没这种感觉了。但他发现，对着满满一桌子菜，黄欣悦并没有吃什么，而是一直在默默思考着什么。刘淑惠虽然总是催她，她也应着，但还是不时放下筷子发呆。

吃完饭，刘淑惠扶着任文良去房里休息了，悠悠也躺在黄欣悦的房间里睡着了。顾明晨找了个机会，凑过去和黄欣悦说："怎么？你不喜欢我们在这里吃饭？"

"不是，顾总，您误会了，我是非常感激你，但是您越是这样，我就越是苦恼，不知道将来该如何回报？"

听到黄欣悦说了这句话，顾明晨觉得五脏六腑都翻涌起来，刚刚吃过的东西差点都吐出来。这话说得好疏离，他的初心并不是吃饭，这恐怕谁都看得出来。刘淑惠也故意给他们腾出空间来相处，唯独这个女人可以做到无动于衷，真是"落花有意，流水无情"。

他叉着腰，走了几步，觉得有些燥热，于是扯了几下衣服领子，真想说一句："如果你真的无以回报，就以身相许吧！"

但是，最终他咽下了几口唾液，强自说："也不需要你什么报答，你知道，我现在正和你母亲的公司合作一个项目，目前正在收集拍卖品，民间有很多珍贵的字画都由于保管不善缺失太多，有的虽然还很完整，但是装裱品味提不上去，这些画就可能流拍……那么拍卖行那么多人的辛苦劳动就白费了。黄欣悦，你只需要做好你的专业就是帮我了，算我求你了，不行吗？"

黄欣悦迟疑了一会儿，很快回复给他一个白眼："顾总，本来是非常感激您对我家的照顾，但是现在看来，您还是那样，什么"趁人之危"，什么"落井下石"的事都做得出来，您现在又以我母亲的名义，逼迫我就范，让我怎么相信你？"

"你说什么？逼迫？"顾明晨皱着眉，想要发作，最后又忍住了，"你可知道吗，现在是你说你要报答我的，你就用这种态度报答我？"

黄欣悦不以为然："您说，我该怎么做？"

"要我说，你就应该答应我的请求，这样你有薪酬可拿，还有裱画费也会提给你，还能帮助你的母亲，一举多得，何乐而不为？"

"那让我考虑一下。"黄欣悦低着头，继续收拾屋子里的东西。

"考虑一下？"顾明晨好不容易控制住自己的情绪，正想再反驳几句。

忽然，听到外边有很多人声，有人在敲门。很快就听到刘淑惠眯着眼睛出来嚷着："谁呀？这大热天，也不让人消停？"

"您好，我们是来找任师傅的，我们要裱画。"

这话听得顾明晨与黄欣悦都愣住了。刘淑惠打开门，居然看到几个人拿着字画堵住门说："我们几个是死党藏友，听说任师傅的手艺非凡，特意慕名前来，还请多帮忙。"

刘淑惠摇头："你们来晚了，他现在看不见了，什么都做不了。"说完，就准备关门。

但门被人挤住，根本关不上，听到有人说："我是从门头沟来的，跑了大半天了，怎么？任师傅病了？怎么没听说呀？"

黄欣悦这才走出来对刘淑惠说："姨，都是我的错。表姨父那个公众号一直都更新，我把表姨父以前的旧作都拍下来了，定期传上去，大家都不知道表姨父病了。

本来想表姨父是一盏灯，他的一切行为都会照亮别人的，所以就不忍心停更……"

这时看到任文良缓缓地伸着手，朝外走出来。顾明晨连忙上前引领搀扶，将他扶坐在一旁。他缓缓伸出手，在空中比划出了两个字："谢谢。"

刘淑惠叹了口气，对大家说："你们看，他现在都这个样子了，难道还可以做那传说中的裱画大师吗？谢谢大家的爱护与信任，还是请回吧！"

这几个人转身议论起来，有个人说："我家的画都是任师傅裱的，所以才会保持得久远，我们只认任师傅的手艺，这要去给别人，怕给毁了画呀！"

大家都看得出来，任文良此刻的嘴唇是颤动的，眼里有一丝很容易就察觉出来的焦虑，他起身，试图再次走下来，但腿上似乎还缺少控制力，竟然差点儿跌了下来。

刘淑惠有些急了，扶着他几乎是带着哭意劝说："老任，我知道你心里着急，但是咱'留得青山在，不怕没柴烧'，还是先慢慢养好自己的身体重要，我这里也有退休金，饿不着咱，咱不裱了啊，听我的。"

但是，任文良似乎还是不满意，他攥着刘淑惠的手忽然间加大力道，几乎把刘淑惠攥疼了。

"不，咱家还是收活的，这些画我来裱。"黄欣悦心中很笃定，她将那些人都请到院子里来，说，"我也是古画修复师，受过专业训练，自小受表姨父裱画技艺熏陶，算是得了他老人家嫡传了，交给我大家也请放心，我会尽全力的。"

说完这话，众人都看到任文良的情绪也缓和下来，他的眼睛看着黄欣悦，渐渐恢复了原来的神采。

听到有人说："那是，这亲传的弟子手艺也不是吹的，我们相信任家的人，有能力做好这些。"

黄欣悦在说这话的时候没有后悔，十几年了，她与表姨父任文良之间潜移默化的交流其实就是一种传授，这种近身的观察与实践，是最好的承继。她与表姨父虽然没有师徒之名，但实际上早已经成为他的"亲传弟子"了。

她把这些人带来的画一一登记造册，然后送走这些人，把这些画放好，对任文良说："表姨父，从今天开始，我就是你的手，你的眼，你的弟子，你只需要在旁边看着就行，不对的地方您就示意给我，我一定会做好的。"

任文良脸上呈现出一丝欣慰的笑容，他深深舒了一口气，点头，然后指着那些画比划着:"静心。"

黄欣悦懂得表姨父的意思:"静心",那是炎热的世界里最清凉的逆转了。多年的沉淀让表姨父学会了宽容与静忍的情怀,靠着这种源源不断提供能力的情怀,他才坚持到了今天。

"好了,老任,你这心还是要收收,好好养,到时候还可以再干你的老行当,我全力支持你。现在我们进屋吃药去了,行吧?"刘淑惠难得如此坦荡宁静,她的头上白发渐多,眼睛里多了很多血丝,想来也是这些天焦虑难安,影响了睡眠。她掀起外边的帘子,搀扶丈夫进了屋子。

黄欣悦这才对旁边还杵着的顾明晨说:"看吧,不是我不帮你,眼下我表姨父的身体一时半会儿难以康复,任婷也还没有回来,我一是要帮着我姨照顾表姨父,还有就是让表姨父看着,我将这些画都裱好,全了我表姨父这些年的好名声。其实对于我们来说,一个质朴干净的灵魂远远比名利地位重要。"

顾明晨听到这句"一个质朴干净的灵魂远远比名利地位重要",忽然明白自己喜欢她什么了。他吸了口气,正想说什么,忽然看到桌面上放着的黄欣悦的手机响了起来,他赫然看到来电显示名字是"夏长风",这个名字让他的心脏漏了几拍。

他装作若无其事,却偷偷观察到黄欣悦犹豫了片刻,这才拿起手机放在耳旁。

"见面?在哪里?有什么事?"黄欣悦的表情很凝重,但口气却很平淡,"我十点以前要去医院给表姨父取药,那这样,明天上午十点半我们在胡同口泡桐树下见。"

黄欣悦说完挂断了电话,似乎丢了三魂七魄,一个人跑到了裱画室里,再也没有出来。

顾明晨的眼光停留在她所在的方向,但是他没有打算去打扰她。此刻,想必她的心情应该是波澜起伏的,但顾明晨心里的翻涌并不亚于她。这是他最大的忧虑了,那个男人的影子在她心里挥之不去,也在顾明晨心里成了解不开的结了。

他深深思考了一会儿,便躲到比较僻静的竹林旁边,悄悄打通了秘书小蒋的电话:"通知给我们制作册页的合作公司,明天上午十点半开正式会议,还有,一定要请他们的负责人亲自来,我们还要谈一下未来两年内的合作规划。"

小蒋回答:"放心吧,顾总,一定办到。"

这是顾明晨新聘任的秘书小蒋，是个做事机警的美丽姑娘，他很满意。他不想让黄欣悦说自己是什么正人君子，他在本质上还是个商人，懂得"故兵无常势，水无常形"的道理，他不能眼睁睁看着她走向另外一个男人。

他站在裱画室的窗口，偷偷望着里边。这样热的天气，她也不会开放冷气，而是自己独自坐在桌前，仔细观察着那些毁损的字画，考虑怎么揭裱的方案。

她安静时候的样子是赏心悦目的。秀发漆黑散落，双瞳如星芒闪亮，睫毛不停地扇动，微微有些涨红的面孔散发着令人仰慕的光彩。岁月与生活的琐碎都无法在她心里烙上庸俗的痕迹。每当看到她，他一度浮躁的心就会静下来，这也是冥冥之中他想靠近她的原因。所以，他不会放弃她，无论有任何的困难，都不会放弃。

但这里毕竟还是任家的院子，无论怎么样，还是要离开了。又过了半个小时，悠悠想回家了，顾明晨想到也不好再打扰任家长辈了，便带着悠悠告辞离去。

他没有想过，里边的黄欣悦心却静不下来。看到顾明晨父女终于走了，她把工作室里的东西和家里需要处理的事情逐件完成，便觉得自己也有些累了，才回到自己房间，躺在床上，看着天花板，思索起来。

她放弃去拍卖行的机会，其实是想躲避顾明晨。不知道从什么时候开始，他的存在已经成为她恐慌的原因。她感觉到他咄咄逼人的气势越来越强烈，也在一步步靠近自己内心。但是，她还是不由自主地想逃开。

与夏长风在一起，她是自由快乐的，甚至从来没有想到什么责任，什么道义，什么替他人着想，她只要想着两个人情投意合，两个人彼此扶持，就可以冲破一切黑暗，迎来光明的未来。但是顾明晨的到来，改变了她的思维。她慢慢在思考一个问题，她要的幸福和饱满到底是什么？是生活，是事业，也当然包括情感。但是家庭也好，社会也好，每个人始终处于一种相对自由的状态，而没有绝对的分离。她对这个将她抚养长大的家庭充满了复杂的情感，曾经被任婷、任鹏排斥，被表姨疏远，被表姨父默默扶持关照，她曾经恨过母亲的远离，却在看到母亲的瞬间泪眼滂沱，再多的恨也断不开骨血里与生俱来的亲情壁垒。

顾明晨说过，不能因为她一个人而影响到整个公司的运营，很多人都要生存，要维系现在的状态，这是个体与整体的观念问题。顾明晨对表姨一家的帮助，似乎在昭示着另外一种可能，他想要融进她的生活，她又何尝不懂？在她看到他居然放下身段，为表姨父亲自打洗脚水的时候，她的内心其实是震撼的。

她看到了来自于一个男人内心不可遏制的力量，这力量让她惶恐，让她不知道该怎么面对。

所以，她很想逃。

第二十五章

若即若离

　　她觉得自己对养育自己的这个家其实并没有付出过什么,她对于她的亲生母亲并没有资格去怨恨,因为每个人都是一个独立的生命个体,也会度过一个动态的人生,外因不可控制,主观又缺乏周全,所以没有人会对你的一生负责。这些年,她得益于师者的教育和传授,却根本没有懂得什么其中的内涵与实质。师者也只是个引领者,真正决定高度的还是自身的悟性。她觉得自己现在是一事无成的。

　　正想着,她的手机又响了一下,她接到了母亲颜雪珊的信息:"欣悦,我有很重要的事要和你说,你可以到酒店来一下吗?"

　　黄欣悦看到时间是下午五点,犹豫了一会儿,就和刘淑惠说:"姨,我有事出去一下,晚上就不回来吃饭了。"

　　刘淑惠点头:"去吧,你成天在家里待着,有空也出去走走吧!你表姨父这里有我照顾，没事的。"

她的心情很复杂，还有些不能确定自己可不可以心安理得地和母亲相聚，所以也自然没有告诉表姨和表姨父自己的去向。这已经不是第一次来母亲所住的宾馆了，她已经熟门熟路了。正当她想乘坐电梯到母亲居住的十六楼去，看到有服务生前来引领。

"您好，请问您是黄欣悦女士吗？"

她点头说："我是。"

"十六楼的丽莎女士请您到二楼餐厅的东侧雅间见面。"

她觉得有些奇怪，现在还不到吃晚饭的时间。但她还是随着服务生到了母亲所在的地方。

她刚刚推开门，将听到头顶上"轰"一声响了起来，只见五颜六色的彩带蜂拥而来，遮住了她的视线。她的母亲颜雪珊身穿一件典雅高贵的绿底粉彩牡丹旗袍正对着自己微笑，桌子上还摆着一个双层生日蛋糕，餐厅里到处堆满了漂亮的向日葵、非洲菊、百合花、白玫瑰，还有忽然从天花板传来了优美的钢琴声，过了一会儿，很快就传来了"祝你生日快乐"的祝福语。

颜雪珊捧着双手，含泪说："欣悦，妈妈祝你生日快乐！请原谅妈妈通过这样一种方式请你过来，因为这些年我都没有亲自祝福过我的女儿，所以这一次妈妈要和你单独度过这个不平常的日子。"

黄欣悦蒙了，今天是七月二十三，而自己的生日明明是元月二十三。在表姨家里，即便是任婷、任鹏，也都没有过过欧式的生日宴，每次都是吃一顿表姨亲手做的打卤面。表姨总是说，咱们中国人就按自己的习俗过生日，干吗要学外国人呢？那些蛋糕里都是黄油，热量太高了，哪里有自己做的打卤面正宗地道？表姨所言不虚，她老人家做的打卤面确实滋味地道，对于黄欣悦来说，远远比外边馆子里的那些什么捞面好吃得多。

"欣悦，你一定奇怪自己的生日怎么会是这个日子呢？"颜雪珊猜透了女儿的想法，笑了，挥手让四周的人撤去，"你姨告诉过我，说她给你填户口的时候写错了，可是后来又怕被家里人笑话，就这样继续下去了。她说你表姨父当初骂过她了，她还是觉得不好意思和你说，所以就干脆将错就错了……你姨她就是一个爱面子的人，我从小就很了解，你不要怪她，好吗？如果说有错，都是我这个母亲失职，你就怪我好了……"

颜雪珊说着，拿出一只漂亮的锦盒，从中取出一个颜色通体透绿的翡翠葫芦，亲自给女儿戴在脖子上。她发现女儿的神色怔呆，没有说一句话，以为女儿生气了，不由得又慌了起来。

"欣悦呀，这个翡翠葫芦呀，是我很多年前就给你准备的，我等到今天才有机会亲手给你戴上，你是怪妈吧？还有，连生日都不给你说个明明白白的，要不，你就打妈一下吧！"

颜雪珊说了很久了，看女儿还是没有回应，忽然走到黄欣悦面前，流着眼泪拿起黄欣悦的手，朝自己的脸上拍了起来。

这时，黄欣悦忽然哽咽一声，一下子紧紧搂住了颜雪珊的脖子，大声哭了起来："妈，我想你……"

颜雪珊更是流泪不止，她紧紧拥住女儿。这个瞬间，是她等了二十多年才等到的。她记得安德烈说过一段富有哲理的话："人之生存本就是有痛苦的，残酷的现实犹如鞭子，会抽打着我们一路前行，会压迫到令我们难以喘息，但有焦虑、烦恼与悲伤也都是必要的，它会加速我们的成长过程。所以，那些苦难都是再正常不过的事情了，根本没有必要再回头去看。"

她虽然遗憾自己不能够看着女儿长大，但也庆幸自己听从安德烈的引导，不断努力化茧成蝶，让自己成为一个更加优秀的女性，让女儿真心刮目相看。这一刻，她是快乐的。她会用下半生更多的努力去补偿自己所欠下的那些时光。

黄欣悦感觉到身体里涌起一阵阵暖流，这鲜花、蛋糕还有最美好的祝福，都来自至亲，她是满足的。这份祝福是迟了很多年，但是终于还是来了。

"对，我们许愿、吹蜡烛吧！"

黄欣悦点头，祝福的方式有很多种，无论是什么样的人文环境，采用什么样的方式，其实质都是美好的，那么就不要拘泥于采用什么方法来验证。当下的每一分、每一秒都是最值得追忆的。

此刻，她要告诉母亲她遭遇的一切，告诉母亲夏长风的真实身份，告诉母亲她的纠结与痛苦，她也终于守得云开见月明了。即便那段仇恨都已经成为过去。母亲的存在，是永远都绕不开的结。于是，她嘤嘤哭泣着，讲述那些在龙虎山的日子，讲述着这些年表姨父的遗憾，讲述着夏长风就是当年的袁春生，怎么帮助自己，怎么将自己一次次从绝望和悲伤中拉回来，重新找到生活的勇气。

颜雪珊抱住女儿，不舍得放开。她知道这一次女儿愿意和自己说出内心的秘密，是完完全全接受了自己，更加情难自禁。现在，自己才是女儿最有力的支持者，她会为了女儿，放弃一切成见，重新考虑夏长风的。

黄欣悦还说，她已经将在顾明晨家没有修复完的画做好，所以打算亲自交给顾明晨，不收取分文费用，以报答顾明晨对任家的帮助。颜雪珊暗笑这个不开窍的女儿，那种付出怎么可能用金钱衡量呢？有些债，欠就是欠了，穷其一生可能都还不了。

她拉着女儿，一起祈祷，吹灭了蜡烛。她为女儿选的那些鲜花，都是纯洁的、美好的，充满希望的，这是一个母亲的心愿。

月色皎皎，深沉美好。纵是世事难全，也等清风来，吹散心头迷雾。

这是一个炎热的夏日，太阳每天都是新的，新的一天还是充满了新的能量。

夏长风跟在周芬妮身后，一起来到文道拍卖行的大厦门前，仰头看到那一片片巨大的暗色玻璃正反射着强烈的光线，非常刺眼。而身边依旧匆匆行走着很多无惧风险的人。前方的路，毕竟还是要走下去的。

夏长风最终还是拗不过周芬妮的意见，他只好取消了与黄欣悦的会面。周芬妮说，公司创业初期要以公司利益为主，个人的事都要放在后边。他承认，这个理由是冠冕堂皇的，所以他还是来了。

与顾明晨刻意避开已经不是一两天了，总有一天要见面的。他从池宇航那里了解到顾明晨的一切，也已经知道他为什么对自己的态度如此不友好了，但是他不想规避这个问题。情感与事业对于一个人来说，是双刃剑，也是无敌刀。任何一面出了缺失，都会影响一个人的生活轨迹。现在，他已经被影响了。

周芬妮并没有打算让他独自一个人应付顾明晨，这个顾明晨在业界也是个极端挑剔难缠的人物，所以周芬妮要和夏长风一起战斗。

文道拍卖行对于这次会议，早就做了周详的准备。夏长风与周芬妮将自己公司做的样册呈了上去，但是顾明晨并不满意。

顾明晨今日穿了一套非常正式的衣服，那衣服的色彩是最近夏长风和周芬妮研究出来的一款月白色宣纸的色调。

昨日里周芬妮还很高兴，说这款纸很有高档感，已经和厂家协商做专门定制了。今天正好可以带来让文道拍卖行做参考，用这个色调做底色，比原来的雅灰、鹅黄或乳白更加有质感，画册也会更加清晰，符合人的视觉习惯。

夏长风想到这里，不由嘴角浮起笑容。这笑容却更加刺激了顾明晨。

他的手指轻轻叩动桌面，对周芬妮说："现在贵公司由您来总体负责，对吧？"

周芬妮很淡定地点头："是的，但是目前这个项目主要由夏副总来对接，我在旁辅助。"

"这不是本末倒置吗？一个没有经验的人怎么管理公司？怎么主持这样重要的项目？我的钱不能白花吧？如果我记得不错，我应该是你们公司的主要股东之一，我也有一定的话语权吧？"

周芬妮含笑再次点头："当然，顾总，我知道您对纸业只是刚刚初步探索，但是夏家在新加坡已经做过很多成功的案例了，还有我们周氏企业也有很多的人脉资源，我们有专业的队伍来做这些工作，我可以保证不会出差错。还有，您还没听我们夏副总的策划案怎么就先一票否决了呢？"

顾明晨被将了一军，忽然意识到夏长风多了一位强有力的同盟军，实力不可小觑，所以马上精神就振作起来："好，那我就洗耳恭听！"

夏长风一直很镇定，他既然已经做好了准备，自然也不会再退让的。只是，他了解到这个项目里有黄欣悦的亲生母亲的公司参与，所以他更加不会懈怠。

很快，屏幕上出现了"皎皎月光"四个字，顾明晨顿时觉得眼前一亮。

"根据国际照明组织对白的物理性定义，全彩的均值性反射量达到百分之九十以上通称为白，可以说白和透明是不同性质的。白马、白蛇、白龙、白鹿在神话里代表着奇幻的色彩。在阴阳思想里，白色对应西方，西方则是西王母的居处，也对应佛教的极乐世界，因此白色是崇高、祥瑞、洁白的意蕴。我们通常会看到珍珠白、蚕丝白、芦花白、雪白、粉白的色彩描述，仅凭肉眼是难以区分的。在中国漫长的历史发展过程中，无论是古诗词、国画、瓷器等以东方美学为基调的意象艺术，都充分表达了中国人的审美习惯，这是我们选择'月白'的理由。"

顾明晨眯着眼睛说："据我所知，东晋葛洪在《抱朴子》里提到，'鹿寿千岁，满五百岁着其色白'，'鹿'与'禄'同音，中国人对鹿是很有好感的，夏先生也一直致力于白鹿纸的研发推广，请问为什么不选择白鹿意象，而用这月白呢？"

夏长风知道顾明晨是冲着自己来的，所以每句话都是含沙射影的，他淡笑说："据我所知，顾总也一直非常关注古纸的制作，也曾经派人去过龙虎山调查过白鹿纸的研发情况，既然这样，就该知道白鹿纸的制作绝非一日之功，也不能急功近利，正是为了对关注我们、支持我们的所有人负责，所以这一次，我们决定不提出白鹿纸的应用，这样也是为了更好地保护它。让它过早曝光，对它的整体制作是不利的，这些顾总是有过体验的，比我更感同身受。"

顾明晨被夏长风揭露了内心的隐秘，有些尴尬，心里承认夏长风所说的一切，但嘴上不饶人："你们的方案我看过了，除了这色调之外，还有纸张的厚度、韧性和图文的编辑，还有很多细节要商讨。还有，这次收集的民间藏品很多，装裱也达不到拍卖要求，还需要提升装裱实力，所有这些，都要征求弗兰克公司董事长丽莎女士的意见。"

夏长风摇头说："顾总在商界纵横多年，应该是个海纳百川、波澜壮阔的人物，我想绝不会由于个人私情而影响合作，况且，我们并不是敌对方，还是关联企业，合作共赢才是根本。"

顾明晨的脸色黑了起来："夏长风，你什么意思？我只是本着负责的态度，并没有为难你，请问你这是先发制人吗？"

夏长风刚想反驳，被周芬妮拦住，她笑着说："顾总，我们一起做事是需要合作精神的，所以您还是不要去和他计较，有事和我商量就可以的。"

顾明晨干脆站起身来，指着夏长风说："我是看在某人的面子上，不和你计较，如果是其他公司以这样的态度来谈，早就被扫地出门了！"

这话说出来，空气中顿时充满了剑拔弩张的气氛，四周已经开始了窃窃私语。

"顾总，丽莎女士来了！"秘书小蒋忽然进来汇报。

大家抬头看到，会议室门口正站着弗兰克公司董事长丽莎女士，旁边是拍卖行的古画修复师黄欣悦，大家感到奇怪的是，黄欣悦竟然是挎着丽莎女士的手臂进来的，那姿态似乎很亲热。

顾明晨连忙起身迎接，夏长风与周芬妮也起身示意。所有人的眼神出现了极其复杂的神色，猜不透下边会出现什么场景。

昨日，黄欣悦听到夏长风被通知去文道拍卖行开会的消息，夏长风很遗憾地说了很多次对不起，她已经隐隐猜到，这一定是顾明晨的手段，他是故意不让自己与夏长风见面，而且也会为难夏长风的。她想了很久，只有自己的母亲颜雪珊才会化解这个局面。

但是，以母亲的智慧，如果不说清楚夏长风的真实身份，怎么可能会答应呢？她无奈，只好去找母亲，将所有的一切都如实告知。

颜雪珊听得震撼不已，心疼女儿居然又陷入这痛不欲生的恶性循环里，她是过来人，自然知道那是一种撕心裂肺的感受。所以，她决定这一次要帮助女儿渡过这次难关，当然，还有事业。

所以她很淡定地说："大家都坐吧！"

众人一听，知道这气场强大的丽莎女士果然神通广大，只是露面说了一句话，就熄灭了那险些燃烧起来的火焰。

颜雪珊笑了笑说："我今天来，一是想聊聊我对这个项目对接中的一些建议；二是要向大家介绍一下我的女儿黄欣悦，她以后也会参与这次项目的一些工作。"

大家听到了黄欣悦的真实身份，全部都大吃一惊。

顾明晨控制住自己的情绪，看到黄欣悦的脸色平静，心中松了一口气。看来她们母女关系果然有了非常大的进展。如果可以得到丽莎女士的支持，一定可以说服黄欣悦加入这个项目。

"昨天我已经初步看了华光公司发来的邮件，对于这款月白色我非常喜欢，这个意境也符合中国画留白的传统意识，我看了一下时间，距离这场拍卖会已经不到两个月的时间了，时间非常紧迫，我们在法国整理的产品和现在文道公司拥有的藏品资源也算是比较理想，其中不乏非常有价值的名家作品。我有个想法，中国文化元素都有着独特的符号，国画、造纸、装裱、印刷、雕塑等等是有很大的借鉴与关联性的，不可单一来做评估，这也是中国文化里生生不息精神的体现，所以我想我们不如顺势而为。"

夏长风的眼神从头至尾都停留在黄欣悦的脸上，她的神色有些憔悴，明显是昨天没有休息好，他很内疚，可也无可奈何。与顾明晨的交往，是他的最大的掣肘，他要忌惮的太多,所以不得不牺牲她了。

颜雪珊看着夏长风,心中也在暗暗赞叹。这个年轻人神采俊朗、目光清澈,并不曾遗传他亲生父亲的影子,反倒积聚了一股始终向上的力量,这让颜雪珊的心情也颇为复杂。

夏长风看到颜雪珊气韵非凡,思维缜密,不愧为海外华商里的女精英,他心里很钦佩,于是很诚恳地轻问:"请问丽莎董事长,您的意思是要从买家的需求出发,还要发挥我们文化企业的引导作用,只要善于转换思维,就可以将劣势化为顺势,对吗?"

颜雪珊听到夏长风如此敏锐,心里又多了几分赞赏。她缓了缓神,继续说:"不错,我在法国也参与过多次这样的展示与拍卖活动,取得了很好的效果。只要我们将文化建立在'诚信'的基础上,就会得到对方的理解。现在我们将册页做成上、下两册,上册为名家名作成熟画框产品,下册为民间精品收藏,在纸张与外装上可以呈现不同的差异,这样虽然会影响我们的一些成交额,但是也会原汁原味地将中国文化呈现给世界。还有,只有对比,才会明白中国精神到底在哪里,不是吗?"

黄欣悦听得很明白,这是母亲在成就大局的同时,也给自己留了机会,但是她还是不想参与顾明晨与夏长风两人的对峙之中,这会让她很难堪。

不料顾明晨笑了,先鼓掌赞同:"这个办法实在是太完美了!"

周芬妮也很高兴:"很好,这样的话,时间也充足了。我们把下半场的装裱工作放在拍卖会之后,表面看会影响成交,但实际上却将项目时间延长了数倍,丽莎董事长果然有远见卓识,我们晚辈要好好向您学习。"

颜雪珊笑着说:"这也是我小时候看父亲裱画,他说选纸张要适宜,还要考虑后来的揭裱,要给别人留有余地。北方的糨糊是用淀粉熬制的,将来容易揭开。他说不要小看那普通的糨糊,奥妙都在那里,那是一个裱画匠师的心胸。我虽然学艺不精,却终于悟出这来自匠人的智慧,都是岁月磨砺中凝练的精华呀!欣悦,其实这个机会很重要,你成功完成这个项目,你就会在业界占有一席之位了,两全其美,何乐而不为呢?"

不料,黄欣悦忽然站起身来,低头避开母亲的眼神说:"对不起,我表姨父身体还没有完全恢复,我还要照顾两位老人的起居,家里还有很多画没有裱完,那都是表姨父的心愿，我不能再让他老人家失望了……我要先离开了……"

"欣悦……"

顾明晨与夏长风同时起身，呼唤着这个名字。

颜雪珊皱起眉头，只听到夏长风说："丽莎董事长，对不起，我也要先离开一会儿……"

周芬妮有些急了："长风，现在你不能离开，要以大局为重。"

夏长风没有停住脚步，推开会议室的门，冲了出去。

顾明晨深深呼吸了一口，抑制住自己心中的怒火，镇定地对颜雪珊说："您放心，我会安排好一切的。至于欣悦那里，我会想办法说服她的，她是个有理想的女性，现在之所以会拒绝这项工作，也是她对抚养她的家庭有责任心的表现，我很理解她，会帮助她渡过难关的。"

"好。"

颜雪珊欣慰地点头，她没有想到女儿这样决绝，内心颇为烦恼，但表面还是保持着优雅的风度。她看到和夏长风一起来的女孩子周芬妮脸色苍白，和自己一样，还是强自支撑着自己的意志，对每个人都尽到最大的尊敬。她从这个女孩子的眼神里看得出来，她很在乎夏长风，夏长风忽然离去，给了她极大的打击。

她看到顾明晨镇定自若地指挥着自己的员工做事，她心里已经明白了很多事情，也知道女儿该选择什么样的人了。这桩心事了了，她就真的毫无牵挂了。

周芬妮听到顾明晨的秘书小蒋说，其实他们昨天就发了邮件，肯定了他们初始方案的设计，还决定以后那些装裱用纸也由华光公司负责。周芬妮这才明白顾明晨并不是个意气用事的人，而确实是夏长风的误解。她让两个员工先回去休息，自己一个人开车回到公司。

公司已经粗具规模，也不断在承接很多大型文化项目，那些制作的纸品和人像依旧摆放在那里。纸是植物的另外一种生命转化形式，纸与人的融合是最富有生机的组合，想到丽莎董事长说的"生生不息"的概念，她似乎是懂了。

今天在文道拍卖行看到夏长风决然离开，她很想哭，在这种关键时刻，夏长风并没有选择和自己战斗在一起，居然可以抛下一切，去追那个女人。那个女人长相平平，也没有大公司的管理经验，只是一个毫无建树的小小古画修复师。现在虽然

333

有了弗兰克公司的撑腰，但是和自己比起来，还是逊色很多，为什么他就可以完全忽视自己的努力与存在呢？还有，他主张推广手工纸的同时，却要求工厂以后采取机械化的捣浆模式，只是为了更多更快地出产品，这不是就偏离了初衷吗？

她跌坐在自己的办公椅上，看着被无数幢高层遮住半阙的天空，白云变成了层峦叠嶂的山，一直延伸到天边。她不明白他了。开始觉得自己的选择是错误的，不知道自己还能坚持多久。

而此时，夏长风在路边一边追着黄欣悦一边气喘吁吁地喊着："欣悦，你等等我，听我说，好吗？"

黄欣悦仿佛没有听到他说话，更加快了脚步。

夏长风忽然用力跑上前，顾不得旁人诧异的眼神，一边抱着她的腰说："欣悦，你冷静一下，听我说好吗？"

四周都是路人奇怪的笑容，以为小情侣在吵架，装作没看到，便过去了。

黄欣悦只好慢下来，用手掰开他的钳制，转过身来，说："长风，不要这样。"

"欣悦，我想问你，你忘记我们在龙虎山说的话了吗？我们要始终走在一起，那些过往和我们无关，忘掉它吧！"

黄欣悦拢了一下碎落的发丝，很平静地说："有些过往是忘不掉的，我一想到我母亲曾经坐了六年监狱，一想到我表姨父为了守护对我母亲的承诺，现在眼睛都看不到了，一想到秋生哥就那样亲手毁掉自己最宝贵的青春和生命，我觉得我承受不起那种痛苦……我母亲可以不计较，可是我每天面对着表姨父就有一种内疚感，都是我们家拖累了他……现在，我懂了，他最放不下的就是他的裱画技艺得不到传承，可我只是一个名不见经传的小小国画修复师，还难以承受那些过重的压力，你让我怎么能不焦虑……"

夏长风站直了脊梁，悲愤地说："我以为你只是为了仇恨而不想见我，我曾经想过，我可以用我的一生来爱护你，来补偿那些缺憾，可是你就为了一个不相干的人，为了那个裱画师，甘愿放弃我吗？"

"我没有放弃你，我只是不知道该怎么面对你？还有，他不是不相干的人，是我的表姨父，不，是我的养父、是传授我技艺的恩师，他现在生活不能自理，还惦记着那些没有做完的工作。现在唯一的女儿负气出走，还没有踪影，我想，我此刻最应该做的就是陪伴他们。"

夏长风哀伤地叹气说："那我呢？你答应我的事呢？其实，我们可以放下一切，离开这里，到新加坡，到美国，到澳洲，只要你愿意，我们可以冲破这一切藩篱，走向幸福和光明的。"

黄欣悦听到夏长风说了这些话，心里极度失望，他并不懂得自己的心意。她神色黯然："如果我过去说得不对，做得不对，请允许我向你道歉，但是，现在我真的不能离开，还有我们的造纸术还没有完全成功呢！"

夏长风摇头，退了几步："欣悦，现在我真的都不认识你了，你这个混乱的样子太可怕了，这不是真正的你。"

"是的，当我看到我表姨父躺到地上的那一刻，在我见到亲生母亲的那个瞬间，我才知道我要的是什么，对不起，我辜负了你！"

夏长风忽然笑了，从上衣口袋里掏出那枚戒指说："我等了你很久了，你却为了别人要留下来，要彻底忘掉我们的过去吗？"

"不，不是忘记，恰恰相反，我们在一起的快乐时光我都记得，但是我心里始终有个声音告诉我，我还有很多事情没有做完，这个时候，我不能离开这里，不能到任何地方去。即便是身体离开了这里，但是魂还会在这里。我母亲就是个最好的例子。与其在海外漂泊心心念念着自己的祖国和亲人，还不如跟着自己的心，去找寻属于自己的一番天地。"

"欣悦，你变了。"夏长风的笑容里掺杂着一丝绝望的气息，"是那个顾明晨改变了你吗？他能给你要的心安与幸福吗？"

黄欣悦听到这句话，心头犹如在黑暗中挤入了一束光线，渐渐地，漫天的星光袭来，打在她的神魂深处，这令她的心脏莫名剧烈跳动起来。这句话好熟悉，从龙虎山回来，在机场上，顾明晨就问过自己这句话，难道这就是男人试探对方心意的方式吗？难道从那个时候他就对自己有想法了？是自己变了吗？

她脑海中忽然想起了顾明晨与自己在一起的那个夜晚，想起他酒醉后的呢喃絮语，想起他给表姨父打洗脚水的毫不迟疑……天哪，竟然是因为他对自己的情意已经到了深不可测的地步了？

她想到这里，腿有些发软，她看到一辆出租车驶来，便招手，车缓缓停了下来。

她上了车，对司机说："往前边一直走，快。"

车飞速行驶起来，她似乎听到后边传来了夏长风的声音："黄欣悦，你留下来，留下来，不要走……"

她的耳朵里不时传来"嗡嗡"的声音，这种忽然而来的震撼使她大汗淋漓。她的手指有些颤抖，给母亲回了一个信息："我没事，我只是需要静一静。"回到任家，她也没有和表姨、表姨父打招呼，就径直走到裱画室里。也不知道从什么时候开始，这里也几乎成了自己避开一切烦恼与忧虑的港湾。

她就这样呆坐在表姨父以前坐的椅子上，看着窗口，一动不动。

刘淑惠似乎看出她有些异常，想到她今天去了拍卖行，一定是发生了什么不可预估的事，所以不敢打扰她，只是把一碗冰糖荷叶粥放在桌子上，就悄悄离开了。此刻，她真的不想说任何话，只等待夜色降临，月色阑珊，仿佛唯独在此时，看着清风明月，才可以穿越到一个没有人的地方，将自己许多日子来的愚蠢、尴尬与浅薄全部掩藏掉。

她以为，顾明晨是个和自己距离很遥远的人，她从来没有想过他可以这样真实地袒露一切，只是自己太迟钝了，现在才明白他的想法。

夜色中传来一缕缕浓郁的香气，为这清淡的夜晚增添了很多旖旎的想象。她觉得自己的脸火烧火燎起来，汗水湿透了衣衫，会度过一个不眠的夜晚。

草木皆有情，裱画师也是有情感的，在接受这些字画里传递出来的美好的时候，又怎么可能不被感染呢？

第二十六章
似水柔情

  北京的夜晚妖娆迷人，街道上、酒店里霓虹璀璨，川流不息的车辆与行人都化为这座城市最温情的符号。池宇航和几个很久没有见的老朋友小聚一次，喝得醉意蒙眬，与朋友一一告别之后，他提着手包准备离开。

  这时，有侍者前来请他去隔壁包厢一趟，说有他的朋友等待。池宇航想了想，一定是刚才那家伙不想走，还想再喝两杯，才故意来搞这个恶作剧，于是便毫无戒备地走进包厢。

  推开门，他眯着眼睛，略略带着几分兴奋，朝里边望去。对面的椅子上是一个美丽佳人的背影，一头漂亮漆黑的波浪卷长发披散在肩上。这种意料之外的惊喜让池宇航兴奋起来，他指着那女人嚷着："任婷，你……什么时候回来的？你到……哪里去了？"

话音未落，就听到"哗啦"一声，一盆水泼了下来，还散发着令人作呕的臭气，他顿时觉得腹中的食物剧烈翻涌出来，不由打了几个嗝。他弯着腰，气得气喘吁吁，大声质问："任婷，你这是要折腾死我吗？"

只见任婷抱着双臂转过身来，她的脸色苍白，完全没有了以前青春靓丽的模样，她恨恨地说："池宇航，你看我现在这个样子，都是你干的好事！我今天这一切都是拜你所赐，我一定要全部讨要回来！"

她说完，就拿着一根棒球棒朝池宇航用力打了起来。

"你疯了吗？"池宇航一边跳着，一边想躲开这个暴跳如雷的女人，但是他拧了一下门，竟然被锁上了。他只好绕着桌子，跑着，躲避着。

任婷不依不饶地追着不停地打上去，纵然池宇航跑得再快，也不得不挨了几棍子。他一边号叫着，一边说："来人呀！救命呀！有人要杀人了！"

任婷跑得有些累了，索性将棍子往桌子上一放，坐下喘息了几下，不屑地说："这里的领班是我的熟人，你就是喊上三天三夜，喊破天也不会有人理你的。"

"我说任大小姐，我怎么得罪了你呀？这是要对我斩尽杀绝？"

任婷"哼"了一声，说："我打的就是你这个刘诚伟的狐朋狗友，你说，他到底去哪里了？"

"什么？"池宇航想到任婷消失了这一个月，发生了很多事情，难道居然和那个"纨绔哥"刘诚伟混到一起了，忽然不寒而栗，"你和他在一起？"

"在一起又怎么样？他英俊多金，为人坦荡，有什么不好，总比你这个见利忘义的人要强百倍！"

池宇航指着自己的鼻子苦笑："你说什么？我见利忘义？刘诚伟那个坏东西就是这么描述我的吗？"

"怎样？难道还冤枉你了？"任婷瞪了他一眼，将棒球棒搭在自己肩上说，"你给解释一下吧！"

池宇航叹气说："他一直就是个蹭饭的，你懂吗？蹭饭的，他家的公司破产了，可是他自小就习惯了衣来伸手、饭来张口、纸醉金迷的生活，所以也不肯掉下身价出去打工，就靠着到几个旧友家里蹭吃蹭喝，现在听说他惹了些事，已经不知道跑哪里躲着去了。你看，现在可和我没关系……你可不要把这些账都算到我头上……"

任婷听了这些话，脸色由白转红，忽然又拿着棒球棒朝池宇航追了过来，池宇航捂着头跑着，哭丧着脸说："我怎么越说你越打呀？我这不是还来不及和你说，你就不见了嘛！"

他还想再争辩些什么，就觉得肩膀剧痛起来。任婷的棒子已经又开始打向他，她没有哭，只是用力打了几下，然后就呆呆地坐在椅子上。这神情更加吓坏了池宇航，他搓搓自己身上的疼痛点，又开始说："你别这样，你这样可就吓死我了，吃过饭了没有？我请你吃饭。不然将来老顾知道了，肯定会打死我的。"

"拍卖行现在有什么动态？"任婷想知道自己离开这么久了，顾明晨是什么态度。

"这个呀！"池宇航摸了摸自己还有些疼痛的脖子回答，"我也是好奇老顾最近的怪异举动，后来看到他为了那个叫黄欣悦的女人可是颇费心思，这才知道原来他喜欢上人家了，不仅仅如此，简直可以说是痴恋呀！那个女人的母亲听说是现在老顾合作的法国公司的董事长，这可是"小家雀忽然变成金凤凰"了。那幅老顾一直很在意的古画真迹居然也冒出来了，听说老顾像宝贝一样藏着，我从来没见过他这种走火入魔的状态，可真是开了眼了……"

他还没说完，就听到一个恶狠狠的"滚"字从任婷的口中蹦了出来。

他急忙跑到门口。很奇怪，这次门一拉就开了，他连忙逃了出去。他知道顾明晨找任婷已经很久了，但是他不敢见顾明晨，还有帮着华光公司融资的事情，他也无法向顾明晨交代。思考片刻，他还是决定"三十六计，先走为上"。

任婷静静地思考了很久，觉得自己最多也就是旷工，大不了就离职，没有理由总这样躲着。明天先去做一下头发，化个美美的妆，再换上一套精致的套装，先回拍卖行一趟。

摩天大楼，旋转门。匆忙的人们在熙熙攘攘的生活里寻找着自己的价值。任婷穿着一身剪裁得体的紫红色职业套装，蹬上一双同色系的高跟皮鞋，对着那半透明的玻璃看着，里边的女人五官精致，浑身上下都很得体适宜。她满意地抿了一下嘴唇，迈开脚步，朝里边走去。

在拍卖行工作久了，也懂得这个紫色是最富有魅力的色彩之一，它有着"紫气东来"的内涵，也有着对未来的美好憧憬。她和以前一样旁若无人地从门口进来，朝电梯走去。

电梯里遇到几个熟悉的员工，她们惊讶地张大了嘴巴，但并不敢说些什么。她不屑地笑了笑，等着电梯到了办公楼层。

电梯停了，她出来，继续转过右侧走廊。

"任总监，您回来了？顾总一直在找你。"此时，小蒋刚刚从保险柜里取出那幅《疏林寒绿图》，今天摄影师来专门拍摄这幅画，说是要在拍卖会展示。她看到任婷，心里很高兴，连忙迎了上去。

任婷故作镇静，点了点头："我知道，今天先来公司看看，拿些东西，我会亲自和顾总解释的。你这手里是什么？"

小蒋"哦"了一声，回答："这是您家那幅《疏林寒绿图》，现在已经被法国弗兰克公司董事长拍到了，这次拍卖会只是展示，不做拍卖品了。这些事说起来还真是离奇，咱们公司的古画修复师黄欣悦居然是丽莎女士的亲生女儿，这幅画现在可是人家的了，人家摇身一变，可就不是以前的身份了，现在可是豪门闺女了，咱们就是连人家一个角都比不了。"

任婷冷冷看着那幅画，心中的火焰已经燃烧起来。来这之前，她偷偷回了家，想探听一下父母的态度，但是她刚到了门口，就听到母亲百般逢迎的声音："哎呀，顾总呀，您看，这都是我们家欣悦不懂事，您这样一片诚意，她还不领情，您可千万别生她的气！她还在裱画呢，说是不能被人打扰。赶紧的，您先进来歇歇，先喝杯茶，这是她表姨父舍不得喝的明前龙井茶……"

然后就是听到顾明晨谦让的声音："您别客气……"

任婷听得有些心酸，不知道从什么时候开始，母亲也不惦记自己这个亲生女儿了，反而一口一个"我们家欣悦"了。她愤恨地跺了跺脚，立刻离开了。

"这画在我家放了十几年，说实话，我还没见过它呢！可以让我看看吗？"任婷故作镇静。

"您看当然可以，我现在去趟卫生间，您可快点看，等我回来就得赶紧拿过去了。"

任婷点头，看到小蒋离开的身影，慢慢打开那盒子，取出里边的画看起来。这画水天相接，林木俊秀，墨色浓淡相宜，果然名不虚传，但比这原画更加出彩的则是它的装裱，它采用的是典型的宣和装，其天头用绫，瓣后隔水用的黄绢，尾纸白色，加画身共五段，工艺熟稔，是出类拔萃的装裱技艺。她低头闻了闻，一股淡淡的墨纸掺杂着淡淡的香气而来。

她知道这是乳香的气味。小时候她虽然不喜欢去药店，但是这个味道伴随了她二十多年了，怎么可能忘记？父亲熬制的那款糨糊有着自己独特的配方，这乳香不仅可以用来裱画，还有防虫的功效，最重要的是可以将那股陈年的腐纸气息掩盖掉，让它散发着优雅的气质。她成年以后，才渐渐懂得了父亲的苦心。想起还没有见到父亲，她有些遗憾。

父亲和母亲不同，他虽然固执，但心是豁达的，他甚至从来不计较母亲的琐碎，也只是善意地提醒她的很多不妥之处，对于孩子会教导，但绝对不会用暴力。母亲则相反，虽说也护着任鹏，但任鹏一次将她辛苦制作的辣酱坛子打碎了，母亲拿着竹竿追了任鹏一下午，直到累得喘不过气来才停止。她猜不到她不在的这些日子发生了什么，也不明白母亲为什么忽然变了心境？她心里实在是不舒服的。

她想了想，便拿起那画撕了起来，很快那些碎片就飞到各个角落，她闭上眼睛笑了起来。这个世界已经不需要自己了，公司、家里还有自己想嫁的男人，都不见了。她过得很失败，难道就看着黄欣悦那个丫头骑在自己头上吗？不，不可能，她最后扔下那碎纸片，用自己的高跟鞋狠狠踩了几脚，她想将所有她不喜欢的都彻底毁灭。

她就这样，歇斯底里地笑着，在众目睽睽之下走出了拍卖行。

小蒋回到办公室里，看到四处飞扬碎裂的纸片，惊恐地捂着脸哽咽起来，过了很久她才回过神来，颤抖着拿出手机，拨通了顾明晨的手机号。

此刻，顾明晨还在任家等着黄欣悦送走最后一个人，他看到她终于闲暇了，刚准备说话，听到手机响了，他看到是秘书小蒋打过来的电话。

"什么？你再说一遍！任婷，她从哪里来的？为什么要毁了《疏林寒绿图》？好，我知道了，我马上回公司………"

黄欣悦与刘淑惠都听到了"任婷"的名字，均是一怔。

刘淑惠终于醒悟过来，连忙带着哭腔对顾明晨说："如果我家任婷做了什么错事，您一定要法外开恩呀！我已经没了儿子，闺女再出事，我可就不活了！"她说着，人已经跌坐在木椅上。

黄欣悦也脸色严肃地看着顾明晨，她不敢相信，好不容易有了任婷的消息，居然就出了这样的事。

"对不起,我要先回公司……"顾明晨的神色也很紧张,他看了黄欣悦一眼,什么都没有说,扭头便朝外走。

黄欣悦终于回了神,她匆忙解下自己身上的围裙,安抚刘淑惠说:"姨,您放心,在这里守护好我表姨父,我去看看。"

刘淑惠哀求地看着黄欣悦,说:"孩子,拜托你了……"

黄欣悦看了一眼屋里,此刻还是表姨父休息的时间,她又重复表达了一下自己的决心,让刘淑惠安心:"姨,您放心,我一定会帮任婷的。"

说完,她匆匆忙忙朝外,一路小跑,追着顾明晨喊了起来:"顾明晨,你等等我。"

顾明晨到了自己的车前,犹豫了片刻,终于说了一句:"上车吧!"

这一路,黄欣悦没有说话。她不敢说话,她心里知道这是件大事,暂且可以不考虑这画的价值,她甚至可以游说母亲颜雪珊放弃对任婷的追责,但是之前已经给众多的业内人士、收藏家、鉴赏家甚至海外市场相关人士发了这幅参加展览的古画,如果这件事传了出去,就表示文道拍卖行的安保和内部管理出了问题,有可能毁掉这个项目。

果然,到了公司,保安已经封锁了拍卖行的大门,主要部门的管理人员全部到场,小蒋哭得稀里哗啦,连话都说不清楚了:"顾总,都是我的错,您骂我吧,我就去了一趟卫生间……我以为任总监是回来取东西的,就很放心地把画交给了她……可是没有想到就变成了现在这个样子……"

顾明晨看现场很混乱,纸屑到处都是,双手叉腰,气得要吐血:"你们都吃了迷魂药了,不知道这幅画的重要性吗?安保怎么做的?就一个人负责一幅画吗?"

立刻听到保安经理回答:"对不起,顾总,这画是由于要补拍照片才重新被调取出来的,您之前也是同意的,我们一直在门外……也不曾离开,刚才监控录像里看到,确实是任总监做的……没有您的命令,我们也不敢强行将人扣押……"

"什么?听你一说,和你没有关系是吗?我千叮咛、万嘱咐,你们都当耳旁风了,还是就当我是个屁!你……你……还有你,现在立刻写辞职信……滚蛋……"顾明晨指着四周惴惴不安的人们,破口大骂起来。

黄欣悦看到那些画纸片似乎都还在屋子里,连忙挥手说:"让不相关的人全部离开这里,小蒋你留下,帮助我把这些画纸片都找回来……快……越快越好……"

顾明晨听她这样说，忽然意识到了什么，立刻安静下来，指挥着四周的人都退到外边，自己则亲自帮着黄欣悦开始找那些碎纸片。

黄欣悦皱着眉头看着自己身边的几张碎片，那上边明显有任婷的尖锐指甲的划痕，那些林木被拦腰截断，水也成支离破碎的"镜面"，状态非常不好。就这样过了将近两个小时，才陆陆续续从柜子顶上、桌子下边还有鱼缸里、花盆里找回那些碎纸片。但是遗憾的是，最下边的一处还缺一个小小的角。

四处都寻找过了，还是没有。

顾明晨很生气，转身到外边，对一直等待的员工们说："今天的事情，我希望大家保密。至于我们公司怎么处理这件事，我会和主管经理开会讨论。还有，去找律师来，任婷太任意妄为了，几乎要毁掉我们文道拍卖行所有人的辛苦付出，我不能饶过她，我要起诉她，让她负法律责任。"

黄欣悦听到这句话，立刻放下手里的画屑，对小蒋说："麻烦拜托找人看护好，这些画纸一点儿都不能少。"

小蒋点头说："放心，我会的。"

黄欣悦抬头，看到顾明晨已经带着几个人怒气冲冲朝楼上走去，她急忙追了过去，恳求说："顾总，拜托你不要起诉任婷，我答应你，我会配合这个项目，完成你交代的任何工作，你让我到哪里我就到哪里，只要你不起诉任婷。还有，我会说服母亲不再追责，我还会在最短的时间将这幅画完全复原，请相信我！"

顾明晨听到这些话，停下了脚步，看着黄欣悦那涨得通红的面孔，摇头说："黄欣悦，我费尽心机，都得不到你的首肯，现在你为了一个毫不珍惜你的人却肯低头来求我，让我该说你什么好？"

黄欣悦急切地回答："她是我妹妹，我一定要帮她，可以吗？如果你说这是我参加项目的条件，我也是认同的，我也可以不要一分钱的裱画费，只要你答应放过任婷，给她一次改过自新的机会……"

顾明晨无可奈何地看着她，她的脸上泪痕犹在，眼睛里的焦虑和担忧随着那不停扇动的睫毛流露出来，他很心疼，但在众目睽睽之下，也想不出自己该做些什么，只好放弃和她说话，但是她很执拗，就这样一直跟着他到了办公室。

顾明晨示意其他人暂时离开，只留下黄欣悦一个人。

她还是不肯罢休，对顾明晨哀求："我知道这样有可能会给拍卖行带来很多负面影响，但是任婷她只是一时糊涂，并不想损毁拍卖行的利益。我承诺，我会尽我所能来挽回一切，请给我这个机会。"

顾明晨的心情平静下来，他的声音也低了许多："好，只要你按照我的要求去做，我就考虑一下是否撤销对任婷的起诉。"

"您有什么要求都可以告诉我。"

顾明晨的手指在腮帮上戳了几下，说："从现在开始，你要用全部的精力完成拍卖行现在所需重新装裱的字画，你可以不到公司报到，但是必须每天都要向我汇报你的个人情况，我要随时掌握你的动态，确保拍卖行的顺利交易。还有，你要全力以赴专心工作，没有我的允许，这两个月内不可以与他人会面，可以做到吗？"

黄欣悦咬着嘴唇回答："我答应你。现在我要去找回那些画纸，避免更大的损伤。"

顾明晨点头。听到黄欣悦这些话，不知道为什么，许久以来一直留在心头的空洞瞬间被一股奇异的力量填满了，他的怒气早已经烟消云散。他没有想到，自己千方百计想要的都没有得到，偏巧这一幅画毁损了，却柳暗花明，得到了她的同意。他甚至想，即便这幅画所有的损失都由自己来承担他也愿意，只要她站在自己这一边，只要她不去见那个夏长风。

黄欣悦转身离开，她走得很快。刚才看到右下角缺少的部分是一块非常彰显作者绘画功力的地方，如果真的丢失，可就是一件非常可怕的事。她匆匆回到原来的地方，看到小蒋还守护在那里。

果然，整个屋子里都寻遍了，还是找不到它。小蒋也折腾一天了，累得直打哈欠，黄欣悦便说："你回去休息吧！我再找找，说不定有奇迹出现。"

小蒋很担忧地说："我陪你吧，都是我的疏忽，才导致这样的结果，请留下我，让我在这里。"

黄欣悦觉得很感动，正想说什么，忽然听到一个熟悉的声音传来："小蒋，你先回去，我留在这里。"

小蒋看到顾明晨脸色铁青地站在旁边，小声说："顾总，对不起，我……"跟随顾明晨也有一段时间了，她也了解顾明晨的脾气，知道他是个说一不二的人，所以便悄悄转身离开这里。

顾明晨看到黄欣悦还在低头寻找,那些不起眼的角落她都不肯放过,窗口那两大盆仙人掌的缝隙里,桌案上的一只鱼缸里也捞了一遍,但是还是没有。她皱着眉头,仰头看着屋顶上的灯具,那是一组颇有设计感的北欧风格吊灯,材质为磨砂玻璃,是椭圆形、方形、飞碟形、鱼形的组合,灯口处都有不易察觉的凹槽。

只见她想了片刻,似乎决定要去探寻一下。她取了一把椅子,上去试了试,还是觉得有些低,于是又找了几本厚书,放在上边,自己便毫不犹豫地站了上去。

这是一场危险的游戏,从她开始执行的时候,顾明晨就感觉到不安。果然,那些书并不稳,随着她身体的重心转移发生了偏移,他眼睁睁地看着她摔了下来。在千钧一发的时候,顾明晨不知道自己怎么有那么迅速的决断,他冲上前抱着她倒了下来。

他的视线就这样与她相接,她的额头冒着汗珠,瞳孔里呈现着深不见底的惶恐与懊悔,温润的嘴唇欲言又止,露出洁白的牙齿,令他的怜惜与爱慕之心越发不可阻挡,他甚至感受到她的呼吸。于是,他身体里的热血开始涌动,他有着想深深吻下去的冲动。

"阿嚏……"此时,她似乎被什么东西刺激了,大大打了一个喷嚏。

就在顾明晨发怔的瞬间,一朵小小的白云,旋转着,飘飘悠悠落在他的手臂上。他刚看了一眼,就看到黄欣悦欣喜若狂地抓起它,快速起身,喊着:"谢天谢地,终于找到了,就是它。"

顾明晨看到她把那纸片放到右下角,一幅带着裂痕的《疏林寒绿图》终于呈现在面前了。

只听她有些小小的喜悦说:"太好了,幸亏没有被虫子蛀蚀,没有发霉,也没有缺少主色。只是撕裂,我想应该还是有很大的希望可以复原。"

顾明晨扭转了脸,掩饰着自己还有些发热的脸,说:"走吧,我送你。"

"送我?"黄欣悦疑惑地问。

"你现在可是带着几千万身家,我不送你,难道你就这样回去?"顾明晨说着,找了一只小保险箱,让她把画放好,自己提起来往外走。

黄欣悦默默跟随在他身后,似乎也不敢再和顾明晨对峙,这让顾明晨感到很满意。两人出来,才发现夜色已经很深了。时针已指向十一点。

今日的空气很闷，似乎有雨要来临了。顾明晨也担心这画，于是他又深踩了一脚油门，朝前开去。

他亲眼看到黄欣悦进了门，这才离开。她完全不知道，她对他的影响力太大了，别说不起诉任婷，就算让自己用命去抵那幅画，他都愿意去做。

黄欣悦提着箱子，以为表姨和表姨父已经睡了，忽然觉得屋子大亮起来，只见表姨扶着表姨父站在门口，看着她手里的箱子，眼神都是质询。

她知道无论如何都瞒不过去了，只好默默打开箱子。

刘淑惠看到那画的时候差点叫出声来："天哪，这都是那个死丫头干的？我……"她刚想号哭，似乎又想起来什么，赶紧看了看身边的丈夫。

任文良扔了手里的拐杖，伸出手，慢慢摸索到箱子里，轻轻地摩挲着那纸片，一行浊泪悄悄流下。这是和他的大半生紧紧相连的东西，是他的灵魂寄托，这毁损的可不只是一幅古画，还是他的七分魂魄。

黄欣悦上前扶住他摇摇欲坠的身躯，郑重地说："表姨父，您放心，还有我呢！我会把它重新复原。这些年了，我想即使您看不到，但其实它的每一道笔画都已经印刻在您的头脑里。从明天开始，我就开始恢复它，您只要坐在旁边，指点一二，我虽然不敢说可以做到天衣无缝，但是我相信，只要您在我身边，我就不会失败。对的，不会败……"

刘淑惠听了这话，终于遏制不住，捂着嘴抽噎起来。任文良则是深深点头。

黄欣悦小心收起画作，自己从来没有准备好真正开始独立完成这种名贵古画的修复，但是机缘就这样来了。难得的这一次，她不知道从哪里来的力量，居然没有丝毫惧怕。

夏日的清晨，还是很清爽的。这是一天之中最令人舒适的时辰了。

黄欣悦睡不着，早早醒来，就想去厨房里帮助表姨和表姨父做些早点，但是她发现表姨与表姨父比她起得更早。

"欣悦，起来，前些日子，我把以前家里那个老煎饼锅找了出来，今天给你们做了黑米煎饼，尝尝看，一会儿你们都吃饱了好干活儿。"

表姨的手艺果然是一流的，那煎饼的模样很饱满，外边露出了蛋黄与葱花的鲜亮色彩，还散发着淡淡的香菜味儿，表皮隐隐露出几粒黑色的芝麻。这食物是家常的，但是也散发着最令人陶醉的气息。

她拿起来，轻轻咬了一口，唇齿留香，味道很正。

"好吃吧？你姨的手艺还能有错？"刘淑惠拿着刮刀清理了一下锅面上的面粉残渣，那刮刀的样子很熟悉。

那不是表姨父常常用的工具刮刀吗？表姨父用来铲墙皮上多余的糨糊，黄欣悦的眼神终于提醒了刘淑惠，她摇头说："这刀都用酒精擦过了，干净得很。再说了，不干不净，吃了没病。"

黄欣悦看到不远处的表姨父表情很不满地看着表姨，心里觉得好笑。这在两个人之间，是最常发生的故事，她已经见怪不怪了。现在这份感觉竟然让她觉得很温馨，这才是最亲密的家人，即便是吵吵嘴、闹一闹也不过是些悦耳的声音，凭空增添了很多情趣。她想了想，便毫不犹豫地咬了一大口，香甜地吃了起来。

"欣悦呀，我觉得你应该去拍卖行上班，你还这么年轻，就守着我们两个老家伙，什么时候是个头？应该多出去见见世面。"刘淑惠一边忙乎着，一边还在感慨，就这样让欣悦闷在家里干装裱的活儿是不是就将那么美好的青春埋葬了？她还想着颜雪珊会不会哪天又来替女儿申诉，想起来还是觉得心里有些不安。

"咣当"一声，这时，任文良的拐杖倒了下来，他又开始自己用手摸索起来。

黄欣悦正想去帮忙，但是被刘淑惠拦住了："你表姨父的意思你还不明白？他不想把自己当废物，他要好好锻炼，想让自己早点和个正常人一样，我们可得成全他。"

黄欣悦听了这话，只好停止了脚步。

这时候，听到外边传来敲门声。黄欣悦打开门，竟然看到两个二十岁出头的年轻漂亮的姑娘。

她们抬着一只大木箱子到了院子里，其中一个长发的姑娘对着黄欣悦恭敬地说："黄老师，您好，我们是文道拍卖行派来给您做助理的。我叫胡菲，她叫朱丽。顾总担心这里缺少裱画的纸张，派我们准备了很多纸品供您挑选，还有，您需要我们做什么就尽管说，顾总说从现在开始，我们两人就在这里上班直到项目完成，将来如果有需要，就继续留下来。"

黄欣悦啼笑皆非，顾明晨的招数简直是防不胜防。

刘淑惠倒是非常满意："还是人家顾总有见识，想得周全。先前拿来的这几幅画，你表姨父已经指挥着我都给放好了，我还想，这么多画，缺很多纸张，得什么时候才能裱完呀？这不耽误事嘛，现在这两个姑娘从天而降，还真是好呀！"

　　黄欣悦也无可奈何，想到拍卖会的日子越来越近，也只好先这样。

　　任家很少这般热闹过，屋子里边到处是药材、字画；屋子外边也搭上了一张大桌子。任文良就坐在中间的太师椅上，笑眯眯地"看着"两个姑娘一个熬糨糊，一个裁纸。

　　屋内，黄欣悦用水将那幅画喷湿了，将那幅《疏林寒绿图》小心翼翼重新摆放了一遍，碎片将原来的气势全部破坏了。她想，表姨父是这幅画真正的鉴证与使用者，他临摹了它很多年，画中一草一木想必已经植入到他的心里。她觉得，只要表姨父在旁边，她就有信心将它完成。

　　就这样，她和两个年轻的助手，度过了生命中最充实、饱满的日子。而任文良始终含笑"看着"她们，他的心里可以感受她们的每一个动作，毕竟那是他大半辈子的营生。

　　顾明晨悄悄来到任家的时候，看到黄欣悦与两个助手正忙得不亦乐乎。

　　炎热的夏天似乎更加猛烈地催生了人们的幸福感，毕竟这是一种温暖的感觉。黄欣悦忽然觉得自己的每一步操作竟然异常平稳，没有先前的那种生涩与担忧。每次做到关键时候，表姨父就会用手比划着，她们猜着，猜对了就会"哈哈"一笑，这个院子里竟然不时传出几个姑娘的笑闹声。颜雪珊中途也回来看过几次，她不想再限制女儿的人生了，女儿觉得快乐、饱满就是母亲的幸福。

　　刘淑惠对颜雪珊的态度是一反常态，似乎要把以前很多年的疏离全部都找补回来，屡屡留她吃饭。颜雪珊却之不恭，也怡然享受这份亲情。

　　时光就在这种饱满的劳作中不知不觉过去，黄欣悦看到那幅画居然就这样一点点神奇地复原，而那些接缝和缺少的色彩也被一点点补上，小时候对书法和绘画的练习竟然使得她对修复这幅画有了如鱼得水的感觉，修复很顺利，眼看着这幅画的装裱工作已经接近了尾声。

　　这种感觉很奇特，有了表姨父的督导，她竟然奇迹般地独立完成了。但是，她看到表姨父用手打着一个怪异的符号，她看了几次并没有看懂。

　　"什么？"

任文良又比划了很久，黄欣悦看到他画的是一个圆，忽然醒悟了："钉绦圈？"

胡菲与朱丽也是一头雾水，不懂得任文良的用意。

"我表姨父说，绦圈就是装在天杆上用来系画的绦子，这个非常讲究的。古代用金银做的，我们这里是用的铜丝，"黄欣悦一边示范着，看着两个姑娘学得非常认真，也非常开心，"这幅画的大小尺寸是可以用来做中堂的，因此不论幅度宽窄，天杆上都要钉四个绦圈……"

黄欣悦看到任文良满意地点头，于是继续说："下一步就要粘天杆，还有地杆，这些都是非常精细的地方，尤其是地杆是否得法关系着画幅边际是否整齐。然后，要将绦子头折三四寸成双根，绦头靠里边塞出左边第一个绦圈两寸，将双头伸进绦圈外边拉紧，用靠外边的那根长绦，穿往其他绦圈，拴后边圈的结，要与左边的结相同，最后要用绢条把两根并排的绦子头封粘住……"

顾明晨进入院子的时候，看到腕表上的时间是四点五十分。阳光的炙热已经渐渐褪去，厨房里也传来煎鱼的香味，任文良眯着眼睛，一动不动，似乎在打瞌睡。三个姑娘的头凑在一起，正在探讨着什么。

黄欣悦显然很享受这种劳作的成功与饱满，这个时候的她对于顾明晨来说，浑身散发着摄魂夺魄的美丽。她生气也好，快乐也好，总是能让顾明晨心底的浮躁一点点降下来，他非常珍惜这种时刻。

他并没有打扰她们，只是来看看就走。今天晚上他还约了一些特别的客人，就是上次从任家找到的那些老主顾的联系方式，他让秘书小蒋打了电话，请各位到大董烤鸭店相见。他了解任文良，也了解黄欣悦，现在他们最大的困扰是，由于承接了这些工作，会影响原来主顾的委托，这也是黄欣悦迟迟不愿意接受工作的原因。

他其实为她感到骄傲，她是一个知恩图报的女子，这份责任感与担当会使她逐渐成长起来，而他与她也要彼此扶持，才能够打开一条成功之路。

他笑着，放下一大束红玫瑰悄悄出来。

顾明晨觉得自己很幸运，他为每个人都准备了礼物，把这次国际拍卖项目的长远意义进行说明。大家虽然是有些不满，但是最后还是顾明晨的诚意打动了大家，大家纷纷表示了理解，并愿意将自己的字画修复延后。

黄欣悦并不懂得发生了什么，只是觉得任家近来很多事都心想事成，居然有很多以前的老主顾打电话来,说自己的字画不急着装裱,让他们慢慢来。她觉得一定是顾明晨做了什么,还有,那些玫瑰她很喜欢,她闻着那香气的样子,还遭到了表姨的打趣。但是,她真的不可否认,自己对那玫瑰的喜欢。俗也好,雅也好,闻了一整天糨糊的味道,这种香气真是令人惬意。他竟然这样懂她。

第二十七章
心安勿忘

华光公司总裁办公室里，周芬妮刚刚与自己父亲通过电话，证实了一直存在自己心中的疑惑，这令她忧心忡忡，她甚至开始重新规划自己的事业版图了。她很想找夏长风谈一谈，但是他并不在办公室里。

最近公司的业务开始繁忙，他们不得不常常加班，她与他虽然天天相对，却还是没有得到他的任何怜惜。她四处找了找，忽然想起他最近常常独自去天台一人静思，心想他也许在那里，便也爬了上去。

果然，在夜色中，最高处有一个孤独的背影，他喝了不少酒，静静地坐在那里。

"长风，我们可以谈一谈吗？"

夏长风点头，但是又喝了一大口酒，浑身的酒气很浓烈，让周芬妮很是不满，她夺过了他手里的酒瓶。

"长风，你有没有想过，我们其实有办法在保留现在事业的基础上，再做一些更有意义的事。其实，国内现在的文化事业蓬勃发展，有很多商业经营，比方像顾明晨这样的人中龙凤，都可以把这些事业做得很好，而我们也有自己的资源，在东南亚国家，有很多华人，也有很多其他喜爱中国文化的外国人，他们都非常关注中国纸的发展，我们为什么不利用自己的优势，在这些圈子里做专门推广呢？"

她看到夏长风没有回答，忍住了压抑在心头的另外一句话，试探着说："还有，也许我们的亲人需要我们留在他们身边呢？难道你真的不考虑？"

"不要和我提那个人，是他一直在和我争夺，可是我还不得不为他做事，我现在很悲哀，我甚至不能去见自己想见的人，我有什么用？"

周芬妮听得有些气恼，她晃动着夏长风的身躯说："长风，你醒醒吧！是你的，不用抢就会来到你身边；不是你的，再勉强有什么用？我们都不是小孩子了，不要这么意气用事好吗？和我一起回新加坡吧！我们重新开始我们的事业规划，一定会出人头地的。"

周芬妮并不知道，这句话击穿了夏长风隐藏在心头的隐痛。他曾经就是这样恳求黄欣悦与他一起回新加坡的，却遭到了拒绝，现在他听到了同样的话，感觉自己的头几乎要炸裂。那些酒精的刺激令他更加觉得难以遏制。他狠狠推开了周芬妮，狂躁地说："要走你走，我不走！我不甘心，不甘心……"

周芬妮没有控制好自己的脚步，退得有些急乱，摔倒在地上，她气怒交加，摸了摸疼痛的膝盖，又再次上去，将夏长风的身体转过来，严肃地说："夏长风，你看着我说话。我真不敢相信我自己会喜欢你这样一个颓废不堪的男人，你一点儿都不伟大，你比顾明晨差得远了，难怪那个女人会离开你？你难道从来不反思一下你在是非之间的选择都是负面的吗？"

她没有说完，只觉得自己的脸灼热起来，一声"啪"的脆响震惊了她，夏长风很混乱地摇头："我不许你说她！不许！"

周芬妮捂着脸，绝望地看着夏长风说："你居然会为了她打我？你！我……我恨你……"

她说完这句话，再也控制不住压抑多日的情感，抹着泪水冲了出去。她要离开这里，离开这个让她伤心的男人。

夏长风看着她的背影消失，不可置信地看着自己的手，朝后退了几步，然后重新抱着头蹲了下来。

他的五脏六腑忽然翻涌起一阵阵巨浪，将他冲击到一处绝地。这种悲哀，这种咫尺天涯的疏离，痛得他完全失控。

夏日的夜空很明亮，可以清晰地看到北斗星闪耀。他还记得那座山下，与黄欣悦在一起的夜晚，天空更加清澈，星光也更明亮，隐在暗处的两颗辅星似乎也若隐若现。但现在这个繁华的都市，他用一双肉眼很难寻找它们的影迹，那样的存在，也只是意象中的想象罢了。

他很期待它们的重现。但是，那希望是渺茫的。

周芬妮回到酒店，毫不犹豫地开始收拾行李箱。她真的要离开他了，她已经不能再继续忍受这种被忽视的感觉了。

在飞机场上，她的眼睛已经哭得胀痛，不时引起别人好奇的窥视。她戴上了墨镜，让自己停止思考，看着匆忙赶行程的人。

网络上流行一句话：希望每个人、每一天都把日子过得像诗。黄欣悦觉得，自己过的就是诗画兼容的生活。

她依旧去药店买药材，常常看到药店小掌柜张乾，但更加让她觉得有趣的是，旁边多了一个洪美妮。

洪美妮看到黄欣悦说："老板说了，您是他家光顾时间最长的客人了，以后给您家开绿色通道，只要您随时有需要，打个电话就会有人把东西送到家里。"

黄欣悦感激地对洪美妮说："谢谢你，有了爱情，还想着朋友。等我忙完了，邀请你和掌柜的一起去龙虎山玩。"

洪美妮故意绷着脸回答："你可说话算话，费用全部减免哟。不过，谁说有他的事儿了？我只不过是嗓子还有些不舒服，看在他懂些中医药的份上，这才来的。"

张乾故意装作听不到洪美妮的话，只是对黄欣悦说："你说什么？有我一份，太好了，一定去。"

洪美妮白了张乾一眼，不满地说："你耳朵有毛病，自己不给自己治治？当我白说了？"

黄欣悦接过药材，忍着笑径直离开。她很喜欢洪美妮现在的状态，她是快乐的。

在路上，手机再一次响起来，是顾明晨打来的："黄女士，请到拍卖行来一下，这里有很多书画收藏家想见见你，和你探讨一下关于后续书画装裱的方案，可以移驾一次吗？你可以打车来，由公司负责报销费用。"

她很公事公办地回答："是，顾总，马上到。"

今天是个周末，胡菲和朱丽也休息了。但是顾明晨非要挑这个日子让黄欣悦去拍卖行，她觉得他始终就是个最会算计的商人，心里很不满，但还是和表姨、表姨父打了个招呼，就打了个出租车，朝拍卖行而去。

在她离去一个多小时以后，任婷就出现在胡同口。

她这次回家特意脱下了那些父亲不喜欢的时髦衣服，也破天荒没有用香水。她穿了几年前的一条棉麻裙子，那是母亲亲自找裁缝做的，她不喜欢，便把它塞在箱子里边。现在都过了这些天没有回家，以她对父母的了解，一定是很难过关的。

自从上次离开拍卖行，待她冷静的时候，才发现自己做了一件逆天的大事，这件事的后果很严重。她没有找到刘诚伟，也不敢出现在外边，身上的钱也花得差不多了。目前来说，只有回家这一条路。父亲不喜欢自己穿得花枝招展，所以她只好换了这件最平常的衣服，希望可以降低父亲对自己的指责。

进了胡同，看到邻家李大妈出门，她望着任婷，看了好一会儿，才"哎呀"一声叫了起来："任婷，你最近到哪里去了？好久都没看到你了，你爸这次可病得不轻，赶紧回去看看吧！"

任婷一惊，立刻意识到了什么，来不及细问，便跑了起来，但是脚下的高跟鞋实在是太不给力了，她索性脱了鞋，光着脚朝家跑去。

她很忐忑地推开门，看到庭院里依旧被打扫得干干净净，以前院子中间的桌子被移到了靠近厨房的西南角。最让她奇怪的是，她看到父亲拄着一根拐杖，一边用拐杖探寻着什么，一边伸出手来，似乎在找寻着什么。

屋子里传出母亲的声音："不是告诉你了吗？往前走十步，正前方，再继续走个五六步，就是咱家的门了，还有，你后边正对着客厅的门，再往后，左前方，走个十几步，就是你的裱画室了……看你，非得自己练习，还不让我帮你，你要长翅膀飞哪里去啊？"

她以为父亲会像平常那样和母亲斗嘴："你还笑话我？我还能飞哪里去？我连个门都不出……家里你可是老大……"

但是奇怪的是，父亲只是笑笑，就继续朝前摸着走过来。他感觉到有人进来了，脸色顿时紧张了起来，头迟缓地转过去，似乎很想让刘淑惠出来接待人。

"有人来了？是要裱画的吗？您先进来坐……"刘淑惠似乎听到了动静，在里边喊着，就走了出来。

任婷没有回答，她今天没喷香水，自然只是一个普通人的味道。她一步一步朝前走着，走到父亲面前。她感觉自己的眼前已经模糊一片，很快就看不清父亲的样子了。她记得父亲有一双灵巧的手，走起路来也是脚下生风，可是，现在为什么会这样？她有些不敢相信自己眼前看到的一切，不知道自己不在的日子发生了什么？

她唏嘘了一下，千言万语都在那一瞬间消失，本来她还为自己想了很多理由来辩解，希望可以得到母亲的庇护、父亲的体谅，可是就在刚才，她所有的意志都被彻底摧毁了。

她把手里的高跟鞋扔到了一旁，自己朝着石板地上重重跪了下去。那地板很硬，硌得任婷钻心疼痛，她咬着牙没有吭声，抱着父亲的拐杖哭泣，"爸，是我，您打死我吧！"

这一声"爸"震慑了任文良的神经，他愣在那里。

刘淑惠走出来，看到女儿忽然出现，心中悲喜交加，冲过来用手拍打着任婷的背，哭了起来："你这个不孝的闺女，这些日子跑哪里去了？连个信儿都没有，你想急死我呀？你可知道，你爸他大病一场，差点儿就没了命。还有那幅画招你惹你了，你不知道那幅画值多少钱吗？你们姐弟两人光给我惹祸，再这样下去，你妈这条命就豁出去了……真是想气死你妈……"

"妈，你打吧！"任婷知道躲不过去了，索性任由母亲朝自己打了两下。

刘淑惠只打了两下，就开始心疼起来，她捂着脸对任文良说："老任，你原谅她吧！她就是千错万错，现在可是我们唯一的女儿。她若不知道错，就不会回来了。你看她现在这样，定是知道错了，我们就再给她一次悔改的机会吧！"

任文良闭上眼睛，似乎在思考着什么。稍后，他缓缓抬起还有些僵硬的右手，朝着任婷伸出去。

任婷闭着眼睛，等待着素来严苛的父亲给自己最严厉的惩罚，但是父亲的手却放在她的头上，摩挲着她的头发安抚她。

她惊讶了起来，含着泪看到父亲拍着自己的胸，含泪摇头，似乎在说："都是我的错。"

她忽然号啕大哭起来，爬过去，抱着父亲的腿断断续续地说了起来："爸，我知道错了，我不知道爸您生病了，不知道爸您需要照顾，我不该毁坏拍卖行的画，都是我太任性了，您原谅我吧！"

她抬头，看到父亲又缓缓抬起手，在空中比划着。在蒙眬的视线中，她反复看了好几遍，终于看懂了，父亲画的是"知错就改"四个字。

她不停点头，任凭泪水飞溅。只见母亲从裱画室小心取出一幅画，打开让她看，她看到的是一幅完完整整的《疏林寒绿图》，上边的墨色流畅，没有任何毁损的痕迹。

刘淑惠抹着眼泪说："你姐她可是个有心的孩子，这也算是得到你爸的真传，比你们姐弟俩"一瓶子不满，半瓶子晃荡"的强多了。如果不是她这些天辛苦地修裱这幅画，你可就得吃官司了。还有你看那些，要不是为了你，她就不会揽下那么多活……"

任婷从敞开的门口看到裱画室里的书架上摆满了大大小小的盒子和画轴，她正想说些什么，忽然觉得眼前一片金花乱溅，一片片巨大的黑色幕布铺天盖地而来。她的胃里开始翻江倒海，一股异样的酸气从喉咙里蹿了出来，她情不自禁呕吐起来。渐渐地，意识也模糊起来。

这突如其来的状况险些吓坏了刘淑惠，任文良的身躯也颤抖起来。

刘淑惠扶起任婷，看她脸色苍白，鼻孔中气息微弱。更加让她觉得肝胆欲裂的事情发生了，在任婷的裙子下边，竟然流出了大片的血迹。

她不由慌乱地跑出去，想找人来帮忙。

这时，顾明晨正好送黄欣悦回来，之前与顾客们聊得非常圆满。送走大家后，顾明晨非要亲自送黄欣悦回家，到了胡同口顾明晨还是不走，就这样两个人一前一后地正朝任家的门口走来。

他们看到刘淑惠脸色苍白，慌乱地说："欣悦，快，婷婷回来了，她不好了，忽然晕过去了，还有血……"

顾明晨与黄欣悦立刻冲进家里，顾明晨没有犹豫，将自己的车钥匙和手机都交给黄欣悦，自己抱起任婷飞快地往停车的地方奔去，黄欣悦也匆忙找了些任婷的衣物，紧跟了过去。

一番折腾之后，任婷被送进了手术室。这是一场与生命赛跑的过程，和黄欣悦裱画的日子是完全不同的。如果说裱画的时光是生命里最质朴的呈现，而这争分夺秒的抢救，是又一场超越自身的洗礼。生命的本能是存活，在某种时候，求生的意志是最真实的人性。黄欣悦希望任婷的内心是这样一种感受。她祈祷着，希望她不要和任鹏一样，忽然无声无息地就离开这个世界。

现在的表姨与表姨父年纪都大了，表姨父也需要人照顾。所以这些事自然就成了黄欣悦不容置疑的责任了。她打过电话，安慰好表姨、表姨父，心想暂时也不告诉母亲了。等这件事安稳一些，再和母亲说。

所幸的是，顾明晨一直陪伴着她。这给了她很多勇气和力量，她都没有发觉，自己已经开始依赖他了。

等了很久，终于看到一位男医生走出来对他们说："病人是宫外孕，非常危险，你们送来得很及时，现在已经安全了……不过，她还年轻，以后好好养身体，还会有自己孩子的，先控制好她的情绪，才能早日恢复……"说完，转身离开了。

顾明晨与黄欣悦听到这个消息，全都大吃一惊，不知道任婷近来一段时间里都经历过什么。黄欣悦很难过，不停地拷问自己："都是我的错，如果早些找到她，也许可以帮到她。"

顾明晨很自然地揽住她，轻轻安慰："不要急，我会一直在这里陪着你，过去的都过去了，人要向前看，不要回头。"

黄欣悦点头，看到有护工推着任婷，出了手术室。她和顾明晨两个人看到任婷闭着眼睛，似乎麻醉还没有醒。黄欣悦接过护工的工作，亲自推着任婷朝病房走去。她似乎觉着，这样自己才会好受一些。如果她早些发现她的踪迹，就不会让她遭遇这种难堪。

她和护工一起把任婷安置好，看她还在昏睡中，询问了一下医生，说是不要紧，用不了多久就会醒来的。在这一刻，她决定瞒住表姨和表姨父，只说任婷是连日奔波低血糖导致的昏厥，那些血只是凑巧赶上了生理期。

其实出了手术室没多久，任婷就已经醒了。她看到以前那个骄傲自大的顾明晨对黄欣悦言听计从、关怀备至，心里更加酸楚，她不想睁眼看到他们以胜利者的姿态出现在自己的面前，她承认她是嫉妒她。

她知道这个姐姐对自己一直很礼让，也很照顾，但是她确实从小就嫉妒这个姐姐，因为她总是成功地抢走父亲的关注，成功地就让她所有的努力都化为乌有。现在她用自己那种低调与平淡，赢得自己绞尽脑汁都得不到的男人的喜欢，这让她情何以堪。

她听到母亲说这个姐姐为了她，被迫接受了很多工作，她心头还有那样一种淡淡的愧疚，但是就在看到顾明晨对她那种痴恋的眼神后，她又开始讨厌她了。所以，她依旧闭着眼睛，不想睁开。

顾明晨的手机忽然响了起来，说是拍卖行有一些紧急事务需要处理，顾明晨表示处理完他会再来帮忙的。

"谢谢你。"这是黄欣悦发自内心的感谢。

他一边讪笑着，一边摆手退着："别，你这样我还真有些不适应。"

黄欣悦看到顾明晨走远了，想到任婷这么久没吃东西了，便叫外卖送来一碗红枣粥。又等了很久，看她还在睡着，就去洗手间用热水浸透了毛巾，想帮着任婷擦擦脸。回来的时候，她注意到原来放杯子的地方被移动过了，还有，任婷的身体似乎已经掉转过方向。

她看看四周，并没有人来过，猜到任婷已经醒了，只是不愿意面对自己。于是，她打开红枣粥的盖子，说："起来喝粥了，不然就凉了，对你的身体很有影响。"

任婷长长出了一口气，说："不用你管。"

黄欣悦拿着勺子，端着碗，凑到前边说："你还用谁管？家里已经没有人可以照顾你了，难道，让我把李鸿请来？"

"不要他！"任婷转过身子，恨恨地瞪着黄欣悦说，"现在你春风得意了？来看我的笑话吗？你走吧，我真的不想看到你。"

"我知道，可是也没有什么办法，谁让我是你姐呢？你就是怨我也好，恨我也好，我也是你姐。我不希望你和任鹏一样再出什么事，那样表姨和表姨父会受不了的。我也不想炫耀什么，现在的我，就是你说的那种浑身散发着酸臭糨糊味道的裱画的，本来也没有什么了不起的。"

这话让任婷愣了一下，她怀疑地望着黄欣悦说："我不信，你不恨我，这些年我没少折腾你，你不记仇？"

"我记得呀，记得你把臭水泼我头上，记得你故意把我的裙子弄脏，还记得家里少了钱，你说是我偷的，结果是任鹏偷着买果粒橙去了……这种事不胜枚举，我真要记得那么清楚，我不早就被气得上天了？"

任婷听了这话，撇了一下嘴："我还真不信你这么大度？不过，我还真饿了，拿粥来。"

黄欣悦也笑了，拿着勺子舀了一口粥，喂到任婷嘴里，说："你是记不得了，你刚学会走路时，我就是这样喂你的。"

任婷没再说话，一口一口喝着粥，黄欣悦就这样一口一口喂着。很快，任婷的眼泪就流进了嘴里，她忽然停住了，抬起头来。

黄欣悦猜到了她的心思，她在担心该怎么和父母交代这件事。

"你放一百个心，表姨和表姨父不会知道这事的。还有，我和我妈商量好了，你出院后，先不要回家，先去她住的酒店里住一阵子，就说表姨父需要照顾，我妈要感谢他们这些年照顾她的女儿，现在由她来尽些义务，来照顾他们的女儿，我相信表姨和表姨父不会怪你的。"

任婷从黄欣悦手里抢过碗来说："我自己吃吧！"

"好。"黄欣悦把碗递给她，自己又烫了热毛巾帮任婷擦脚，"我记得我当初在任鹏面前哭过，和他说只要他可以活过来，让我做什么都愿意。还有你，只要你以后早些康复，和以前一样开心，别说是多做些工作，就是累死我都不后悔，我说的是真的。"

任婷放下了碗，低着头哭了一会儿，再次抬头说："姐，我答应你，我要重新做人。"

黄欣悦点头，和任婷抱在一起。

母亲的遭遇曾经令她想了很久，仇恨是刻骨铭心的，但是如果一辈子只记得那种恨，怎么可以活得有价值呢？放下心结，才是归途。她也想起了夏长风，她与他之间那汇聚不到一起的隔离并不是仇恨，而是长久以来难以达成的共识。这是漫长岁月里最真实的灵魂映射，已经深入骨髓，很难拔除，也很难改变。

顾明晨忙完了拍卖行的事，匆匆赶回医院。他非常了解任婷与黄欣悦之间的矛盾，很担心她们会有冲突。不料,他在病房的窗口看到的居然是一幅姐妹融洽相处的图画,他咧开嘴笑了。

　　他不想破坏这种美好的感觉,很放心地离开了。他接到了颜雪珊的电话,他将这些事情都告诉了她。她还说,她近期就要回法国处理公司的事务,可能要多待一段时间才会回来,让他帮忙照顾好欣悦。另外,她还想在中国做一些投资,希望顾明晨可以给自己最好的建议。

　　颜雪珊非常愿意帮女儿做一切,这是她最有诚意的弥补。她让任婷住在自己住的酒店里,并请了一位小时工来照顾任婷。

　　时光不知不觉过去,很快就过了两周。颜雪珊很满足过这样的日子,也可以经常见到女儿,但终究还是要别离的。这场跨越国界的拍卖会迫在眉睫,法国的公司一再发邮件请求自己回去。毕竟,那也是她曾经付出心血的地方,那里有安德烈的事业。她答应过他,要帮他守护好一切,就好比任文良帮助自己守护家传古画和亲生骨肉的情感是相同的。此刻,她非常理解任文良的情感,那不仅仅是一种坚守,还是一种高尚的品德。重诺、守诺,才能实现人生的极致理想。

　　再次跨进任家的大门,她走得很慢。这一次之后,不知道自己会消失多久,遗憾的是,女儿不能再守在身边了。不过,她很尊重并肯定女儿的选择。临走前,她还想再看看任文良,她还有很多话想对任文良说。

　　以前她只是一个泼辣任性的女人,并不懂得一个公司作为社会主体,对于一个国家、对于整个人类起到了什么作用。但是当她一步步成长,经历过无数次商海沉浮,终于知道了什么是"担当"。尤其是一个身在海外的华人,其实这份事业,还是连接国际关系的纽带。文化是没有国界的,也是可以跨越时空,给予人类最有意义的滋养。所以,这一次的离开,和以前的决绝不同。它是一种新的期待,期待的是未来的重逢。

　　到了门口,她居然看到大门是开着的。院子里很安静,只有任文良一个人,身上搭着一条小毯子,正躺在长椅上眯着眼睛打瞌睡,旁边蜷缩着一只白色的波斯猫,他身后的竹影成了一道斑驳摇动的帘子,光线毫不犹豫地投射过来,正好替小憩的任文良挡住了阳光。她四处转了转,并没有看到刘淑惠,想到这个时辰是蔬菜水果最新鲜的时候,她一定是去买菜了。于是,她找了一只小椅子,就和小时候听父亲讲课一样，坐在那里，头微微仰着，看着前边的人。

这个姿态，其实是一种崇拜的姿态。颜雪珊心里也确实是这种情感，任文良拜师的时候，她并不服气自己排在最后，可是父亲说她年龄最小，做师妹好，有兄长们照顾。现在想起来，她的任性，她坚持了那半生的执念，都是自己太不懂事了。眼前的他，曾经默默守护着和她有关的一切：她的意志、她的女儿、她的古画。他是一位有心胸、有责任感、信守承诺的亲人与兄长。

丈夫黄家铭是最大的，他有着初生牛犊不怕虎的爽朗与善良，他一直呈现给这个世界的就是向阳的力量，他不懂得什么是困难，对于他喜欢的，他是全心全意去付出。任文良作为二师兄，表面木讷、冷如冰山，内心却狂热如火，若他认定的事，是任谁都改变不了的。他偶尔会有小小的爆发，就比方那次劝自己不要轻举妄动，不要做违法的事，那样的他，其实也是表里如一的。至于自己最恨的那个三师兄曹海峰，当他随着火焰去了另外一个世界，她其实也就将那些恨都慢慢放下了。

当她看到曹海峰的小儿子夏长风的时候，她是震惊的，当女儿在这种难以解脱的旋涡里苦苦挣扎的时候，她又何尝不痛心？但是，她知道她无能为力，她不能改变女儿的选择。她只能影响女儿：学会担当，学会放下，自我蜕变，成为一个新时代的女性。

她正想着，听到"喵呜"一声，猫儿惊了一下，跳到了任文良的拐杖上。拐杖"当"一声倒下了，任文良被惊醒了，他感觉到了有人在，连忙起身，摸着自己的拐杖。

颜雪珊帮他把拐杖塞到手里，说："良哥，是我，我来看看你，明天就回法国了，下次回来还不知道什么时候。"

任文良微笑，摇头，手指在空中画了起来。

颜雪珊笑了，任文良画的两个字她看出来了，是"结婚"。

"你看我这当妈的，光想着工作了，连女儿的终身大事都给忘了，真是太不合格了，"颜雪珊说着，还是觉得有什么地方不对，"不过，欣悦这孩子到底是什么心思，我还真是猜不透，倒是那个顾明晨现在一头热，但是咱们家的闺女就是不表态，真是急死人，也老大不小了。"

任文良停止了笑，比划了起来。

颜雪珊看到这两个字是"裱画"，不禁又皱起眉头："良哥，说到这里，我不知道该谢你还是该恨你？"

任文良的脸上充满了疑惑。

"你说她一个姑娘，不好吃喝玩乐、不好穿衣打扮，就成天一身中药味，一身酸糟糊味，难为人家了不是？我就觉得还是早点儿嫁出去才好。"

任文良释怀，又开始比划起来。这次是七个字："儿孙自有儿孙福。"

颜雪珊看了好几遍才猜出来，不由笑了起来。

她捂着嘴忽然神秘地说："良哥，我有一件事一直很奇怪，你那三幅临摹画有一幅墨色和另外两幅不一样，别人看不出，我是看得出来的。那墨色似乎相差了不少年头，你肯定早就开始临摹它了，我猜，是不是你上大学前就见过它，就存了心思要临摹它，对吗？"

任文良仿佛被窥破了心事，一下子愣了。

颜雪珊绷着脸继续说："你是不是听我爹说，将来这画是要给我当陪嫁的，就是说我到哪里，这幅画就会跟着我到哪里。你是担心万一有一天，我真是遭了难处，或者万一这原画毁损了，你就用自己临摹的画来替我挡灾，对吗？"

任文良的表情是僵硬的，瞳孔中泪光闪闪，他还以为这个颜雪珊还是以前那个古怪精灵的小女孩，原来什么都瞒不了她。

颜雪珊忽然捂着嘴，嘤嘤哭了。良久，她才抬起头说："良哥，谢谢你。"

任文良的表情很尴尬，没有再比划。

颜雪珊忽然"扑哧"一声笑了起来，说："良哥，真有你的，我服了！"

任文良的脸部肌肉慢慢动了起来，然后嘴也咧开了。

这是一世的情分。时光流逝，红颜已老，唯独一番愁肠不衰；岁月峥嵘，凡尘景象都化为过眼云烟，但凭一片初心不改。

颜雪珊站起来，上前紧紧捂住任文良的手说："良哥，无论我走到哪里，我都会回来的，我已经把这里视作我的娘家了！"

任文良的喉咙"嗡嗡"响了起来，似乎被一种神奇的力量冲破了那些沉重的禁锢。

"雪珊……"这声音是沙哑的、低沉的，但是颜雪珊听得清清楚楚，她的泪水再一次潸潸而下。

空中传来了更加奇异的声音，一群鸽子飞上天空，渐渐化为看不到的黑点。

这个季节是北京最热的时候了,但是炎热阻挡不了那些心中有星光的人。这是一场国际文化盛宴,顾明晨凝视厅内,各种皮肤、操着各种不同语言的人,纷纷来到这里,凝视着动态炫目的大屏幕。

屏幕上是预先准备的各种展品与拍卖品的播放。很快画面停留在一张带着裂痕与碎片的古画照片上,很明显这是一幅被毁损的画,画面上都是撕碎的痕迹,让众人窃窃私语起来。

顾明晨在这个时候走向演讲桌,用屏幕笔指挥着,很快就出现了一张复原图。

"大家好,我是文道拍卖行总经理顾明晨,很抱歉用这样的方式来作开场白。这是我昨天晚上深思之后的决定,我决定不隐瞒、真实呈现自己的内心。这幅画被鉴定为元代画师盛懋在民间并不多见的画作《疏林寒绿图》,一个月前,它就是刚才照片里的样子。说实话,在看到那不美好的画面的同时,我几乎丧失了站在这里的勇气。因为我曾经承诺将它作为展品呈现给大家,可是它却变成了现在这个样子。"

画面切换到了任文良的坐像和他的裱画室,任文良的脸上是匠人的专注,他身边的拐杖躺在了地上,旁边的茶杯也没有一丝热气,由于午后阳光的强烈,他就只好眯着眼睛看向那里。又换了一张照片,他并没有用拐杖,而是用双手摸索着朝前走去。他走得非常稳,方向没有丝毫错误,可以肯定,前边的裱画室就是他要去的地方。

"这是一位民间裱画大师,他有着非凡的临摹功夫,我们曾经都被那些惟妙惟肖的复制品征服了。最重要的一点,还有摹刻,那印章居然也是他自己刻的,几乎和原作一模一样。但是大家也可以看到,他生病了,眼睛看不到了,不能再裱画了,所以这幅毁损的画便由他的传承人黄欣悦女士来完成。我本来想掩盖这些事实,想用它最好的一切来唤醒大家对中国精神的认同,但是我今天决定和大家如实讲述这段故事,告诉大家,在我们看不到的地方,也许还有很多这样的民间大师,他们才艺突出却默默无闻,可是他们给这个世界留下了痕迹,我们可以从这些画作中感受这种源源不断的精神力量,让我们为他们骄傲吧!"

顾明晨讲到这里,听到一片热烈的掌声。他很庆幸自己可以这样出场,这样将那些属于中国人自己的故事讲述出来。

屏幕再次切换,是网络同频。画面是法国一望无际的薰衣草庄园、凡尔赛宫、巴黎圣母院、枫丹白露宫、埃菲尔铁塔的掠影，颜雪珊穿着中国旗袍，站在拍卖场上的讲话视频。

"亲爱的不同国家的朋友们，我是丽莎，中文名字是颜雪珊，欢迎大家参与我们这场拍卖活动。在法国生活了二十年，我时刻思念着自己的祖国和亲人，很幸运，我这次回北京，终于见到了我想见的人，也感受到北京日新月异的变化，这是中国改革开放的结果，让我感到很欣慰。在座的很多朋友都是从事房地产、互联网经济、能源纺织、珠宝等行业的翘楚，也都通过亲身观察感受到了这种变化。随着一个国家经济建设的崛起，势必会带来更加富裕美好的生活，因此人民也开始将视线关注到文化产业上来。我们这次的中国古画专场拍卖就会满足大家对中国文化的观察、解读与分享，也会拓展大家新的投资思维。我相信，在未来五年内，我们会迎来一个文化产业蓬勃发展的时代……"

顾明晨静静地看着，四周到处都是新奇、感动与跃跃欲试的眼光，这是他期待的一种效果。

第二十八章

回眸一笑

很快拍卖师上场展示出一幅水墨荷花、山石、池塘与白鹤的画作，盛开的荷花绚丽夺目，几只长鸣的白鹤，仰头望着苍天，整个画面展示了一派生机勃勃的景象。

"这是明末清初的一幅作品，佚名，但是笔法清秀中和、恬静疏旷，用墨明洁隽朗，深受董其昌山水画风影响，是一幅非常成熟的作品。下面是考验各位买家投资眼光的时刻，这幅画起价五千元，好，现在开始……"

场内的气氛顿时活跃了起来，一切都在有序进行中，不时有法国分场的买家举牌。

顾明晨看到这里，低下头，绕过很多熟悉的朋友，往外走。其实，他忽然觉得自己并不在意成交额的多少了，今天他已经做到了，在更广阔的领域里传递中国文化"生生不息"的精神境界的目的已经实现了。他到了花店，买了整整一车的玫瑰，他想向她表明心迹，他已经不想等了。

本来他很想邀请黄欣悦来现场观摩一下，听自己讲述的同时，也倾听一下大家对中国裱画的意见，但是被她拒绝了。她说这里太吵了，她还是在家里裱画吧！每当下午四点整时，她会安安静静陪着表姨父喝一杯乌龙茶，给他讲讲他们师兄弟三人过去和外公学艺的故事。

看了看时间，还有十分钟就到四点了，他要赶上这一次下午茶。

任家的庭院里，任文良笑眯眯地坐在那张椅子上，桌子上照例摆满了刘淑惠刚刚学着做的莲花酥和白雪花生，还有他常用的紫砂壶里，也刚刚泡上他最喜欢的安溪铁观音，茶香四溢。

裱画室里传来了姑娘们嘻嘻哈哈的笑声，过了一会儿，就听到胡菲和朱丽的惊叹声。只见朱丽拿着一只巨大的吉祥纸风车跑出来，夏日的风并不大，所以朱丽只好跑起来，那些黄色、绿色和红色组成的色彩随着众多的风车旋转起来，很漂亮。

"表姨父，您说这纸都是有生命的，果然是这样，裁剩下的纸我们不想浪费掉，就做了这样一个风车，想送给悠悠，怎么样？您看……"

黄欣悦走到任文良面前，看到他是闭着眼睛的，他身上的毯子掉到了地上，而那茶居然一口都没有喝。黄欣悦忽然觉得有什么不对，她伸手过去，试探表姨父的呼吸，结果那是声息俱无的。她什么都没有说，只是呆呆地看着表姨父。

朱丽与胡菲也发现了什么，都靠近前边，屏住呼吸，然后意识到了什么，纷纷捂着嘴哭了起来。

"怎么了？荷花酥不好吃还是花生硌牙了？"刘淑惠拿着一只大铲子，戴着大围裙就跑出来了。

她看到大家奇怪的样子，也忽然安静下来。等她意识到什么，居然没有大声号哭，只是静静地说："这段日子，是我这辈子最快乐的时光，因为你是完全属于我的，你在我身边，我随手都可触摸到。我知道你有事瞒着我，但是我没有想到，这是你的命数到了……你放心，我会把孩子们教好，还有，你去了那边，告诉任鹏，让他下辈子不许这样令我劳神，要好好修身养性，做个有出息的男子汉……"

黄欣悦听到这些，终于控制不住，抽噎起来。朱丽和胡菲也抹起了眼泪。

刚才还晴空万里，忽然乌云密集了起来，几颗豆大的雨点砸了下来，一阵轻轻的风吹了过来，那五彩缤纷的风车竟然转动了起来……

顾明晨抱着玫瑰站在门口，看到这样一幕。在任文良第一次去拍卖行要拍卖那幅真迹的时候，他就告诉顾明晨，他得了脑瘤，会越来越大，会压迫神经，有一天也许会失明、不能说话、瘫痪或者什么都不记得了，所以他想在这一天到来之前，把他想做的事情都做完。

他想将自己一生所得都传给自己的表外甥女、他师兄的独生女儿黄欣悦，他想让任婷知道自己的家才是她停靠的港湾，他想弥补多年以来对妻子的愧疚，他还想将任鹏欠下的那些债都还上。

他请求顾明晨帮助他完成心愿，请求他帮助自己瞒着家人，走完人生的最后旅程。当他最终倒下失明的时候，他在医院里能够感受到任文良很着急，因为他还不能确定欣悦是不是想走这条路。

顾明晨早就明白，这场拍卖会结束之后，黄欣悦就会迎来一个事业的高峰。这些任文良已经了然于心，他终于可以了无牵挂地离开人世了。

顾明晨看着黄欣悦悲戚的模样，不敢再说什么。其实他还做了一件瞒着她的事情。他单独找过夏长风，告诉他，他已经不能没有黄欣悦，所以还是希望他主动退出，离开这里回到新加坡，顾明晨会买下夏长风手里的股份，亲自委派专人来经营这家公司。但是，夏长风拒绝了他。还有，颜雪珊委托他收购了周芬妮在华光的股份，因此黄欣悦现在已经是华光的主要股东之一了。

对于黄欣悦来说，这是一场没有来由的痛。在胡同口的泡桐树下，她很久没有哭得这样歇斯底里了。这一次，她并没有想起和夏长风在一起的日子，她就记得在这个胡同口，很多次下着大雨，就是表姨父举着伞，在这里眼巴巴等着自己回来。

表姨父并不是不关心任婷与任鹏，只是他比较了解：任婷是个"鬼灵精"，她从来不吃亏，她一定会搭着同学家的车回来；任鹏更是舍得花钱，会把买早点的钱用来打车回家；唯独黄欣悦，永远是个一根筋的丫头，她每次都会淋得浑身湿透地回来，她感冒的次数最多，任文良就是怕她总是这样会影响身体，才多了几分关照。

往事在风雨中飘荡着，化作无限的遐思。偶尔会有绿叶被打落在地上，随着溅起的雨点颤动着。绿叶很不甘心这样的命运，但是又无可奈何地忍受着。

顾明晨举着一把黑伞，耐心等着她发泄完，一把将她搂在自己怀里。她并没有拒绝，而是贪婪地靠在那温暖的胸膛里，汲取来自那具火热躯体里的能量。

她都习惯了他的温度了。

办完了任文良的丧事，任婷也搬回了家里。刘淑惠叫顾明晨和黄欣悦坐在一起，说她有重要的事要说。

黄欣悦以为表姨还无法接受这件事的发生，想好好劝慰她，但是没有想到刘淑惠平静如水，这就让她不明白了。

刘淑惠看到几个人都坐在旁边，淡淡笑了一下。黄欣悦发现，其实表姨总说母亲比她长得漂亮，其实不然，只是各有各的美丽。表姨是瓜子脸、丹凤眼，眉宇之间多了几分英气，和母亲的柔婉大有不同。即便现在年龄大了些，头发中间也隐约看到了几丝白色，但是瑕不掩瑜，她还是很有魅力的。

"今天大家都在这里了，尤其是顾先生，请您到这里是想请您给做个见证，您曾经是婷婷与欣悦的领导，身份最合适不过。我今天说的是这所院子，其实一个月前我和老任已经把房契给了别人，我们把任鹏欠的钱都还上，用剩下的钱在南四环边上租了一套七十多平方米的小房子，里边有三间卧室，也够我们娘仨住的了。欣悦与婷婷将来早晚要嫁出去，我一个孤老婆子在哪里凑合一下都可以的。现在，人家给的期限快到了，我们还有三天时间搬家。我现在最愁的就是这间裱画室，这是老任的心血，里边的书柜、桌子都是他亲手做的，还有那些工具什么都是独一无二的，他说都留给欣悦，可是那房子太小了，也放不下那么多东西，这可怎么办好？"

刘淑惠这番话令黄欣悦始料不及，她并不觉得表姨和表姨父做得不好，只是有些太突然了，她还没准备好。

"哦，可以搬到我那里。"顾明晨这句话是不由自主说出来的，他看到黄欣悦的面子上有些不好看了，就不再说话了。

任婷若无其事地点头说："这个办法很好，那样我的新家就可以有一间书房了。"

黄欣悦瞪了她一眼，说："你又想赶我走呀？我偏不走，你在哪里，我就在哪里。"

"那可不行，"任婷瞥了一眼有些尴尬的顾明晨，讪笑道，"你有你的真命天子，当然要和他在一起了，干吗还和我抢地盘呢？"

刘淑惠不满地看了女儿一眼，说："你还好意思说呢，我老了，指望你养老呢，你倒是连个工作都没了，我看不如回去当英语老师安稳。"

任婷很不满地说："好马不吃回头草，既然朝前走了，就不往回看，我才不去当什么英文老师，我喜欢在写字楼工作。不然，姐，你替我求一下人家，让我回去呗！"

任凭谁都能听出来任婷这个"人家"指的是谁，顾明晨倒是不扭捏，直接回绝了她："你的事负面影响还没有消除，不过，现在倒是有一个好机会给你，看你自己要不要努力争取？"

任婷一听精神气儿提了起来："什么？"

"我们的合作关联企业有个华光公司，是做纸业的，现在已经粗具规模，丽莎女士临走时委托我买了行政负责人周芬妮的股份给欣悦，所以现在欣悦是有话语权的，她可以决定人事任免，你还是求她好了。"

黄欣悦愣住了，母亲的做法实在是太令人吃惊了，但是她想到如果这样对任婷好的话，她还是可以接受的。

"姐，怎么样呀？"任婷搂着黄欣悦的脖子，晃动起她的身子来。

黄欣悦故意绷着脸说："山不转水转，现在终于轮到你求我了。"

任婷点头，大笑："现在你可以用绳子勒我、用刀子砍我，还有用火烧我，用冰块砸我……反正只要你觉得解气，一并都拿出来用吧！"

刘淑惠拍了几下女儿的头："你姐才不那么小气呢！"

黄欣悦"扑哧"一声笑了："给我捶捶背，我考虑一下。"

任婷点头，就这样和黄欣悦笑闹起来。

顾明晨觉得自己很尴尬，竟然成了透明人。但是，他知道黄欣悦一定会同意的。任婷之前是有些虚荣、有些浮夸，但是她的经营管理能力还是超强的。还有，她毕竟是裱画大师的亲生女儿，自小就练就了一手漂亮的软硬笔书法，顾明晨当初录取她，也是看上了她那一手流畅漂亮的好字。

因为现代人都用键盘敲字，极少有人会坚持这种传统的书写，这是顾明晨在拍卖行录用员工最基本的一个原则。要有信念与坚持，才会在这条路上永远走下去。

一阵很清脆的手机铃声响起，顾明晨看到黄欣悦先愣了一下，又拿起手机说："我已经决定要留在这里，继续我的国画修复工作。当然，我们还可以谈一下白鹿纸的商业合作，现在看来时间也差不多了，等有时间我们见一面，好好谈一谈吧！"

顾明晨扯了扯衣服领子，他知道那个人是谁，他听着就觉得脊背后边出满了汗。他不能再等下去了。

"黄欣悦,你出来一下,我有很重要的话要说。"

"在这里说吧!"

"我们出去说。"

顾明晨蛮横地拉起黄欣悦的手,在任婷的目瞪口呆中急速出了任家的门,朝外走去。

黄欣悦的手腕被箍得很疼,她拖着自己的腿,不满地说:"快停下,停下。"

顾明晨停下了脚步,双眼直直地看着黄欣悦,忽然朝那片温暖的唇吻了下去。

黄欣悦急出了汗,却挣扎不开。

很久,顾明晨松开手,看到黄欣悦被自己咬得几乎破裂的唇,眼神又迷离起来。

"顾明晨,你知道你在做什么?"

"我知道,我不许你去见夏长风,不许你去。"

"我们是去谈生意,谈生意呀,你不说我现在也是华光纸业的老板之一吗?我一直想将白鹿纸好好推广出去的。"

"可以,但是要见夏长风,你不要去,我去。"

"为什么?"黄欣悦皱起眉。

"因为,我早就爱上了你。"

顾明晨说这句话的时候,忘记了周围的一切,正好有一对老夫妇出门,看到、听到这一切,顿时大为摇头:"这不是老任家的欣悦吗?平常看着挺踏实一个姑娘,怎么也这样不检点?在大街上就那个……"

黄欣悦听了这话,脸上红云飞起,她跺着脚,恨恨地说:"顾明晨,我恨死你了。"说完,一溜小跑回去了。

顾明晨看着她的身影渐渐消失,心中惬意无比。她似乎不讨厌自己,也没有想象中的苛责。她身上没有别的女孩子那种香水味道,反而带着一股淡淡的人间烟火味儿,他很喜欢。

他迈着大步离开这里,他觉得自己未来还有一个更加难搞的岳母大人。那个未来的岳母大人料事如神,早就预料到任文良一定会赔偿任鹏欠的那些款的,他们唯一的办法就是卖了这套院子,所以她让顾明晨一旦知道他们要卖老宅子,就告诉她。

夏长风坐在华光公司的办公室里,他掐着自己的太阳穴,觉得头很疼。拉开办公桌的抽屉，里边摆满了各种常用的药物，这些都是周芬妮帮他准备的。他拿起一盒藿香正气胶囊，想起了周芬妮说过，这药是暑天的必备百宝药，不舒服就可以吃。

他环顾四周，看着周围的一切。办公室的窗帘也是周芬妮换的，那是他最喜欢的海洋蓝，还有那尊纸雕人，摆在他抬头就可以看到的位置，而且被打扫得一尘不染。他承认，周芬妮非常了解自己，在职场上也颇有见地，是个优秀的女性。但是，过去那些时光怎么能轻易忘掉呢？既然那些好的、不好的时光都回来了，他便要去面对。他要去找他放不下的人，再努力一次。

所以，他来到了任家所住的胡同口。这是夏长风第二次来了，他还记得小时候第一次来的时候，被刘淑惠驱赶的狼狈样子。长久以来，他是真的缺乏一种冲破桎梏的勇气，但今天他如果不来，怕是会后悔一生。他刚要往前迈步，手机又响了起来，是母亲。

但是，接通以后，却传来周芬妮的声音："长风，夏阿姨身患乳腺癌已经很久了，她不许我告诉你，但是这一次她很疲惫，身体已经有些吃不消了，所以我只好给你打电话，你回来看一看吧！"

手机挂断了，他浑身的血液仿佛被抽空了，脑海中浮现出无数场景，视线渐渐模糊了。

很多年了，他一直在国外留学，每次回到新加坡，也只是短暂的停留。在他的印象里，母亲是一个坚韧、有智慧、永远不言败的"女神"，他甚至从来没有想到她会生病，有一天会离开自己。这个消息是晴天霹雳，震碎了夏长风一贯的认知，人总有一天会走向老迈与死亡，所有关于生命的欲求都会就此终结。即便是做了一辈子中医药营生的母亲，即便是她默默为了这个家奉献了自己的一生，还是脱离不了命运的安排。

他在梧桐树下呆呆站了很久，终于清醒过来。于是，他毫不犹豫地朝前走去。

这道门是开着的，里边到处是孩子的欢声笑语，夏长风以为自己走错了地方，但是看看门牌号，并没有错。他朝前走去，看到庭院里竹影婆娑，鲜花绚丽夺目，一排开着黄花的丝瓜顺着竹杆几乎爬到屋檐顶上。里边有十多个幼儿园的大孩子们，大家都乖乖坐在椅子上，周围则是很多围着孩子们拍照片的家长和摄影师们。

他听着黄欣悦在讲："大家看，这是仙人掌，它的肉茎里边有滑滑的黏液，但是，大家并不知道，这黏液是可以给纸做'药'的，现在我们把打碎的黏液倒入纸浆里……来，悠悠，你来给小朋友做一下示范……"

只见那个叫悠悠的小女孩，快乐地走到旁边，轻轻拿起一个小纸帘，左捞一下，然后得意地看着黄欣悦。

"好，非常好，悠悠好棒，大家照着样子一起做一遍。"黄欣悦在悠悠做的纸页上插上了几朵玫瑰花瓣，又轻轻浇上了一层薄薄的纸浆，"纸是有生命的，是草木的另外一种存活方式，我们要学会敬畏它们，爱惜它们……"

夏长风看到一个年轻的姑娘朝自己走过来，说："先生，您好，我是黄老师的助理朱丽，请问您是来预约裱画的吗？对不起，黄老师在给小朋友们上课，这是文道拍卖行特意做的一场暑期公益活动，估计再有半个小时就结束了，您先等一会儿，回头我会过来请您。"

说着，夏长风手里被塞了一杯水。

"您先坐这里。"朱丽指着旁边的一排竹椅说。

"谢谢，不用管我，您请忙去吧！"夏长风谢过朱丽，自己躲在一个不太显眼的角落里。

这时，他看到裱画室的门开了，顾明晨穿着一身麻布复古装，看着院子里一团火热，嘴角含笑。这时有人说："好了，顾总，您可以说了。"

顾明晨振作了一下精神，开始流畅地说了起来："大家好，今天晚上的义卖，是我们特别为这次拍卖会准备的加场，感谢来自五湖四海的各位的支持与理解。这次义卖专场都是古今名家的力作，不会辜负大家的期待。文道拍卖行会将此次全部交易收入成立一个特殊教育基金，为十八岁以下孩子无偿提供造纸与裱画技艺的体验与学习，且承诺今后会不定期进行义卖活动。最后，要再次特别感谢所有为中国传统技艺付出努力的人……"

夏长风凝视着黄欣悦，她似乎不经意地看了一眼顾明晨，但是眼里流露出来的是赞赏，她在闻手里的一枝玫瑰的时候，露出了一种他从来没有见过的笑容。他从来没有见过这种带着光的笑容，这笑容令他的心渐渐沉了下去。

顾明晨果然是最了解她的。在朴实无华的表象之外，她有着超越于别人的梦想。黑格尔曾经说过，一个民族有一群仰望星空的人，他们才有希望。他觉得自己对她的爱更多的是强烈的保护与珍惜,并不曾懂得她的内心世界还有一个梦想,而顾明晨就是成就她的那个人。

他起身放下杯子,悄悄离开了。他觉得自己已经没有什么可说的了。如果说过去的她,曾经是他心头的明月光,那么现在的这个女人,会成为他记忆里的一抹带着生机的翠色竹影。她只是在那里,你只能够远远看着她,却触摸不到她。

夏长风走出来,拨通了顾明晨的手机:"近期我就要回新加坡发展中国纸业,也许很长一段时间都不会回来,我会把股权转让书和授权书交给池宇航,他会和你联系……"

说完这些,他觉得压在心头很久的石头终于放下来了。每个人都有自己要寻的路,走下去,就不要后悔。

在任家的庭院里,黄欣悦的活动做完了,依依不舍地送走孩子们和胡菲、朱丽及工作人员,院子里只剩下悠悠、顾明晨与她三个人了。

黄欣悦感到很奇怪,今天表姨和任婷说是去八大处公园玩一天,但是这么晚了,还没有回来。果然,一会儿接到任婷的电话,说是表姨刘淑惠在八大处居然遇到了一位老友,两人相谈甚欢,晚上要吃完饭晚点儿回来。

这意外的情况让黄欣悦感到颇为尴尬,她搓着手说:"那不然我去做饭吧!"
顾明晨欣然点头。

黄欣悦匆忙躲进了厨房,要单独和这对"奇葩"父女相处,她还是有些忐忑不安。

她做了一份南瓜粥,院子里现成的小丝瓜很嫩,正好做了一份丝瓜虾仁炒蛋,悠悠很爱吃。此外,她还做了醋熘土豆、红烧茄子和辣子鸡丁。这些菜很家常,常看表姨做这些,她便学了两手,现在看他们吃得很开心,她才觉得自己还算是可以进厨房的女人了。

第二十九章
现世安稳

终于，悠悠吃得小肚子都鼓了起来，摸着肚子钻到了裱画室里，看到顾明晨正在看画，就说："爸爸，这里现在有四幅《疏林寒绿图》，我想看一看。"

顾明晨犹豫了一下，想到现在就应该多培养孩子的鉴赏能力，于是点头："好吧，一会儿打开，要好好珍惜，不要乱动乱摸，你黄阿姨都裱好了，弄坏了她该多伤心。"

悠悠乖乖地点头，顾明晨这才放心地取出四幅画。他把真迹放在最左边，把任文良的另外三幅临摹画排列在后边。四幅画摆在一起气势恢宏，不分轩轾，让顾明晨更加佩服任文良卓绝不凡的功力了。这么好的画，怎么舍得毁掉呢？卖都不卖的。

黄欣悦掀开门帘进屋的时候，就看到一大一小趴在地上看这几幅画的场景。

"你现在还小，得多看，因为现在你的记忆会停留在大脑深处，看过的东西可能会记一辈子。每一位名家都有着自己独特的画技，你看这山石，用的是书画手法的披麻皴，因线条和麻线平铺得名，是五代的董源所创，后来赵孟頫、黄公望等名家都喜欢用这披麻皴，这画法讲求起笔流畅，用墨浓淡相宜，用线错落有致，怎么样？线条生动吧？"

在拍卖行做久了，顾明晨俨然已经算得上半个行家了，但可惜的是听众已经开始打哈欠了。

黄欣悦看得啼笑皆非，正想说话，忽然想起厨房里还烧着水，她大叫一声冲了出去，顾明晨以为出了什么事情，紧跟着黄欣悦进了厨房。结果，壶里的水沸出来了，浇灭了燃气灶。她连忙关上了开关，这才舒了一口气。

顾明晨释然，正好黄欣悦转过头来，两人视线相撞，黄欣悦顿时觉得浑身不自在起来，她推开他说："快出去，这里太小了，哪里站得下两个人？"

于是，顾明晨只好先离开这里。

黄欣悦将开水灌入保温壶里，又倒了两杯水，兑入了一半凉白开，便端着走回裱画室里。她回到这里，又看到一幅令人心惊肉跳的场面。

顾明晨叉着腰，训斥悠悠："你这个坏丫头，不是告诉你不许乱动，你看现在全乱套了，你说哪一幅才是原作？"

悠悠挠了挠头，鼓着嘴不说话。

这情形让黄欣悦也严肃起来，天哪！这四幅画的位置居然被打乱了，根本分不清楚哪个是真，哪个是假。

顾明晨和黄欣悦索性都趴在地上，拿着放大镜反复观看，还是没有办法区分出来。

顾明晨更加恼怒了，对着悠悠大叫："你说，该怎么惩罚你？"

悠悠舔了舔自己的嘴唇，小声说："我知道哪一幅是真的。"

顾明晨和黄欣悦面面相觑，不约而同地问道："你知道？"

悠悠又挠了挠自己的胳膊，颠颠地跑到一旁的书柜旁边，打开门，从里边拉出一个暗匣，很快从里边抽出一个小小的纸卷。

她打开纸卷说："就是这个，这是上次爷爷教我画的。"

顾明晨和黄欣悦看到那上边画了一棵非常奇异的大树，灰褐色的树皮很抢眼，叶片很大很长，为羽状对生，中间结满了一串串绿色的浆果，颗颗饱满，粒粒圆润，是从来没见过的树木。

"这是什么?"

悠悠煞有介事地指着那大树说:"爷爷说这就是黄檗的样子,他说欣悦这个孩子只见过这树的树皮,现在悠悠学会了,就可以教欣悦了。"

顾明晨看着一旁听得发呆的黄欣悦,瞪着眼睛很不满地说:"你可真行,来当你黄阿姨的老师来了。我问你,这画和今天的事情到底有什么关系?你这个莫名其妙的孩子。"

"爷爷说,这大树的树皮染的纸张可以写经文,曾经出现在敦煌的藏经洞,古代的僧侣在诵经修行时,也把它含在嘴里防困……"悠悠说得条理很清晰,令人觉得很震惊,"爷爷还说,喜欢一种植物就要好好珍惜,研究它的前世今生。爷爷就是为了到西山上去找黄檗树,才发现了另外一棵奇怪的古树,就是七叶树,所以他回来画画的时候,每张画上都有一棵树上藏了七片叶子。爷爷还说,这是个秘密,悠悠高兴的时候才可以说。"

顾明晨和黄欣悦听完悠悠这长长的一段话,实在是颇为佩服,小小年纪,竟然如此聪慧。心机太深,将来长大可怎么得了。

两个大人又开始趴在地上,拿着放大镜找了快一个小时,终于找到了三幅画着七片叶子的画,这才踏实下来。他们将画作重新放好,看到悠悠趴在桌子上睡着了。

顾明晨扛起悠悠问:"你的房间在哪里?"

"什么?"

"今天晚上悠悠和你睡,我住这裱画室,这么晚了,我也不走了。"

黄欣悦看到顾明晨又开始耍赖,很无奈地说:"随便你们吧,反正也就住这一晚上,明天就要搬家了,我现在去收拾东西。"

"不要。"顾明晨将悠悠放到屋子里,到了外边的公文包里拿出一份文件,"这个我还没来得及告诉你,你们不用搬家了,这里还保持原样不变。"

黄欣悦看到顾明晨拿出来的文件是一份刚刚办理好的房产证,房产证上写的是表姨刘淑惠、任婷和自己三个人的名字,而顾明晨的眼神很得意。

她恍然大悟,生气地说:"拿回去,我不会接受的。"

顾明晨很镇定地拦着她,说:"先别忙着拒绝,你不总说我是个会算计的商人吗?我哪里会当什么救世主,这是你妈给你们的。"

"我妈？顾明晨你当我是三岁小孩子？"黄欣悦更加生气了，"我妈远在法国，忙得不亦乐乎，哪里知道我们这边要卖房子？就算知道了，也一定是你通风报信的，这是什么意思？"

顾明晨摇头，很郑重地说："其实，在丽莎董事长临走前就知道了。"

"什么？"

"是的。母亲和表姨父是从小一起长大的兄妹，虽然没有血缘关系，但由于学习共同的文化而成为真正的亲人，他们彼此相知甚多。母亲很早就知道，以表姨父的为人品行，一定不会赖账的，所以他必定会打这个房子的主意，所以她提前留了笔资金在你的账户里，说是等你们卖房子的时候，她会买下来，让你们和以前一样住在这里。她还说，不许拒绝，这里也是她的家。她是你的亲妈，是表姨的妹，是任婷的姨，她有权利这样做。"

黄欣悦觉得鼻子有些酸楚，不知道该说什么好。她并没有听出来，顾明晨说这些话的时候，对颜雪珊和任文良已经改了称呼。

只听他继续说："母亲还说，这些钱不是安德烈的，是她这些年在海外打拼挣来的，是自己努力的结果，是最干净的钱，希望你们可以接受她的一片真心。"

黄欣悦哭了，然后被顾明晨搂在怀里安慰起来。

月色如水，清风徐来，竹影摇曳。

顾明晨虽然第一次在行军床上睡觉，却睡得很踏实，他甚至听到自己打起了呼噜。

早上起来，他伸了伸懒腰，深吸了一口空气，室内还是那股淡淡的墨香和药香，不时还传来一股酸酸的糨糊味道，他已经习惯这种味道了。他看到悠悠画的那幅黄檗树的画摆在那里，那枝叶上扬的姿态很协调，看上去很有气势，一定是得到了任文良的指点。

他笑了笑，想起一句古诗："黄檗向春生，苦心随日长。"想起自从遇到黄欣悦，他就感受到，当一个人遭遇逆境的时间越长、困难越大，那股潜在暗处的新生力量就会越强烈，这是此消彼长的智慧存在吧！他想等悠悠醒来再告诉她，大树承载了人的意志，就会形成一种向上、向阳的力量，就会超越一切。

他以为悠悠还会和小懒猪一样赖床，但是他没想到自己猜错了，悠悠早就坐在外边的椅子上，吃着刘淑惠亲手做的葱花饼。厨房里还散发着淡淡的香气，不一会儿，又一盘焦黄里嫩的水煎包端出来了。任婷则是当他不存在，只顾自己在做晨起瑜伽。

等了很久，想看到的人却始终没有出现，他以为黄欣悦是昨天太累了，可能还没起来。但是刘淑惠端着八宝粥出来笑着对悠悠说："悠悠要好好听话，你黄阿姨临走前让我告诉你，不能挑食，还要记得好好练习写字画画，不能偷懒哟！"

顾明晨的心"咯噔"一下沉了下去，她走了？走到哪里去了？

刘淑惠看他一副魂不守舍的样子，笑了："这个丫头，昨天托人买了回老家的票，她说回去看看云青她们白鹿纸制作得怎么样了。说走就走，看来也没和你说一声，真是的。"

顾明晨一听，这颗七上八下的心才终于回到了原处。

任婷收了毯子，用毛巾擦了擦头上的汗说："姐夫，看来你在我姐心里的地位还真不怎么样，还要好好加油哦！"

"你这丫头，一点儿都不懂得知恩图报，要不是人家顾先生帮忙，我们还都只能住出租屋呢！"

"都在我家吃也吃过了，睡也睡过了，应该算是自己人了，我可不领他的情，这院子可是我雪珊姨买回来的。"

刘淑惠生怕顾明晨不高兴，连忙观察他的脸色，只见他咬了一口生煎包，说："好吃，真好吃。悠悠，你尝一个。"

悠悠吃得满嘴满脸都是油，然后还舔着手指头，让人看得喜欢。

只听顾明晨说："悠悠，你想去找黄阿姨吗？想去龙虎山看造纸吗？"

悠悠点头："我愿意。"

任婷在一旁泼起了凉水："别忘了，上次去龙虎山，悠悠可是水土不服呢！不然这样，你自己去，我和我妈临时帮你带着悠悠。不过，你可记着我这人情呀，想办法要还的。"

顾明晨转了转眼珠，对悠悠说："你说呢？"

"我要去！悠悠长大了，不怕。"

"好，我们走吧！"

顾明晨打电话让秘书小蒋帮着订飞机票，然后不慌不忙地带着悠悠回家收拾好了出门的衣物，才打车到了飞机场。

他知道，这是她私自做的决定，没有公司报销费用，她一定是坐火车去的。也许，他们可以赶在她的前边也说不定。他其实蛮喜欢听她说自己适合做会算计的商人，算计又如何，否则以后的人生该如何摆平这一大一小不按常规出牌的女人呢？

商海浮沉，这些年他历经无数次失败，也享受过很多成功的喜悦，不知道坐了多少次飞机，感受在云上的感觉，但是唯独这一次他是雀跃的，不想权谋了，随遇而安吧。

任婷在华光待了些日子了，她越来越喜欢这份工作，闲暇时便会在办公室里写上几个大字，那些柔软的宣纸在墨色浸染中呈现出格调高雅的韵致，也越发给她增添了魅力。

不知道从什么时候开始，公司的员工时常来向自己讨几个字，并说回家裱上给孩子看，让孩子也好好练习写字，这样以后才会是一个优雅的人。她的字是很漂亮，以前只注意自己的容貌，忽略了自己在这方面的天赋。现在她居然靠着这书法，重新找回了失去的勇气。

之前她接到顾明晨让她和池宇航对接工作的电话，还有些不可置信，但是她最终还是明白顾明晨是真正原谅了自己。她把这里当成自己新世界的起航，所以整个人都是清爽的。

任婷看到顾明晨父女终于离开自己家了，就开始梳妆打扮去上班了。她是越来越喜欢棉麻复古裙了，今天她穿的是一件蓝色底子小树枝图的裙子，三个不大不小圆润的珍珠扣非常精致，她拿起香水刚想往头上喷去，但想了想，还是保持自然的好。于是，就这样到了公司，开始了一天的工作。

今天是任婷上班以来最快乐的日子，因为看到财务报表上上个月扣除成本以后的盈利居然是430多万元，这可是一件特别的大喜事。她看到黄欣悦与顾明晨的好日子将近，觉得自己当下还是应该把精力放在事业上，和在法国的雪珊姨一样，早日争取到做合伙人的目标，打出一片属于自己的天下。

下班后大家都已经离开了，她习惯性地拿起笔开始写字，忽然听到楼下的保安打来电话："任小姐，下边有个快递员给您送东西，我看那东西挺沉的，可以让他送上来吗？"

"好。"任婷应了一声，过了一会儿，就看到一个戴着口罩、鸭舌帽的快递员搬着一只箱子上来，她记得这是自己给公司员工买的中式复古服装，和自己身上的这件衣服同款。公司下半月要参加北京一个大型文化活动，员工们一致觉得任婷这件衣服非常符合环境，所以任婷便请示了顾明晨，以公司的名义买下了这批服装。她签上自己的名字，说，"放这里吧！没事了。"

谁料那快递员并没有离开的意思，他哑着嗓子说："女士，这份快递要求当场验货的，您还是打开看一下比较好。"

"我说不用看了，你先走吧！"任婷没见过这样啰唆的快递员，有些不耐烦地说，说完后她忽然发现了什么，皱起眉头，"李鸿，我就知道是你在捣鬼，说吧，你有什么目的？"

李鸿只好摘下帽子和口罩，叹了口气说："这么快就被你给认出来了，太没成就感了。"

"你不是老板吗？怎么还亲自做快递员的工作？又疯了不是？"任婷不以为然，继续写自己的毛笔字，墨是好墨，纸更是好纸，这个字写下去果然笔酣墨饱，带了几分成熟的功力，淡淡的墨香让任婷很惬意。以前闻到这个味道都会觉得特别不喜欢，但是现在居然感觉还不错，人果然是会变的。

"如果没事，你可以走了。"

李鸿没有移动脚步，只是很郑重地说："任婷，我今天没有带任何礼物来，但是我带了一颗挚诚的心。我是怕你讨厌我，不管我带什么都会被你扔出来。但是，我想说的是，我也曾经有过一段失败的情感，那个女孩子长得和你很像，我想我可以在她身上找到寄托。但是只不过一年，我们就分手了，因为人不可复制，她毕竟不是你。所以我想过了，只要你不是特别讨厌我，我就会跟着你的。我做这个公司虽然不是大富大贵，但是养活你还是没有问题的……"

他说完这句话，已经大汗淋漓。用任婷以前的话来说，现在的他是吃了雄心豹子胆了，癞蛤蟆想吃天鹅肉，是疯子。但是，过了很久，只看到任婷在写字，仍然一个字不回。

他想，看来这一次自己又是无果而归，他低下了头，转身欲离开。

后边传来了任婷的声音："这样吧！你就写一个字，什么时候会写这个字了，我就答应和你相处看看。"

李鸿欣喜若狂，转身却愣住，任婷写的是一个特别大的"春"字，这个是一笔画，从上到下连串写下,很有艺术范,如果没有多年的功底是写不出这种酣畅淋漓的笔体的。

不过,他还是很艰难地答应了,毕竟那是个"春"字,春和景明、春意阑珊,反正这个字有着极好的寓意。只要有希望,就要坚持下去。

江西龙虎山脚下的小镇上,黄欣悦再一次站在以前来过的地方,发现这里原来的那家小卖部不见了,周围到处写满了大大的"拆"字。路两边也堆满了石头、水泥和沙子,似乎马上要修公路了。

刚想了一会儿,就听到前边开来一辆越野车,上边下来了云青、小磊和一个年轻帅气的小伙子。

"姐,我们来了。"

小磊比半年前更壮了些,云青的脸上神采飞扬,她介绍着旁边的那位小伙子:"姐,这是你未来的妹夫大彭,我们那家古宅旅店呀,一开张就成了网红了,就是可惜咱们晒的竹丝还差些火候,不过用不了多久,就差不多了。"

黄欣悦不知道怎么开心好了。坐着这辆越野车,直接就到了自家门口,那座老宅还矗立在烟雾笼罩的山林脚下,但是那大门上的牌子是新换上去的,还写着古色古香的四个大字:"知白旅店"。

"世上三千相,唯知白守黑。"黄欣悦想起这句话来,不由笑了起来。云青毕竟也出生在一个民间教育世家,更加懂得做人生存的智慧,这样一个名字倒是清雅别致,引人深思。

推开门,竟有"守得云开见月明"的宽阔豁达之景。原来那些破旧的院子已经焕然一新,庭院里种植了很多毛竹,中间还有一个亭子,爬满了紫藤与葫芦藤,里边露出几个小小的青色葫芦。黄色的木槿花、黄蜀葵点缀了整个庭院的亮点。再往里走,就是正堂。正堂没有门窗,除了之前的天井,又重新铺设了木板露台,将室外的美景与屋内的清幽融在一张"画"里。西面有几把美轮美奂的漂亮纸伞巧妙地搭成一面耀眼的墙,而原来正前方墙上的字画只留下一幅中堂,和两边的对联都被封在了玻璃罩里。正堂的灯具换成了一盏巨大的纸雕花灯,有各种各样人物图案,随着风会旋转起来。

"姐,书到用时方恨少。这字画也是,我把那些咱家祖辈传下来的字画都收起来了,只留下这幅中堂,我想这要是不好好保护,被那些来住店的人天天拍照,就会毁了的,所以我想如果将来可以临摹下来,摆放在这里,才是一件最完美的事。"

听到这里，黄欣悦终于明白母亲为什么会劝表姨父不要放弃临摹的技艺，还有表姨父为什么会改变初衷，倾注全力去临摹一幅古画，并不只是应付生活之难，还是为了可以更加长久保护古画，又可以让人们一睹古画的风韵。表姨父的书柜里还记载着很多他写下的临摹心得，这次回去可要好好钻研一下了。

但是，她还是发现了一些异常的情况，不由问云青："怎么走了半天，没有看到一个住店的客人？这样冷清，不是亏本的生意吗？"

云青"咯咯"笑了，回答："谁说咱家做的是亏本生意？在我们家住店，可是要提前至少一两个月预约都不见得约到呢！可是，今天早上来了两位北京的客人，一来就是大手笔，将这家店都包了下来，还说为了要保护这传统技艺，他当场捐资一百万元，遇到这样的客人，我们肯定要优先安排的。"

"北京的客人？男的？一大一小？"黄欣悦意识到了什么，连忙问，"他们在哪里？"

"走，我带你去，就在后边的院子里，我们村里为了支持文化事业，特别把后边原来的空地也拨给我们营建了，就和前边的老宅连成一片，扩大了营业面积。"云青说得很兴奋，她追在黄欣悦的后边说，"这父女俩可真是有意思，一到这里，看到真正的造纸流程，高兴得不得了，每一道工序都亲自上去体验一番，还有那个小姑娘，长得实在太可爱了，人又聪明，我们这里的人都喜欢得不得了……"

黄欣悦跟着云青进入另外一个庭院，没有心思看院子里的美景了，她脚步匆匆，顾不得云青的阻拦："姐，客人可能是累了，别打扰客人休息。"

她没有理会她，径直推开了门，果然一座由纸艺围成的空间里，看到了一幕啼笑皆非的场景：白色的床围，飘着曼妙的红纱幔，整个小脸都脏兮兮的悠悠躺在顾明晨的大腿上睡得正香，而顾明晨穿着一身麻布衣服，头发上还沾着几片竹丝，也睡得死沉，居然没有听到有人进来。

黄欣悦抿着嘴笑了，关上房间的门，对云青说："走，我们去看造纸。"

她们到了这院子里，就看到一条石头铺就的小路穿梭在一片娇艳欲滴的鲜花里，这条小路将人的视线引入到另外一个繁忙的世界。这后边就是可以提供给客人的造纸体验基地。

"我们现在最短缺的就是资金和人才，这里大部分还是无偿服务的业余工人，大家都是难舍这份技艺才一直坚持到现在的。最近请到了几位以前参加过手工造纸的师傅来给大家讲课，尤其是抄帘的师傅，没有多年的功力恐怕真的无法胜任，所以我们特别欢迎像顾先生这样的客人光顾……"云青指着对面那些晃动的人影，感慨地说，"姐，我希望到中秋月圆之际，我们会做出新纸来，到时候你回来一起庆祝，不过我觉得，无论它好不好，是不是和过去的白鹿纸一样，那都是一种希望，无论如何也要坚持下去。"

　　黄欣悦很欣慰，现在的云青真的成长为一个通透豁达的新女性了。石头路的尽头，是一道漂亮的月亮门，里边时不时传来劳作中的欢声笑语，只见有人正在用大锅蒸竹丝，有的在削竹丝，有的在纸槽里捣浆。

　　她走得很踏实，每走一步，就觉得自己多了一分气力。有了这些同心同德的人们，还有什么不能成功的？在这片散发着人文香气的土地上，似乎还可以感受到以前和那个人一起寻找白鹿帘、一起上山、一起给村民们讲课的情景，她怎么可能会忘记那个名字——春生。不过，该放下的终于可以放下了。她要留在属于自己的土地上，守住祖辈传下来的初心。

　　这是一个传统与现代融合的时代，每个人都会在其中找到自己的灵魂归属。有的人一辈子都把梦想隐藏在心里，有的人却让梦想照亮现实。梦想，始终飘浮着，只有让自己不断成长，才可以摘得星辰与云彩。

　　现世安稳，唯心飞扬。